陀思妥耶夫斯基文集

Ф. М. Достоевский

地下室手记

Записки из подполья

〔俄〕陀思妥耶夫斯基 著

荣如德 刘晨 译

上海译文出版社

“描绘人内心的全部深度”
——总序

解读作家是难事，何况是陀思妥耶夫斯基这样的作家。一个半世纪以来，文学家、思想家、评论家，以至革命家们，虽然对陀氏其人其文多有阐发，却是众口异词，甚或径相抵牾。然而，陀氏的面貌终究还是深印在人们的心中，只是每个读者心目中的陀思妥耶夫斯基不尽相同。这首先是因为陀思妥耶夫斯基作品本身的多义性，由此引出了后来的批评家们大相径庭的评论。这种现象，许多大作家都有。因为“大”，就多了包容，才生出种种阐释。那么作家真正的本义在哪里呢？当然是在作品里，但要使本义外化，又须通过阅读，而阅读的主体却又各有各的立场和观念，于是转而为无尽的，甚至相悖的评论。作品的本义游弋在阅读和评论之间。这种说法显得像一个悖论，却是事实。所以像陀思妥耶夫斯基这样的作家，最好还是不去寻求一劳永逸的解读，因为它不曾有，也不会有，就像不会有一劳永逸的文学批评理论一样。我们从批评家那里读到的文学解读，是经过特定批评视角折射的，凸显的是批评感兴趣的理解。这一点常常在读者那里产生错觉，以为批评家解读的即文学本身。其实两者并不相等，有时甚至相悖。所谓批评，并非完全客观的阐发，更多的是一种主观的解读，甚至还附带着对文学的要求。但好的批评视角会有十分精彩的发现和阐释，它体现的是批评家自身的睿智和素养。文学研究却比批评要稍稍显得客观，因为它的注意力多少还在作品或作家本身，尽管它也并不能完全做到这一点，因为批评和研究终究是相互依存，很难分割清楚的。

关于陀思妥耶夫斯基的批评和研究话题早已超越了陀氏本身。当一个人物成了大众的话题，他就成为各种思想的载体、对话的平台，人们会借他的名声来说自己的话，使它成为话题的注释或旁证。这是派生的现象，在学术研究中往往不可避免。《陀思妥耶夫斯基文集》已经摆在读者的面前，如何解释小说里的故事，每个读者本身就是批评家，因为任何阅读都是事实上的批评，毋庸笔者赘言。本文仅止于就陀氏本人、他的创作，以及与此有关的几个问题提出一些思考角度，读者尽可见仁见智，作出最富想象力的解读。

艰难踬蹶，创作一生

十九世纪辉煌的俄国文学最引人注目的特点是它的思考深度和批判精神。但很多表现了这种思想深度的大作家如普希金、冈察洛夫、托尔斯泰、屠格涅夫等人却并不出身于平民，相反倒有优裕的生活来保证他们的写作，就像当时俄国历史上第一次有组织有纲领的十二月党人起义偏偏发生在一批贵族青年中一样，俄国的思想和变革的号角是在知识阶层里吹起的。陀思妥耶夫斯基虽然也不出身平民，但在俄国作家里，他的一生踬蹶困顿，充满了悲剧性的变故。疾病对他的折磨也造成他精神上的创伤，这在相当程度上反映在他的作品里。

一八二一年十一月十一日陀思妥耶夫斯基出生在莫斯科。父亲是一名普通的军队医官，薄有田产，也取得了贵族身份。青年陀氏醉心于文艺，还在莫斯科一所寄宿中学读书的时候，就在老师的影响下接触了当时俄国和西欧的文学，涉猎了从莎士比亚到西欧浪漫主义和现实主义经典作家的作品。但父亲的普通医官职务和小农奴主的身份只能勉强供陀思妥耶夫斯基求学。中学毕业后，他依照父亲的意愿，进了彼得堡军事工程学院，以冀将来在军队里谋职。一八三九年他父亲被自己田庄上的农奴殴打致死。一八四三年他从工程学院毕业后只工作了一年，就辞去公职，决然从事文学翻译和创作。彼得堡的生活，扩大了他对俄国社会的了解，他开始关注并决心“用一辈子”来探索“人和人生”之谜。经过短暂的准备，包括翻译巴尔扎克的长篇《欧也妮·葛朗台》之后，一八四五年发表第一部中篇《穷人》。这个篇幅不大的中篇引起当时俄国文坛极大反响，如别林斯基认为这是“社会小说的第一次尝试”，涅克拉索夫甚至惊呼是“新的果戈理出现了”。这是陀思妥耶夫斯基文学之路的第一次回响。革命民主主义派和“自然派”发现了陀思妥耶夫斯基，并引以为同道。但是陀氏在《穷人》中开掘了“小人物”主题之后，似乎并不满足于“社会小说”的界定。马上在一八四六年发表了另一个中篇《双重人格——高略德金先生的奇遇》，把眼光从社会问题转入了人物的内心世界、心理过程。正反两种对立的性格，其实是存在于一个人的身上，作家把他们幻化为性格迥异的两个同貌人，借助荒诞的手法把人性中的怯懦与野心、本分与嚣张、老实与无耻等等，作了极端的对比表现。从解剖社会转入解剖人性，预示了陀思妥耶夫斯基的创作不同凡响的多样化趋向。“双重人格”的倾向在这里只是最初的开端，它将在嗣后的作品里不断深化，成为陀氏最主要的母题之一。这部作品当然受到了以别林斯基为首的革命民主主义批评家的反对。这是文艺理论中政治倾向性的差异。陀氏当时对文学性的侧重，例如强调文学的“想象”和“幻想”，即后来所谓的“幻想的现实主义”，与革命民主主义派对社会使命的重视，强调文学应同专制农奴制度作斗争并宣传革命和社会主义的主张产生分歧。陀氏认为“这是强加给文学的……有辱于它身份的使命”。其实这不单是一种文艺论争。这种分歧，终于在一八四七年公开化，致使后来的许多批评家认为陀氏脱离了革命民主主义正确的主张。现在从陀氏的创作个性和作品整体来看，这种分道扬镳恐怕是必然的。然而，四十年代终究是陀氏创作生涯中一个重要的开始。接着发表的中篇小说《女房东》（1847）、《白夜》（1848）、《脆弱的心》（1848）以及未完成的《涅朵琦卡·涅兹凡诺娃》（1849）等作品，都表明此时已经形成带有陀氏个性并在他后来小说里反复出现的一些旋律，如：“小人物”、“双重人格”、“幻想家”、“罪恶与情欲本能”、“被伤害与侮辱的”等等。这表明陀氏的小说真正的着眼点也许并不全在正面的写实上，更在审视人的本身、剖视人性以及挖掘人生本义上。

然而，陀氏四十年代的创作却中断在蓄势待发的状态里。在文学观念上他虽然和别林斯基发生了分歧，但他在政治思想上依然信奉法国空想社会主义，而且参加了当时俄国著名的彼得拉舍夫斯基小组的活动，是积极成员之一。一八四九年陀思妥耶夫斯基和小组其他成员一起被沙皇政府逮捕，他因在小组上朗读过别林斯基有名的反农奴制度的信《致果戈理》，以及其他的“罪名”，被剥夺了贵族身份，并处死刑。在临刑前改判为流放苦役并期满后当兵。长达九年的苦役和兵营生活，对陀思妥耶夫斯基的一生有着不可磨灭的影响。一方面，亲历底层生活极大丰富了他对生活的认识，积累了大量的文学素材，对社会和人生的思考更趋深刻，形成了独特的哲理性探索，但长期亲历流放和苦役，无可否认也加重了他对人生苦难和社会阴暗的感觉。与底层生活的紧密接触，使他更关注人民的思绪，特别是根植在民间的宗教意识，一种寻求权力阶层和平民之间和解的倾向在他身上开始显现。加之生理上癫痫病发作日趋频繁，沙皇鹰犬无时不在的监视跟踪，更增添了他精神上的抑郁，以致他的创作也隐含了某些病态、痉挛的风格。这也是后来许多评论家所说陀氏思想消极面的由头。

经历了无数磨难，他在五十年代末返回彼得堡，开始了他创作生涯的新阶段。这一时期发表的中篇小说《舅舅的梦》（1859）、《斯捷潘奇科沃村及其居民》（1859）和长篇小说《被伤害与侮辱的人们》（1861）还继续着四十年代的风格，在长篇中除了描写社会和家庭的道德堕落以外，已经出现宣扬正教受苦受难精神、人要在苦难里寻求幸福、以苦难来净化心灵的说教。对社会真实的揭示和借宗教解脱的药方，是这一时期创作里很明显的矛盾倾向，出现了所谓“苦难救赎”的主题。一八六一年正值俄罗斯农奴制度改革，陀氏却在文学观念和政治主张两个方面明确宣告自己的主张。一八六一年他针对杜勃罗留波夫[①]而发的一篇论文《——波夫先生和艺术问题》，明确反对艺术的“功利主义”，虽然他并不赞同“为艺术而艺术”的主张，但强调艺术的“主要本质”是“灵感的自由”。在政治主张上陀氏更接近的是俄国的斯拉夫主义[②]，一八六二年发表《两个理论家阵营》，文章主要针对当时的“自由主义”代表如卡特科夫[③]的主张，但同时也表明了自己与革命民主派的分歧，提出“根基论”[④]主张，强调人民的信仰才是“根基”，是道德理想的根源，俄国的改革必须与人民的“根基”相结合，西欧的革命方式不适用于俄国，应该寻求在君主和正教教会指引下的和解和团结，利用普及“文化和教育”促使两者的联合。这一点是历来评论家对陀氏思想最有非议的地方，常常被视作对革命民主主义派的攻击。但就在这个时期，以作家亲身经历为素材的长篇笔记小说《死屋手记》（1861—1862）发表了。小说展示了苦役犯可怕处境和精神状态，从社会和生活的因果深入剖析人性“善”、“恶”的变异。人性中兽性一面发展成“恶魔化”的个性，出现了“强者与弱者”的论题。俄国思想家赫尔岑说“以戴着镣铐的手为自己的难友画像，竟然将西伯利亚一座牢狱的风尚习俗，创作成米开朗琪罗式的壁画”，屠格涅夫更把它比作但丁《神曲》的《地狱篇》。一八六四年发表的中篇《地下室手记》更是从心理分析

---

① 杜勃罗留波夫（1836—1861）——19世纪俄国革命民主主义者，文艺批评家，政论家，与别林斯基、车尔尼雪夫斯基齐名，反对专制农奴制度、贵族资产者的自由主义，宣传农民革命思想，倡导文学的现实主义、人民性和干预社会生活的原则。

② 斯拉夫主义——19世纪俄国的一种社会思潮。反对主张走西欧发展道路的“西欧派”。强调俄国宗法制度、保守传统与东正教，主要代表人物有阿克萨科夫兄弟、基列耶夫斯基兄弟等，在农奴改革进程中，逐渐与“西欧派”趋于融合。

③ 卡特科夫（1818—1887）——俄国政论家，自由主义倡导者，主张实施英国式的政治制度。《俄罗斯通报》杂志和《莫斯科新闻》报的出版人。

④ 根基论——19世纪60年代俄国由费·米·陀思妥耶夫斯基、阿·亚·格里戈里耶夫、尼·尼·斯特拉霍夫等在《时代》等杂志上提出的一种主张。倡导知识阶层应在宗教伦理的基础上同社会的“根基”，即接触土壤的人民接近。又译“土壤派”。

的角度来剖析一种“自卑”的内心世界，触及了人的潜在意识问题。在“幻想家”之后，又出现了“地下人”主题，但长期以来都流传着一种说法，似乎《手记》一书是针对车尔尼雪夫斯基的长篇《怎么办?》中“合理的利己主义”而发，后来高尔基更认为此书是对虚无主义和无政府主义的辩解。这部很深入描绘了人的心理和意识的小说，承担了太多的政治重负。

一八六二年陀思妥耶夫斯基第一次走出国门，接触西欧社会。六月到八月间，在巴黎、伦敦和日内瓦的逗留，看到的一切使他对西欧的文明和发展道路产生极大的疑惑。归国后不久，就写了散记体小说《冬天记的夏天印象》，第一次触及“西欧道路与俄国方式”的母题。这是他的“根基论”最早的文学表述。这一母题在后来的几部大作品里都有程度不同的开拓，尤其是在七十年代下半叶的《作家日记》和最后的长篇《卡拉马佐夫兄弟》里更有综合性的探讨。

陀思妥耶夫斯基的创作至此似乎是在为最后的四部厚重的长篇作准备。一八六六年长篇小说《罪与罚》出版，这部小说给作家带来了世界性的声誉，作品表面的谋杀情节遮掩着作家对社会和人性的深入探索。小说涉及的十分广泛的论题早已冲破故事框架，所以读者掩卷后存留在脑际的往往是各种论题，如涉及“超人与庸人”的超人哲学、有关“强者与弱者”的权力真理，更有人在言语行为里不自觉的“潜意识”泄漏，以及再一次回响起的“苦难救赎”等等。由于每个论题都有相当的雄辩性，小说作为一个体裁竟第一次彰显出某种互不相让的思想争论的品格。这被后来的文学评论家巴赫金称作为小说的“复调结构”，影响着此后一百多年长篇小说结构上的发展，且至今被认真地讨论和研究着。

《白痴》(1868)、《鬼》(1871 — 1872) 分别体现了两种不同风格的小说。《白痴》是一部色彩斑斓的长篇小说，探讨了“罪恶与圣洁”的题目，在一个由伪善虚假织成的罗网里，一旦有人捅破那层薄薄的遮掩，这妖魔化的世界便不成体统，梅诗金公爵这个“自然人”，以十分单纯无邪的处世态度来对待周围的一切，结果呢？一切都是颠倒的：善良成了白痴，仁爱变成无用，狂暴显示为力量，怯懦装扮成理性，美命定了要被践踏和毁灭，恶却愈加肆无忌惮、扰乱一切。梅诗金公爵并没有能撼动这张根深蒂固的网，他并不能为这个世界做什么，仍然回到他那瑞士的净土。作家以强烈的激情揭示了当时俄国社会的腐朽和道德丧尽的世象。梅诗金公爵像一面镜子，返照出腐败的群象。《鬼》则把社会政治与人性的善恶本质紧密结合起来作深入的剖视，在一个政治事件里发现人性里兽性——妖魔化的依据。《鬼》从情节上看是一部涉案小说，在社会政治层面上有“反虚无主义”的主题，也表明了作者对社会变革中欧洲道路的评价，但作品更多的是从共性、抽象的角度考察革命的暴力与道德人性、社会主义思想里无神论的得失等很值得深思的问题。由于当时的俄国正处在剧烈的革命变革时期，这些敏感的问题引起很大的争议。深谙文学的高尔基也从政治上评价《鬼》，说过这是“七十年代对革命运动进行恶意攻击的无数尝试中最富于天才也最恶毒的一次”。但就作品思考的深度、对沙皇政府的揭露，以及对“自由主义”的批判，此书的意义恐怕远在具体的社会事件之外，且要深刻得多。如果我们稍加注意，也许可以发现在法国存在主义作家萨特的剧作《肮脏的手》里呼应着类似的共通主题。

《卡拉马佐夫兄弟》(1879 — 1880）是陀思妥耶夫斯基的压卷之作。计划中有上、下两部，最后只写成了第一部。评论界一般把这部小说视为作家最成熟的作品。作家曾经开拓过的种种主题，如：“幻想家”、“双重人格”、“灵与肉”、“被伤害与侮辱的”、“超人哲学”、“权力真理”、“偶合家庭”、“恶魔性格”、“苦难救赎”等等，在这部书里都作了探讨。小说把社会现实生活的揭示、人物类型的刻画、俄国社会发展道路和人类命运的思考等一系列问题融合在一起，涉及了政治、社会、人性、哲学、伦理、道德等各个方面的论题。书中展示的人物，从老卡拉马佐夫到德米特里、伊万、阿列克塞三兄弟，以及身为厨师、实为老卡拉马佐夫私生子的斯乜尔加科夫，这个“偶合家庭”里的所有成员，都有着十分鲜明的性格，代表着不同的主题。作家从人物的心理和意识着手，写出了“俄罗斯性格”的不同方面。这些性格要素是认识俄罗斯社会和人性的重要依据。长期以来，“俄罗斯性格”似乎只是一个褒词，其实作为民族性格来讲，它“既伟大，又孱弱”，充满正反矛盾和斗争的习性才是正常的。就像果戈理《死农奴》里的地主们，也正是“俄罗斯性格”某些方面的体现。高尔基曾经写了两篇文章专论“卡拉马佐夫习性”，但这何尝不是民族性格的一部分，只是消极面凸显得更明晰罢了。《卡拉马佐夫兄弟》把俄罗斯人的生活观念、宗教意识、民族特性和人性欲望都作了透彻的解剖，脱略在具体画面之上的含义正是陀氏所追求的目标。嗣后的作家们也看到了这一点，所以在二十世纪现代主义文学兴起时，诸多现代派作家会把陀氏视作为自己的师承。但陀氏作品的丰富性，表明他依然是写实主义的杰出代表。他的作品的真实往往是通过人物的自身感受、内心分析以及近乎乖张的行为来体现，散发出强烈的时代气氛，形成别具一格的真实。陀氏说：“人们称我为心理学家，不，我是高度意义上的现实主义者，我的意思是，我描绘人的内心的全部深度。”这恐怕是理解陀思妥耶夫斯基的关键所在。

六十至七十年代陀氏还创作过两个长篇《赌徒》(1866) 和《少年》(1875)。《赌徒》题材不大，写人被嗜好和物欲控制，无法自拔的状态，对沉湎于赌博的心态有极为传神的描绘。人性的弱点反过来控制人本身，带着悲剧性的意味。这也牵涉到作家自己曾经有过的一段经历。该书的创作过程成就了一段佳话。陀氏一生为金钱所困，为了偿还哥哥米哈伊尔身后的债务，他与出版社约定在规定的期限里交出一部作品，但合同规定，如逾期不交，将影响陀氏作品的版权。作家无奈之下，只能聘用女速记员安·格·斯尼特金娜，由他每天口述小说内容，斯尼特金娜打字整理成文稿，最后在二十六天的时间里赶完书稿，同时也成就了作家第二次婚姻。斯尼特金娜即后来的陀思妥耶夫斯卡娅，陀氏去世后，她对陀氏遗稿的整理作了许多贡献。《少年》写了俄国资本主义进程里人们浮躁的心态和欲望的变化。七十年代人们急切的发财欲望腐蚀着年轻一代人的灵魂。作家对特定历史时期的普遍极端个人主义，表示出明显的担忧，他想从宗教思想里找到适合的药方，当然是不现实的。但小说生动地见证了这个剧变时期的人心浮躁的状态。也许至今还有现实意义。陀思妥耶夫斯基另外的一些作品，如中篇《永久的丈夫》（1870）、“幻想性的故事”《温顺的女性》（1876）和《一个荒唐人的梦》（1877）都各有侧重，不相雷同。特别是《一个荒唐人的梦》把“幻想家”的主题上升到对“人类黄金时代”的憧憬，说明陀氏思想的变化。

从一八七三年到一八八一年陀氏陆续在刊物上发表《作家日记》，体裁不一，有政论、文学评论、回忆录、特写、谈话式的随笔以及一部分小说。长期以来，俄国评论界认为《作家日记》体现了作者思想中软弱以至反动的一面，其实这是研究陀思妥耶夫斯基的一部极其重要的资料，是正确理解陀氏其人其事的钥匙。陀氏一生，磨难不断，除了政治上的迫害，经济窘迫也是他和俄国其他大作家不一样的地方，往往预支计划中作品的稿费，以解眉急。这在某种程度上也影响着他的写作风格，而为有些评家所诟病。但陀氏的写作风格正是冲动型的，不加掩饰的内心激动，急于表达的思想观念，形成陀思妥耶夫斯基别具一格的文风。他不可能像托尔斯泰或屠格涅夫那样字斟句酌地反复修改文稿。感情的激流一路狂泻，有时甚至显得痉挛纠葛的文风，构成了陀氏小说的别样格调。很难说他写的是美文，但有着不作掩饰的内心披露，深入骨髓的无情解剖，作家自己常常会忘情于展示严酷的真实，以致只求将它们如实呈现于读者的眼前，不作表面的抑扬，却把判断留给读者自己。

陀氏小说对世界和人性的思考和剖视，把小说这个文学体裁推到了思想的前沿。小说家不是政治家或哲学家，重要的不在他能提出什么医治人生和社会的良方，因为这时他们往往是既幼稚又可笑的。文学的力量在于敏锐的发现，表现的深刻，在感性的图像里展示世界的真相和人性深处的奥秘。就这一点来说，陀思妥耶夫斯基是做得非常出色的，可以说达到了前所未有的时代的高度。高尔基虽然对陀氏有些作品颇有微词，但他承认陀思妥耶夫斯基是“最伟大的天才”，

"就表现力而言，他的才能可能只有莎士比亚堪与媲美"。读过陀思妥耶夫斯基的作品，就知道这并非溢美之词。

一八八一年一月二十八日陀思妥耶夫斯基在圣彼得堡逝世。此后的一百多年时间里，臧否不一的评论从来不曾间断过，这主要是对他的政治倾向性和宗教意识而言，至于对他在世界文学中崇高的地位，他对小说文体的巨大贡献，似乎并不见太大的异议。倒是随着现代小说风格的演进，陀氏小说的价值正越来越引起人们的注意。

变幻的母题旋律

小说通常都以题材分类，例如司各特的《艾凡赫》被称作"历史小说"，巴尔扎克的《人间喜剧》是以"场景"来归类，如"巴黎场景"、"外省场景"之类，托尔斯泰的《战争与和平》通常被称作"史诗小说"，更有完全具体如英国作家哈代的被统称为"威塞克斯小说"的一组作品。但陀思妥耶夫斯基写的故事虽然大都发生在彼得堡，但并没有评论家称他的小说为"彼得堡小说"。原因是陀氏小说不断开拓的是一种"母题"，他像音乐家那样，找到活跃在生活里的种种"旋律"，构成他小说的主要元素。这在以往的作家那里并不多见。

"小人物"是俄国文学里固有的一个母题，从普希金的《驿站长》开始，果戈理的《外套》，到后来契诃夫的《一个文官的死》，这个母题被开拓得淋漓尽致。陀思妥耶夫斯基的第一部作品《穷人》奏响的就是这个旋律。陀氏崇敬普希金，他的第一部作品献给了这样一个题目，也许并不偶然。因为他说过："我们都是从普希金门下走出来的。"但《穷人》里的主人公杰武什金虽然有着和其他"小人物"一样的命运，在心里占主导地位的却是对自己人格的意识。"我有良心和思想，我是人"，"我的一块面包是我自己的，是用劳力挣来的"。社会的不公，贫富的对立使他愤懑，他意识到自己软弱，又不能有所作为，他告诉读者，"在一个最浅薄的人类天性里面有着多么美丽的、高贵的和神圣的东西”（别林斯基语）。陀氏把“小人物”的内心世界、心理过程，十分清晰地展示给读者看。这是他比前辈们要更深刻的地方。

探索人的内心奥秘，是一条很复杂的路。重视文学社会历史作用的评论家们对他承袭俄罗斯文学写“小人物”传统褒奖有加的时候，陀氏却悄悄转向，把他的探索推进到人的“双重人格”母题上，创作了小说《双重人格》（又译《孪生兄弟》、《性格迥异的同貌人》等）。历来的小说都是善恶分明，在英国小说里有“happy ends”，就连法国巴尔扎克也未能免俗，总要在小说里分出这样的壁垒。但陀思妥耶夫斯基用形象说明，善与恶常常会共同栖居在一个人身上，人的本性里就有兽性与人性，当兽性占上风的时候，就出现恶行，人性却支持着人的善行。在《双重人格》里，作者只是把这个问题提了出来，因为在一个中篇里也不可能有太深入的开掘。这个旋律，还要在作家后来的长篇里作为回旋曲反反复复地出现。但这个中篇已经把问题十分明确地提了出来。当然引起评论界一片哗然，好像陀氏忽然误入歧途。这一点甚至影响着中国的评论界。其实只消读一下陀氏嗣后的作品，就能知道《双重人格》正是作家小说母题深化的一个前兆。《罪与罚》里的斯维德里加依洛夫、《鬼》里的尼古拉·斯塔夫罗金，以及《卡拉马佐夫兄弟》中的德米特里·卡拉马佐夫和伊万·卡拉马佐夫等，都对这一个重要母题有更深入的开拓。很难设想，如果在陀思妥耶夫斯基的作品里没有“双重人格”的母题，小说的思想魅力和人物的生动个性将会是什么样子？

小说作为一种思想现象，和其他人文学科是处在同一发展长河中的，只是文学是借助着形象来表现和认识世界，它和哲学之借助于抽象和共性、概念和逻辑来演绎世界，至少在方法上是不同的。但是人类认识的发展在不同的学科中却往往有着同步性。因为人都生活在同一个历史进程里。一个有趣的现象是，陀思妥耶夫斯基在自己的小说里用形象演绎的母题，却在后来的哲学家和心理学家的发现里得到了印证。十九世纪德国哲学家尼采出生在一八四四年，比陀思妥耶夫斯基整整晚了二十三年，他在一八九五年出版的《权力意志》一书里的基本思想，陀氏在一八六六年出版的长篇《罪与罚》里通过拉斯柯尔尼科夫的对权力的思考，作了形象的表述。主人公基本上表达了“超人哲学”和“权力意志”的观念。

按拉斯柯尔尼科夫的理论，“人按照天性法则，大致可以分成两类：一类是低的人（平凡的人）……他们是一种仅为繁殖同类的材料，而另一类则是……具有天禀和才华的人，在当时的社会里能发现新的见解。……第一类人就是一种材料……第二类人则永远是未来的主人。第一类人保持着这个世界，增加他们的数目；而第二类人推进这个世界……”“芸芸众生，人类中的普通材料，生存在世界上只是为着经过某种努力，通过某种……血统的交配而终于生出了多少具有独立精神的人，甚至一千人中只有一个。也许一万人中出一个，……几百万人中出几个天才，而伟大的天才，也许是世界上有了几十万人以后才出现的”，“真正的统治者，他才可以为所欲为，攻破土伦，在巴黎进行大屠杀，忘记在埃及的一支军队，在莫斯科远征中糟蹋了五十万条人命，……拿破仑、金字塔、滑铁卢……”这里说的几百万人中才能出一个的人，其实就是“超人”。拉斯柯尔尼科夫说：“这种人有权利昧着良心去逾越……某些障碍，但只是在为实现他的理想（有时对全人类来说也许是个救星）……如果开普勒、牛顿的发现，由于某些错综复杂的原因，没有能够为大家所知道，除非牺牲一个，或者十个或者百个，或者更多妨碍者的生命，那么牛顿为使自己的发现能让全人类知道，就有权利，甚至有义务……消灭这十个人或者百个人。”“立法者们和人类社会的建立者们……他们无一例外都是罪犯，……他们也不怕流血，只要流血对他们有利，人类社会中多数这些超人和建立者都是非常可怕的刽子手。所有这些人都是伟大的……”这类几十万以至几百万人中才有一个的“超人”可以使千千万万人毁灭，可以踏过尸体和血泊，人们却认为这是为人类造福。

常常有人说尼采的《权力意志》是法西斯主义的理论基础，但它的出现，距陀氏演绎理论和形象描绘这种事实，已经过了好几十年。

人类的认识，都差不多在同一个时期进化到一个新的境地，有时是哲学家用推理和演绎的方法先作了预示，有时却由伟大的文学家用形象来先期作了表现。陀氏之所以伟大，还因为他要比弗洛伊德更早触及了人的“潜意识”。陀氏并没有提出任何理论，但是在他作品中的人物，有许多涉及潜意识的行为。他对弑父现象的描绘，梦境的暗示，人对自己行为的文饰作用，自虐倾向，甚至后来由弗洛伊德的学生荣格探讨的人在潜意识里的自卑意念的表现等许多问题，作家都有极其精细的描写。这一点，比陀思妥耶夫斯基晚生三十多年的弗洛伊德的著作是最好的证明。作为精神病学专家兼心理学家，他一方面用医案来说明他的潜意识理论，但陀思妥耶夫斯基的作品，当然地成了他理论的佐证。他那篇著名的《陀思妥耶夫斯基与弑父意识》就成了《卡拉马佐夫兄弟》的注脚。关于梦的解析以及潜意识问题的解释，陀氏成了一个提供形象材料的先驱。这是很值得玩味的现象。陀氏自己说“我描绘人内心的全部深度”，以探索人类心灵的奥秘为己任，这说明他十分自觉地从人的内心、心理、意识上切入去了解人心的秘密。但他不是哲学家，也不是心理学家，不以推论的形式来表述他的看法，但他创造的文学形象是厚重的，有着充分的心理的和哲学的依据。这也是陀氏的心理剖视要高出于文学中一般心理描写的道理。

陀氏作品里常遭非议的部分是他对宗教的态度。其实宗教问题是俄罗斯文学里一个不可逾越的论题，有着深厚的俄罗斯文化历史背景。俄罗斯是欧洲最后的封建王朝，是农奴制取消最晚的国家。农奴制借着宗教的力量在民间形成很普遍的“苦难救赎”的思想，这是无助百姓的精神寄托。东正教以苦难来救赎原罪的观念根深蒂固，在人世用苦难来净化自身，用宽恕他人来寻找内心慰藉和平衡，变成了很高尚的行为准则。在陀氏的作品中，许多矛盾都是借助这种“苦难救赎”的思想来处理的。在《被伤害与侮辱的人们》中，女主人公涅莉、娜塔莎受尽侮辱与伤害，但对待“恶魔化”的瓦尔科夫斯基之流却是正教所提倡的百般容忍和承受苦难。“痛苦能洗尽一切”，这是深入俄国农民性格里的一种意识，它只能加剧恶的横行。但这种意识至少在当时已经成了俄罗斯性格的消极组成部分。当然作为一个伟大的艺术家，陀思妥耶夫斯基在小说里还是让涅莉在临死前说出了她的诅咒“我不久前读了福音书。那里说，要宽恕自己所有的仇敌。我读了，而他（瓦尔科夫斯基）我终究没有宽恕”。这一段话，和陀氏在《被伤害与侮辱的人们》以及其他小说里一再宣扬的通过受苦来净化自身的“救赎”母题是不相吻合的，这也说明艺术的逻辑在艺术家身上终究还是要起作用的。

“灵与肉”、“兽性与神性”、“理智与情欲”这些母题，陀思妥耶夫斯基在最后一个长篇《卡拉马佐夫兄弟》里都放在“偶合家庭”这个总概念下面作了详尽的探讨。由于老卡拉马佐夫令人不齿的行为，这个家庭里的成员，没有十分牢固的精神上和感情上的联系，像几个偶然相遇的人生活在一个屋檐下，在长子德米特里身上有着老卡拉马佐夫听任自然欲望的一面，也有曾经是一名军人和体面人的痕迹，在他身上明显的“灵与肉”斗争，使他完全成了一个“双重人格”的人。为了情欲，他和老父亲争夺情妇格露莘卡，甚至扬言要杀死自己的父亲。但内心却还存留着一丝做人的尊严，也思考人间的种种苦难。所谓“所多玛城的理想”与“圣母马利亚的理想”一直在他身上斗争着。所以当老卡拉马佐夫真的被杀之后，人们理所当然地认为他是凶手，但这时的德米特里却不想为自己辩白，俄罗斯人意识里那种根深蒂固的“救赎”观念竟占了上风。他决定用苦难来净化自己，自我完善。虔诚地忏悔自己的罪孽，寻求精神的“复活”，这情节很像后来托尔斯泰在一八九九年出版的长篇《复活》的基调。我们的评论，常常直言主人公的“伪善”。在俄罗斯宗教文化的背景上，这也许并非“伪善”两字可以概括的。就像德米特里被欲望驱使时候的不顾一切，在他决定“救赎”自己的时候，也是一样的认真，这也正是俄国宗教文化背景下的“俄罗斯性格”的一种表现。同一母题在二十年后由托尔斯泰的《复活》再次奏起并作为全书的主题的时候，俄罗斯人意识里这种深藏着的宗教文化积淀，是再也不该忽视了。这种宗教文化意识，它彰显为崇高一面的时候是“救赎”，露出它破釜沉舟一面的时候则是“自虐”。《白痴》中女主人公娜斯塔霞·菲立波夫娜，在无法摆脱自己被欺凌和玩弄的命运时，虽然遇见了梅诗金公爵，但终于不愿接受公爵的帮助，宁肯随粗鲁不堪的商人罗果静而去，她拒绝“新生”，却手焚十万卢布来嘲弄报复这一群心怀鬼胎的人，明白无误地表现了一种“自虐”的倾向。

在陀氏作品的母题中，也有诸如“幻想家”、“地下人”、“自然人”这样的人性概念。早期的中篇《女房东》、《白夜》、《脆弱的心》或多或少都写出当时年轻人沦为无所作为的“幻想家”的母题，但其中有些作品如《白夜》，主人公内心的纯真和善良，不计利害的自我牺牲的爱心，说明作家对这一代年轻人的期望和同情。陀思妥耶夫斯基被人称作为“残酷的天才”，因为他对人物内心解剖的犀利与无情，常常令人不寒而栗。但《白夜》里的主人公给人以一种美好的希望。人性的善良哪怕是一种“幻想”，也显得那么令人向往。这是陀氏作品里少有的充满动人诗意和明邃风格的作品。晚年的《一个荒唐人的梦》则体现了一种对于“人类黄金时代”的幻想。

在陀氏的作品中，这种不断变幻的母题旋律，是很值得注意的现象，说明作家对这个世界有着十分概括性的认识。他通过这些关键概念演绎了他对人生的思考和对社会、历史的认识。这是他的创作与其他作家十分不同的地方。陀氏的这些认识，在相当程度上还有预见性，往往会在后来的历史里找到佐证。例如被评论家阐释得很多的《卡拉马佐夫兄弟》第五卷中“宗教大法官”那一节，历来有种种解释，但这一节涉及的问题，对于人类、世界、社会秩序、暴力与奴役等等问题的探讨，无疑带着某种寓意的性质。我们习惯于对一个作家描绘的内容作出判断，陀思妥耶夫斯基却总想留下一点让人遐想的余地，包括俄国评论家定义的陀思妥耶夫斯基小说的“复调结构”①，正是这种特殊风格的表现。

① 参见《陀思妥耶夫斯基诗学问题》，巴赫金著，白春仁等译，生活·读书·新知出版社 1988 年版。

独特创新的小说艺术

小说艺术的经典样式从文艺复兴时期到十九世纪的三百余年时间里，经过从塞万提斯、拉伯雷到司汤达、巴尔扎克、狄更斯、托尔斯泰等一大批作家的创新，已经到了相当完美的境地。陀思妥耶夫斯基却使小说的内涵层次有了更饱满的展现，并在经典的小说样式中添加了新的元素，所谓“复调”现象。

历来小说理论的着眼点，或在小说体裁的限定，如长篇、中篇、短篇；记事体、传记体、虚构体、书信体，或人物小说、事件小说、家庭小说、社会小说、历史小说、哲理小说、抒情小说、纪实小说等；或在构成小说的要素，如：情节、人物、场景、语言、风格、主题等。小说的要素是小说存在的形式，是小说之所以为小说的理由，是小说区别于其他文学体裁的依据。但小说的价值还取决于它的内涵层次，不同类型的小说有不同的内涵。陀氏的小说却通常能提供更加饱满的阅读层次。不同的读者，在陀氏作品里可以找到不尽相同的内涵。这种见仁见智的现象，虽然在其他大作家那里也不乏表现，但在陀思妥耶夫斯基绝对是一种特色。

小说的内涵是分层次的。小说可以在**故事情节层次**上被阅读，也称作**事件层次**。这是可以用叙述梗概的方式来表达的那一部分内容。一个年龄不小的小公务员杰武什金和一个苦命的、饱受凌辱的年轻姑娘杜勃罗谢洛娃相爱，而终因周围世界中人、事和生计的迫促，只得深受别离之苦而抱憾终身的故事。主人公善良而软弱、自尊而无奈、深情而无力的处境，社会与生活对小人物的重压和摧残，贫苦情侣在生活重担下无出路的状态等等，这就是陀氏第一部小说《穷人》的故事情节层次。一个读者，单读这个感人而痛苦的爱情故事，也可以受到感动。再看另一所谓“偶合家庭”的故事。父子、兄弟五人间种种思想的、感情的、物欲的、精神的冲突，在冲突、矛盾，以致仇视的过程中，引出一起弑父的案件。这是陀思妥耶夫斯基最后的长篇小说

《卡拉马佐夫兄弟》的故事情节层次。这个事件对于读者也一样有它的吸引力，它显示了一个家庭悲剧，每个人物都有着自己的性格和行为的理由。读者也看到了人性的罪恶与奸诈，情欲对人的毁灭力量。这样的事件，在生活里是可以得到印证的。许多小说在这个层次上就结束了。这类小说被称作为情节小说，或者事件小说。但陀氏的小说通常还可以进入第二个层次的阅读。

社会历史的层次较之情节和故事要更进一步，因为它着眼在与故事相关的社会、政治、历史的主题，也就是**时代的层次**。这些主题也许并不具有永恒共通的意义，但它们有着时代的迫切的内涵。不仅促使当代人思考，而且是长久的历史鉴照。《穷人》在这个层次上表达了社会的混乱和失衡。好人受苦，恶人当道；有活力的青春被毁灭，为非作歹者左右他人的命运，一个是非颠倒的社会，它的出路在哪里？谁的罪过？这是十九世纪俄罗斯社会的写照。对于生活在这个社会里的人们有着震撼人心的力量，所以它会引起别林斯基等人的惊呼，但它也会引起后来某些社会阶段里人们的共鸣。在《卡拉马佐夫兄弟》里，处在这一个层次上的问题表面上并不十分显著，但是作家从六十年代初开始关注的“西欧道路与俄国方式”的社会变革观，在这里得到了综合性的表述。作家在一八六三年发表的《冬天记的夏天印象》里尖锐批判的西方资产者的贪欲与自私、伴随西方式自由与平等而来的罪恶，在《卡拉马佐夫兄弟》里以文学形象作了充分的展示。深植在人民土壤里的宗教意识与文化知识载体的完美结合，成了陀思妥耶夫斯基心目里的“俄国方式”。这是《卡拉马佐夫兄弟》这部作品中时代的层次，是当时整个俄国社会都以不同的方式关心着的社会历史内涵。是当时俄国具有相当迫切性的主题。但这样的母题，对于中国的读者来说可能会因为文化宗教背景产生现实的距离，但对今天的俄国社会和文化来说，始终是一个十分引人关注而且一时难于解决的问题。“西欧道路与俄国方式”、“欧洲与亚洲”、“东方与西方”，这些思考从一九一七年以来俄国八十余年历史进程中，从来也不曾消停过。俄国方式的宗教影响依然是一种潜在的激流。

个别的事物走向本质的共通，具体的形象趋于抽象的普遍。小说在经过了故事情节画面、社会历史含义之后，最后的境界是**永恒共通的哲理**。它是无数具体故事情节和社会历史图像的普遍概括。它不会因事过境迁而失去活力，却能把表象指归到本质。并不是所有的小说都具有这样的品格，但陀思妥耶夫斯基的作品的着眼点，往往正是在这人性共通的哲理上。陀思妥耶夫斯基对哲学有相当透彻的了解，这从他论述到的哲学家的数量上可以证明，但他不是哲学家，作为小说家，他必然要透过人性来观察现象的本质。他说过要“在人身上发现人”，所谓“窥视心灵的奥秘”。这是作家最终的着眼点。如果说一部《穷人》，苦难的爱情是它的情节，善恶的失衡是它的现实，那么主人公心理的变幻是它最终要探索的奥秘。就像《双重人格》，情节是一个精神错乱的小公务员的故事，我们完全可以把它理解为一个精神病人的感觉和体验。所指社会现实是弱肉强食，强力和扩张对软弱与安分的排挤，但作家在永恒的人性层次上要说明的却是善与恶原本就共存于一体，人性与生俱来有着“双重”性，魔鬼与天使共居一处乃是人的天性，人性的复杂和变异都来源于此。当然，这一命题在这里还只是一个开篇，更深的探究还有待后来的几部大作品，《罪与罚》中斯维德里加依洛夫性格里那种善与恶、崇高和卑鄙的难以想象的结合，《鬼》里斯塔夫罗金幻觉里看到的那个可怕之至的“蜘蛛”，其实就是他内在本性里恶的幻化。他那种对善恶界限虽然内心清楚，却行为放浪、淫乱无耻、不断作恶，两种相互排斥的思想可以同时宣教，却并不相信其中任何一种，“我……希望做好事，并从中感到愉快，同时我又希望干坏事，并且也感到愉快”，终于在无法解决的矛盾里以自杀了结生命。《卡拉马佐夫兄弟》中伊万与“鬼”谈话，正是一个人身上善因与恶因的交锋。在陀思妥耶夫斯基的作品里这类题目有许多，例如“人的社会性与生物性”、“人的非逻辑行为”、“潜在意识与外部行为”、“直觉现象”、“偶然与必然”、“理智与感情”、“诱惑与理性”、“灵与肉”、“真性情与无个性”等等。总之，他善于把真正人性面上那一层遮掩物毫不顾惜地揭开，示世人以人类本性的真相。所以永恒共通的层次是陀氏作品中最值得关注的部分。在这个层次上来读小说，可能具体的情节故事和社会历史画面反倒显得不那么重要，因为这时作家探讨的是在抽象共通层面上的题目，所谓“义主文外”，“秘响旁通”的部分。它们超脱了具体的图像和事件，进入共通的境界，把人身上最最隐秘的部分呈现在读者的面前。涉及永恒哲理的层次有许多，人性的奥秘是重要方面，当然也有超出人性范畴的命题，如“真实与假象”、“宗教与道义”、“教条式与创造性”、“生命的本质”等等。这些题目的产生，当然并非完全抽象的永恒，而有陀氏自身的历史限定性，但他所提供的思考角度，至今仍不乏现实意义，所以对陀氏作品的不同层次的内涵，是非常值得关注的，因为它们都包含着作家十分独特的发现。

二十世纪现代主义文学兴起，虽然在最初颠覆传统的时刻，也有一些流派宣告过要把陀思妥耶夫斯基扔进大海，但随着现代主义文学的深入发展，许多现代主义的代表人物，却开始谬托师承，把陀思妥耶夫斯基奉为现代主义的偶像。这是很值得思索的现象。其实陀思妥耶夫斯基与现代主义虽说也可以强调某些传承关系，但陀氏终究还是经典小说的代表。不过他小说里的创新，的确有十分独特的个性。十九世纪俄罗斯的小说是以它的思考深度、现实诉求和批判热情为主要特点的。所以后来在俄国有了“批判现实主义”的说法。这是从思想特征上来评价。但俄罗斯小说艺术，也有着相应的创新和变革。其中陀思妥耶夫斯基小说的创作尤其让人觉得有着某种新意。直到俄国文艺评论家米·巴赫金出版专著《陀思妥耶夫斯基的创作问题》(1928)，其中提出陀氏小说的“复调结构”问题，才引起评论界注意。可惜的是该书的主要思想与当局一统的文艺政策和理论体系不合，未能广泛流传。而作者本人也因莫须有的罪名，于次年被投入北方集中营，后又辗转流放到南方。身心横遭摧残。但他的著作却在西方得到了广泛的流传。巴赫金的理论直到五十年代终于引起当时苏联文学理论界的争议，于是在一九六三年经过修改后以《陀思妥耶夫斯基的诗学问题》为名发行新版。在苏联依旧争论不绝，但此时在国外已经把巴赫金的理论作为小说理论的重要创新，甚至把巴赫金视作小说理论发展的一个分水岭①。现在即使在中国，一谈起陀思妥耶夫斯基，就会联想到巴赫金，似乎“复调小说”理论才是唯一能说明陀氏创作的理论。这是一个很繁复的论题。我们不在这里讨论。但“复调”之说，的确在相当程度上表达了陀氏小说的特点。这是小说写法的一个变革。在陀氏本人，也许并不十分明确地意识到这一点，因为他本人从来也没有谈论过类似的概念。但读者如果没有先入之见，在读完他的小说后，常常会有一种感觉，似乎作者在小说里通过人物之口，讨论了许多问题，或者通过作家的描写涉及了种种情景，但读者在掩卷沉思时，又常常会觉得无所适从。因为作者最终也没有在他的书里投下一个十分明确的结论。但他促使你对书中的叙事进行思考，每一个人物的声音都可以在你耳边絮叨，都在表明自己存在的理由，作家本人到底站在哪一个人物的后面，反而很难让人捉摸。这就是所谓的“复调”。这个理论是借用了音乐上的一个术语。好比音乐的声部，原来的小说都是一个基调，伴随着和声，但现在像巴赫的赋格，出现了平等的声部，就像钢琴演奏，本来是右手的基调，左手是低音的和声，现在两个相互争鸣的声部，出现了复调音乐。其实这仅仅是一种比喻，在小说里并不可能真有那样繁复。但经典的小说通常是作家定下基调，然后安排人物的行为和言语，在相互的关系中，善恶忠奸，壁垒分明，即使在巴尔扎克的小说里通常也是善人善终，恶人恶报。陀思妥耶夫斯基却往往在一个人的性格里放进了两重的变数，这是一。另外作为善、恶典型的人物，都可能一语道破事物的真谛。善恶两类主人公的行为往往会发生突变。每种行为也都有自己的理由。作者并不一定要清楚地表现出他的倾向性。

根据巴氏的理论，这样的小说结构，会产生行为以外、语言以外的含义，不一定都有明确的结论。所以就能促使读者的思索，扩大小

---

① 参阅 David Lodge/After Bakhtin/ Routledge, London and New York, 1990。

说的容量。这是现在一般对所谓“复调”的理解，事实上这个理论要涉及许多其他方面的问题，这是一种把文学与语言学结合起来考察的十分重视文本细读的理论。《罪与罚》里拉斯柯尔尼科夫的理论，其中侦查科长波尔菲里·彼得罗维奇与拉斯柯尔尼科夫的“法与理”之争论，索菲娅·马尔美拉陀娃的宗教教义与拉斯柯尔尼科夫的“超人哲学”之争，到底是谁说服了谁？无非是一种思索，一种更为深入思考的趋向。

尤其是巴赫金论及陀氏小说中“对话”的概念，主人公的自我意识是对话化的；这个自我意识在自身的每一点上，都是外延的，同自身、同他人、同第三者有着一种对话的关系。这就关系到小说文本中的潜在文本。一个单一的文本在极大的程度上扩大了自身容量。

读陀氏的小说，当然不能完全用“复调”的理论来解析。但这是一个很值得关注的特点。

通常的陀氏评论，总是把着眼点放在作者着力描绘的社会现实画面，故事情节发展，人物性格发展上。但陀思妥耶夫斯基作品的故事，却往往信手拈来，他的大作品，通常都是涉案故事，一般都是从报刊上得来某个报道，以此敷衍成篇，却成一个精彩的长篇故事。之所以精彩，是因为作者注入了他的思考和对人性的挖掘。陀氏的小说，是思想的小说，是剖视人性的小说，故事与情节只是他借以使人物和事件活动起来的要素而已。

陀氏小说十分注重人物的自我意识，所以形成一种思想的类型。他并不十分注意性格刻画和典型塑造。他要创造的是一种思想类型。他们存活在和不同的思想声音的“对话”中，甚至这种对话是潜在的、只是在上下文中隐含着的。所以作者往往会虚化故事的环境、日常生活的细部刻画，转而用不同性质的对话来表现作品的容量。他的人物很难用传统的术语来定义，如性格、典型、正面主人公、反面人物等等。因为作家自己的声音和评价也混迹在人物的相互关系或对话里，而且作者的声音也未必能左右人物和情节的发展。所以在阅读陀氏作品的时候，不妨以读者自己固有的心态和感觉来与作者的思想对话，完全不必抱定一种文学批评的理论或观念，来生硬地分析作品。让每一次阅读都成一次冒险，看看读完后你会产生什么感觉。这是一种很有趣的阅读过程，在阅读中加上读者自己的一路思考，陀氏的作品将给你十分独特的感觉。

对陀氏这样的作家最好还是不抱先入之见，随着作者的安排，先领略他的思想，然后再来作认真的思索。它不是消闲的读物，却能长人心智。

夏仲翼

二〇〇四年九月

目 录

普罗哈尔钦先生 ……… 001

女房东 ……… 035

涅朵琦卡 ……… 121

小英雄 ……… 299

庄院风波 ……… 339

地下室手记 ……… 589

普罗哈尔钦先生

荣如德　译

在乌斯季尼雅·菲尧多罗夫娜的通铺寄宿舍内最阴暗和简陋的一角，住着一位已经上了年纪的、不喝酒的规矩人谢苗恩·伊万诺维奇·普罗哈尔钦。鉴于普罗哈尔钦先生职位低微，薪俸菲薄，乌斯季尼雅·菲尧多罗夫娜每月只收他五卢布房租，再多是无论如何不能要的了。有人说她自有计较；不管怎么样，就像是反击那些说三道四者流似的，普罗哈尔钦先生偏偏深得房东太太的欢心——请在光明正大的意义上理解这句话。应当指出，乌斯季尼雅·菲尧多罗夫娜是位颇受尊敬的、身高体胖的妇女，特别喜爱荤食和咖啡，逢到斋期都是勉强熬过来的。她的寄宿舍里住着好几个这样的房客，那些人付的租金比谢苗恩·伊万诺维奇甚至高出一倍，可是由于他们非但不老实，还个个都“恶毒地嘲弄”她一个孤苦伶仃的妇道人家，在她心目中的价值就差得远了；所以，只要他们付不起房租，那么，她不但不让他们住在她的寄宿舍里，而且连看也不愿意看见他们。自从一个酷爱杯中物的退休寓公（其实说他是革职官吏要确切得多）给送到伏尔科伏公墓去以后，房东太太对谢苗恩·伊万诺维奇便另眼相看。那个丢了差事的酒鬼虽然一只眼给打坏了（据他说是勇猛所致），一条腿也是由于勇猛而折的，却能博得和享有乌斯季尼雅·菲尧多罗夫娜所能产生的全部好感。要不是他后来喝酒喝得昏天黑地，满可以作为房东太太最忠实的走卒兼食客活上很久。这一切还是在沙滩头旧址发生的，那时乌斯季尼雅·菲尧多罗夫娜总共只有三个房客；寄宿舍迁入新址后，气派比过去大了，新招来十来个房客，老房客中硕果仅存的只有普罗哈尔钦先生。

不知是普罗哈尔钦先生自身存在固有的缺点呢，还是同住者个个都有这样的短处，反正他跟别人的关系从一开始就不融洽。此处只消指出一点：乌斯季尼雅·菲尧多罗夫娜的新房客彼此相处得无不像同胞手足一般。他们中有些是同事，每月一号总是玩法老、普列菲朗斯和比克斯[1]，把自己的薪水你输给我，我输给你；兴致高的时候，喜欢倾巢而出，用他们之间的话说是去享受啦啦泛泡的生命的瞬间；间或也喜欢高谈阔论，虽则在这种情况下往往难免发生争执，但由于这帮人头脑里都不存偏见，他们之间和睦的感情丝毫不会遭到破坏。房客中特别值得一提的是：马尔克·伊万诺维奇，一个聪明而饱学的人；还有奥普列瓦尼耶夫；还有普列波洛文柯，也是一位谦谦君子；还有一个季诺维·普罗科菲耶维奇，他的坚定不移的目标乃是跻身上流社会；末了还有书记奥基扬诺夫，他一度几乎夺走谢苗恩·伊万诺维奇的专宠桂冠；还有另一个书记苏吉宾；平民出身的知识分子康塔烈夫；还有其他人等。但是，这些人似乎都不把谢苗恩·伊万诺维奇看作自己的同类。诚然，谁也没有什么跟他过不去；不仅如此，最初大家还对普罗哈尔钦作出公允的评价，认为他虽然不善交际，却是个温顺的好人，讲信义，不是溜须拍马之辈，当然有他自己的缺点，他将来的苦头不吃在其他方面，要吃就吃在本人缺乏主见这一点上（马尔克·伊万诺维奇语）。这且不谈。如此缺乏主见的普罗哈尔钦先生，尽管在举止风度上不可能使任何人震惊以取得特别有利于自己的效果（一些促狭鬼尽爱在这方面挑眼），可是就连仪态问题也马

① 这是三种纸牌游戏的名称。

马虎虎放了过去，而且马尔克·伊万诺维奇作为一个聪明人正式充当谢苗恩·伊万诺维奇的辩护士，并用相当得体而又花哨的措辞宣称：普罗哈尔钦是个老成持重的人，早过了惜春悲秋的时代。总之，如果说谢苗恩·伊万诺维奇跟人家合不来，那么一切只能怪他自己。

首先引起人们注意的无疑是谢苗恩·伊万诺维奇的小气和吝啬。这一点立刻被看了出来并且记在账上，因为谢苗恩·伊万诺维奇无论如何不肯把他的茶壶[①]借给任何人，哪怕只用极短的时间也不行；在这件事情上尤其不可原谅的是：他自己差不多完全不喝茶，必要时也只喝一种味儿相当芳美的煎汁，那是用他随时大量贮存着的野花和某几种药草熬的。再者，他就餐也和其余的房客通常的吃法大不相同。比如，他从来不要乌斯季尼雅·菲尧多罗夫娜每天向房客们提供的全套正餐。一顿饭的代价是半卢布；谢苗恩·伊万诺维奇却只花二十五个铜戈比，从不超过，因而只买零份，或考单要罗宋汤和馅饼，或者单要牛肉；更多的情况是既不喝汤，也不吃牛肉，而是就着大葱、奶渣、腌黄瓜或其他佐料吃适量的精筛面包，这样价钱便宜得多，直到实在撑不下去的时候再要他的减半正餐……

立传的笔者这里不得不承认，在下本来决计不敢谈这些没有价值的、低级的、说不出口的、对于某些崇尚高雅文体者甚至是污渎耳目的细节，可是所有这些细节包含着这篇小说的主人公性格上的一个特点，一个居于主宰地位的特征；因为普罗哈尔钦先生远远不像他自己有时说的那样穷，连经常吃饱肚子的钱也没有。他不怕出丑和遭物议做这等讨嫌事儿，无非为了满足自己的怪癖，是出于吝啬和过分的谨慎，这一点且看下文自见分晓。为了避免描述谢苗恩·伊万诺维奇的种种怪癖令读者腻烦，我们不但略去对他的全部衣着的描写（其实对

① 这里指的是煮茶或烧开水的炊具。

于读者说来倒是有趣和十分滑稽的），要不是乌斯季尼雅·菲尧多罗夫娜自己供述，我们甚至未必会提到：谢苗恩·伊万诺维奇一辈子怎么也下不了决心把内衣交给人家洗，即使下了决心也是极其难得的事，间隔时日之久足以叫人忘记谢苗恩·伊万诺维奇身上穿着内衣。据房东太太供称："谢苗恩·伊万诺维奇——我的宝贝——愿上帝温暖他的心。二十年来，他把我的一个铺位弄得臭气冲天，真是没羞没臊。他活在世上的时候，不但一贯顽固地避而不用袜子、手绢以及诸如此类的东西，我甚至隔着破屏风亲眼看到过，他——我的宝贝——有时候简直没有什么能用来遮蔽他的光身子。"这样的议论是在谢苗恩·伊万诺维奇死后才传开的。他生前绝对不能容忍别人把好奇的鼻子伸进他的角落，即便隔着破屏风也不行，哪怕莫逆之交也不例外（这正是最最重大的分歧点之一）。此公固执己见，沉默寡言，对闲聊不搭碴儿。他不要任何人帮他出主意，也不欢迎好事之徒，总是当场面责拿他开心或帮他出主意的好事者，把人家羞辱一顿了事。"你是个毛孩子，你是没事找事，出不了好主意；喂，先生，记住你自己口袋里有没有钱。你最好去数一数，做你的一双裹脚用了多少钱！"谢苗恩·伊万诺维奇不注重繁文缛节，对任何人一律称"你"不称"您"。同样，他最讨厌别人明明知道他的脾气，纯粹为了逗乐而纠缠不休地问他箱子里藏着什么东西。……谢苗恩·伊万诺维奇有一只箱子。这箱子放在他床底下，像保护眼珠一样被珍藏着；虽然人人知道，除了几件旧衣裳、两三双破靴子以及其他杂七杂八的玩意儿外，里边什么也没有。可是普罗哈尔钦先生却十分看重这件动产，甚至有人听见，有一回他对箱子上一道旧虽旧但相当牢靠的锁不放心，表示想另外装一把结构复杂、暗藏弹簧的德国货特制锁。一天，季诺维·普罗科菲耶维奇年纪轻，头脑简单，发表了一个极不体面的粗俗想法，说谢苗恩·伊万诺维奇准是把积蓄藏在箱子里，准备留给后代。季诺维·普罗科菲耶维奇一句戏言造成的后果之不寻常，竟使在场的人一个个呆若木鸡。首先，普罗哈尔钦先生对如此露骨而粗鄙的想法，一时竟找不到得体的措辞作答。有很长一段时间只听得他口中念念有词，但不知道说些什么，好不容易才闹清楚，谢苗恩·伊万诺维奇在指责季诺维·普罗科菲耶维奇早已过去的一件小气事情；接着又弄明白，谢苗恩·伊万诺维奇预言季诺维·普罗科菲耶维奇怎么也挤不进上流社会，而那个裁缝非揍他不可，因为这小子欠人家做衣服的账已经很久。谢苗恩·伊万诺维奇还说："你小子居然想当轻骑兵士官，别做梦！上司要是知道你的底细，准把你调去当书记；我就看扁了你这毛孩子！"后来谢苗恩·伊万诺维奇总算气平，但是躺了大约五个小时，仿佛考虑够了，突然重又开腔，先是自言自语，随后冲着季诺维·普罗科菲耶维奇再次加以呵责和羞辱，使大家惊讶万分。事情还没有完。晚上，马尔克·伊万诺维奇和普列波洛文柯出了个喝茶的主意，邀请书记奥基扬诺夫也凑一份。这时，谢苗恩·伊万诺维奇从自己铺位上起来，故意坐到他们一起，拿出不知是二十个还是十五个戈比，装出忽然想喝茶的样子，开始大发议论，说穷人只不过是穷人而已，岂有他哉？穷人要聚财也聚不起来。普罗哈尔钦甚至承认（那仅仅是因为彼时正好谈到这上头）："我是个穷人；前天我还打算向那个无理的家伙借一个卢布来着，现在不借了，省得那小子吹牛，就这么回事；其实，我的薪水少得连顿饱饭也吃不起。"最后还说，他这么个穷人，正像大家看到的那样，可每月得往特维尔寄五卢布给嫂子；他要是不按月给特维尔的嫂子寄五个卢布，嫂子早已死了；靠他供养的嫂子要是死了，谢苗恩·伊万诺维奇早就可以给自己置新衣了。……谢苗恩·伊万诺维奇这样滔滔不绝地从穷人、卢布谈到嫂子，翻来覆去地说同样的话，以期最有力地打动听者，最后自己彻底弄糊涂了，这才住口。直到三天以后，已经没有人想去惹他，大家都把他忘了的时候，他又讲了一通总结性的话，大意是：万一季诺维·普罗科菲耶维奇当上了轻骑兵，这个无理的家伙一定会在战争中被砍去一条腿，人们将给他安上假肢，季诺维·普罗科菲耶维奇会上门来说：“谢苗恩·伊万诺维奇，好人哪，给点儿面包吧！”那时谢苗恩·伊万诺维奇不但不给面包，连看也不愿意看一眼季诺维·普罗科菲耶维奇这样的混账东西；就这么回事，你拿他有什么办法？

可想而知，这一切给人的印象极其有趣而又滑稽透顶。全体房客没有多加思索，便聚在一起作进一步研究，并且纯粹出于好奇心决定群起向谢苗恩·伊万诺维奇发动最后的进攻。由于普罗哈尔钦先生近来——即从他不再离群索居以来——也非常喜欢打听情况、问长问短，处处显得好奇心很重的样子（他这样做必有其不可告人的原因），对阵双方无须乎预作准备和徒耗精力便能搭起讪来，仿佛事出偶然，毫不勉强。谢苗恩·伊万诺维奇自有一套相当巧妙的、可以说是别出心裁的搭讪方式，读者已经知道：他会在将近饮茶时刻从床上下来，如果看到某处有几个人合在一起凑茶份子，便作出谦和、知趣和亲切的姿态走到他们跟前，掏出二十戈比份子钱，表示愿意参加。青年们彼此交换一下眼色，算是就接受谢苗恩·伊万诺维奇入股达成默契，随即开始闲扯。谈话起初冠冕堂皇，后来不知哪个嘴皮子薄一些的装做完全无心的模样说起新闻奇事来，内容大都向壁虚构，荒诞不经。比如，有人今天曾经听到，某大人向杰米德·瓦西里耶维奇本人提及，他认为已婚的公职人员比未婚的“到底要显得”老成些，升官也比较方便；因为安分守己的人即使结了婚长能耐也快得多，故而讲新闻者一心想尽快跟一位名叫菲甫罗尼娅·普罗科菲耶夫娜的结婚，以便升官阶、长能耐。又比如，曾不止一次发现这样的情况，他们之中某些人完全没有见过世面，缺乏潇洒的风度，自然不可能在社交界赢得女士们的好感；为了根除这一弊病，即将从各人的薪水中扣除若干款项，用这笔钱设立一个厅堂，在那里教授跳舞、上等人的气度、文明的举止、礼貌、对长者的尊敬、坚强的性格、感恩的良心以及各种讨人喜欢的派头。还有人说，为了使某些公职人员迅速变得有教养，眼看要对他们进行各门科目的考核，从年龄最大的考起[①]；讲新闻者补充道，这样一来，好多问题便可以看得一清二楚，有几位先生将不得不摊牌露馅。总之，类似的无稽之谈层出不穷，不胜枚举。大家佯装当即信以为真，还深表关注，探询细节，反躬自省；有几位更是愁容满面地连连摇头，到处找人商量，意谓：倘若事情临到他们头上，这便如何是好？不言而喻，即便远不如普罗哈尔钦先生天真老实的人，听到大家这样议论纷纷，也不免心慌意乱。何况，从各种迹象可以准确无误地判定，谢苗恩·伊万诺维奇对于任何非其理智所熟悉的新思想，反应迟钝得异乎寻常，一旦得悉什么新情况，总是无可奈何地先加以咀嚼消化，琢磨其中的含义，在头脑里绕上好多圈子，数度陷于迷惘，最后纵使心领神会了，也是通过某种只此一家、并无分出的独特途径达到的。……如此几经接触，从谢苗恩·伊万诺维奇身上忽然显现出种种迄今谁也料想不到的奇怪特性。……人们开始窃窃私议，这些闲话最后一古脑儿而且添油加醋地传到了机关里。有一点也起了推波助澜的作用，那就是，喜怒一贯不形于色的普罗哈尔钦先生没来由一下子改变了面貌：神色张皇不安，目光怯懦怕羞，迹近可疑；走路鬼鬼祟祟，动辄蓦地打颤、凝神谛听；作为这些新姿态的最高表现，他狂热地爱上了探究真相。他对弄清真相的爱好末了甚至发展到两次冒险向杰米

---

① 1809 年，沙俄参政米·米·斯佩朗斯基（1772—1839）出于巩固专制政体的目的提出了一套使农奴制适应资本主义发展需要和防止革命运动的改良主义方案。其中有一项法令规定公职人员必须通过考试取得官级。

德·瓦西里耶维奇本人查询他每天听到的数十条新闻是否属实；关于谢苗恩·伊万诺维奇此举所造成的后果，我们在这里秘而不宣，无非是出于由衷的同情顾全他的名声罢了。起先，大家以为他孤僻成性，无视社交规范。后来认为他身上颇有些不可思议的异兆，此话也不完全没有道理，因为曾不止一次发现这样的情况：谢苗恩·伊万诺维奇坐在办公桌旁，有时会忘其所以地张大了嘴，把握笔的手举在半空中发愣，或者说呆若木鸡，模样与其说像一个神志清醒的人，毋宁说像个幽灵。往往会发生这样的事：某先生在无意间东张西望的时候，突然接触到他那游荡、暗淡和有所探索的视线，禁不住打个寒颤，心里一慌，马上在有用的纸上写下“犹太佬”或者别的什么毫无意义的词儿祛邪。谢苗恩·伊万诺维奇有失体面的举止使真正的上等人感到难堪，认为是对他们的侮辱。……后来，大家都认定谢苗恩·伊万诺维奇的头脑出了毛病，直至某一天早晨，机关里纷纷传说：普罗哈尔钦先生甚至把杰米德·瓦西里耶维奇也吓了一大跳，因为他们在走廊里相遇时，前者的神态奇特异常，竟迫使后者倒退几步。……谢苗恩·伊万诺维奇惹下灾祸的说法终于也传到他本人的耳朵里。他闻听此言，立刻站起来，从桌椅之间小心翼翼地挨过去，到了过道里，亲自摘下挂在那里的外套，穿好后走出去——就此无限期失了踪。他是害怕了呢，还是给旁的什么迷了心窍，我们不得而知，反正有一个时期在寄宿舍和机关里都找不到他……

我们可不打算干脆用精神失常来解释谢苗恩·伊万诺维奇的行径；然而，我们不能不向读者指出，我们这篇小说的主人公太不善交际，老实得够呛，在跟大家合群之前始终过着与世隔绝的独居生活，不唯沉静安详，甚至神秘莫测；离开沙滩头之前那段时间，他一直躺在屏风后面的床上，不声不响，不与任何人交往。过去和他同住的两个房客生活方式跟他完全一样：那两位似乎也很神秘，也在屏风后面躺了一十五载。安闲宁谧的岁月在微波不兴的古朴环境中一天又一天、一个小时又一个小时地流逝，周围的一切同样太太平平地照常进行，所以无论谢苗恩·伊万诺维奇还是乌斯季尼雅·菲尧多罗夫娜，都已经记不真切，他们究竟初会在什么时候。乌斯季尼雅·菲尧多罗夫娜间或对后来的房客们说："他——我的宝贝，愿上帝温暖他的心——在我这儿住了有十来年，也许已经十五年，甚至二十五年也差不离了。"因此，整整一年以前，当不善交际的本篇主人公突然置身于十数个同住的新房客中间时，一个持重的本分人在喧闹的好事者包围下会产生极不愉快的惊愕感，那是完全可以理解的。

谢苗恩·伊万诺维奇的失踪在统铺寄宿舍里掀起了不大不小的波澜。一来因为他是得宠的房客；二来因为由房东太太保管的他的身份证，彼时不知怎的弄丢了。乌斯季尼雅·菲尧多罗夫娜直哭得呼天抢地，这是她在一切危急时刻必定使出的看家本领。足足两天工夫，她不住口地数落其他的房客，说他们像轰赶小鸡似的逼走了她的老房客，说"都是那班不安好心眼的促狭鬼"坑了他；到第三天，她驱使所有的人出去寻找，无论如何要把出奔的普罗哈尔钦先生弄回来，死活不论。晚上，书记苏吉宾首先回来，宣称已经发现踪迹。他在旧货市场以及其他一些地方看到了谢苗恩·伊万诺维奇；还尾随过他，在他近旁站立过，甚至当曲巷里一座房屋起火的时候跟他相距只有咫尺，可是不敢上去交谈。半小时以后，奥基扬诺夫和平民知识分子康塔烈夫回来，证实苏吉宾的话半句也不假：他们也曾站得很近，走在和他相去只有十数步的地方，可也不敢上前交谈；两个人都注意到，谢苗恩·伊万诺维奇跟一个要饭的酒鬼在一起。后来，别的房客也来了；经过对各人提供的情况作了仔细分析，大家认为普罗哈尔钦现在想必离此不远，不久肯定会来；至于他跟要饭的酒鬼在一起，大家以前就知道。那乞丐姓齐莫威金，是个十足的坏蛋，既好耍无赖，又会拍马屁；看来，他准是用什么手腕蒙住了谢苗恩·伊万诺维奇。在谢苗恩·伊万诺维奇失踪前一个星期，他带着要饭的同伙列姆涅夫一起来过，住了一个短时期的统铺，声言他是为真理而受苦，说他过去曾在好几个县里供职，不想来了一位钦差大臣，他和一帮同伙为了捍卫真理统统倒了霉；于是他上彼得堡去跪倒在波尔菲利·格里戈利耶维奇脚下，经后者斡旋被安插在一个机关里当差；然而，在命运无比残酷的迫害下，他在那里又遭裁革，因为那个机关本身奉命撤销了，而他未被纳入改组后新的僚属编制，一方面固然由于十足的不称职，同时在不小的程度上也由于他那与此全不相干的另一种本领；除开这一切，还得加上对真理的热爱以及敌人的奸计。在叙述经历的过程中，齐莫威金先生一再地吻他那面有愠色、胡子拉碴的朋友列姆涅夫，并向当时在屋子里的人一一深深打躬，连清洁女工阿甫多吉雅也没漏掉，把他们统统称为恩人，自称是个没出息、讨人嫌的混蛋，脾性既坏，资质又笨，希望善心的人们包涵他的苦命和天真。齐莫威金先生求得庇护之后，现出了快活人的本相，变得兴高采烈，还吻乌斯季尼雅·菲尧多罗夫娜的手，尽管房东太太谦逊地表示，这手不堪一亲，因为她不是贵族；傍晚时分，齐莫威金向大家许诺，要显示一下自己的才华，表演他拿手的代表作——一种精彩的舞蹈。然而及至翌晨，他的演出却落得个可悲的结局。不知是拿手的舞蹈跳得过火了呢，还是像乌斯季尼雅·菲尧多罗夫娜说的那样，齐莫威金耍什么手段，使她"蒙了羞、上了当"，须知她"甚至跟亚罗斯拉夫·伊里奇本人也相熟"，要是她愿意的话，"早当上了尉官太太"，——总之，齐莫威金不得不逃之夭夭。接着他又回来，再次被不光彩地撵走；过后拍上了谢苗恩·伊万诺维奇的马屁，顺手牵羊捞走他的一条新马裤，如今则又在那里扮演谢苗恩·伊万诺维奇的引诱者的角色。

房东太太只要得悉谢苗恩·伊万诺维奇安然无恙，身份证现在已不必再找，立即停止伤心，歇息去了。其时有几个房客商定给出奔归来者举行隆重的欢迎仪式：拧坏插销，把屏风从失踪者床前移开些，稍稍翻乱被褥，把前面提到过的那只箱子放在床的下端，让嫂子躺在床上——实则是一个玩偶，用房东太太的旧头巾、系带软帽和披肩装扮得活像普罗哈尔钦先生的嫂子模样，几可乱真。干完以后，便开始守候，准备等谢苗恩·伊万诺维奇一到就告诉他：嫂子从县里来了，眼下待在他的屏风后面，真可怜。可是，左等右等，等了好半天。……在等待的过程中，马尔克·伊万诺维奇已经把半个月的薪水预先输给普列波洛文柯和康塔烈夫，并向他们立了借据；奥基扬诺夫玩刮鼻子游戏和三叶戏已被罚得鼻子又红又肿；清洁女工阿甫多吉雅差不多已经睡足，曾两次打算起来抱柴火生炉子；季诺维·普罗科菲耶维奇不时跑到外面去看谢苗恩·伊万诺维奇是否来了，自己倒先淋得精湿。可是，连个人影也没有，既不见谢苗恩·伊万诺维奇，也不见要饭的酒鬼。最后，大家只得躺下睡觉，单让"嫂子"留在屏风后面备用。直至凌晨四点钟，外面才响起敲门声，不过敲得非常猛烈，足以彻底补偿枯守者付出的艰苦劳动。来者果然是他——谢苗恩·伊万诺维奇·普罗哈尔钦先生，只不过大家见了他的模样都吓一大跳，以致谁也顾不上搬演"嫂子"那出戏。失踪者回来时人事不省。他被扶进了屋子，说得确切些，他是由一名浑身淋湿、衣衫褴褛的夜间街车夫背进来的。房东太太问，这苦命的人究竟在哪儿灌得这样烂醉，车夫回答说："他可没醉，一丁点儿也不醉；这我敢担保，八成是晕了过去，或者发生了惊厥，也许是中风也难说。"为了方便起见，大伙把普罗哈尔钦靠在炉旁仔细观察，见他确实没有喝醉，也不像中风，而是别的什么毛病，因为谢苗恩·伊万诺维奇连舌头也不能转动，似乎害上了某种抽风症，只是一个劲儿眨巴着眼睛，莫名其妙地看看这个、瞧瞧那个戴睡帽、穿寝衣的围观者。随后，人们开始问车夫，打什么地方接来这位乘客？他答道：“打科洛姆纳来，那里有几位爷们不像爷们的先生，鬼知道他们是干什么的，反正在寻欢作乐，是他们把这一位交给了我；他们是打架了呢，还是他得了什么抽风病，只有天知道；不过那几位先生都是快活人，挺好的！”于是，谢苗恩·伊万诺维奇由两个肩背壮实的人扛着搬到床上。谢苗恩·伊万诺维奇刚进被窝，身体触到了“嫂子”，脚抵着了他的百宝箱，竟没命地高声大叫，曲着两条腿坐起来，全身哆嗦，乱抓乱扒地尽量用双手和躯体填补床上的空间，同时用颤栗的但又坚定得出奇的目光打量在场的人们，仿佛表示他宁可死也决不把他那份寒酸的家私中的一涓半滴让给任何人……

谢苗恩·伊万诺维奇躺了两三天，床铺用屏风遮得严严实实，以此与整个世界、与种种无谓的烦恼隔开。在他回来的第二天，大伙照例把他忘了；时光飞逝，过了一个钟点又一个钟点，过了一天又一天。病人沉重、发烫的脑袋陷于半睡眠、半昏迷状态；但他乖乖地躺着，不打哼哼，也不诉苦，反倒变得安分、沉默了，熬着痛苦把身子平贴在床上，犹同野兔老远听到有打猎的动静，吓得趴在地上。寄宿舍往往笼罩在持久的寂寥气氛中，这表明房客都上班去了，谢苗恩·伊万诺维奇醒来时可以尽情排遣愁绪，或听房东太太在近处厨房里张罗的轻微响动，或听清洁女工阿甫多吉雅拖着磨塌的鞋跟发出有节奏的趿拉之声，那是她一边唉声叹气、呼呼哧哧，一边到各间屋子里去打扫洗刷，收拾每一张铺位。整整几个小时就这样在昏昏欲睡、枯寂懒散的状态中溜过去，好像厨房水箱里的水滴答滴答落在木盆里。最后，房客们一个个或三三两两回来了，谢苗恩·伊万诺维奇可以非常惬意地听到他们骂天、想吃、嚷嚷、抽烟、吵架、和好、斗牌、敲打着杯子准备喝茶。谢苗恩·伊万诺维奇下意识地想撑起来按规矩入伙围炉饮茶，但随即陷入昏睡，梦见自己早就坐在茶桌旁参与闲聊，季诺维·普罗科菲耶维奇则已抓住机会往谈话中插入一整套有关嫂子以及各等好人应对她们如何以德相待的方案。谢苗恩·伊万诺维奇闻说此言，急欲为自己辩解并提出异议，但众人异口同声说出的一句万能套头语——“曾经不止一次发现这样的情况”——彻底堵住了他的口，无从发表不以为然的见解，谢苗恩·伊万诺维奇实在无计可施，只得重新开始做梦。他梦见今天是一号，自己在机关里领卢布。他在楼梯上展开一张钞票，迅速四顾张望，急忙尽快从他领到的应得薪水中分去一半，把这一半钱塞进靴筒。接着，他全不顾自己是在被窝里做梦，当即在楼梯上决定：回家后马上把膳宿费付给房东太太，然后购买一些必需品，装做并非故意的样子让某些人知道他被扣了钱，只落得身无分文，现在拿什么去寄给嫂子？他决定紧接着就悲叹一阵嫂子的苦命，明天和后天多谈谈她的事，十天以后也还要捎带着提一下她的苦况，以免同住者忘记。他这样拿定主意后，见安德烈·叶菲莫维奇也站在楼梯上；这位老是沉默寡言的秃顶小个子在机关里跟谢苗恩·伊万诺维奇的座位相隔三间屋子，二十年来双方从未交谈过一句话，此刻他也在那里数银卢布。安德烈·叶菲莫维奇把脑袋一抖，一边下楼，一边十分严肃地冲他说：“唉，钱哪！没有钱，连粥也喝不上。”到了门外台阶上，安德烈·叶菲莫维奇结尾还说：“可是我有七口人哪，先生。”这位秃顶小个子想必也全然没有发觉自己像个幽灵在游荡，而不是真正实在地走路和说话。他比划了一下离地一尺一寸[①]的高度，把手朝下一甩，嘀咕道，大儿子要上中学了；尔后，向谢苗恩·伊万诺维奇忿忿地瞪了一眼，仿佛他家里有七口人全都是普罗哈尔钦先生的过错，这才把帽子往头上一扣，几乎把眼睛也遮

① 这里指的是俄尺俄寸。1 俄尺 = 16 俄寸 = 0.71 米。那人比划的可能是他最小一个孩子的身高。

住，再将外套一抖，向左拐了个弯，消失不见了。谢苗恩·伊万诺维奇这一惊非同小可。虽然他确信别人家里出现要命的七星聚会决非自己的过错，可是结果偏偏好像不怨别人，都怨他谢苗恩·伊万诺维奇。他心一慌，拔腿就逃，因为他觉得那位秃顶先生似乎转身在向他追来，仗着他拥有无可争辩的七口之家，完全无视谢苗恩·伊万诺维奇对嫂子所承担的义务，想要用搜身的办法抢走他的全部薪水。普罗哈尔钦先生逃啊逃的，跑得上气不接下气……还有许许多多人也和他一起奔跑，他们穿着紧窄的燕尾服，放在后面口袋里的薪金叮当当作声；后来，所有的人都开始奔跑，水龙乒乒乓乓，人潮几乎用肩背把他涌到上次他和要饭的酒鬼一起到过的那片火场上。酒鬼——即齐莫威金先生——已经先在那里，他见了谢苗恩·伊万诺维奇大起忙头，拉住他的手就往人群最稠密处钻。正如果真发生火警的那天一样，黑压压的人群在他们周围喧闹、扰攘，把方坦卡河上两座桥之间整个一条河滨道以及附近的大街小巷全都挤得水泄不通；同当时一样，谢苗恩·伊万诺维奇和酒鬼一起被冲过一道墙垣，观者从街上、从旧货市场、从附近所有的房子和大小酒店里纷纷麇集到墙内一座堆木柴的大庭院中，他俩在那里好像给老虎钳夹住一般动弹不得。谢苗恩·伊万诺维奇所看到的和感觉到的和当时完全相同；在发烧和昏迷的旋涡中，一张张奇怪的面孔开始在他眼前浮晃。其中有几个他记得起来。一个就是曾经给大家留下非凡印象的先生，他身高一丈[①]，蓄着尺把长的小胡子，发生火警时待在谢苗恩·伊万诺维奇背后，从后面给他鼓气，而我们的主人公也确实兴致勃勃，使劲跺着双脚，仿佛想用这样的办法为他从所站高处看得一清二楚的救火壮观喝彩叫好。另一个正是曾经把我们的主人公搡向另一堵墙垣的壮实小伙子，当时那人正

① 这里指的是俄丈。1 俄丈 = 3 俄尺 = 2.134 米。

要翻过墙去，大概是想救什么人。谢苗恩·伊万诺维奇眼前还闪过一个脸色灰黄的老头的模样，他穿一件破旧的棉褂，腰间不知用什么东西胡乱束住；他还是起火前从家里出来到小店里去给一个房客买烟和面包干的，此刻手里拿着牛奶壶和四分之一斤[1]板烟，想穿过人丛往回走，他家里的老婆、女儿和藏在绒毛床垫底下角落里的三十卢布零五十戈比正处在火海之中。但是，谢苗恩·伊万诺维奇看得最清楚的，是他在病中已梦见不止一次的那个想必罪孽深重的穷苦女人。出现在他想象中的那个女人和当时的模样一般无二：脚上穿一双树皮草绳编的乡下人鞋子，手里拄一根拐杖，肩后背着一只草包，身上衣衫褴褛。她挥动拐杖和双手，嚷得比救火员和人们都响，说是亲生孩子把她从什么地方赶了出来，这下连两个五戈比的铜币也丢了。她不断叨念着孩子和铜币、铜币和孩子，还夹着一大串莫名其妙的话，谁也别想听懂；可是那女人并不死心，一个劲儿地哭喊、号叫，挥舞着双手，似乎压根儿没注意到眼前的大火（她是从街上被人流涌到火场上来的），没注意到她周围挤着这么多人，全不顾人家遭到的不幸，甚至不顾烧焦的木头和火星已开始溅向站在附近的人们。后来，普罗哈尔钦先生感到一阵恐怖开始袭上自己的心头，因为他清楚地看到，目前这一切不像是无端发生的，他少不得要付出代价。果然，有一个汉子登上离他不远的柴堆；那人穿着扯破的粗呢长褂，没系腰带，头发和胡须都烧焦了，他开始呼吁全体在场的人起来跟谢苗恩·伊万诺维奇作对。人愈聚愈多，那汉子大声疾呼，吓呆了的普罗哈尔钦先生突然记起来了——原来那汉子正是五年前他用最卑鄙的手段欺骗过的一名马车夫：在付车钱之前闪进一座两头有门的院子溜之大吉，边逃边把几个五戈比的铜币揣在自己怀里，活像光着脚在烧红的铁板上

① 指俄斤。1 俄斤 = 409.5 克。

跑。发急的普罗哈尔钦先生想要开口、呼叫，但他扯不开嗓门。他觉得全体狂怒的人群像一条花纹斑驳的大蛇盘在他身上愈缠愈紧，行将把他闷死。他作了一次难以想象的挣扎，旋即醒了过来。这时他看到他租住的铺位起火了，他的屏风、整个寄宿舍连同乌斯季尼雅·菲尧多罗夫娜以及所有的房客都着了火，他的床、他的枕头、被褥、箱子，还有他的一张视同珍宝的床垫统统在燃烧。谢苗恩·伊万诺维奇一骨碌爬起来，抓住床垫拖着它就跑。可是，我们的主人公衣履不整地——光着脚，单穿一件衬衫——闯进房东太太的房间，在那里被扭住后，又灰溜溜地给押回到屏风后面；其实，屏风根本没有着火，而是谢苗恩·伊万诺维奇的脑袋在发烧。人们强制他躺在被窝里，犹如衣不蔽体、须发蓬乱的手摇风琴师把惹祸的小丑装进旅行箱——那小丑胡作非为，打了所有的人，把灵魂卖给了魔鬼，临了和那个魔鬼、阿拉普、彼得鲁什卡、卡特丽娜小姐以及她那有福气的情人——上尉警察署长[1]在同一只箱子里结束生命，直至下次演出为止。

老老少少一下子都围在谢苗恩·伊万诺维奇床边，一张张面孔现出期待的表情紧张地注视着病人。其时他已苏醒，但不知是出于羞耻之心还是别的原因，忽然开始把被子拼命往身上拉，大概想躲在被窝里避开同情者的关注。后来，还是不愧为聪明人的马尔克·伊万诺维奇首先打破冷场。他用极其温柔的语调说，谢苗恩·伊万诺维奇需要绝对安静，闹病是糟糕而丢人的，只有小孩子才这样，必须恢复健康，然后到职上班。马尔克·伊万诺维奇最后开了个玩笑，说：给病人发薪金的级别还没有完全订定，再加他确切地知道，给病人的官品也颇低，照他看，病人这个头衔或地位不能带来多少实惠。简而言之，可以看出，大家对谢苗恩·伊万诺维奇的命运极为关注，深表同

① 以上都是俄罗斯民间傀儡喜剧中的人物。

情。可他以令人费解的无赖态度继续躺在床上一声不吭，顽固地把被子愈裹愈紧。不过，马尔克·伊万诺维奇并不服输，硬着头皮又向谢苗恩·伊万诺维奇说了一通非常动听的话，他知道对待病人就得这样；但谢苗恩·伊万诺维奇完全无动于衷，相反现出极不信任的姿态，含糊不清地咕哝着什么，突然开始皱眉蹙额、愠色毕露地向左右斜睨，简直想用目光把所有的同情者统统烧成灰烬。再待下去已经没有意义：马尔克·伊万诺维奇耐不住了，他看出普罗哈尔钦硬是立意顽抗，终于动了肝火，便不再转弯抹角地甜言软哄，而是直截了当地正告：该起来了，赖在床上不是办法，没日没夜地嚷嚷失火、嫂子、酒鬼、锁、箱子以及其他谁也闹不清的胡话是荒唐、不体面和有失人格的；如果谢苗恩·伊万诺维奇不想睡，那就不要妨碍别人安睡，应该知趣些，别忘其所以。这番话起了作用，谢苗恩·伊万诺维奇立即向正告者转过脸来，尽管声音虚弱、嘶哑，口气却很坚决地说："住口，你这个小子！你是一块耍嘴皮子的料，尽放屁！你只配做鞋跟！难道你是公爵？你懂个屁！"马尔克·伊万诺维奇听了这话，火冒三丈，但注意到自己是跟一个病人在打交道，便宽宏大量地不再计较，只是试图羞他几句，但连这样的话也到了口边收住没说；因为谢苗恩·伊万诺维奇紧接着宣称，他不容许别人拿他开心，尽管马尔克·伊万诺维奇是作过诗的。随后出现两分钟的静场；马尔克·伊万诺维奇直至从惊愕中定下神来，才毫不含糊、措词得体、但又相当坚定地指出，谢苗恩·伊万诺维奇应当知道，他是在正人君子中间，并说："阁下应该懂得对待正人君子应有的礼貌。"马尔克·伊万诺维奇善于在适当的场合露一手自己的口才，也喜欢给听众留下深刻的印象。而谢苗恩·伊万诺维奇说话行事则比较生硬，大概是长期习惯于沉默造成的，这且不谈。又比如，逢到要用长句的时候，他在深入句子结构内部的过程中，好像每一个词都会产生另一个词，而另一个词刚一出来又产生第三个词，第三个再生出第四个，如此愈滚愈多，弄得一张嘴给话塞得满满的，于是乎开始干咳；最后，那些周转不灵的词儿以光怪陆离、语无伦次的序列倾泻出来。因此，谢苗恩·伊万诺维奇纵然学问不错，说的话有时却愚蠢得可怕。这一次他回敬马尔克·伊万诺维奇的话是："胡说，你这大个子，你是一块浪荡少年的料！你挎上一只要饭的背囊，就是个十足的叫化子！你离经叛道，你这下流坯；去你的吧，诗人！"

"谢苗恩·伊万诺维奇，您还在说胡话，还是怎么着？"

"告诉你，"谢苗恩·伊万诺维奇答道，"傻瓜说胡话，酒鬼说胡话，狗说胡话，有头脑的人做事入情入理。听着，你屁也不懂，你这块荒唐鬼的料，你学问大，你是活书本！小心身上起火，到时候连脑袋烧掉也不觉得，难道你没听说过这么个故事？！"

"什么，脑袋烧掉？……岂有此理！……谢苗恩·伊万诺维奇，您怎么说出这样的话来？……"

马尔克·伊万诺维奇甚至没把话说完，因为大家都看得很清楚，谢苗恩·伊万诺维奇尚未清醒过来，还在说胡话；可是房东太太按捺不住，当即说，前不久曲巷的那座房屋失火是一个秃头姑娘闯的祸。那里有这么一个秃头的姑娘，她点了支蜡烛，不料把堆放什物的一间屋子烧着了。乌斯季尼雅·菲尧多罗夫娜断言，她这里决不会出这等事，这里的铺位安全可靠。

"我说，谢苗恩·伊万诺维奇！"失去自持的季诺维·普罗科菲耶维奇打断房东太太的话头，大声嚷道。"谢苗恩·伊万诺维奇，您这算是什么玩意儿，傻不溜丢的；关于您嫂子或者跳舞考核的事，难道人家是跟您开玩笑不成？是不是这样？您到底是怎么想的？"

"你给我听着，"我们的主人公贾其余勇从被窝里支起上身来答道，他对那些同情者已恨得要命，"谁是开玩笑的小丑？你是小丑，狗是小丑，你这块小丑的料；先生，我可不愿奉你的命开玩笑；告诉你，毛孩子，我可不是你的听差，先生！”

谢苗恩·伊万诺维奇还想说些什么，但是力不从心，又倒在被上。同情者惑然不解，个个张口结舌，他们这才明白谢苗恩·伊万诺维奇的症结所在，可是不知从何入手；忽然，厨房门呀的一声打开了，酒鬼朋友——即齐莫威金先生——不好意思地探头进来，照他的老习惯先小心翼翼嗅一下这里的气氛。大伙仿佛正等着他，一齐向他招手，示意他快些走过来。齐莫威金喜出望外，连外套也顾不上脱，赶紧挤到谢苗恩·伊万诺维奇床前准备效劳。

看来，齐莫威金整整一宿没睡，在忙着什么重大的事情。他的右半边面孔不知用什么东西贴着；肿胀的眼皮由于眼睛化脓而湿润；燕尾服和所有的衣裳都撕破了，而且全部服饰的左边一半似乎给洒了什么脏东西，也许是某处水潭里的烂泥浆。他腋下夹着一把不知是谁的小提琴，准备拿到什么地方去卖。看来，在场的人呼唤他帮忙算是做对了，因为齐莫威金刚一摸清问题的实质，立刻摆出一副胜券在握而且胸有成竹的架势，向撒泼胡闹的谢苗恩·伊万诺维奇说：“你怎么啦，谢恩卡[①]？起来！你怎么啦，谢恩卡，你是有头脑的，普罗哈尔钦，放聪明些！要是装腔作势，我就把你拖起来；别装腔作势！”这番简短而有力的话使在场的人感到纳罕，更加令人纳罕的是：只见谢苗恩·伊万诺维奇听了这几句话和看到那样一张脸以后，又窘又羞，狼狈不堪，好不容易才硬着头皮含糊不清、悄没声儿地作为例行公事回敬几句：“你这个倒霉蛋，去你的！你是倒霉蛋，你是贼！喂，你懂不懂？你是小不点儿，公爵，你是一块小不点儿的料！”

---

① 谢恩卡以及下文的谢尼亚都是谢苗恩的小名。齐莫威金用这样的称呼表示他与普罗哈尔钦决非泛泛之交。

“不，老哥，”齐莫威金毫不气馁，拖着长腔答道，“这不好，聪明的老哥，普罗哈尔钦，你这块普罗哈尔钦的料！”齐莫威金学着谢苗恩·伊万诺维奇的惯用语继续说，并得意地环顾四周，“别装腔作势了！放老实点儿，谢尼亚，老实点儿，要不，我就去报告，把什么都说出来，懂吗，我的老哥？”

谢苗恩·伊万诺维奇似乎全理会了，他刚听完齐莫威金末尾那两句话，就打了个哆嗦，忽然开始很快而又茫无所措地四顾张望。齐莫威金先生对于取得的效果感到满意，想要再接再厉，但马尔克·伊万诺维奇立即刹住他的劲头，并瞅准了谢苗恩·伊万诺维奇沉默下来、趋于顺从、几乎变得非常安分的机会，开始大发宏论，开导刚才还在撒野的普罗哈尔钦，说：“抱有类似您此刻头脑里那样的想法首先是无益的；其次，不但无益，甚而有害；最后，与其说有害，毋宁说是极不道德的，其原因在于您，谢苗恩·伊万诺维奇，会把大家引入歧途，给人家做出了坏榜样。”大家期待着这席话产生醍醐灌顶的效果。加以谢苗恩·伊万诺维奇此刻已非常老实，反驳的语气颇有节制。接着开始了差不多是心平气和的争论。大家对他的态度很友好，问他为何这样胆怯？谢苗恩·伊万诺维奇回答了，但是话中有话。别人不以为然，谢苗恩·伊万诺维奇反过来也不以为然。双方又抬了一个回合的杠，随后老老少少全体卷入争论，因为谈话一下子转到某个希奇古怪的题目上，双方都完全不知道该如何表达问题的本末。争论竟发展到动肝火，动肝火发展到大叫大嚷，大叫大嚷又发展到哭鼻子，最后，马尔克·伊万诺维奇是嘴角带着狂怒的唾沫走开的，并宣布他迄今为止从未碰到过这样不可救药的人。奥普列瓦尼耶夫啐了一口，奥基扬诺夫吓破了胆，季诺维·普罗科菲耶维奇眼泪汪汪，而乌斯季尼雅·菲尧多罗夫娜索性直着嗓子干嚎，说什么“好端端一个房客离开了此地竟弄得失魂落魄，可怜他年纪轻轻没有身份证便一命归阴，连个来龙去脉也不交代清楚”，撇下她“孤孤单单一个妇道人家给拖来拽去”。总之，大家终于看清楚，播种是成功的，撒下去的种子结出了百倍的果实，土壤是肥沃的，谢苗恩·伊万诺维奇自与他们为伍以来，已经出色地、无可挽回地搅乱了自己的头脑。大家都闭口不语，如果说过去他们只看到谢苗恩·伊万诺维奇变得胆小如鼠，那么，这一回轮到同情者们自己胆怯起来了……

“怎么着？”马尔克·伊万诺维奇喊道，“您到底怕什么？您为什么失魂落魄？谁会想到您，我的先生？您凭什么害怕？您是谁？您算什么东西？什么也不是，先生，您等于零，别的什么也不是！您干吗发抖？街上轧死了个娘们，难道您也会给轧死？一个酒鬼没管好自己的口袋，难道您的下摆也会给剪去？一座房子失了火，难道您的脑袋也会烧掉不成，啊？是不是这样，先生？是这样吗，老爷子？是不是这样？”

“你，你，你真蠢！”谢苗恩·伊万诺维奇嘟囔道，“鼻子会给吃掉，自己把鼻子连面包一起吃下去也不知道[①]……”

“鞋跟就鞋跟吧，”马尔克·伊万诺维奇不耐烦往下听，大声说，“我大概是一块做鞋跟的料。别忘了，我可不需要通过考试，不需要结婚，不需要学跳舞；先生，我脚底下的地不会崩塌。什么，老爷子？难道您连个宽敞的地方都没有？您身下的地面莫非会塌下去不成？”

“关你什么事？谁问你来着？一关闭就没有了。”

“没有？关闭什么？！您又在说什么胡话，啊？”

“酒鬼给弄下了车……”

① 俄国作家果戈理所著短篇小说《鼻子》中写了这样一段情节：理发师吃早餐切面包时发现面包里有自己一位顾客的鼻子。

“弄下了车；可那是酒鬼，而您跟我是人！”

“就算是人。可它在那里，是也罢，不是也罢……”

“莫名其妙！她是谁？”

“它是机关……办公的机关！！！”

“嗐，您这人真怪！办公的机关自然是需要的喽……”

“你说它需要；今天需要，明天需要，可是后天也许就不需要了。我听到过这么个故事……”

“反正您的薪俸是论年的！多玛，您实在是多玛，您这个什么也不信的死脑筋！[1]有的地方对于老资格买点儿账……”

“薪俸？我把薪俸吃光了，回头小偷来会把钱拿走；可是我有个嫂子，你知道不？嫂子！你这个钉锤子……”

“又是嫂子！您这个人也真……”

“我这个人怎么啦？我是人，可你读了一肚子书成了书呆子。告诉你，钉锤子，你是块钉锤子的料，就这么回事！我可不是跟你开玩笑；有这么一个地方，拿不准什么时候一下子就会撤销。连杰米德也说，你听着，连杰米德·瓦西里耶维奇也说，那地方要撤销……”

“唉，杰米德，杰米德！难道您不怕上行下效……”

“是啊，只要这么一家伙，你就丢了差使；不信你等着瞧……”

“您要么在撒谎，要么完全疯了！您干脆对我们直说：到底是怎么回事？反正是对不起上帝的，就得老实承认！不用怕难为情！是不是疯了，老爷子，啊？”

“是疯了！神经错乱了！”周围顿时群情哗然，人们绝望地扭绞着双手，而马尔克·伊万诺维奇已被房东太太用两臂抱住，生怕他把

---

① 福音书中的使徒多玛不信基督复活的消息。后世把很难使其相信什么事情的人称为多玛。

谢苗恩·伊万诺维奇撕成碎片。“你成了邪教徒，你怎么长着一颗邪教徒的灵魂，你这个聪明人哪！”齐莫威金声泪俱下地说，“谢尼亚，你明明不是好动气的人，相貌既好，和蔼可亲！你禀性忠厚，道德高尚……听见没有？这是由你的德行引起的；脾气坏、头脑笨的是我，要饭的是我；可是善心的人们好像并不嫌弃我，居然还瞧得起我，在此我感谢他们和房东太太；你瞧，我这就一躬到地向他们致敬，瞧，就这个样子；这是尽我的一份义务，好太太！”说着，齐莫威金果真一躬到地向左右前后唱了个转身喏，态度庄重，简直有些一本正经。此后，谢苗恩·伊万诺维奇又想继续说话，但这一回众人没让他开口；大伙七嘴八舌地恳求、劝说、安慰，结果使谢苗恩·伊万诺维奇甚至羞愧难当，终于用微弱的声音要求作一番表白。

“是这样的；事情当然很好，”他说，“我相貌既好，人又厚道，而且道德高尚，忠诚老实；要知道，我正在滴尽最后的血，听着，你这个毛孩子、小不点儿……就算它——我是说机关里的饭碗——还在，可我是个穷光蛋，万一有个好歹，你听着，小不点儿的料，先别开口，好好领会，万一有个好歹……老弟，尽管眼下还在，但以后也许没了……你懂吗？那时，老弟，我就得挎上背囊去要饭，你知道不？”

“谢恩卡！”齐莫威金豁出命来大喝一声，这回竟压倒群情哗然的啰唣。“你这是离经叛道！我马上去报告！你是什么东西？你是什么人？你这不是无理取闹吗，你这个山羊脑门子？脾气坏、头脑笨的才会遭到开革，连解聘书也不给；你是谁？！”

“说的是啊……”

“是什么？！瞧，你拿他毫无办法！……”

“怎么毫无办法？”

“他可以随心所欲，我也可以随心所欲；可是躺着躺着，没准儿……”

“怎么样？”

“没准儿就离了经、叛了道……”

“离——经——叛——道！谢恩卡，你这是离经叛道！！”

“且慢！”普罗哈尔钦先生喝道，他一挥手叫对方先别起哄，“我不是这个意思……你要明白，你这只山羊，难道你不懂吗？我和蔼可亲，今天和蔼，明天可亲，以后就变了，变得粗鲁无礼；发一枚奖章给你，马上就离经叛道！……”

“您到底是怎么回事？”马尔克·伊万诺维奇终于从他本来坐着歇一会的椅子上蹦起来大叫，接着暴跳如雷地冲到床前，气得浑身发抖，“您到底是怎么回事？您是一只山羊！纯粹是捕风捉影。世界只有您一个人不成？这世界是单为您造出来的？您是拿破仑还是怎么着？您是什么东西？您是何许人？您是拿破仑，啊？是不是拿破仑？！说呀，先生，是不是拿破仑？……”

但是，普罗哈尔钦先生已经回答不了这个问题。倒不是他不好意思以拿破仑自诩或不敢承担这样的责任，——不，他再也不能抬杠，再也说不出该说的话了。……接着出现的是一阵痛苦的危急时刻。从他闪烁着虚火的灰眼睛里忽然涌出点点珠泪。他用一双瘦骨嶙峋的手捂住发烧的脑袋，在床上撑起来，抽抽搭搭地说，他穷得要命，他是那么不幸、老实，他愚昧无知，希望善良的人们宽恕他，照顾他，保护他，给吃给喝，不要见死不救，如此等等……天知道谢苗恩·伊万诺维奇还叨咕些什么。在叨咕的同时，他满怀恐惧左右上下不停地张望，仿佛天花板马上就要坍下来或者地板会塌下去。大伙瞧着病人这光景觉得怪可怜的，心都变软了。房东太太像个村妇一般号啕大哭，一边悲叹自己孤苦无告的命运，一边亲自照料病人躺下。马尔克·伊万诺维奇眼看想要唤醒拿破仑的神志已经无望，随即也动了恻隐之心，也参与急救。另一些人为了表示自己不愿袖手旁观，建议给他熬一服树莓汤，说这种汤汁立奏神效，能治百病，而且病人非常乐于服用；但齐莫威金立刻把别人的主张统统推翻，声称对付这样的病症收效之大莫若大量服用某种苦口的甘菊。至于季诺维·普罗科菲耶维奇，由于他心地善良，简直哭得像个泪人儿似的，深悔不该用种种无稽之谈吓唬谢苗恩·伊万诺维奇。他把病人说自己穷得要命和希望给吃给喝的那几句话玩味了一番，准备发起一场募捐运动，不过暂时还没有越出统铺的范围。众人喟叹的喟叹，惋惜的惋惜，好不惨然；同时都感到惑然不解：好端端的一个人怎么会胆怯到这般地步？为什么如此前怕狼后怕虎的？倘若他位高爵显，家有妻室，子女成群，倘若他被牵扯到什么讼端中去，那还可以理解；可他明明是个微不足道的人，全部财产就是一只装上德国弹簧锁的箱子，在屏风后面躺了二十多年，不声不响，既不谙世情，又未尝苦辛，一味省吃俭用，这么个人，就因为听别人闲得无聊时说了一句毫无意义的荒唐话，一下子竟把自己的头脑彻底颠倒了过来，如今整日价为了吃饭突然变得艰难而忧心忡忡。……其实，别人又何尝不艰难？事后奥基扬诺夫说："只要他能懂得人人都艰难这个道理，也就不至于神经错乱，不会无理取闹，满可以照常过太平日子。"整个白天尽忙着谢苗恩·伊万诺维奇的事。大伙不时来看望他，探询病况，好言劝慰；但是及至傍晚，别人的劝慰对他已不起作用。这可怜的人开始发高烧，说胡话，陷于昏迷状态，急得大家几乎要去请大夫；房客们一致商定，相互保证通宵轮流守护谢苗恩·伊万诺维奇，竭力设法宽他的心，万一发生什么变故，立即叫醒大家。为此，他们坐下来玩牌，以免睡着，让病人的酒鬼朋友去服侍他，反正他白天一直待在统铺房间里病人的床边，并请求让他在此地过夜。牌戏的赌注太小，玩的人劲头实在不大，所以很快便告意兴索然。他们扔下牌戏，开始争论一件什么事情，接着喧闹声起，有人拍桌打凳，最后不欢而散，各归自己的铺位，但余怒未息，很久还可以听到舌剑唇枪往来不绝。由于大伙一下子动了气，也就不愿值班，都睡着了。不一会，统铺房间里鸦雀无声，如同空地窖一般，何况寒气直砭肌骨。奥基扬诺夫是最后入睡的一个，事后他说："不知是梦还是真，反正在破晓之前，我迷迷糊糊感觉到有两个人在我近旁谈话。"据奥基扬诺夫述说，他听出是齐莫威金的声音，先是齐莫威金在他近旁唤醒他的老朋友列姆涅夫，两人窃窃私语了很久；后来齐莫威金走了出去，只听见他企图在厨房里用钥匙开门。事后房东太太断言，钥匙是放在她枕头底下的，那天夜里却不见了。奥基扬诺夫说他最后好像听到他俩走到屏风后面病人床前，在那里点燃了一支蜡烛。他说，接下去的事他什么都不知道，因为眼皮合拢了；尔后他跟大伙一起被吵醒，那时统铺房间里的人一齐从床上跳起来，因为屏风后面发出一声连死人也要吓一大跳的叫唤，——当时许多人都觉得那里的蜡烛好像突然灭了。寄宿舍里顿时乱成一团，每个人的心都往下沉；人们纷纷朝发出叫唤的地方跑去，但这时屏风后面响起了喧闹声、嚷嚷声、詈骂声和打架声。及至点起了蜡烛，只见齐莫威金和列姆涅夫在厮打，两人互相责骂。他们被烛光照亮后，一个嚷道："不是我，是强盗！"另一个——即齐莫威金——嚷道："别碰，我是清白的；我马上可以赌咒！"两个人都面无人色；但众人最初却顾不上他们，因为病人不在屏风后面的老地方。他们把厮打双方强行拖开，这才发现普罗哈尔钦先生躺在床下，想必已人事不省，而且把被子和枕头也拉在自己身上，所以床上只剩一张光光的垫褥（上面从来不铺被单），非但破旧不堪，而且沾满油污。众人把谢苗恩·伊万诺维奇拖出来抬到褥子上，但马上发现不必多费手脚了，完蛋已成定局，他的两手发僵，自己没法站稳。大伙站在他床畔，他犹自全身作轻微的颤动，挣扎着想用手做什么动作，口虽然不开，但眼珠子眨巴个不停，据说刚刚从刽子手的斧下滚落的脑袋还是活的，冒着鲜红的热血，上面的眼珠子也是如此眨巴个不停，毫无两样。

渐渐地，病人显得愈来愈平静，临终的颤栗和痉挛也已停止，普罗哈尔钦先生两脚一挺，登碧落下黄泉去了。谢苗恩·伊万诺维奇是害怕了呢，或者如列姆涅夫后来断言的那样做了个梦，或者另外造了什么孽——不得而知。反正情况是这样的：设若此刻执达员来到寄宿舍，以离经叛道、无理取闹和酗酒滋事的罪名宣布把谢苗恩·伊万诺维奇革职；设若一个裹着破肩巾的女乞丐从另一扇门外进来，自称是谢苗恩·伊万诺维奇的嫂子；甚至设若谢苗恩·伊万诺维奇立刻获得二百卢布的奖赏；说到底，哪怕这房子起火，把谢苗恩·伊万诺维奇的脑袋都烧着了，——他得悉这样的情况也决不会抬动一根眉毛。就在第一阵震惊方定，在场的人恢复了说话的功能，纷纷大起忙头的当儿，就在七嘴八舌胡乱猜测、怀疑和叫嚷的当儿，就在乌斯季尼雅·菲尧多罗夫娜从床下拖出箱子，慌忙搜索谢苗恩·伊万诺维奇的枕头和褥子底下，甚至搜到他的靴筒里的当儿，就在列姆涅夫和齐莫威金接受盘问的当儿，过去一贯头脑极其迟钝、最最安分守己的房客奥基扬诺夫，一下子竟变得浑身是胆，焕发出自己的才能，抓起帽子，趁闹哄哄的机会溜出了寄宿舍。正当无人做主的混乱状态在素来安谧、陡起波澜的通铺房间里达于极点的时刻，门开了，就像大雪当顶崩塌似的突然出现几位不速之客，先是一位气宇轩昂但面有愠色的先生，接着是亚罗斯拉夫·伊里奇，在亚罗斯拉夫·伊里奇之后是他的随从以及有关当局的来人，最后是神情尴尬的奥基扬诺夫先生。紧绷着脸然而气宇轩昂的那位先生径直走到谢苗恩·伊万诺维奇床前，按了一下他的脉搏，扮个鬼脸，耸耸肩膀，宣布一个众所周知的公式，即：死者已经气绝。这位先生只添了一句例行公事以外的话，说日前一位颇有身价的先生也是在睡梦中发生同样的情况，一下子死了。然后，气宇轩昂但面有愠色的先生离开床边，说是根本没有必要把他请来，言毕走了出去。亚罗斯拉夫·伊里奇当即取代他的位置（其时列姆涅夫和齐莫威金已被交给有关当局的来人），向若干人问了些情况，略施手腕便把房东太太已经想要撬开的箱子弄到手，把靴子放在老地方，说这双靴子已经百孔千疮，全无用处，并索回了枕头，再把奥基扬诺夫叫去问箱子的钥匙在哪里，结果从死者的酒鬼朋友口袋里搜了出来，然后会同有关人等郑重其事地打开谢苗恩·伊万诺维奇的百宝箱。经过清点，全部遗物只是两件旧衣裳、一双袜、一条围巾、一顶旧帽子、几颗纽扣、一双旧鞋底、一双旧靴筒，——总之，尽是些鸡零狗碎、发霉生锈的破烂，唯一的好东西就是那把德国锁。他们把奥基扬诺夫叫去，疾言厉色地跟他谈了一会，但奥基扬诺夫坚称愿意宣誓作证。他们把枕头要来仔细察看，它除了比较脏以外，在其他方面和一般枕头没什么不同。他们把注意力转到垫褥上，想要把它掀起来，正在动手前稍加考虑，忽然，完全出乎人们意料之外，有一件沉甸甸、响当当的东西梆的一声掉在地板上。有人俯身在地上摸索，看见一个纸包，包内有十来块卢布。“嘆！”亚罗斯拉夫指着垫褥上一处露出鬃毛和棉絮的破绽说。有关人等看了那个地方，断言它是刚用刀割破的，大约有半尺长；亚罗斯拉夫·伊里奇把手伸进那个窟窿，从中取出房东太太的一柄切菜刀，垫褥正是用它割破的，想必用后被慌忙中扔在那里。他刚从窟窿中取出刀来，并且又发出“嘆！”的一声惊叹，马上有另一包东西掉落，紧接着陆续滚出半卢布银币两个、二十五戈比的银币一个，后来是一些零钱和一个很大的五戈比古币。这些钱立即被好多只手捡起来。至此，大家认为不妨索性用剪刀绞开垫褥算了。于是便把剪刀要来……

在这段时间内，一支点剩不多的蜡烛照着一幅非常值得一看的景象。十来个房客穿着千奇百怪的服装，个个蓬头垢面、胡子拉碴、睡眼惺忪，都还是昨宵就寝时的模样。有的面如土色，有的额上冒汗，有的直打哆嗦，有的遍体发烧。房东太太吓傻了，两手交叉站着不声不响，期待亚罗斯拉夫·伊里奇从宽发落。清洁女工阿甫多吉雅和房东太太心爱的一只猫从炉台高处伸出两颗脑袋向下张望，目光中交织着恐惧和好奇；四周散横着框折布裂的屏风；洞开的箱子展示着相当寒伧的内容；撇在一旁的被子和枕头上覆着垫褥里的棉絮；除了这一切，还有扔在一张三条腿的木桌上的银币和其他钱币，形成亮闪闪的、愈来愈可观的一堆。唯独谢苗恩·伊万诺维奇始终保持镇定，挺安分地躺在床上，似乎对自己遭到的洗劫无动于衷。剪刀拿来了，亚罗斯拉夫·伊里奇的一名助手急欲讨好上司，显得有些不耐烦地把垫褥一抖，以便把它从物主背脊下面抽出来；这时，谢苗恩·伊万诺维奇很知趣地先是背朝搜索者侧过身去腾出些地方来；接着，在第二次被牵动时脸朝下卧倒，又让开了些；由于铺上缺少最靠里边的一块床板，忽然，死者出人意外地咕咚一声头朝下滚进了那个空隙，只有发青的、皮包骨的两条腿朝天跷起，犹如烧焦的树上两根枯枝。由于普罗哈尔钦这天清晨已是第二次光临自己床下，人们顿时起了疑心，有几个房客便在季诺维·普罗科菲耶维奇率领下钻到那里去，看看床下是否藏着什么东西。但搜索者们白白地在那里彼此把脑门子磕得生疼，亚罗斯拉夫·伊里奇随即喝住他们，并吩咐速速把谢苗恩·伊万诺维奇从不洁之处解救出来。于是，两个最有头脑的人各用双手拉住一条腿，把那位谁也料想不到的财主拖出来横搁在床上。其时鬃毛和棉絮在周围飘舞，钱堆则愈来愈扩大——上帝啊！这里什么样的钱币都有……堂正的整卢布、气度雍容的加半卢布[①]、俊俏可爱的折半卢

① 每枚值一卢布五十戈比。

布[1]、平民本色的四分之一卢布[2]、双角银毫[3]乃至像老太婆那样没有多大作为的单角银毫[4]和五戈比小银币——都放在专用的纸包里，有条不紊，秩序井然。其中也有若干罕见之物：如两枚徽章，一枚拿破仑金元[5]，一枚不知来历、反正非常稀少的硬币……有些卢布的铸造年份可以上溯到邈远的古代，如被磨光和破损的伊丽莎白女皇时代的古钱；有带德意志十字徽的；有彼得大帝时代的；有喀德邻女皇时代的。还有一些现在十分少见的十五戈比古钱币，上面有孔可以穿绳，虽然磨损得厉害，厚度却仍符合法定标准。甚至还有铜币，不过已经发绿生锈……他们找到一张红纸，但没有其他。及至整个解剖过程结束，垫褥套子被不止一次地抖过，大家确认再也没有丁当之声，然后把所有的钱集中在桌上开始清点。乍一看十分可能产生错觉，甚至会估到百万之数，实在因为那一堆玩意儿太大了！一百万当然不到，不过总数确实非常可观：二千四百九十七卢布五十戈比。倘若隔天季诺维·普罗科菲耶维奇发起的募捐运动果真实现的话，也许能凑足二千五百卢布。钱如数被取走，死者的箱子给贴上封条，房东太太的诉说也有人听了，并指点她该在何时向何处出示有关死者所欠账目的凭证。有关人等在有关文件上签了字；有人提了一下死者有个嫂子的事，但那个嫂子被确认在某种程度上是子虚乌有的，亦即是谢苗恩·伊万诺维奇神经错乱的产物，根据过去查询的结果，曾不止一次就此事责备过死者，——认为他有嫂子的说法不但无益，而且于普罗哈尔钦先生令誉有损；其议遂寝。人们惊魂初定，头脑恢复常态，了

① 每枚值五十戈比。
② 每枚值二十五戈比。
③ 每枚值二十戈比。
④ 每枚值十戈比。
⑤ 每枚值二十法郎。

解到死者竟是个财主，个个嗒然不语，疑信参半地面面相觑。有几个人对于谢苗恩·伊万诺维奇玩的这一手耿耿于怀，甚至相当恼火。……藏着偌大一笔钱！这家伙可真会聚财！马尔克·伊万诺维奇并不气馁，他还想解释谢苗恩·伊万诺维奇为什么突然变得如此胆小的原因，但他的高论已无人恭听。季诺维·普罗科菲耶维奇似乎陷入了深思，奥基扬诺夫喝了点儿酒，其余的人都显得有些蔫头蔫脑，鼻子奇小的矮个儿康塔烈夫傍晚搬出了寄宿舍，行前把自己的箱子、包裹一一仔细封好、扎紧，神情冷漠地向问长问短的人们解释道，如今时世艰难，这里住不起了。房东太太无休止地放声大哭，一边痛骂谢苗恩·伊万诺维奇欺负她孤苦无依。她问马尔克·伊万诺维奇，死者为何不把钱存进当铺[1]？马尔克·伊万诺维奇答道："因为傻呗，太太；缺乏主见，就这么回事。"

"您也傻得很哪，太太，"奥基扬诺夫插言道，"他在您鼻子底下二十年没露馅儿，只用指头轻轻一弹便垮了，可您尽忙着熬汤做菜，没顾得上！……唉，太太！……"

"嗳唷，其实又何必存当铺呵！"房东太太继续埋怨道，"他只要捧这么一小把钱来给我，对我说：'给，我的小心肝乌斯季尼雅，这些是给你的；只要我在世上活一天，你就管我一天饭。'要是他向我讲清楚，我可以指着神像发誓，一定管他吃，管他喝，把他照顾周到。谁知这没良心的竟是这么个骗子！我上了当，可怜我一个孤苦伶仃的妇道人家让他给骗了！……"

人们再次走到谢苗恩·伊万诺维奇床前。现在他很规矩地躺着，穿一身最好的、不过也是仅有的衣服，僵硬的下巴颏儿藏在系得不太

---

① 帝俄时代的当铺，除收取抵押品、放高利贷外，也接受储蓄存款，支付一定的利息。

高明的领结后面；脸洗过了，头发也梳光了，只是胡子刮得不太干净，因为寄宿舍里找不到剃刀；唯一的一柄属于季诺维·普罗科菲耶维奇的剃刀去年就卷了刃，已拿到旧货市场卖了个好价钱，别人都是上理发店的。屋子里乱七八糟的景象还没来得及加以收拾。翻倒的屏风仍横在地上，把谢苗恩·伊万诺维奇的栖身之所暴露无遗，似乎象征着死亡会撕下我们一切阴私、计谋、花招的遮羞布。从褥子里抖出来的鬃毛和棉絮也没有收拾好，只见厚厚的一堆堆扔在四周。这个骤然冷落下来的角落到了诗人笔下，很容易被比作由"治家有方"的燕子苦心经营起来、不料毁于一旦的巢窝：风暴破坏了一切，鸟雏同母亲全部罹难，由羽毛、棉花铺就的暖和的被褥撒了一地。……不过，谢苗恩·伊万诺维奇的模样倒是更像一只自命不凡而又无所不偷的老麻雀。现在他似乎躲到了最不显眼的地方，装聋作哑，仿佛没有他的过错，仿佛如此忍心、如此缺德、如此可恶地捉弄所有的好人并不是他玩的鬼把戏。对于被撇下、被欺负的房东太太的号哭，他已置若罔闻。相反，作为一个老谋深算的财主，即使进了棺材也不愿闲着浪费一分钟，此刻好像全神贯注于精明的计算之中。他的脸上现出深思熟虑的神态，嘴唇意味深长地紧闭着，若在生前谁也料想不到谢苗恩·伊万诺维奇会做这样的表情。他好像变聪明了。他的右眼狡黠地微眯着；谢苗恩·伊万诺维奇似乎想要说些什么，似乎有至关紧要的事情想交代、解释，而且也没有耽误时间，只是苦于被别的事情缠住了，没有来得及。……这时仿佛可以听到："你怎么啦？得了，喂，你这蠢婆娘！不要哭鼻子！嗨，你醒醒，太太！我死了，现在已经没有必要；真的是这样！躺着可真好。……哦，不，我要说的不是这个；你这个小不点儿的娘们，要明白，实在是块小不点儿的料。现在我死了，就这档子事；要不是这样，要不是这档子事，恐怕也不行；要不是这样，换句话说，要是没有死，你想，我如果爬起来，那会怎样呢，啊？"

女房东

荣如德　译

第一部

一

奥尔狄诺夫终于决定迁居。原先赁屋子给他的房东是一位公务员的遗孀，穷得很，年岁也大了，她由于并未预见的情况，没等到租赁期满的下月一号，就离开彼得堡前往某个偏僻地方的亲戚家里。年轻的房客在租期将满的时日里，对于目前的住处颇有些依恋，想到必须离开此地，觉得很遗憾，因为他的境况拮据，而时下的房租却很贵。在房东老太太走后的次日，他拿起帽子到彼得堡一些胡同小巷里去转悠，看所有钉在大门上的招租，挑颜色比较黑、人比较多、样子稳重些的房屋，估计在那里最适宜向生活清苦的住户转借到所需要的一席之地。

他已经十分用心地找了很久，但旋即被一些新的、几乎从未有过的感受占据了心房。他起初还心不在焉，继而则比较注意，后来却怀着强烈的好奇心观看周围的一切。人群和街头巷尾的景象、声响、动静以及各种事物、各种状态所出现的变化，早已使忙忙碌碌的彼得堡人生腻，他们毕生孜孜于想办法定下神来，在通过劳动或其他手段弄到的安乐窝里获得清静的归宿，偏偏求之而不得；相反，这样平庸琐屑的老套子和无聊透顶的日常生活，在他身上却唤起某种欣悦、愉快的感受。他那苍白的两颊泛起了淡淡的血色，眼睛里似乎闪耀出新的希望，于是他贪婪地一大口一大口吸着寒冷而清新的空气，心头觉得异乎寻常地轻松。

他一贯过着平静的生活，完全不与人交往。三年前，他得到学位，算是自立之后，便去找以前只是听人说过的一位老翁，等了很久才得到一名穿号衣的侍从同意，答应下次为他向主子通禀。后来，他走进一座高大的厅堂（在一些幸存的豪门世家中还有这等空荡荡、阴森森的屋子），见到了那位勋绶满胸、白发苍苍的老翁——他父亲的朋友和同僚，也是他自己的法定保护人。老翁交给他一小撮钱。款子的数目颇不足道；这是拍卖祖产清偿债务的余额。奥尔狄诺夫以无可无不可的态度接受这笔遗产，永远拜别了法定保护人，走到街上。那是一个阴冷的秋天傍晚；这个年轻人沉浸在深思中，一种无意识的郁悒啮蚀着他的心。他目光灼灼，身上只觉得一阵恶寒、一阵燥热。他一路走，一路估计靠这点钱大约可以维持两三年，如果把裤带勒紧些，甚至可以对付四年。暮色苍茫，细雨霏霏。他不加选择地租下一个住处，过一个小时便搬了去。他在那里像是进修道院出了家，过着与世隔绝的生活。两年以后，他简直成了个孤僻的怪物。

他是在不知不觉中变成这样的；他连想也没想到过世上有另一种生活——喧嚣、扰攘、永远激动人心、永远在变化、永远在召唤的生活，而且迟早免不了要与之接触。诚然，他不可能不听说过那种生活，但不知道它是怎样的，也从未去寻找过它。他自幼就与别人格格不入，如今这种性格已经定型。他被一种癖好控制着，这癖好是那样深刻、那样不知餍足，足以耗尽一个人毕生的精力，在此外的现实生活领域中连一个角落也不给像奥尔狄诺夫这样的人留下。这癖好便是治学。迄今为止，它蚕食着他的青春，像一种迷人的慢性毒药销蚀夜间的安睡，剥夺他良好的营养和在他那窄闷的寓所里永远呼吸不到的新鲜空气，可是奥尔狄诺夫陶醉于自己的癖好之中，不愿看到这一些。他年纪还轻，暂时别无他求。癖好使他对外界的情况一无所知，至于在必要的时候如何叫他人闪开些，以便在他们中间给自己划得一席之地，那更是他永远不可企及的本领。学问在某些精明的人手中是一种资本；奥尔狄诺夫的癖好却是一件对准他自己的武器。

比起合乎逻辑的好学求知这一层理由来，在他身上更多的却是不自觉的偏爱；在此前吸引过他的任何其他领域中，即便是最不重要的方面，亦然如此。他在童年时代便有怪人之称，跟伙伴们都不一样。他不知道自己的父母是怎样的人；由于那种不合群的怪脾气，他曾受到伙伴们非常缺德和粗暴的对待，由是真的变得古怪而阴郁，渐渐形成跟谁都合不来的性格。但是，他闭门从事的研究从来没有什么条理和一定的体系，甚至现在也没有；现在只有类乎艺术家那样的第一阵欣喜、第一阵狂热、第一阵冲动。他自己为自己建立体系；这套体系在他头脑里酝酿多年，一个还模糊不清的但妙不可言的思想雏形已在他心中徐徐升起，这思想体现为一种新的、明净的形式，在他心中折腾着，呼之欲出。尽管还没有充分把握，但他能感觉到此形式的特异性、正确性和独创性，因为他的力量已得到暗示：这是一项创造，它正在不断形成和充实。但具体化和成功为期尚远，也许很远很远，也许根本不可能！

此刻他走在街道上，如同一个出世的隐士突然离开无声的荒漠，来到喧闹和扰攘的都市。在他看来，一切都显得新鲜、希奇。但他对周围那个沸腾、喧嚷的世界太陌生了，甚至没想到惊异于自己奇怪的感觉。他仿佛并不觉察自己的孤僻，相反产生了一种欣喜的感觉，犹如一个饿极的人在长时间斋戒之后得到了吃的和喝的，有些头晕目眩；当然，如果说像更换寓所这样的新情况会使一个彼得堡居民（哪怕像奥尔狄诺夫这样的人）晕头转向，那么未免奇怪；不过，在这以前他几乎没有出过一次门去办事，这也是事实。

他漫步走在街上，愈来愈觉得有意思。他像个闲逛者[①]那样睁大了眼睛看着一切。

然而，即使在这个时候，他仍未忘记自己的老习惯，面对着展现在他眼前的这一派五光十色的景象，却像读书一样在看它的夹缝文章。一切都使他纳罕；他不放过任何一个印象，用想象的目光瞧着行人的容貌，审视周围一切的面目，欣然倾听群众的言语，仿佛处处在验证他于夜阑人静时得出的一条条结论。他往往因某一细节触景生情，于是破题儿第一遭痛感不该把自己活埋在斗室之中。这里的一切都以较高的速度进行，他的脉搏快而有力，处在孤独的压抑下、只有紧张亢奋的工作给予鼓励和尊崇的头脑，现在开动得很麻利，从容而又大胆。加之他不自觉地想把自己也塞进这种他非常陌生的生活，对之他迄今只是凭艺术家的本能有所了解，或者确切地说只是准确地预感到罢了，他的心不由自主地渴慕起爱情和知音来了。他更加注意地观察打他身旁经过的行人；但人们无暇他顾，个个行色匆匆，心事重重。……渐渐地，奥尔狄诺夫有点难以保持超然物外的态度；他开始感到现实沉重的分量；一种诚惶诚恐的心情油然而生。他在大量前所未知的新印象冲击下已有些倦意，恰似一个沉疴初愈的病人兴冲冲第一次下地，可是架不住炫目的光亮、生活的旋风、从他身旁飞过的人群的喧嚷和斑斓色彩，只觉得头昏眼花、天旋地转，一下子跌倒了。他有些怏怏然，开始为自己的一生、为自己的全部作为，甚至为自己的前途担忧。新的想法使他心神不宁。他忽然想到，自己一辈子都是形单影只，没有人爱过他，他也没爱过任何人。他这次出来漫步，最初曾偶尔跟行人攀谈几句，其中有几个用不客气和奇怪的目光看着

---

① 原文为法语。

他。他明白，人家以为他是个疯子或天字第一号的怪物，不过，这一点也不算冤枉。他回忆起，任何时候只要有他在场，别人总是很不自在；还在童年时代，由于他性好沉思和脾气固执，大伙都不跟他为伍；他对别人并不是没有好感，但从中怎么也看不出精神上的平等态度，表现的方式总是别别扭扭、令人不快的，或者别人根本不能察觉；他小时候就为自己跟别的孩子、跟自己的同龄人完全不一样而苦恼。现在他回想起来，认识到大家把他撇在一边，不跟他打交道并非自今日始，而是一贯如此的。

他不知不觉走到远离市中心的彼得堡一端。在一家冷僻的小酒店里用过午餐以后，他再去漫步转悠。他又走过了好多街道和广场。随后是一溜溜黄色和灰色的栅栏，这里广厦华屋愈来愈少，不时可以看到东倾西圮的简陋房舍，同时也有其大无比的工厂建筑物，样子挺难看，有的发黑，有的赭红，竖着高高的烟囱。到处都是空旷无人；周围的景物似乎都阴沉沉地绷着脸儿，至少奥尔狄诺夫有这样的感觉。时近黄昏。他经由一条长长的胡同来到一座教区礼拜堂所在的广场上。

他心不在焉地走进教堂。那边刚做完礼拜，教堂里几乎空无一人，只有两位老太太还跪在门口。教堂执事——一个白发苍苍的小老头儿——在罩灭蜡烛。西斜的夕阳透过顶上一扇小窗倾泻下来，形成一道宽阔的光流，把一座辅祭坛照得透亮；但落日的余晖在不断减弱，而笼罩在教堂拱顶下的暮霭愈浓愈黑，供在各处的神像在闪烁不定的灯烛映照下就愈显得金光灿灿。奥尔狄诺夫为一阵不安的惆怅和某种沮丧的心情所控制，靠在教堂最阴暗的一个角落的墙上，短时间内陷于麻木状态。他醒来时教堂拱顶下响起沉闷而有节奏的声音，有本教区的两名教徒走了进来。他抬头望去，见到那进来的两个人，顿时给一种难以形容的好奇心所控制。那两人一个是老者，一个是年轻女子。老者身材高大，腰还不弯，精神矍铄，但是瘦削而苍白。从外表看，不妨把他当作从远地方来的商人。他身穿一件很长的黑色毛皮大褂，前襟敞开，显然是节日服装。大褂里面露出另一件俄罗斯式长襟衣裳，所有的纽扣从上到下全部扣紧。光脖子上随随便便系着一条大红巾帕，手里拿一顶皮帽。一部狭长的斑白胡须垂在胸前，从两道皱紧的浓眉下射出火辣辣的目光，傲慢而又专注。女的才二十来岁，长得秀色可餐。她穿一件贵重的浅蓝色皮袄，裹一方白缎子头巾，巾角系在颏下。她低着头走过来，整个体态洋溢着一种似在冥想的雍容气度，与她稚嫩、温顺的五官轮廓显得很不协调，使甜美的面庞罩上一片愁云。瞧着这意想不到的一对，总觉得有些蹊跷。

老者走到教堂中央站住，向左右前后鞠躬行礼，尽管教堂里空无人影；年轻女子也鞠躬如仪。接着，老者挽起女子的一只手，带着她朝一尊本地土产的大圣母像走去——此教堂便是为了供奉这位圣母而建造的，她的像在祭坛旁闪耀着由灯烛映在圣衣金饰和宝石上反射出来的刺目光芒。教堂里最后留下的一名执事，恭恭敬敬向老者行了个礼，老者颔首作答。女子面额贴地跪倒在神像前。老者撩起挂在神像底座的罩子一端，盖在她头上。教堂里响起了深沉的哭声。

奥尔狄诺夫被整个这一场景的肃穆气氛慑住了，焦急地等待着它的结局。大约过了两分钟，女子抬起头来，明晃晃的灯光再次照亮她秀丽的面庞。奥尔狄诺夫全身一震，向前迈了一步。女子已经把手交给老者，于是他们双双徐步走出教堂。在乳白色皮肤的脸上黑得发亮的长睫毛覆盖着一双深蓝色的眼睛，满眶的泪花顺着白皙的颊腮直淌。一丝笑意在她嘴角浮晃，但脸上明明残留着类乎小孩子惊悸和内心恐惧的痕迹。她怯生生地偎依着老者，看得出她激动得浑身发颤。

奥尔狄诺夫震惊之余，在某种异常甜蜜而又执拗的感情驱策下，跟在他们后面快步走去；到了教堂门前的台阶上，竟赶在他们前面横越通道。老者面带愠色瞪了他一眼；女子也向他看了一下，但并不好奇，而是心不在焉，似乎她的思绪萦绕在远处别的事情上。奥尔狄诺夫继续跟在他们后面，自己也不明白自己为何如此动作。天色已晚；他远远地尾随着。老者和年轻女子走上一条宽阔的大街，那地方很脏，多的是各行各业的商贩、面铺、客栈，由此直达关卡；他俩从大街折入一条狭长的小巷，两旁都是长长的栅栏，巷底则是巍巍然一幢四层楼房黑魆魆的高墙，从它的前门进去，可以从后门走到另一条人也很多的大街上。他俩快要走到那幢楼房的门前，老者忽然转身用厌恶的目光瞪着奥尔狄诺夫。年轻人顿时呆立不动；他自己也觉得自己像是给鬼迷了心窍。老者又回顾了一次，大概想确定一下他的警告是否生效，然后和年轻女子从狭窄的大门双双走进楼房的院落。奥尔狄诺夫于是回去。

这青年的心境糟得可以，他恼恨自己不该白白浪费一天工夫，白白跑累了两条腿，还把一桩稀松平常的事情当作惊人奇遇来对待，结果当然是自讨没趣。

尽管今天早晨他曾为生性孤僻而自怨自艾，但他本能地倾向于逃避他内心那个艺术世界以外可能使他分心和震惊的一切。现在他想到自己那个安谧的小天地，不免有些怅惋和懊悔；接着，考虑到住的问题还没有解决，少不得要张罗一番，禁不住犯起愁来，同时又为自己对这样一些琐事也会耿耿于怀感到不快。最后，他拖着疲惫的身子，又无法把两种想法结合起来，直到很晚才返回寓所，这时却诧异地发现，已经不知不觉走过了自己寄寓的那所房屋。他猛吃了一惊，对自己的粗心连连摇头，只得归咎于疲劳，然后登梯走上顶楼自己的房间。他到屋里点燃了一支蜡烛——不久便有一个垂泪女子的形象清清楚楚地浮现在他的想象之中。这印象是那么鲜明、那么强烈，他的心满怀柔情追忆着这温顺娴静的容貌如何为隐秘的感佩和恐惧所震荡，如何流着激奋或孩子悔过的热泪，以致他的眼睛变得模糊起来，仿佛有一团火在他全身流动。但幻象没有持续很久。激奋之后他陷入沉思，接着是懊恼，随后是无能为力的忿恨；他和衣裹在毯子里躺到硬邦邦的床上……

第二天上午，奥尔狄诺夫很晚才怀着烦躁、畏葸和沮丧的心情醒来，草草收拾了一下，几乎强迫自己把注意力集中在衣食住行上，然后朝着与昨天的行程相反的方向出发，总算在一个日耳曼穷人那里租到一间小屋子。那日耳曼人名叫施皮斯，和女儿亭深住在一起；他收了定金，立刻摘下钉在门上的招租牌，夸赞奥尔狄诺夫好学不倦，并许诺以后要跟他一起用心钻研学问。奥尔狄诺夫说傍晚就搬过去。他本想从那里回寓所，可是改变了主意，折往另一个方向；他又恢复了精力，暗暗对自己的好奇心莞尔一笑。焦急中他觉得这段路长得出奇，最后终于到达昨天来过的那座教堂。那里正在举行上午的祈祷式。他挑了一个几乎看得见所有祈祷者的位子，但他要找的人却不在。他期待了很久，然后红着脸走出去。他竭力遏止心中油然而生的情感，固执地迫使自己的思路转向。他让思绪环绕着日常生活打转，想起现在该是他吃午饭的时候，并且真的觉得肚子饿了，便折进昨天在那里进过餐的那家小酒店。事后他已不记得自己怎样从小酒店里出来。他无意识地在热闹和冷落的大街小巷里徘徊良久，后来走到一处空旷的所在，那里已不是市区，而是黄澄澄的田野；及至死一般的寂静给他留下久已生疏的新印象，他才如梦初醒。那是一个干冷的日子，十月的彼得堡往往有这样的天气。不远处有一座农舍，附近堆着两个草垛；一匹肋骨凸出的小马耷拉着脑袋和嘴唇，被解去了挽具站在一辆双轮轻便车旁，一副若有所思的样子。一条看门狗咕咕哝哝地啃着坏轱辘旁的骨头，一个三岁左右的小孩只穿一件衬衫，搔着蓬蓬松松的亚麻色头发，望着闯到此地来的这个单身城里人直纳闷。农舍后面是庄稼和菜园。蓝色的天边树林郁郁苍苍，兆雪的彤云从相反的一边铺上来，好像赶着一群在空中列队作无声飞行的候鸟。一切都是那样寂静而寥廓，充满着一种屏息凝神期待的气氛。……奥尔狄诺夫本想走得更远，但旷野只能使他感到凄凉。他转身往回走，朝着忽然传来深沉的晚祷钟声的市区方向把脚步加快一倍，过了些时候，重又走进从昨天起他十分熟悉的一座教堂。

那位不相识的女子已在那里。

她跪在最靠近门口的祈祷的人群中间。大批乞丐、衣衫褴褛的老婆子、病人和残废者在教堂门外等待施舍，奥尔狄诺夫从这密层层的人丛中挤过去，跪在不相识的女子身旁。他的衣裳碰到女子的衣裳，他听得见从她热切地喃喃诵念祈祷文的口中呼出的阵阵气息。她的容貌还是那么洋溢着无限虔诚的情感，眼泪又扑簌簌地往下淌，在她灼热的颊腮上被烤干，仿佛想冲刷一宗可怕的罪愆。他俩所跪的地方十分黑暗，只有一盏油灯昏黄的火苗给从洞开的玻璃小窗外闯进来的风吹得摇曳不定，间或以闪烁的微光照亮她的脸庞；这张脸上的每一根线条都深深地印在青年的脑海中，使他眼睛发花，并且化作难熬的隐痛撕扯着他的心。但这种苦楚包含着狂热的痴情。他终于无法自持；他的胸膛整个儿开始颤动，顷刻间给无比甜蜜的欲望刺激得忍无可忍，于是他把发烫的脑袋贴在教堂里冰凉的跪壕上哭了起来。除去被甜蜜的苦楚揪住的心中那阵阵疼痛，他什么也听不见，什么也感觉不到。

也许是孤独滋长了这种极端脆弱、一无遮蔽的情感，也许在郁闷枯寂的不眠长夜，在不自觉的欲望和焦躁的精神动荡中养成了这种容易冲动和无从宣泄便要爆炸的性格，反正这是势所必然，正像燠闷的暑天里骤然乌云蔽日，一场豪雨倾泻在久旱的土地上，让碧油油的树枝挂满水珠，使青草和庄稼倒伏，把娇嫩的花朵打得贴向地面，然后，只要阳光一照，万物纷纷复苏，迎着太阳蓬勃挺起，高歌入云地向它遥致溢美的谀辞，庆贺自己的新生。……但是，奥尔狄诺夫此刻根本无法去想自己是怎么回事，他几乎不知道自己在做什么……

他差不多没有注意到祈祷式的结束，意识恢复时正跟在不相识的女子后面穿过麇集在门口的人群。他间或接触到那女子诧异和明亮的目光。她不时被走出教堂的人流所阻，曾多次向奥尔狄诺夫回过头来；看得出，她愈来愈感到惊讶，忽然脸上像给西天的晚霞染得通红。正在这个当儿，人丛中蓦地又出现昨天那位老者，把她的手挽住。奥尔狄诺夫又接触到他含有嗔怒和讥诮意味的眼神，只觉得自己的心给一阵奇怪的敌意猛然挤紧。后来，他们在黑暗中从他视野里消失，于是，他作了一次难以想象的努力冲向前去，走出教堂。但是，晚上清冷的空气没有能够使他清醒，他觉得胸口闷，气不顺，心跳得慢而沉，像要顶穿他的胸膛。他终于认识到，那两个人确实不见了，大街上和小巷里都没有他们的踪影。可是奥尔狄诺夫头脑里已经有了主意，一个大胆的奇谋已经形成，这等计谋虽则都很荒唐，但在类似的情况下几乎总是可行而且能成功的。次日上午八点，他从小巷来到那幢楼房前，走进一座狭小而肮脏的后院，那里像是宅内的一个垃圾坑。正在院子里干些什么的看门人停下来，下巴颏儿搁在锹柄上，把奥尔狄诺夫从头到脚打量了一番，问他有什么事。

看门的还很年轻，才二十五岁上下；脸上却布满皱纹，老气横秋；他身材矮小，按血统是个鞑靼人。

“我在找住房。”奥尔狄诺夫不耐烦地回答。

“哪家的？”看门人微带讥笑问。他瞧着奥尔狄诺夫，那副神情好像完全了解他的心事。

“我要租房。”奥尔狄诺夫答道。

“那边院子里没有。”看门人的回答耐人寻味。

“这里呢？”

“这里也没有。”说完，看门人重又拿起铁锹。

“也许有人愿意转让一间。”奥尔狄诺夫说时把一个十戈比的银毫子给看门人。

那鞑靼人朝奥尔狄诺夫看了看，接过银毫子，继续干他的活；在沉默片刻之后才说：“没有，住房没有。”但奥尔狄诺夫不去理他，径自踩着放在水洼里的几块颤颤巍巍的烂木板，向这院子通往厢屋的唯一口子走去。出入口又黑又脏，简直像泡在水洼里一般。住在厢屋底层的是个穷苦的棺材匠。过了他那独特的作坊，奥尔狄诺夫循着毁坏殆半的一道很滑的螺旋式扶梯上楼，在暗中摸索发现一扇用破草席遮住的笨重房门，接着又找到装锁处，把门推开一半。果然不出所料，他所熟悉的那位老者站在他面前，极度惊讶地谛视着他。

“你要干什么？”他不客气地问，声音却低如耳语。

“有住房吗？……”奥尔狄诺夫问道，而本来想说的话几乎全忘了。他从老者背后看到了那个年轻女子。

老者默默地准备关上房门，把奥尔狄诺夫挤出去。

“有住房。”忽然响起了年轻女子亲切的声音。

老者从门口退开。

“我只要一个住处。”奥尔狄诺夫赶紧走进房间向那位丽人说。

但是，他朝这两位未来的房东一看，竟愕然站住了动也不动；他眼前出现的是一个无声而惊人的场面。老者面无人色，似乎即将昏倒。他用咄咄逼人的目光凝视着少妇。女的起初也脸色煞白，但随后全部血色涌上她的面庞，一双眼睛闪起了异样的光芒。她把奥尔狄诺夫带到另一间斗室中去。

整个住所是一间相当宽敞的屋子，由两道板壁隔成三部分。他们从过道直接进入暗沉沉的狭小前室，正面板壁上一扇门显然通往主人的卧室。他们穿过前室，向右走进准备出租的房间。这间房又窄又挤，在板壁和两扇矮窗之间给夹得扁扁的。所有的空间都堆满了任何住房不可缺少的东西，显得寒酸、局促，但还算干净。家具包括一张普通的白木桌子、两把普通的椅子和装在墙壁两侧的一条箱凳。一尊冠环飞金的古老大神像供在屋角的搁板上方，神像前点着一盏油灯。一只大而无当的俄罗斯式炉子安在出租的那一间，一部分在前室。很清楚，这样一套房子没法住三个人。

他们开始洽谈具体事宜，但有些前言不对后语，彼此几乎无法了解。与女子相距两步的奥尔狄诺夫能听到她的心跳；还看得出她由于激动（好像还由于害怕）而全身哆嗦。最后算是草草谈妥了。青年表示他准备立即搬来，并向房东看了一眼。老者站在门旁，脸色还挺难看，但嘴角微微泛起一丝淡淡的甚至是若有所思的笑意。一接触到奥尔狄诺夫的视线，他又把眉头蹙紧。

“有身份证吗？”他在过道里给奥尔狄诺夫开门的时候，突然很生硬地大声问。

“有！”奥尔狄诺夫愣了一下回答说。

“你是谁？”

“瓦西里·奥尔狄诺夫，贵族，不担任公职，有自己的事情。”他合着老者的口吻作答。

“我也是，”老者说，“我叫伊里亚·穆林，市民[1]；够了不？去吧……”

一小时以后，奥尔狄诺夫已经搬到新的住处，此举使他自己以及那个日耳曼房东都惊诧不置。施皮斯和温顺的女儿亭深已经开始怀疑，刚招来的房客可能把他们骗了。奥尔狄诺夫则连自己也不明白，

① 沙俄时代的市民阶层主要由小商贩、手艺人、低级职员等组成。

这件事是怎么搞的，他也不想弄明白……

二

他的心扑腾腾直跳，眼睛里花花绿绿，脑袋在旋转。他下意识地着手把自己那点可怜的家当置放在新居里：解开塞着各种应用物件的包裹，打开书箱，把书堆在桌上。但没多久，这工作他就不想干了。他眼睛里不时闪耀着女子的形象。自从与她邂逅，奥尔狄诺夫的整个存在都受到剧烈的震荡；她的倩影使奥尔狄诺夫的心充满无法遏制的、歇斯底里的狂喜，——如许的幸福一下子涌入他枯寂的生活，使他在思慕和迷惘中感到头晕和窒息。他取出自己的身份证，拿去给房东，希望能看她一眼。但穆林只把门打开一条缝，接过他的身份证，说："好吧，你就太太平平住着吧。"旋又把房门关上。一种不愉快的感觉控制了奥尔狄诺夫。不知什么缘故，他瞧着这位老者就别扭。老者的目光总是带着轻蔑和敌意。然而，不愉快的印象未几即告消散。比起奥尔狄诺夫过去死水一潭似的生活来，他已是第三天置身于旋风之中；但他无从思考，甚至害怕思考。他的整个存在全都乱了套；他隐约感觉到，自己的一生仿佛折成了两截；主宰着他的只有一个意愿、一种期望，别的念头他压根儿不放在心上。

他困惑地回到自己屋里。一个拱腰曲背的小个子老太婆在做饭的炉旁忙碌，她脏得够呛，衣着破烂不堪，简直不忍卒睹。看来她脾气挺坏，不时努动嘴唇含含糊糊嘀咕着什么。这是房东家的女用人。奥尔狄诺夫尝试着跟她搭讪，可她不搭碴儿，显然是由于肚子里有气。后来，总算到了开午饭的时候；老妈子从炉内取出罗宋汤、馅饼和牛肉给房东端去。她给奥尔狄诺夫端来的也是这些。饭后，住所里一片寂静，声息全无。

奥尔狄诺夫拿起一本书来翻了半天，竭力想弄清楚已经看过好几遍的内容究竟讲些什么。他不耐烦地把书一扔，重又试图整理自己的家什；最后，他拿起帽子穿上外套走了出去。他不择路径地胡乱走着，想方设法集中注意理一理纷乱的思绪，哪怕约略权衡一下自己的处境也是好的。可是，这种努力只能使他陷于痛苦，忍受折磨。他忽而恶寒难当，忽而热如火燎，有时候心突然开始猛叩乱跳，致使他不得不靠在墙上。“不，还是死了的好，”他心想，“还是死了的好。”他翕动灼热而发颤的嘴唇喃喃自语，其实对于自己所说的话不太经心。他走了很久，直至感到身上淋得精湿精湿，这才第一次发现大雨如注，于是打道回府。在离家不远处，他看见了昨天跟他打过交道的那个看门人。他觉得那个鞑靼人似乎很注意而好奇地对他看了半晌，后来发现自己已给对方瞧见，便走他自己的路。

“你好，”奥尔狄诺夫赶上前去招呼，“你叫什么名字？”

“叫看门的。”那人龇牙咧嘴回答说。

“你在这儿看门有很久了吗？”

“很久了。”

“我的房东是市民？”

“市民，既然这样说，那就是。”

“他究竟是干什么的？”

“他有病；靠向上帝祈祷过日子，——就这样。”

“那是他的妻子？”

“什么妻子？”

“跟他住一起的那个？”

“妻——子，既然这样说，那就是。再见，大爷。”

鞑靼人手触帽子行一个礼，走进他的小棚子里去了。

奥尔狄诺夫回到寓所。老妈子一边叽哩咕噜自言自语，一边给他开门，接着又把门上闩，然后爬上平时就在那旦度过晚年的炉台。这时暝色已浓。奥尔狄诺夫走去取火，只见房东屋里的门上了锁。他叫了老太婆一声，那女用人用胳膊肘支起上身，从炉台上警觉地望着他，似乎在寻思：他在主人房门的锁旁打什么主意？老妈子默默地扔给他一盒火柴。他回到自己屋里，重又开始理东西，重又拿起书本——这差不多是第一百次了。他在箱凳上坐下，不明白自己究竟是怎么搞的；渐渐地觉得他好像睡着了。他不时醒来，意识到自己并不是睡着，而是陷入一种难堪、痛苦的半昏迷状态。他听见开门的声音，料想是房东做完晚祷归来。这时他想起为某件事情必须到他们那里去一次。他抬起身来，自以为在向他们那里走去，不料一失足跌倒在老太婆扔在屋子中央的柴堆上。他这下完全昏迷了；过了很长很长时间，他睁开眼睛一看，却惊讶地发现依旧跟原先一样和衣躺在箱凳上，旁边有个女人温柔体贴地俯视着他，那张美得出奇的脸似乎完全给慈爱的热泪所濡湿。他感觉到有人把一个枕头垫在他脑袋底下，用暖和的东西给他盖好，把一只柔嫩的手按在他发烫的脑门子上。他想要道谢，想把这只手拿起来，放到自己枯焦的嘴唇上，用眼泪把它浸润，永远吻着，吻着。他有许许多多话要说，但究竟说什么自己也不知道；他但愿即刻死去。然而他的手像灌了铅一般沉重，动弹不得；他仿佛哑了，只觉得他的血液在迅速输往所有的脉络，好像要把他从床上扶起来。有人给了他一点儿水。……他终于失去了知觉。

他在翌晨八时许醒来。太阳透过他屋里的两扇生霉发绿的窗子洒下一束金光；一种喜悦的心情使病人通体舒适。他平静而安宁，感到无限幸福。他觉得此时枕头附近好像有人。他睁开眼睛，殷切地在自己身边寻找这个看不见的人；他是多么希望和这个亲人拥抱，并且要生平第一次对她说："你好，我亲爱的朋友，祝你日安。"

“你睡的时间可真长！”一个温柔的女人声音说道。奥尔狄诺夫一扭头，见美丽的女房东俯身向着他现出和蔼可亲的、如阳光一般明媚的笑容。

“你像是病了很久，”她说，“好了，起来吧；怎么，你在勉强克制自己？得了，由着性子吃饭更香，太阳更亮。起来，好乖乖，起来。”

奥尔狄诺夫抓住她的一只手紧紧握着。他觉得自己好像还在做梦。

“等等，我给你准备了茶水；想喝茶吗？喝吧；你会觉得好一些的。我自己闹过病，有经验。”

“对，给我喝吧。”奥尔狄诺夫有气无力地说罢站到地上。他还虚弱得很。一阵寒栗透过他的背脊，只觉得四肢酸痛，仿佛被打散了骨头架子。但他心里挺亮堂，而且阳光也好像照得他暖烘烘而又喜洋洋。他感到，无形而有力的新生活对他说来已经开始。他微微有些头晕。

“你不是叫瓦西里吗？”她问，“也许是我听错了，我觉得当家的昨天是这样叫你的。”

“对，是瓦西里。你叫什么名字？”奥尔狄诺夫说着向她靠近，两条腿几乎不能站稳。他打了个趔趄。女房东急忙扶住他的双手笑了起来。

“我叫卡捷琳娜。”她说时用一双明亮的浅蓝色大眼睛望着他的眼睛。两人互相执住对方的双手。

“你有什么话要对我说吗？”后来她问。

“我不知道。”奥尔狄诺夫答道。他感到一阵眼花。

“你这个人哪。得了，我的乖乖，得了；别难过，莫悲伤；坐这儿桌子旁边来，这儿有阳光；你老老实实坐着，别跟在我后面。”她找补了一句，因为看到青年做了一个动作，好像要留住她，“待会儿我自己会上你这儿来的；我可以让你瞧个够。”一分钟以后，她把茶端来放在桌上，自己在他对面坐下。

“喝吧，喝个痛快，”她说，“怎么，你觉得头疼？”

“不，现在不疼了，”他说，“我不知道，也许还疼……我并不想……不提也罢，不提也罢！……我简直不知道自己是怎么搞的。”他喘吁吁地说着，总算摸到了她的手，“你待在这里，别离开我；再把你的手给我……我两眼发黑；我望着你就像望着太阳。”他的话像是从心上撕下来的，说的时候却感奋得喘不过气来。憋着的哭声哽住了他的喉咙。

“真可怜！看得出，以前你身边没有贴心的人。你只有孤单单一个人；你没有亲属吗？”

“一个也没有；我是孑然一身……没关系，不要紧！现在好些了……我现在好了！”奥尔狄诺夫像在说胡话。房间似乎在绕着他打转。

“我自己也有好多年没见过人。你这样望着我……”她在沉默片时之后说。

“嗯……怎么？”

“就好像我的眼睛能给你温暖似的！要知道，当你喜欢某一个人的时候……从最初的几句话开始，我就把你印在我心上。你要是生病，我再会来照看你的。不过但愿你别生病，但愿如此。等你复元以后，咱们就像兄弟姐妹俩一样过日子。愿意吗？得到一个姐妹可不容易啊，如果上帝没有赐给你同胞姐妹的话。”

“你是谁？你从哪里来？”奥尔狄诺夫以微弱的声音问。

“我不是本地人……这有什么关系？我听人们讲过这么个故事：密林中住着十二个弟兄，一个美丽的姑娘在那座树林里迷了路。她来到他们的房子里，为他们把一切都拾掇得齐齐整整、干干净净，处处把自己的心都贴上。弟兄们回来一看，认定是妹妹到他们家里来待了一整天。他们开始叫唤，姑娘便走出来和他们相见。十二个弟兄都管她叫妹妹，任凭她自由行动，她对他们也都亲如手足。你知道这个故事吗？”

“知道。”奥尔狄诺夫轻轻地说。

“活着真好；你活在世上高兴不？”

“是的，是的；但愿活上一百岁，但愿健康长寿。”奥尔狄诺夫答道。

“我可不知道，”卡捷琳娜用遐想的口吻说，“我连死也愿意。爱生活、爱善良的人可真好，还有……瞧，你的脸色又白得像一张纸！”

“是的，头晕得厉害……”

“等一下，我去把我的被褥拿来，再拿一只——不，拿两只枕头来；就给你铺在这儿。你睡着了，会梦见我——这样病就好了。我们的老妈子也在闹病……”

她一边还在说话，一边已经开始张罗被褥，不时转过脸来笑盈盈地瞧着奥尔狄诺夫。

“你有这么多的书啊！”她在移动箱子的时候说。

她走到奥尔狄诺夫跟前，用右手把他搀起来扶到铺好的被褥旁，让他躺下，再给他盖上毯子。

“据说，书会把人教坏的，”她若有所思地晃着脑袋说，“你喜欢读书？”

“是的。”奥尔狄诺夫答道；他不知道自己睡着还是醒着，所以把卡捷琳娜的手握得更紧些，以便确信自己不是在做梦。

“我那当家的有很多书；你瞧！他说都是劝人信奉上帝的。他老是给我念那些书。以后我再给你看；将来你讲给我听，他老是给我念的那些书究竟说些什么，好吗？”

“我一定讲给你听。”奥尔狄诺夫低声说，同时目不转睛地凝视着她。

“你喜欢祈祷吗？”在短暂的静默之后她问，“你知道吗？我老是害怕，老是害怕……”

她没有再说下去，似乎在考虑什么事情。临了，奥尔狄诺夫把她的手放到自己嘴唇上。

“你吻我的手做什么？”她的两腮微微泛红，“给，拿去吻吧。”她笑着把两只手都给他；尔后抽出一只手按在他发烧的额上，接着又开始把他的头发理直、抚平。她的脸愈涨愈红，终于在他被褥旁的地板上坐下，把自己的腮帮子贴在他的腮帮子上；她那温暖、湿润的气息轻轻拂着他的脸。……忽然，奥尔狄诺夫感觉到，热泪从她眼眶里哗哗地直淌，像熔化的铅水洒在他的面颊上。他愈来愈软弱无力，连手也抬不起来。这时门上发出咯的一声，接着有人扳动插销喀嚓作响。奥尔狄诺夫还听见老房东走到板壁后面去的声音。其后，他听到卡捷琳娜站起身来，不慌不忙拿起从自己房里取来的书，临走还为他画了个十字；奥尔狄诺夫闭上眼睛。忽然，一个热烈的长吻在他发烫的嘴唇上燃烧起来，好像他的心被捅了一刀。他发出一声微弱的喊叫，旋即人事不省……

此后对他说来开始了一种奇怪的生活。

有时候，他头脑里模模糊糊闪现出这样的想法：他注定要生活在无穷尽的漫长梦境中，梦里充满离奇古怪、徒劳无益的焦虑、斗争和痛苦。在恐怖的紧逼下，他力图奋起反抗命运的压迫；而在进行紧张的殊死搏斗的时刻，一股不知哪来的势力又把他击倒；于是他感到，清清楚楚地感到自己又将失去知觉，黑洞洞的无底深渊又在他面前张开血盆大口，他发出一声绝望的惨叫掉进那里去。间或也有幸福得受不了、幸福得不可收拾的短暂时刻，那时，生命力在全身泛滥，往事历历在目，眼前这光明的瞬息奏着欢腾的凯歌，难以逆料的未来却在醒着的状态下梦见；那时，无法描述的希望如活命的甘露洒落心田，狂喜使他直想大喊大叫，他觉得整个臭皮囊在美不胜收的印象重压下行将迸裂；与此同时，他也在庆贺自己整个生命的更新和复活。有时候，他又陷于昏睡，那时，最近几天他所经历的一切又一一重演，像一窝乱哄乱嗡的蜜蜂在他脑海中飞过，呈现在他想象中的却是怪诞、费解的图像。有时候，病人忘其所以，一味纳闷儿：为什么他不在以前的寓所，不在原先的房东老太太家里。往常，天黑了，老太太总要走到行将熄灭的炉子旁边去，按老习惯让渐渐暗下去的炉火烘烤她那双瘦嶙嶙、颤巍巍的手，一边不住口地喃喃自语，偶尔惑然不解地看看她认为是书呆子的这位怪脾气房客，等待不时闪起微弱的红光映照着屋子整个暗角的炉火完全熄灭；他不明白老太太为何不来。另有几次，他想起自己已经搬了家；可是这件事前前后后的经过情形以及为什么要迁居，他却不知道，而持续不断的、无法遏止的欲望又憋得他简直不敢喘气。……究竟是什么在向他召唤？要他去往何方？究竟是什么使他苦恼？这令人窒息、不堪忍受的野火是谁放的，把他的血都快烤干了？——他又说不上、记不清。他经常用手巴巴地去捕捉一个影子，经常听到他床畔近处有轻微的脚步声，温柔而亲切的细语犹如动人心弦的音乐；一阵阵湿润的气息向他脸上吹送，使他整个身心被爱所撼动；有人把伤心的热泪洒在他发烧的面颊上；忽然，一个深情的长吻紧紧贴着他的嘴唇，于是他的生活便在扑不灭的烈火中忍受煎熬，宇宙万物、整个世界在他周围仿佛统统静止下来，无限期地死去，笼罩一切的是千年不明的长夜……

有时候，他好像又回到自己平静地度过的、温馨的孩提时代，重温那恬美的喜悦、无穷的幸福、初次尝到生活的甜头那种又惊又喜的感觉；他每摘一朵花儿，就有一群群善良的小仙人从花下飞出来，和他一起在金合欢环抱的小屋前绿草地的茵褥上嬉戏；或者从水晶般澄澈的、望不见尽头的湖中向他微笑，而他常常一连几个小时坐在湖畔谛听浪打浪的声音；或者在他四周轻轻扑动翅膀，满怀深情把他所睡的小小摇篮罩在彩虹般绚丽的梦境之中，他的母亲则俯身在摇篮旁，给他画十字，吻他，在静谧的长夜曼声唱着摇篮曲哄他入睡。但是正当这个时刻，突然有一个人物登场，使他心中产生一种并非孩子所有的恐怖，把第一服苦水和眼泪合成的慢性毒药注入他的生活；他模模糊糊地觉得，一个不相识的老头儿把他未来的岁月全都控制在自己手掌之中，他打着哆嗦，却不能把视线从老头儿那里移开。恶毒的老头儿到处跟随着他，时而从树丛的每一株灌木下面探出脑袋来，不怀好意地向他点头，笑呵呵地作弄他；时而化作小孩子的每一件玩偶，像个可憎可恶的侏儒在他手中扮着鬼脸纵声狂笑；时而调唆每一个缺德的同学来欺侮他，或者和小家伙们一起坐在课桌旁，从他语法课本的每一个字母下面钻出来做怪相。后来，在睡眠的时候，恶毒的老头儿坐在他头旁……驱散了在他摇篮周围轻轻扑动金色和青玉色翅膀的小仙人，从他身边永远拉走他那可怜的母亲，然后每天夜里在他耳际悄悄地讲述一个很长而又离奇的故事，这故事还不能为孩子的心所领会，却能以恐怖和非孩子的情欲折磨他、刺激他。但是，恶毒的老头儿不理会他的号哭和央求，继续不断地给他讲下去，直至他陷于麻痹状态，失去知觉。后来，小家伙醒过来一下子长大成人；多少个年头无形无声地在他上空一掠而过。他忽然意识到自己目前的处境，忽然认识到自己孑然一身，与全世界毫无瓜葛，孤单单寄寓于别人家中，置身于神秘莫测、居心可疑的人们之间，仿佛有无数仇敌聚在他黑暗的房间角落里交头接耳，向蹲在炉边烤火的老妈子点头示意，老妈子烘着一双衰朽的手把他指给他们看。他惶惑不安，坐卧不宁，一心想知道这些人是谁，他们到此地来做什么，为什么他自己在这间屋子里，料想自己大概为一股强大的但不可名状的力量所吸引，糊里糊涂闯进了一个罪恶的逋逃薮，事先没有弄清楚这里住着的是何等样人，他的房东究竟是谁。他开始疑神疑鬼，——蓦地里黑夜中又有人开始讲那个很长很长的故事，好像是个老妇人在渐趋熄灭的炉火前悲哀地晃着白发苍苍的脑袋，絮絮地自言自语，声音轻得几乎听不清楚。可是——一阵恐怖又向他袭来，因为故事化作了一张张面孔现形具体地在他眼前搬演。他梦见自己所有的心思和理想，从儿时模糊的幻象起，包括他通过生活获得的、从书本上读到的、甚至早已忘怀的一切，无不活动起来，循序列次，现形具体，在他面前显示大得吓人的形相，在他周围走来走去，集结成群；他梦见一处处瑰丽如仙境的花园在他面前展现，眼看着一座座城市兴起又倾塌，一片片坟场把那里的死人纷纷送到他这里来重新开始生活，一个个部落和民族诞生又消亡；此刻，在病榻周围，他梦见自己的每一个念头、每一种虚无缥缈的幻想几乎刚一产生就具体成形；末了，他梦见自己的思维不是通过虚无缥缈的想法，而是通过触摸得到的世间万物来实现；他梦见自己像一粒尘埃飘游在这个无边无际、难以走遍的奇幻世界，而整个这种动荡无着的生活对他来说已成为压力、负担和永无休止的讽刺；他感到自己在死亡、解体、化灰，万劫不复；他想逃，可是宇宙之大，竟没有一个角落能容他藏身。最后，在绝望之余，他使出全部力气大叫一声，于是醒来……

他醒来时遍体浸透冰凉的冷汗。周遭一片死寂，正是夜深人静时。然而他总觉得那个离奇的故事还在什么地方继续下去，总觉得有一个沙哑的声音确实在没完没了地讲述似乎为他所熟悉的事情。他听到讲的是阴暗的森林、剽悍的强盗、骁勇的好汉——差不多就是斯坚卡·拉辛[①]，还有狂放豪饮的纤夫、娇艳的女子和伏尔加母亲河。这不是在讲故事吗？他是真的听到了吗？他睁开双眼，身子一动也不动，直僵僵地躺了足有一个小时。后来，他小心翼翼地抬起身来，高兴地感觉到自己的体力没有在大病中耗竭。幻觉过去，现实开始了。他发现身上还是和卡捷琳娜谈话时一样的装束. 推想起来，从卡捷琳娜离开他的那天上午到现在，相隔的时间还不太长。决心像一团火通过脉络传遍他的全身。他下意识地用手摸索到钉入他床铺旁边板壁上端不知做什么用的一枚大钉子，攀住它把整个身体吊在上面，勉强够到有一线微光透进他房间里来的缝隙前。他把一只眼睛贴在那个小洞上张望，激动得几乎缓不过气来。

房东那间小屋子的一角放着一张床，床前有一张铺着厚毯的桌子，上面堆着不少大开本的古书，封面装帧像是宗教书籍，另一个角落里供着一尊神像，和他房间里的一样古老；神像前点着油灯。穆林老头盖着毛皮毯子躺在床上，一丝血色也没有，看样子病得厉害。他的膝盖上放着一本翻开的书。卡捷琳娜躺在床边一张长凳上，一条胳臂搂住老者的胸脯，脑袋靠在他肩膀上。她睁大了一双惊讶中流露稚气的眼睛注视着老者，似乎怀着永不减退的好奇心屏息凝神在听穆林给她讲故事，讲故事的人时而把嗓门拔高，他那苍白的脸上相应地现出活力；他双眉紧锁，目光炯炯，而卡捷琳娜则仿佛害怕和紧张得面如土色。那时，老者脸上会浮起一丝笑意，卡捷琳娜便吃吃地笑起来。偶尔她的眼睛里闪起亮晶晶的泪花；那时老者就轻柔地抚摩她的脑袋，像哄小孩子似的，于是她那裸露的、像雪一般耀眼的胳臂把老者搂得更紧，自己更亲热地偎在他胸前。

---

① 斯坚卡（即斯捷潘）·拉辛（？—1671），顿河的哥萨克，1667—1671 年反抗封建农奴制压迫的俄国农民战争领袖。

奥尔狄诺夫不时心想，这一切仍然是梦，甚至断定这是梦；但血直往他脑袋里涌，太阳穴上的筋脉紧张地跳个不停，跳得两鬓生疼。他松开攀住钉子的手，站到铺上，不知道像一场大火在他血液里熊熊燃烧的强烈冲动是怎么一回事，却像个梦游者似的踉踉跄跄走到房东屋子门前，用身体往门上使劲一推；生锈的插销一下子被撞开，他顿时伴随着一片乒乒乓乓的响声来到房东的卧室中央。他只见卡捷琳娜像一只受惊的鸟霍地跳起来，吓得发抖，而老者的眼睛从攒在一起的眉毛底下射出凶光，狂怒倏忽间扯歪了他的五官。他见老者目不转睛地盯着他，一只手胡乱摸索着寻找挂在墙上的枪；随后，他见一支由气得颤颤巍巍的手握着的枪把亮闪闪的枪口对准他的胸膛。……只听得枪声一响，接着是一声令人毛骨悚然的惨叫；硝烟散处，一幅可怕的景象把奥尔狄诺夫惊呆了。他全身哆嗦着弯腰蹲在老者身旁。穆林躺在地板上，痉挛的身体剧烈抽动，痛苦已使他面目全非，扭曲的嘴边泛出白沫。奥尔狄诺夫这才明白，不幸的老者正处在癫痫症的一次猛烈发作之中。于是他赶紧和卡捷琳娜一起对他施行急救……

三

整整一宿在惶恐中度过。第二天，奥尔狄诺夫一大早就出门，虽则自己身体虚弱，寒热还未全退。在院子里他又遇见那个看门人。这一回，鞑靼人老远就抬了抬帽子，好奇地望着他。接着好像猛然想起了什么似的重新拿起扫帚，但仍不时斜眼瞅着渐渐走近的奥尔狄诺夫。

“怎么？夜里你什么也没听见？”奥尔狄诺夫问。

“不，我听见了。”

“这人是怎么回事？他究竟是谁？”

“你自己租他的房，你自己该知道；跟我不相干。”

“你究竟什么时候肯说实话？！”一阵病态的躁狂使奥尔狄诺夫失去自持喊叫起来。

“我又做什么啦？你自己不好，——你把住户都吓坏了。楼下住着棺材匠，他是个聋子，可全听见了；他老婆也是聋子，也都听见了。另一座院子尽管相隔很远，那里也听见了——真的。我要去找警察。”

“我自己会去找的。”奥尔狄诺夫说着向大门口走去。

“随你的便；是你自己租的房……大爷，大爷，等一下！”

奥尔狄诺夫回过头来；看门人出于礼貌用手碰了一下帽子。

“有话说吧！”

“既然你去报警，我就去找大房东。”

“怎么？”

“你还是搬走的好。”

“你是个蠢货。”说完，奥尔狄诺夫又要走开。

“大爷，大爷，等一下！”看门人又碰了一下帽子，咧嘴笑着，“听我说，大爷，你耐点儿性；干吗要把穷人撵走呢？撵走穷人是罪过。上帝不容许这样做——你懂吗？”

“那你也听我说。我给你这个，拿去。你说，他究竟是谁？”

“你问他究竟是谁？”

“对。”

“我不拿钱也愿意说。”

于是，看门人拿起扫帚扫了两下，然后停下来，郑重其事地仔细看着奥尔狄诺夫。

“你这位大爷很好。可你不愿跟好人住在一起，那就听便；这就是我要说的话。”

说到这里，鞑靼人更加寓意深长地看了他一眼，然后好像动了气，重又拿起扫帚来。末了，他表示一件事情已经干完，鬼头鬼脑地走到奥尔狄诺夫跟前，做了一个非常富于表现力的手势，说：

“他是这么回事！”

“什么？你说是怎么回事？”

“没有头脑。”

“什么？”

“飞啦。是的！飞啦！”他又说了一遍，语气更加诡秘，“他有病。他有过一条驳船，老大老大的，另外还有一条，不，有三条，在伏尔加河上运货，我自己也是从伏尔加河上来的；他还有一座厂子，给火烧了，所以他没有头脑。”

“他是疯子？”

“不！……不！”鞑靼人顿了顿答道，“不是疯子。他人很聪明。他什么都懂，书读过很多，读啊，读啊，老是读书，把真情告诉别人。有人找上门来，要拿出两个卢布，三个卢布，四十卢布，而不是可给可不给的；他看看书，看到了就把全部真情说出来。可钱得先付，立刻放到桌上，不给钱不行！”

鞑靼人不遗余力地进入穆林的角色，甚至得意地笑了起来。

“怎么，他是巫师？给人卜卦的？”

“呣……”看门人立即点点头从鼻孔里发出声音，“他说的是真情。他祷告上帝，经常祷告。有时候他会发病。”

鞑靼人又做了一个富有表现力的手势。

这时，另一座院子里有人在叫看门人，随后出现一个身材矮小、拱腰曲背、头发斑白的人，穿着一件皮筒子。他走得气喘吁吁、颠颠踬踬，眼睛望着地上，嘴里自言自语。旁人可能以为他老昏了头。

“大房东来了，大房东来了！”看门人向奥尔狄诺夫匆匆点了点头，慌忙低声说道，接着就摘下帽子向小个子老头跑去；奥尔狄诺夫觉得那小老头有些面善，至少没多久以前在什么地方看见过他。不过，他认为这并不值得奇怪，便从院子里往外走。这看门人在他看来是个头号骗子兼混蛋。“这流氓完全是一副跟我讨价还价的架势！”他心想，“天知道他葫芦里到底卖的什么药！”

他说最后那句话时，人已到了街上。

渐渐地，别的思绪开始占领他的头脑。周围的气氛令人不快：这是一个灰蒙蒙、冷飕飕的日子，空中飘着雪花。青年又开始感到恶寒难当；他还感到地面开始在他脚下晃动。忽然，一个甜得发腻、尖得发颤的男高音向他招呼道：“早上好！”

“亚罗斯拉夫·伊里奇！”奥尔狄诺夫说。

站在他面前的一个人精力充沛、面色红润，看起来三十上下年纪，身材不高，一双灰色小眼睛油光光的，笑容可掬，衣着……就同亚罗斯拉夫·伊里奇平素的衣着一样。他以极其讨人喜欢的方式向奥尔狄诺夫伸出手来。奥尔狄诺夫认识亚罗斯拉夫·伊里奇在整整一年以前，当时纯属偶然，事情几乎发生在街上。除了偶然的机缘，促成这一泛泛之交的另一原因，在于亚罗斯拉夫·伊里奇有一种不寻常的癖好，喜欢在各处寻找心地善良、品德高尚的人，首先是有教养的以及至少凭其才华和举止有资格属于上流社会的人。虽然亚罗斯拉夫·伊里奇有一条甜得异乎寻常的男高音嗓子，但是，即使在跟最知己的朋友交谈时，从他定下的调子中还是会流露出一种毫不含糊的、强有力的权威味道，容不得些许延宕，——这也是习惯使然。

“什么风把您吹来的？”亚罗斯拉夫·伊里奇惊问，那兴高采烈的表情之真诚无以复加。

“我住在此地。”

“很久了吗？”亚罗斯拉夫·伊里奇继续问，音调愈来愈高，“我竟不知道这件事！不过我跟您是街坊！现在我已调到本区局里。我从梁赞省回来有一个月了。我总算把您逮住了，最尊贵的老朋友！”亚罗斯拉夫·伊里奇笑了起来，和蔼之状达于极点。

“谢尔盖耶夫！”他劲头十足地喊道，“你到塔拉索夫那儿去等我；不过，我不到你们可别动那些包。你把欧尔苏菲耶夫家的看门人打发走，叫他马上到办事处去。我过一个钟头就来……”

亚罗斯拉夫·伊里奇一边向下属匆匆发布这道命令，一边礼貌周到地挽住奥尔狄诺夫的手，把他拉到附近一家小酒店去。

“分别了那么久，要是不好好谈上几句，我怎么也安不下心来。怎么样，您的研究工作进展如何？”他差不多是虔诚而又神秘地压低嗓门添上一句，“一直在做学问？”

“是的，我还跟过去一样。”奥尔狄诺夫答道，他头脑里闪过一个光明的思想。

“了不起，瓦西里·米海洛维奇，了不起！”亚罗斯拉夫·伊里奇紧紧握了一下奥尔狄诺夫的手，“您将是我们社会的骄傲。愿上帝保佑您在自己的领域中一帆风顺。……天哪！遇见您我太高兴了！我不知有多少次想起您，不知有多少次提到您：我们那位善良的、慷慨的、才智过人的瓦西里·米海洛维奇，他在哪里啊？”

他们占了一间雅座。亚罗斯拉夫·伊里奇要了冷盘，吩咐拿伏特加来，然后颇有感情地望着奥尔狄诺夫。

“跟您分手以后，我读了不少书，”他开始有些不好意思、细声细气地说，“我把普希金的全集读完了……”

奥尔狄诺夫心不在焉地对他看了看。

“他对人类情欲的描写令人叹为观止。但首先请允许我向您表示感谢。您关于正确的思维方式的金玉良言使我得到很大的教益……”

“岂敢！”

“不，确实如此。我一向喜欢实事求是，并以此为荣，因为至少这种性情在我身上尚未泯灭。”

“不敢当，您过奖了，说真的，我……”

“不，您当之无愧，”亚罗斯拉夫·伊里奇以罕见的激情坚持自己的意见，“跟您比起来我算得了啥？您说对不对？”

“哦，我的上帝！”

“是的……”

接着出现片刻的冷场。

“遵循您的忠告，我断绝了许多庸俗的交往，改去了一部分庸俗的习惯，”亚罗斯拉夫·伊里奇又开始有些不好意思、细声细气地说，“公余之暇，我大部分时间待在家里；每天晚上读一些有益的书，而且……我有一个愿望，瓦西里·米海洛维奇，想为祖国做一些力所能及的好事……”

“我一直认为您是个品德极其高尚的人，亚罗斯拉夫·伊里奇。”

“您总是给人带来莫大的慰藉……高尚的年轻人……”

亚罗斯拉夫·伊里奇和奥尔狄诺夫热烈握手。

“您不喝酒？”他稍稍抑制激动的心情说。

“不能喝；我有病。”

“有病？对，果然不假！有多久了？您怎么会生起病来的？您要是愿意的话，我去告诉……是哪个医生在给您治病？您要是愿意的话，我去跟我们区局的大夫说一声。我亲自跑一趟去找他。他的医道非常高明！”

亚罗斯拉夫·伊里奇已经要拿帽子。

“十分感谢。我没请谁治病，也不喜欢看医生……”

“您说什么？哪能这样呢？不过，我们那位大夫医道确实高明，”亚罗斯拉夫·伊里奇用恳求的语气继续说，“前不久，——不过，请允许我给您讲一讲这件事，亲爱的瓦西里·米海洛维奇，——前不久，有个穷锁匠来说：‘我的手给我自己的工具扎穿了；给治一下吧……’谢苗恩·帕甫努季奇看到，这不幸的人伤口有坏疽的危险，便当机立断，决定截肢切除发生感染的部分。他是当着我的面做这次手术的。这次手术做得真棒，简直太……简直太精彩了，说实话，要不是首先应当同情人间疾苦，那么，纯粹从好奇出发看看这样的手术，可说是赏心乐事。不过，您在哪里得的病？怎样会生起病来？”

“搬家的时候……我刚下地不久。”

“可是您还远远没有复元，您不应该出门。这么说，您已经不在原先的地方住了？是什么因素促使您搬家的？”

“我的房东太太离开了彼得堡。”

“多姆娜·萨维什娜？真的吗？……她是一位善良的、真正高尚的老太太！您可知道，我对她几乎怀着儿子孝敬母亲那样的感情！在这位已是风烛残年的老人身上，闪耀着敦厚古风的崇高光辉；望着她的形象，眼前仿佛看到我们庄严的远古时代的化身。她身上具有一种……一种……您知道吗，具有一种可以说是充满诗意的气质！……”亚罗斯拉夫·伊里奇慌得语无伦次，脸一直红到耳根，好不容易才圆句。

“是的，她是个善良的女人。”

“那么，我倒要请问，目下您在哪里住下？”

“离此地不远，在科什马罗夫的房子里。”

“我认识他。是个庄重的老人！我跟他可以说是知己朋友。是位忠厚长者！”

亚罗斯拉夫·伊里奇感动得几乎嘴都发抖了。他又要了一杯伏特加，并吩咐取烟袋来。

“您是直接向他租的房？”

“不，是向住户转租的。”

“向谁？说不定我也认识。”

“姓穆林的市民，一个身材高大的老者……”

“穆林，穆林；是不是后院棺材匠楼上的那一个？”

“对，对，正是在后院。”

“嗷……您住在那里安稳吗？”

“我才搬来不久。”

“嗷……我只是想说，嗷……我是说，您有没有发现什么特殊的地方？”

“说真的……”

“其实，只要您对房子满意，我相信您在他那里会住得挺好的……不，我要说的并不是这个意思，我愿意先提醒一下；不过，您的性格我知道。……您觉得那个市民老头儿怎么样？”

“他好像病得很重。”

“是的，他很痛苦。……不过，您难道什么也没注意到吗？您跟他交谈过没有？”

“很少；他不喜欢跟人交往，脾气很坏……”

“嗷……”亚罗斯拉夫·伊里奇若有所思。沉默一会以后，又说：“一个不幸的人！”

“他？”

“是的，一个不幸的人，同时又奇怪得不可思议，是个饶有兴味的人物。不过，既然他并不引起您的不安……请原谅，我居然注意起这样的事来，我只是一时好奇罢了……”

“的确，我也被激起了好奇心。……我很想了解，他究竟是何许人。何况我住在他家里……”

“是这么回事：据说这个人过去很有钱。他是个买卖人，想必您也听到过。他是由于遭遇到种种不幸而变穷的；他有好几条驳船遇上风暴，连货物一起给打沉了。一个厂大概是交给至亲经管的，不料也遭到同样的厄运，给一把火烧了，连那位亲戚也葬身火海。您想，多么惨重的损失！据说，穆林从此泄了气，境况叫人瞧着心酸；人们开始担心他会失去理智。果然不出所料，有一次他同另一个商人发生争吵——那商人也拥有几条在伏尔加河上运货的驳船，——穆林在争吵中突然表现得出格地乖张，结果人家把一场风波统统归咎于他的精神严重失常，这说法连我也愿意相信。我听人详细谈到他的某些古怪之处；后来忽然发生一件非常奇怪的、简直不可收拾的事情，这件事不可能作其他的解释，只能说是被触怒的命运之神在那里作祟。”

“是怎么一回事？”奥尔狄诺夫问。

“据说，他在一次疯癫症发作中企图谋杀他过去非常喜欢的一个青年商人。等到发病过后醒来，他大吃一惊，恨不得自寻短见——至少据说是这样。此后的情形我了解得并不确切，但知道他好几年一直在忏悔。……您怎么啦，瓦西里·米海洛维奇，是不是我这样平铺直叙您听得不耐烦了？”

“哦，不，看在上帝分上……您说他一直在忏悔；但他并不是单身独居。”

“我不知道。据说他过去是单身。至少那件事不牵涉到任何别人。不过，以后的事我没听说过；我只知道……”

“知道什么？”

“我只知道，——我并不打算补充什么特殊的情况……我只想说，如果您发现他有什么异样和越出常规的行为，那么，这一切无非都是他接连遭到不幸的后果……”

“是的，他整天祷告上帝，十足的假道学。”

“我不认为如此，瓦西里·米海洛维奇；他的遭遇太悲惨了。我觉得他是问心无愧的。”

“可是目前他又不疯；他精神是正常的。”

“哦，当然，当然；这一点我可以向您担保，我敢起誓；他完全能控制自己的智力。刚才您已经一语道破，他只是非常古怪罢了，整天祷告上帝。他的理智甚至十分健全。说话干脆、泼辣而又非常狡猾。从他脸上还看得出当年走南闯北的痕迹。这是个耐人寻味的人物，而且肚子里装满书本。”

“他读的好像全是宗教书籍？”

“是的，他是个神秘主义者。”

“什么？”

“神秘主义者。不过我对您说的这话是个秘密。我还可以向您透露一个秘密：有一段时间对他进行过严密的监视。这个人对于去找他的人具有可怕的影响。”

“什么影响？”

“说出来您不会相信。不妨举个例子：当时他还不住在这个街区；荣誉公民亚历山大·伊格纳吉奇是个位高爵显、受到普遍尊敬的人，曾出于好奇随带一名尉官去找他。他们来到他家，被接待进屋，那个奇怪的人开始仔细端详他们的脸。通常，他要是愿意帮忙，便仔细端详对方的脸；否则就打发来者回去，据说态度还极不客气。他问那两位有何见教？亚历山大·伊格纳吉奇回答：‘我们不说，反正您也有本领知道。’穆林说：‘请跟我到另一间屋里去。’他当即确定了两位中间哪一位有事找他。后来怎样，亚历山大·伊格纳吉奇没说，但他从穆林家出来的时候，面色惨白如纸。有一位上流社会的贵妇人也有过同样的感受：她离开穆林时同样容颜惨白，泪痕满面，为他的预言和口才所慑服。”

“奇怪。可是现在他不干这事呀？”

“那是因为被取缔了。还有一些离奇的事情。有位青年少尉军官乃是某望族世家的骄傲和希望，他看着穆林，暗暗一笑。老头非常生气，说：‘你笑什么？过三天你将会变成这个模样！’说着，他把两只手交叉起来，意思说对方将变成一具死尸。”

“结果呢？”

“我不敢相信，但据说预言应验了。瓦西里·米海洛维奇，他确有某种本领。……您听了我这幼稚的故事莞尔一笑。我知道，您在智育方面走在我前面很远；但我相信他不是江湖骗子。连普希金的作品中也提到过类似的情形。”

“嗯。我不想跟您抬杠。您好像说过，他现在不是一个人单独生活。”

“我不知道……好像有个女儿和他在一起。”

“女儿？”

“是的；哦，也许是他的妻子；反正我知道有个女人和他住在一起。我瞥见过一次，不过没留意。”

“哞。奇怪……”

青年陷入了深思，亚罗斯拉夫·伊里奇则沉浸在悠闲的遐想之中。他怡然自得，因为既看到了老朋友，又把一桩无比精彩的事情讲得相当可以。他坐在那里，目不转睛地注视着瓦西里·米海洛维奇，一边吸烟袋；但是，他霍地离座起身，一下子像热锅上的蚂蚁。

“整整一个钟点已经过去，我竟全忘了！亲爱的瓦西里·米海洛维奇，我要再次感谢命运把我们拴在一起，但现在我得走了。您能允许我到您的学者新居来拜访吗？”

“我将感到十分荣幸。有空我也要去拜访您。”

“我简直受宠若惊，不敢相信。欢迎大驾光临，请务必光临！您简直无法想象我有多么高兴！”

他们走出酒店。谢尔盖耶夫已迎着他们飞奔而来，用念急口令那样的速度向亚罗斯拉夫·伊里奇报告，说维尔姆·叶梅良诺维奇即将坐车经过此地。果然，前方出现由两匹黑鬃黑尾的淡褐色骏马拉着的轻便四轮车。其中一匹拉边套的特别出色。亚罗斯拉夫·伊里奇握别了这位他最好的朋友（手劲之大不亚于钳子），再在帽子边上碰了一下，急忙跑去迎接疾驰而来的敞篷马车。路上他还两次回过头来，向奥尔狄诺夫点头作别。

奥尔狄诺夫觉得疲惫不堪，四肢无力，几乎迈不开腿。他勉强挨到租居的楼房前。在门口他又碰见了看门的，他和亚罗斯拉夫·伊里奇告别的时候，那鞑靼人始终在用心观察，此刻老远就向他招手示意。但是奥尔狄诺夫并未停留。有个身材矮小、头发花白的人从穆林的住所出来，眼睛望着地下，在门口和奥尔狄诺夫撞了个满怀。

“上帝啊，宽恕我的罪过吧！”小个子轻声说着闪过一旁，动作敏捷，弹性可与软木塞媲美。

“我没撞疼您吧？”

“没有，多蒙关注，不胜感激。……哦唷，上帝啊，上帝啊！”

安分的小个子又是呼哧，又是哦唷，小心翼翼地沿着扶梯下楼去，口中还念念有词，大概在劝人为善。这人便是刚才把看门的吓一大跳的大房东。奥尔狄诺夫这才想起，搬家的时候曾在穆林这里第一次看见过他。

他觉得自己受到很大的刺激和震动；他知道自己的神经紧张达于极点，想象力和灵敏度都濒于病态的边缘，便决定不信赖自己。他渐渐陷入一种麻痹的状态。胸口好像压着什么沉甸甸的东西。他的心隐隐作痛，仿佛带着累累伤痕，盛满流不尽的无声之泪。

他又扑倒在卡捷琳娜为他铺的被褥上，又开始静听。他听到两种呼吸的声音：其一费力、痛苦、断断续续，其二轻柔，但不均匀，好像也很激动，仿佛那边有一颗心在同样的欲望、同样的情愫激发下搏动。有时他可以听到她的衣服的窸窣声、她的轻软的脚步声，甚至她的脚发出的这种细微的响动，也在他心中激起一阵阵沉闷的、难堪而又甜蜜的痛楚。后来，他好像听到了哭泣和急促的叹息，末了又是她在祈祷。他知道，她正跪在神像前，不顾一切地拼命扭绞着双手！……她到底是何许人？她在为谁祈求？她的心是被怎样一种无处宣泄的情愫困扰着？为什么那颗心如此悲苦，如此凄怆，倾泻着如此热辣辣的绝望之泪？……

他开始咀嚼她的话语。所有她对他说过的话犹如音乐在他耳际萦回；每想起一句她的话来，总要虔诚地重复玩味，都像沉重的鼓声在心中激起深情的回响。……有一瞬间，他头脑里闪起一个想法：这一切都是他在做梦。但就在这一瞬间，她那热呼呼的气息、她的话语、她的吻重又在他想象中打上烙印，于是他整个身躯都忍受着相思的煎熬。他闭上眼睛，进入蒙眬状态。不知何处传来数下钟声；时光不早，黄昏将临。

他忽然产生一种感觉，仿佛她又俯身在他旁边，望着他的眼睛，她自己那双水灵灵的秀目闪耀着安详、欣悦的泪花，像无边无际的苍穹在炎热的正午那样静穆、辉煌。她的容貌端庄大方，她的笑影洋溢着对幸福的无限向往，她满怀同情而又天真烂漫地俯首靠在他肩膀上，喜得他从胸中发出有气无力的呻吟。她想对他说些什么；她有体己的话要向他倾诉。他耳边仿佛又响起了扣人心弦的乐声。他贪婪地倒抽着被她的呼吸从很近处搅动和呵暖的空气。他在无可奈何之余搓搓手，长叹一声，睁开眼睛。……她站在他跟前，低头凑近他的面孔；她脸色苍白，泪痕满面，全身哆嗦，好像抑制不住内心的恐惧和激动。她忽而把两条半裸的胳臂交叉在胸前，向他说着些什么；忽而扭绞着双手向他恳求什么。他把她搂在怀里，她整个身子在他胸前颤抖……

第二部

一

“你怎么？你怎么啦？”奥尔狄诺夫说。他已完全醒来，同时还把她紧紧地、热烈地抱在怀里，“你怎么啦，卡捷琳娜？你怎么啦，我的爱？”

她低头啜泣，把热辣辣的脸藏在他胸前。过了很久她还不能言语，浑身直哆嗦，似乎在害怕。

“不知道，不知道，”最后，她气喘吁吁，几乎不出声地说，只是勉强听得见罢了，“我记不得怎么会到你这儿来的……”这时，她在更加强烈的冲动下向他贴得更紧，并且怀着不可遏制的狂热感情吻他的肩膀、胳臂、胸脯；末了，她仿佛不顾一切地用双手掩面，跪下来把脑袋埋在他的大腿上。当奥尔狄诺夫在无法形容的渴念驱使下急不可待地把她扶起来，让她坐在自己身旁时，她羞得满脸通红，双目流着祈恕的眼泪，她嘴唇上勉强挤出的微笑正竭力想把又一阵势不可挡的情感冲动压下去。此刻她好像又害怕起来，一只手不信任地把他推开，眼睛几乎不朝他看，低着头怯生生、悄悄然回答他急速的问话。

“也许，你做了一个可怕的梦，”奥尔狄诺夫说，“也许，你头脑中出现了什么幻象……是不是？也许，他把你吓着了。……他处在昏迷状态，人事不省。……也许，他说了什么你不应该听的话？……你听见什么了？是吗？”

“不，我没睡着，”卡捷琳娜答道，一边弨自抑制内心的激动，“我压根儿睡不着。他一直不做声，只叫过我一回。我几次走上前去叫他，对他说我害怕；他都没有醒过来，没听见我的话。他病得着实不轻，求上帝保佑他！我瞧着他，心里只觉得凄惨，少有的凄惨！我一直祈祷，一直祈祷，结果居然有这种事临到我头上。”

“别哭了，卡捷琳娜，别哭了，我的生命，好了！这是你昨天吓坏了的缘故……”

“不，昨天我没有吓着！……”

“别的时候你也有这样的情况？”

“是的，有。”她浑身发抖，又像个小孩子似的紧紧偎着他，“要知道，”她强忍啜泣道，“我不是无缘无故到你这儿来的，不是无缘无故来的，我一个人实在受不了，”她反复说着，感激地握紧他的双手，“够了，你不必为他人的不幸多洒眼泪！留着将来你自己孤独难挨、身边一个人也没有的时候用吧！……我问你：你有过情人吗？”

“没有……在你之前我没跟任何一个女人……”

“在我之前……你把我叫做你的情人？”

她忽然像是感到诧异地望着他，想要说些什么，但接着默然不语，低首垂目。渐渐地，她脸上又燃烧起不期而至的红晕；透过被遗忘在睫毛上还没有冷却的泪珠，眼睛射出更加明亮的光芒，看得出有一个问题到了她的嘴边呼之欲出。她羞涩而又狡黠地对他看了两次，忽然又低下头去。

“不，我不配做你的第一个情人，”她说，“不，不，”她连连摇头说之再三，然而她脸上却又悄悄泛起笑靥，“不，”她终于呵呵也笑了起来，“亲爱的，我不配做你的情人。”

这时，卡捷琳娜抬头向奥尔狄诺夫看了一眼；她脸上骤然间愁云重重，无处宣泄的苦闷一下子改变了她的容貌，绝望蓦地从她内心沸腾起来，致使奥尔狄诺夫给一种不可理解的、同情无名悲哀的痛苦感觉憋得胸闷气阻，他无限凄恻地瞧着卡捷琳娜。

“听着，我有话要对你说，”卡捷琳娜用动人心弦的声音说，自己的一双手把他的两只手牢牢捏住，竭力忍住不哭，“好好听着，听我说，我的宝贝！你得管着点儿你自己的心，不要像刚才那样爱我。这样你会好受些，心里会轻松愉快些，既能免遭凶恶的敌人的暗算，又能赢得和姐妹一般的情人。我还会到你这儿来的，只要你愿意，我将宽恕你，而且不把跟你相好这件事引为耻辱。在你卧病期间，我不是也陪过你两天吗？！你应该认我这个姐妹！我们总算没有白白结交一场，也不枉我流着眼泪在圣母面前为你祈祷！这样的姐妹你哪儿找去？！你走遍全世界，哪怕上天入地，你也休想找到第二个这样的情人，如果你的心要求有个情人的话。我将热烈地爱你，就像现在一样爱你的一切。你心地纯洁、透明；我初次见到你就认定，你是我家的客人，受欢迎的客人，你住到我们这儿来说明你我有缘；你望着我的时候，你的眼睛一往情深，诉说着你的心曲，而这双眼睛无论说些什么，你的想法我立刻就能了然于胸—— 这一切都将是我爱你的理由。为了报答你的爱情和一片好心，我愿意把生命献给你，因为即使做知心人的奴隶也是甜蜜的……再说，我的生命也不是我的，而是别人的，我身不由己！你就接受一个姐妹吧，你自己做我的兄弟；要是我又为苦闷所逼，又陷于可恶的软弱状态，你就把我接纳在自己心中；不过你得做到一点，使我到你这儿来，像现在这样再跟你一起长夜共坐不感到羞愧。我的话你听见没有？你是不是向我推心置腹了？我对你说的话你理解了没有？……”她还想说些什么，举目对他一看，把一只手搁到他肩上，终于瘫倒在他的怀里。她的话音为歇斯底里的抽泣所掩，胸脯高起深伏，脸红得像西天的晚霞。

“我的生命！”奥尔狄诺夫喃喃地说，他只觉得眼睛发花，呼吸受阻，“我的宝贝！”他不知道也不记得自己说些什么，不明白自己是怎么回事，战战兢兢地生怕吹一口气会扰乱美妙的氛围，生怕破坏他认为与其说像现实、毋宁说像幻影的一切，因为他眼前的一切实在太模糊了！“我不知道、不理解你，我不记得你刚才对我说了些什么，我的理智快要泯灭，我的心在胸中隐隐作痛，我的女皇，发落我吧！……”

由于激动，他的话音又告中断。卡捷琳娜向他贴得更紧、更暖、更热。他抬起身来，再也不克制自己，在狂喜的冲击下四肢乏力地跪倒在地。抽抽搭搭的哭泣伴随着疼痛终于冲出他的胸膛，直接发自心中的声音像一根琴弦载不动从未体验过的欢忭和欣喜而颤动起来。

“你是谁，你是什么人，我亲爱的？你从哪儿来，我的小鸽子？”他竭力忍住抽噎说，“你是从哪一重天上宫阙飞到我的云层中来的？我好像置身于梦境之中；我没法相信你。不要责怪我……让我说下去，让我把所有的话都向你说出来！……我很久便想问……你是谁，你是什么人，我的宝贝？……你怎样找到了我的心？告诉我，你早就是我的姐妹了吗？……把你的事情统统告诉我，你过去在哪里？告诉我，你住过的地方叫什么？你在那里起初爱上了什么？有过什么样的欢乐和什么样的苦闷？……那里的空气是不是暖和，天空是不是晴朗？……你有过哪些亲人？在我之前谁爱过你？在那里，你的心第一次向往的是谁？……你有没有生身母亲？你小时候是不是她抚育的？还是跟我一样举目无亲？告诉我，你一直是这样的吗？你梦见过什么？预卜过什么？实现了什么？没有实现的又是什么？——统统告诉我。……你那颗女儿心第一次为谁惆怅？他凭什么赢得了你的心？

告诉我，我该向你奉献什么方能换你的心？我该向你奉献什么，你才能把你自己给我？……告诉我，心上的人儿，我的光明，我的姐妹，告诉我，我该用什么来换取你的心？……”

说到这里，他的话音又干枯了，脑袋耷拉下来。及至举目一看，无声的恐怖顿时使他全身冰凉，头上毛发直竖。

卡捷琳娜坐在那里，面容惨白。她一动不动地望着什么也没有的空间，她的嘴唇像死人那样发青，眼睛蒙上一层默默的凄怆。她慢慢地站起来，跨了两步，尖叫一声仆倒在神像前。……不连贯的片言只语不断从她胸中冒出来。她失去了知觉。奥尔狄诺夫这一惊非同小可，急忙把她扶起来抱到自己床上；他站在床前俯视着她，忘记了自己身在何方。过了一会儿，她睁开眼睛，在床上坐起来，四顾张望，旋即抓住他的一只手。她把他拉到自己身边，竭力翕动两瓣依然没有血色的嘴唇想要说些什么，但声带仍旧不听她使唤。临了，她眼睛里下起了滂沱大雨，滚滚热泪如点点火星溅落在奥尔狄诺夫冰凉的手上。

“难受啊，我现在可真难受，大概我最后的时刻快来到了！”半晌她才在无法排遣的痛苦折磨下说。

她还力图说些什么，但是她僵硬的舌头连一个字也吐不出来。她绝望地瞧着不懂她意思的奥尔狄诺夫。他向她凑近些，仔细听着。……他终于听见她清楚地低声说道：

“我被教坏了，人家把我教坏了，把我毁了！”

奥尔狄诺夫抬起头来，不胜惊愕地望着她。一个荒唐的想法在他头脑里一闪。卡捷琳娜看到他面部的肌肉不自然地、病态地收缩拢来。

“是的！是教坏了，”她继续说，“把我教坏的是个恶人——他，是他毁了我！……我把灵魂出卖给了他。……为什么，为什么你要提起我的生身母亲？你为什么要折磨我？上帝会审判你的！……”

一分钟以后，她哭了；奥尔狄诺夫的心在恓恓惶惶地搏动和呻吟。

“他说，”卡捷琳娜悄悄言道，声音给勉强控制着，口气有些神秘，“他死后要来收拾我有罪的灵魂。……我是他的，我把灵魂卖给他了。……他折磨我，他把书上的话念给我听。……瞧，你瞧瞧他的书！这就是他的书。他说我作下了该死的孽。……你瞧，你瞧……”

卡捷琳娜把一本书递给他看；奥尔狄诺夫没注意这书是哪儿来的。他像机器一样呆板地接过来一看，跟他以前见到过的古代分裂派[①]图书一样也是手抄本。但此时他无心去看，因为没法把注意力集中在任何别的事情上。书从他手中跌落。他轻柔地搂住卡捷琳娜，力图使她恢复理智。

“别哭了，别哭！”他说，“你给吓坏了；我在你身边；跟我一起歇一会吧，亲人哪，我的爱，我的光明！”

“你什么也不知道，什么也不知道！”她紧紧握住他的双手道，“我老是这样！……我老是害怕……够了，够了，你别再折磨我吧！……”

“那时我便去找他，”少停，她缓过一口气来，又说，“有时他直接用自己的话对我作法，有时拿起一本老大老大的书来冲我念。他念的尽是些森严可怖的东西！具体的内容我不知道，也不是每一句都懂，反正听得我毛骨悚然；如果我仔细听他的声音，会觉得这不像他在说话，而是另一个人，一个铁石心肠的恶人在说，于是心里就沉甸甸、火辣辣地难受起来……比苦闷开始时更加难受！”

---

① 十七世纪俄国历史上反对官方教会的一次宗教社会运动称为“分裂运动”，这一运动的追随者称“分裂派”。

"你就别去找他！你为什么要到他那里去？"奥尔狄诺夫说。其实，他未必意识到自己的话的涵义。

"你要是问：我为什么要来找你？——我也答不上来。……反正他老是叫我祈祷，祈祷！有时我在黑夜里起床，一连祈祷几个小时，常常困得直想睡觉，可是恐惧不断把我惊醒，我老是感到自己周围危机四伏，感到未来凶多吉少，恶人们将把我撕裂、砸烂，而我的祈祷却打动不了圣徒，他们不会把我从厄运中解救出来。我的心在彻底破碎，整个身体像是要给眼泪融化似的。……这时我又开始祈祷，我跪着，跪着，直到像上的圣母用比较慈祥的眼光看我为止。于是我站起身来，筋疲力竭地去睡。有几次我跪在圣母像前的地上睡着了，那时他会醒过来，把我叫去，开始疼我，抚爱我，安慰我，于是我就觉得好受多了，无论有什么灾祸临头，我在他身边也不害怕。他有法术！他的话威力很大！"

"可到底是什么灾祸，你会有什么灾祸？……"奥尔狄诺夫急得拼命扭绞双手。

卡捷琳娜脸色煞白。她像一个不指望获赦的死囚那样望着奥尔狄诺夫。

"我？……我是个遭诅咒的女儿，我是个害人精；母亲诅咒过我！我坑害了亲生的母亲！……"

奥尔狄诺夫默默地把她抱住。卡捷琳娜瑟瑟发抖地偎着他。奥尔狄诺夫感觉到她全身被一阵阵寒栗所牵动，仿佛她的灵魂要与肉体分离。

"我把她埋入了潮湿的地下，"她说时已沉浸在回忆的惶恐之中，那一去不返的往事又在眼前重演，"我早就想说，可他老是用央求、责备和威吓的话语制止我，有时他又自己勾起我的痛心事来折磨我，活像是我的冤家对头。我全都想起来了，就跟现在一样的夜里。……听着，听我说！这已经是很久很久以前的事了，我记不清究竟在什么时候，可一切就跟发生在昨天一样，如同昨天把我折腾了整整一宿的梦。苦闷能把时间拉长一倍。坐下，在我身边坐下；我把我的不幸统统告诉你；让母亲的诅咒把我这个遭诅咒的人劈死了吧。……我把我的生命交给你……”

奥尔狄诺夫想阻止她，但她把双手合在一起，恳求他将爱怜之心转为注意力，随后怀着更加惶恐的心情重新开始叙述。她讲得不大连贯，从她的话里可以听出在心中翻腾的狂澜怒涛，但奥尔狄诺夫全都能懂，因为卡捷琳娜的生命已成为他的生命，卡捷琳娜的不幸也就是他的不幸，而卡捷琳娜的敌人已赫然站在他面前，在她的每一句话中现形、膨胀，并以似乎无穷无尽的力量压在他心上，嘲骂他的愤懑。他的血液在波动，冲刷着心脏，搅乱着思绪。他梦见的凶恶老头儿（奥尔狄诺夫对此信而不疑）活灵活现就在他面前。

“那也是这样一个夜晚，”卡捷琳娜开始述说，“只是更恐怖，狂风在我们的树林里呼号，我还从来没有听到过这样的风声。……也许我的堕落在那天夜里就开始了！我们窗外的一棵栎树给吹倒了，可是有个白发老乞丐来到我家，说他很小的时候就记得有那棵栎树，说它和被风刮倒的时候完全一样。……当天夜里——我记得很清楚，就像发生在此时此刻——当天夜里，我父亲有一条驳船在河里给风暴毁了。渔夫们跑到厂里来告诉我们后，父亲当时虽然身体很不好，他还是立刻赶往出事地点。我和妈妈待在家里，此外一个人也没有；我打着盹儿，她在为什么事情犯愁，哭得很伤心……是的，我知道为什么事情！她刚生过一场病，脸色很难看，老是对我说，要我为她准备尸衣。……忽然，半夜里传来敲门的声音；我猛吃一惊，血顿时淹没了我的心；妈妈大叫一声……我连看也没有看她一眼，我不敢，只是提了灯自己去开小门。……那是他！我感到害怕，因为每次他来我总是害怕；从童年时代我的记忆形成开始一直是这样！那时他还没有白发；他的胡须和松香一样黑，眼睛像两块煤在燃烧，在这以前他从来没有亲切地看过我一眼。他问：‘母亲在家不？’我关上小门，说：‘父亲不在家。’他说：‘知道，’接着突然向我看了一眼，那神情异乎寻常……这是他第一次这样看我。我往屋里走，可是他仍旧站着。我问：‘你干吗不走哇？’他答道：‘我在寻思。’我们上台阶将要走进里屋了，他说：‘我问你母亲在家不，你为什么说父亲不在家？’我不做声……妈妈愣了一下，随后扑到他身边……他只用眼梢一瞟，——这一切我全看见了。他浑身湿透，直打哆嗦，因为暴风雨一路追了他二十里地，——至于他从哪里来，平时在什么地方，我和妈妈从来都不知道；我们已有两个多月没看见他了。……他扔下帽子，脱去手套，既不朝神像祈祷，也不向主人行礼，就在炉火旁坐下……”

卡捷琳娜用手抹了一下面孔，似乎有什么东西压着她，但过了一会，她又抬起头来继续叙述：

“他开始用鞑靼语跟母亲交谈。母亲会讲鞑靼话，我连一个字也听不懂。有几次他来，他们把我支开；而现在母亲竟不敢对亲生的孩子说一句话。魔鬼收买了我的灵魂，我还自鸣得意地瞧着妈妈。我知道他们在看我，在谈论我；她哭了起来；我见他伸手去拔刀子，近来，他跟母亲谈话的时候，已经不止一次当着我的面拔刀子。我站起来，抓住他的腰带，想夺走他那把罪恶的刀。他把牙齿咬得格格响，大喝一声，冲我兜胸一拳，想把我推开，可是没有成功。我心想，这下我要死了，只觉得眼前一片昏黑，我倒在地上，可是没有喊一声。我竭力睁开眼睛，见他解下腰带，卷起打我的那只手的衣袖，拔出刀子递给我，说：‘拿去把她宰了，狠狠嘲笑她一顿，把你对我憋着的气彻底出一出，我愿一躬到地向你表示感谢，尽管我的自尊心很强。’我把刀子撂在一边，血液开始堵塞我的咽喉，可是我并不看他。我记得自己作了一个不咧嘴的冷笑，盯住妈妈忧伤的眼睛恶狠狠地瞧着，不断发出无耻的狞笑；而母亲坐着，面无人色，像死了一样……”

奥尔狄诺夫全神贯注听着这不连贯的叙述；慢慢地，她的惶恐的第一阵高潮低落下来，语调渐趋平稳，往事带着这个薄命女子已去得老远老远，把她的隐痛粉碎在回忆的汪洋大海之中。

“他拿起帽子不辞而别。我又提了灯代替妈妈送他；妈妈虽然带病坐着，可是想要跟他去。我把他送到大门口，默默地为他打开大门上的小门，把狗赶开。我见他摘下帽子，对我鞠了一躬，然后把手探到怀里，掏出一只红色的山羊皮盒子，扳开搭钩，原来是一盒珍珠，颗颗都又大又圆。他对我说：‘我在市郊有个美人儿，这东西是我带去给她的，可是没送到她那里；收下吧，美丽的姑娘，拿去装点一下你的美貌；哪怕踩在脚底下都可以，只要你收下。’我收了下来，可不想用脚去踩，不愿过于抬举它，反正像条毒蛇似的收下便是了，一声也不吭。我走到母亲跟前，把东西放在桌上——我收下就是为了这样做。她半晌没说话，脸色煞白煞白，好像怕跟我说话。‘卡嘉[1]，这是什么？’我回答说：‘妈妈，是那商人带来给你的，别的我不知道。’我见她泪珠夺眶而出，气接不上来。她说：‘不是给我的，卡嘉；不是给我的，狠心的女儿，不是给我的。’我记得当时她哭得十分悲伤，悲伤极了，简直把一颗心全哭了出来。我举目一看，直想扑过去跪在她脚下，可是我在魔鬼的暗示下竟然说：‘那好吧，既然不是给你，准是给爹的；等爹回来，我交给他；我就说：有几个商人来过，把货给忘了……’我母亲顿时放声大哭：‘我自己告诉他，来

① 卡捷琳娜的小名。

的是什么样的商人，要取什么样的货。……我要告诉他，你是谁的私生女！现在你不是我的女儿，你是要我命的一条毒蛇！上帝为了惩罚我，才让我生下你这个遭诅咒的孩子！’我不言语，不流泪……啊！仿佛我身上的全部人性都绝灭了。……我到自己房间里去，听了整整一宿的狂风暴雨，在风雨声中整理自己的思绪。

“五天过去了。五天以后的傍晚，父亲回来了，面色阴沉可怕，路上病得不轻。我见他一只胳膊吊着绷带，料到是跟冤家狭路相逢了，否则何至于如此狼狈。我也知道谁是他的冤家，我全知道。父亲跟妈妈一句话也不说，也不问起我怎么样；他把众人召集起来，下令厂里停工，提防祸祟临门。我的心立刻感觉到，我们家里要出事。一家子在等待中度过了一宿，这也是一个狂暴之夜，旋风卷起漫天大雪，我心中惊慌不安。我的脸发烫，眼睛在流泪，不平静的心在燃烧，犹如置身火中一般。我一度把窗子打开，恨不能跑出房间，远走高飞，去到雷电和风暴产生的天涯海角。我女孩儿家的胸脯大起大落……我好像有点儿困，也许一团迷雾潜入我的心房，搅浑了头脑——时间已经很晚，忽然，我听见有人敲窗道：‘开开！’我一看，有一个人攀着绳子爬上窗来。我一下子认出了这位不速之客是谁，便打开窗户把他放进我独居的闺房。是他！他帽子不摘，在靠墙的箱凳上坐下，喘吁吁地上气不接下气，好像后面有人追来。我闪到角落里站住，自己知道已吓得面无人色。‘父亲在家不？’他问。‘在家，’我说。‘母亲呢？’‘母亲也在家。’‘先别开口，听见没有？！’‘听见了。’‘那是什么？’‘窗下有吹哨子的声音！’‘你说，美丽的姑娘：此刻你可愿意砍下一个仇人的脑袋，把你的爹叫来，断送我的一条命？我听你发落，姑娘；这里有绳子，你可以把我绑起来，如果你的心命令你为自己报仇雪恨的话。’我不做声。‘怎么啦？你说话呀，我的宝贝！’‘你要怎么样？’‘我要把我的仇人干掉，跟旧情人好离好散，至于对你这样年轻美貌的姑娘，我要衷心表示感谢。’我笑了起来；我自己也不知道，他那恶魔般的话语怎么会进入我的心坎。‘美丽的姑娘，让我下楼去逛逛，试试我自己的心，向男女主人表一表敬意。’我全身哆嗦，牙齿打架，可是心却像烧红的铁块。我走去给他开门，放他进入里屋，直到门口才勉强迸出一句话：‘拿去！把你的珍珠拿回去，下次再也不要送给我！’我把那只盒子冲他背后扔了过去。”

说到这里，卡捷琳娜停下来换一口气；她时而像风中的树叶瑟瑟发抖，面色苍白，时而血直往她脑袋里涌；此刻她暂时住口，两颊绯红，眼睛噙着泪花，费力而不均匀的呼吸使她的胸膛如波浪翻腾。但她一下子又血色全无，声音低落，并且惶恐而忧伤地颤动起来。

“于是我一个人待在屋子里，风暴好像把我团团围住。忽然我听到一声喊叫，人们纷纷往厂门前跑，我听见他们在说：‘厂里起火了。’我躲在房里，家里的人都跑光了，只剩下我和妈妈。我知道她命在旦夕，已经有两天两夜躺在床上处于临终状态，我——她的害人精女儿——明明知道！……忽然，我听见从我的房间下面传来一声微弱的呼喊，就像小孩子在梦中受到惊吓那样的一声呼喊，随后一切都静下来。我吹灭了蜡烛，周身血液冰凉，双手捂住面孔，不敢睁开眼睛。突然，我听到喊声愈来愈近，人们从厂子那边跑来。我把半个身子探到窗外，见人们抬着爹的尸体，我听见他们在交谈：‘他一脚踩了个空，从楼梯上掉进了火海；看来是魔鬼把他推到那里去的。’我扑倒在床上，一动不动地等着，也不知道在等什么或等谁，反正这时节我够难受的。我不记得等了多久，只记得我忽然全身摇晃起来，脑袋沉得厉害，眼睛给烟熏得麻辣辣的；我很高兴，因为我的死亡已临近！忽然，我觉得有人把我夹住肩膀抬起来。我尽自己所能举目一看，见他几乎全身都烧伤了，他的长襟大褂给烤得发烫、冒烟。

“他说：‘我是来找你的，美丽的姑娘；你带我避开灾难吧，就像在这以前把我引向灾难一样；我代替你干了昧心事。我一个人祈祷补偿不了这可诅咒的一夜的罪过！除非咱俩一起祷告！’这恶棍居然还发笑！他说：‘你带我出去，别让人看见我！’我拉住他的手给他引路。我们经过走廊，钥匙在我身边，我开了贮藏室的门，把一扇窗指给他看。我们家有一扇窗是朝花园开的。他用强壮的胳膊把我夹住了抱起来，带着我纵身跳到窗外。我跟他手拉着手开始奔跑，跑了很久，前面只见黑压压一片茂密的树林。他留神听着，说：‘后面有人追来，卡嘉！有人在追咱俩，美丽的姑娘，咱们可不能在这个时候把命送掉！吻我一下吧，美丽的姑娘，愿这个吻带来爱和永恒的幸福！’‘你的手上怎么全是血？’‘你问怎么我手上全是血吗，亲爱的？我把你家的狗都宰了，因为它们发现了我这个深夜的来客，拼命乱叫。走！’我们又往前跑，见我爹的一匹马在村中小道上，它是扯断了笼头从马厩里逃出来的；当然，它可不愿意烧死！‘卡嘉，跟我一起上马！上帝派它搭救咱们来了！’我不做声。‘你不愿意？我又不是什么邪教徒，又不是魔鬼；你要我画十字也可以。’说着，他在胸前画了个十字。我上了马，紧紧挨着他，在他怀里忘记了一切，仿佛进入一个梦乡，醒来一看，我们停在一条宽阔的大江岸边。他先下马，再把我抱下马背，然后走到芦苇丛中去——他有一条船藏在那里。我们已准备下船。这时他说：‘再见了，好心的马，找你的新主人去吧，旧主人却都要抛弃你！’我冲着爹的马跑过去，把它紧紧搂住。然后我们下船，他划动双桨，转眼我们就看不见两岸。船到了两岸都望不见的江心，他放下桨板，向水面上四顾张望。

“他开言道：‘你好，波涛汹涌的母亲河、上帝子民的灌溉者、我的哺育者！你说，我离开时你有没有保护好我的财产？！我的货物是否完好无损？！’我默默无言，低首垂目，脸上热辣辣地羞愧难当。

他却说：‘你可以把一切都拿去，风急浪高、不知餍足的大河啊，只要你发誓为我保管和爱护我的一颗价值连城的珍珠！美丽的姑娘，你说句话呀，用你的阳光射透风暴，驱散黑夜！’他一边说，一边冷笑；他的心在为我燃烧，我出于羞耻心不愿忍受他的奸笑；我想说话，可是鼓不起勇气来，结果仍没有开口。‘好吧，那就算了！’他的话在回答我怯懦的念头，分明是无可奈何的口气，仿佛有难言之隐。‘当然，强扭的瓜不甜。随你便吧，我的傲慢的小妞，美丽的姑娘！看起来，你对我恨之入骨，或者你的一双明眸怎么也瞧不上我。’我听着直冒火，而火却由爱而起；我按捺住心头的恼怒，说：‘我看得上你还是看不上你，我可不知道，想必另一个昏了头的、没羞没臊的姑娘知道，她在黑夜里玷污了自己的闺房，出卖了自己的灵魂，纵任自己的心发疯逞狂，犯下不可宽恕的罪过；我的辛酸的眼泪想必知道，还有一个人也该知道，他在暗地里把别人的不幸引为自己的骄傲，对一颗女儿心竟不惜加以嘲笑！’说完以后，我忍不住哭了。……他沉默片刻，对我看看，看得我直哆嗦。‘听着，美丽的姑娘，’他说话的时候眼睛射出异样的光芒，‘我不想说空话，我要向你提出庄严的保证：你赠给我的幸福能维持多久，我就做你的多久的主人；一旦你感到讨厌，你不必说出来，一个字儿也不用提，不必费神，只消抬一抬你的黑眉毛，转一转你的黑眼珠，伸一伸一根小指头，我就把你的爱连同千金难买的自由意志还给你；不过，我的傲慢而别扭的美人儿，到那时我的生命也就完了！’听了他这番话，我的整个肉体都在发笑……”

这时，发自内心深处的一阵激动打断了卡捷琳娜的叙述；她缓过一口气来，对自己刚出现的一种想法暗暗一笑，正想继续讲下去，但她亮闪闪的眼神碰上了奥尔狄诺夫灼热的、盯住她不放的眼神。她全身一震，意欲说些什么，但她的脸唰地涨得通红。……她双手捧住自己的脑袋，把脸埋在枕头上，状似昏迷不醒。奥尔狄诺夫的血液脏腑全部翻腾起来了！一种痛苦的感觉，一种不可名状的、无法忍受的惶惑，像毒汁通过经络流遍全身，伴随着卡捷琳娜叙述的每一句话在不断增长。无处宣泄的冲动、急切难熬的情欲占据了他的头脑，搅昏了他的知觉。然而与此同时，无限的忧伤愈来愈沉重地压在他心上。有若干短暂的时刻他真想对卡捷琳娜大声叫喊，要她住口，真想扑到她脚下，用眼泪恳求卡捷琳娜把他先前那般爱的痛苦、先前那种不由自主的单纯欲望还给他，现在他只能为自己早已干枯的眼泪不胜惋惜。他的心在呻吟，在痛楚中沁血，却没有眼泪供给他那受了伤害的灵魂。他不明白卡捷琳娜在对他讲些什么，而他的爱面对震荡着那个薄命女子的感情又禁不住害怕。他诅咒自己此刻的情欲使他力竭筋疲、气闷窒息，他觉得在自己血管里流动的不是血，而是熔化的铅。

“唉，我的悲哀还不在于刚才我对你讲的这些，”卡捷琳娜忽然微微抬起头来说道，“这还不算我的悲哀，”她的话声给突如其来的新的感受抹上一层铜的音色，而她的整个心灵却被藏着出不去的眼泪涨得快要破裂，“这还不算我的悲哀，不算我的隐痛和心病！我并不怎样怜惜我的母亲，尽管我在世上再也不会有另一个亲娘！我并不在乎她在伤心的临终时刻诅咒了我！我并不缅怀我昔日的黄金时代、温暖的闺房、女儿家的自由！我并不在乎把自己出卖给了魔鬼，把我的灵魂交给了害人精，为了幸福而犯下万劫不复的罪过！唉，我的悲哀不在于此，虽然这已为我造成巨大的灾难！使我痛苦、心碎的是：我成了他的奴隶、蒙受奇耻大辱的奴隶；而我自己竟没羞没臊地钟爱着我的耻辱，饥渴的心乐于追忆自己的不幸，犹如玩味欢欣和幸福一样，——这才是我的悲哀，因为其中缺乏力量，缺乏为自己鸣不平的愤怒！……”

可怜的女人一口气堵塞在胸中，歇斯底里的抽泣哽住了她的话语。急促而发烫的呼吸烤着她的嘴唇，胸脯大起大落，她的眼睛燃烧着难以理解的怒火。然而，此时此刻她的面庞却粲然焕发出迷人的金光，上面的每一根线条、每一块肌肉在颤动中透露出山洪暴发一般的热情，呈现出不可抗拒的、闻所未闻的妩媚，使奥尔狄诺夫的忧思顿时熄灭，清愁也在胸中沉寂下来。他的心急欲和她的心紧紧相贴，一同陶醉在疯狂的热情中，合着节拍一齐搏动，让前所未知的情欲掀起同样的风暴，同样的波澜，哪怕和她的心一起停跳也在所不惜。卡捷琳娜遇上了奥尔狄诺夫变得模糊的目光，嫣然一笑，致使他的心遭到一条火龙加倍炽烈的喷射。他差不多已经神志不清。

“怜悯我吧，宽恕我吧！”他勉强控制着发颤的声音向她低语，同时一只手靠在她肩膀上，俯身凑近她的脸，四目对视，近得两人的呼吸合成一股气流。“你把我毁了！我不知道你的悲哀，反正我心中的一池止水给搅浑了。……你的心所痛惜的事与我有什么相干？！告诉我，你要怎样……我一定照办。跟我走吧，否则你等于杀了我，等于把我置于死地，跟我走吧！……”

卡捷琳娜用呆滞的目光望着他，泪水在她灼热的颊腮上被烤干了。她抓住他的手，想打断他的话，自己说些什么，又好像找不到话。一丝奇怪的微笑缓慢地浮现在她的嘴角，仿佛有笑声透过这笑靥在冒出来。

“要知道，我并没有把所有的事情都告诉你，”她终于又开口了，声音似断似续，“我还要讲下去；不过，你会听我吗？你那颗火烧火燎的心会听吗？听你的姐妹讲下去吧！老实说，你对她悲惨的遭遇还了解得不多！我本想讲一讲我和他在一起怎样度过一年时光，现在不讲也罢。……反正过了一年，他和同伙们沿着大河顺流而去，我一个人留在码头上他的干娘家里等候。我等了他一个月又一个月，却在市郊遇见一个年轻的商人。我对他一看，想起了过去的黄金般的岁月。他跟我才攀谈了一两句话，便说：‘情妹妹！我叫阿辽沙，是你名义上的未婚夫，咱俩小时候就由老人作主订了口头婚约；你把我忘了，想一想吧，我从你们家乡来……’‘你们那里关于我在说些什么？’‘人们说你行为不端，全不顾女儿家的羞耻，跟一个杀人越货的强盗勾搭上了。’阿辽沙笑呵呵地对我说。‘那么你关于我说了些什么呢？’‘在到此地来的路上，我有许多话要说，’他惶惑了，‘想说好多话，可现在看见了你，我的魂灵儿出了窍；你把我毁了！’他说，‘你把我的灵魂也买了吧，拿去，美丽的姑娘，你可以狠狠地嘲笑我的痴心、我的爱情。现在我只剩下一个人了，我自己作得了主，我的灵魂也是自己的，不属于别人，我没有把它卖给任何人，不像某一个女的把昔日的交情忘得一干二净；至于心用不着去买，我愿意白给，又不是什么了不起的事情！’我笑了起来；他说过不止一回两回——他在田庄里住了整整一个月，把货物扔下不管，雇用的人统统遣散，单身一人过日子。我瞧着他凄凉孤独的眼泪觉得怪可怜的。有一天清晨，我对他说：‘阿辽沙，天黑了以后你在码头旁近水处等我；我跟你一起到你那里去！这苦日子我可过腻了！’到了夜里，我打好一个包裹，我的心乱得厉害，突突地跳个不停。不料我那当家的蓦地回来了。‘你好，咱们回去吧，河上快起风暴了，时间是不等人的。’我跟在他后面走到河边，可是到自己家里还远着呢。这时我们见河边有一只小船，坐着划桨的是个熟人，他好像在等什么人。‘你好，阿辽沙，上帝保佑你！怎么？你在码头上耽误了时间，现在急着要赶到自己大船上去？行个方便吧，好心的人哪，把我和我媳妇儿一起带到我们自己家里去；我把自己的小船打发走了，蹚水我又不会。’‘行，’阿辽沙说，我一听到他的声音，我的心就往下沉。‘你和你媳妇儿下来都行；反正风是大家的，而我的宅院里也住得下你们。’我们上了船；这天夜里月黑风高，星星都躲起来了，河上浪涛滚滚，小船离岸走了有一里光景，我们三个人诈都不言语。

“‘风暴来了！’我那当家的说，‘这场风暴看来要坏事！我自出娘胎在河上还没有见过像眼下正在刮起来的这档的风暴！咱们这条小船很难对付过去！它载不动咱们仨！’‘是的，它载不动，’阿辽沙应道，‘的确，咱们中间有一个人是多余的。’他说话时声音像一根弦在颤抖。‘你说什么，阿辽沙？你很小的时候我就认识你，我跟你亲爹还是称兄道弟的好朋友。告诉我，阿辽沙，你不坐船能不能走到岸上，还是会白白送掉自己的命？’‘我走不到！’‘好心的人哪，万一你遇上翻船喝水的情况，你能不能走到岸上呢？’‘走不到；这下我是活不成的了，江上的风浪这么大，肯定饶不了我！’‘现在你听我说，卡捷琳努什卡[①]，我的价值连城的珍宝！我记得有一天，时间也是这样的深夜，不过当时没有汹涌的波浪，天上月明星稀。……我想随便问一下，你有没有忘记？’我说：‘我记得……’‘既然你没有忘记那天夜里的情景，想必也不会忘记一个男子汉怎样教一个美丽的姑娘向她不再喜欢的人讨回自由——那些话你也没忘记吧？’‘是的，那些话也没有忘记，’我说，可是人已经吓得半死不活。‘啊，你没有忘记！那么眼下咱们在小船上有难。是不是某人的大限已到？你说，亲爱的，说吧，小鸽子，你就像鸽子那样咕咕地向我们说一句温柔的话……’

“那时我没有把要我说的话说出来！”卡捷琳娜低声道，脸上血色全无。……她没有叙述完毕。

“卡捷琳娜！”一个深沉、嘶哑的声音在呼唤，似乎是从他们头上响起来的。

奥尔狄诺夫打了个寒噤。穆林站在门口望着他们，毛皮毯子只

① 卡捷琳娜的昵称。

裹住他小半个身子，他面容惨白，目露和疯人差不多的凶光。卡捷琳娜的脸色愈来愈苍白，眼睛也望着穆林，她像中了魔法一般呆若木鸡。

“卡捷琳娜，到我那里去！”病人的声音低得几乎听不清楚；说完，他就走出房间。卡捷琳娜犹自呆呆地望着什么也没有的空间，仿佛老头儿还站在她面前。突然，血色在瞬息间又把她苍白的两颊染红，她慢慢地从床上撑起来。奥尔狄诺夫想起了初会时的情景。

“那就明天见吧，我的泪！”她说时现出一种异样的笑影，“明天见！记住我今天讲到什么地方：‘要美丽的姑娘在两个人中间作出抉择：喜欢谁，不喜欢谁！’记住了，等上一宿，好吗？”她把双手放在奥尔狄诺夫的两肩，含情脉脉地瞧着他。

“卡捷琳娜，别去，不要戕害自己！他是个疯子！”奥尔狄诺夫悄声说，一边在为她担心而发抖。

“卡捷琳娜！”从板壁的那一边又传来叫唤声。

“怕什么？难道会宰了我不成？”卡捷琳娜笑着对奥尔狄诺夫说，“晚安，我的心肝，我的宝贝，我的好兄弟！”她说着把他的脑袋温柔地搂在自己怀里，而眼泪却扑簌簌地洒在他脸上。“这是最后的眼泪。好好睡一觉，忘掉烦恼，我的亲人，明天醒来精神愉快。”说完，她热情奔放地吻了他一下。

“卡捷琳娜！卡捷琳娜！”奥尔狄诺夫低声叫着向她跪下，急欲把她拦住。“卡捷琳娜！”

她转身向他点头微笑，然后走出房间。奥尔狄诺夫听见她走进穆林的卧室，还想屏息静听，可是再也听不见任何声音。老头儿不开口，也可能又昏迷了。……奥尔狄诺夫想走到那里去找她，可是两条腿迈不开。……他感到一阵虚软，在被褥上坐下……

二

他醒来以后，很久没法知道这是什么时候：是黎明还是黄昏?房间里还是暗沉沉的。他不能断定自己究竟睡了多久，但可以感到这是一次痛苦的睡眠。他定一定神，用手抹了一下自己的脸，似乎在抹去梦中和夜间看到的幻象。可是当他想要踩到地板上的时候，只觉得浑身酸痛，四肢乏力，不听使唤。他的头又疼又晕，遍体一阵寒栗，一阵灼热。随着知觉的苏醒，记忆也恢复了，当他在一瞬间回想起昨夜的前后经过时，心猛然一震。与他的沉思相呼应，他的心跳得那么厉害，感觉是那么炽热、新鲜，仿佛在卡捷琳娜走后不是过了一宿，不是过了漫长的若干小时，而是只过了一分钟。他觉得自己眼睛里的泪水还没有干，抑或又有新鲜的泪珠像泉水一般从他沸腾的心中涌出来？说来真是怪事！他咀嚼自己的苦痛甚至有些甜津津的味道，虽然他的整个身体隐隐感到再也经受不起这等摧残。有时节他几乎觉得死到临头，居然准备像欢迎嘉宾那样迎接死神；他的感官神经太紧张了，他的情欲在苏醒过来以后形成的冲动太强烈了，他的精神状态太兴奋了，而生命为了应付如此繁忙的活动不得不大大加快速度，简直随时可能中断、崩溃，顷刻间化作一缕青烟，永远陨灭。几乎就在这同一时刻，仿佛与他哀怨的情思相呼应，与他颤动的心相对答，响起了熟悉的声音——卡捷琳娜醇厚而又如银铃一般清越的声音；在人生的欢乐时刻，在恬静的幸福时刻，内心也会响起为灵魂所熟悉的音乐。从近处，就在身旁，几乎绕着他的枕头，那声音唱起了一首歌，最初唱得很轻，幽咽凄凉。……歌声时而升高，时而骤然低沉下来，似乎要把由于欲望憋在忧郁的心中得不到满足而产生的骚乱和痛苦隐藏起来加以爱抚；时而又像夜莺啼啭，纵任再也遏止不住的热情恣意奔放，那花腔颤音蔚然形成一片狂喜的声的海洋，波澜壮阔、无边无际，恰似初尝爱的欢乐的一瞬那样。奥尔狄诺夫连歌词也听得清，那是很久以前编就的，词句质朴而恳切，感情率真而从容、纯洁而明朗。但他随听随忘，留在耳际的唯有声音。透过纯朴、天真的歌声向他粲然闪现的却是别的词句，这些话语喊出的是充塞在他胸膺的想望，响应的是藏在他自己也难找的九曲回肠最深处的情愫，但他清楚地意识到那是对她的思慕之情。他听到的时而像热情无处宣泄的心发出最后的呻吟；时而像意志和精神砸碎锁链奔向光明和自由，奔向无尽头、无拘检的爱海时发出的欢呼；时而像处子伴随着祈求和热泪初次含羞盟誓的神秘低语，还可闻到她为脸上第一阵红晕害臊泛出的芳香；时而像酒神节的女祭司不加遮盖、毫无隐秘地浪笑着用醉醺醺的眼睛环顾众生，公然宣扬渴求欢乐的欲望……

奥尔狄诺夫等不到听完歌曲就从被窝里坐起来。歌声戛然而止。

“早晨和白天都过去了，我的心上人！”他耳边响起了卡捷琳娜的声音，“所以我得向你说：晚上好！起来，到我们屋里去，打点起精神来迎接光明和快乐；我们等着你，我和我当家的，全都是好人，不会逆你的意愿；要是你的心还没有忘记委屈，那就用爱把恨浇熄。可要说亲切的话！……”

她刚一召唤，奥尔狄诺夫已经迈出自己的房间，不过未必明白自己在往房东的卧室里走去。门在他面前打开，艳光照人的女房东向他绽开明媚如春日的笑容。在这一刹那，除了她，奥尔狄诺夫对谁都是视而不见，听而不闻。倏忽之间，他的整个生命，他的全部欢乐在他心中融为一体——融为他的卡捷琳娜的光明形象。

“我和你分别以后，”她向奥尔狄诺夫伸出双手说，“天边出现过两次霞光；眼下第二次正在隐灭，你瞧瞧窗外。正好比映照美丽的姑娘心灵的两种红晕，”卡捷琳娜笑道，“其一是当孤独的女儿心在胸中头一遭透露消息时，两腮给抹上一层处子羞涩的红润；其二是美丽的姑娘忘却了处子的羞涩之后，熊熊烈火焚烧在女儿心胸，把桃红的血色往脸上输送。……进来，进我们屋里来，善良的年轻人！你干吗站在门口？为了表示对你的尊敬和情意，我代替当家的向你行礼！”

她带着清脆悦耳的笑声挽住奥尔狄诺夫的一只手，领他走进房间。他感到一阵胆怯。在他胸中燃烧的火焰刹那间灰飞烟灭，至少有一刹那是灰飞烟灭了；他尴尬地低首垂目，不敢看她。他感觉到女主人实在艳丽得出奇，感觉到自己的心禁不住她那火辣辣的目光。他还从来没有见过他的卡捷琳娜这般模样。欢笑和愉快在她脸上第一次焕发光彩，晒干了她漆黑的睫毛上郁悒的眼泪。奥尔狄诺夫的手在她的掌中发抖。假如他抬起头来的话，他会看到卡捷琳娜带着胜利的微笑把一双明眸盯住他那蒙着困惑和情欲的阴翳的面容。

“起来吧，老爷子！”她终于如梦初醒似的说道，“也该向客人说些欢迎的话呀，待客如待亲兄弟嘛！起来吧，你这个傲慢的倔老头儿，起来，行个礼，跟客人拉拉手，请客人坐！”

奥尔狄诺夫抬头一看，好像这才清醒过来。他此时方始想起了穆林。老头儿那双仿佛处于弥留状态的暗淡的眼睛，呆滞地望着他；奥尔狄诺夫痛心地回忆起这目光前一次从两道浓眉底下向他射来的情景，当时老头儿粗黑的双眉也和现在一样给怨愤锁得紧紧的。奥尔狄诺夫略感头晕，他举目四顾，这才恍然大悟。穆林还躺在床上，但衣服穿得相当齐整，好像今天上午已经下过床，出过门。他脖子上跟原先一样系着一方红巾帕，足蹬浅帮皮鞋。一场大病显然过去了，只是脸色还很难看，苍白中泛出蜡黄。卡捷琳娜站在床边，一只手支在桌上，仔细端详着他俩。但她脸上始终洋溢着亲切的笑容。似乎一切都在她的魔杖指挥下进行。

“啊！是你，”穆林撑起来坐在床上说，“你是我的房客。我对不起你，大爷，我有罪过，日前我莫名其妙地得罪了你，竟对你使起枪来。谁知道你也会发起羊痫风来！我倒是有这种病，”他皱眉补充了一句，声音嘶哑而沉痛，视线不由自主地从奥尔狄诺夫脸上移开，“祸祟像小偷一样，总是乘虚而入，不会敲门通知！前不久我还差点儿没用刀子捅穿她的胸膛呢……”他说时将脑袋朝卡捷琳娜那边摆了一下。“我有这个病，常常要发作，希望你别往心里去！坐吧，你是客人！”

奥尔狄诺夫还直勾勾地看着他。

“坐吧，坐呀！”老头儿不耐烦地叫道，“既然她喜欢，你就坐吧！听说你们俩还称兄弟道姐妹，权充同胞！你们可真要好，简直像一对情人！”

奥尔狄诺夫坐了下来。

“瞧瞧你的姐妹，”老头儿继续说，他咧嘴笑时露出雪白整齐的两排牙，居然一颗也不缺，“你们要好吧，我的亲人！你这个姐妹不赖吧，大爷？说呀，回答呀！嘿，瞧她的腮帮子在起火。你仔细瞧瞧，这可是绝代佳人哪！老实承认吧，你想她想得方寸都乱了！”

奥尔狄诺夫皱眉蹙额瞪了老头儿一眼。穆林在他的目光下打了个寒噤。盲目的愤恨在奥尔狄诺夫胸中沸腾。他凭着某种动物的本能感觉到在他面前的是不共戴天的仇敌。他自己也不明白自己是怎么回事，反正理智不听他的使唤。

“别瞪眼睛！”声音自他背后来。奥尔狄诺夫回过头去。

“别瞪眼，我说你别瞪眼，要是有魔鬼调唆的话，你就可怜可怜你的情人。”卡捷琳娜笑道，忽然用一只手从后面蒙住他的眼睛；随即把手抽回来捂住自己的脸。但脸上的红晕仿佛能透过她的手指。她索性移去双手，任凭脸上烧得像一盆火，尝试着大大方方面对他们的笑声和好奇的目光。然而两人都默不作声地望着她——奥尔狄诺夫带着惊艳的表情，仿佛如此可怕的魅力第一次穿透他的心房；老头儿的眼神专注而阴冷。他那憔悴的脸上毫无表情，只是嘴唇发青，略微有些颤动。

卡捷琳娜走到桌子旁边，开始收拾书本、纸张、墨水缸，把桌上的东西统统堆在窗台上。她已经不再笑了，呼吸急促，不时大口大口地吸气，好像心头感到窒闷。她丰满的胸脯犹如岸边的激浪起伏涨落。她双目低垂，乌黑的睫毛像一枚枚尖细的针在她的粉颊上闪闪发光……

“真是女中魁首啊！”老头儿赞道。

“我的女皇！”奥尔狄诺夫禁不住全身一震，喃喃地说。他发觉老头儿的目光向自己这边扫过来，这才意识到失言了。老头儿这道如闪电瞬息即逝的目光贪婪而又凶狠，阴鸷而又轻蔑。奥尔狄诺夫正欲离座起身，然而好像有一股看不见的力量缚住了他的双腿。他重又坐下。他几次使劲捏着自己的手，似乎不相信身在现实之中。他觉得自己被梦魇纠缠住了，眼前的一切仍然是一场痛苦的噩梦。但是，说来真是不可思议！他竟不愿醒来……

卡捷琳娜揭去桌上的旧毯子，接着打开箱子，从里边取出一方很珍贵的台布，上面用鲜艳的丝线和金线绣满图案，把它铺在桌上，再从柜子里取出一只带盖的老古董银缸子，把它放在桌子中央，从上面拿下三只银杯——男主人、客人和她自己各一只；然后以郑重其事的、几乎是经过深思熟虑的眼神看看老头儿，又看看客人。

“咱们中间谁喜欢谁，或者不喜欢谁？”她说，“谁要是跟另一个不好，我就偏跟他好，并且跟他干杯。而你们俩我都喜欢，都是我亲爱的人，那咱们就一道举杯共祝相亲相爱！”

“为把忧思愁绪淹没在酒中而干杯！”老头儿说话的声音都变了，“给我斟上，卡捷琳娜！”

“要不要给你斟上？”卡捷琳娜瞧着奥尔狄诺夫问。

奥尔狄诺夫默默地挪动了一下自己的杯子。

“等一下！谁要是有什么悬念和心事，祝愿他称心如意！”老头儿举杯道。

宾主三人互相碰杯饮酒。

“老爷子，现在我跟你两个人喝！”卡捷琳娜面向男主人说，“来吧，如果你的心疼爱我的话！为昔日的幸福干杯，向逝去的岁月告别；回首幸福存乎心，告别过去则靠爱！让我给你斟上吧，如果你的心对我是热的话！”

“你的酒很凶，我的乖乖，可你自己才沾了一下嘴唇！”老头儿笑着说，一边再次把自己的杯子凑过来。

“好，我呷一口，不过你得喝干！……老爷子，活着何必把沉重的心事当包袱背上；背着沉重的包袱只能暗暗叫苦！心事由悲哀而来，心事也会召来悲哀，有幸福的时候就没有心事！喝吧，老爷子！让你的心事沉没在酒中！”

“想必你心中郁积了许多悲哀，否则不会口口声声怨恨悲哀！看来你想一下子把它解决，我的小白鸽！我跟你一起喝，卡嘉！大爷，恕我冒昧，请问你有没有悲哀？”

“有的话也不说出来。”奥尔狄诺夫低声答道，眼睛始终盯着卡捷琳娜。

“听见没有，老爷子？我自己也长期不了解自己，糊里糊涂，后来时间一到，才认识和想起了一切；凡是已经成为过去的一切，我又通过不知餍足的心灵重温了。”

“是的，一个人到了只能靠往事苦挨的地步，确实够辛酸的，”老头儿若有所思地说，“已经过去了的事情就像喝了的酒！昔日的幸福又算得了什么？旧大褂穿破了，扔了拉倒……”

“要新的！”卡捷琳娜强笑着接口道，而两大滴眼泪却似两颗钻石亮闪闪的挂在睫毛上，“要知道，用一分钟时间度过一生是不可能的，何况女儿心的生命力很强，要合着她的步子走也难！明白了吗，老爷子？瞧，我把我的眼泪洒在你酒杯里了！”

“你的悲哀是花了多少幸福的代价买来的？”奥尔狄诺夫向卡捷琳娜问，他的声音由于激动而发抖。

“我说，大爷，你自己也有许多东西要卖！”老头儿接口说，“所以不请自来。”说完，他恬不知耻地望着奥尔狄诺夫，发出一阵无声的狞笑。

“卖得的代价已经是过去的事情，”卡捷琳娜答道，语气似有不满和委屈，“有的人觉得多，有的人觉得少。有的人什么都愿意给，可是没有什么可要；有的人什么也不许诺，可是心却乖乖地跟着他走！你不要怨人，”她忧郁地瞧着奥尔狄诺夫添加一句，“不能怨某甲是怎么怎么个人，某乙又不是怎么怎么个人；谁知道心会向着什么人和为什么向着他。老头儿，给你自己的杯子斟上酒！为你的女儿、情妇、奴隶的幸福干杯！她跟最初认识你的时候一样娴静、温顺！把你的杯子举起来！”

“好吧！你给自己也斟上！”老头儿拿起酒杯说。

“且慢，老爷子！等一等再喝，我先有话要说！……”

卡捷琳娜两只胳膊肘支在桌上，一双燃烧着激情的眼睛直盯着老头儿看。一种奇怪的表情在她的眼睛里闪耀，像是横下了一条心。但是，她的举止却一点也不从容，手势动作生硬、突兀、急促。她好像全身都在起火，煞是好看。她愈是激动，愈是亢奋，就显得愈美。含笑半开的双唇露出两排珍珠般整齐的皓齿，从口中呼出的频促的气息不时微微掀动她的两侧鼻翅。胸脯起伏波动，一条发辫绕三匝盘在后脑勺上，辫梢不经意地轻轻落在左耳上，把发烫的面颊遮住一部分。

她的两鬓略有些沁汗。

“算个命吧，老爷子！给我算一下命，亲爱的，趁你还没有喝糊涂，把我的命给算一算；给你，这是我的洁白的手掌！难怪人们都说你是魔法师。你熟读书本，懂得各种法术！你瞧一瞧，老爷子，把我的一条苦命原原本本说一说；可不许撒谎！照你所知道的说：你的女儿会不会幸福？也许你不肯宽恕她，临别还要给她招来悲惨的厄运？告诉我，我将在那里住下的地方是不是安乐窝？也许，我将一辈子像一只候鸟孤苦伶仃地在人世间寻找栖身之所？告诉我，谁是我的冤家对头？谁能给我温暖爱怜？谁会对我存歹心？告诉我，我这颗年轻轻、热乎乎的心命定要受一辈子凄凉孤独，未老先衰呢？还是会找到一颗同样年轻、火热的心，跟它合着节拍一起兴冲冲地搏动……直到新的悲哀酿成为止！老爷子，你捎带着算一下，我那矫健的雄鹰住在哪一重蓝天之中，多少片森林和大海以外？他是不是在放眼为自己寻觅雌鹰？他是不是怀着深情在等待？他会不会热烈地爱我？是不是很快就变心？会不会欺骗我？反正一桩桩你一起都算一算，最后再告诉我，老爷子，我跟你在这凉亭似的窝棚里读怪书打发日子还得呆上多久？什么时候我可以向你，老爷子，深深鞠躬道别，跟你好离好散，感谢你对我管吃、管喝，还给我讲故事的好看待？……我把话说在前面，你要直言谈相，不得撒谎；是时候了，看你怎么维护自己的利益！”

她愈说愈亢奋，心好像被一阵旋风所裹胁，直至最后一句话出口，她的声音竟激动得戛然而止。她的目光刷地一闪，上唇微微发颤。可以感到狡黠的冷笑像一条蛇在她的每一句话中游动、躲藏，然而透过她的笑影却能听见哭声。她隔着桌子凑到老头儿面前，急切地凝神注视着他变得模糊的眼睛。当她说完上面一席话时，奥尔狄诺夫听到她的心怦然跳动。他向卡捷琳娜一看，竟高兴得喊出声来，身体离开了板凳。但是老头儿眨眼间投来的一瞥又使他回到座位上。在这眨眼间投来的一瞥中，奇怪地交织着轻蔑、嘲弄、烦躁、懊恼以及包藏祸心的好奇的目光，奥尔狄诺夫每次接触到这眼神，都禁不住哆嗦，心中充满怨毒、愤懑和无能为力的憎恨。

老头儿怀着忧郁的好奇心若有所思地望着他的卡捷琳娜。他的心已受到伤害，话都说了出来。但是，他脸上甚至连眉毛也没有抬动一根！卡捷琳娜说完时，他只微微一笑。

“你一下子想知道的可真不少哇，我的羽毛初丰、扑翼欲飞的小鸟！你还是给我换一只深杯吧；咱们先来庆贺和睦生活圆满结束，从此各奔前程；免得邪恶的妖孽作祟破坏我的愿望。魔鬼是不好惹的，小心招来祸灾！”

他把酒杯举起来一饮而尽。他酒喝得愈多，面色就愈难看。他的眼睛像烧红的炭。看起来，这种病态地炯炯发光的眼神和骤然泛青的死灰色面容，预示着癫痫的又一次发作即将开始。这酒相当凶，奥尔狄诺夫才喝了一杯，两眼已经愈来愈浑浊。狂热地燃烧的血液再也按捺不住，正在淹没他的心，搅昏他的理智。他愈来愈心神不宁，坐立不安。他又把杯子斟上酒，喝了一口，自己也不知道在做什么，不知道如何抑制方兴未艾的心潮，而血液在他的血管里更加飞快地环流。他好像处在昏迷状态，拼命集中注意力也几乎看不周全在他的两位奇怪的主人之间所发生的一切。

老头儿把银杯在桌上敲出清脆的一声响。

“斟上，卡捷琳娜！”他大喝一声，“再斟上，狠毒的女儿，直斟到不能再喝！你把老头儿送上西天不就得了！对，给我斟上，再斟上，美人儿！我跟你一起喝！你为何喝得这样少？也许我没有看见……”

卡捷琳娜回敬了他几句，但奥尔狄诺夫听不清究竟说的是什么，因为老头儿没等她说完，就抓住她的一只手，仿佛再也控制不住在他胸中挤得不可开交的一切。他面如土色，眼睛忽而暗淡无神，忽而直冒火焰，惨白的嘴唇在发颤，语调不稳，声音充满着惶惑，间或也会流露一种奇怪的兴奋；他对卡捷琳娜说：

“伸出手来，美人儿！我来给你算命，直言谈相。我确实是魔法师；你没有说错，卡捷琳娜！你那颗黄金的心把真情告诉了你：只有我才是这颗心的魔法师，我也不会隐瞒实情欺它天真老实！有一点你没认识到：不应该由我魔法师来教你明事理！理智不比女儿家的心愿，理智能听到全部真相，而你却好像不知道、不明了似的！你的头脑好比一条狡猾的蛇，尽管心泡在泪水之中！这条蛇自己能找到路，在灾难中间迂回爬行，保住刁钻古怪的独立性！能智取则智取，不能智取则惑之以美色，媚之以乌眸，——柔能克刚，哪怕心比铁坚，也能熔成两半！如果要问：你命中有没有悲哀，会不会遭到厄运？人间的悲哀是沉重的！不过，灾难与脆弱的心无缘！灾难惯和坚强的心打交道，背地里偷洒血泪，不愿在人前出丑。至于你的悲哀，姑娘，就像沙地上的脚印，会给雨水冲走，太阳晒褪，狂风扫平！我还可以略施巫术告诉你：要是有人喜欢你，你就会当他的奴隶，甘愿把自由束缚起来抵押出去，以后再也无法收回；你又不懂得及时斩断情丝；你播下一颗种子，你的负心人却要拿去整整一茎谷穗！我的亲乖乖，可爱的金发小脑袋，你在我的杯中洒下了一滴泪珠，可是后来却留不住了，随即又洒落何止百滴，还白白费了不少唇舌，糟蹋口才，吹嘘自己那颗不顶事的脑袋！眼泪像天上掉下来的露珠，你不用为它而惋惜、悲伤！你洒下的一颗泪珠必定能加利奉还给你：将来，在厄运折磨着你的漫漫长夜，在忧思死缠着你的凄凉黑夜，为了酬答你这颗泪珠，会有别人的眼泪洒在你火热的心上，然而不是温暖的，而是像熔化的铅一般的血泪；你雪白的胸脯将被烫出累累血痕，你将在床上辗转反侧，直到笼罩着愁云惨雾的阴雨天的早晨来临，新伤沁着殷红的鲜血，到下一天早晨也愈合不了！再斟上，卡捷琳娜，斟上，我的小鸽子，给我斟上，算是听金玉良言的酬报；底下也就无需乎多费唇舌了……”

他的声音趋于微弱，开始发抖，眼看着就要号啕痛哭。……他给自己斟上酒，渴巴巴地又喝了一杯，接着又把杯子在桌上敲出声来。他浑浊的眼睛里再次燃起了火焰。

“啊！得过且过吧！”他感慨地说，“过去的事情等于已经甩掉的包袱！给我斟上，再斟上，不断把满满的大杯端来，让这颗天不怕、地不怕的脑袋开花算了，让整个心灵僵死拉倒！安置我过夜吧，过一个永不天亮的长夜，让记忆忘却一切。喝了的已经喝掉了，花了的已经花掉了！要知道，一个商人的货要是没有销路积压起来，他宁可白送！他决不会心甘情愿地亏本卖出去；仇人的血要放，无辜的血可流，那个买主还得把自己堕落的灵魂也搭上！斟上吧，再给我斟上，卡捷琳娜！……”

但他擎着酒杯的手却好像发了僵一动不动；他呼吸很费力，脑袋不由自主地耷拉下来。他最后一次用暗淡的目光盯着奥尔狄诺夫，但就连这目光也终于熄灭，他那铅一般沉重的眼皮终于垂落。一层死灰色在他的脸上铺开。……他的嘴唇还翕张和颤动了若干时间，犹自挣扎着想说些什么，——突然，一大颗热泪悬挂在他的睫毛上，跌落后顺着死灰的面颊慢慢地淌下来。……奥尔狄诺夫再也忍受不了。他站起来，身子一晃往前跨了一步，走到卡捷琳娜跟前，抓住她的手；可是卡捷琳娜连一眼也不看他，好像没有注意到他，好像压根儿不承认他……

卡捷琳娜似乎也快要失去知觉，似乎有一个想法、一个固定观念把她整个儿吸引住了。她伏在睡去的老头儿胸前，一条雪白的胳膊搂住他的脖子，用灼热的、火辣辣的目光谛视着他，一眼也不眨。她好像没有感觉到奥尔狄诺夫抓住她的一只手。最后她才向奥尔狄诺夫转过头来，对他看了半晌，目光直窥心底。光景她终于明白了这个年轻人，于是她的嘴角好不容易才忍着疼痛似的挤出一丝辛酸、惊讶的苦笑……

“走，走开，”她低声说，“你是酒徒、坏人！你不是我的客人！……”尔后，她重又面向老头儿，重又目不转睛地谛视着他。

她仿佛在守护着老头儿的每一次呼吸，用目光照看他安睡。她竭力遏制着沸腾的心潮，自己简直不敢呼一口气。她的心中竟蕴蓄着如此狂热的激赏之情，致使奥尔狄诺夫霎时间被绝望、暴怒和无穷无尽的忿恨憋得感到气闭……

“卡捷琳娜！卡捷琳娜！”他呼唤着，同时死死地紧握她的手。

她脸上掠过一阵疼痛的感觉；她又抬起头来望着奥尔狄诺夫，那露骨的讥诮、轻蔑之状叫他几乎没法站稳。接着，卡捷琳娜向他指指睡着的老头儿，刚才老头儿嘲弄的神情似乎全都转到她眼睛里去了；她再次向奥尔狄诺夫投了冷得直砭肌骨的一瞥。

“怕什么？难道会宰了你不成？”奥尔狄诺夫说，他已经气得失去了自持。

好像有恶魔附耳给他暗示似的，他明白了卡捷琳娜的心思。……他的心整个儿笑了起来，笑卡捷琳娜居然会产生这样一个固定观念……

“我的美人儿，我可以向你的商人把你买下来，如果你需要我的灵魂的话！想必他要宰也宰不了！……”

卡捷琳娜脸上始终挂着呆滞的笑，笑得奥尔狄诺夫手脚冰凉，全身发僵。无限辛辣的揶揄把他的心撕成碎片。他忘记了自己身在何处，几乎是无意识地用胳膊肘支着墙壁，摘下老头儿挂在钉上的一柄古老的宝刀。卡捷琳娜脸上似乎现出惊异的表情，但与此同时，刻毒和鄙夷又好像第一次如此强烈地在她的眼睛里反映出来。奥尔狄诺夫瞧着她，感到一阵头晕。……他觉得仿佛有人在拔他的手，唆使这只不知所措的手作出疯狂的举动；他抽出刀来。……卡捷琳娜一动不动、像是停止了呼吸似的注视着他……

奥尔狄诺夫朝老头儿瞥了一眼……

此刻，他觉得老头儿的一只眼睛在慢慢地睁开来，这只眼睛在笑着对他瞧。他们的视线碰在一起。奥尔狄诺夫呆呆地看了他好几分钟。……忽然，他觉得老头儿整个面部都在笑；最后，这恶魔一般令人毛骨悚然、全身冰凉的狂笑在房间里扩散开来。一个荒唐、可怕的念头像条蛇在奥尔狄诺夫脑中游过。他哆嗦起来；刀从他手中跌落，当啷一声掉在地板上。卡捷琳娜发出一声喊，好像从迷糊中、从噩梦中、从不忍卒睹的一幅呆照幻象中猛醒过来。……老头儿面无人色地从床上慢慢坐起，狠狠一脚把刀踢到房间角落里。卡捷琳娜站着一动也不动，脸色死一般惨白；她的眼睛徐徐闭上；一阵难忍的隐痛在她脸上挤出痉挛的表情；她双手捂住面孔，发出一声撕心裂肺的惨叫，几乎绝了气，倒在老头儿脚下……

"阿辽沙！阿辽沙！"这是从她被挤紧的胸中迸出来的声音……

老头儿用强有力的双手抱住她，差点儿没把她闷死在自己怀里。然而，当她把脑袋贴在他心口时，老头儿脸上的每一根线条都笑起来了，而且笑得那样露骨、那样无耻，使奥尔狄诺夫全身不寒而栗。欺诈、预谋、冷酷而又不容他人染指的霸权、主宰着一颗碎了的心的威慑力量——这就是他从这公然不再掩饰的狞笑中明白的道理……

三

第二天上午八时许，奥尔狄诺夫自己也不知道抱着什么目的去找亚罗斯拉夫·伊里奇。他面容灰白，经受昨晚的震荡以后惊魂未定，及至推开房门，看见穆林在亚罗斯拉夫·伊里奇的办公室里，奥尔狄诺夫身子一晃，愕然愣住了，像一根桩子插在门口。老头儿比他脸色更灰，看来病得站也站不稳，然而尽管竭诚欢迎穆林来访的亚罗斯拉夫·伊里奇一再邀请，他却不肯坐下。亚罗斯拉夫·伊里奇乍一看到奥尔狄诺夫进来，也大声欢呼，但他的喜悦几乎当即消失，他在从办公桌走向旁边一把椅子的半道上猝不及防地窘住了。显然，他不知道该说什么，不知道如何是好，并且充分意识到，在这样忙碌的时刻，把客人撇在一边不管，径自抽他的长烟袋，实在不成体统；可实际上他还是拼命抽烟（足见他窘得有多厉害），甚至几乎是满怀激情地吸的。奥尔狄诺夫硬着头皮走进屋子。他向穆林匆匆瞥了一眼。老头儿脸上掠过一丝跟昨天差不多的奸笑，奥尔狄诺夫现在回想起来仍然不寒而栗，怒火中烧。不过，老头儿马上把全部敌意隐藏起来，表面上不露声色，摆出一副道貌岸然、莫测高深的架势。他向自己的房客行了个礼，几乎一躬到地。……这一场景终于促使奥尔狄诺夫重新意识到已经发生的一切。他定睛望着亚罗斯拉夫·伊里奇，想摸一摸情况。亚罗斯拉夫·伊里奇显得慌乱起来，竟一时语塞。

“请进，请进，”他终于开言道，“请进来，无比可贵的瓦西里·米海洛维奇，您的光临真使敝处……粲然生辉，使所有这些寻常的物件……得被您的恩泽……”亚罗斯拉夫·伊里奇用手向屋子的一角一摆，脸红得像一朵重瓣的玫瑰；可是他自以为最得意的一个长句说到一半卡住了，以致前功尽弃，使他异常恼火，开始语无伦次，乱了章法，便将一把椅子挪至屋子正中，弄出很大的响声。

“我不想打扰您，亚罗斯拉夫·伊里奇，我只待……两分钟就走。”

“哪儿的话！您怎么可能打扰我呢……瓦西里·米海洛维奇！

噢——请用茶！喂！来人哪！……我相信您不会拒绝再来一杯的！”

穆林点点头表示绝无拒绝的意思。

亚罗斯拉夫·伊里奇直着嗓门威风凛凛地吩咐走进来的听差再沏三杯茶，然后在奥尔狄诺夫一旁坐下。他把自己的脑袋晃来晃去有若干时间，像一只会摇头的陶瓷小猫，忽而向左，忽而向右，从穆林那边晃过来面对奥尔狄诺夫，再从奥尔狄诺夫这边晃过去面对穆林。他的处境相当尴尬。他显然有话要说，只是他认为这话极难启齿，至少对某一方将是非常敏感的。他作了最大的努力，还是说不出口。……奥尔狄诺夫也颇有些惑然。有一次他俩又忽然同时开腔。穆林保持沉默，好奇地观察他们，他慢慢地舒口露出无一缺损的牙齿……

“我来向您声明，”奥尔狄诺夫忽然开始说，“由于发生了极不愉快的事情，我不得不把住房退租，并且……”

“真想不到会有这等奇事！”亚罗斯拉夫·伊里奇一下子打断了他的话，“说实话，当这位可敬的老者今天早晨把您的决定通知我的时候，我惊讶万分。可是……”

“他通知您？”奥尔狄诺夫愕然问，目光向穆林那边一扫。

穆林捋捋胡须，用衣袖掩口暗暗发笑。

“是啊，”亚罗斯拉夫·伊里奇应道，“不过，也可能是我弄错了。但我敢大胆说一句，这位可敬的老者的话绝无一丝一毫有损足下人格的意思，我愿用名誉向您担保！……”

这时，亚罗斯拉夫·伊里奇红了脸，勉强克制住激动的心情。穆林大概拿宾主二人的窘态开够了心，这才跨前一步。

“是这么回事，大爷，”他礼貌周到地向奥尔狄诺夫鞠了一躬，开言道，“我斗胆为您的事来麻烦他老人家。……事情是这样的，大爷，您老人家也知道，我和我家里的本来真心诚意欢迎您住，决不敢说半句闲话……可是舍间的情况，您也知道，大爷，您自己也看到了！说真的，多亏上帝保佑，我们才能活到今天，所以我们向上帝神圣的意志祈祷；要不然的话，大爷，您也明白，我不是只能对天号叫了吗？”说罢，穆林又用衣袖擦了擦胡须。

奥尔狄诺夫几乎要昏倒。

“是的，是的，我不是对您说过了吗：她有病，真是不幸[①]……我本想用法语来表达，可是，很抱歉，我的法语不太流利，也就是说……”

“嗯……”

“嗯，也就是说……”

奥尔狄诺夫和亚罗斯拉夫·伊里奇微微侧着身子坐在各自的椅子上互相颔首行礼，两人都用带着几分歉意的笑声稍稍冲淡一时出现的尴尬气氛。做事果断的亚罗斯拉夫·伊里奇旋即恢复常态。

“不过，我详细问过这位老实人，”他开始说，“他告诉我，那个女人的病……”

说到这里，细节上不肯苟且的亚罗斯拉夫·伊里奇大概想掩饰又出现在他脸上的些许困惑，把疑问的目光迅速投向穆林。

“是的，也就是我们的女主人[②]……”

知趣的亚罗斯拉夫·伊里奇并不坚持刚才的措辞。

“对，女主人，或者说您过去的女房东，我的意思是……也可以这么说！总之，她是个有病的女人。这位老者说，她妨碍您从事……您的学术研究，而且他自己也……瓦西里·米海洛维奇，您向我隐瞒了一件重要的事情！”

“什么事情？”

---

① 原文为法语。

② 这句话出自穆林之口。“女主人”在原文中是双关的：对穆林来说，就是“家里的”即“妻子”之意；对奥尔狄诺夫来说，则指“女房东”。

“有关枪的事情。”亚罗斯拉夫·伊里奇几乎像耳语一般轻轻地说，语气是非常客气的，他那亲切的男高音顶多包含百万分之一温和的责备意味。“不过，”他急忙补充道，“我全知道，他把一切都告诉我了，您不计较他并非故意得罪您的过失，这是高尚的行为。我敢起誓，刚才我看到他眼睛里含着泪水！”

亚罗斯拉夫·伊里奇脸又红了，眼睛变得水汪汪的，他很受感动地在椅子上稍稍扭转身躯。

“大爷，我，不，应该说我们，或者说我和我家里的都衷心祈求上帝赐福给您，”穆林趁亚罗斯拉夫·伊里奇又在克制例行的激动之机，开始向奥尔狄诺夫说，眼睛注视着对方，“大爷，您也知道，她是个有病的、愚蠢的娘们；而我本人连走路也走不动……”

“我已经作好准备，”奥尔狄诺夫不耐烦地说，“够了，请不用说下去；我可以立刻搬走！……”

“不，大爷，我们对您老人家没有什么不满（穆林毕恭毕敬地鞠了一躬）。大爷，我要向您表示的并不是这个意思；我只想说一句话。大爷，她差不多算得上是我的亲戚，当然是远亲，所谓一表三千里的亲，请不要嫌弃我们粗俗的语言，大爷，我们都是愚昧无知的人。她从小就是这样！头脑有毛病，淘气得很，在森林里长大，接触的都是纤夫和厂里的人，养成了粗野的性格；后来他们的房子让火给烧了，大爷，她自己的母亲烧死了，父亲也烧死了——关于这段故事，她不知会对您讲些什么。……我并不想硬说她有病，不过莫斯科的大夫们给她进行了……噢，给她进行了会诊……说她的头脑彻底损坏了，真的，大爷！只有我留在她身边，她就跟我住一块儿。我们就这样过日子，向上帝祈祷，把希望寄托在万能的主身上；我从来不违拗她的意志……”

奥尔狄诺夫变了脸。亚罗斯拉夫·伊里奇瞧瞧这个，看看那个。

“我要说的还不是这个……不！”穆林郑重其事地摇摇头纠正道，“她简直像一阵风，刮起来飞沙走石，偏偏又那么多情，而且天不怕、地不怕，一心只想要知心朋友，只想要如意郎君——请原谅我这样说话。她正是在这个上头发了疯。我只得经常讲故事哄她，千方百计哄她。大爷，我明明看到她——恕我冒昧直言，大爷，”穆林行了个礼，用袖子擦擦胡须，继续说，“我明明看到她跟您要好；或者说，您，您老人家也有爱她的意思……”

亚罗斯拉夫·伊里奇着了恼，立即向穆林投去责备的目光。奥尔狄诺夫在椅子上如坐针毡。

“不……大爷，我不是这个意思……大爷，我是个直筒子心眼儿的粗人，我愿听您吩咐……当然，我们是无知无识的人，大爷，我们是您的仆人，”他说着又深深鞠了一躬，“我和我妻子一定为您向上帝日夜祈祷！……我们没有什么需要。只要吃得饱，身体好，就不发牢骚；大爷，您说我该怎么办，难道要我上吊？您也知道，大爷，这种事稀松平常，您就可怜可怜我们吧；要不然，大爷，这里头纠缠进一个姘夫可就麻烦了！……请您原谅我说话粗俗，大爷……我是个粗人，而您是贵族，大爷……您老人家年纪轻，心高气傲，血气方刚；而她，您也知道，大爷，是个不懂事的小孩子——跟她在一起能有好结果吗？这娘们像成熟的果子，又红润、又可爱；而我却是个经常发病的老头儿。结果怎么样呢？您老人家还不是让鬼给迷了！我老是讲故事哄她，千方百计哄她。我一定和妻子一道向上帝祷告，为您老人家祝福！一定日夜馨香祷祝！再说，您老人家也犯不着；她虽然俊美，可终究出身低，乡里乡气的，跟我这个粗人正好是一对！像您这样出身高贵的大爷，犯不着跟下等人往来！我和她一定向上帝为您老祝福，日夜祈祷！……”

至此，穆林又是一躬到地，久久没有直起腰来，同时不断用衣袖擦着胡须。亚罗斯拉夫·伊里奇简直不知道自己站在什么地方。

“是啊，这个心地善良的人告诉我，”他说时只觉得无所措手足，“说是你们之间发生了一些不正常的情况；我不敢相信，瓦西里·米海洛维奇。……我听说贵体还没有康复，”他急忙截断自己的话头，激动得热泪盈眶地望着奥尔狄诺夫，自己陷于狼狈不堪的窘境。

“唔……我该您多少钱？”奥尔狄诺夫很快地向穆林问道。

“您这是哪儿的话，尊贵的大爷？提这个干吗？我们又不是出卖基督的犹大。您太瞧不起我们了，大爷！您不能做得太绝，大爷；我和贱内什么地方得罪您了？您不能这样！”

“不过，我的朋友，这就怪了；是他向您租的房；您不觉得拒收租金他会动气吗？”亚罗斯拉夫·伊里奇插进来说，他认为有义务指出穆林的做法是乖谬和失体的。

“不，大爷！您这是哪儿的话，大爷？这怎么可以呢？！我们究竟哪一点冒犯了您的尊严？我们处处尽心竭力，恨不得豁出命来，您就饶了我们吧！您就别提这个了，大爷；别提了，亲爱的大爷，基督保佑您！难道我们是不信圣教的野蛮人？住尽管住，吃尽管吃，只要不嫌我们的粗茶淡饭，我们绝无怨言……决不会说半句闲话；可是偏偏魔鬼捣乱，我是个有病的人，我家里的也有病——有什么办法呢！侍候您的人也没有，而我们心中是很乐意侍候您的，打心眼里乐意。往后我和我家里的一定向上帝祷告，为您老人家祝福，日夜祈祷！”

穆林又是一次九十度的鞠躬。从亚罗斯拉夫·伊里奇表示激赏的眼睛里挤出了泪水。他热情洋溢地望着奥尔狄诺夫。

“您说说，这是多么高尚的品德！在俄罗斯老百姓中间蕴藏着多么神圣的好客精神！”

奥尔狄诺夫几乎吓呆了，他骇然睁大眼睛……把亚罗斯拉夫·伊里奇从头看到脚。

“这话说得有理，大爷，我们看重的正是好客精神，非常非常看重，大爷！”穆林附和道，一边用整个袖子遮住胡须，“说真的，现在我想到这样一个主意：您可以在我们家做客，大爷，我不骗您，”他继续说着，向奥尔狄诺夫步步进逼，“我绝不计较，大爷；住一两天没关系，我决无二话。可惜我家里的偏偏有病，真要命！啊，要是没有她就好了！比方说，要是只有我一个人，我一定把您老人家敬为上宾，包管把您侍候得十分周到！我们这等人不敬重您老人家又去敬谁？我能把您的病治好，真的能治好，我知道用什么方法。……说真的，大爷，您就做我的客人吧，我是出于一片真心说的，在我们家住几天吧！……”

“您真的有什么办法？”亚罗斯拉夫·伊里奇刚开始问……可是没来得及说完。

刚才奥尔狄诺夫故意用骇异的目光把亚罗斯拉夫·伊里奇从头看到脚，可是没有收到预期的效果。当然，这是一个极端诚实、极端高尚的人，但现在他一切都明白了，应该说，他的处境非常为难！他想纵声大笑，像俗话所说的把肚子笑疼！倘若此地只有他和奥尔狄诺夫两个人，——两个这样的朋友！——那么，亚罗斯拉夫·伊里奇当然忍不住要痛痛快快地乐上一乐。至少他会做得非常得体，笑过以后会很有感情地握住奥尔狄诺夫的手，诚挚而公正地向他表示，如今加倍尊敬他了，至少是原谅他……而且也并不是念他年纪轻才原谅他。然而，本来就相当知趣的他，现在处于十分为难的境地，简直不知道往哪儿躲才好……

“办法嘛，就是单方！”穆林接口道；他的整个面部由于亚罗斯拉夫·伊里奇一句不合时宜的话而牵动了一下。“大爷，我虽然笨嘴拙腮的，可有句话想说，”他继续说，并且又向前跨了一步，“大爷，您读过许多书，可说是满腹经纶的聪明人；在俄国话里有我们普通老百姓的一句俗语，叫做聪明一世，懵懂一时……”

“够了！”亚罗斯拉夫·伊里奇厉声喝住他。

“我走了，”奥尔狄诺夫说，“谢谢您，亚罗斯拉夫·伊里奇；我会去拜访您的，一定去，”他对亚罗斯拉夫·伊里奇加倍的盛情只能如此说，但亚罗斯拉夫·伊里奇再也留不住他，“再见了，再见……”

“再见，大爷；再见，您老人家可别忘了我们，您可要来看望看望我们这些罪孽深重的人。”

奥尔狄诺夫什么也没再听进去；他出来时跟白痴差不多。

他再也无法忍受；他像是挨了结实的一顿打，知觉麻木了。他隐约感到病的重负，但是绝望的冷气占据着他的心灵，只觉得阵阵隐痛在捶打、叩击、挤压着他的胸腔。他恨不得立刻死去。两腿一软，他只好在栅栏旁蹲下，顾不得行人开始在他四周聚成一堆，顾不得好事者七嘴八舌问长问短。但是，从他身旁的一片啰唣中忽然响起穆林的声音。奥尔狄诺夫抬起头来。老头儿果然站在他面前；他那没有血色的脸上现出严肃和深思的表情。这和刚才在亚罗斯拉夫·伊里奇办公室内毫不客气地挖苦他的那个穆林相比，简直判若两人。奥尔狄诺夫慢慢站起来；穆林拉着他的手带他走出人圈……

“你还有自己的东西需要拿走。”他向奥尔狄诺夫斜瞅了一眼，说。“别难过，大爷！”穆林大声道，“你年纪还轻，何必垂头丧气！”

奥尔狄诺夫并不答话。

“动气了，大爷？看来你的火气还不小……其实没有必要；每个人都舍不得自己的东西！”

“我并不认识您，”奥尔狄诺夫说，“我不想知道您的秘密。可是她！她！……”说到这里，泪水成三条溪流从他眼睛里哗哗直淌。风把这三条溪流逐一从他面颊上刮走。……奥尔狄诺夫用手抹去眼泪。他的动作、眼神、发青的嘴唇不自觉的颤抖——无不预示着他即将发疯。

“我已经对你讲明，”穆林蹙紧眉头说，“她有神经病！至于为什么和怎样发的疯……你又何必知道？只有在我心目中，她即使这样也是可亲可爱的！我爱她胜过我的生命，决不给任何人。现在你明白了？”

奥尔狄诺夫眼中瞬息间有火光一闪。

“可是为什么我……为什么我现在好像失去了生命？为什么我的心在疼？为什么要让我认识卡捷琳娜？”

“为什么？”穆林暗暗发笑，并且思索起来。“为什么，我自己也不知道为什么，”最后他这么说，“女人的脾性不比海底的深渊，摸清倒也不难，只是它狡猾、坚韧、长命！她想要的就非办到不可，等也等不及！要知道，大爷，她确实想抛弃我跟你私奔，”他带着沉思的表情往下说，“嫌弃我老了，和我一起把能花的全花了！确实，起初您十分中她的意！至于她看中的是您还是别人，反正都一样。……我对她向来百依百顺；哪怕她要喝鸟的奶，我也会去弄来；如果没有这样的鸟，我就自己做一只！她虚荣心很强！一心追求自由，可是她自己也不知道自己心血来潮究竟要干什么。到头来觉得还是照老样好！唉，大爷！你太稚嫩了！你的心还是火辣辣的，就像被人抛弃后用袖子擦眼泪的姑娘！要明白，大爷，脆弱的人一个人撑不下去！哪怕把什么都给他，他也会自己来奉还一切；你把人间半个王国归他所有试试看——你猜结果会怎样？他马上会缩得很小很小，躲进一只鞋里去。你把自由交给脆弱的人，——他会自己把自由缚起来交还给你。自由对一颗愚蠢的心毫无用处！带着这样的脾性，日子是过不成的！我对你说这些话是看你实在太稚嫩！你是我的什么人？无非是萍水相逢，以后各奔西东。至于这次遇见的是你或者别人——反正一个样。我一开始就知道没什么两样。可是不能不依！不能说半个不字，否则自己的幸福难保。这一切听起来好像只不过说说罢了，大爷，”穆林继续发表他的哲学见解，“其实什么样的事情都可能发生！在火头上刀子也会举起来；即使手无寸铁，也会赤手空拳扑向仇敌，像一只羊用牙齿咬断对方的喉管！而要是干脆把刀子交到你手里，你的仇敌又在你面前袒露宽阔的胸膛，你倒说不定会后退！”

他们走进院子。看门的鞑靼人老远看见了穆林，就冲他摘下帽子行礼，并用狡黠的目光注视着奥尔狄诺夫。

“你母亲呢？在家吗？”穆林向他喊道。

“在家。”

“告诉她，让她们帮他把东西搬走！你去吧，快走！”

他们登上扶梯。穆林家那个老妈子果真是看门人的母亲，她正在为即将搬走的房客收拾东西，一边嘀咕，一边把所有的东西打成一个大包。

“等一下；那里还留下一件你的东西，我去拿来……”

穆林走进自己卧室里去。过了一会儿工夫，他回来交给奥尔狄诺夫一只富丽的枕头，上面用丝线和绒线绣满了花，就是奥尔狄诺夫得病时卡捷琳娜给他枕的那一只。

“这是她给你的，”穆林道，“现在好好走你的路吧，小心别在这一带转悠，”他压低嗓门以长者的口气添上一句，“否则可没有好处。”

看来他并不想难为房客。然而，当他向奥尔狄诺夫瞥最后的一眼时，毕竟看得出他脸上爆发出一阵丝毫未曾减弱的忿恨。他几乎带着厌恶的神情在奥尔狄诺夫出去后把门关上。

两小时以后，奥尔狄诺夫搬到日耳曼人施皮斯家里。亭深朝他脸上一看，竟喊出“啊”的一声。她当即问奥尔狄诺夫身体如何，及至了解到是怎么回事，立刻打算给他治病。日耳曼老头儿得意洋洋地向房客示意，他正欲走到大门口去重新贴上招租启事，因为他每天从奥尔狄诺夫预付的定金中扣除一天房租，到今天正好扣完。在这同时，颇有远见的老头儿免不了要把日耳曼人一丝不苟的诚实作风夸耀一番。当天，奥尔狄诺夫就病倒，过了三个月才能起床。

他的病情逐渐好转，可以出去走走了。寄居在日耳曼人家里日子过得单调而平静。施皮斯没有什么特殊的脾性；长得挺俊的亭深处处遂人心意，只要无损于道德，——但是，对于奥尔狄诺夫来说，生活却好像永远失去了色彩！他变得多思、烦躁、神经过敏，不知不觉陷入万念俱灰的恶性忧郁状态。书本往往接连几个星期翻也不翻开。未来向他关了门，钱即将告罄，他预先就撂了手；他甚至不考虑前途。以往孜孜于学术研究的那股劲儿、以往的那份热情、以往他自己创造的那些形象，有时会从逝去的岁月中鲜明地重现在他的面前；然而，它们只会压迫、扼杀他的精力。思想并不转为行动。创造的过程停滞不前。所有这些形象仿佛在他想象中故意幻成庞然大物，为的是嘲笑他——他们的创造者——的无能。在郁悒的时刻，他情不自禁地要把自己比作那个好吹牛的巫师学徒：他偷得了师父的一句咒语，命令扫帚担水，可是把怎样说“停止”的诀窍忘了，结果几乎给水淹死。[①]他本来也许会产生一套别出心裁的独特见解。他也许命定要成为学术上的艺术家。至少过去他有这样的信心。真诚的信念是未来的保证。但是现在，有时候他对这种盲目的自信自己都觉得可笑，于是

---

① 作者此处所讲的是一个古老的故事。根据它的情节，德国大诗人歌德写过一首叙事诗《魔法师的徒弟》，法国作曲家杜卡谱过一首同名的交响诙谐曲（一译《小巫师》）。

就止步不前。

在这以前的半年中，他的一部著作构思成熟了，并有条理清楚的蓝图形诸笔墨。在不从事创造性工作的时刻，他把种种纯物质性的希望都寄托在它上头。这是一部有关教会史的著作，出诸他笔端的好多见解充满热情，富有说服力。现在他重读这一提纲，并加以改动，然后再作思考，再读参考书，翻故纸堆，最终还是把原来的构思彻底推倒，不再抱残守缺。然而，一种类乎神秘主义、宿命观念和不可知论的思想开始潜入他的心灵。这个不幸的人感觉到自己的痛楚，便祈求上帝医治。日耳曼房东家有个笃信上帝的俄罗斯老妈子，她总是津津乐道那位温顺的房客如何虔诚祈祷，如何一连几个小时几乎气息全无地躺在教堂跪墩上……

他向任何人都只字不提自己的经历。但有时候，特别是在黄昏时分，深沉的钟声使他回忆起：在那短暂的一瞬间，他在上帝的殿堂里跪在她的身旁，他的胸膛破天荒第一次颤栗不已，心中被勾起一阵从未感到过的慌乱，他忘记了一切，只听到她的心在怯生生地跳动，他自己则用感佩和喜悦的眼泪为在他孤独的生活中闪现的光明的新希望施洗礼，——想到这里，从他遭到永难愈合的伤害的心灵深处便会掀起猛烈的风暴。在这样的时刻，他的灵魂剧烈震荡，相思的烈火又在他胸中燃烧。他的心在忧伤和欲念的折磨下作痛，似乎他的悲哀愈甚，则爱慕愈切。往往一连几个小时，他会忘记了自身的存在和全部日常生活，忘记了世上的一切，没精打采独坐一处，不时绝望地摇摇头，暗暗洒着眼泪低声自语："卡捷琳娜！我的百看不厌的小鸽子！我的唯一的姐妹！……"

一个荒唐的念头愈来愈使他不安。这个念头愈来愈缠住他不放，日甚一日地在他想象中成为毋庸置疑的事实。他觉得，——最后他自己百分之百地相信，——卡捷琳娜的理智是完好无损的，但穆林说她有一颗脆弱的心也有他的道理。他觉得有某一桩秘密把她和老头儿连结在一起，但卡捷琳娜像一只纯洁的小鸽子那样落在老头儿的手掌之中而没有意识到这是犯罪。他们究竟是什么关系？他并不知道。但他不断梦见孤苦无告的弱者饱受蹂躏而得不到解脱；心在他胸膛里乱了节奏，颤栗不已。他悲愤填膺，但是无能为力。他觉得仿佛有人恶毒地把幡然省悟者当初堕落的过程在其本人惊恐的眼前重演，有人阴险地折磨着那颗脆弱可怜的心，把真理随心所欲地加以歪曲后灌输给她，必要时故意保持其盲目性，狡猾地迎合她由于缺乏经验而意马心猿的倾向，一点一点给一只自由自在的鸟剪去翅膀，终于把一颗不受任何束缚的灵魂变得既不能反抗，又无法冲出樊笼飞向真正的生活……

渐渐地，奥尔狄诺夫比过去更孤僻了；应当公正地指出，日耳曼房东一家在这一点上丝毫不去打扰他。他经常喜欢在街上踽踽独行，漫无目的地走上很久。他多半选择黄昏时分，散步的地点通常是不大有人去的偏僻角落。在一个阴雨绵绵、容易得病的春天的傍晚，在这样一个冷落的地方，他遇见了亚罗斯拉夫 · 伊里奇。

亚罗斯拉夫 · 伊里奇显著地瘦了，他那双和蔼可亲的眼睛暗淡无神，整个形态显得泄气扫兴。他急匆匆地跑着去办一件刻不容缓的事情，全身湿透，蹭满泥巴，他那本来相当体面但现在却微微发青的鼻子上有一滴雨水整个傍晚一直挂在那里不掉下来，简直不可思议。他还留起了连鬓胡子。这连鬓胡子以及亚罗斯拉夫 · 伊里奇一看见老相识仿佛想要回避照面的神态，使奥尔狄诺夫着实吃惊。……太奇怪了！奥尔狄诺夫迄今不需要任何人予以同情的一颗心，甚至在一定程度上受到了伤害和侮辱。他毕竟更喜欢过去那个亚罗斯拉夫 · 伊里奇，单纯、憨厚、天真，要是坦白地说，还有一点儿傻，但好像永远不会泄气扫兴或变得聪明起来。我们原来喜欢某个傻里傻气的人，如果他也许恰恰由于愚蠢而一下子变得聪明起来，那是极其令人不快的。不过，他乍见奥尔狄诺夫时那种怀着戒心的神情当即掩盖了过去。在泄气的同时，他完全没有放弃原来那种大家知道至死不变的脾性，仍然和过去一样跟奥尔狄诺夫倾心交谈，大有不亦乐乎之慨。他首先表示自己很忙，接着指出他们好久不见了，但是谈话忽然又转往一个奇怪的方向。亚罗斯拉夫·伊里奇提到人心虚伪难测，世间好景不常，众生扰扰攘攘，甚至捎带着对普希金也评上几句，口气却异常冷淡，还就知己深交发了一通颇有些愤世嫉俗的议论，临了甚至暗示说，那些在上流社会里叫做朋友的人虚伪而且奸诈，其实世上从来就没有什么真正的友情。总之，亚罗斯拉夫·伊里奇变得聪明起来了。奥尔狄诺夫不持任何异议，但他感到说不出的难过，仿佛为自己最好的一个朋友送了葬！

“噢，对了，我差点儿完全忘了告诉您，”亚罗斯拉夫·伊里奇忽然说，好像记起了什么非常有趣的事，“我们那儿出了新闻！我要告诉您一个秘密。还记得您住过的那所房子吗？”

奥尔狄诺夫全身猛然一震，顿时面色煞白。

“您可想象得到，前不久在这幢房子里发现了一个贼窝，或者说一帮亡命之徒、一个匪巢，走私贩、骗子手，反正什么都有！有些已经捕获，另一些还在缉拿中，天罗地网都布下了。您能不能设想：那幢房子的主人，还记得吗，表面上是个笃信上帝的忠厚长者……”

“是啊！”

“真是人心叵测，从此怎么还能对全人类作出判断！他竟是这帮歹徒的大头目、总司令！岂不怪哉？”

亚罗斯拉夫·伊里奇的话颇有些感情用事，为了一个人他把全人类都谴责了，因为亚罗斯拉夫·伊里奇不可能不这样做，这是他的性格使然。

“那么，那一家呢？穆林呢？”奥尔狄诺夫低声问。

“啊，穆林，穆林！不，这是一位可敬的老者，品德高尚。不过，您倒是提出了一个新的假设……”

“什么？他也在匪帮中间？”

奥尔狄诺夫的心焦急得准备顶穿胸膛蹦出来……

“嗳，您这是怎么说的……”亚罗斯拉夫·伊里奇把一双没有表情的眼睛直盯着奥尔狄诺夫——这表示他在思考，“穆林不可能在他们中间。三个星期以前，他带着妻子回自己老家去了。……我是从看门人那里知道的……就是那个鞑靼人，还记得吗？”

涅朵琦卡

荣如德　译

一

我记忆中没有我的生父的印象。他死的时候我才两岁。我母亲又嫁了别人。这次再醮给她带来了很多痛苦，尽管她改嫁是出于爱情。我的继父是个乐师。他的命运很不寻常：这是我所认识的人中间最古怪、最奇特的一个。在我童年时代最初的印象中，他留下的痕迹太深刻了，这对我一生都有影响。为了便于理解我要讲的故事，我先在此概述一下他的履历。下面我要讲的一切，都是后来我从大名鼎鼎的小提琴家 Б 那里知道的，他是我继父年轻时的伙伴和密友。

我的继父姓叶菲莫夫。他出生于一位非常有钱的地主的村庄，继父的父亲是个穷乐师，度过漫长的漂泊生涯之后在这位地主的庄上落了户，受雇加入他的乐队。这位地主生活极其阔绰，平生最爱音乐，而且爱得成瘾。据说，他从来不离开自己的村庄，连莫斯科也不去，可是有一回突然出国到一处矿泉疗养地去了，而且只去几个星期，唯一的目的就是去听一位赫赫有名的小提琴家的演奏，因为报上说他要在那个疗养地举行三场音乐会。这位地主拥有一个相当不坏的私人乐队，他几乎把全部收入都花在这上头。我的继父刚进这个乐队时吹单簧管。他在二十二岁那年结识了一个奇怪的人物。在他们那个县份，住着一位富有的伯爵，可是他为了养一个私人戏班子不惜倾家荡产。这位伯爵因为自己的意大利出生的乐队队长行为不端而把他辞退了。乐队队长的品性确实不好。他被解雇以后，更是潦倒不堪，老是在乡下小酒店里喝得酩酊大醉，有时索性乞求施舍，全省谁也不愿意给他一个职位。我的继父竟跟这样一个人交了朋友。这种奇怪的交往实在难以解释，因为谁也看不出我继父由于学朋友的样在行为方面有什么变化，甚至起初不准他跟那个意大利人厮混的地主，后来也对他们的友谊睁一只眼闭一只眼。最后，乐队队长突然死了。他是清晨被农民在堤坝旁边的水沟里发现的。经过验尸，确定他死于中风。他的遗物存放在我继父那里，我继父当即出示文件，证明他有充分的权利继承这些遗物，因为死者留下一张亲笔所写的字条，指定叶菲莫夫为自己的遗产继承人。遗产包括一件黑色燕尾服和一把小提琴：燕尾服由死者保存得很仔细，因为他始终抱有觅得一席职位的希望；小提琴看上去却很平常。没有人对这笔遗产提出什么争议。可是过了若干时日，伯爵乐队里的首席小提琴手带着伯爵的信来见地主。伯爵在信上与叶菲莫夫协商，劝他出让意大利人身后留下的那把提琴，因为伯爵很想把它买下来给自己的乐队使用。伯爵愿意出三千卢布，还说已派人去请过叶果尔·叶菲莫夫多次，以便当面了结这笔交易，但他执意不肯。伯爵最后写道，提琴货真，他出的价钱也实足不假，决不会少一个子儿，并认为叶菲莫夫的顽固是一种多疑的表现，生怕在成交时欺他老实和外行，所以伯爵动了气，请地主开导开导叶菲莫夫。

地主立即派人把我继父叫去。

“你为什么不肯出让提琴？”他问道，“你又用不着它。人家出你三千卢布，这是实足的价钱，要是你以为人家会出更高的价钱，可就错了。伯爵不会欺骗你的。”

叶菲莫夫回答说，他自己不想去见伯爵，如果定要他去，那就只能按主人的意志办；提琴他不愿卖给伯爵，如果硬要从他这里把琴抢走，那也只能按主人的意志办。

很明显，他这样的回答触到了地主性格中最敏感的一根弦。事情是这样的：地主一向自豪地说他懂得怎样对待他的乐师，因为他们个个都是真正的艺术家，故他的乐队不但比伯爵的高明，甚至同京城里的乐队相比也不逊色。

“好！”地主说，“我通知伯爵，说你不愿卖琴就是不愿，因为卖与不卖的权利完全在你，懂吗？不过我要问你：你要提琴干吗？你的乐器是单簧管，虽则你的单簧管吹得相当蹩脚。把琴让给我吧。我出三千卢布。（谁知道此琴是这样的一件乐器！）”

叶菲莫夫莞尔一笑。

“不，老爷，我不卖给您，”他答道，“当然，您可以……”

“难道我在逼你，难道我在强迫你？！”地主终于沉不住气叫了起来，偏偏事情是当着伯爵的乐师之面发生的，来者据此情景可能推断：地主对他的乐队的全体乐师都不给好看待。“滚开，没良心的东西！从今以后别让我再看见你！要是没有我，冲你那支吹得这样糟糕的单簧管，你能上哪儿混饭吃？你在我这里有吃有穿，还领薪俸；你过的是上等人的日子，把你当艺术家看待，可你根本不想明白这一点，简直无知无觉。滚开，别待在此地招我生气！”

地主总是把他生气的对象从自己身边赶走，因为对自己不放心，怕他的火爆性子发作。而他是说什么也不愿意对他的“艺术家”过于严厉的（他管自己的乐师们都叫“艺术家”）。

买卖没有成交，事情似乎到此为止了，不料一个月以后，伯爵的小提琴手忽然大启讼端：他本人出首告发我继父应对意大利人之死负责，说我继父怀着自私的目的把他置于死地，为的是占有价值可观的遗产。伯爵的乐师声称遗嘱是在硬逼软骗之下写出来的，并表示能为这项指控提供人证。伯爵劝之再三，地主也为我的继父说情，但什么也不能动摇告发者的主意。人家把情况摊在他面前：法医对乐队长尸体所作的检验是正确的，硬要告发岂非违背明摆着的事实，也许是因为得不到曾经为他洽购的那件名贵乐器而怀恨在心，想泄私愤。伯爵的乐师一意孤行，还赌神罚咒地说自己是对的，说中风并非酗酒引起，而是中毒造成的，要求复查。乍看起来，他的论点似乎颇有道理。不用说，事情还是闹开了。叶菲莫夫被抓起来关进城里的监狱。

这桩官司打起来以后，引起了全省的注意。案件进展很快，结果查明伯爵的乐师犯有诬告罪。判决给了他应得的惩罚，但他始终坚持自己的看法是对的。最后，他承认自己没有任何证据，他提出的论点是他自己臆造的，但他捏造所有这些事实是根据一种假设、一种猜想行事的，因为直到复查结束、正式确认叶菲莫夫无罪为止，他还坚信不幸的乐队长之死是叶菲莫夫造成的，虽然他也许不用毒药，而是通过某种别的方式把他置于死地。不过，对此人的判决没有来得及执行，因为他突然患脑炎发了疯，接着就死在监狱医院里。

在整个这桩公案的始末，地主的行为是光明磊落的。他为我继父出力，仿佛我继父是他的亲生儿子似的。他曾几次到监狱里去探望我继父，安慰他，给他钱；得悉叶菲莫夫喜欢抽烟，就给他带去最好的雪茄；宣告我继父无罪释放时，他让乐队全体成员大事庆贺。地主把叶菲莫夫这个案子看作是关系到整个乐队的事情，因为他对自己的乐师的品行即使不比他们的才能看得更重，至少也是不相上下。过了整整一年，忽然有消息在省里传开，说是一位著名的法国小提琴家途经省城，打算举行几场音乐会。地主马上开始设法请他来做客。事情进行得很顺利，法国人答应前来。为他的来临已经做好一切准备，还邀请了县里几乎所有的知名人士，不料情况陡起变化。

一天早晨，有人来报告说，叶菲莫夫不知去向。开始到各处去寻找，可是杳无踪影。乐队缺了一支单簧管岂不急死人？在叶菲莫夫失踪三天之后，地主忽然接到法国人写来的信，那位小提琴家在信中傲慢地拒绝了地主的邀请，并且表示（当然是转弯抹角地），今后在跟那些私人拥有乐队的老爷们打交道时要格外谨慎，看到真正的天才处在根本不知其价值的人监督之下实在太杀风景，临了还说，叶菲莫夫的例子足以证实他所言不虚，此人是位真正的艺术家，是他在俄国遇到的最好的小提琴演奏家。

地主读了这封信大为惊愕。他这一气直气得他发昏。什么？他对叶菲莫夫如此关怀备至，如此厚待有加，而就是这个叶菲莫夫竟昧着良心向一位欧洲的艺术家，向他高度敬重其见解的人如此恶毒地诋毁他！此外，这封信在另一点上也是令人不解的：信中说，叶菲莫夫是个有真正天才的艺术家，他是位小提琴家，可是人们竟不能发现他的才华，强迫他演奏另一种乐器。这一切使地主惊讶万分，他当下准备进城去面晤法国人，忽然伯爵派人送来一封便简，请地主立刻到他那里去，并说他了解全部情况，那位路过的演奏家此时在他家里，叶菲莫夫也在，伯爵闻说叶菲莫夫的无耻诽谤后大为震怒，已下令不准他离开，信上最后说，之所以必须请地主前去，还因为叶菲莫夫的指责甚至涉及伯爵本人；兹事体大，必须尽快加以澄清云云。

地主马上赶往伯爵家中，随即同法国人见面，向他介绍了我继父的全部身世，并说他没料想到叶菲莫夫竟有这般了不起的才华，相反，叶菲莫夫在他那里只是一个很蹩脚的单簧管手，现在他头一回听说，这个离他而去的乐师竟是位小提琴家。地主还说，叶菲莫夫并不是农奴，他享有完全的自由，如果他确实受到束缚，任何时候都可以离开他家。法国人感到很奇怪。他们把叶菲莫夫叫来，他简直跟过去判若两人：态度傲慢，答话带着讥笑，并坚持自己向法国人所说的情况属实。这一切使伯爵恼怒到了极点，他当面骂我继父是混蛋、造谣中伤的小人，应该得到最可耻的下场。

“请放心，伯爵大人，敝人跟阁下并非初次相交，对阁下颇有了解，”我的继父说，“多蒙阁下的恩典，在下几乎受到刑事处分。敝人知道，阿列克塞·尼基福雷奇——府上过去的乐师——告发在下是受了何人的嗾使。”

听到这样骇人听闻的责难，伯爵肺都快气炸了。他好不容易才控制住自己；但此时厅堂里一位有事来见伯爵的官员宣称他不能听任这一切不了了之，说叶菲莫夫这种侮辱性的无礼态度包含着恶毒的、不公正的指控和污蔑，所以他谨请允许他在伯爵府第里立即逮捕叶菲莫夫。法国人也表示极度的愤慨，说他无法理解这种丧尽天良的负义行为。于是我的继父暴跳如雷地回答，他宁可接受处分、审判，哪怕再来一次刑事侦讯，也强似迄今为止他在地主乐队里过的那种日子，由于他极度贫困，不能更早离开那里；说完，他就跟逮捕他的官员一起走出厅堂。他被锁在宅内一间偏僻的屋子里，说是明天就把他押送进城。

将近午夜时分，拘押我继父的屋子门开了。进来的是地主。他穿着睡袍，趿着便鞋，双手打着一盏点亮的灯笼。看来他睡不着，痛心的焦虑迫使他在这般时分离开床衾。叶果尔也没有睡，他惊讶地望着进来的地主。地主把灯笼放好，怀着十分激动的心情坐在他对面的一把椅子上。

“叶果尔，”他对叶菲莫夫说，“你为什么要这样伤我的心？”

叶菲莫夫不答。地主又问了一遍，他的话流露出某种深刻的感情，一种奇怪的忧伤。

“天知道我为什么要这样伤您的心，老爷！”我继父终于一甩手答道，“想必是鬼迷住了我的心窍！我自己也不知道是谁推动着我这样干！反正我不能在您那儿再待下去，不能再待下去……魔鬼把我缠住了！”

“叶果尔！”地主又开言道，“回到我那儿去吧；我把一切都忘掉，什么都原谅你。听着：你可以当我的首席乐师；我给你定一份跟旁人不一样的薪金……”

“不，老爷，不，您别说了：我不能在您那儿待下去！我告诉您，魔鬼缠上了我。我要是再待下去，会放火烧掉您的房子；有时候我苦闷得只恨爹娘不该把我生下来！现在我为自己也不能担保，老爷，您还是别管我吧。这都是从那个魔鬼跟我结交后开始的……”

“谁？”地主问。

“就是那个像狗一样咽了气的意大利人，这条狗到处都不受欢迎。”

“这么说，叶果鲁什卡①，是他教你拉琴的喽？”

“是的！他教会了我许多东西，把我引向毁灭。我还是从来没有见到他的好。”

“难道他是个小提琴高手，叶果鲁什卡？”

“不，他自己知道得不多，可是教得挺好。我是自己学会的；他只不过示范而已，——这比正规的办法容易，要是我撒谎，就让我这支胳臂烂掉。现在我自己也不知道要什么。老爷，您问我：‘叶果尔卡②！你要什么？我什么都能给你，’——可是，老爷，我一句话也没法回答您，因为我自己不知道要什么。老爷，您还是别管我吧，下次再说。我要对自己干一件惊人的事情，好让我被远远地打发走，事情才能了结！”

“叶果尔！”地主在沉默片刻后说，“我不能这样撇下你不管。既然你不愿在我那里干下去，你可以走；你是自由人，我不能强留；但我现在不肯就这样离开你。你用你的琴拉一首曲子给我听听，叶果尔，拉吧！看在上帝分上，拉一首！我不是命令你，你要明白我的意思，我不强迫你；我含着眼泪请求你：叶果鲁什卡，看在上帝分上，把你为法国人演奏的曲子也拉给我听听！吐一吐你的心曲！你很固执，我也很固执；要知道我也有自己的脾气，叶果鲁什卡！我心中是有你的，你心中也该像我一样才对。除非你自愿而且乐意地把为法

---

① 叶果尔的昵称。

② 也是叶果尔的昵称。

国人演奏的曲子拉给我听，否则我日子没法过。”

“行，那就照办！”叶菲莫夫说，“老爷，我发过誓永远不在您面前演奏，单单不为您演奏，可现在我心上的束缚解除了。我可以为您演奏，不过这是第一次，也是最后一次，老爷，以后您在任何时候、任何地方再也听不到我的演奏，哪怕向我许一千卢布的愿也没用。”

于是他拿起琴来，开始演奏他自己所作的俄罗斯民歌变奏曲。据Б说，这套变奏曲是他的第一部也是写得最好的小提琴作品，此后他任何曲子从来都没有演奏得这样好，这样充满灵感。这位地主听音乐本来就没法不动心，这回索性放声痛哭。演奏完毕时，他从椅子上站起来，掏出三百卢布交给我继父，说：

“现在你走吧，叶果尔。我把你从这里放出去，伯爵那一头由我去对付；不过你听着：往后你可别跟我遇上。你面前的道路宽又广，万一咱俩在路上碰头，对我对你都不好受。好啦，那就分手吧！……等一下！我对你还有一句临别赠言，很简单：别喝酒，要用功，莫骄傲！我是像你的亲生父亲一样对你说话。注意，我重复一下：要用功，别喝酒，一旦你开始借酒浇愁（叫人愁苦的事将来多得很！）——那就前功尽弃，非完蛋不可，也许你自己也会像那个意大利人一样在不定什么地方的水沟里咽气。好啦，现在分手吧！……等一等，吻我一下！”

他们相互吻了一下，随后我的继父就被放出去。

他刚获得自由，先是立即在附近一个县城里把三百卢布胡乱花光，同时跟一帮最堕落、最下流的无赖交上朋友，后来一个人落得穷愁潦倒、孤苦无依，不得不加入一个小地方的流动戏班子，在可怜巴巴的乐队里拉第一小提琴，或许是唯一小提琴。这一切跟他原先的设想不大吻合，他本来打算尽快到彼得堡去深造，谋到一个好位子，不折不扣地把自己造就成一个艺术家。但是，小乐队里的生活很不如

音乐家叶菲莫夫

伊利亚·格拉祖诺夫 1970 年绘

И. С. Глазунов

意。我继父不久就跟江湖戏班子的班主闹翻，并且离开了那里。那时他彻底泄了气，甚至不顾一切走出了深深刺痛他的自尊心的一步。他写了一封信给前面提到的那位地主，向他描述了自己的境况，请他资助。信的语气还相当要面子，但是没有回音。于是他再写一封，措辞上极尽卑躬屈膝之能事，称地主为自己的恩人，把他尊为真正的艺术鉴赏家，目的还是求他帮助。回音总算来了。地主寄来一百卢布和由他的贴身侍从代笔的寥寥数行复信，叫叶菲莫夫今后再也不要向他提出任何请求。继父得到了这笔钱，当即想动身去彼得堡，可是付账还债以后，只剩下那么一点点钱，彼得堡之行根本无法考虑。他仍旧留在小地方，重新加入一个小地方的乐队，后来在那里又待不下去，如此不断地换来换去，心中念念不忘能快一点去彼得堡，其实却在小地方泡了整整六年。后来，他忽然大起恐慌。他绝望地发现，在不规则的、贫困的生活不断折磨下，他的才华遭到了不知多大的损失，于是在一个早上抛下班主，拿起提琴，几乎靠乞讨走到彼得堡。他在某处的一个顶楼上住下，在那里第一次遇到了 Б，彼时 Б 刚从德国来，也想为自己开辟前程。他们很快就交了朋友，Б 直至今天还满怀深情回忆他们相交一场。他俩都是青年，怀抱一样的希望，有着相同的目标。但 Б 的青春还刚刚开始，他经历的贫困和苦痛尚少；撇开这些不谈，他首先是一个日耳曼人，在奔向目标的道路上能坚持不懈、持之以恒，充分意识到自己的力量，并且对于自己能有多大作为几乎早有成竹在胸。可是他的伙伴叶菲莫夫已经有三十岁，他已经疲倦、困乏，整整七年不得不东漂西泊，在小地方的戏班子和地主的私人乐队里混口饭吃，耐心既完全丧失，最初旺盛的精力也消耗殆尽。过去支持着他的只有一个永远不变的固定观念——好歹得摆脱窘境，积一笔钱到彼得堡去。但这个观念是模糊的、朦胧的；这是一种不可违拗的内心的召唤，随着岁月的流逝，这呼声在叶菲莫夫心中也不像最初那样清晰了，当他来到彼得堡时，几乎已经处于无意识状态，只是按照夙愿和反复思量这次进京的老习惯行事，几乎连自己也不知道要在京城里干什么。他的热情近似歇斯底里，带有怄气和阵发的性质，似乎他想用这种热情欺骗自己，借以使自己相信，他身上最初的精力、最初的激情、最初的灵感尚未枯竭。这股不断迸发的劲头给不冷不热、有条有理的 Б 震动很大；他感到目眩神迷，把我继父当作未来伟大的天才音乐家看待。他不能想象这位伙伴将来的命运会是什么别的样子。但不久 Б 就睁开眼睛把他看透了。他清楚地看到，所有这些阵发的狂热、焦躁的情绪无非是想到自己怀才不遇而不自觉地表现出来的绝望的挣扎；说到底，甚至他的才也许一开始就没有什么了不起，而多的是盲目和不切实际的自信、浅薄的自负以及不断幻想自己是盖世奇才的白日梦。“但是，” Б 如此说，“我对我这位伙伴奇异的天性不能不表示惊讶。我眼看着在病态的强烈欲望与内心的软弱无力之间不断进行凶猛的生死搏斗。这个不幸的人整整七年光靠幻想将来成名聊以自慰，甚至在不知不觉中丢掉了我们这行技艺中最起码的东西，甚至丧失了最基本的业务能力。偏偏在他乱糟糟的想象中无时无刻不在为未来构思气吞山河的宏大计划。他不唯要成为第一流的天才，成为世界上数一数二的小提琴家；他不唯已经把自己当成这样的天才，——他还想成为作曲家，事实上他根本不懂得对位法。但最使我惊讶的是，” Б 又说，“这个人尽管绝对无能，尽管在技艺方面知识极其贫乏，然而他对艺术却有非常深刻、非常明晰、可以说是出于本能的理解。他的艺术感和鉴赏力是那样高超，无怪乎会失去自知之明，看不到本能决定他是个深刻的艺术批评家，却把自己当作艺术大师、天才演奏家。有时候他用毫无学术味道的粗言俗语能对我说出极其深刻的道理，使我大惑不解：他从来不看书报，什么也不学，可是这一切他是通过什么方式领悟的呢？我在自修过程中，” Б 接着说，“有许多地方得益于他和他的指点。至于我本人，” Б 继续说，“我对自己的看法是稳定的。我也热爱本行艺术，虽然从我一开始走上这条道路就有自知之明，知道在某种意义上我只能当一名艺术的苦力；但我感到自豪的是没有像一个懒惰的奴隶那样把自己的那点天赋埋没掉，相反把它扩大了一百倍；如果说，现在人们夸奖我演奏时干净利落，惊叹功夫到家，那么，这一切都得归功于坚持不懈的努力，归功于有自知之明，宁可把自己看得渺小，永远力戒骄傲，力戒过早的自满，力戒懒惰，因为懒惰是这种自满情绪的必然结果。”

Б 也曾尝试向自己最初非常佩服的伙伴进几句忠言，但结果只是白白惹他生气。他们之间的关系开始疏远了。不久 Б 注意到，淡漠、苦闷和无聊开始愈来愈频繁地控制叶菲莫夫，而他的热情冲动的次数则愈来愈少，过后出现的是一种阴沉凄凉、灰心丧气的状态。再后来，叶菲莫夫干脆把琴放下，有时一连几个星期不去碰它。这与彻底的堕落已相去不远，很快，这个不幸的人染上了所有的恶习。当初地主告诫他的事情果然发生了： 他开始纵酒无度。Б 瞧着他无法不感到震惊；他的忠告不起作用，他甚至不敢开口。渐渐地，叶菲莫夫落到恬不知耻的地步： 他竟心安理得地花 Б 的钱过日子，这样做甚至好像有充分权利似的。其时维持生活的钱行将告罄；Б 靠教课竭力苦撑，或者受雇在商人、日耳曼人、小官吏家的晚会上演奏，尽管报酬很少，但他们总能给几个钱。叶菲莫夫仿佛根本不愿看到伙伴的难处，对他疾言厉色，有时几个星期不跟他说一句话。一次，Б 用极其婉转的语气劝他不要过于轻视那把琴，以免对此乐器完全荒废；不料叶菲莫夫大发脾气，声言他将故意永远不去碰自己的琴，那副架势好像会有人跪下来求他似的。另一次，Б 在一个晚会上演奏需要有个搭档，就请叶菲莫夫跟他合作。这一邀请竟使叶菲莫夫暴跳如雷。他怒气冲冲地宣称自己不是街头提琴师，不会像 Б 那样卑鄙，在完全不能赏识他的功夫和才华的臭商人面前拉琴，贬低崇高的艺术。Б 听罢没回答一句话，出门演奏去了，但叶菲莫夫在伙伴走后对这次邀请反复思考，认为这一切无非暗示他在花 Б 的钱过日子，想让他知道，叫他也试着挣点儿钱。等 Б 回来以后，叶菲莫夫忽然斥责他行为卑鄙，并表示一分钟也不能再跟他待在一起。他确实有两天不知去向，但第三天回来了，仿佛什么也没有发生似的，又继续过原来那种生活。

Б 本想结束这种不像话的生活，跟他的伙伴一刀两断，仅仅由于旧的习惯和友谊，加上 Б 瞧着那个堕落的人心中老大不忍，才没有这样做。后来，他们终于分道扬镳。命运向 Б 作了微笑：他找到一座强有力的靠山，成功地举行了一场出色的音乐会。那时他已经是个优秀的艺术家，他那蒸蒸日上的名气旋即给他带来歌剧院乐队里的一个席位，在那里他很快就取得了完全应该取得的成功。分手的时候，他给了叶菲莫夫一些钱，含着眼泪恳求他回到正路上来。直到现在，Б 想起他来还是抑制不住一种特殊的感情。跟叶菲莫夫相交一场是他青年时代最深刻的印象之一。他们曾一起开始向自己的目标进军，彼此曾有过非常热烈的好感，叶菲莫夫的乖张性格和十分显著的缺点本身甚至使 Б 对他产生更加强烈的感情。Б 了解他；他把叶菲莫夫看得透亮，事先就知道这一切将以什么告终。分袂之际，他们互相拥抱，两人都哭了。当时叶菲莫夫流着眼泪呜呜咽咽地说，他是个彻底完蛋的、最最不幸的人，这一点他早知道了，但现在才看清自己的末路。

“我没有才华！”他得出了结论，说时面无人色。

Б 大大地为之心动。

“听着，叶果尔·彼得罗维奇，”他对我继父说，“你何苦自暴自弃呢？你的绝望只能毁了你自己；你既没有耐性，又没有勇气。刚才你在灰心丧气的情绪控制下说自己没有才华。不对！你有才华，你可以相信我的话。你有才华。单凭你对艺术的感受和理解，我就看出这一点。我可以用你的全部生活向你证明这一点。你不是把你过去的经历告诉过我吗？当初你也曾不自觉地陷于同样绝望的境地。那时，你的第一位老师——你曾经对我讲过他很多故事的那个怪人——最先在你身上激发起对艺术的爱，最先觉察到你的才华。当时你也产生了强烈而痛心的感觉，就跟现在一样。但你自己不知道你是怎么搞的。你在地主家里待不下去，你自己也不知道你到底要什么。你的老师死得太早。他撇下你的时候你只有一些模模糊糊的志向，主要的是没有使你认清自己。你觉得你需要走另一条更宽广的路，应该向另外的目标进军，可是你不懂得该如何去达到目的，于是在苦闷中痛恨当时你周围的一切。你六年贫困的岁月没有虚度；你在学，在想，在认识自己和自己的能力，现在你对艺术，对自己的使命有了理解。我的朋友，需要耐性和勇气。等待着你的命运要比我的更值得羡慕：你的艺术家气质超过我一百倍，只要上帝把我的耐性的十分之一赐给你就够了。要用功，别喝酒，正像那位好心的地主对你说过的那样，主要的是你得重新起步，从头开始。什么东西使你苦恼？贫困？但贫困能造就艺术家。事业的起点总是和穷字分不开的。现在还没有人把你放在眼里，谁都不愿意认识你；人世间就是这样。你等着，一旦人们知道你有才能，可气的事情还不止这些呢。妒忌、卑劣的小心眼儿，特别是种种荒唐的蠢事将比贫穷更加厉害地往你身上压下来。才华需要同情，需要有人了解，可是你只要取得一点点成就，你会看到，包围着你的将是些什么样的面孔。他们会把你靠艰苦的劳动、咬紧牙关、挨饿熬夜练出来的功夫说得一文不值，对你嗤之以鼻。你未来的伙伴们不会鼓励你、安慰你；他们不会向你指出你的真善美，但会幸灾乐祸地挑你的每一处毛病，偏偏把你不好和不对的地方向你指出，表面上冷冰冰地瞧不起你，心底里却像过节一样庆祝你犯的每一个错误（好像有人能不犯错误似的！）。你生性傲慢，往往在不适当的场合逞骄，可能会得罪自尊心很强的小人，那就糟了——你只有一个人，而他们人多；他们会像针刺那样折磨你。甚至我也已经开始有此感受。你得立刻振作精神！你还不算太穷，你的日子能过下去，不要嫌弃粗活，有柴就劈，像我在不足道的生意人晚会上劈柴一样。但你缺乏耐性，你有急躁的毛病；你不够朴实，耍小聪明太多，想得太多，脑筋动得太多；你口头上大言不惭，临到需要拿起琴弓的时候又胆怯了。你自尊心太强，胆量又太小。勇敢一些，耐心等待，学着点儿，如果你不寄望于自己的力量，那就碰碰运气；你身上有激情，有感觉。也许碰运气能达到目的，即使达不到，也不妨碰碰运气，反正不会失去什么，因为奖赏实在太大了。在这个意义上说，老兄，咱们的运气是了不起的大事！”

叶菲莫夫怀着很深的感情听过去的伙伴这番话。但在 Б 往下说的过程中，叶菲莫夫苍白的脸色逐渐泛红，两腮现出了血色；他的眼睛里燃烧起少有的勇气和希望。不久，这种高尚的勇气转为自负，接着又变成平时那份狂妄，最后，当 Б 快要结束这番规劝的时候，叶菲莫夫已经心不在焉，听得不耐烦了。不过他还是热烈地和 Б 握手，向他表示感谢，并且拿出从自暴自弃和灰心丧气迅速跃向极端傲慢狂妄那种老脾气，用过于自信的口气叫他的朋友不必为他的命运操心，说他知道该如何安排自己的未来，他希望不久也能找到一座靠山，举行音乐会，那时便可一下子名利双收。Б 耸耸肩膀，但没有给过去的伙伴泼冷水，他们就此分手，虽然分别的时间不长——这是不言而喻的。叶菲莫夫把给他的钱立刻花得精光，又去要了第二次，然后是第三次，然后是第四次……第十次，最后 Б 实在忍不住了，便推说不在家。从此叶菲莫夫下落不明。

几年过去了。有一次 Б 排练归来，在一条陋巷里肮脏的小酒店门口碰见一个衣衫褴褛的醉汉在叫他的名字。那人是叶菲莫夫。他大大变了样，脸上浮肿、发黄；显然，放荡的生活在他身上打下了不可磨灭的烙印。Б 非常高兴，没说上两句话，就被他拖进小酒店。到了那边一间偏僻、污黑的小屋子里，Б 才看清楚他的模样。叶菲莫夫的衣着几乎全是破烂，一双靴子坏得不像话，衬衣的前胸沾满酒污。他的头发开始斑白、脱落。

"你怎么啦？你现在哪里？" Б 问。

叶菲莫夫窘态毕露，起初甚至有些发慌，语无伦次，答非所问，以致 Б 以为他神经错乱了呢。后来，叶菲莫夫承认，不喝一点伏特加他就没法说话，可是小酒店里对他早已不相信了。他这样说时脸是红的，尽管竭力做一些豪放的手势给自己壮胆；但造成的印象却是厚颜无耻、矫揉造作，简直令人不忍卒睹；善良的 Б 看到自己原先的忧虑果然完全成为事实，又动了恻隐之心。他先吩咐把伏特加端上来。叶菲莫夫由于感激脸上顿时变样，他激动得含着眼泪准备吻他的恩人的手。进餐的时候，Б 惊讶万分地得悉这个不幸的人结了婚。但更使他惊讶的是了解到：妻子竟构成了叶菲莫夫的全部灾难和悲哀，结婚彻底摧残了他的才华。

"怎么会的呢？" Б 问。

"老弟，我已经两年没拿起提琴了，"叶菲莫夫答道，"简直是个村妇、厨娘、毫无教养的粗俗女人。别提她了！……我们一天到晚打架，旁的什么也不干。"

"既然这样，你为什么要结婚？"

"当时没东西吃啊。我结识了她：她有千把卢布，我就不管三七二十一结了婚。是她爱上我的。她自己缠住我不放。又没人撺掇她！钱花完了、喝光了，老弟，哪儿还有什么才华！全都落了空！"

Б 看得出，叶菲莫夫似乎急于向他表白自己没有过错。

“我把一切扔下了。”叶菲莫夫又说。他向 Б 表示，在这以前他的琴艺几乎达到了完美的境界；虽然 Б 是全城数一数二的小提琴家，可是跟他比起来还差得远呢，如果叶菲莫夫愿意干的话。

“那你为什么不干呢？”Б 诧异地问，“你该找份事情做啊！”

“没意思！”叶菲莫夫一甩手说，“你们那里有谁懂得一点点皮毛？你们懂得什么？懂个屁！你们只会从什么芭蕾音乐中抽一段舞曲出来胡闹一通。优秀的小提琴家你们既没有见过，也没有听过。何必去碰你们呢；你们爱怎么干，就怎么干吧！”

说到这里，叶菲莫夫又把手一甩，身体在椅子上一晃，因为他已经醉得相当厉害。后来他邀请 Б 上他家去；但是 Б 谢绝了，只问了他的住址，答应明天就去看他。叶菲莫夫此刻酒醉饭饱，已经用嘲弄的目光瞧他过去的伙伴，千方百计用话刺他。他们离座起身时，叶菲莫夫连忙把 Б 的贵重皮裘递给他，做出以卑事尊的样子。经过第一间屋子，他就停下来向酒店里的掌柜、伙计和客人介绍 Б 是全京城首屈一指和独一无二的小提琴家。总而言之，此时此刻他的表演十分令人恶心。

第二天上午，Б 在顶楼上找到了他，当时我们全家就住在那么一间屋子里，过着极度穷困的生活。我那时只有四岁，可是我母亲改嫁叶菲莫夫已有两年。我母亲是个不幸的女人。从前她当过家庭教师，受过很好的教育，长得也漂亮，可是由于穷，嫁给了一个老公务员，也就是我的生父。他们在一起只过了一年。我的生父突然去世以后，为数无多的遗产由他的各个继承人瓜分，留下母亲和我，还有就是她分得的一点点钱。带着一个还不会走路的婴儿再去当家庭教师谈何容易。这时，她在一个偶然的机缘下遇到了叶菲莫夫，的确爱上了他。我母亲富于热情和幻想，把叶菲莫夫当作了不起的天才，相信了他前程似锦的那些自命不凡的话；想到有幸成为一个天才的精神支柱和生活指导，我母亲得意非凡，就嫁给了他。不出一个月，她的理想和希望统统化作泡影，她面前留下的只是寒碜的现实。叶菲莫夫跟我母亲结婚也许确实看在她有千把卢布这一点上，等到钱一花完，便叉起两只胳膊，似乎欣然找到一个借口，立即向所有的人宣称，结婚毁了他的才华，说他在窄闷的屋子里面对饥饿的一家子没法工作，说在这样的条件下头脑里不可能产生歌曲和音乐，看来他命中注定得受这份罪云云。后来，好像他自己也确信自己的牢骚发得有理，似乎还为有了新的口实感到高兴。看样子，这位不幸的、毁掉的天才自己在寻找表面的理由，以便把所有的挫折、所有的灾难一古脑儿推到那上头。至于接受这样一个可怕的念头：他在艺术上早已经完蛋，而且是永远地完蛋了——他做不到。他像抵抗噩梦似的向这个可怕的结论作拼死的挣扎，及至现实把他压倒、使他偶尔有几分钟睁开眼睛的时候，他觉得自己马上就会吓得发疯。对于长期以来构成他全部生活的信念，他不能这样轻易地放弃，直到最后一分钟依然认为那一分钟还没有过去。在彷徨的时刻，他就借熏人的酒味浇胸中之块垒。可能，他自己也不知道这时候妻子对于他是多么需要。这是一个活的借口，的确，我继父对这样一个设想几乎着了魔，认为一旦他把坑了他的妻子葬入坟墓，一切都将走上正轨。可怜的妈妈不理解他。作为一个十足的幻想家，在冷酷无情的现实中刚迈出第一步，她就受不了，变得暴躁易怒，动辄骂人，时刻跟存心折磨她取乐的丈夫吵架，不断逼着他工作。但是，我继父的盲目自大、固定观念和荒谬见解使他变得几乎毫无心肝和麻木不仁。他只是笑着赌咒决不拿起提琴，除非妻子死去，并以狠心的直率态度向她宣布这一决心。不管出现什么情况，妈妈对他的炽热的爱至死不渝；可是这样的生活她忍受不了。她变得老是生病、多灾多难，身心处在没完没了的痛苦之中；除了这一切不幸之外，一家人的吃饭问题全要她一个人操心。她开始做菜，承接包饭。但是丈夫偷偷地从她那儿把钱都弄走，逼得她常常开不出人家包的饭。当 Б 来访的时候，她正在洗衣服，并且把一件旧的连衫裙重新染色。我们就一直这样在我们的顶楼上凑合着过。

我们家的贫穷使 Б 吃惊。

“你呀，完全是胡说八道，”他对我继父说，“这儿哪有什么摧残才华的事情？她明明在养活你，你在干什么？”

“什么也不干！”继父回答说。

但 Б 还不知道妈妈所有的灾难。丈夫经常把形形色色捣乱撒野的浪荡鬼一大帮一大帮地带到家里来，那时真可以说是无所不为！

Б 对他过去的伙伴劝说了半天，最后表示，如果叶菲莫夫再不改过，他决不提供任何帮助；还直截了当地说不给他钱，因为他又会把钱喝光，临了他要叶菲莫夫用提琴拉点儿什么给他听听，看看能为叶菲莫夫想些什么办法。等我继父去取琴的时候，Б 悄悄地要把钱给我母亲，可是她不拿。她这是第一次落到接受施舍的地步！于是 Б 就把钱交给我，可怜的妈妈哭了。继父取了琴来，但要求先给他一点伏特加，说否则没法演奏。于是就派人去买伏特加。酒喝下去以后，劲头就上来了。

“看在朋友交情上，我给你拉一首我自己的作品。”他对 Б 说，并从柜子底下拖出厚厚一本尘封的练习簿。

“这些都是我自己写的，”他指着本子说，“你不妨瞧瞧！老弟，这可不是你们的那些芭蕾音乐！”

Б 默默地翻阅了几页，然后打开他自己带着的乐谱，要我继父把自己的作品放在一边，从他带来的乐谱中拉几段给他听听。

继父有些动气，不过由于担心失去新的靠山，还是照 Б 的吩咐做了。于是 Б 发现，在他们分手期间，他从前的伙伴确实下了很多功夫，进步不小，虽然他吹说打从结婚以后就没有拿过琴。我那可怜的母亲高兴得什么似的。她瞧着丈夫，重又为他感到自豪。善良的 Б 也衷心欣喜，决定设法安置我继父。那时 Б 已经认识许多有地位的人物，他当即开始去托人情，向人推荐这位可怜的伙伴，但事前要他保证好自为之。Б 先掏钱把他的衣着搞得像样些，带着他去见几位名人，因为 Б 打算给他谋的位子关键在那些人物身上。叶菲莫夫只是口头上神气十足，其实恐怕他万分乐意地接受了老朋友的建议。据 Б 说，我继父拼命讨好他，生怕失去他的照应，那种阿谀逢迎、卑躬屈膝的丑态使 Б 为他害臊。叶菲莫夫明白别人想把他引上正途，甚至酒也不喝了。后来，在一个剧团的乐队里总算给他谋到一个位子。他以良好的成绩通过了考试，因为一个月刻苦努力他就把一年半荒废的东西补了回来，并保证要继续练功和一丝不苟地对待新的职责。但我们家的境况毫无改善。继父的薪金他一个子儿也不给妈妈，全都自己花掉，跟他很快又交上的一批新朋友一起喝光、吃光。他结交的大都是剧团职员、合唱队员、龙套演员，总之都是些他可以在其中高踞首席的人，对于真正有才能的却避不交往。他已使那些新朋友对他产生某种特殊的敬意，刚认识就向他们宣传，他是个被埋没的人，他有伟大的天才，是妻子断送了他，并说他们的乐队指挥根本不懂音乐。他嘲笑乐队里所有的演奏员，嘲笑排演的剧目，还嘲笑上演的几部歌剧的作者。后来，他开始侈谈一种新的音乐理论，总之，使整个乐队都感到腻烦；他跟同事、指挥一一闹翻，对上司傲慢无礼，成了出名的一个最不安分、最爱争吵、同时又最卑琐的人，弄得人人讨厌。

这样一个不足道的人，这样一个成事不足、败事有余的演奏员，偏偏这样踌躇满志，这样自命不凡、目空一切，确实是非常奇特的怪现象。

最后，继父跟 Б 也翻了脸；他编造了最拙劣的谣言当作明明白白的事实抛出去，对 Б 进行极其恶毒的诽谤。他在乐队里鬼混了半年之后，终于因玩忽职守、行为失检被撵走。但他没有随即离开那个地方。不久，有人看到他身上又跟过去一样破破烂烂，因为比较像样的衣服又都变卖和抵押了。他去找过去的同事，不管人家欢迎不欢迎这样的客人，在他们面前散播流言，搬弄是非，哭诉日子难过，叫所有的人去看看他那恶魔般的妻子。当然，有人爱听，有人乐于给这位遭逐的同伴灌上几杯，让他大放厥词。何况他的嘴皮子总是那样尖刻，往往击中要害，而夹杂在话中的那股冲天的怨气和各种放肆的怪论，自有一部分人欣赏。他被当作一个神经失常的小丑，闲得无聊时不妨叫他胡言乱语扯上一通。人们喜欢当着他的面谈论某一位新来的小提琴家，故意逗他。叶菲莫夫听到这话，脸上就会变色，怯生生地打听是谁来了，谁是崭露头角的天才，并立即开始妒忌他的声誉。大概从这个时候开始，他才真正陷入经常性的精神错乱，也就是形成了一个固定观念：他是首屈一指的小提琴家，至少在彼得堡是无双的，但他命运多舛，怀才不遇，由于种种妒贤嫉能的阴谋，他始终不为人所了解，至今默默无闻。他对末了这一点甚至颇为得意，因为有这样一些人就是喜欢把自己看作受欺压者，喜欢把抱怨挂在嘴上，或在暗中崇拜自己得不到承认的伟大聊以自慰。彼得堡所有的小提琴手他个个了如指掌，在他看来，其中没有一人能与他匹敌。凡是知道这个疯疯癫癫的可怜虫的，不管是行家还是逢场作戏的票友，都喜欢在他面前谈论某某才华出众的著名小提琴家，好让他也发表自己的看法。他们欣赏他的尖酸刻薄，欣赏他在批评自己臆想的对手的技艺时所说的一些颇有见地的话。他们往往不理解他的意思，但是确信世上没有人能如此巧妙地用如此夸张的漫画手法描绘当代著名的音乐家。甚至遭到他这般挖苦的那些艺术家也有些怕他，因为知道他那张嘴够损的，承认他的指摘有根据，他的见解有道理，如果确实该骂的话。人们惯常在剧场的走廊里和后台看到他。职员们对他不加拦阻，因为少不得这样一个人，于是他成了个国产的忒耳西忒斯①。这样的生活持续了两三年，最后，他连扮演这样一个角色也惹得人人厌烦。接下来我继父遭到毫不含糊的驱逐，在他生前的最后两年似乎销声匿迹了，哪儿也看不到他。不过，Б 遇见过他两次，可是瞧着他那副狼狈相，在 Б 的心中同情又压倒了厌恶。Б 招呼他，但我继父动了气，假装没听见，把一顶破旧不堪的帽子拉得遮住眼睛，打旁边走过去。后来，在一个不知什么大节日，一清早有人向 Б 通报，说他以前的伙伴叶菲莫夫来向他拜节。Б 出去见他。叶菲莫夫喝得醉醺醺地站在那儿，开始行大幅度鞠躬礼，几乎碰到地上，嘴唇不住牵动，固执地不肯走进房间。他的举动的意思是说：我们这种没有才能的人，怎么能同您这样的名流交往；我们这种小人物能到此听差的所在，来向您拜个节，行个礼就走，已经心满意足。总之，这一切恶劣、无聊之至，令人作呕。此后 Б 很久没有见到他，直至发生这幕惨剧结束他可悲的、病态的、堕落的一生为止。他的生命是以可怕的方式结束的。这幕惨剧不仅与我童年时代最初的印象紧紧连在一起，甚至和我的一生也有密切关系。事情是这样发生的……但我首先必须说明，我的童年时代是怎么一回事，在我最初的印象中留下如此痛苦的痕迹、把我那可怜的妈妈逼死的这个人对于我又意味着什么。

二

我自己记得起来的事情开始得很晚，大约在八岁以后。我不知道八岁以前的事情怎么没有给我留下一点清晰的印象，否则现在我也不

---

① 荷马的史诗《伊里亚特》中人物，他别有用心地劝兵临特洛伊城下的希腊人不要打完仗就回去，通常用来比喻喋喋不休地喜欢跟大家抬杠的人。莎士比亚的历史剧《特洛伊罗斯与克瑞西达》也写了这个丑陋和好谩骂的希腊人。

至于回忆不起来。但从八岁半开始的一切，我都记得很清楚，一天又一天接连不断，仿佛这以后的事情顶多发生在昨天。诚然，这以前的事情我也能朦朦胧胧想起一些来：在幽暗的角落里，古老的圣像旁老是点着一灯如豆；此外，有一次我在街上给马撞倒了，据后来人家告诉我，我因此躺在床上病了三个月；还有，在这次卧病期间，我夜里在和我同睡的妈妈身旁醒来，对于我梦见的异象、深夜的寂寥和在屋角制造声响的耗子忽然怕得要命，我躲在被窝里吓得哆嗦了一宿，但不敢叫醒妈妈，——现在我根据这一点推断，我对她比什么都怕。但从我一下子开始意识到自己的时刻起，我的头脑发育得很快、很突然，许多完全不是孩子应该有的印象对我却可怕地易于接受。我觉得一切在自己面前豁然开朗，一切很快都变得明白易懂。我对自己开始记得很清楚的那个时期，在我头脑里留下了强烈而痛苦的印象；这印象后来天天重现，并且一天比一天深刻；它给我生活在父母身边的那段时期，从而也给我的整个童年时代抹上一层阴暗而奇怪的色彩。

现在我觉得，我好像从酣睡中骤然醒来（不过，当时我的感受自然没有这样明确）。我来到一间很大的屋子里，天花板很低，空气很坏，又不干净。墙壁的颜色灰不溜丢，屋角是一只老大的俄式炉子；窗子临街，或者毋宁说是向着对面一幢房子的屋顶，短而且宽，犹如几道裂缝。窗台离地板相当高，我记得，我必须搁一把椅子、一张板凳才勉强够得到窗口，家里没人的时候我喜欢坐在那儿。从我们的住处看得见半个城；我们就住在一幢极大的六层楼房的屋顶下面。我们的全部家具陈设只有一张满是败絮和灰尘的漆皮破沙发、一张白木桌子、两把椅子、妈妈的床褥、角落里一口放东西的小橱、一只老是歪向一边的抽屉柜和几扇纸糊的破屏风。

记得是在黄昏时分，一切都乱七八糟，东西扔满一地：刷子、抹布、我们的木质器皿、一只碎瓶子，还有不知道什么别的物件。我记得妈妈恼火得厉害，不知为什么在哭。继父坐在屋角，照例穿着那件很破的常礼服。他用嘲笑的口气回答妈妈，使她更加恼怒，于是刷子和器皿又纷纷摔到地上。我哭叫起来，向他俩身边扑过去。我害怕极了，紧紧搂住爸爸，用我的身体保护他。天知道为什么，反正我觉得妈妈在对他发无名之火，他没有过错；我想代替他请求原谅，代替他承受无论什么样的惩罚。我对妈妈怕得要死，并以为大家都这样怕她。妈妈起先愣了一下，接着抓住我的一条胳膊，把我拉到屏风后面去。我的胳膊在床上撞得生疼；但是恐惧比疼痛更厉害，所以我连眉头也没皱一下。还记得，妈妈开始指着我用痛苦和激动的语调对父亲不知说些什么（我在下面的叙述中将称他父亲，因为我在很久以后才知道他不是我的生父）。这场戏历时有两个钟点，我战战兢兢地等待着，竭力揣测这一切将以什么告终。后来，争吵总算平静下来，妈妈不知到什么地方去了。这时爸爸把我叫去，吻我，在我头上抚摩，把我抱到大腿上，我紧紧地、甜蜜地偎在他胸前。这也许是我第一次领略到亲人的疼爱；可能正因为如此，从那个时期开始，我才对一切都记得那么清楚。我也看得出，我是因为卫护父亲而赢得他的亲热，恐怕也是在那个时候，我第一次惊异地想到，是妈妈害他吃了很多苦。从此这个念头就永远留在我头脑里，而且一天比一天更使我感到气愤。

从这一刻起，我开始无限地爱我的父亲，但这是一种奇特的爱，完全不像小孩的感情。我可以说，这更像是母亲的怜惜孩子的感情，如果这样来形容我的爱在一个小孩身上不是十分可笑的话。我觉得父亲总是那样可怜，那样受欺凌、遭践踏、吃苦头，以致在我看来，如果不发疯似的爱他，不安慰他，不跟他亲热，不千方百计为他着想，那简直是可怕的、不近人情的事情。但我至今仍不明白，为什么偏偏是我会产生父亲在世上受苦倒霉这样的想法！这是谁向我灌输的？我

涅朵绮卡
伊利亚·格拉祖诺夫 2008 年绘
И. С. Глазунов

小小年纪，对于他个人的蹇滞怎么可能有些许的理解？然而我却能理解，尽管在想象中把一切都按我自己的方式重新加以解释、改制，但直到现在我还是想不出，我头脑里怎么会形成这样的印象。也许妈妈对我太严厉了，所以我对父亲抱有好感，以为他和我一样受苦，同病相怜。

我已经谈了最初从婴儿的梦境中惊醒的情形，谈了我一生中最初的举动。我的心从最初的一刹那起就受到伤害，我的头脑也就以不可思议和十分消耗精力的速度开始发展。我已经不能满足于浮面的印象。我开始思考、推论、观察；但这种观察发生得太早、太反常了，故所我的想象不能不把一切都按自己的方式加以改制，于是我一下子进入了一个特殊的世界。我周围的一切变得像父亲经常对我讲的神奇的童话故事，而在那个时候我不可能不把它当作百分之百的真实。奇怪的概念产生了。我很清楚地了解，——但我不知道怎样会了解的，——我生活在一个奇怪的家庭，我父母跟当时我见到过的那些人完全不一样。“为什么，”我心想，“为什么在我看来别人连外表也跟我的父母不一样？为什么我发现别人脸上有笑容，而在我们这个角落里从来不笑，从来不快活，为什么这一点立刻使我吃惊？”是什么力量、什么原因促使我这个才九岁的小孩如此用心地看和用心地听？傍晚，我用妈妈的掩襟旧棉袄往自己的破衣衫外面一裹，拿着铜子儿到小店里买几戈比的食糖、茶叶和面包，在我们的楼梯上或街上会遇到一些人，我总是仔细听他们说的每一句话。我懂得了，但记不得是怎样懂得的，反正在我们那个角落里永远是无法忍受的悲哀。我绞尽脑汁，竭力想猜透为什么会这样的原因，也不知道是什么人帮我对这一切按自己的方式作出了解答；总之，我责怪妈妈，认为她是我父亲的冤家。这里我又要说明一下：我不明白，如此荒唐的概念在我的想象中是怎样形成的。我在多大的程度上爱父亲，也就在多大的程度上恨我那可怜的母亲。有关这一切的回忆，直到现在还深深地、痛苦地折磨着我。但另外有件事情比前面那一件更加促进我奇怪地靠拢父亲。有一次，晚上九点多钟，妈妈差我到小店里去买酵母，爸爸不在家。我回家的时候摔倒在街上，把一碗酵母全洒了。我首先想到的是妈妈会大发脾气。同时，我的左胳膊疼得非常厉害，使我站也站不起来。行人纷纷止步站在我周围；一位老婆婆开始把我扶起，可是在旁边跑过的一个男孩却用钥匙敲我的脑袋。后来，人家把我扶了起来，我捡起碗的碎片，勉强拖着两条腿，摇摇晃晃回家去。忽然，我看见了爸爸。他站在我们对面那幢豪华的楼房前的人群里。这幢房屋为一些身价颇高的人所有，装饰得富丽堂皇；台阶旁停着许多马车，乐声从窗户里边飘到街上。我抓住爸爸的衣襟，给他看打破的碗，开始哭哭啼啼地说，我不敢去见妈妈。我好像确信他会卫护我的。但是，为什么我会确信，是谁向我暗示，是谁教我认定他比妈妈更喜欢我呢？为什么我走到他跟前时并不害怕？他拉住我的手开始安慰我，然后说他要让我看什么事情，并把我抱起来。我什么也看不见，因为他抓住了我摔伤的一只胳膊，使我疼得要命；但我没有叫喊，怕扫他的兴。他一再问我看见了什么。我竭力想迎合他，就回答说我看到红色的帷幕。当他要把我抱到更靠近那幢房子的街道另一边去时，我不知为什么突然哭了起来，搂住他，要求赶快回到楼上妈妈那里去。我记得，当时爸爸的怜爱开始叫我感到有些沉重，因为我那么喜欢的两个人中的一个疼我、爱我，而对另一个人我甚至不敢走近她，这种状况我受不了。但妈妈几乎完全没有生气，就打发我去睡觉。我记得，胳膊疼得愈来愈凶，使我发了寒热。不过我为事情这样顺利结束特别感到高兴。这一夜我梦见的始终是对面那幢挂着红色帷幕的房子。

第二天醒来，我首先想到的、首先关心的是挂着红色帷幕的房子。妈妈刚走出院子，我爬到窗台上，开始望着那幢房屋。它早已激起了我作为一个孩子的好奇心。我特别喜欢在华灯初上的傍晚看它，那时这幢房子灯烛辉煌，整块大玻璃后面的紫红色帘幔开始射出一种特别的、血一般的闪光。台阶旁几乎不断有豪华的马车来到，拉车的都是雄赳赳的骏马，大门口的吆喝、忙乱、马车的彩灯、坐车前来的盛装妇女——一切都吸引着我的好奇心。这一切在我幼小的心灵中本来就具有某种帝王气派和神话色彩。如今，我在那里见到父亲以后，这幢富丽的房子在我心目中变得加倍神奇美妙。如今，在我受到震惊的想象中开始产生一些古怪的念头和猜测。在父亲和母亲这样的怪人中间，我自己会变成这样稀奇古怪的一个孩子，我倒觉得是很自然的。他俩性格的对比特别使我吃惊。比方说，我诧异于妈妈老是为我们的穷家业操心忙碌，老是责备父亲，说只有她一个人为一家子劳累；我不禁向自己提出一个问题：究竟为什么爸爸一点不帮帮她，究竟为什么他像个外人住在我们家？妈妈的某些话使我对此有了点儿概念，我惊讶地了解到：爸爸是位艺术家（这个词儿一直留在我记忆中），爸爸是个有才华的人。于是在我的想象中立即形成一个概念：艺术家是跟别人不一样的特殊的人。也许是父亲的举止本身使我产生这个想法；也许我听到了一些现在已经忘怀的什么话；反正有一次父亲怀着特殊的感情当我的面说了一些话的时候，我觉得他的话出奇地可以理解。他说，总有一天他将不再过穷日子，他自己将成为富豪；还说，只有等妈妈死了以后，他才能复活。我记得，听了这些话我最初害怕极了。我不能再待在房间里，一个人跑到寒冷的过道里去，用胳膊肘抵着窗子，双手掩面放声大哭。但后来，我对这件事经常反复地思考过后，我对父亲这个骇人听闻的愿望习惯下来过后，想象力忽然帮了我的忙。再说，我自己也不能长期为不明真相而苦恼，我非得作出某种假设不可。于是，——我不知道这一切是怎样开的头，——但最后我认为，等妈妈死了以后，爸爸将离开这个凄凉的住所，带着我到别的地方去。但是去哪儿？——我直到最后还是没能想清楚，反正我认定我们将一道走。只记得，凡是我能用来点缀我将跟他前往的那个地方的一切，凡是我的想象力所能创造的一切辉煌、华丽、瑰奇的东西，在这些幻想中全部都用上了。我觉得，那时我们将立刻成为富人；我不再被差遣到小店里去买东西，这是我非常不愿意干的，因为我走出家门，邻近一幢房屋的孩子老是欺负我，而这是我极其害怕的，特别当我拿着牛奶或黄油的时候，知道万一洒了要受到严厉的惩罚。后来我在幻想中确定，爸爸将马上给自己做些好衣服，我们将住进一幢漂亮的房子，而此刻，这幢挂红色帷幕的豪华楼房，和爸爸在房子门前的相遇，他要让我看里边的什么事情——这一切都为我的想象提供帮助。在我的头脑里立即形成一种设想：我们正是要住进这幢房子，并将在里边永远生活得同过节一样，永远幸福顺遂。从此，每天晚上我怀着紧张的好奇心，隔窗展望这幢对我来说具有魔力的房屋，加上车水马龙的盛况和我从未见过的服饰华丽的宾客；我仿佛听到从窗户里边飘出美妙的乐声；我凝望着窗帘上时隐时现的人影，努力想猜透那里在做什么，——我总觉得那里是天堂和一年到头的节日。我憎恨我们贫寒的住所，憎恨我自己所穿的破衣衫。有一次，我照例爬到窗台上，妈妈向我吆喝，命我从窗台上下来，我当即想到：她就是不让我看那幢房子，不让我想它，她妒忌我们的幸福，这一回她要从中作梗……整个晚上，我一直用怀疑的目光留神注意着妈妈。

对于妈妈这样一个永远受苦受难的人，在我身上怎么会产生如此狠心的态度呢？如今我才了解她悲惨的一生，回想起这个苦命人我痛心难禁。即使在当时，在我那阴暗而古怪的童年时代，在我生命初期发育如此反常的时代，我的心也常常被痛苦和怜悯攥紧，接着，忧虑、惶惑和怀疑便落入我的心田。当时良心即已在我身上起来反抗，我常常怀着痛苦和内疚的心情感觉到自己对妈妈是不公平的。但我们母女俩好像彼此挺疏远的，我连一次也不记得自己曾和她表示亲昵。现在，哪怕是最琐屑的回忆也往往刺痛和震撼我的心灵。记得有一天（现在我要讲的事情当然是琐碎、庸俗、不足道的，但正是这样的回忆使我特别难过，留在我脑海中的印象也最为痛苦），——有一天傍晚，父亲不在家，妈妈要差我到小店里去给她买茶叶和食糖。但她反复思量，老是拿不定主意，一边出声地数铜币——她只能调度这点可怜巴巴的钱。我想她数了有半个钟点，可还是数不好。有时候，妈妈甚至会陷入一种无意识的状态，想必是悲哀的缘故。现在我回忆起来，她一边数，一边老是念念有词，声音不大，疾徐有节，仿佛是无意间漏出话来；她的嘴唇和面颊没有血色，手哆嗦个不停，在她一个人自言自语的时候，又老是摇头。

“不，不要了，”她看看我以后说，“我还是躺下睡觉吧。啊？涅朵琦卡，你想睡吗？”

我不做声；于是她把我的头抬起一点，用那么安详、那么亲切的目光望着我，她的脸绽开了那样充满母爱的笑容，使我的心顿时隐隐作痛，怦怦直跳。加上她叫我涅朵琦卡，这意味着此刻她特别喜欢我。这个叫法是她自己发明的，把我的教名安娜深情地改成涅朵琦卡这样一个小名；当她这样叫我的时候，就意味着她要和我亲热一番。我深受感动；我想搂住她，依偎在她身边，和她一起哭一场。她面色苍白，接着在我头上抚摩了很久，——也许已经是做着机械的动作，忘了在和我亲热，一边不断地说着：“我的孩子，小安娜，涅朵琦卡！”我的眼泪夺眶欲出，但我竭力忍住，坚持不哭。我似乎顽固地不愿在她面前宣泄自己的感情，虽然自己十分难过。这不可能是我的心肠在自然而然地趋于冷酷。单凭对我严厉这一点，她不可能使我跟她对立得这么厉害。不！是我对父亲的那种不可思议的、异乎寻常的爱在那里作祟。有时夜里我在屋角短短的床垫上冰冷的被窝里醒来，老是感到一种莫名的恐惧。我迷迷糊糊地回想起，不久前我更小一些的时候，我和妈妈睡在一起，不像现在那样害怕夜里醒来；只要挨到她身边，把眼睛眯起来，紧紧搂住她——马上又睡着了。我毕竟感觉到不能不暗自偷偷地爱她。后来我注意到，许多孩子往往畸形地缺乏感情；如果他们爱谁的话，就爱得异乎寻常。我的情况亦然如此。

我们家里偶尔也会接连几个星期保持死一般的沉寂。父亲和母亲吵腻了，我照旧生活在他们之间，老是沉默、忌量、忧伤，老是在我的幻想中追求着什么。我瞧着他俩，完全理解他们的相互关系：我理解他们这种深刻、永久的敌意，理解笼罩在我们乱糟糟的家中的愁云惨雾，——当然，前因后果我未加探究，我能理解多少就理解多少。在冬季漫长的晚上，我往往缩在某个角落里，连续几个小时贪婪地观察他们，注视父亲的脸，力图猜透他在想些什么，是什么事情这样吸引着他的心思。后来我又对妈妈感到惊异、害怕。她会不知疲倦地在房间里来回走上几个钟头，甚至夜里失眠症折磨着她的时候也常常起来一边走，一边自言自语，仿佛屋子里只有她一个人，时而把一双手摊开，时而交叉在胸前，时而又在可怕的、无穷尽的郁悒中拼命地扭绞。有时眼泪在她脸上潸潸地流，也许她常常自己也不明白这眼泪是哪儿来的，因为她不时陷入无知觉的状态。她患有一种痼疾，但她完全不予理睬。

我记得，我的孤独和我不敢打破的缄默使我愈来愈感到沉重难挨。我开始懂事到那时已有整整一年，我老是在思忖，在憧憬，在暗中用一下子萌生的迷离恍惚的空想折磨自己。我像幽居在密林中孤僻成性。后来，爸爸最先注意到了，把我叫到自己跟前，问我为什么这样凝视着他。我记不得向他回答了些什么，只记得他听了以后若有所思，最后瞧着我说，明天他要带识字课本回来开始教我认字。我焦急地期待着这识字课本，足足想了一夜，对于这识字课本是怎么回事还不甚了了。第二天终于来临，父亲真的开始教我。我根据三言两语就明白了对我提出的要求，所以学得很快，因为我知道这样能讨他喜欢。这在我当时的生活中是最幸福的一段时间。当他夸奖我悟性好、在我头上抚摩、吻我的时候，我立刻会高兴得流泪。父亲渐渐地喜欢我了；我已经有勇气和他交谈，我们常常会连续谈上几个小时而不觉得厌烦，虽则他对我说的话有时候我一句也不懂。但我不知怎的有些怕他，唯恐他以为我和他在一起感到无聊，所以竭力向他表示我全都明白。久而久之，晚上和我坐在一起在他已成为一种习惯。只要暮色渐浓，他回到家里，我马上拿着识字课本走到他跟前去。他让我坐在他对面的小凳上，教完了课，就开始读一本不知什么书。我什么也不懂，但是不停地哈哈大笑，估计这样他会得到极大的欣慰。的确，他对我很感兴趣，他瞧我笑得这么欢自己也乐了。就在那个时期，有一天教课完毕，他开始给我讲童话故事。这是我听到的第一个童话。我像着了迷似的坐着，听得心急如焚，随着情节的发展飞到遥远的地方，到故事终了大喜若狂。不仅是童话本身如此吸引着我，——不，我把一切都信以为真，同时纵任自己丰富的想象力驰骋天际，并随即把臆想和现实混杂在一起。我想象中马上会出现挂红色帘幔的房子；不知怎的就像剧中人登场似的，那里有自己给我讲这个故事的父亲，有阻挠我们俩不知到哪里去的妈妈，最后——或许毋宁说首先——是我，连带着我的胡思乱想和满脑瓜荒诞离奇的幻影，——所有这一切在我头脑里彻底搅混，不久便形成最最纷乱的一团糟，以致我有若干时间完全失去了分寸，完全失去了现实感，天知道生活在什么地方。这时我迫不及待地想跟父亲谈等待着我们的未来，谈他自己的期望，谈有朝一日我们离开这间顶楼以后他将带我一同前去的地方。从我这方面说，我确信这一切很快就能实现，但是如何实现，这一切又将是怎么样的——我不知道，并为此苦苦思索，伤透脑筋。有时——尤其是在晚上——我会觉得爸爸马上就要偷偷地向我丢个眼色，把我叫到过道里去；那时我准备瞒过妈妈，顺手拿起我的识字课本，还有从不知何时就没配框子贴在我家墙上的一张蹩脚的平版石印画（那是我决意一定要拿走的），然后我和爸爸悄悄地逃往某一个地方，再也不回家，再也不到妈妈这里来。有一次妈妈不在家，我选择父亲情绪特别好的机会，——那是在他稍许喝了点酒的时候，——走到他身边跟他闲聊，目的是想旋即把谈话转到我心爱的题目上去。我终于设法使他笑了起来，于是我紧紧搂着他，心吓得直发颤，像是准备谈一件神秘而可怕的事似的，开始没头没脑、语无伦次地问他：我们要去什么地方，还要等多久，我们该带些什么，我们将如何生活，还有，我们是不是到挂红色帷幕的房子里去？

“房子？红色的帷幕？怎么回事？傻丫头，你在说什么胡话？”

于是我比先前更加害怕地开始向他解释，等妈妈死了，我们再也不住顶楼，他将把我带到一个地方去，我们俩将变得富有而幸福，临了还要他相信，这一切是他自己向我许诺的。我在说服他的时候，自己完全相信，我父亲先前确实说过这句话，至少我认为如此。

“妈妈？死了？妈妈什么时候死？”他愕然望着我连连问道，两道杂有些许霜华的浓眉顿时皱紧，脸色也有些变了。“你在说些什么，可怜的傻丫头……”

接着他开始骂我，对我讲上很久，说我是个糊涂的孩子，什么也不懂……我不记得还说些什么，反正他非常扫兴。

他的责备我一句也不明白，不明白他是多么痛苦，因为我把他在气头上饱含酸辛对妈妈说的话都听进去，记牢了，甚至在心中已经想得很多。不管他当时是怎么个人，不管他本人的行为荒唐到什么程度，但是这一切必然使他吃惊。尽管我完全不明白他为什么生气，不过我感到伤心万分；我哭了；在我看来，等待着我们的一切太重要了，叫我一个糊涂孩子既不敢说，也不敢想这件事。此外，虽然我没有一下子明白他的意思，但我隐隐约约感觉到自己对不起妈妈。恐惧随即向我袭来，疑惑乘虚潜入心坎。他看到我痛哭流涕、苦恼不堪的情状，便开始安慰我，用衣袖给我擦去眼泪，叫我别哭。我们俩默默地坐了一段时间；他颦蹙愁眉，似乎在考虑什么事情，后来又开始对我说话；但是，无论我怎样集中注意，他说的一切我都感到极其费解。根据这番话至今还留在我记忆中的只言片语推测，他当时向我解释，他是何许人，他是多么伟大的艺术家，可是谁也不了解，他是一个才华出众的人。我还记得，他问我懂不懂，我当然作出肯定的回答，然后他要我应对：他有没有才华？我答道："有才华"，他听了莞尔一笑，大概到末了他自己也觉得可笑：竟然跟我谈这样一个对他说来十分严肃的题目。卡尔·菲奥多雷奇的来到打断了我们的谈话，爸爸指着他对我说：

"可是卡尔·菲奥多雷奇连半点才华也没有。"

于是我笑了，情绪完全好转。

这位卡尔·菲奥多雷奇是个饶有兴味的人物。在我一生的那个时期，我见到的人少得可怜，所以怎么也忘不了他。我现在还记得很清楚：他是个日耳曼人，姓迈耶尔，出生在德国，到俄国来一心一意想进彼得堡的芭蕾舞团。但他的舞技实在不行，因此他甚至没有被录用当群舞演员，只在话剧团跑跑龙套。他在福丁布拉斯[①]的扈从中间担任没有台词的角色，或者扮演维罗那骑士之一，跟二十来人一起举着硬纸板做的短剑齐声高呼："誓为国王而死！"不过，世上恐怕没有一个演员像这位卡尔·菲奥多雷奇那样一片丹心忠于自己所演的角

① 莎士比亚的悲剧《哈姆雷特》中的挪威王子。

色。他一生最大的不幸和悲哀是他没有进入芭蕾舞团。他把芭蕾艺术看得高于世上一切艺术，并在某种意义上对之一往情深，正像爸爸对小提琴一往情深那样。他和爸爸还在话剧团同事的时候就结识了，此后这位退休的龙套一直不离开他。他俩经常见面，两个人都悲叹自己命乖运舛，怀才不遇。卡尔·菲奥多雷奇可算是世上最重感情的人，对我继父怀有最热烈、无私的友情；但爸爸对他似乎没有什么特别的好感，无非当他一般的熟人而已，因为也没有别人可以相与。除此之外，爸爸凭着自己目空一切的性格，怎么也无法理解芭蕾也算一门艺术，从而每每把那个可怜的日耳曼人气得直哭。爸爸知道他有这根脆弱的心弦，老是去触动它；当不幸的卡尔·菲奥多雷奇气冲冲地提出反驳的时候，爸爸就笑他。后来我从 Б 那里听到许多有关这个卡尔·菲奥多雷奇的事情，Б 把他叫做纽伦堡饭桶。关于他跟父亲的友谊，Б 讲了很多；反正他们不时碰头，在一起喝上几杯，便一起开始怨命，哀叹他们的才能被埋没。我记得这种会面的情景，还记得，我瞧着这一对畸人，有时也会抽抽搭搭地哭起来，自己却不知道为什么哭。这总是发生在妈妈不在家的时候，因为那个日耳曼人怕得她要命，他到我们家来照例先在过道里站一会，看看有没有人出来；万一了解到妈妈在家，立刻从楼梯上跑下去。他每次都带来一些德文诗歌，热情洋溢地念给我们俩听，然后一边朗诵，一边译成不通的俄语，想让我们领会诗意。这会逗得爸爸乐不可支，我也往往把眼泪都笑出来。但是有一回他们俩弄到一部俄国人写的作品，它点燃了这一对朋友身上如火如荼的激情，以后他们聚在一起，几乎老是读这部作品。我记得那是一位负有盛名的俄国作家所写的诗剧[①]。这本书开头

① 指库柯尔尼克 1834 年所作的描写一个画家的戏剧幻想曲《贾科博·桑纳扎雷》。库柯尔尼克的“盛名”来自他于同年发表的忠君剧本《上帝的手拯救了祖国》。

的几行我背得很熟，在事隔数年之后，我偶然看到这本书，并不费力气就把它认出来了。这部诗剧写的是一个伟大的画家的不幸遭遇，名字叫杰纳罗还不知是贾科博，他在某一页上大叫："我得不到公认！"在另一页上喊道："我得到了公认！"一会儿说："我没有才华！"可是才相隔几行又说："我有才华！"结尾是非常凄惨的。这个剧当然是庸俗透顶的作品；奇怪的是它对这两个读者却产生了十分幼稚和可悲的影响，他们从主人公身上发现和自己有许多相似之处。记得卡尔·菲奥多雷奇有时会激动得从座位上跳起来，跑到房间的另一角去，情恳辞切、声泪俱下地请求爸爸和我（他总是用法文的"小姐"称呼我）就他和命运、世人究竟孰是孰非作出即决裁判。他还当场跳起舞来，一边表演各种各样的舞姿，一边喊着要我们立刻告诉他：他是不是一个艺术家，能不能说他不是，也就是说他没有才华？爸爸也会一下子高兴起来，悄悄地向我眏眏眼睛，大概是预先通知我，他这就要拿日耳曼人大大地开开心。我觉得太可乐了，但爸爸向我扬一扬手，我只好勉强忍住不笑，差点儿没把自己憋死。即使到了现在，只要一想起来，我还是不能不笑。这个可怜的卡尔·菲奥多雷奇此刻好像在我眼前。他个儿长得奇小，又非常瘦，头发已经花白，一个红通通的鹰钩鼻沾着烟末子，两条罗圈腿怪难看的；尽管如此，他对自己这两条腿的构造似乎颇为得意，还穿着紧身裤。他做完最后一个跳跃动作，摆好姿势向我们伸出双手含笑致意，就像舞蹈演员在舞台上做完一套动作面带笑容亮相那样，这时爸爸有几秒钟默不作声，仿佛拿不定主意发表评论，故意让得不到公认的舞蹈家保持原来的姿势，可怜他仅靠一条腿竭力维持平衡，弄得左右摇晃。最后，爸爸现出一本正经的表情望着我，好像邀请我充当不偏不倚的证人听他的评论；与此同时，舞蹈家也向我投来胆怯、哀求的目光。

"不，卡尔·菲奥多雷奇，你怎么也不行！"爸爸终于说，一边还装得他自己也不愿道破这痛苦的真理。于是从卡尔·菲奥多雷奇胸中迸出一声真正的喟叹；但他倏忽之间又打起精神来，做着加快的手势重新要求予以重视，说他跳的舞别有章法，恳请我们再评判一次。然后他跑到另一个角落又跳起来，有时跳得卖力极了，脑袋甚至碰到天花板撞得生疼，但他拿出斯巴达人的精神英勇地熬住疼痛，重新停下来亮相，重新含笑向我们伸出颤巍巍的双手，重新请求决定他的命运。但爸爸不为所动，依旧绷着脸回答：

“不，卡尔·菲奥多雷奇，看来你命该如此：你怎么也不行！”

这时我再也忍耐不住，开始笑得前俯后仰，爸爸也跟着我笑起来。卡尔·菲奥多雷奇这才发现人家在拿他开心，气得面红耳赤，眼睛里噙着泪水对爸爸说：

“你是个背心（信）起（弃）义的碰（朋）友！”

他怀着深深受到伤害的感情说这句话，当时虽然可笑，但后来却使我为这个可怜的人觉得难受。

说完，他拿起帽子从我们家跑出去，指着皇天后土发誓永不再来。但这样的决裂并不持久；过几天他又到我们家里来，又开始读那个享有盛名的诗剧，又是涕泗滂沱，然后天真的卡尔·菲奥多雷奇又请我们裁判他和世人、命运的是非，不过这回一定要本着真正的朋友情谊认真裁判，不再拿他开心。

有一次，妈妈差我到小店里去买什么东西，我小心翼翼地拿着找给我的一个银币回家。登上梯阶时，我遇见父亲正要走出家门。我冲他笑了起来，因为我在他面前总抑制不住自己的感情；他俯身吻了我一下，发现我手里拿着一个银币……我忘了交代一点：我对他的面部表情太熟悉了，他心里想要什么，我几乎都能一目了然。如果他闷闷不乐，我也为之心碎。当他身无分文，因而已经成了瘾的酒连一滴也喝不成的时候，他最容易犯愁，也愁得最厉害。但我在梯阶上遇见他的那个时刻，我觉得他有点异样。他的眼珠子变浑浊了，目光游荡飘忽；起初他没有注意到我；可是当他看见我手里有一个银币的时候，脸突然涨红，随后又泛白，本想伸手把钱拿走，可马上又缩了回去。显然，他内心在进行斗争。最后，他大概战胜了自己，命我上楼去，自己往下走了几级，但一下子又站住，急忙把我叫回去。

他显得非常不好意思的样子。

“听着，涅朵琦卡，”他说，“把这钱给我，回头我还给你。好吗？你一定肯给爸爸的，对不对？你不是心肠挺好的吗，涅朵琦卡？”

我好像预感到了这一着。但在最初的一刹那，我想到妈妈会非常生气，不禁有些胆怯，而更重要的是我本能地为自己和父亲感到羞耻，所以没有把钱交给他。他在瞬息之间看出了这一点，赶紧说：

“那就不要了，不要了！……”

“不，不，爸爸，你拿去；我就说钱丢了，说是邻居的孩子把钱抢走了。”

“好，好；我知道你是个聪明的小姑娘。”他说着，哆嗦的嘴唇现出微笑；一旦他感觉到手里有钱，并不掩饰自己的欣喜。“你的心地真好，你是我的小天使！让我吻一下你的小手。”

他抓住我的一只手想亲吻，但我很快把手抽了回来。我被一种怜悯的感觉控制住了，羞愧愈来愈叫我难受。我撇下父亲，慌慌张张跑上楼去，甚至没有和他告别。我走进房间的时候，一种过去我不知道的苦恼使我两腮灼热，心突突地跳。不过我还是放大胆子对妈妈说，我把钱掉在雪地里了，怎么也找不到。我估计至少要挨一顿打，但这倒没有发生。妈妈起先确乎气得要命，因为我们实在太穷。她冲我大叫大嚷，但紧接着就好像改变了主意，不再骂我，只说我一点也不麻利，又不尽心，说我这样不爱惜她的钱，可见我不那么爱她。这句话最使我痛心，即便我挨了一顿打，也不至于如此。但妈妈对我已经有所了解。她已经注意到我过于敏感，动不动便会进入亢奋状态，所以沉痛地指责我不爱她，想用这样的办法给我较大的震动，促使我今后多留点儿神。

傍晚，到了爸爸应当回来的时候，我跟往常一样在过道里等他。这一次我处在极大的不安之中。我的情绪被痛苦地折磨着我的良心的感觉搅乱了。最后，我看见父亲回来，高兴极了，以为我的心情会因此而轻松一些。他带着几分醉意，但一见到我，马上现出神秘、尴尬的表情，接着把我拉到角落里，胆怯地望着我们的房门，从兜里掏出他买的一个糖酱饼，开始悄声告诫我往后切莫自己拿钱和瞒着妈妈把钱藏起来，这是恶劣的、可耻的、极坏的；还说刚才这样做是因为爸爸非常需要钱用，但他会归还的，以后我可以说钱找到了，不过私自拿妈妈的钱是可耻的，叫我今后决不可存这个念头，要是我听他的话，他还要给我买糖酱饼；末了，他甚至还补充几句，要我心疼妈妈，因为妈妈身体很不好，怪可怜的，她一个人为我们大家干活。我听着心里非常害怕，浑身发抖，眼泪忍不住要掉下来。我震惊得话也说不出，动也动不了。最后，他走进房间里去，叫我别哭，这件事不要对妈妈说。我注意到他自己也窘得厉害。整个晚上我心情惶恐，破题儿第一遭不敢朝父亲看，不敢走到他身边去。他大概也在避免和我目光交接。妈妈在房间里走来走去，一边按她的老习惯神志不清似的自言自语。这一天她感到特别不舒服，大概病又发作了。内心的痛苦终于使我发起寒热来。到了夜里，我睡不安稳。病态的幻象老缠着我。后来我实在受不了，伤心地哭了起来。我的哭声把妈妈吵醒；她叫了我一声，问我怎么啦。我不回答，可是哭得更加伤心。于是她点了蜡烛，走到我床边，开始安慰我，以为我做梦吓着了。“唉，你呀，真是个蠢丫头！”她说，“直到现在梦见了什么还哭鼻子。好啦，别哭了！……”她吻了我一下，叫我去跟她睡在一起。但我不要，我不敢抱住她，不敢到她那里去。我在难以想象的苦恼中折腾。我想把什么都告诉她。我已经打算开口，但想到爸爸和他的禁令，欲言又止。“你也真可怜，涅朵琦卡！”妈妈说着安置我睡下，用她的旧披风把我裹起来，因为她发现我浑身直打寒颤，“八成你将来也像我一样多病！”这时她充满忧伤地望着我，我架不住她的目光，只得把眼睛眯起来，转过头去。我不记得自己是怎样睡着的，但蒙眬中听到可怜的妈妈还说了很久催我入眠的话。我还从来没有忍受过比这更难熬的折磨。我的心简直给挤得感到疼痛。第二天早晨，我觉得好些了。我开始跟爸爸说话，故意不提昨天的事，因为我料想这样他一定会非常愉快。他当即高兴起来，而在这以前，他自己也老是皱眉蹙额望着我。现在看到我挺快活的样子，他满心欢喜，几乎像小孩子一样感到满足。不久，妈妈从家里出去，他便再也不克制自己。他开始热烈地吻我，使我沉浸在一种歇斯底里的狂喜之中，又哭又笑。后来他说要给我看一件了不起的好东西，说我见了这件东西一定非常喜欢，算是给我的奖励，因为我是个聪明而又善良的小姑娘。于是他解开背心的扣子，取下用黑色的细绳套在他脖子上的一把钥匙。接着，他神秘地对我瞧瞧，似乎想从我的眼睛里看出他认为我一定会感觉到的全部喜悦；他打开箱子，倍加小心地从里边取出一只形状很奇怪的黑匣子，以前我从来没有看见过他有这件东西。他战战兢兢拿起这只匣子，顿时像换了一个人；他的笑容不见了，脸上骤然出现一种庄严的表情。随后，他用钥匙打开那只神秘的匣子，从中取出一件我从未见过的东西，它的形状非常奇特。他诚惶诚恐地把它拿到手里，说这是他的小提琴，他演奏的乐器。于是他开始郑重其事地低声对我说好多好多话，但我不懂他说些什么，只记得有我已经知道的一些词语，——说他是个艺术家，他有才华，将来他要演奏小提琴，总有一天我们都将成为富人，得到很大很大的幸福。热泪挤满了他的眼眶，顺着腮帮子直淌。我感动极了。最后他吻了吻提琴，让我也吻它一下。他见我很想仔细看看那把琴，便把我带到妈妈床前，把琴放在我手里；但我看到他紧张得全身发抖，生怕我把它摔坏了。我接过提琴，碰了一下上面的弦，琴弦发出轻微的声响。

“这是音乐！”我朝爸爸望了望说。

“对，对，是音乐！”他高兴地搓搓手加以肯定。“你是个聪明的孩子，你是个善良的孩子！”但我看得出，他在夸奖和欣喜的同时，并没有忘记为他的琴担心，弄得我也紧张起来，赶忙把琴还给他。提琴仍旧和刚才一样谨慎唯恐不周地放进匣子，匣子锁上后再放回到箱子里；爸爸重又抚摩着我的脑袋，答应以后每次都给我看小提琴，只要我同现在一样懂事、善良、听话。就这样，小提琴驱散了我们共同的忧伤。不过到了晚上，爸爸在离家外出的时候，悄悄地叮嘱我，要我记住昨天他对我说的那些话。

我就这样在我们的存身之所渐渐成长，我的爱——不，应该说我的痴情，因为我不知道还有什么确切的字眼可以表达我对父亲的这种遏制不住的、我自己也颇以为苦的感情，——逐步发展到了丝毫经不起刺激的过敏状态。我只有一种乐趣——想他；只有一个心愿——做一切会带给他哪怕是一点点欢欣的事情。我不知有多少次在楼梯上等候他回来，往往冻得瑟瑟抖，脸色发青，目的只是为了早一眨眼的工夫知道他已到家，只是为了尽快看他一眼。逢到他对我稍加怜爱的时候，我就大喜欲狂。与此同时，我又常常为自己如此固执地冷淡可怜的妈妈而感到痛心；有时我望着她，哀伤和怜悯使我肝肠寸断。他们长期处于敌对状态，我不能视若无睹，必须在他们两人之间作出抉择，必须站在某人一边；结果我站到了这个半疯子的一边，原因仅仅在于：他在我心目中是那么可怜，那么卑微，而且最初曾那么不可思议地刺激我的幻想。不过，谁能作出判断呢？我眷恋他，也许正因为他怪得很，连外表也如此，而且不像妈妈那样老是绷着脸，他差不多是个疯子，他身上往往会表现出类乎杂耍丑角的姿态，做出一些孩子气的举动，说到底，也许正因为我不那么怕他，甚至不那么尊敬他，不像对妈妈那样。他更像是我的平辈。渐渐地，我感到甚至主动权在我这一边，我逐步使他听命于我，他已经少不了我。我为此暗暗感到自豪，心中洋洋得意，由于明白他少不了我，有时我甚至向他撒娇。的确，我这种异态的好感有点儿像罗曼司……但这部罗曼司是注定不能持久的：不久我就失去了父母。他们的生活最后以一幕可怕的惨剧告终，它在我的回忆中创巨痛深。事情是这样发生的——

三

当时有一条非同小可的新闻轰动了整个彼得堡。据传，大名鼎鼎的小提琴家 C——茨途经此地。彼得堡的音乐界纷纷大起忙头。歌唱家、优伶、诗人、画家、音乐爱好者乃至那些从来不喜欢音乐而且一向既谦逊又自豪地声称一个音符也不懂的人，无不如饥似渴地竞相设法弄到入场券。有热情而且花得起二十五卢布买票的大有人在，然而举行音乐会的场子连这些人的十分之一也容纳不下；C——茨在欧洲素享盛誉，到老来赢得无数桂冠，他的才华像永不凋落的鲜花，据说近来他已难得公开演奏，还有人声言他这是最后一次周游全欧，以后将告别乐坛——所有这些因素都产生一定的作用。总而言之，这个消息引起了强烈而深刻的反响。

我已经说过，每一位初次来访或者多少有点名气的小提琴家到彼得堡，都会在我继父身上造成极不愉快的影响。他总是急于赶在头里去听访问演出，以便尽早了解人家的艺术造诣。他听到人们对来访者的赞扬，甚至往往感到痛苦，直要到他能够挑出这位新来的提琴手技艺上的瑕疵，用刻薄的口吻到处发表自己的评论，才得宽心。可怜这个疯疯癫癫的人认为全世界只有一个天才、一位艺术家，此人当然就是他自己。但是，乐坛奇才 C——茨来访的传闻对他产生的震动很大。必须说明一点，最近十年来，彼得堡没有听到过一位才华出众的名家，更不用说能与 C——茨匹敌的好手了；故所我父亲对欧洲第一流艺术家的演奏水平毫无概念。

后来别人告诉我，C——茨要来访问演出的消息刚一传开，人们又在剧场的后台看见我父亲。据说，他异常激动地来到那里，急煎煎地打听 C——茨和即将举行的音乐会的情况。大家已好久没见他到后台来，他的出现甚至引起了一点骚动。有人故意用挑逗的口气对他说："叶果尔 · 彼得罗维奇，这回您老将听到的可不是什么芭蕾舞曲，而是管保您坐立不安的音乐！"据说，他听了这番揶揄，面色刷地变白，不过仍然带着歇斯底里的笑容答道："那还得走着瞧；远来的和尚未必都会讲好经；C——茨一向在巴黎，法国人把他捧上了天，可是大家知道法国人的话究竟有几分可信！"如此等等。当时在场者发出哄堂大笑；可怜的父亲自尊心受到了伤害，但他沉住气又添上几句，说他并没有发表什么具体的意见，还是走着瞧，反正后天快到了，那时，种种神乎其神的说法究竟是否属实便可分晓。

据 Б 所述，这天傍晚他遇见了有名的票友 X 公爵——这是一位深通音律、酷爱艺术的人。他们在一起边走边谈小提琴家访问演出的事，忽然 Б 在一条街的拐角上看见我父亲站在商店的橱窗前凝视那里用大号铅字印着 C——茨举行独奏音乐会消息的海报。

"您看到那个人没有？"Б 指着我父亲向公爵说。

"他是谁？"公爵问。

"他的事您已经听说了。这就是我对您提到过不止一回的那个叶菲莫夫，以前您甚至帮过他的忙。”

“哦，有意思！”公爵说，“您谈过许许多多有关他的事情。据说这个人很有意思。我倒想听听他的演奏。”

“这不值得，”Б答道，“而且怪难受的。我不知道您觉得如何，反正我听了总感到揪心的沉痛。他的一生是一部可怕而荒谬的悲剧。我深深地同情他，不管此人多么下流，在我心中对他的好感还没有泯灭。公爵，您说这个人大概挺有意思。不错，但他给人的印象太痛苦了。首先，他是个疯子；其次，这个疯子犯有三项罪行，因为，除了自己以外，他还毁了另外两个人：他的妻子和女儿。我了解他；如果他确实相信自己犯了罪，会立地倒毙。可怕就可怕在他已经有八年几乎相信了这一点，而他和自己的良心也斗争了八年，直要到在这一点上完全确信——不是几乎相信——为止。”

“您说他境况很不好？”公爵问。

“是的，但贫穷目前对他差不多是一种幸福，因为贫穷可以做他的口实。现在他可以向任何人声称，正是贫穷阻碍着他，如果他有钱的话，他就有时间，就无须乎操心，人们一定马上会发现他是位了不起的艺术家。他结婚时抱有一个奇怪的希望，以为他妻子的一千卢布能帮助他站稳脚跟。他这一举动像个空想家、诗人，其实他一生都如此行事。您可知道，整整八年他不住口地说的是什么？他硬说他的不幸都是妻子造成的，说妻子妨碍他。他两手一叉，什么也不干。可要是他没有这个妻子，他将是世上天字第一号的可怜虫。他已有好多年没有拿起琴来，——您知道为什么？因为他每次拿起琴弓的时候，自己内心不得不承认，他是个废物，是个零，不是什么艺术家。如今琴弓搁在一边，他至少还保存着一线渺茫的希望——也许并非如此。他沉湎于幻想之中，总以为将来会出现奇迹，他可以一下子变成世界上最最出名的人。他的座右铭是：‘要么做恺撒大帝，要么被人瞧不起！[1]’，仿佛恺撒是可以在转眼间突然变出来似的。他念念不忘的是一举成名。如果这样的心情成了一个艺术工作者的主要和唯一的动力，那他便不是一位艺术家，因为他已经丧失了主要的艺术本能，也就是丧失了对艺术的爱，不再因为艺术并非其他、并非名气、仅仅因为它是艺术而爱它。但是 C——茨则相反：他一拿起琴弓，除了他的音乐之外，对他来说世上什么都不存在。继琴弓之后，他首先关心的事情是钱，大概第三位才是名气。不过他很少考虑名气……您可知道，这个不幸的人此刻在想些什么？”Б 指着叶菲莫夫又说，“现在占据他头脑的是世界上最愚蠢、最无聊、最可怜而又最可笑的一个问题，那就是：究竟他比 C——茨高明，还是 C——茨比他高明，除此以外什么都不在他心上，因为他还以为自己是全世界首屈一指的音乐家。谁要是能使他信服他根本不是艺术家，我可以对您说，他会像遭到雷击一般立地倒毙，要知道，他把整个一生都奉献给了一个根深蒂固的固定观念，因为最初他确曾表现出真正的天赋，一旦要他放弃这样的固定观念，那太可怕了。”

“他听了 C——茨的演奏以后不知会怎么样，这倒是耐人寻味的，”公爵道。

“是啊，”Б 若有所思地说，“不过，他震动过后立刻故态复萌；他的疯狂能盖过事实真相，他马上会想出某种理由来解嘲。”

“您认为是这样吗？”公爵道。

这时，他们快要走到叶菲莫夫近旁。我父亲想悄悄地溜之大吉，但 Б 叫住了他，同他交谈起来。Б 问他去不去听 C——茨的音乐会。父亲淡漠地表示不一定，说他有比听外国演奏家的音乐会更重要的事情，不过，到时候要是有空的话，去听听倒也不妨。说到这里，

---

① 原文为拉丁语。

他心虚地向 Б 和公爵瞥了很快的一眼，并且怀着戒心莞尔一笑，然后举帽点头，推说无暇多谈，打旁边走了过去。

但我在前一天便已经知道父亲的心事。尽管他究竟为什么事情苦恼我不知道，但我看得出他心神不宁得可怕；甚至妈妈也注意到这情形。当时她正病得厉害，几乎迈不开腿脚。父亲一忽儿回家来，一忽儿又出去。早上有三四位客人来找他，都是他过去的同事，这使我大为诧异，因为自从爸爸完全离开剧院以后，大家都跟我们断绝了往来，除了卡尔·菲奥多雷奇，我几乎从未见过旁人到我们家来。末了，卡尔·菲奥多雷奇气急败坏地跑来，并带来一份海报。我留神听，仔细看，对于这一切感到坐立不安，仿佛造成这派惶惑气氛以及我从爸爸脸上看到的忐忑情状都是我一人之过。我很想弄清楚他们谈些什么，当时我第一次听到 C——茨的名字。后来我明白了，要见到这位 C——茨，至少得花十五卢布。我还记得，爸爸大概沉不住气了，便把手一甩，说他知道这些洋玩意儿和吹得神乎其神的奇才是什么货色，C——茨他也知道，无非都是些犹太佬，存心来诓俄国人的钱，因为俄国人会凭空相信任何无稽之谈，更何况是法国人大吹大擂的事情。我已经懂得什么叫做没有才华。客人们笑了起来，不久都走了，撇下爸爸如坐针毡。我明白他在为某一件事情生那个 C——茨的气，为了讨他的好，驱散他的愁闷，我走到桌子旁边，拿起那份海报来拼读，把 C——茨的名字念出声来。尔后，我笑了起来，看看坐在椅子上若有所思的爸爸，说："这人想必跟卡尔·菲奥多雷奇一个样：他大概也是怎么也不行的。"爸爸打了个寒颤，像是吓了一跳，他从我手中把海报抢去，又是叫嚷，又是跺脚，拿起帽子走出房门，但旋又回来，把我叫到过道里去，吻了我一下，开始以一种紧张和隐藏着恐惧的神态对我说，我是个懂事而善良的孩子，想必不愿意扫他的兴，说他指望我帮他一次大忙，但究竟帮什么忙他没说。再者，我听着他这样说只觉得怪不好受；我看得出，他的言语和疼爱并非出于真心，这一切都使我震惊。我开始为他苦恼，为他忧虑。

次日吃饭的时候——那已经是音乐会的前夕，爸爸沮丧到了极点。他变得面目全非，不住地瞧瞧我，又瞧瞧妈妈。后来，他竟跟妈妈谈起什么事情来了，这使我大为纳罕，因为他几乎从来不跟妈妈交谈。饭后他对我表示异样的亲热：他不时用各种借口把我叫到过道里去，一边四顾张望，似乎生怕被人撞见，一边总是抚摩着我的脑袋，吻我，对我说，我是个好心的孩子，我是个听话的孩子，说我一定爱爸爸，一定能做到他要我去做的事情。凡此种种，无不引起我难以忍受的惆怅。直到他第十次把我叫到楼梯那儿去，我才明白是怎么回事。他带着无可奈何的痛苦表情不安地东张西望，问我知道不知道，昨天早晨妈妈拿回来的二十五个卢布放在什么地方？我听他问起此事，吓得发了呆。但正在这个当儿，楼梯上有人发出声响，爸爸惊恐地撇下我跑了出去。他到晚上才回家，神态尴尬，忧心忡忡，在椅子上默默地坐下来，频频用不好意思的目光看我。我感到一阵莫名的恐惧，有意避开他的视线。后来，在床上躺了一整天的妈妈把我叫去，给了我几个铜币，差我到小店里去给她买点儿茶叶和白糖。我们家喝茶是非常难得的事，除非妈妈身体很不好，有寒热，否则她舍不得把钱花在这种按我们的境况来说是奢侈的项目上。我拿了钱走到过道里拔腿就跑，仿佛唯恐有人追上来。但我担心的事情还是发生了：爸爸在街上追上了我，并把我带回到楼梯边。

"涅朵琦卡！"他用发颤的声音开口道，"我的小宝贝！你听着：把这点钱给我，我明天就……"

"爸爸！爸爸！"我叫着跪下来求他，"爸爸！我不能！这不行！得给妈妈买茶叶……不能把妈妈的钱拿走，怎么也不行！下次我去拿……"

“那么你是不肯喽？你不肯？”他恶狠狠地向着我悄声说，“这么说，你是不愿意爱我喽？那好吧！现在我不管你了。你跟妈妈待在一起，我要离开你们，我不带你走。听见没有，你这个坏心的小丫头！你听见没有？”

“爸爸！”我满怀恐惧嚷道，“把钱拿去，给！现在我该怎么办呢？”我扭绞着双手，揪住他的衣襟说，“妈妈会哭的，妈妈又会骂我的！”

他大概没料到会遇上这样的阻力，可钱还是拿去了；最后，由于受不了我的怨言和哭声，他把我撂在楼梯上，自己跑了下去。我只得上楼，可是到了我们家的房门口，再也支撑不住；我不敢进去，也不能进去；我的心受到剧烈的震荡，像一潭被搅浑的水。我用双手掩面扑到窗前，就像第一次从父亲口中听到他但愿妈妈早死时那样。我神思恍惚，不敢动弹，哆嗦着谛听楼梯上的任何些微声响。后来我听到有人匆匆上楼来。这是他；我能分辨出他的脚步声。

“你在这儿？”他压低嗓门问。

我急忙向他跑去。

“拿去！”他喝道，一边把钱往我手中塞，“拿去！把钱拿回去！如今我不是你父亲了，你听见没有？如今我不愿做你的父亲了！你爱妈妈胜过爱我，你就到妈妈那儿去吧！我不愿意认识你！”说完，他把我推开，又跑下楼去了。我哭着去追他。

“爸爸！好爸爸！我听话就是了！”我喊着，“我爱你胜过爱妈妈！把钱拿去，给！”

但他已经听不见我的叫喊；我连他的影儿也看不到。整个晚上我失魂落魄，不住打着冷战。我记得妈妈似乎在向我说些什么，几次把我叫去；我好像处在昏迷状态，什么也听不见，什么也看不清。最后，一切以歇斯底里发作而告终：我又是哭，又是叫；妈妈吓得不知如何是好。她让我躺在她被窝里，我搂住她的脖子，哆嗦着每分钟都担心发生什么事情，也不记得是怎样入睡的。这样过了一宿。第二天上午，我很晚才醒来，妈妈已经不在家里。这个时候她总是出去干自己的事。爸爸那儿好像来了个外人，他们俩在高谈阔论。我勉强等到客人走后，屋里只剩下我们俩了，就哭着扑到父亲跟前，为昨天的事求他原谅我。

“你答应我仍跟以前一样做一个聪明的孩子吗？”他声色俱厉地问我。

“我答应，爸爸，一定！”我回答说，“我告诉你，妈妈的钱放在什么地方。她的钱就在这抽屉里的一只匣子里，昨天还放在那里。”

“昨天还在？在哪儿？”他嚷着全身猛地一震，从椅子上直立起来。“放在什么地方？”

“钱锁起来了，爸爸！”我说，“你等着：晚上妈妈会差我去兑破的，因为我看到零钱都花完了。”

“我需要十五个卢布，涅朵琦卡！你听见没有？只要十五卢布！今天你给我弄来；明天我就全还给你。现在我云给你买果汁糖，买榛子……还要给你买一个洋娃娃……明天也买……我每天都带好东西回来，只要你做一个聪明的小姑娘！”

“不要，爸爸，不要！我不要你送东西；我也不要吃好东西；你买了，我也要还给你的！”我哭着喊道，因为顷刻间我的心整个儿疼痛如绞。在这一刹那，我感觉到了他并不怜惜我，并不疼爱我，因为他看不到我是多么爱他，以为我给他效劳图的是果汁糖或洋娃娃。在这一刹那，我尽管只是个小孩，却把他彻底看透了，并且已经觉得，这种想法对我造成了不可平复的伤害，我已经不可能爱他，我失去了我原来的那个爸爸。我的许诺使他欢欣雀跃；他看到我为了他一切都能豁出去，一切都愿意干，至于这“一切”当时对于我究竟包含多少内容，只有上帝知道。我明白，这点钱对于可怜的妈妈意味着什么；我知道，丢了这点钱她会懊丧得病倒，所以我的心灵在发出追悔的惨叫。但他什么也看不出来；他把我当做三岁的婴孩，其实我全明白。他的欢欣超越了一切界限；他吻我，劝我别哭，向我许愿，说我们今天就离开妈妈远走高飞，——无疑是迎合我一贯的梦想，最后他从兜里掏出一份海报，开始说服我相信，今天他要去见的那个人是他的冤家，是他的死对头，但他的冤家对头决不会得逞。他跟我谈起自己的敌人来，他本人倒十足像个小孩子。他注意到我不像往常听他说话时那样面露笑容，只是默默地听着，他便拿起帽子走出房间，因为他急于到什么地方去；但临走的时候，他又吻了我一次，讪讪地笑着向我点点头，似乎对我不大放心，又像是竭力不让我改变主意。

我已经说过，他的精神有些失常；但这在前一天就看得出来。他需要钱买音乐会的入场券，而这场音乐会对他来说将是决定一切的。他仿佛预感到这场音乐会将要决定他的整个命运，但他急昏了，所以昨天竟要把几个铜币从我手里夺走，好像这点钱够买票似的。他在吃饭的时候神态更加反常。他在位子上完全坐不定，什么也不吃，一刻不停地站起来，随即又坐下，像是改变了主意；忽而拿起帽子，似乎准备出去，忽而又一下子变得出奇地心不在焉，老是喃喃自语，接着突然看看我，对我眯眯眼睛，打打手势，迫不及待地希望尽快把钱弄到手，对于我直到现在还没有从妈妈那儿拿到钱有些生气。甚至妈妈也注意到了这些反常的表现，望着他直纳闷儿。我简直像个被判处死刑的囚犯。饭后，我躲到角落里，像害疟疾似的全身发抖，一分钟一分钟直数到通常妈妈差我去买东西的时候。我一辈子也没有度过更难挨的时刻；这段时间将永远留在我的回忆中。当时我说得上是百感交集！在某几分钟内，一个人的意识经历的感受比几年还多。我觉得自己的行为非常要不得；其实，正是他自己启发了我的善良本性——当初他第一次懦怯地把我推向恶的一边，自己吓了一跳，便向我说明我的行为非常要不得。难道他不明白，要蒙蔽一颗渴望自觉地体味印象的心灵是多么困难？何况这颗心灵对于善与恶已经感觉得很多，思索得也很多。我明明懂得，显然有极端不得已的难处迫使他又一次驱使我去做坏事，从而牺牲我的可怜而得不到保护的童年，即便再度动摇我那立足未稳的良心也在所不惜。此刻，我缩在角落里独自寻思：他为什么要许诺奖赏我已经自愿决定去做的事情？过去所不知道的种种新的感受、新的意向和新的问题成堆地在我头脑中浮起，我给这些新问题折腾得苦不堪言。后来，我忽然开始为妈妈着想；我想象着她丢失这最后一点辛苦挣来的钱会伤心到什么程度。这样等着，等着，妈妈终于放下勉力支撑着在干的活，把我叫去。我哆嗦着往她那儿走。她从柜子里取出钱来交给我，说："去吧，涅朵琦卡；不过，看在上帝分上，别再像前些日子那样让人少给了找头，也别稀里糊涂地丢了。"不过，我用哀求的目光看看父亲，但他点点头，向我露出赞许的笑容，急煎煎地搓着手。钟敲六下，而音乐会定于七点开始。这一番等待也够他受的。

我走到楼梯上停下来等他。激动和焦急使他置一切必要的谨慎于不顾，紧跟在我后面跑了出来。我把钱交给他；楼梯上暗得很，我看不清他的脸，但我感觉到他接过钱时浑身在发抖。我发了呆一般站在那里一动也不动；直到他差我上楼去把他的帽子拿来，我才如梦初醒。他自己甚至不愿进去。

"爸爸！难道……你不跟我一起去吗？"我用断断续续的声音问，心中还惦记着我最后的一线希望，希望他会保护我。

"不……你先一个人待着……知道吗？等一下，等一下！"他忽然想起了什么，急忙说，"等一下，我这就去买好东西给你；你先去把我的帽子拿来。"

我的心像给一只冰冷的手蓦地揪住。我发出一声惊呼，把他推开，急忙跑上楼去。我走进屋子的时候脸无人色，此刻我如果说钱被人抢走了，妈妈会相信我的。但这时节我什么也说不出来。一阵绝望引起的歇斯底里使我扑倒在妈妈的被窝上，双手捂住面孔。一分钟以后，房门不好意思地发出呀的一声，爸爸走了进来。他是来取帽子的。

“钱呢？”妈妈骤然叫嚷起来，她一下子就猜到发生了不寻常的事情，“钱在哪儿？说呀！你说呀！”她把我从床上拖起来，让我站在屋子中央。

我默不作声，低头看着地上；我几乎闹不清自己究竟是怎么一回事，也闹不清别人在对我做什么。

“钱呢？”妈妈扔下了我，突然转向正要拿起帽子的爸爸，又高声问道。“钱在哪儿？”她再问一遍。“啊！她把钱给了你？你这个目无神明的害人精！你这个恶魔！你要把她也毁掉！连她这样一个孩子你也不放过？！不成！你不能走！”

转眼间，她跑到门口，把房门从里边锁上，钥匙藏在身边。

“你说！老老实实承认！”她开始向我问罪，由于愤激过度，几乎嗓子也哑了。“老老实实承认一切！说，你说呀！要不……我简直不知道会把你怎么处！”

她抓住我的两只手扭绞着拷问我。她气得快发疯了。在这一刹那，我发誓保持沉默，一句话也不提到爸爸，但还抱着万一的希望最后一次举目看他……他只要对我瞥上一眼，只要听他说一句我巴巴地盼着、在心中祈求他说的话，无论忍受怎样的痛楚，无论遭到怎样的拷问，我也是幸福的……可是，我的天哪！他却用无情的威胁性手势禁止我开口，殊不知此时此刻来自任何人的其他威吓对我都不起作用。我觉得咽喉好像被堵塞了，气喘不过来，两腿一软，就倒在地板上人事不省……我又像昨天那样发生了一次神经性的休克。

我是在我家房门上忽然响起叩门声时惊醒的。妈妈用钥匙开了门，我看见一个穿号衣的人进来惊讶地向我们一一环顾，问哪位是叶菲莫夫乐师。继父说他就是。于是那个听差递交了一封便简，说他是此刻正在公爵宅第的 Б 派来的。信封内有一张 С——茨音乐会的请柬。

一名身穿华丽号衣的听差奉主人——一位公爵——之命来找穷乐师叶菲莫夫，——这件事在瞬息间给妈妈留下了强烈的印象。在这个故事的一开始我谈到过她的性格，这个可怜的女人始终爱着父亲。现在，尽管经受了整整八年接连不断的忧患和困苦，她的心仍然未变：她仍然可以爱他！天知道，也许现在她突然看到丈夫时来运转了。即使是某种希望的一点点影子对她也会产生影响。可能，她也多少感染到她那宝贝丈夫毫不动摇的自信亦未可知！再说，这种自信也不可能对她这样一个脆弱的女人毫无影响，根据公爵的垂青，她在倏忽之间可以为丈夫设想出上千种前程。才一眨眼的工夫，她已经准备跟他重归于好，她可以原宥他把一家子的生活弄到这般光景，即使考虑到他刚刚犯下的又一罪恶——牺牲她唯一的孩子——这件事情，在重新燃起的热情冲动下，在新希望的鼓舞下，她也可以把这桩罪恶缩小为普通的失检行为，看成是穷极无聊的生活、走投无路的境况所造成的懦怯表现。痴情在她身上还没有泯灭，此时此刻她又愿意为她那堕落的丈夫提供宽恕和同情。

父亲一时手忙脚乱起来；公爵和 Б 的关注也使他震惊。他直接走到妈妈跟前，对她悄悄地说了些什么，妈妈便从屋子里走了出去。两分钟以后，她带了兑破的钱回来，爸爸立即给了信差一个银卢布，来人颇有礼貌地鞠一躬后走了。妈妈出去了不多一会，拿来一只熨斗，取出丈夫最体面的一个胸衬动手把它烫平。她亲手把一条白色的麻纱领带在丈夫脖子上系好，这条领带连同还是父亲刚进剧院任职时做的一件黑色燕尾服（虽然穿得很旧了）保存着备而不用已不知有几许时日。装束停当后，父亲拿起帽子，但临走时要了一杯水喝；他面色苍白，精神疲惫地坐到椅子上。水是我递给他的；也许，憎恶的感觉重又潜入妈妈的心房，使她最初的热情冲动冷却了下来。

爸爸走了出去；屋子里剩下我们俩。我退到角落里，一声不吭，久久地望着妈妈。我从未见过她这样愤激：她的嘴唇发颤，苍白的面颊一下子烧得通红，每隔一会儿就全身哆嗦。尔后，她的悲苦开始通过怨诉、啜泣和哀叹发泄出来。

"这都怪我，都怪我这个苦命的人！"她自言自语道，"她将来怎么办呢？我死了以后，她怎么办呢？"她站住了继续说，这个念头像闪电一般把她击中在房间中央。"涅朵琦卡！我的孩子！我可怜的涅朵琦卡！苦命的孩子！"她把我抱起来，神经质地搂着我说，"我活着尚且不能把你抚养照看好，将来能把你托给谁呢？哦，你不懂我的意思！你懂吗？我刚才说的话你能记住吗，涅朵琦卡？往后你不会忘记吧？"

"不会，不会，好妈妈！"我把十指交叠在一起求她放心。

她长久地、紧紧地把我搂在怀里，想起一旦要跟我分离就颤栗不已。我的心在破裂。

"妈妈！妈妈！"我呜咽着说，"你为什么……为什么不喜欢爸爸？"别的话都哽住了说不出来。

但听得从她胸中迸出一声呻吟。接着，又一阵揪心的悲伤驱使着她在屋子里来回走动。

"可怜哪，我可怜的孩子！我没注意到她已经长大了！她知道，全都知道！我的天！她得到的是什么印象，看到的是什么榜样！"她在绝望之余，又拼命绞自己的双手。

后来她走到我跟前，怀着疯狂的爱吻我，吻我的手，在上面洒下许多泪水，求我原谅……像这样的痛苦我从来没有看到过……最后，她似已心力交瘁，陷入昏昏沉沉的状态。如此过了足有一个钟点。然后她疲乏不堪地站起来，叫我去睡。我走到自己的角落里，钻进被窝，可是没法入睡。我为妈妈深感苦恼，我也为爸爸深感苦恼。我焦急地等着他回来。一想起爸爸，我就被一种恐怖攫住。过了半个小时，妈妈拿起烛台向我走过来，看看我睡着了没有。为了安她的心，我眯上眼睛，假装已经入睡。她对我察看了一番，轻手轻脚走到食橱前，打开橱门给自己倒了一杯酒。她把酒喝下去以后，自己上床睡觉，让蜡烛点着留在桌上，门也不上锁，逢到爸爸晚归时照例如此。

我迷迷糊糊躺着，但是不能成眠。我刚合上眼睛，立即被一些可怕的幻象惊醒过来，吓得直哆嗦。我的忧伤愈来愈加剧。我想叫喊，但喊声在我胸中给堵住了。直至夜已深了，我听得我家的房门被推开。我不记得过了多久，但到我忽然完全睁开眼睛的时候，我看见了爸爸。我似乎觉得他的脸色白得可怕。他坐在紧挨房门的一把椅子上，似乎在沉思。死一般的岑寂笼罩着屋子。行将泪尽的残烛用惨淡的微光照着我们的住所。

我看了好大一会工夫，可爸爸还在老地方没有离开；他一动不动地坐着，姿势始终未变，耷拉着脑袋，胳膊直僵僵地支在膝盖上。我几次想叫他，可是没能出声。我的麻痹状态还没有结束。最后，他猛然醒来，把头一抬，离座起身。他在屋子中央站了有好几分钟，像是在下决心做一件事情；随后突然走到妈妈床边凝神听了一会，等到确信她睡着了以后，便走向放着他的小提琴的那只箱子。他开了箱子的锁，取出黑色的琴匣，把它放在桌上；接着他又四顾张望；他的眼神迷茫，飘忽不定，我还从来没有发现过他这般模样。

他刚拿起琴来，旋又把它放下，转身锁上房门。过后，他发现食

母亲之死
伊利亚·格拉祖诺夫 2007 年绘
И. С. Глазунов

橱打开着，便悄悄地走到橱前，看到一只杯子和酒，就倒出来喝了。于是他第三次去拿提琴，但第三次把它放下，并走到妈妈床边。我吓得不敢动弹，只好静观其变。

他倾听了很久很久，然后一下子掀开被子，开始用一只手触摸妈妈的面孔。我打了个寒战。他再次俯下身去，几乎把脑袋贴着她；但当他最后一次竖起上身的时候，他那惨白的脸上似乎掠过一丝微笑。他轻轻地、小心地给睡着的妈妈盖好被子，盖住她的头、脚……我感到一种前所未知的恐怖而开始发抖：妈妈的状态叫我害怕，她的酣睡叫我害怕，我不安地望着那毫无动静的轮廓，她的肢体隔着被子显示着棱角毕现的线条……一个可怕的念头像一道电光在我头脑里闪过。

一切都安排好以后，父亲又走到橱前，把剩下的酒统统喝光。他周身颤栗着向桌子那边走去。他脸上一丝血色都没有，旁人简直认不出他来。他重又拿起提琴。我看见过这把琴，知道它是什么东西，但这时我预料会发生吓人的、可怕的、怪异的情况……因而最初的几个琴音使我猛吃一惊。爸爸开始拉琴了。但琴声焦躁遽促；他不时停下来，状似在搜索记忆；终于，他痛苦地颓然放下琴弓，用异样的目光看看床上。那里有什么东西总叫他放不下心来。他又走到床边……他的一举一动都落在我眼里，我怀着恐怖的心情屏息凝神注视着他。

忽然，他匆匆忙忙地开始在手边寻找什么东西，于是，刚才那个可怕的念头又像闪电似的烫了我一下。我想起来了：妈妈为什么睡得这样熟？为什么爸爸用手触摸她的面孔她也不醒来？末了，我看到爸爸将所有我们的衣裳凡是能找到的一股脑儿拖去，包括妈妈的棉袄、他自己的旧外套、睡袍乃至我脱下的衣衫，把妈妈盖在一大堆衣服下面完全看不出来；她始终一动不动地躺着，身体的任何部分都没有半点反应。

她睡得好熟啊！

干完了以后，他好像松了口气。这下再也没有什么妨碍他了，但有件事情还是叫他放不下心来。他把蜡烛搬了个地方，脸朝门站着，这样床上的景象可以看也不去看一眼。最后，他拿起提琴，心一横，用弓猛击琴弦……音乐开始了。

然而这不是音乐……我一切都记得清清楚楚，直到最后的一刹那；当时震动我注意力的一切我都记得。不，这不是我后来曾有机会听到的音乐！这不是小提琴的声音，而像是某人极其可怕的嗓门在我们幽暗的住所里第一次发出巨响。要么我得的印象是不正确的、病态的，要么我亲眼目睹的一切使我的感官受到震荡，容易产生可怕的、无比痛苦的反应，但我坚信我听到了呻吟，是活人的哀叫、号哭；通过这些声音宣泄出来的是不折不扣的绝望。临了，凡是恸哭中包含的全部惨痛、苦楚中包含的全部凄怆、灰心中包含的全部哀伤似乎一下子聚合在一起，当凝集着这一切的凄厉的结尾和弦终于拉响的时候……我再也支持不住了，——我开始颤抖，泪水从我的眼眶里迸涌，随着一声绝望的惨叫，我扑到爸爸身边，双手抱住他。他惊呼之余，放下了提琴。

他茫然若失站着有一分钟光景。后来，他的眼珠子开始转动，目光向左右两侧游荡；他像是在寻找什么，突然抓住那把提琴，在我头上高高举起……再过一会儿，他也许会把我当场打死。

“爸爸！”我冲他高声叫唤，“爸爸！”

听到我的声音，他像一张树叶瑟瑟发抖，并且倒退了两步。

“啊！原来还有你呢！我以为全都完了！原来还有你也和我一起留下！”他狂叫着夹住我的臂膀把我举到空中。

“爸爸！”我又发出呼唤，“看在上帝分上，别吓我！我害怕！哇——哇！”

我的哭声使他一愣。他把我轻轻放到地板上，默默地对我看了半晌，似乎在辨认和追忆什么印象。骤然间，他像是倒了个过儿，仿佛被一个可怕的念头吓了一大跳，——从他变得模糊的眼睛里溅出了泪花；他俯身向着我，开始端详我的面庞。

“爸爸！”我处在恐怖的折磨下对他说，“别这样看我，爸爸！咱们离开这儿！快走！咱们逃走吧！”

“对，逃走，咱们逃走！是时候了！咱们走，涅朵琦卡！快，快！”于是他着了忙，好像这才刚刚想到他该怎么办。他匆忙四顾，见地板上有妈妈的一方巾帕，便捡起来放进兜里，又看见一只系带的软帽，也把它拾起来藏在身边，状似在准备出远门的行装，把他用得着的东西全都带走。

我转眼就穿好自己的衣服，也急急忙忙开始把我觉得路上大概用得着的东西通通带走。

“好了没有？好了没有？”父亲问，“都准备好了吗？快！快！”

我胡乱打好一个包裹，系上一方头巾，我们俩已经准备走出去了，这时我忽然想起，应该把墙上的一张画也带走。爸爸当即表示同意。此时他挺安分，说话声音很轻，只是催我快走。画挂得很高；我们两人掇来一把椅子，再往上面放一张板凳爬上去，费了不少工夫总算把画拿下来。现在，我们做好了远行的一切准备。他携起我的手，我们已经迈开脚步，但忽然爸爸又叫我站住。他把自己的脑门揉了好久，似乎在回忆还有什么没做。后来，他大概想起了他应当做的事情，便取出放在妈妈枕头底下的一串钥匙，开始在柜子里匆匆寻找什么东西。最后，他回到我身旁，拿来从抽屉里找到的一些钱。

“给，你把这点钱拿去，藏好了，”他压低了嗓门对我说，“别丢了，记住，记住！”

他把钱先放在我手中，接着又拿回去塞在我怀里。我记得，当这些银币触到我的身体时，我打了个寒颤，我仿佛直到那时才明白钱是什么东西。现在我们又作好了准备，可是他忽然又把我叫住。

“涅朵琦卡！”他对我说，一边似在费力地思索，“我的孩子，我忘了……那是一件什么事情？……反正是必须做的……我记不得了……对，对！我想起来了，是这么回事！……你过来，涅朵琦卡！”

他把我带到供神像的一个角落里，叫我跪下。

“祈祷吧，我的孩子，祈祷吧！这对你有好处！……是的，会有好处的，”他指着神像，奇怪地望着我，向我喃喃低语，“祈祷吧，祈祷吧！”他用一种恳请、央求的语调说。

我双膝跪下，两手合握，满怀已经完全把我抓住的恐怖和绝望仆倒在地，如此俯卧有好几分钟，仿佛呼吸已经停止。我努力把自己的全部思想、全部感情集中起来做祈祷，但恐惧还是一再把我压倒。我架不住忧伤的困扰，微微抬起身子。我已经不想跟爸爸走了，我怕他；我想留下。结果，憋在心中折磨着我的那个问题还是从我胸膛里冲了出来。

“爸爸，”我泪汪汪地说，“那么妈妈呢？……妈妈怎么啦？她在哪儿？我的妈妈在哪儿？……”

我再也说不下去，便放声大哭。

他也含泪望着我。于是，他拉着我的手，带我走到床边，扒开胡乱扔着的衣服堆，把被子掀去。我的上帝！她僵卧在那儿，已经冰凉发青。我扑到她身上，抱住她的尸体，自己几乎失去了知觉。父亲让我跪下。

“向她行个礼，孩子！”他说，“跟她告别……”

我鞠了一躬。父亲和我一起鞠了躬……他面容惨白，频频翕动嘴唇念念有词地嘟囔着些什么。

“这不能怪我，涅朵琦卡，不能怪我，”他颤颤巍巍地指着尸体对我说，“你听着，这不能怪我；这不是我的错。记住，涅朵琪卡！”

“爸爸，咱们走吧，”我惶惶然低声道，“该走了！”

“是的，现在该走了，早该走了！”说完，他紧紧抓住我的手，慌忙走出房间，“走，这就出发！谢天谢地，谢天谢地，现在一切都结束了！”

我们下了楼梯；睡眼惺忪的扫院人为我们开了大门，一边用怀疑的眼光瞧着我们；爸爸似乎生怕他问长问短，率先逃出大门，我差点儿追他不上。我们走完屋前的那条街，来到运河的堤岸上。石块铺就的路面上夜来下过一场雪，此时还飘着零星小雪。天很冷；我连骨头架子都一起打着哆嗦，只顾死命地抓住爸爸的燕尾服衣襟跟在他后面跑。他腋下夹着小提琴，不时停下来扶一扶胳肢窝里的琴匣。

我们走了约莫有一刻钟；最后，他顺着便道的斜坡折向一条沟渠，在末尾一座石墩上坐下。旁边是一个冰窟窿，与我们相去仅在咫尺之间。四周一个人也没有。天哪！当时一下子占据我心怀的那种可怕的感觉，直到现在我还记得。整整一年我梦寐以求的理想终于实现了。我们离开了我们那个凄凉的住所……但这和我所盼望的、梦想的难道是一回事？我对那个人的爱大不同于儿童的感情，我也为他的幸福作过设想，可是在我儿童的想象中构思的难道是这样的图景？此刻最使我感到内疚的是妈妈。“我们为什么孤零零把她撇下？”我心想，“为什么像抛弃废物一样把她的躯体扔下不管？”我记得，这一点最叫我坐立不安，心神不宁。

“爸爸！”我实在忍受不了心中这个疙瘩的折磨，还是开了口，“爸爸！”

“什么事？”他生硬地问。

“爸爸，我们为什么把妈妈丢在那里？我们为什么把她抛弃？”

我哭了起来。“爸爸！我们回去吧！我们去叫人看看她。”

“对，对！”他猛然一震，嚷着从石墩上站起来，像是想出了一个新的主意可以把他的犹豫扫除干净。“对，涅朵琦卡，不应该这样；应该去看妈妈；她在那边冷得很！你到她那儿去，涅朵琦卡，去吧；那里并不暗，那里有蜡烛；别怕，你去叫个人看看她，然后再到我这儿来；你一个人去，我在此地等你……我不走开，一步也不离开。”

我转身就走，可是刚踏上便道，我的心就好像给什么东西刺了一下……我回过头去，见他已经从另一边跑了，在这个时刻扔下我一个人，自己逃跑！我没命地叫起来，怀着极度的恐惧向他追去。我追得上气不接下气；他愈跑愈快……眼看着快要从我的视野中消失。路上我看到他的一顶帽子，这是他逃跑时失落的；我把帽子捡起来，继续追赶。我奔得行即气闭，两腿发软。我觉得自己正落入狼狈不堪的境地，我总以为这是一场梦，有时内心会产生和我在梦中逃避别人追赶时完全相同的感受：我两腿发抖，结果被人追上，我倒下去不省人事。痛苦的心情简直要把我撕裂：我可怜他，一想到他不穿大氅，不戴帽子，撇开我，撇开他心爱的孩子逃跑……我的心一阵阵作痛。我要追上他，只是为了再一次热烈地吻他，叫他不要怕我，让他放心，既然他不愿意，我可以不跟随他，我可以一个人回到妈妈那儿去。后来，我看见他拐向某一条街。我跑到那条街的转角上，也跟着他拐弯，并且还能分辨在我前边的那个身影……这时，我的体力已经不支，又是哭，又是喊。我记得自己在奔跑中曾跟两个路人相撞，他们在便道中央站住脚，莫名其妙地望着我们俩。

“爸爸！爸爸！”我发出最后一次呼喊，接着突然在便道上滑了一下，跌倒在一幢房子的大门旁。我感到自己这一交摔得满脸都是血。再过一刹那，我便失去了知觉。

冰窟窿旁

伊利亚·格拉祖诺夫 2008 年绘

И. С. Глазунов

我苏醒过来时，身在又暖又软的被窝里，只见旁边好些和蔼可亲的面容都在欢迎我恢复知觉。我看到一位鼻梁上架着眼镜的老太太，一位个子很高的先生深表同情地望着我，还有一位年轻美丽的女士，末了是一位白发苍苍的老者，他扼住我的手腕，一边在看表。这次醒来是我新生活的开始。我在奔跑时曾遇上其中的一位，他是 X 公爵，我就跌倒在他的宅第大门旁。给我父亲送 C——茨的音乐会请柬去的正是这位公爵。公爵经过一再查访，才弄清楚我是谁。他了解这一离奇的事件后颇为所动，决定把我收留在自己家里，和他自己的孩子一起抚养。他们四处寻找爸爸的下落，打听到他在城外大发癫狂的时候被人拦住了。他被送进一所医院，两天以后在那里死去。

他死了，因为这样的死是他整个一生必然和自然的结局。他应该这样死去，因为他的生命赖以支持的一切一下子崩溃了，像一个幻影，像子虚乌有的空想那样烟消云散了。他死了，因为他最后的希望已告幻灭，他借以欺骗自己和支撑全部生活的一切，顷刻间在他本人面前豁然迸裂，清清楚楚地现出了本相。真相以刺目的光芒照得他难以逼视，假象在他自己眼里也成了假象。在最后的时刻，他听到了一位旷世奇才向他述说了他本人的命运，使他遭到了万劫不复的谴责。随着最后一个音符从天才的 C——茨的琴弦上飞入他的耳朵，艺术的奥秘也在他心目中全部揭晓，那位永葆青春、经久不衰的真正天才以其真诚压垮了他。他一生只在神秘的、无形的苦痛中感受到某种沉重的压力，真相过去只在梦境中出现并且不可接触、难以捉摸地折磨着他，尽管偶尔也向他表露，但他总是仓皇逃避，用自己一生的假象作盾牌；对于这一切他有所预感，但在这以前一直不敢正视，——忽然间，这一切一下子灿灿然昭示在他那双迄今顽固地不承认光明是光明、不承认黑暗是黑暗的眼前。但是，真相是他那双第一次看到往昔、现状和前景的眼睛所无法忍受的；真相震垮了、烧尽了他的理智。真相像闪电一般锐不可当地击中了他。他一生提心吊胆、战战兢兢唯恐发生的事情一下子发生了。仿佛一柄斧钺一生悬在他头上，他一生的每时每刻都在无法形容的痛苦中准备着斧钺落到他头上，而斧钺终于落下了！这一击是致命的。他想逃避对自己的审判，可是无处可逃：最后的希望已化为泡影，最后的口实已不能成立。多少年来，他一直把那个女人视为累赘，觉得她活着，自己日子就没法过；他盲目地相信，一旦那个女人死去，他必定一下子得庆重生。那个女人死了，他终于一身无牵挂，终于自由了！他抱着孤注一掷的心情，想最后一次像一个铁面无私的法官那样毫不留情地自己对自己作出评判；但是，他那松弛的琴弓只能虚软地重复那位天才的最后一个乐句……就在这一瞬间，对他虎视眈眈已有十年之久的癫狂症，终于不可避免地把他彻底打垮。

四

我复元得很慢；等到我已经完全能下床了，我的头脑仍没有彻底摆脱麻痹状态，在很长一段时间内，我无法理解自己究竟出了什么事。有时我以为自己做了一个梦，我记得自己但愿所发生的一切果真能变成一场梦！夜里入睡前，我希望一觉醒来一下子又回到我们贫寒的住所，又能见到父亲和母亲……然而，我的处境毕竟清清楚楚地摆在我的面前，我渐渐明白自己只剩下孑然一身，寄人篱下。于是我第一次意识到我成了一个孤儿。

我开始贪婪地观察我如此突然地来到其间的新环境。起初，我觉得什么都新鲜，什么都稀奇；陌生的面孔、陌生的生活方式，无不使我感到困惑；古老的公爵府第里一间间屋子至今历历在目，那里的房间高大宽敞，陈设豪华，但都是那样幽暗、阴森，我记得当时极其害怕穿过某一座老长老长的厅堂，我觉得进去了会压根儿出不来。我的病尚未痊愈，我的情绪也是阴暗、苦闷的，跟这宅子庄严沉郁的气氛完全合拍。何况，某种我自己还不清楚的哀伤在我幼小的心中正日益增长。我常常在一幅画、一面镜子、一座工艺精巧的壁炉或一尊仿佛故意藏在深深的凹壁中以便偷看我、吓唬我的雕像前莫名其妙地止步，一下子忘掉自己为什么站住，打算干什么，开始想什么；等到从出神状态中猛然醒来，我往往感到恐慌得厉害，我的心怦怦直跳。

在我卧病期间，除了那位小个子老医生外，间或来探望我的人中间给我印象最深的是个年纪已经相当大的男人；他样子很严肃，可是心地十分善良，他望着我的时候眼睛里总是流露出那么深切的同情！跟其他所有的人相比，我最喜欢看到他的脸。我很想同他交谈，可是我不敢：他表面上老是愁眉苦脸，说话不多，口气生硬，从来不见他唇边浮起一丝笑意。他就是发现我昏倒并把我收养在自己家中的 X 公爵本人。到我渐渐复元的时候，他来探望的次数便愈来愈少。最后一次他给我带来了糖果、一本有图画的儿童书；他吻了我，给我画十字表示祝福，要我显得高兴一些。他安慰我，还说不久我将会有一个小朋友，跟我一样也是个女孩子，就是他的女儿卡嘉，眼下她在莫斯科。接着，他跟一个上了年纪的法国女人、他的孩子的保姆以及照料我的一个使女谈了几句，向她们指指我，然后走了出去，从此我有整整三个星期没见到他。公爵在自己家里过着十分孤僻的生活。宅第的一大半由公爵夫人占用；她跟公爵也往往一连几个星期不见面。后来我注意到，甚至全家人都很少谈及公爵，仿佛他根本不在宅内。大家都尊敬他，甚至看得出都很喜欢他，然而却把他当作一个奇特的怪人看待。他本人大概也知道自己非常古怪，与众不同，因此尽量少在人前露面……底下我还有很多机会谈到他，而且要详细得多。

一天早晨，有人给我穿上洁净细密的衬衣，外罩带有白色孝徽的黑绸连衣裙，还给我梳了头；我瞧着这件孝服感到一种困惑的惆怅。我从楼上被领到楼下公爵夫人起居的房间里去。当我被带到她那里的时候，我竟站住了直发愣，因为我还从未置身于如此富丽堂皇的环境。但这印象只有短暂的一瞬，我一听到公爵夫人的声音（她吩咐把我带近些），顿时脸色变白。我在穿衣服的时候就准备忍受某种折磨，尽管天知道我怎么会产生这样的想法。反正我进入如今的新生活对周围的一切都抱着一种奇怪的不信任态度。但公爵夫人对我非常和蔼，还吻了我。我把胆子稍许放大，朝她看了一眼。这就是我昏倒后苏醒时所看见的那位美丽的女士。但我在吻她的手时，全身颤抖不已，怎么也鼓不起勇气来回答她的问话。她命我坐在她身旁的一张矮凳上。这个位子像是事先就指定给我的。看来，公爵夫人除了把整个心贴在我身上，给我爱抚，充分代替我的母亲之外，没有其他的愿望。可我怎么也不明白自己交上了好运，在她心目中丝毫没有增添好感。人家给了我一本精美的图画书，叫我看。公爵夫人自己正在给某人写信，偶尔放下笔来跟我谈谈；偏偏我颠三倒四，语无伦次，一句得体的话也没有说好。总而言之，虽然我的身世极不平凡，其中大半由命运以及各种不妨说是神秘的安排在起作用，反正不乏饶有兴味、不可思议甚至近乎荒诞的情节，然而这出赚人热泪的文明戏却好像被我故意杀了风景，因为我本人却表现出是个最平凡不过的孩子，胆小、怕生，甚至有点儿笨头笨脑。特别是末了这一点丝毫不合公爵夫人的口味，看来她很快就对我完全失去了兴趣，这当然只能怪我自己。下午两点过后，开始有客来访，公爵夫人对我的态度一下子又变得体贴、亲切起来。当客人们问起我时，她回答说，这是一个十分精彩的故事，接着便开始用法语叙述。在她讲故事的过程中，人们不住地望着我，频频摇头，感叹连连。一个青年男子举起长柄眼镜来打量我，一个满身香水味的白发小老头儿想吻我，我脸上红一阵、白一阵，低首垂目，浑身发抖，坐着不敢动弹。我的心隐隐作痛，重又飞向那逝去的日子，重又来到我们的顶楼上。我想起了父亲，想起我们默默度过的漫长的夜晚，想起了妈妈；当我回忆妈妈的时候，禁不住热泪盈眶，咽喉梗阻，我真想逃跑，真想溜走，一个人躲起来……后来，会客结束，公爵夫人的脸明显地绷紧了些。她看我的目光已比较阴沉，说话的语调也比较生硬，特别使我害怕的是她那双咄咄逼人的黑眼睛有时会盯住我看上一刻钟，还有两片紧闭的薄嘴唇。傍晚，我被带回到楼上。我带着几分寒热蒙眬入睡，夜里醒来，又给颠三倒四的梦境触动了愁怀，不觉悲从中来；第二天早晨，昨天的一切又从头再演，我又被带去见公爵夫人。最后，她向客人讲我的离奇故事大概自己都感到腻味了，客人们对我表示同情也已经不耐烦。何况，我又是一个极普通的孩子。一位上了年纪的女客曾问起：她跟我相处不觉得无聊吗？我记得公爵夫人亲口用说私房话的语调回答："没有半点天真烂漫的味道。"一天傍晚，我被带走后没有再到那里去。对我的恩宠也就至此告终；不过，我可以去我要去的任何地方。由于刺激太深，我也无法终日枯坐一处，有机会离开周围所有的人，到楼下大房间里去，就高兴得什么似的。据我的记忆，我倒是很想跟家人们聊聊，可我是那么害怕惹他们生气，所以宁愿不跟别人待在一起。我喜欢溜到人家不注意的某个角落里，躲在某件家具背后，当即开始在那里回想和思考我所经历的一切，以此消磨时间。但说也奇怪！我好像把自己在父母身边一番经历的结尾给忘了，也就是把那段悲惨的遭遇通通给忘了。我脑海中闪现的只是一幅幅景象、一桩桩事实。诚然，那一夜、提琴、爸爸——一切我都记得，我也记得自己怎样设法给他弄钱；但要从所有这些事件中悟出道理来，理出头绪来，我却做不到……只觉得心头愈来愈沉重。每当我回忆到跪在死去的妈妈旁边做祈祷的那一刻，总是有一股冷气直砭我的肌骨；我哆嗦着，发出轻微的叫喊，随后呼吸变得困难，整个胸部受到重压，心突突乱跳，结果我总是从角落里仓皇逃出。不过，也许我说得不对，人家没有把我一个人撇下不管：对我的照看是毫不懈怠、尽心尽意的，公爵的嘱托无不一一照办，他吩咐给我充分的自由，不要施加任何限制，但是一分钟也不能让我失踪。我发现不时有家人或仆役往我所在的屋子里探头张望，一句话也不对我说又走了。这样的关切使我十分惊讶，乃至有些不安。我不明白这是为什么。我总觉得有人为了某种目的看管着我，打算以后怎么样处置我。我记得自己总想走得远一些，必要时知道往那儿躲。有一次，我闯到府第正面的楼梯上。它全由大理石砌成，宽阔的梯阶铺着地毯，到处装饰着鲜花，连花盆也精美异常。楼梯的每一片平台上都有两个身材颇高的人默默地坐着，衣着色彩鲜艳，领结白得耀眼，两人都戴手套。我对他们看看，心中直纳闷，怎么也猜不透他们为什么坐在这里一语不发，除了互相对视，什么也不做。

我愈来愈喜欢只身作这样的漫游。此外，我常常从楼上逃下去还有一个原因。楼上住着公爵的一位老姑母，她几乎足不出户。这位老太太在我记忆中留下的印象相当突出。她差不多是宅内最显要的人物。所有的人在与她交往中都恪守一套严谨的礼仪，连一向那么高傲专断的公爵夫人也得每周两次在规定的日子亲自上楼去向姑母请安。她一般上午来；双方开始作枯燥的对话，中间往往出现静穆的冷场，那时老太太不是喃喃地背诵祈祷文，就是数念珠。直要到老太太自己离座起身，吻过公爵夫人的嘴唇，以此表示会晤结束，否则请安者不会先走。过去，公爵夫人每天得向这位长辈问好；但后来，根据老太太的意愿，规矩才有所减免，在一周的其余五天，公爵夫人只需每天早上派人问候她的健康。总的说来，年迈的郡主过的几乎是修女的生活。她从未出嫁，三十五岁那年进了修道院，在那里度过十七年，但没有削发；之后，她离开修道院到莫斯科去，一来和身体一年不如一年的姐姐、Л 伯爵的遗孀同住，二来跟另一个姐姐、也没有结过婚的 X 郡主和解（她们闹翻已有二十余年）。不过据说，这三位老太太没有和睦相处过一天，虽曾上千次表示要分道扬镳，却又没能这样做，因为她们最终发现，她们之中每一个都是其余两个排遣晚年寂寞和防止老人痼疾猝发所少不了的。但是，尽管她们的生活没有多少乐趣，尽管在她们莫斯科的府第里笼罩着肃穆寂寥的气氛，全城名流还是认为自己有义务不间断地向三位深居简出的老太太问安。大家把她们视为保存着全套贵族祖训和传统的司库，看作阀阅世家的活的年鉴。伯爵夫人给人们留下许多美好的回忆，她是一位出类拔萃的女性。从彼得堡来的人总是最先拜访这几位。凡是受到过她们接见的，别处的门也就为他们敞开着。但是伯爵夫人去世了，姐妹也分了手：姐姐 X 郡主留在莫斯科继承没有子女的伯爵夫人遗产中归她的那部分，修女妹妹移居到彼得堡她侄儿 X 公爵那里去。而公爵的两个孩子卡嘉和萨沙，却留在莫斯科的姑婆身边，盘桓尊前，聊慰寂寞。公爵夫人虽然深爱自己的子女，在规定的举丧期间始终和孩子们分开也不敢出一声怨言。我忘了说，我住到公爵府中去时，宅内还在继续志哀；不过，悼亡期不久即将结束。

老郡主全身孝服，总是穿一件普通丝绸料子的黑色连衣裙，戴浆硬的细裥白衬领，这使她的模样有点儿像养老院里收容的老太婆。她从不放下念珠，坐车出门去做礼拜总是郑重其事，逢到斋期肉乳不进，接见的不外乎各级神职人员和老成持重的来客，读的书都是《圣经》教义，整个生活方式无异于出家人。楼上静得可怕，连房门也不能咿咿呀呀，因为老太太的耳朵像十五岁的姑娘一样灵敏，倘若有什么东西发出咯噔甚或只是嘎吱一声响，老太太马上会派人来询问原因。大家说话都压低嗓门，走路都蹑手蹑脚，可怜那个年纪也已经很大的法国女人最后不得不放弃平素爱穿的响跟鞋。鞋跟只能割爱。我来到宅内两个星期以后，老郡主派人来了解我是谁，怎么会到宅内来的，等等。有关情况立即向她禀报。于是又有第二名专差奉命向法国女人质询：为什么郡主至今没见到过我？这下顿时忙得不亦乐乎：开始替我梳头，洗脸洗手（其实本来就非常干净），教我见了老郡主怎样趋前行礼，怎样显得和颜悦色，怎样说话——总之，把我闹得晕头转向。然后由我们这方面派出一名女仆去请示：郡主是不是愿意见孤女了？得到的答复是暂时不见，但指定次日做完礼拜以后进谒。我一宿没有睡好，事后有人谈起，我说了一整夜的胡话，我在幻觉中老是走到郡主跟前为什么事情求她宽宥。我进谒的时间终于到了。我见到一位瘦小干瘪的老太太坐在奇大的安乐椅里。她向我频频点头，还戴上眼镜把我仔细打量。据我记忆所及，她对我一点没有好感。当时曾指出我完全不懂规矩，屈膝、吻手一概不合礼数。垂询开始后，我勉强应答；但当问到父母的时候，我哭了。老太太见我这样控制不住自己的感情，大为不悦；不过，她开始安慰我，叫我把希望寄托给上帝；其后又问我最后一次进教堂已有多久。由于我不大明白她问话的意思，因为我在教育方面给忽视得很厉害，致使郡主大惊失色。她派人去把公爵夫人叫来。经过商议，决定本星期日就带我到教堂里去。在这以前郡主表示要为我祈祷，但吩咐把我带出房间，因为据她说，我给她留下了十分不愉快的印象。这没有什么可奇怪的，事情本该如此。但有一点是很明显的：我完全没有赢得好感。当天就有人奉命来说我太顽皮，说我发出的声响整个宅第都听得见，其实我整天坐着一动也不动；显然这是老太太的错觉。可是第二天又下达同样的指责。偏偏那时我失手打破了一只茶杯，法国女人和使女们都陷于绝望，我立刻给搬到最远的一间屋子去住，那些人也都惶惶不可终日地跟我一起前往。

但我不知道这一切后来是怎样告终的。反正因为这个缘故，我乐于下楼去在一间间大屋子里独自漫步，知道在那里我不会惊动任何人。

记得有一次我坐在楼下的一间厅堂里。我双手捂住面孔，脑袋前倾，这样坐了不知几个小时。我老是在思量，在考虑；我的未成熟的智力排解不了我的全部悲哀，只觉得心头愈来愈沉重，愈来愈郁闷。忽然，有人站在我身旁轻声问道：

“你怎么啦，可怜的孩子？”

我抬头一看，原来是公爵；他脸上的表情流露出深切的怜悯和同情；但我却以无限沮丧和凄苦的神态望着他，以致他那双碧蓝的大眼睛里闪起了泪花。

“苦命的孤儿！”他轻轻抚摩我的脑袋说道。

“不，不，不是孤儿！不！”我说，这时从我胸膛里迸出一声悲切的呻吟，接着，我心中的一切都翻腾起来了。我站起来抓住他的一只手吻着，涕泪交流地用恳求的语调一个劲儿地说：

“不，不，不是孤儿！不！”

“我的孩子，你怎么啦，我可爱而又可怜的涅朵琦卡？你怎么啦？”

“我的妈妈呢？我妈妈在哪儿？”我嚎啕痛哭，放声大叫，再也掩藏不住一腔悲苦，心力交瘁地跪倒在他面前。“我的妈妈呢？亲人哪，告诉我，我妈妈在哪儿？”

“原谅我，我的孩子！……唉，可怜的孩子，是我触痛了她的创伤……我真不应该！来，跟我来，涅朵琦卡，跟我来。”

他拉着我的手快步走去。他直到心坎深处都给震动了。后来，我们走进我还没有看见过的一间大屋子。

这是一间供着神像的祈祷室。时近黄昏，长明灯的亮光与神像的金叶、宝石交相辉映。亮闪闪的叶片仅仅露出圣徒们暗淡无光的面容。这里的一切跟别的屋子迥然不同，这里的气氛是那么神秘、森严，给我的印象过于强烈，我的心竟为一种恐怖的感觉所控制。除此以外，当时我的神经又是那样脆弱！公爵急忙让我跪在圣母像前，他自己跪在我旁边……

“祈祷吧，孩子，祈祷吧；让我们一起祷告！”他用轻微、急促的音调说。

但我无法祈祷；我愣住了，甚至可以说吓慌了；我想起最后那一夜父亲在我母亲的尸体前所说的话，于是我的神经过敏症又告发作。我再次病倒，并且险些乎死在我整个病程的这一继发期内；下面我就要谈到此事的经过。

一天上午，我耳朵里响起一个熟悉的名字。我听到了 C——茨的名字。有人在我床畔提到他。我打了个寒噤；往事涌上心头，我在痛苦的回忆和遐想中躺了不知几个钟点，完全陷入谵妄状态。我醒来已经很晚，四周一片黑暗；过夜的小灯熄灭了，坐在我房间里的一个使女也不在。忽然，远处有音乐飘入我耳中。乐声时而完全沉寂下来，时而渐趋清晰可闻，好像愈来愈近。我不记得一种什么样的感受把我抓住，也不记得一种什么样的意图在我紊乱的头脑里产生。反正我下了床，也不知哪来的力气，胡乱穿上我的孝服，摸索着走出房间。在第二间、第三间屋子里我都没有遇见一个人影。后来，我摸到甬道里。乐声愈来愈听得清楚。甬道中央有扶梯通到楼下；我总是走这条路到大房间里去。扶梯上灯光明亮；楼下有人走动；我躲在角落里不让人看见，直到可以了，我才下去进入第二条甬道。响亮的乐声是从隔壁大厅里发出来的；那里喧哗嘈杂，热闹非凡，好像有几千人汇聚一堂。大厅直通甬道的一扇门上挂着大红丝绒的双层巨幅帘幔。我撩起外面的一层，站到两重帘幔之间。我的心跳得几乎叫我站也站不稳。但几分钟以后，我抑止住激动的心情，终于鼓起勇气把第二重帘幔从边上揭开一点点……我的上帝啊！我一直不敢走进去的这座阴森森的大厅此刻银烛满堂，灯火辉煌，如同光的海洋朝着我涌过来；我已习惯于黑暗的眼睛在最初的一刹那竟被刺得生疼，什么也看不见。香气如一阵热风直扑我的面庞。走来走去的人多得数不清，似乎个个笑容满面，喜气洋洋。女人的服饰都是那样华贵、那样色泽鲜艳；我看到处处都是神采飞扬的眼光。我站在那里，简直跟着了魔一样。我觉得这一切好像在某时某地的梦中见到过……我回想起昔日的黄昏时分，回想起我们的顶楼、高高的小窗、楼下深处路灯明亮的街道、对面那幢房屋张挂红色帘幔的窗户、大门口车水马龙的景象、趾高气扬的马匹的蹄声和响鼻、嘈杂的人声、窗上的人影、隐约的乐声……对了，这不正是那个天堂吗？——这个想法在我头脑里刷地一闪，——这不正是我一心想和可怜的父亲一同去的地方吗？……敢情这不是空想！……是的，过去我在幻想中、在梦境中看到的跟眼前的一模一样！病中发烧的头脑里又点燃起想象的烈火，无法解释的狂喜的热泪夺眶而出。我用目光搜索父亲，我在想："他一定在此地，一定在。"紧张的期待使我心跳气急。但是音乐停了下来，只觉得耳际嗡然作响，整个大厅里掠过一片窃窃私议之声。我贪婪地注视着在我前边浮晃的一张张面孔，竭力想认出某一个人来。忽然，大厅里起了一阵异样的骚动。我看到台上出现一个高高瘦瘦的老头儿。他那苍白的脸微微含笑，他向左右前后鞠躬致意，弯腰的动作似乎不太灵活；他手中拿着一把小提琴。接着，大厅里鸦雀无声，好像这些人一齐屏住了呼吸。所有的视线同时集中到老头儿身上，大家都在等待。他拿起琴来，用弓触到弦上。音乐开始了，我觉得我的心忽然被什么东西紧紧攥住。我屏住气，忍住无限的悲怆，凝神谛听这声音，只感到有些耳熟，好像我在什么地方听见过；这声音唤起了某种预感，某种非常可怕的事情发生之前的预感，而我的心中也在酝酿着一场凶猛的风暴。随后，琴声转趋激越，音乐变得急速、尖利。接着仿佛有人发出绝望的号叫、凄惨的恸哭，仿佛有谁在这一大群人中间哀哀求告，纵使声泪俱下也是枉然，只得在绝望中吞声。音乐在向我的心诉说一个愈来愈熟悉的故事。但是心不愿相信。我咬紧牙关不打哼哼，我抓住帘幔以免摔倒……我曾数次闭上眼睛又突然睁开，但愿这是一场梦，但愿在我熟悉的一个可怕的时刻猛然醒来，发现自己梦见了那最后的一夜，听到了同样的声音。我睁开眼睛，希望证实自己的想法，急切地向人群中望去，——不，这是另一些人，这是另一些面孔……我觉得大家都和我一样期待着什么，和我一样不胜心底隐痛的折磨；他们似乎都想冲着这可怕的呻吟和哀鸣大喝一声，喝令它们静下来，不要作践他们的心灵，但呻吟和哀鸣的音流愈淌愈凄厉、愈悲切、愈拖长。突然间响起最后一声很长的惨叫，把我的五脏六腑都震动了……毫无疑问！这正是那一声惨叫！我可以断定，我已经听到过，这声惨叫跟当时一样，跟那天夜里一样刺透了我的心。“父亲！父亲！”我头脑里闪电般冒出一个想法，“他在此地，这是他，他在叫我，这是他的琴声！”仿佛一声浩叹发自全体人群，接着，暴雨般的掌声震撼了整个大厅。就在这个当儿，哭声随着绝望的尖叫冲出我的胸膛。我再也忍耐不住，竟掀开帘幔闯进大厅。

“爸爸，爸爸！这一定是你！你在哪儿？”我高声叫喊，几乎完全忘其所以。

我不知道我有没有跑到那高个儿老头跟前，只记得人们纷纷闪开，给我让路。我拼命哀叫着向他那边扑过去；我以为马上就要和父亲拥抱……忽然，我看到有人用细长嶙峋的双手把我抓住了举起来。一双乌黑的眼睛直盯着我，简直想要喷出火来把我烧毁。我瞪着那老头儿。“不！他不是我父亲；他是杀死我父亲的人！”这念头在我脑中一闪。我被某种极度愤激的心情所控制，骤然觉得他冲我发出狂笑，觉得这狂笑在大厅里哄然引起一片喧嚷；我失去了知觉。

五

这是我的病程的第二阶段，也是最后阶段。

当我重新睁开眼睛的时候，看见一个孩子——跟我年龄相仿的女孩子——俯视着我，我的第一个动作就是向她伸出双手。从第一次看到她的脸开始，我的心里就充满幸福，充满一种甜滋滋的预感。请设想一张十全十美的面庞，那是一种令人惊异的、光彩照人的美，在这样的俏脸庞前面你会突然止步，简直跟中了一箭差不多，会产生一种甜蜜的不好意思的感觉，会欣喜得颤栗，会在心中感谢她的存在，感谢她打你身旁经过，让你的视线落到她的脸上。这女孩子是公爵的女儿卡嘉，她刚从莫斯科回来。她见我向她伸出双手，立即面露笑容，使我脆弱的神经浸沉在说不出是酸是甜的欣悦之中。

小郡主把在一旁跟医生谈话的父亲叫来。

“哦，感谢上帝！谢天谢地！”公爵拿起我的一只手说，并非做作的感情使他脸上光彩焕发。“我很高兴，很高兴，非常高兴，”他按照老习惯说得很快，“这就是卡嘉，我的孩子，你们认识一下，——如今你有伴儿了。你快点儿好起来，涅朵琦卡。这鬼丫头，真把我吓坏了！……”

我恢复健康的过程进展很快。几天后，我已经下床走动。卡嘉每天早上到我床前来，总是笑容满面，而且笑声不绝。我像盼望幸福那样盼着她来；我多么想吻吻她啊！可是这顽皮的小姑娘顶多只来几分钟；她没法安分老实地坐一会。不停地活动、奔跑、跳跃、喧嚷和发出阖宅都能听见的响声，是她不可或缺的需要。因此，她从一开始就向我声明，她坐在我床边实在闷得慌，所以她将难得来看我，而且是她瞧我可怜才来，——也是无可奈何，不能不来；不过，等我复元了以后，我们会好起来的。从此，她每天早上见了我第一句话就问：

“怎么样，病好了没有？”

由于我还面黄肌瘦，在我忧郁的脸上浮现的笑容也是怯生生的，小郡主立刻皱眉摇头，懊恼地跺脚。

“昨天我明明对你说过，希望你好一些！怎么搞的？大概不给你吃东西，是不是？”

“是的，不多。”我羞怯地回答，因为我一看见她就感到羞怯。我千方百计想赢得她的好感，故而我对自己的每句话、每个动作都特别留神。她的来到愈来愈叫我喜欢。我一眼不眨地望着她，她走了以后，我仍然像着了魔似的望着她刚才所站的那一边。她开始出现在我的梦中。我醒着的时候，她不在身旁，我就在想象中跟她长谈，做她的朋友，和她一起顽皮、淘气；如果我们为什么事情挨了骂，我就和她一起哭鼻子，——总之，我像掉进了爱河一般眷恋着她。我渴望着恢复健康，按照她给我的忠告尽快胖起来。

早晨，卡嘉跑到我屋子里来，一开口就嚷道：“还没有好？还是这样瘦！”这时，我照例像犯了什么过失似的感到胆怯情虚。但是，卡嘉对于我不能在一昼夜间恢复健康所表示的惊讶却是丝毫不假的；因此到后来她真的生气了。

“那么，要不要我今天给你拿一块大蛋糕来？”有一天她问我，“你吃了很快会胖起来的。”

“拿来吧。”我欣然答道，这样我可以再一次见到她。

小郡主问过我的健康情况后，通常在我对面的一把椅子上坐下，开始用一双黑眼睛把我仔细察看。在她和我相识之初，她怀着极其天真的诧异心情不时这样从头到脚对我打量。但我们之间的话谈不起

小郡主卡嘉
伊利亚·格拉祖诺夫 2008 年绘
И. С. Глазунов

来。我在卡嘉面前总是害羞，她的大胆奔放益发使我局促拘谨，其实我万分希望跟她谈谈。

“你怎么不说话？”在一阵冷场之后卡嘉问。

“爸爸在干什么？”我问道，心里每次为找到一句开场白而高兴。

“不干什么。爸爸觉得挺好。今天我喝了两杯茶，多喝了一杯。你呢？”

“一杯。”

又是冷场。

“今天福斯塔夫想咬我。”

“那是狗吗？”

“是的，是一条狗。你难道没看见过？”

“不，我看见过。”

“那你干吗还问？”

由于我不知怎么回答才好，小郡主又诧异地望着我。

“怎么？我跟你说话你觉得快活吗？”

“是的，非常快活；希望你常来。”

“人家也这样说：要是我常到你这儿来，你会觉得快活的。你快下床吧，我今天给你拿蛋糕来……你怎么老不说话呀？”

“唔。”

“你一定老是在想吧？”

“是的，我想得很多。”

“可是人家告诉我，我说得多、想得少。难道说话不好吗？”

“不。我喜欢听你说话。”

“唔，回头我问问廖塔尔太太，她什么都知道。那么你想些什么？”

“我在想你。”我顿了一下才回答。

“你觉得这样快活吗？”

“是的。”

“这么说，你喜欢我喽？”

“是的。”

“可是我还没有喜欢你。你太瘦了！我要给你拿蛋糕来。回头见！”

小郡主从屋子里飘然离去，她吻我的时候几乎已经起飞。

不过，午后果然有蛋糕。她无比兴奋地跑进来，一边哈哈大笑，得意非凡，因为她毕竟给我拿来了别人不准我吃的东西。

“你多吃一点，好好吃，这是我的蛋糕，我自己没吃。好了，再见！”话音未落，人影已杳。

另一次她突然飞到我屋子里来，也是在午后一个出乎意料的时刻；她的黑色鬈发仿佛遇上了龙卷风，两腮红得发紫，眼睛分外明亮；这表明她跑来跑去、蹦蹦跳跳已有一两个小时。

“你会玩板羽球吗？”她喘吁吁地大声问，话说得很快，正急于到什么地方去。

“不会。”我答道，并为自己不能说“会！”而惋惜万分。

“你呀！算了，等你病好了，我教你。我来就为这件事。现在我跟廖塔尔太太玩去。再见；人家在等我。”

我终于从病床上下了地，尽管身体还虚弱。我第一个想法就是再也不离开卡嘉。她身上有一股力量不可抗拒地吸引着我。我对她怎么也看不够，这使卡嘉大惑不解。我对她的好感之深、热情之高，使她不可能不注意到这一点；最初，她觉得这是闻所未闻的怪事。记得有一次在做什么游戏的时候，我忍不住搂住她的脖子开始吻她。卡嘉从我的拥抱下挣脱出来，她抓住我的两只手，好像我欺负了她似的沉下脸来问我：

“你怎么啦？你干吗吻我？”

我窘得要命，仿佛做错了什么事，被她急口令一般的问话猛地一震，一个字也答不上来。小郡主把肩膀一挺，表示疑惑没有得到解答（这是她的一个习惯动作），非常认真地闭紧肥软的嘴唇，中断了游戏，坐在角落里的沙发上，从那边对我观察了很久很久，一边默默思考，大概想解答她头脑里突然冒出来的新问题。这也是她在遇到各种疑难情况时习惯的做法。反过来说，我也有很长时间适应不了她性格上这种大起大落的表现。

起先我责怪自己，认为我身上确实有很多怪脾气。虽然这是事实，可我还是感到困惑和苦恼：为什么我不能从第一次见面就和卡嘉成为好朋友，为什么不能一下子赢得她永远的好感。我的挫折伤透了我的心，每次遇上卡嘉的疾言厉色和不信任的眼光，我总想哭。而且，我的悲哀不是与日俱增，而是每小时都在加剧，因为卡嘉的任何事情都发展得很快。几天后，我发现她完全不喜欢我了，甚至开始讨厌我。在这个小姑娘身上，一切都表现得迅速、干脆，但从她天真无邪的直爽性格反映出来的这些疾如闪电的行动，包含着真正高尚的气质，否则，有人也许会说她粗野。她对我先是产生怀疑，继而甚至变为轻蔑，其原因最初好像在于我不会做任何游戏。小郡主爱跑爱跳，她强健、好动、麻利；我则相反。我病后还很虚弱，不好动，爱沉思；游戏并不使我快活；反正我完全缺乏能为卡嘉所喜欢的本领。此外，我还受不了别人对我有所不满，我会立刻变得忧郁、沮丧，哪里还谈得上弥补自己的过错，扭转于我不利的印象，——总之可以说毫无希望。这是卡嘉百思不得其解的。例如，她在我身上足足花了一个钟点，教我怎样玩板羽球，可是毫无结果，起初她甚至有些怕我，照例用惊讶的眼光端详着我。由于我马上会变得忧郁起来，由于眼泪即将夺眶而出，她对我想之再三，从我身上既得不到结果，自己又思考不出一个所以然来，最后完全撇下我不管，自己一个人玩儿，再也不来邀我，甚至一连几天不跟我说一句话。这对我的刺激很大，我简直无法忍受她的蔑视。新的孤独对于我几乎比以前的更加难受，我又开始闷闷不乐，愁绪重重，凄凉的哀思又压在我心上。

负责照看我们的廖塔尔太太终于发觉了我们关系中的这一变化。由于我首先引起她的注意，我被迫忍受孤独的现象使她吃惊，她直接向小郡主质问，责备她不懂得好好对待我。小郡主眉头一皱，肩膀一挺，说她跟我在一起没有意思，我什么也不会玩儿，我老是在想心事，她宁可等弟弟萨沙从莫斯科回来，那时他们俩会快活得多。

但是，廖塔尔太太并不满足于这样的回答，她向小郡主指出，她不应该撇下我不管，要知道我的身体还不好，我不能像卡嘉一样跳跳蹦蹦，这反倒更好，因为卡嘉过于顽皮，还说她干了哪些蠢事，前天差点儿给一条叭喇狗咬死，——总之，廖塔尔太太狠狠地训了她一顿，临了还责令她来找我立即和解。

卡嘉十分注意听廖塔尔太太的教训，似乎从她的这番道理中确实领会到一些新的有说服力的内容。她扔下正在大厅里滚着玩儿的铁环，走到我跟前，郑重其事地望着我，用不理解的口气问：

“您难道要玩儿？”

“不。”我答道，卡嘉挨廖塔尔太太骂的时候，我害怕了，我为自己也为卡嘉害怕。

“那您到底要怎么样？”

“我想坐一会；我跑不动；不过您别生我的气，卡嘉，因为我非常爱您。”

“好吧，那我就一个人玩儿，”卡嘉语气平稳、一字一顿地说，似乎觉得挺奇怪，因为照这样看事情不能怪她，“再见，我不生您的气了。”

“再见。”我说着也站起来向她伸出一只手。

“也许，您愿意接个吻？”她略加考虑后问，谅必记起了不久前我们之间发生的龃龉，想尽量使我高兴，以便快些跟我和解。

“随您的便。”我心存万一的希望答道。

她走到我面前，一本正经地吻了我一下，连笑也不笑。就这样完成了向她提出的要求，甚至做得比必要的更多，为的是让她奉命去安慰的一个穷苦女孩子心满意足，于是她高高兴兴地从我身边跑开，很快在各处屋子里又响起她的笑声和喊声，直至她累得上气不接下气地倒在沙发上休息，重新积聚精力。整个晚上她都用疑惑的目光望着我，谅必我在她眼里显得古怪透顶。看来她想跟我谈谈，想弄清楚她对我感到不解的地方；但这一次我不知为什么她没有问。平时，廖塔尔太太每天上午给卡嘉上课，教她法语。课程的全部内容就是复习语法和读拉封丹的寓言。给卡嘉授课的分量不多，因为她好不容易才答应每天坐下来读两小时书。她是应父亲之请、母亲之命接受这项条件的，履行起来倒是诚心诚意的，因为她自己作了保证。她具有非凡的资质，理解力很强。但她也有一些小小的怪癖：如果她对什么事情不理解，马上开始自己思考这件事，而决不肯找别人给她解释，——她似乎羞于这样做。据说，有时她为了一个问题得不到解决会连续几天大伤脑筋，只恨自己不靠别人帮忙对付不了，直要到山穷水尽的时候才去请廖塔尔太太帮她解决她啃不动的问题。她的一举一动也是这样。其实她想得很多，尽管乍看起来并非如此。但与此同时，她又天真得和她的年龄不相称，有时会提出极其荒唐可笑的问题来；在别的场合，她的回答又表现出细致和巧妙的远见卓识。

由于我也可以学点儿什么，廖塔尔太太对我进行了考试，发现我读的能力很好，写的能力却很差，她便认为非立即教我法语不可。

我没有意见，于是，在某一天早晨，我和卡嘉一起在课桌旁坐下。偏偏这一回卡嘉笨得出奇，并且极度心不在焉，廖塔尔太太简直不相信这是卡嘉。而我差不多在一堂课的时间内就已识得所有的法文字母，因为我竭力想以勤奋来讨好廖塔尔太太。一堂课下来，卡嘉把廖塔尔太太气得七窍生烟。

“您[①]瞧瞧她，”廖塔尔太太指着我对卡嘉说，“人家是个有病的孩子，第一次上课成绩就比您强十倍。您不害臊吗？”

“她知道得比我多？”卡嘉惊讶地问，“她还刚开始认字母呢！”

“您花了多少时间才把字母认下来？”

“三堂课。”

“可她一堂课就认下来了。可见，她的理解力比您强两倍，很快就会超过您的。难道不是吗？”

卡嘉考虑了一会儿，认为廖塔尔太太的话有理，顿时脸红得像一团火。她每次遇到挫折，或者觉得懊恼，或者感到自豪，或者调皮捣蛋的事情败露时，——总之几乎在一切情况下，她的第一个反应就是羞得面红耳赤。这一回，她眼眶里几乎闪出了泪花，但她没有则声，只对我看了简直想要把我烧成灰烬的一眼。我马上就猜到是怎么回事。原来这小姑娘的自尊心强到极点。当我们从廖塔尔太太那里出来的时候，为了快些消除她的懊恼，我主动表示，法国女人说这番话完全不能怪我；但卡嘉一声不吭，仿佛没有听见我的话。

一小时以后，我坐在屋子里看书，头脑里一直想着卡嘉的事，正在为她又不愿跟我说话纳闷和害怕；这时她闯了进来。她双眉颦蹙朝我一看，照例在沙发上坐下，目不转睛地注视着我有半个小时。最

---

① 廖塔尔太太要求学生严格按“上流社会”的规矩说法语，所以自己说话第二人称也总是用敬称。

后，我实在忍不住了，就用眼神向她提问。

“您会跳舞吗？”卡嘉问我。

“不，不会。”

“可是我会。”

冷场。

“您会弹钢琴吗？”

“也不会。”

“可是我会。这是很难学会的。”

我不做声。

“廖塔尔太太说，您比我聪明。”

“廖塔尔太太生您的气了。”我答道。

“那么，难道爸爸也会生气？”

“我不知道。”

又是冷场；小郡主用一只小小的脚焦躁地踏着地板。

“光凭您的头脑比我的灵，往后您就可以笑我？”她终于懊丧得沉不住气问道。

“哦，不，不！”我嚷着霍地从座位上站起来，想扑过去和她拥抱。

“郡主，您这样想、这样问不害羞吗？”这时冷不防响起了廖塔尔太太的声音，其实她在观察我们、听我们谈话已有五分钟。“您应当感到惭愧！您竟会妒忌一个可怜的孩子，向她夸耀您会跳舞、弹钢琴。真难为情；我要把一切都告诉公爵。”

小郡主的两颊烧得通红。

“这是不健康的感情。您这样问已经伤害了她。她的父母是穷人，雇不起教师教她；她是自己学的，因为她有一颗纯洁、善良的心。您应当喜欢她才对，可是您却要跟她吵架。真难为情，真难为

涅朵绮卡和小郡主卡嘉
伊利亚·格拉祖诺夫 2008 年绘
И. С. Глазунов

情！要知道，她是个孤儿。她没有亲人。您还大可向她夸耀您是公爵小姐，而她不是！现在我离开您。您把我对您说的话好好想想，然后改正。”

小郡主整整想了两天！两天听不到她的笑声和喊声。我夜里醒来，听见她梦中也在继续同廖塔尔太太评理。这两天下来，她甚至消瘦了些，她那光彩焕发的小脸蛋儿也不是那么红喷喷的了。到了第三天，我们俩才在楼下大房间里相遇。小郡主刚从她母亲那里来，见了我以后，她收住脚步，在对面不远处坐下。我提心吊胆、全身哆嗦着等候下文。

“涅朵琦卡，为什么我得为您挨骂？”她终于问。

“这不是为我，好卡嘉。”我急于为自己辩解。

“可是廖塔尔太太说我伤害了您。”

“不，好卡嘉，不，您没有伤害我。”

小郡主把肩膀一挺，表示不解。

“您为什么老是哭？”在沉默片刻后她又问。

“如果您讨厌，我就不哭。”我噙着泪水回答。

她又耸耸肩膀。

“以前您也老是哭吗？”

我不回答。

“您为什么住在我们家？”过了一会儿，郡主突然问道。

我愕然望着她，我的心好像被什么东西扎了一下。

“因为我是个孤儿，”我终于鼓起勇气来回答。

“您有没有爸爸妈妈？”

“有过。”

“他们不喜欢您吗？”

“不……他们喜欢我。”我硬着头皮回答。

“他们是穷人？”

“是的。”

“很穷？”

“是的。”

“他们什么也没有教过您？”

“教过我认字。”

“那时您有玩具吗？”

“没有。”

“有蛋糕吗？”

“没有。”

“你们有几间屋子？”

“一间。”

“一间屋子？”

“一间。”

“有用人吗？”

“没有，没有用人。”

“那么谁给你们做事呢？”

“我自己去买东西。”

小郡主问的话愈来愈刺痛我的心。往事的回忆、孤女的身份、郡主的惊诧——这一切无不伤害我的感情，使我的心不断沁血。我激动得浑身颤栗，眼泪堵塞了咽喉。

“这么说，您住在我们家很高兴喽？”

我不吭声。

“您有好衣裳吗？”

“没有。”

“坏的呢？”

“有。”

“我看见过您的衣裳，人家给我看过。”

“那您为什么要问我？”我说着站起身来，一种前所未知的新的感受引起我手脚发抖。“您为什么要问我？”我气得涨红了脸往下说，“您为什么嘲笑我？”

小郡主也红了脸站起来，但旋即克制了自己的激动。

“不……我没有笑，”她答道，“我只不过想知道，您的爸爸妈妈很穷，这是不是真的？”

“您为什么向我问起爸爸妈妈？”我忍不住心灵的创痛哭了起来，“为什么您这样问他们的事？他们怎么了您啦，卡嘉？”

卡嘉站着有些发窘，不知如何回答。正在这个当儿，公爵走了进来。

“你怎么啦？涅朵琦卡？”他朝我脸上一看，见我在流泪，就问。“你怎么啦？”他又看看卡嘉，发现她脸上火辣辣的，“你们在谈什么？你们为什么吵架？涅朵琦卡，你们为什么吵架？”

但我不能回答。我抓住公爵的一只手吻着，眼泪扑簌簌掉下来。

“卡嘉，不要撒谎。到底怎么回事？”

卡嘉不会撒谎。

“我说我看见过她有很坏的衣裳，那还是她和爸爸妈妈住在一起的时候穿的。”

“谁给你看了？谁竟敢这样做？”

“是我自己看到的，”卡嘉断然答道。

“好！你不愿推到别人身上的，我了解你。底下呢？”

“可是她哭了起来说，我为什么要嘲笑她的爸爸妈妈。”

“这么说，是你嘲笑了他们？”

尽管卡嘉没有笑，但当我第一次认为她在嘲笑时，她显然有这样的意图。她一句话也没有回答，这表明她自己也承认此事。

“马上去向她道歉，”公爵指着我对卡嘉说。

小郡主站在原地一动不动，脸色煞白。

“去！”公爵说。

“我不愿意，”卡嘉终于低声说，但态度非常坚决。

“卡嘉！”

“不，我不愿意，不愿意！”她忽然两眼闪光、双脚跺地嚷了起来，“爸爸，我不愿去道歉。我不喜欢她。我不愿跟她住在一起……她整天哭哭啼啼，这怪不了我。我不愿意，不愿意！”

“你跟我走，”公爵说着抓住她的一只手，拉着她往自己书斋里走，“涅朵琦卡，你到楼上去。”

我想跑到公爵跟前去为卡嘉讨情，但公爵厉声重申他的命令，我吓得手脚冰凉，只得上楼去。到了我们的屋子里，我倒在沙发上，双手捧住脑袋。我一分钟一分钟地数着时间，焦急地等候卡嘉，恨不得扑到她脚下。最后，她终于回来了，一句话也不说，打我身旁经过走到角落里。她哭得双眼通红，两颊浮肿。我的决心顿时消失。我惊恐地望着她，吓得不能动弹。

我竭力责备自己，竭力向自己证明一切都是我的过错。我无数次想走到卡嘉跟前去，可又无数次停下来，不知道她会怎样对待我。如此过了一天、两天。到第二天傍晚，卡嘉情绪有所好转，甚至滚动铁环在各间屋子里跑了一阵，但旋即放下游戏，一个人坐到角落里。临睡前，她忽然面朝我转过身来，甚至向我跨了两步，她张开嘴唇想对我说些什么，但半道上又止步转身，躺下睡了。接着又过了一天，诧异的廖塔尔太太终于开始盘问卡嘉：她究竟怎么啦？她一下子变得这样安分，是不是病了？卡嘉回答了几句，还拿起拍子准备打板羽球，但廖塔尔太太刚转过身去，她就涨红脸哭了。她从屋子里跑出去，不让我看到她。末了，事情总算得到解决：在我们发生争吵三天以后的下午，她突然走进我的房间，不好意思地挨到我跟前。

“爸爸命我向您道歉，”她说，“您原谅我吗？”

我急忙抓住卡嘉的双手，激动得气急心慌地说：

“当然！当然！”

“爸爸命我跟您亲吻——您愿意吻我吗？”

作为回答，我开始吻她的双手，在上面洒了不少眼泪。我朝卡嘉一看，见她神态有些异样。她的小嘴微微翕动，下巴发颤，眼睛湿润，但她倏忽间克制了内心的激动，唇边曾有一瞬浮起笑意。

“我去告诉爸爸，说我跟您亲吻过了，我向您道了歉，”她低声说，像在独自沉吟，“我已经三天没见到他；他不准我去见他，除非向您道歉。”她沉默片刻后又找补了几句。

说完，她带着羞怯和沉思的表情下楼去，好像还拿不准父亲是否愿意见她。

但一小时过后，楼上响起了喧嚷声、笑声和福斯塔夫的吠声，有什么东西打翻并摔破了，有几本书跌落在地板上，铁环格啷啷从这间屋子滚到那间屋子，——总之一句话，我知道卡嘉又跟她父亲和好如初，我的心也因欣悦而颤动。

但卡嘉不来找我，显然想避免和我交谈。然而我却有幸引起她极大的好奇心。她愈来愈经常地在我对面坐下，这样便于仔细看我。她对我进行观察的方式比较天真，这个被阖宅上下当作宝贝娇纵惯了的任性的小姑娘，不明白我怎么会几次在她根本不想遇见我的时候和我狭路相逢。但这是一颗美好、善良的童心，它总是能凭直觉找到一条正路。她所崇拜的父亲对她拥有最大的影响。母亲简直爱得她发狂，但又对她严得要命；卡嘉从她那里继承了顽强、好胜和坚定的性格，可也全盘继承了母亲的怪癖，直至精神上的唯我独尊。公爵夫人的教育观比较奇特，卡嘉所受的教育也是娇纵无度和严厉无情的奇怪混合物。昨天允许的事情今天忽然无缘无故地遭禁，使孩子心中的是非观念受到损害……以后还会发生这样的故事……我只想指出一点：孩子已经有能力确定自己对父母的态度。和父亲在一起时，卡嘉的本性充分外露，毫无隐蔽；和母亲在一起时则相反，显得内向、多疑、依头顺脑。但她这种柔顺并非真正出于心悦诚服，而是为一套体系所格。底下我会详加说明。不过，应当为我的卡嘉说句公道话，她到底能理解母亲的心，当她服从母亲意志的时候，已经充分意识到母爱的无限强烈有时会达到病态的狂热程度，——于是小郡主慷慨地把这一点也考虑在内。惜乎这种考虑后来对她容易亢奋的头脑没有什么好处！

但我几乎不明白自己正在发生什么变化。一种新的、莫名其妙的感觉激荡着我的身心，我可以毫不夸大地说，我在为这一新的感情而苦闷，而烦恼。简单地说——请原谅我用这样的语汇——我爱上了我的卡嘉。是的，这是爱，真正的爱，伴有眼泪和欢欣的爱，热情洋溢的爱。她有哪一点吸引着我？怎么会产生这样的爱？这是从我第一次看见她就开始的，当时我的全部感官都被这个天使般可爱的孩子的模样所震动，那是一种舒适的震动。她身上的一切都美；她的每一种坏脾气都不是和她一起诞生的，都是后来染上的，而且始终处在斗争状态。处处都可以看出美好的本性暂时被赋予不正确的形态；但她身上的一切，从这一斗争开始，都闪耀着可喜的希望，一切都预示着美好的未来。人人都欣赏她，人人都爱她，不光我一个人如此。比如，在下午三点钟，有人带领我们出去散步，所有的行人一看见她，都会愕然止步，往往有惊讶的叹赏从这位天之骄子背后传来。她生下来就幸运，她应当为幸福而生——这便是我和她见面得到的第一个印象。也许，这是在我身上第一次被唤起美的感觉，也是我对她产生爱的全部原因。

小郡主主要的坏脾气，或者说她性格上的主要素质是好胜。这种素质不可阻挡地力求在其自然形态中得到体现，同时必然会处于有偏向的状态即斗争状态。她的好胜及于十分幼稚的琐事，自尊心往往强到这样的程度：如果遇到什么阻力，不管属于何种性质，都不会使她伤心、生气，而只会感到惊奇。她想不通，怎么可能出现与她的愿望不一致的情况。然而，正义感在她心里总是会占上风的。如果她确信自己错了，会立即服从裁判而毫无怨言，决不翻悔。至于在这以前她对待我的态度与她的性格不符，我认为都可以归结为她对我抱有令人费解的反感，这种反感一时搅乱了她的整个身心的协调与和谐；这也是势所必然，因为她过分耽于自己的爱好，全仗榜样和经验把她引上正途。她出的点子都能取得圆满的结果，但那是通过不断发生的偏差和谬误付出了代价的。

卡嘉很快就完成了对我的观察，最后决定不再管我。她采取的办法是好像宅内根本没有我这个人：对我不说一句多余的话，甚至几乎必要的话也不说；我被排除在各项游戏之外，但不是强行排除，而是巧妙地做得仿佛是我自己不愿参加。课还是照常上，虽然廖塔尔太太把我作为悟性和安分的榜样要她学习，但我已经伤害不了她那极端敏感的、连我们的叭喇狗约翰·福斯塔夫爵士也可能伤害的自尊心。福斯塔夫平时阴阳怪气，但要是把它惹急了，可就凶得像只老虎，连主人的权威也不承认。还有一个特点：它不喜欢任何人；但它真正恨得最甚的敌人毫无疑问是老郡主……不过，下文还要讲到这段故事。高度自尊的卡嘉千方百计想战胜福斯塔夫的冷淡；哪怕家里只有这么一只畜生不承认她的权威和力量，不向她俯首帖耳，不喜欢她，她也不痛快。于是小郡主决心主动向福斯塔夫进攻。她要役使一切，君临一切，岂容福斯塔夫逃脱注定的命运？但是，不屈的叭喇狗愣是不肯就范。

一天下午，我们俩坐在楼下大厅里，福斯塔夫趴在屋子中央懒洋洋地享受午后的休息。这当儿小郡主忽发奇想要降伏它。她扔下自己的游戏，踮着脚开始小心翼翼地接近那条叭喇狗，一边用各种肉麻的名字亲切地称呼它，和颜悦色地向它招手。但福斯塔夫老远就龇着可怕的牙齿，小郡主只得止步。她本想走到福斯塔夫跟前把它抚摩一番，叫它跟自己走，而福斯塔夫向来不许任何人抚摩它，只有把它当作宠儿的公爵夫人除外。卡嘉的设想称得上一项艰巨的壮举，内含着非同小可的危险，因为福斯塔夫可以毫不费力地咬断她的手或者把她撕裂，如果它认为有此必要的话。它的力气大得像熊，我提心吊胆地从远处注意卡嘉的花招。但要一下子劝阻她是不容易的，甚至福斯塔夫极不客气地露出的牙也远远不足以吓退她。小郡主明白直接走近它肯定不可能，便在困惑中开始绕着她的对手打转。福斯塔夫毫无动静。卡嘉绕了两圈，已把直径大大缩短；接着又绕了第三圈。可是当她走到福斯塔夫视为禁区的地方时，那条狗又龇牙咧嘴，凶相毕露。卡嘉一跺脚扫兴地退回来，坐在沙发上沉思默想。

过了十来分钟，她想出新的招数诱惑对手，当即走了出去，然后带着些甜面包、馅儿饼回来，——不妨一言以蔽之曰：她更换了武器。可是福斯塔夫不为所动，因为它可能吃得太饱。它对扔给它的一块面包连看也不看；当小郡主又来到福斯塔夫认为属于自己疆界的禁区前面时，双方形成了较第一次更为严重的对峙状态。福斯塔夫昂首露牙，发出不太响的嘟囔之声，做了一个幅度不大的动作，仿佛准备一跃而起。小郡主气得面红耳赤，扔下馅儿饼回到原地方坐下。

她处在强烈的激愤之中。她一只脚频频踏着地毯，腮帮子红似火焰，眼眶里甚至闪起懊丧的泪花。偏偏她朝我看了一眼，周身的热血顿时往她头脑里直涌。她断然站起来，踏着最坚定的步子径向猛犬走去。

也许，这一次福斯塔夫实在太惊愕了。它竟让敌手进入禁区，直到双方相去仅及咫尺，它才以一声最凶险的咆哮迎接不顾一切的卡嘉。卡嘉站住一会儿，但也只是一会儿工夫，接着又果断地迈步向前。我吓得发了呆。我还从未见过小郡主如此热情冲动；她眼睛里闪耀着胜利的光芒。这时按她的模样可以画一幅绝妙的图像。她勇敢地顶住了暴怒的叭喇狗的威胁性目光，在它的血盆大口前面没有发抖；福斯塔夫半个身体已站起来。从它毛茸茸的胸中发出一声惊心动魄的怒吼；再过一分钟，它也许已经把卡嘉撕裂。但是小郡主把一只小手骄傲地按到它身上，以胜利的姿态在狗背上抚摩三次。有一刹那工夫叭喇狗拿不定主意。这是最恐怖的一刹那；但它突然费劲地站起来伸了个懒腰，谅必认为不值得跟小孩子打交道，悠悠然从屋子里走了出去。小郡主踌躇满志地站在被她征服的那个地方，向我投了难以言传的一瞥，陶醉在胜利喜悦中的一瞥。可是我面如土色；她注意到了，并且微微一笑。不过，她的两颊也已蒙上一层死灰色。她勉强走到沙发旁，几乎像昏厥似的倒在上面。

但我对她已经着了迷，而且迷得晕头转向。打从我替她捏了一大把冷汗的那天起，我已不能自持。我陷入了相思的痛苦，有千百次直想扑过去搂住她的脖子，可又被恐惧束缚在原地不能动弹。我记得自己当时竭力避开她，怕给她看到我激动的情状，但要是她蓦地闯进我躲在那里的某间屋子，我会手脚发抖，心跳得天旋地转。我觉得淘气的小郡主看出了这一点，有两天连她也不知如何是好。但不久她就对此安之若素。这样过了一个月，我在暗中足足受了一个月的折磨。我的感受具有一种不可思议的韧性（如果可以这样形容的话）：我的本性耐力无与伦比，若非万不得已，不会发生感情的爆炸或突然宣泄。必须指出，在整个这段时间内，我和卡嘉没说上两三句话；但我根据某些很难捉摸的迹象发现，她这样做并非出于对我的遗忘或漠视，而是出于有意的规避，好像她发誓要和我保持一定的距离。但我夜里已睡不着觉，而白天甚至在廖塔尔太太面前也无法掩饰自己的窘态。我对卡嘉的爱到了怪诞的程度。有一次我偷偷地拿了她的一方手绢，另一次拿了她扎辫子的一条缎带，夜里泪流满面地吻着这些东西。起初，卡嘉的冷淡使我深感委屈，但后来我的心思都搅乱了，自己也没法把自己的感觉理出个头绪来。就这样，新的印象渐渐排挤了旧的，想起自己凄凉的往昔也不再引起我的剧痛，回忆已被新的生活取而代之。

记得我有时夜里醒来，下了床蹑着脚走到小郡主床前。我可以借我们一盏过夜小灯的微光一连几个小时凝视睡着的卡嘉；或者坐在她床边，俯身到她面前，让她的呼吸向我送来阵阵热流。我不顾吓得瑟瑟打颤，悄悄地吻她的小手、臂膀、头发，甚至吻她的脚，如果有一只脚露在被外的话。由于我已有整整一个月目不转睛地注意她，慢慢地发觉卡嘉一天比一天显得若有所思，她的性格正在失去固有的均衡：有时整天听不见她的动静，有时却会掀起前所未有的喧闹。她变得比较急躁、挑剔，动不动就脸红生气，对待我甚至不惜在小事情上采取狠心的做法：忽而不愿和我一起进餐，不愿挨着我坐，似乎对我表示厌恶；忽而到她母亲身边去，一连几天待在那里，可能知道我离开了她要害相思；忽而开始对我连续瞧上几个钟点，窘得我无地自容，脸上红一阵、白一阵，可又不敢从屋子里走出去。卡嘉已有两次抱怨头痛发热，而以前我从未发现她有任何疾病。直到某一天早晨，终于下达了一道特别指示：根据小郡主的迫切愿望，她搬到楼下妈妈屋里去了，因为公爵夫人得悉卡嘉抱怨头痛发热吓得半死。必须说明一下，公爵夫人对我极为不满，她也注意到了卡嘉身上所起的变化，并把这种变化归咎于我，用她的话来说，这都是我的阴郁的性格影响到她女儿的性格。她早就想把我们分开，然而一直推迟采取行动，知道在这个问题上不得不同公爵发生重大的争论，因为公爵虽然处处对她让步，但有时却毫不通融，固执到近乎刚愎。公爵夫人对他有充分的了解。

小郡主搬走使我大为震惊，我足有一星期处于极不正常的紧张状态。我忍受着渴念的煎熬，苦苦思索卡嘉讨厌我的原因。忧伤撕扯着我的胸臆，义愤开始在我受了伤害的心中翻腾。我身上忽然产生一种不甘屈辱的心情，到了有人带领我们出去散步的钟点，我在和卡嘉见面时，一反过去的常态，摆出卓然独立、煞有介事的架势望着她，这甚至使她感到意外。当然，这样的变化在我身上只是阵发性的表现，过后心又开始痛得更厉害，我也变得比以前更羸弱、更胆怯。一天早晨，小郡主终于又回到楼上，这使我莫名其妙，又喜不自胜。她先是狂笑着跑去跟廖塔尔太太拥抱，宣布她又搬回来了，接着也向我点点头；她请求这天上午不要上课，获准后就奔跑跳跃痛痛快快玩了半天。我从未见过她这样活泼快乐。但向晚她却转趋沉静，若有所思，她那俏脸蛋儿又蒙上一层忧郁的阴影。晚上，公爵夫人来看她时，我见卡嘉不自然地努力想装出挺快活的样子。但是，母亲走后，她一个人忽然掉下了眼泪。我大吃一惊。小郡主发现我在注意她，便走出房间。反正她身上在酝酿着一场意想不到的危机。公爵夫人向好几位大夫征求过意见，每天把廖塔尔太太叫去询问有关卡嘉的情况，连最琐屑的细节也不忽略，还吩咐对她的一举一动仔细观察。只有我一个人对真相有所预感，我的心在希望的鼓舞下开始加速跳动。

简言之，一段小小的罗曼司正在演出并且临近尾声。卡嘉回到我们楼上来的第三天，我注意到，她整整一个上午老是用异样的目光长久地望着我……我有好几次遇见这样的目光，每一次我们俩都涨红了脸，低首垂目，仿佛彼此害羞。临了，小郡主笑出声来离我而去。等到钟敲三下，人家给我们穿戴起来，准备出去散步。卡嘉忽然走到我跟前。

“您一只鞋的鞋带松开了，”她对我说，“我来帮您系。”

我因为卡嘉终于开始跟我交谈而脸红得像樱桃，正想自己俯下身去。

“让我来！”她不耐烦地说着笑了起来。她当即弯下腰，硬把我的脚搬起来搁在她的膝盖上，动手系鞋带。我感到呼吸急迫，由于惊喜交加而不知如何是好。她系好鞋带站起来，把我从头到脚打量一番。

“脖子也敞着，”她说时用一个指头碰了一下我脖子上裸露的皮肤，“我来重新裹一下。”

我不加抗拒。她把我的围脖解开，按她的习惯重新结扎。

“要不然着了凉会咳嗽的，”她十分调皮地笑道，但见一双水汪汪的黑眼睛向我一闪。

我简直忘其所以；我不知道自己是怎么回事，也不知道卡嘉是怎么回事。感谢上帝，我们的散步很快结束了，否则我会忍不住在街上搂住她亲吻。不过，上楼梯的时候，我还是偷偷地在她肩膀上吻了一下。她发现了这个动作，身体一震，但一句话也没说。傍晚，她被打扮得漂漂亮亮领到楼下去。公爵夫人那里有客。但这天晚上一场风波闹得阖宅不宁。

卡嘉发了一次神经性的惊厥。公爵夫人吓得魂飞魄散。医生说不出究竟，只得归结为儿科疾病，归因于卡嘉的年龄，可是我另有想法。翌晨，卡嘉来到我们面前时跟平时一样红润、快活、精力充沛，但也带来一些从未有过的怪癖和奇想。

首先，整个上午她完全不听廖塔尔太太的话。尔后，她忽然要到老郡主那儿去。老太太一向讨厌这个侄孙女，经常跟她不睦，不愿见她；这回却一反常态，允许她进见。最初一切顺利，一老一小在第一个钟点内相处得挺好。狡黠的卡嘉居然请求宽恕，说自己老是吵吵嚷嚷，调皮捣蛋，使老郡主不得安宁。老太太含着眼泪庄严地宽恕了她。但是这个鬼丫头决意走得更远。她甚至煞有介事地历数自己的种种淘气行为，其实这些还仅仅是念头和设想。卡嘉扮演了一个顺从、虔敬的真诚悔过者的角色，总而言之，用迷汤把道学气十足的老郡主灌得飘飘然；因为卡嘉是全家的宝贝，她甚至能迫使母亲也依从她的古怪想法，老郡主眼看这样一个天之骄子向她俯首服输，自尊心当然得到很大的满足。

淘气的小姑娘承认，她曾打算把一张名片粘在老郡主的衣服上，打算让福斯塔夫埋伏在她床下，打算砸碎她的眼镜，把她的书统统搬走，用妈妈那里的法文小说调包，还打算弄些爆竹来撒在地板上，还打算把一副纸牌藏在她兜里，等等，等等，不一而足。总之，调皮捣蛋的花样可谓层出不穷。老太太愈听愈不像话，气得脸色红里泛青；最后，卡嘉忍不住纵声大笑，从姑婆身边逃之夭夭。老太太立即吩咐把公爵夫人叫去。于是乎掀起一场轩然大波。公爵夫人花了两个小时泪汪汪地央求老太太饶恕卡嘉，姑念她在发病，不要施加惩罚。起先，老郡主水泼不进，她扬言明天就搬出宅第；直至公爵夫人保证把惩罚推迟到女儿病好为止，以后一定执行，以平老郡主的义愤，她的态度才和缓下来。卡嘉经受住了一顿严厉的呵责。她被关到楼下公爵夫人房间里去。

但午后这小淘气还是设法脱了身。我悄悄下楼去的时候，恰好在扶梯上碰见她。她把扶梯门推开一条缝招呼福斯塔夫。我瞬即猜到她在打主意进行可怕的报复。事情是这样的——

老郡主深恶痛绝的对头莫过于福斯塔夫。这条狗不向任何人讨好，也不喜欢任何人，傲慢、自大、骄矜达于极点。它不喜欢别人，但显然要所有的人都对它表示一定的尊敬。大家也确乎以这样的态度对待它，不过在尊敬中杂有相当的畏惧。然而，自从老郡主驾临此地，一切都发生了变化：福斯塔夫遭到骇人听闻的侮慢，具体说来，它竟被明令禁止到楼上去。

最初，受辱的福斯塔夫简直气疯了，整整一个星期老是用爪子抓由楼上通下面一间屋子的扶梯门；但它不久就猜透了遭放逐的原因，在老郡主出门上教堂的第一个星期日便尖叫狂吠着向她扑去。当时幸得有人相救，她才免遭此犬疯狂的报复，因为福斯塔夫受辱被逐都是老郡主的命令，她声称见不得那条狗。从此，上楼的禁令便以最严厉的方式对福斯塔夫执行；逢到老郡主要下楼，总是先把福斯塔夫赶到最远的屋子里去。仆人们担当着无比重大的责任。但那只记仇的畜生曾先后三次找到机会闯上楼去。它一冲上扶梯，立刻穿越所有的房间直奔老郡主的寝室。什么也拦阻不住它。幸而老太太的房门经常上锁，福斯塔夫只得在门外恶狠狠地咆哮一通，直到有人赶来把它轰下楼去为止。在桀骜不驯的叭喇狗来访期间，老郡主自始至终没命地呼叫，简直像已经被吃掉了似的，而且每次都要受惊致病。她曾一再向公爵夫人发出最后通牒[①]，有一次甚至走了嘴，竟说她和福斯塔夫两者必须有一个离开宅子；然而公爵夫人不愿同福斯塔夫分离。

公爵夫人喜欢的人不多，但除了自己的孩子，她最爱的便是福斯塔夫。原因何在？大约在六年前，公爵一次散步归家，带回来一只肮脏而有病的小狗，模样寒伧得可怜，品种倒是一头纯粹的叭喇狗。是公爵救了它的命。由于这位新来的居住者举止粗野，不识礼貌，在公爵夫人坚持下被打发到后院去用绳子拴起来。公爵没有表示异议。过了两年，公爵全家住在别墅里，卡嘉的弟弟小萨沙掉进了涅瓦河。公

① 原文为拉丁语。

爵夫人失声惊呼，她第一个动作便想紧跟在儿子后面投入河中。当时若非有人拉住，她必死无疑。其时孩子正被水流很快地冲走，只有他的衣服浮在水面上。人们急急忙忙把一条船解去缆绳，但除非出现奇迹，否则孩子得救看来是无望的了。忽然，一头硕大无朋的叭喇狗纵身蹿入水中截住漂流的小孩，衔着他胜利游到岸上。公爵夫人跑过去和又脏又湿的狗亲吻。但福斯塔夫（当时它的名字还是毫无诗意和十足平民色彩的弗里克萨）讨厌任何人跟它表示亲昵，竟在公爵夫人肩膀上尽牙齿所及的深度狠狠咬了一口，作为对她的拥抱和亲吻的回答。公爵夫人终生摆脱不了这个创痛，然而她的感激也是无限的。福斯塔夫被洗刷得干干净净，还得到一只工艺精美的银项圈，并从此获准进入内宅。它在公爵夫人书房里一张华贵的熊皮上定居下来，不久，公爵夫人已能够抚摩它而无须担心迅即遭到惩罚。及至闻悉她的爱犬名叫弗里克萨，公爵夫人大为骇然；大家马上给它另起一个尽可能古色古香的名字。但诸如赫克托、塞伯拉斯之类的名字已过于俗气；要求这个名字能充分配得上这位得到全家宠爱的英雄。后来，公爵考虑到弗里克萨无与伦比的饕餮本领，建议给叭喇狗取名福斯塔夫[①]。这个诨号受到热烈欢迎，从此永远成为那条狗的名字。福斯塔夫表现得很好，像个地道的英国人那样不声不响、阴阳怪气，从不先向任何人跑过去，只要求别人保持相当距离绕过它在熊皮上的地盘，处处向它表示一定的尊敬。它偶尔显出垂头丧气、百无聊赖的样子，在这样的时刻，福斯塔夫会痛心地想起，它的不共戴天的仇敌、胆敢侵犯它权利的冤家对头，尚未受到惩罚。于是它悄悄地来到通往楼上的扶梯前，发现那里的门照例锁着，便在附近找个地方躺下，躲在角落里居心叵测地窥伺，看有没有人粗心大意开了门不锁上。这记仇的

① 莎士比亚的喜剧《温莎的风流娘儿们》中一个肥胖、贪吃、好色的人物。

畜生往往有耐心等上三天。但主人有命令严密监视扶梯楼门，所以福斯塔夫迄今已有两个月不得上楼。

“福斯塔夫！福斯塔夫！”小郡主叫着，一边打开扶梯门，招手欢迎福斯塔夫到我们楼上去。

这时，福斯塔夫发觉有人开门，已经准备跃过对它设置的警戒线。但小郡主的召唤在它听来太不可思议了，以致它一时完全不敢相信自己的耳朵。它像猫一般狡猾，为了佯装没有发觉开门人的疏忽，故意走到窗前，把强壮的前爪搁在窗台上，开始观察对面的一幢房屋，——总之，它摆出一副十足的旁观者姿态，在散步时路经此地逗留片刻，欣赏一下邻近那幢房屋出色的建筑风格。其实，它的心在欣悦的期待中跳得正欢。及至门在它面前开得笔直，不唯如此，还有人招呼它，邀请它，恳求它上楼去立刻报仇雪恨，不难想象这时它惊讶、狂喜和激愤到何等程度！福斯塔夫高兴得尖叫一声，露出牙齿，威风凛凛、杀气腾腾地像一支离弦的箭冲上楼去。

它的冲刺势头之猛，半道上有一把椅子给碰了一下，竟弹出丈把远以后翻倒在地。福斯塔夫像一发射出的炮弹向目标飞去。廖塔尔太太发出恐怖的惊呼，但福斯塔夫已冲到那扇禁门前，举起两只前爪使劲撞了一下，然而没有把门撞开，于是它因功败垂成而发出悲愤的嗥叫。紧接着可以听到老郡主惊心动魄的呼喊。此时，千军万马已从四面八方纷纷赶来，阖宅人等会师楼上，有人把皮笼口巧妙地套到狗嘴上，福斯塔夫四条腿都给绊住。结果，狂暴的福斯塔夫被用套索牵着下楼，从战场上铩羽而归。

一名使臣奉命去见公爵夫人。

这一回，公爵夫人并不倾向于宽恕，可是该处罚谁呢？她一下子就猜到了事情的原委；她的视线落在卡嘉身上……果然不出所料：卡嘉站在那里吓得面色煞白，全身颤抖。可怜的小郡主这才意识到自己的恶作剧后果严重。这件事可能怀疑到仆人、无辜者身上，所以卡嘉准备把真相和盘托出。

“是你干的好事？”公爵夫人声色俱厉地问。

我见卡嘉面无人色，便挺身而出，用坚定的语气说：

“是我放过了福斯塔夫……怪我不小心。”我添上一句，因为我的全部勇气在公爵夫人逼视下已化为乌有。

“廖塔尔太太，请儆戒一下！”公爵夫人说完就走出房间。

我朝卡嘉看了一眼：她站着呆若木鸡，两手垂在身旁，苍白的脸望着地上。

处罚公爵的孩子所采用的唯一方式是空室禁闭。在空屋子里待上一两个钟头本来是无所谓的。但如果违背本人的意愿硬把一个孩子关起来，并对之宣布不得自由行动，那可是相当严厉的惩罚。对卡嘉或她的弟弟一般关两个小时。考虑到我这次罪行的性质实在骇人听闻，决定把我关四个小时。我怀着病态的喜悦进入禁闭室。我心里想着小郡主。我知道自己胜利了。不过，我在空屋子里不止待四个小时，而是直待到清晨四点钟。下面是事情的经过。

我被禁闭起来以后过了两小时，廖塔尔太太得悉她的女儿从莫斯科来到彼得堡，刻下突然病了，想和她见面。廖塔尔太太走的时候把我给忘了。照看我们的一名使女大概以为我已经得到释放。卡嘉给叫到楼下去，被迫在母亲身边直待到夜晚十一点。回来时发现我不在床上，她极为惊讶。使女给她脱去衣服，安置她睡下；小郡主并不问起我，她有她的理由。她上床后准备等我，因为她肯定我被禁闭四个小时，估计我们的保姆会把我送回来。但娜斯佳把我忘得一干二净，何况我是一贯自己脱衣服的。我就这样在禁闭中过夜。

凌晨四点钟，我听见有人在大敲大擂禁闭室的门。我是躺在地板上凑合着睡的，惊醒后吓得叫了起来，但当即分辨出卡嘉比谁都响的声音，其次是廖塔尔太太，再次是娜斯佳、管家妇的声音。门终于被打开，廖塔尔太太含着眼泪把我搂住，为她把我忘了这件事深表歉意。我也泪流满面地和她拥抱。我冻得直打哆嗦，全身的骨头因躺在光地上酸痛得厉害。我用目光寻找卡嘉，可是她跑到我们寝室里，一纵身钻进被窝去了；我进去时，她已经睡着，或者假装睡着了。其实，她从晚上便开始等候我，等着，等着，不知不觉入了梦乡，一直睡到清晨四点钟。她醒过来以后，立即闹翻了天，把已经回来的廖塔尔太太以及保姆、使女通通吵醒，于是我才得救。

次日早晨，阖宅上下都知道了这件事，连公爵夫人也说对我过于严厉了。至于公爵，这一天我生平第一次看见他大发雷霆。上午十点钟，他情绪无比激动地来到楼上。

“请问，您怎么能这样做呢？”他开始质问廖塔尔太太，“您是怎样对待一个病孩的？这是野蛮行为，十足的野蛮行为，太不文明了！一个虚弱的病孩，受不起惊吓的小姑娘，生来就容易想入非非，居然在黑屋子里整整关了她一夜！这不是要毁了她吗？难道您不了解她的身世？这太野蛮了，简直不讲人道，这就是我要对您说的，廖塔尔太太！怎么可以这样处罚孩子？是谁想出来的，是谁发明这样的处罚办法？”

可怜的廖塔尔太太窘得要命，她泪汪汪地开始向公爵说明原委，说她把我给忘了，因为她女儿来了；并说这个处罚办法本身并不坏，如果时间不是太长的话；还说连让 · 雅克 · 卢梭[①]也说过这样的话。

“您居然抬出了让 · 雅克 · 卢梭！让 · 雅克不可能说这话。让 · 雅克不是权威，让 · 雅克 · 卢梭不敢妄谈教育，他没有权利这样做。

---

① 让 · 雅克 · 卢梭（1712—1778），法国作家、哲学家、教育家。他写过一本论儿童教育的书《爱弥儿》。

让·雅克·卢梭连自己的孩子也不要，廖塔尔太太！让·雅克是个坏人，廖塔尔太太！”

“让·雅克·卢梭！让·雅克是坏人？！公爵！公爵！您在说什么呀？”！

廖塔尔太太全身的血液都沸腾了。

廖塔尔太太是个不可多得的好人，她最讨厌动不动就生气；但要是触及她崇敬的人物，渎犯高乃依[1]、拉辛[2]的古典主义巨影，侮慢伏尔泰，说让·雅克·卢梭是坏人，——那可不得了！廖塔尔太太的眼泪夺眶而出；这位法国老太太气得浑身发抖。

“您这话太没有分寸了，公爵！”她终于抑止不住愤怒说道。

公爵立刻发觉自己失言，并表示歉意，然后走到我面前，深情地吻了我一下，给我画了个十字，从房间里走出去。

可怜的公爵！[3]”廖塔尔太太也深受感动地说了一句。于是我们坐下来上课。

但小郡主上课时心不在焉得厉害。在去吃午饭之前，她走到我对面站住，满脸通红，嘴角带笑，夹住我的肩膀，匆匆忙忙、似乎很不好意思地说：

“怎么样？昨天替我受苦了吧？饭后我们到大厅里玩儿去。”

这时有人打我们身边走过，小郡主倏即扭过脸去不看我。

黄昏时分，我们俩吃过饭以后手拉着手下楼到大厅里去。小郡主情绪激动，呼吸急促。我则感到从来没有过的喜悦和幸福。

“你愿意抛球玩儿吗？”她问我，“你站到这儿来！”

她叫我站在大厅的一角，但她自己没有退开去把球抛给我，而是

① 高乃依（1606—1684）——法国古典主义戏剧奠基人，代表作为悲剧《熙德》。

② 拉辛（1639—1699）——法国古典主义戏剧家，代表作为悲剧《费德尔》。

③ 原文为法语。

在离我仅三步的地方站住，朝我看看，双手捂住骤然泛红的脸倒在沙发上。我向着她跨出一步；她以为我可能走开。

“不要走，涅朵琦卡，跟我在一起待一会，”她说，“我马上就会好的。”

她一骨碌从沙发上爬起来，满面通红、热泪纵横地扑过来和我拥抱。她的腮颊湿漉漉的，嘴唇像两颗熟透的樱桃，鬈发蓬乱披散。她疯狂地吻着我，吻我的面孔、眼睛、嘴唇、脖子、胳臂；她歇斯底里地哭着；我紧紧贴在她怀里，我们像两个好朋友，像一对久别重逢的恋人一般甜甜蜜蜜、亲亲热热地互相拥抱。卡嘉的心跳得厉害，它的每一次搏动我都能听到。

但这时隔壁房间里有人在叫唤卡嘉到公爵夫人那儿去。

“啊，涅朵琦卡！我走了！晚上见，夜里见！你先到楼上去等我。”

她吻了我最后的一次，那是温柔、无声而又热烈的一吻，然后离开我赶往娜斯佳发出叫唤的方向。我好像重新获得了生命，急忙跑上楼去扑倒在沙发上，脑袋埋在枕头里，由于喜出望外而号啕大哭。心中像有砧杵在捣个不停，简直要把胸膛捅穿。我不记得我是怎样挨到深夜的。直至钟敲十一点，我上床睡觉。小郡主到十二点才回来；她老远向我微笑，但没有说话。娜斯佳开始给她脱衣服，仿佛故意磨磨蹭蹭个没完。“快一点，快一点，娜斯佳！”卡嘉嘀咕道。

“您怎么啦，郡主？您的心扑腾腾直跳，八成是上楼的时候跑得太快了吧？……”娜斯佳问。

“哎呀，我的上帝！你真噜苏，娜斯佳！快，快！”小郡主恼怒地在地板上跺了一下脚。

“嘎，好大的脾气！”娜斯佳说，她正在给小郡主脱鞋，就把这只脚吻了一下。

好容易一切都结束了，小郡主躺下睡觉，娜斯佳从屋子里走出去。一转眼卡嘉便从床上跳起来跑到我跟前。

“到我床上去跟我一起睡！”她说着把我从被窝里拖起来。顷刻间，我已到了她床上，我们俩抱成一团，贪婪地互相贴紧。小郡主把我全身都吻遍了。

“我记得以前你夜里是怎样吻我的！”她说时脸红得像朵罂粟花。

我哭了。

“涅朵琦卡！”卡嘉也含泪向我耳语，“我可爱的天使，我很早很早就爱你了！你可知道是打什么时候开始的？”

“什么时候？”

“打从爸爸命我向你道歉开始的，也就是你卫护你爸爸的那一次，涅朵琦卡……可——怜——的——孤——儿！”她拉长了调子说着又把我吻遍。她又是哭，又是笑。

“卡嘉！”

“什么事？说呀，什么事？”

“为什么我们俩这么多时间一直……一直……”我没把这句话说完。我们互相拥抱，足有三分钟一句话也不说。

“你倒说说看，你对我是怎么想的？”小郡主问。

“哦，我想得可太多了，卡嘉！我老是在想，白天夜里都想。”

“夜里你还说我来着，我听见过。”

“真的？”

“还哭了不知多少次。”

“你瞧！你到底为什么老是这样傲慢？”

“我实在太蠢了，涅朵琦卡。不知怎么的，我往往犯这样的毛病，完全没有旁的原因。我老是生你的气。”

“为什么？”

“就为了我自己是个坏东西呗。先是因为你比我好；后来因为爸爸更喜欢你。爸爸的心地善良，涅朵琦卡！你说对吗？”

“对，当然！”一想起公爵，我禁不住含着眼泪答道。

“他是个好人，”卡嘉郑重其事地说，“可是我对他有什么办法呢？他老是那样……后来，我向你道歉，差点儿哭了起来，为了这个缘故，我又生气得要命。”

“我看到了，我看到了当时你想要哭。”

“你给我住口，傻丫头，你自己最爱哭鼻子！”卡嘉用手捂住我的口向我喝道，“听着，我很想爱你，后来一下子又想恨你，而且恨得咬牙切齿！……”

“究竟为什么？”

“反正我就是生你的气。我也不知道为什么！可是后来我看到你离开了我日子没法过，我就寻思：这可恶的丫头，我得好好给她吃点儿苦头！”

“啊，卡嘉！”

“我的心肝！”卡嘉吻着我的手说，“后来我不愿跟你说话，怎么也不愿意。我抚摩福斯塔夫的那一回，你可记得？”

“哦，你的胆量真大！”

“其实，我怕——得——要——死，”小郡主拖长音调说，“你知道我为什么要走到它跟前去？”

“为什么？”

“因为当时你在场。我看到你在瞧着……懂吗？！所以我不顾一切地走过去。我把你吓坏了吧，啊？你为我捏了一把汗？”

“真把我吓死了！”

“我看见的。等到福斯塔夫走开的时候，我高兴得不得了！我的天，这凶猛的家伙走了以后，我才愈想愈怕！”

小郡主神经质地哈哈大笑，然后一下子抬起她发热的脑袋来，开始注视着我。眼泪像一颗颗珍珠在她长长的睫毛上颤动。

“你身上究竟有哪一点能使我这样爱你？瞧你的模样，苍白的皮肤，头发的颜色又那么淡，傻里傻气，爱哭鼻子，一双浅蓝色的眼睛，可怜的孤儿！！！”

说罢，卡嘉又凑过来吻了我无数次。她有好几颗眼泪掉在我的面颊上。这是深受感动流下的眼泪。

“其实，我非常非常爱你，可硬是不承认！心想：我决不告诉她！我的脾气就有那么犟！现在想来，我何必怕你呢？我何必不好意思告诉你呢？瞧，现在我们俩多好！”

“卡嘉！我觉得太好了！”我大喜欲狂地说，“高兴得心都疼了！”

“是的，涅朵琦卡！你听我说下去……我问你，是谁把你的名字叫成涅朵琦卡的？”

“妈妈！”

“你把妈妈的事都告诉我好吗？”

“好，一定都告诉你，”我欣然答道。

“你把我的两条花边手绢放到哪儿去了？还有，你为什么把我的缎带拿走？真不害臊！这些我都知道。”

我笑了起来，羞得面红耳赤，差点儿掉下眼泪。

“我心想：我要捉弄捉弄她，不能一下子告诉她。有时候我又想：我一点也不喜欢她，我讨厌她。可你老是那样柔顺，像一只绵羊！其实，我非常担心你认为我愚蠢！你挺聪明，涅朵琦卡，你确实聪明得很。难道不是吗？”

“你说到哪儿去了，卡嘉！”我几乎动了气。

“不，你确实挺聪明，”卡嘉坚定而认真地说，“这我是知道的。一天早晨我从床上起来，心里只觉得说不出有多么爱你！我整整一夜老是梦见你。我心想：我要搬到妈妈那儿去住。我不愿意爱你，不愿意！可是第二天夜里将要入睡的时候，我又盼望你跟隔天夜里一样走到我床前来，而你果然来了！当时我假装睡着了……啊，我们俩真是不识羞的一对儿，涅朵琦卡！”

“你究竟为什么不愿意爱我？”

“我没有把意思说清楚。其实，我一直爱你！一直爱你。后来简直耐不住了，我寻思：总有一天我要把她吻一个痛快，或者狠狠地拧她，拧得她半死不活。我这就让你尝尝滋味，你这个蠢丫头！”

说着，小郡主拧了我一把。

“还记得我给你系鞋带的事吗？”

“记得。”

“‘记得’；你乐意不？我瞧着你，心想：多可爱的小妞儿，让我给她把鞋带系好，不知她会有什么想法？当时我自己也挺乐意。说实话，我真想跟你亲吻……可是没有这样做。后来心里愈想愈可乐，太可乐了！在我们一起散步的时候，一路上也是这样，我一下子直想放声大笑。我瞧着你就想笑出来。你代替我坐班房，我非常高兴。”

“班房”指的是那间空屋子。

“你在里边怕不怕？”

“怕得要死。”

“我高兴还不光是因为你把责任揽到自己身上，而是因为你要代替我坐班房！我心想：这时候她在哭，可我是这样爱她！明天我一定要好好地吻她，吻一个痛快！说真的，我并不可怜你，确实不可怜你，虽然我哭了。”

“我倒挺高兴，我偏不哭！”

“你没哭？啊，你好狠的心肠！”小郡主嚷着把嘴唇向我凑过来。

“卡嘉，卡嘉！我的天哪，你多美啊！”

“难道不是吗？现在，你爱把我怎么样就怎么样！折磨我，拧我吧！请你拧我一把！我的宝贝，拧我一把！”

“淘气鬼！”

“还有吗？”

“傻丫头……”

“还有吗？”

“还要你吻我一下。”

于是我们一起接吻，一起哭，一起笑；我们的嘴唇都吻肿了。

“涅朵琦卡！首先，以后你每天到我床上来睡。你喜欢接吻不？我们可以在一起接吻。其次，我不喜欢你愁眉苦脸的样子。你为什么老是闷闷不乐？你愿意告诉我吗？”

“我要把一切都告诉你；不过现在我不愁闷，我挺快活！”

“我一定要让你的腮帮子变得和我一样红喷喷的！啊，但愿明天快来吧！你困不困，涅朵琦卡？”

“不。”

“那我们就谈吧。”

于是我们又扯了近两个钟头。天知道还有什么我们没谈到。先是小郡主向我介绍她对未来的全部设想和目前的情况。我了解到，她爱爸爸超过所有的人，几乎超过我。接下来我们一致认为，廖塔尔太太是个好人，她一点也不严厉。随后我们马上想好明天、后天做些什么，简直把今后二十年的生活都筹划好了。按照卡嘉出的点子，我们将这样过日子：一天由她向我发号施令，我样样照办，第二天倒过来——我发号施令，她百依百从；以后我们俩平分秋色指挥对方；将来会有人故意不服从命令，那时我们先吵一架做做姿态，然后赶快和解。总括为一句话：我们的未来无限幸福。最后，我们扯得疲倦了，我的眼皮儿渐渐撑不开来。卡嘉笑我贪睡，可她自己比我先睡着。次日早晨，我们同时醒来，匆匆接了个吻，因为有人要进我们屋里来了，我赶紧回到自己床上。

整整一天，我们高兴得不知如何相处是好。我们老是躲开所有的人，生怕被人发现。后来，我向她叙述自己的身世。卡嘉听了我的故事，震惊得流下了眼泪。

“你的心肠真够硬的！为什么你早不告诉我？我一定会非常非常爱你！那些男孩在街上把你打得疼不疼？”

“疼，我对他们怕极了！”

“哼，真可恶！告诉你，涅朵琦卡，我亲眼看到过一个男孩在街上打另一个男孩。明天我悄悄地带上对付福斯塔夫的短鞭子，要是遇上这样的坏孩子，我就狠狠地揍他，狠狠地揍他！”

她的眼睛里射出愤怒的光芒。

我们最怕有人走进来。我们唯恐在接吻的时候被人撞见。而这一天我们接吻至少有一百次。如此过了一天、两天。我担心会乐极而死，只感到幸福得喘不过气来。但是，我们的幸福没有持续多久。

小郡主的一举一动廖塔尔太太都必须向公爵夫人报告。她对我们观察了整整三天，这三天里边她收集到许多值得汇报的情况。她终于把注意到的现象去向公爵夫人和盘托出：我们俩都处在极度亢奋的状态，已经有三天老是形影不离，不停地接吻，像疯子似的又哭又笑，像疯子似的谈个没完，而这是过去所没有的；廖塔尔太太不知道该把这一切归因于什么，但她觉得小郡主正经历着某种病态的危机，最后她认为减少我们见面的机会比较好。

“我早就这样想过，”公爵夫人答道，“我知道这个古怪的孤女会给我们招来麻烦。我所听说的有关她的情况和她过去的生活，简直不堪设想，太可怕了！她对卡嘉有明显的影响。您说，卡嘉很喜欢她？”

“可说爱得发疯。”

公爵夫人懊恼得脸都红了。她已经在妒忌我，把我视为争夺她女儿的对手。

“这是反常的，”她说，“过去她们彼此合不来，坦白说，对此我却感到欣慰。尽管这孤女年纪还小，我还是极不放心。您明白我的意思吗？她从吃奶的时候起便接受了她的那一套教育、习惯乃至准则。我不懂，公爵认为她有什么可爱之处？我曾无数次建议把她送进寄宿学校。”

廖塔尔太太本想为我辩护，但公爵夫人已决定让我们分离。当即派人去把卡嘉叫来，并且到了楼下才向她宣布：在下星期日以前我们不得见面，也就是整整一个星期不在一起。

夜晚，我才得悉究竟，这简直是晴天霹雳；我在想卡嘉，我觉得她将无法忍受我们的分离。我忧伤过度，到夜里成了病；第二天上午，公爵前来探望，并悄悄地安慰我，说事情还有希望。公爵尽了最大的努力，但是没有结果，公爵夫人不肯收回成命。我渐渐陷于绝望，感到悲不自胜。

第三天早晨，娜斯佳带给我一张卡嘉的字条。卡嘉用铅笔写得非常潦草，内容如下：

> 我非常爱你。我坐在妈妈身边，老是想逃出去看你。不过，我一定能逃出去——我向你保证，所以你别哭。写信告诉我，你是多么爱我。我整夜都在梦中拥抱你，涅朵琦卡，我痛苦极了。给你捎去一颗糖。再见。

我的回信也大同小异。我对着卡嘉的字条哭了一整天。廖塔尔太太竭力向我施加爱抚。晚上我得悉她去找了公爵，说要是不让我和卡嘉见面，我一定会第三次病倒，并为她向公爵夫人汇报了此事表示后悔。我向娜斯佳打听：卡嘉怎样了？她告诉我说，卡嘉不哭，但脸色惨白。

早晨，娜斯佳悄悄地对我说：

"您到公爵书斋里去。从右边的扶梯下去。"

一种预感使我周身的血液加速流动。我紧张地期待着跑下楼去，把书斋门打开。她不在里边。突然，卡嘉从背后把我搂住，热烈地吻了我一下。笑声、眼泪……卡嘉一下子挣脱了我的怀抱，像一只松鼠爬上父亲的肩膀，但没有稳住，又从那里纵身跳到沙发上。公爵也跟着摔倒。小郡主快乐得哭了。

"爸爸，你真是个好人，爸爸！"

"你们这一对淘气鬼！你们是怎么搞的？这算什么友谊？这算什么爱情？"

"住口，爸爸，你不知道我们的事儿。"

于是我们又互相拥抱。

我开始从近处把她端详。三天来她瘦了。红喷喷的小脸蛋儿渐渐失去光泽，转为苍白。我一阵心酸，哭了起来。

娜斯佳来敲门了。这是已经发现卡嘉不见并开始询问的暗号。卡嘉顿时脸色煞白。

"够了，孩子们。我们每天都可以碰头。再见吧，愿上帝赐福给你们！"公爵说。

他瞧着我们也受到感动；但他的设想完全落了空。傍晚，从莫斯科传来信息，说小萨沙突然患病，业已奄奄一息。公爵夫人决定第二天就动身前往。由于事出仓猝，直到与小郡主告别之前我一无所知。

告别一节是公爵坚持安排的，公爵夫人勉强答应了。小郡主肝肠欲断。我失魂落魄地跑到楼下，冲过去和她拥抱。远行的马车已等在大门口。卡嘉望着我大叫一声，顿时昏倒。我急忙吻她。公爵夫人设法使她恢复知觉。后来卡嘉总算苏醒过来，重又把我抱住。

“再见了，涅朵琦卡！”她忽然对我说，脸上莫名其妙地牵动了一下笑出声来，“你别在意；这不要紧；我没有病，我过一个月回来。那时我们再也不分离。”

“够了，”公爵夫人用平稳的语气说，“出发吧！”

但小郡主再次回到我身边。她歇斯底里地把我搂在怀里。

“你是我的生命！”她抱着我匆匆低语道，“再见！”

我们最后一次互相拥抱，随后小郡主便消失了——她这一次去了很久很久。直到八年以后我们才得重逢！

………………

我故意如此详细地叙述我的童年时代的这一插曲，即卡嘉在我生活中第一次出现的始末。我们的故事有着不可分割的联系。她的罗曼司就是我的罗曼司。正像我注定要遇见她一样，她也注定要找到我。再者，我不能放弃又一次神游我的童年时代的乐趣……下面我要讲得快一些。我的生活忽然陷入一潭死水，直到我已经满了十六岁，我才仿佛重又醒来……

先简单地交代一下公爵举家去莫斯科以后我的境遇。

我和廖塔尔太太留在彼得堡。

过了两个星期，专差来通知说，公爵一家回彼得堡要无限期推迟。廖塔尔太太由于家庭原因不能到莫斯科去，她在公爵家任职便告结束；但她仍留在这个家庭里，转隶公爵夫人的大女儿亚历山德拉·米海洛夫娜。

我还没有提起过亚历山德拉·米海洛夫娜，其实我只见过她一回。她是公爵夫人与前夫所生的女儿。公爵夫人的出身和来历有些不明不白；她的前夫是个包税人。公爵夫人再嫁时，不知该如何安置她的大女儿。乘龙快婿非她所能企及。她可望得到的陪嫁并不丰厚；直到四年前，她总算嫁得一个富有而且官衔不小的人。亚历山德拉·米海洛夫娜进入了另一个社会，她在自己周围看到的是另一圈子的人。公爵夫人每年去看她两次；公爵——她的继父——每星期都带卡嘉去看她。但近来公爵夫人不大喜欢让卡嘉去姐姐那儿，公爵是偷偷带她去的。卡嘉十分爱她的异父姐姐。但她们俩在性格上彼此形成鲜明的对照。亚历山德拉·米海洛夫娜当时大约二十二岁，她娴静、温柔、多情；她的娟秀的容貌似乎被某种深藏的郁悒、内心的隐痛投下了严峻的阴影。严肃和阴郁同她天使般眉清目秀的容貌不大相称，犹如丧服穿在小孩身上。你望着她，不可能不对她产生深切的同情。她形容憔悴，我第一次见到她的时候，据说她有成痨的趋势。她过着十分孤僻的生活，既不喜欢宾客盈门，也不喜欢外出应酬，简直像个修女。当时她没有孩子。我记得，有一天她来找廖塔尔太太，见了我特地走过来深情地吻了我一下。与她同来的是一位清癯瘦削、上了年纪的男人。他瞧着我，禁不住潸然泪下。他就是小提琴家 Б。亚历山德拉·米海洛夫娜抱住我问，我愿不愿意住到她家去，做她的女儿？我朝她脸上一看，认出她是我的卡嘉的姐姐，便和她拥抱，心中感到一阵说不出的苦楚，致使我的整个胸膛都隐隐作痛……仿佛有人又一次在我身旁叹道："苦命的孤儿！"这时，亚历山德拉·米海洛夫娜取出公爵的一封信给我看。信中有几行是写给我的，我读了以后泣不成声。公爵祝愿我幸福长寿，并要求我爱他的另一个女儿。卡嘉也给我写了几行，说她现在不能和母亲分开！

当天晚上，我就开始另一种生活，来到另一户人家，进入另一个圈子，再次从心上割去已经使我感到如此可爱、如此亲近的一切。我来到她家已心力交瘁，精神上创巨痛深……下面则是另一段故事的开端。

六

我的生活进入一个风平浪静的新时期，仿佛我来到了世外桃源……我在收养我的人家住了八年多，在整个这段时间内，除了屈指可数的几次以外，我不记得宅内举行过什么晚会、宴会或者至爱亲朋的聚会。这里只有两三个人偶尔来访，音乐家 Б 则是这一家的老朋友，来找亚历山德拉·米海洛夫娜的丈夫的几乎都有事务，此外没有旁人到我们家来。亚历山德拉·米海洛夫娜的丈夫经常忙于事业和公务，难得闲暇便平均分配给家庭和社交生活。与显贵之间的不容忽视的纽带使他不得不经常在社会上出头露面。几乎到处都传播着有关他权欲熏心的流言；但由于他素来以一丝不苟著称，由于他据有十分显要的地位，而幸运好像老是自己在路上守候他，故所舆论远远谈不上使他失去人心。更有甚者，大家对他经常怀有一种特殊的感情，相反对他的妻子则毫无好感。亚历山德拉·米海洛夫娜生活在完全的孤独之中；但这对她却好像正中下怀。她的娴静的性格似乎生来就是为了过与世隔绝的生活。

她把整个心都贴在我身上，像对亲生孩子一样爱我；虽则和卡嘉惜别的泪痕未干，心头的痛楚未已，我却如饥似渴地投入我的恩人慈爱的怀抱。此后，我对她炽热的爱从未间断。她充当着我的母亲、姐姐、朋友，填补着我所失去的一切，滋养着我的少女时代。加上我凭直觉、凭预感不久就发现，她的命运完全不像乍看起来那样美妙，尽管根据她表面闲适宁静的生活，根据表面的自由，根据常挂在她脸上的安详明朗的笑容可能产生这样的错觉，因此我在成长过程中对我的恩人的命运每天都有新的了解，我的心痛苦而缓慢地揣测的情况每天都有所澄清。随着惆怅的加深，我对她的眷恋也愈益增强。

她的性格怯懦、软弱。望着她眉清目秀、从容自若的相貌，一时料想不到某种忧惧可能扰乱她磊落的胸襟。无法想象她可能不喜欢什么人；在她心中同情始终占据上风，甚至压倒憎恶；然而事实上她只有少数知己，生活十分孤寂……她的本性热情而且善感，但同时又仿佛自己害怕自己获得的印象，好像每分钟都在监视自己的心，唯恐它忘其所以，甚至不让它耽于遐想。偶尔在最出神的时刻，我会意外地发现她眼睛里含着泪花，仿佛沉痛的回忆在她脑际倏地一闪，苦苦地折磨着她的良心，又仿佛有什么东西虎视眈眈地窥伺着她的幸福。似乎她愈是幸福，生活愈是处在无忧无虑的静谧时刻，哀伤就愈是迫近，悒郁和眼泪骤然出现的可能就愈大，这像是她经常发作的毛病。整整八年间，我记不起哪一个月她完全不发病。看来丈夫非常爱她，她对丈夫则简直近乎崇拜。然而乍看起来，他们之间好像有什么言未尽意之处。她的命运包含着什么秘密；至少我最初就开始怀疑……

亚历山德拉·米海洛夫娜的丈夫第一次就给我留下阴郁的印象。这个印象形成于童年时代，以后再也磨灭不了。从外表看，他的身材瘦长，好像有意用一副绿色的大眼镜掩藏自己的目光。他性格内向，待人接物缺乏热情，甚至单独跟妻子在一起也找不到话说。他显然不喜欢与人交往。对我他毫不在意，每当晚上我们三人在亚历山德拉·米海洛夫娜客厅里聚首喝茶时，我总是因为有他在场而感到很不自在。我时而偷偷地对亚历山德拉·米海洛夫娜觑上一眼，往往忧伤地发现，她似乎也在仔细斟酌自己的一举一动，如果注意到丈夫的神态格外严厉阴沉，她就脸色煞白，或者突然间满面通红，仿佛从丈夫的某一句话里听到或揣度到责备的意味。我觉得她跟丈夫很难相处，可是看起来她又好像一刻也离不开丈夫。我惊诧于她对丈夫的异常尊敬，丈夫的一言一行她都十分重视，好像她要千方百计使丈夫满意，可又感觉到老是不能实现自己的愿望。她似乎在竭力博取丈夫的赞赏：看到丈夫脸上露出一丝笑意，听到半句亲切的话语——她立刻喜不自胜，简直像处在腼腆的、还不敢存奢望的爱情的最初阶段。她侍候丈夫犹同照料一个别扭的病人。我觉得，他总是带着某种怜悯的眼光看待亚历山德拉·米海洛夫娜，这使后者相当难堪。当他握过妻子的手回到自己书斋里去时，亚历山德拉·米海洛夫娜便整个儿变样。她的动作、谈话立刻趋于活跃、舒展。但每次同丈夫见面过后，一种惶惑的感受还会在她心中滞留很久。她当即开始回想刚才丈夫说了哪些话，逐字逐句加以玩味。她往往向我询问：彼得·亚历山德罗维奇是不是这样说的，她有没有听错？——仿佛在研究他说的话有无言外之意，直要到一小时以后，大概断定丈夫对她十分满意，她的忧虑纯属多余，这才完全振作起来。那时她一下子变得和善、快活、高兴，又是吻我，又是和我一起笑，或者坐到钢琴前面去即兴弹奏一两个钟点。但她的快乐常常会戛然而止，一下子转为哭泣；当我满怀忧虑、惶惑和恐惧望着她的时候，她立刻压低了嗓门，好像生怕被第三者听见似的向我解释，她的眼泪算不了什么，说她挺快活，叫我不用为她而苦恼。有时丈夫不在，她会一下子紧张起来，阢陧不安地询问丈夫的情况，派人去了解他在做什么，向使女打听为什么吩咐备车，他要到哪儿去，他是不是病了，他心情愉快还是闷闷不乐，他说了些什么，等等，等等。关于他的事业和公务，亚历山德拉·米海洛夫娜好像不敢主动跟他谈起。当丈夫劝她或要她做什么的时候，她总是恭听从命，那种诚惶诚恐之状活像是丈夫的奴隶。她十分喜欢丈夫称赞她，比如对某一件东西、一本书或者她的一件手工活表示赞赏。亚历山德拉·米海洛夫娜听了似乎颇为得意，旋即喜形于色。如果彼得·亚历山德罗维奇无意间想到跟两个婴孩亲热亲热（这是极其难得的），那时做妻子的喜悦更是无法估量。她的面容豁然开朗，喜上眉梢，逢到这样的时刻她甚至会在丈夫面前过分陶醉。例如，她甚至会大胆到这种程度：未经对方要求，她自己向彼得·亚历山德罗维奇提出（当然是畏畏缩缩、声音发颤地建议），请丈夫听一下她刚得到谱子的乐曲；或请他就某一本书谈谈自己的看法；甚或请允许把当天给她留下特殊印象的一部作品读两页给他听听。丈夫通常不愿拒绝满足她的愿望，甚至会向她现出俯就的浅笑，犹如在含笑姑息一个宠儿的怪癖，唯恐过早挫伤孩子的天真。然而，不知为什么，这淡淡的微笑、这居高临下的宽厚态度、这存在于他们之间的不平等现象，却深深地刺痛我的心；我保持沉默，克制自己，只是带着孩子气的好奇心和难免偏激的成见孜孜不息地观察他们。有时我注意到，彼得·亚历山德罗维奇不自觉地骤然一震，若有所悟，像是既不自然、又非自愿地蓦地想起一桩不堪回首而又无法忘却的事情；倏忽间，俯就的浅笑从他脸上消失，他的眼睛一下子凝视着惊慌失措的妻子，看到那种充满怜悯的目光，我禁不住打起寒战来；我现在意识到，如果这怜悯的对象是我，我一定深感痛苦。在这同一瞬间，喜悦也从亚历山德拉·米海洛夫娜脸上消失。音乐或朗读顿告中断。她脸色变白，但勉力支撑自己，默不作声。那是极不愉快的、难挨的时刻，这时刻也可能持续相当长久。最后由丈夫打破僵局。他好像勉强遏制内心的懊恼和激动离座起身，保持阴郁的沉默在室内走几个来回，握一下妻子的手，喟叹一声，显然出于无奈匆匆说几句似乎意在安慰妻子的话，然后走出房间，而亚历山德拉·米海洛夫娜不是泪如泉涌，就是长时间陷于凄惨的郁悒。丈夫晚上和她分手时，往往像对小孩子一般给她画十字祝福，亚历山德拉·米海洛夫娜总是含着眼泪、虔诚恭谨地接受他的祝福。但我忘不了有几个晚上亚历山德拉·米海洛夫娜一反常态的情形（八年中间在我们这个家里只发生过两三回，没有更多）。在她通常娴静的脸上，一贯的自卑和对丈夫的虔敬竟被愤怒所取代。风暴的酝酿几乎要一个小时；丈夫显得比平时更加沉默、更加严厉、更加阴郁。可怜的女人那颗伤痛的心仿佛终于忍无可忍。她用激动得断断续续的声音开始说话，先是结结巴巴、语无伦次，全是些影影绰绰的暗示和欲言又止的哀诉；尔后，她似乎不堪满腔悲苦的折磨，一下子涕泪迸流，放声大哭，接着则是愤怒、责备、抱怨、绝望的总爆发，——仿佛她陷入了一场病态的精神危机。那时值得一看的倒是她丈夫以惊人的耐心忍受这一切，以体贴的态度劝说她平静下来，吻她的双手，末了甚至陪着她也哭起来；于是亚历山德拉·米海洛夫娜会猛醒过来，好像良心对着她大喝一声，指控她罪无可逭。丈夫的眼泪震撼了她，她绝望地扭绞着双手，歇斯底里地哽咽着伏在丈夫脚边祈求宽恕并马上得到了宽恕。但她忍受良心的折磨、流着眼泪祈恕还会持续很久，有好几个月她将在丈夫面前显得更加胆怯，更加可怜。这些责难和埋怨的底细我莫名其妙，因为彼时我从房间里被支开了，而且方式总是极不巧妙的。但要完全瞒过我也不可能。通过观察我有所发现，有所料及，从一开始我心中便产生一个模糊的疑团，觉得有某种秘密笼罩着这些现象，觉得这颗受到伤害的心灵像火山一样突然爆发不单单是神经性的危机；丈夫老是面有愠色必有缘故，他同情可怜的神经衰弱的妻子像是假惺惺的姿态；妻子在丈夫面前老是畏畏缩缩、战战兢兢同样事出有因，她那种温良柔顺的爱甚至不敢向丈夫表示，岂不怪哉？这孤寂的环境，修道院式的生活，丈夫在场时她忽而通红、忽而死一般惨白的脸色——都不是无缘无故的。

但他们夫妇之间爆发类似的危机次数极少，我们的生活十分单调，我对这种生活已经看得太真切了，再者，我在各方面成长得很快，许多新的感受在我身上已开始觉醒，尽管还不自觉，但分散了我进行观察的注意力，因而我最终也就习惯了这样的生活，习惯了这些现象，习惯了我周围的人物。当然，有时我看着亚历山德拉·米海洛夫娜，不能不沉入深思，但我的思索暂时还没有结果。我深深地爱着她，我尊重她的忧伤，故而不敢让我的好奇扰乱她善感的心。她理解我的用意，几次想要感谢我对她的眷恋之情。她注意到我的关切，往往含着眼泪强作微笑，自己取笑自己老是哭哭啼啼，聊以解嘲；或者没头没脑地开始向我述说，她十分满足，十分幸福，大家对她都很好，她迄今为止所知道的人个个都非常喜欢她，她深感苦恼的是彼得·亚历山德罗维奇终年为她忧戚，担心她精神上得不到安宁，其实正相反，她是那么幸福，那么幸福！……说到这里，她满怀深情把我搂住，脸上洋溢着慈爱，我的心只觉得一阵酸痛，这可以说是对她表同情的酸痛。

她的形象在我的记忆中永远不会磨灭。她相貌端正，而憔悴和苍白似乎益发衬托出她静穆的美。郁郁勃勃的黑发朝下梳得光滑齐整，在颊腮的边缘投下浓重的阴影，给人一种庄重严肃的印象；但唯其如此，她那双孩子般明净碧蓝的大眼睛、柔和的目光、腼腆的微笑以及整个温顺的脸庞与之形成的对比才更加动人，她那苍白的容颜有时显得如此天真、胆怯、一无遮蔽，似乎对自己的每一种感受、心灵的每一阵冲动都害怕，既怕瞬息的欢乐，也怕经常的幽怨。不过，间或有幸福静谧的时刻，她那洞察心灵的眼神如同朗朗乾坤一般光明磊落；碧天如洗的双眸闪耀着挚爱的光辉，饱孕着仁慈的甘醇，洋溢着深切的同情并将这种同情倾注于禀性高尚、惹人怜爱、祈求哀悯的一切，——那时，你的整个心灵都会被她征服，情不自禁地向往着她，并且从她那里接过这份磊落、这份娴静、这份温顺和这份爱。人们有时也会这样看着碧空出神，愿意在甜蜜的遥望遐想中度过好多钟点，自己的心情在这样的时刻会觉得比较舒畅、平静，仿佛在灵魂的一泓清水中映出了庄严伟大的穹苍。如果强烈的感情染红了她的面颊，她的胸部因激动而起伏不停（这是经常发生的），那时她的眼睛会像闪电般发光，简直会迸溅出火花来，似乎她的整个心灵都移到眼睛里去了，而正是这颗心像保存圣洁的神火一般保存了真善美的感觉，也恰恰是真善美的感觉给了她精神的力量。在这样的时刻，她显得意气高昂。在这种突如其来的情感冲动下，文静、怕事的性情豁然开朗，一变而为高度的振奋、纯正的热忱，同时又蕴含着如许率真的稚气，如许无邪的信念，恐怕一位画家愿意付出半生的代价捕捉到这样热情奔放的时刻，把这张令人感佩的面庞搬上画布。

我来到这户人家的最初几天就看出，亚历山德拉·米海洛夫娜在孤寂中对于我甚至相当欢迎。那时她还只有一个孩子，她才做了一年母亲。但我等于是她的女儿，她无法把我和她自己的孩子严格区分开来。她着手抚养我真是本着一副火热的心肠！开初她是那样急于求成，致使廖塔尔太太望着她忍俊不禁。的确，我们一下子什么都干起来，简直弄得彼此无法理解。比如，她亲自着手给我授课，可是一下子想教许许多多东西，结果在她这方面表现的狂热、激情和好心的急躁比我实际的得益更多。起先她为自己教导无方而苦恼，但我们大笑一通过后又重新开始，而且亚历山德拉·米海洛夫娜不顾最初受到的挫折，大胆声称她反对廖塔尔太太的教育方法。她们笑着进行辩论，但我的新老师斩钉截铁地宣布她反对任何教育体系，坚称她和我通过摸索定能找到正确的道路，说没有必要硬往我头脑里灌一些干巴巴的知识，认为成败的关键全在于能不能启我之蒙，善不善于唤醒我的良知，——她这话有道理，因为她正在取得全面的胜利。首先，从一开始就完全取消了师生名位之分。我们像一对朋友在一起学习，有时仿佛我在教亚历山德拉·米海洛夫娜而不觉其用心良苦。我们之间常常发生分歧，我为要证明自己的理解是对的，不遗余力地争得脸红脖子粗，亚历山德拉·米海洛夫娜则循循善诱地把我引上正途。最后，当我们得出正确的结论时，我马上恍然大悟，当即揭穿亚历山德拉·米海洛夫娜的花招，再考虑到她在我身上花费这么多精力以及为了使我得益往往连续几小时因势利导，我在每一堂课后忍不住搂住她的脖子和她紧紧拥抱。我的过敏的性格使她惊讶而又感动，甚至近乎不可理解。她好奇地开始询问，想从我口中了解我的过去，而每次听了我的故事，她对待我总是变得更体贴、更认真——我说认真，是因为我的悲惨的童年除了引起她的同情以外，好像还赢得某种尊敬。在我倾诉衷曲之后，我们照例要谈上很久，通过这样的长谈，她又向我解释我的过去，因此我实际上好像在重新经历往事，重新学到许多东西。廖塔尔太太经常认为这种谈话过于严肃，看到我情不自禁流下的眼泪，更觉得完全不合时宜。我的看法则相反，因为上了这样的课以后，我就觉得轻松愉快，好像我压根儿没有什么不幸的遭遇。此外还有一件事我对亚历山德拉·米海洛夫娜简直太感激了，那就是：她使我一天比一天愈来愈懂得自爱。从前，我幼小的心灵带着累累伤痕、阵阵痛楚，只会诉苦怨命而不懂得打击之所由来，以后就不公正地心肠变硬；廖塔尔太太何尝理解，正是在亚历山德拉·米海洛夫娜的不断启发下，先前反常而过早地从我心田里蓬勃发芽的感情，才得慢慢地趋向正常，达到和谐的平衡。

每天第一桩事情总是我们俩一起来到育儿室里，把她的孩子弄醒，给他穿衣、收拾、喂奶，逗他，教他说话。我们把孩子的事料理妥帖以后，才坐下来上课。我们的课程内容很多，但这到底是什么科目，只有上帝知道。其中什么都有，可又什么都说不上。我们一起阅读，互道各自获得的印象，或者放下书本弄弄音乐，几个钟点就这样在不知不觉中飞逝。晚上 Б 常常来，他是亚历山德拉·米海洛夫娜的好友，廖塔尔太太也来；那时往往开始十分热烈的谈话，议论艺术，议论在我们的圈子里只限于耳闻的生活，议论现实、理想、过去和未来，我们每每坐到午夜以后。我全神贯注地听着，和别人一起喜怒哀乐；正是从这样的夜谈中，我详细了解到有关我父亲和我孩提时期的种种情况。我逐渐长大了；尽管为我延师施教，但要是离开了亚历山德拉·米海洛夫娜，我一定什么也学不到。地理老师要我在地图上寻找城市河流，我简直像睁眼瞎子。和亚历山德拉·米海洛夫娜一起学地理，我们等于在周游列国，接触到无数珍闻奇观，度过无数光怪陆离、令人神往的时刻；我们双方都劲头十足，终于觉得她读过的那些书实在太少，不得不另外找一些书。不久，我可以自己把山川湖泊的位置指给我的地理老师看，尽管必须为他说句公道话，他在一点上始终保持住对我的优势，那就是：他能够精确无误地说出某个市镇的经纬度，说出那里的居民有几千几百乃至几十人。历史老师的束修也总是按时奉送，从不拖欠；但他走后，我和亚历山德拉·米海洛夫娜却按我们自己的方式学习历史：我们自己找书本，有时直读到深夜，或者说得确切些是亚历山德拉·米海洛夫娜读给我听，因为她还负责检选内容。最使我兴奋的事情莫过于这样的读书。我们俩意气风发，好像自己就是书中的英雄。当然，我们读夹缝文章比读白纸黑字的兴趣更浓；何况，亚历山德拉·米海洛夫娜讲得又生动，仿佛我们从书上读到的事情都是她亲身经历过的。我是一个孩子，她有着一颗受了伤害的心，忍受着生活的苦楚；我们这样如醉如狂地夜半共读而且乐此不疲，也许很可笑，但我不在乎！我知道，她等于在我身旁休息。记得我望着她，有时会奇怪地陷入沉思，默默猜想；在我真正开始生活之前，我已经能理解生活中许多现象。

我终于满了十三岁。彼时，亚历山德拉·米海洛夫娜的健康则每况愈下。她变得更经不起刺激，她那种无处宣泄的阵发性忧郁愈来愈加剧，丈夫来看她的次数开始增多，他陪妻子坐的时间也愈来愈长，当然照例几乎一言不发，态度严峻，面色阴沉。她的命运更引起我的关切。我的童年时代已近尾声，在我的头脑里已形成许多新的印象、看法、爱好、猜想；不言而喻，存在于这个家庭之中的谜愈来愈使我苦恼。有时候我觉得自己对这个谜略知一二。有时候我又陷于冷淡、麻木甚至懊丧，由于任何一个疑问都找不到答案而忘却了自己的好奇心。也有一些时候——这种情况愈来愈频繁——我奇怪地感到需要独自一人静静地思索，不断地思索。我目前的状况有些像我还住在父母身边的时候，当时，在和父亲相遇之前，我有一整年老是在想，老是在思考，从自己的角落观察大千世界，结果，在自己心造的幻影中间变得十分古怪孤僻。差别在于目前我的心情更焦躁、更急切，更多新的不自觉的冲动，更想望活动和感受，因而我不能像过去那样把注意力集中在某一点上。就亚历山德拉·米海洛夫娜这方面说，她也好像在主动与我保持距离。我到了这样的年龄，几乎已经不可能做她的朋友。我不是小孩子，我问得太多，有时候竟看得她在我面前抬不起头来。往往有一些奇怪的时刻。我不忍看见她哭，我望着她，常常自己的眼泪即欲夺眶而出。我搂住她的脖子，和她热烈拥抱。可她又能怎样回答我呢？我感觉到自己只能加重她的精神负担。但另有一些时候——这是痛苦、郁悒的时刻——她自己会神经质地拼命把我搂紧，像是在向我寻求同情，因为她不堪忍受孤独的凄清，而我是了解她的，我和她同是天涯沦落人。然而，我们之间毕竟隔着一重秘密，这是明摆着的，所以我在这样的时候往往自己退到别处去。我在她身边觉得手足无措。再者，我们之间已很少有连接双方的纽带，只有音乐。但医生近来告诫她不要弄音乐。至于同坐共读更成了最大的难题。我们肯定读不到第二页就会停止，因为每一个词也许都有所暗示，每一句无关紧要的话可能都是谜。如今两个人在没有第三者的情况下兴致勃勃地倾心交谈——已经是我们双方都竭力加以回避的事情。

就在这个当儿，命运出人意料地把我的生活转了一个奇而又奇的弯子。我的注意力、我的感情、心灵、头脑以近乎狂热的劲头一下子转向另一个始料所未及的方面，我本人也在不知不觉中飞往一个新的世界；我无暇回头，无暇环顾，来不及深思；我可能走向毁灭，甚至感觉到这种危险；但诱惑压倒了恐惧，于是我闭着眼睛向前瞎闯，去碰碰运气。接下来我有很长一段时间要撇开我曾热中于寻找出路而不得、近来已开始感到厌烦的那个领域。下面我要说明这是怎么一回事，事情又是怎样发生的。

饭厅共有三个出口：一个通大房间，第二个通我的房间和育儿室，第三个通藏书室。藏书室又有另一个通道，它与我的房间只隔一间文书室，通常在那里工作的是彼得·亚历山德罗维奇一名业务上的助手、录事、帮办、秘书兼经纪人[①]。藏书室和书柜的钥匙由他保管。一天午后，他不在家，我在地板上发现一把钥匙。我在好奇心的驱使下，用这钥匙开了门走进藏书室。这是一间相当大的屋子，光线充足，四周八只大柜子摆满了书。书的数量很多，其中很大一部分是彼得·亚历山德罗维奇继承的遗产。另一部分是亚历山德拉·米海洛夫娜陆续购置的。在这以前，给我阅读的书都经过慎重挑选，所以我不难料到，有许多东西是不准我接触的，有许多东西对我来说是个秘密。因此，我怀着难以抑制的好奇心，伴随着一阵惊慌、高兴以及某种不可名状的特殊感觉打开第一只柜子，取出第一本书。这一柜全是小说。我拿了其中的一部，锁上柜子，把书带走时的心情异乎寻常，心一阵乱跳，一阵几乎停止，仿佛预感到我的生活面临着重大的转折。回到自己屋里，我把房间锁上，翻开那部小说。但我顾不上看书，我的心惦着另一件事：我先得设法牢固而稳妥地把藏书室控制

① 原文为拉丁语。

在自己手中，既不让任何人知道，又始终不放弃取得任何一本书的可能。于是我把书放回原处，宁可推迟到适当的时刻再享受个中的乐趣，钥匙则藏了起来。这是我平生所做的第一件坏事。我静观事态的发展，结果非常顺利：彼得·亚历山德罗维奇的秘书兼帮办点了蜡烛在地板上寻找那把钥匙，找了整整一个晚上和上半夜，决定第二天上午叫一名锁匠来；锁匠从他带来的一串钥匙中间给另配了一把。事情就此了结，再也没有人提及丢失钥匙一节；我也做得特别谨慎，颇见心计，直到一个星期以后，确信绝对没有引起任何怀疑，我才到藏书室里去。起初我挑选秘书不在家的时候，后来就从饭厅进去，因为彼得·亚历山德罗维奇的录事仅仅把钥匙保管在自己口袋里，他本人和书籍从来不发生更进一步的接触，连藏书室里也不走进去。

我如饥似渴地开始读书，不久便完全入了迷。我所有新的需求，所有前不久的意向，我这般年纪还相当模糊的欲望——这一切都是我的早熟所引起，本来在我心中不耐烦地蠢蠢欲动，如今一下子折往另一个始料所未及的方向，而且久不回头，仿佛获得了极其充足的新的食粮，仿佛找到了一条正确的道路。不久，我的心和头脑就给迷住了，我的想象有了纵情驰骋的广阔天地，以致我把迄今为止置身其中的整个世界统统丢在脑后。像是命运女神在我朝思暮想、心驰神往的新生活的门坎上把我拦住，先把我带到高山之巅，向我展示未来瑰奇的全景，指出灿烂诱人的前程，然后放我登上探索神秘世界的征途。我是注定了先从书上看到这幅前景，然后在幻想中，在希望中，在热情的迸发中，在一颗少女的心的甜蜜搏动中重新体会咀嚼。我不加选择地开始读书，拿到什么就读什么，但命运在保护着我：到那时为止我所知道和经历的事情都是光明正大、中规中矩的，我现在已经不会被书上若干不道德、不干净的章节所迷惑。以前，我受到儿童直觉、小小年纪和全部往事的保护。现在，意识似乎一下子为我照亮了我过去的全部生活。的确，我读的书几乎每一页都似曾相识，像是自己早就经历过的；通过千奇百怪的形态、瑰丽多姿的画面呈现在我眼前的生活以及书中人物的喜怒哀乐，好像我都感受过了。我怎么能够不给深深地吸引住以至于忘却目前的一切，几乎到了脱离现实的程度？我读过的每一本书都体现着同样的命运法则，同样的主宰人生的休咎精神，但又发端于某一主要的人生法则，它是吉凶、得失、祸福之所维系。凭着几乎是被某种自我保全的感觉激发起来的全部本能，我千方百计试图猜透的正是这一隐约存于我心的法则。我仿佛事先得到通知，仿佛有人告诫过我。仿佛有一股未卜先知的力量挤进我的心灵，使我一天比一天感到更有希望，虽则与此同时我也愈来愈急于冲进这未来，奔向这每天从书上读到的生活，因为它每天都以巨大的艺术魅力和迷人的盎然诗意使我眼花缭乱。但是，我已经说过，我的幻想远远走在我的焦躁的心情前头，说实话，我的大胆仅仅存在于想象之中，实际面对未来却裹足不前。因此，就像事先同自己达成了协议似的，我不自觉地决定暂时仅仅满足于幻想世界，因为在这个世界里唯我独尊，那里只有诗意，只有欢欣，至于悲哀和不幸即便有，也不占主要地位，只起必要的过渡作用，以加强先苦后甜的对比，好让命运来个急转弯，把我头脑里如火如荼的罗曼司引向幸福的结局。按照我现在的理解，我当时的情绪便是如此。

这样的生活，充满幻想的生活，与我周围的现实迥然异趣的生活，居然持续达三年之久！

这样的生活是我的秘密，而且过了整整三年我还是拿不准是否应该担心这个秘密一旦被揭穿。这三年间我得到的体会，对我说来实在太亲切、太贴心了。我自己在所有这些幻想中也印得太鲜明了，到后来，不管什么人的目光，倘若无意间射入我的心灵，都会引起我的惶惑和惊恐。再者，我们这一家人生活在修道院一般孤寂的状态，与社会几乎隔绝，因此我们每个人都不由自主地养成一种注意力集中于自身的习惯，一种自我封闭的需要。我的情况也是如此。这三年中，我周围的一切毫无变化，什么都还是老样子。我们依旧被笼罩在凄凉、单调的氛围中，如今想来，要不是我背地里热中于自己的秘密活动，这种气氛势必把我的心灵蠹蚀一空，最后迫使我不顾一切地冲出这死气沉沉的圈子，反叛的后果当在未定之天，也许是走向毁灭。廖塔尔太太年事已高，几乎不出自己的房门；两个孩子还太小，Б 又过于一成不变，而亚历山德拉·米海洛夫娜的丈夫仍然和以前一样道貌岸然，一样不假辞色。他们夫妇之间的关系依旧是那样神秘，只是在我心目中山雨欲来之势日益凶险，我愈来愈为亚历山德拉·米海洛夫娜忧虑。我眼看她的生命之火在悒悒寡欢、毫无特色的日子里行将熄灭。她的健康情况几乎一天比一天恶化。她的精神状态似乎终于陷入绝境，某种不可知的、可怕的力量压得她喘不过气来，她自己也说不上这究竟是怎么回事，反正把它当作命中注定的十字架驮到背上。在这样的隐痛折磨下，她的心逐步硬化；甚至她的神智也改变方向，渐趋阴郁。特别令我吃惊的是：我觉得，随着我的年岁的增长，她好像愈来愈跟我疏远，在对我的态度上甚至由躲躲闪闪转为不耐烦的恼恨。某些时候她简直不喜欢我，好像我妨碍着她。我说过自己开始有意识地离开她退到别处去，在这样做过一次以后，仿佛也染上了她这种隐秘乖僻的性情。因此，这三年来我所过的日子，这三年来在我的心灵、幻想、认识、希望和狂喜中所形成的东西，我都向她瞒得紧紧的。一旦彼此有所隐瞒，我们再也没有推诚相见，虽则我觉得自己一天比一天更加爱她。现在，我每次想起她过去多么疼我，多么慷慨地担起责任把蕴藏在自己心中的爱无保留地倾注在我身上，而且始终信守充当我母亲的诺言，总禁不住潸然泪下。诚然，自身的悲哀有时使她顾不上我，她会有好一阵子像是把我忘了，何况我也竭力不去干扰她，所以我简直是在无人觉察的情况下长到十六岁的。但在头脑清楚、能够比较清醒地环顾周遭的时刻，亚历山德拉·米海洛夫娜会突然为我着急起来，她会不耐烦地把我从我房间里叫出去，不管我在上课或在做什么事情，向我提出一大堆问题，好像在进行试探、盘诘，接着就整天不离开我，设法了解我的心思、愿望，显然在关心我的成长，关心我的现在和将来，本着无限深情和一片赤忱准备为我提供帮助。但她对我的了解已经大大脱节，故而有时侯做得未免过于天真，在我看来也过于一目了然。例如在我快满十六岁的时候，她有一回把我的书一一翻遍，问我平时读些什么，及至发现我还没有跳出给十二岁的孩子阅读的书籍范围，她似乎大吃一惊。我料到是怎么回事，便留神注意她。接连两个星期，她似乎在对我进行预试，了解我的智力水平和精神需求。后来她下了决心，于是我桌子上出现了沃尔特·司各脱的《艾凡赫》，其实这本书我看了至少三遍。起初，她紧张地期待着，看我有何反应，并仔细推敲我的印象要得要不得，生怕越轨出格；过后，我们之间这种在我看来过于触目的别扭现象终告消除，我们两人的心都热乎起来，我为自己不必再瞒她而高兴得不得了！我们把这部小说读完以后，我简直把她乐坏了。在我们共读过程中，我发表的每一条意见都在点子上，每一点感想都不离谱。在她看来，我的智力已经发展得太快。她在惊喜之余，又欣然着手关心我的教育，——她再也不愿和我分开，但这不是她的意志所能左右。命运不久又把我们拆散，阻碍了我们的接近。其原因无非是她的旧病复发，她陷于悲苦的深渊，接着又是疏远、隐瞒、猜疑，也许甚至怀恨。

但即使在热乎的时候，也有我们控制不住的短暂片刻。通过共读、交谈几句体己话、弄弄音乐——我们会忘其所以，间或甚至有些说过了头，事后我们彼此都有些尴尬。及至发现失了分寸，我们惊恐地面面相觑，目光带着多疑的好奇和怵惕。我们各自都规定了与对方接近时不可逾越的界限，哪怕想越过也不敢。

一天傍晚，暮色苍茫，我在亚历山德拉·米海洛夫娜书房里心不在焉地读书。她坐在钢琴前根据她心爱的一支意大利音乐主题作即兴变奏。当她终于回到该咏叹调的原型旋律时，我被沁入我心坎的音乐吸引住了，不好意思地开始低声吟唱这支曲调。我哼着哼着，不久完全出了神，竟站起来走到钢琴旁边；亚历山德拉·米海洛夫娜似乎猜透了我的意思，开始由独奏改为伴奏，深情地注意让钢琴与我的歌声的每一个音符合拍。她似乎难以想象我的嗓音竟有如此丰富的色彩。在这以前，我从未当着她的面唱过，而且自己也不知道我究竟有没有才能。现在我们俩一下子都上了劲。我愈唱愈响；我从亚历山德拉·米海洛夫娜弹出的每一小节伴奏音型体会到她的惊喜心情在不断增强，这使我越发感到精力充沛，激情洋溢。这一曲唱得非常成功，真是声情激越，她兴冲冲抓住我的双手，感奋地看着我。

“安涅塔[①]！你有一副绝妙的嗓子，”她说，“我的上帝！我怎么一直没有发现！”

“我自己也是刚刚发现。”我得意忘形地回答。

“愿上帝赐福给你，我亲爱的孩子，我的无价之宝！快感谢上帝给了你这份天赋。谁知道……啊，我的天，我的上帝啊！”

这意外的发现使她感奋异常，简直不知道对我说什么好，不知道该如何对我施加爱抚。我们之间久矣乎没有这样推心置腹、相互亲近了。一小时以后，家里的气氛简直跟过节差不多。当即派了人去请Б。在等候他来的时候，我们信手打开另一本我较为熟悉的乐谱，开始唱另一首咏叹调。这一回我有些怯场。我不愿遭到挫折而破坏刚才的印象。但很快我的嗓音本身给了我鼓励和支持。我自己愈来愈惊诧

① 涅朵琦卡的教名是安娜，安涅塔是安娜的法国化叫法。

于我的歌喉的力量，通过这第二次试唱，一切怀疑均告消除。喜不自胜的亚历山德拉·米海洛夫娜急忙派人去把自己的孩子叫来，甚至把孩子的保姆也叫来，最后，她的头脑完全发热了，竟自己去把丈夫从书斋里请来——在别的时候，她是连想也不敢这样想的。彼得·亚历山德罗维奇以体谅的态度听完这一新闻，向我表示祝贺，并主动宣布应该让我得到学习的机会。亚历山德拉·米海洛夫娜连忙吻丈夫的手，感同身受天大地大的恩典。后来 Б 也到了。这位老音乐家高兴非凡。他很喜欢我，先是回忆昔日与我的父亲交往一场，在听我唱了两三次以后，他郑重其事地甚至带着一些神秘的表情宣称，我无疑有相当的禀赋，甚至可能有才华，对我不加培养是不应该的。紧接着，大概经过一番思考之后，他和亚历山德拉·米海洛夫娜一致认为，一开始就过于夸奖我有危险，我注意到他们当即交换了一个眼色，暗中达成默契，其实他们瞒着我所玩的这套把戏十分幼稚，极不高明。后来，我又唱了一通，发现他们竭力作矜持状，甚至故意指出我的一些不足之处，我在心中暗暗笑了一个晚上。但他们这种姿态没有保持多久，Б 第一个沉不住气，又高兴得不亦乐乎。我万万想不到他竟如此爱我。晚上的谈话始终洋溢着友情的温暖。Б 介绍了几位著名歌唱家和演奏家的成名史，那种惺惺惜惺惺的景仰之情随时溢于言表。稍后，由于提起了我的父亲，话题便转到我身上，接着又谈到我的童年，谈到公爵和公爵的全家；自从和他们分别以后，我很少听到这一家人的消息。亚历山德拉·米海洛夫娜自己也知道得不多。最了解情况的是 Б，因为他曾去过莫斯科多次。但是谈话到此开始折往一个神秘的、我所不理解的方向，有两三个地方，尤其是涉及公爵的，我听得莫名其妙。亚历山德拉·米海洛夫娜提起了卡嘉，但是有关她的情况 Б 却语焉不详，像是故意避而不谈。这使我大惑不解。我没有忘掉卡嘉，过去我对她的眷恋在我身上并未湮灭，不但如此，甚至相反，我从来没有想过卡嘉会起什么变化。迄今为止，我忽略了我们分手以来天各一方的岁月悠悠，忽略了我们没有互通任何音信，忽略了我们的性格和所受教育的不同。说到底，在我思想上卡嘉从未离开过我，她好像始终和我在一起，尤其在我的遐想中，在我向壁虚构的小说情节和荒诞奇遇中，我总是和她携手同行。我每读完一部小说，往往把自己想象成其中的女主人公，同时让小郡主充当我的好朋友，从而把这部小说一分为二，其中一部分当然是我的创造，虽则我常常无情地剽窃我心爱的几位作家。最后，我们的家庭会议决定为我延师教授声乐。Б 推荐了最好、最有名的一位。第二天就有一个意大利人 Д 来到我们家里；他听了我的唱以后发表的意见和他的朋友 Б 不谋而合，但随即表示，如果我到他那里去同他的另外几个女学生一起上课，这对我来说好处会大得多，因为通过竞争可以取长补短，而且在那里我所需要的一切应有尽有，这些条件都有利于提高我的声乐素养。亚历山德拉·米海洛夫娜表示同意；从此，每周三次，上午八点，我由一名女仆陪同去音乐院上课。

现在我要叙述一桩奇遇，它对我的影响实在太大了，并以急转弯的形式标志着我的年龄进入了一个新时期。当时我刚满十六岁，与此同时，我心中骤然出现一种不可理解的麻木状态；我自己也不知道为什么，一种难熬的、苦闷的寂寥占据了我的心房。我所有的美梦、所有的欲望顿时销声匿迹，连幻想的本领也仿佛因缺乏动力而告衰竭。冷漠取代了原先缺乏经验的热情。凡是我爱之极深的人一致认可的我的才具，也失去了我的好感，遭到我无情的鄙薄。我对什么都不感兴趣，甚至对亚历山德拉·米海洛夫娜也漠不关心，并为此而责备自己，因为我不能不承认这一点。间或插入我这种麻木状态的不是莫名其妙的伤感，便是突如其来的眼泪。我只想找机会一人独处。就在这个奇怪的时刻，一桩奇怪的事情震撼了我的整个心灵，并把这一潭死水化作狂风暴雨。我的心受到了伤害……事情是这样发生的——

七

我走进藏书室（这将是我终生难忘的时刻），拿了沃尔特·司各脱的小说《圣罗南之泉》，这是我还没有读过的唯一的小说。我记得，揪心的、无端的苦闷像某种预感折磨着我。我直想哭。夕阳的斜晖从高窗涌入，倾泻在闪闪发光的拼花地板上，把室内照得辉煌明亮。静悄悄。周围和邻近的房间里也阒无一人。彼得·亚历山德罗维奇不在家，亚历山德拉·米海洛夫娜则卧病在床。我真的哭了。我打开小说的第二部，一页页心不在焉地翻着，试图把在我眼前浮晃的片断字句连贯起来。我像在向书问卜，如同某些人随手翻开书页占吉凶那样。人生有时全部智慧力量和精神力量都处于反常的紧张状态，似乎即将点燃起自觉的熊熊烈焰；就在这瞬息之间，被震撼的心也许不堪对未来的预感的困扰，急于体味未来的酸甜苦辣，竟在梦中看到了先兆。您的整个躯体如饥似渴地向往着生活，心中燃烧着狂热和盲目的希望之火，仿佛在召唤未来，连带着召来它的秘密和未知数，哪怕连带着召来狂风暴雨也无妨，但一定要召来生活。我便是在这样的时刻走进藏书室的。

记得我合上了那本书，正是为了随后闭着眼睛把它翻到无论哪一页，先在心中就自己的未来确定要占卜的事情，再读那一页书上写着些什么。可是，当我把书打开的时候，却看到一张写满了字的信笺。信笺折成本身四分之一那么大，压得扁而又扁，大概夹在书中被遗忘了已有好多年。我怀着极大的好奇心开始察看。这是一封没有上款的信，下款只有 C.O.两个起首字母，这引起了我加倍的注意。我把这张几乎粘在一起的信笺展开；由于年深月久，它在书页之间留下了与所折大小相等的一块颜色较淡的痕迹。纸张的折皱处磨损得很厉害；看来，当初这封信不知被读过多少遍，并当作宝贝珍藏起来。墨迹褪了色，由黑变青，——可见写信的日子在很久很久以前！若干字句偶然映入我的眼帘，我的心紧张地期待着。我把信拿在手里转来转去举棋不定，故意迟迟不开始读。我偶然把它放到向光处：果然！洒在字里行间的一滴滴眼泪干后还留有痕迹，有几处整个字母因泪浸而漫漶。这是谁的眼泪？我终于紧张地屏住气读了正面的上半页，一声惊呼从我胸中冲口而出。我把书放回原处，锁上柜子，把信藏在头巾下面，跑到自己屋里，锁上房门，重新开始读信。但我心里的鼓点打得实在急，只觉得一个个语词和字母在我眼前乱晃乱跳。有很长一段时间我什么也没有看懂。信的内容非比寻常，一开头就包含着秘密；它像闪电一般把我击中，因为我已知道这封信是写给谁的。我知道，如果读完这封信，我几乎等于犯了罪；但在这个时刻我已难以自持。信是写给亚历山德拉·米海洛夫娜的。

下面我要援引信的本文。我模模糊糊弄懂了其中的涵义，事后久久摆脱不了谜底带来的忧思。从这一刻起，我的生活犹同发生了一大转折。我的心受到很大的震荡，很久很久、几乎永远不能恢复平静，因为这封信引起了一连串后果。这次我就未来问卜果然灵验。

这是一封告别信，此后乃成绝响，令人不忍卒读；我看完以后，觉得心被死死地揪紧，仿佛我自己失去了一切，一切都从我身边永远被夺走了，除了再也不需要的生命，什么也没剩下。写这封信的人究竟是谁？亚历山德拉·米海洛夫娜以后是怎么过的？信中既有许多暗示和迹象足以作出正确的判断，又有许多费人疑猜的哑谜。但我所料几乎没有错误；再者，信的措辞也提供不少线索，透露了两颗心为之破碎的这一场相交的全部性质。写信人的思想感情溢于言表。这些思想感情太不寻常，而且，我已经说过，为解开谜底提供的线索也太多了。现在我把这封信逐字逐句抄录如下：

你说过你忘不了我——我相信，今后我就全仗你这句话维持生命。我们必须分手，我们离别的时刻到了！我早知道会有今日，我的娴静美人，我的幽怨仙子，但我直到此刻才明白。在**我们的**这段时间内，在你爱我的这段时间内，我的心始终为我们的爱情隐隐作痛，而现在我却松了一口气，你能相信吗？我早知道会有这样的结局，这在我们之前就已注定！这是命运！亚历山德拉，听我把话说完：我们是不相称的；我一直有这个感觉，时刻不忘！我配不上你，我应该为我们尝到的幸福受罚，应该由我一人承当！你说：直到你垂青于我之前，我在你面前是个什么？天哪！已经两年过去了，可我至今还有点飘飘然；我至今不能理解，你竟会爱上我！我不明白我们怎么会接近到那种程度，不明白这是怎样开始的。你可记得，我和你相比算是个什么？我配得上你吗？我有哪一点可取，我有什么出类拔萃之处？在遇见你以前，我是个头脑简单的粗人，老是垂头丧气，愁眉不展。我并不向往另一种生活，思想上并不考虑，也不向它招手呼唤，甚至不愿这样做。我的一切都受到某种压抑，除了我的限期完成的日常工作，我不知道世上还有什么更重要的。我唯一需要关心的只是明天，其实对此我也相当淡然。过去，那是很久以前的事了，我也曾做过类似的梦，我也曾像个傻子似的想入非非。但从那以后已过了不知多少时间，我一直过着孤独、刻板、平静的生活，甚至不觉得我的心在严寒中变冷冻僵。它睡着了。我知道而且认定，对我来说永远不会升起另一个太阳；我相信这一点而且毫无怨言，因为我知道**命该如此**。当你打我身旁走过的时候，我不懂得我可以斗胆举目向你观看。在你面前我像是一名奴隶。在你的身旁我的心既不颤动，也不酸痛，它没有向我预报你的芳踪。我的心是平静的，它没有认出你的心来，虽则它在自己美好的姐妹近旁感到挺亮堂。我知道这一点，我隐约感觉到这一点。我之所以有此感觉，因为即使是最卑微的一棵小草也能分得苍天的霞光，同这棵依头顺脑、可怜巴巴的小草旁边艳丽的花朵一样承受晨曦的温暖和爱抚。在我了解一切之后，你该记得也就是在那天晚上以后，在那些话从根本上撼动了我的心灵以后，我被震惊得两眼发黑，晕头转向，竟至于不相信自己，也不理解你！这事我从未对你说过。你什么也不知道；过去我不是你遇见我时所看到的那个样子。倘若我能这样做，倘若我敢说的话，我早就向你和盘托出了。但我一直保持沉默，现在却要把一切都告诉你，好让你了解将要和你分手的是怎样一个人！你可知道，最初我是怎样理解你的？欲念像烈火烧遍我的全身，像毒药注入我的血液；它扰乱了我的思想和感觉，我如醉如痴，如堕五里雾中，没有以平等的身份，没有以无愧于你纯洁的爱情的姿态，而是不自觉地、无所用心地对待你光明磊落的怜爱。我没有理解你。我把你当作在我心目中**忘了身份与我为伍**的人，殊不知你是想把我提高到与你相齐。你可知道，我对你产生过什么样的怀疑？你可知道，**忘了身份与我为伍**意味着什么？不过，我不想通过我的自供来伤你的心，我只说一句：你把我大大估计错了！我决计不可能上升到与你相齐。我只能怀着无限的爱可望而不可即地凝视着你，那是在我了解你以后，然而这没有赎偿我的过失。我的经你抬举的欲念并不是爱情，——我害怕爱情；我不敢爱你；爱情应该是相互的、平等的，可是我不配……我简直不知道自己是怎么回事！哦！我该怎样向你说明这一点，怎样使你明白我的意思呢！……起先我根本不相信……哦！你可记得，当我最初的激动平静下来，我的目光恢复清明，心中只剩下一种最纯洁、最无邪的感情时，我的第一个反应是惊讶、尴尬、恐慌？你可记得，我突然放声大哭扑倒在你的脚下？你可记得，你又窘又怕地含着眼泪问过我怎么啦？我不则声，我无法回答你；但我的心却在裂成碎片；幸福像不堪承受的重负压迫着我，我的号哭仿佛在说："凭什么？我凭什么赢得这份幸福？我凭什么得到这酬报？"我的姐妹，我的姐妹！哦！我曾经多次（这是你不知道的）偷偷地吻你的衣衫，我只能偷偷地吻，因为我自知配不上你；当时我屏住了气，我的心跳得慢而且沉，好像要停下来永远静止似的。当我握住你的手时，我浑身打颤，面如土色；你的光明磊落使我慌乱。啊，可惜我笨口拙舌没法把积在我心中急切向你诉说的一切尽情倾吐。你可知道，你对我始终如一的怜爱有时使我感到沉重、痛苦？当你吻我的时候（这有过一次，是我永志不忘的），——泪雾蒙住了我的眼睛，我的整个灵魂霎时间发出一阵呻吟。当时我为什么不死在你脚下呵？！此刻我在信上第一次称"你"，尽管你早就命我这样称呼。你可明白我要说什么？我要向你说出**一切**，而且现在就说出来：是的，你对我爱之甚深，你曾像姐妹爱兄弟一般爱我，你曾像爱自己的创作一般爱我，因为你复活了我的心，唤醒了我的智慧，把甜蜜的希望注入我的胸中；我却不能，也不敢；迄今为止，我从未把你叫做我的姐妹，因为我不可能做你的兄弟，因为我们是不相称的，因为你把我看错了！

可是，你瞧，我写的都是你，即便在眼前这个可怕的灾难时刻，我想的也只是你，尽管我知道你在为我难受。哦，不要为我难受吧，我亲爱的朋友！你可知道，此时我是多么自己看不起我自己！这一切都公开了，议论已经沸沸扬扬！为了我，你将为人所不齿，你将遭到鄙视、嘲笑，因为在他们眼里我实在太卑微了！啊，一切都怨我配不上你！如果我在他们心目中多少有些价值，如果我能得到他们较多的尊敬，他们是会原谅你的！然而我卑微、轻贱、可笑，而卑贱之甚莫过于招人耻笑。不是有人叫嚷了吗？正因为这些人已叫嚷起来，我才泄了气；我素来软弱。你也许不知道我目前的处境：我自己在笑话自己，我觉得他们说的是事实，因为我连自己也觉得自己既可笑、又可恨。我有这样的感觉；我甚至憎恨自己的面貌、自己的体态，憎恨自己的习惯、自己的种种不良作风；这一切一贯为我所憎恨！哦，原谅我在穷途末路中如此野性毕露！你自己教我要把一切都告诉你。我毁了你，给你招来了嫉恨和讥笑，因为我配不上你。

这个想法折磨着我；它在我头脑里敲个不停，撕扯着、伤害着我的心。我总觉得自己不是你爱的那个人，不是你以为从我身上找到的人，你把我看错了。这就是我感到痛苦的原因，也正是这一点此刻折磨着我，并将把我折磨致死或致疯！

别了，别了！现在一切都已公开，我已经听到他们的喧嚷和议论；我在自己心目中也变得渺小、轻贱，为自己，甚至为你、为你的抉择感到羞愧，我诅咒我自己；现在，为了你的安宁，我必须销声匿迹。这是向我提出的要求，你将永远见不到我！这是必要的，是命中注定的！我得到的太多了；命运作了错误的安排；现在它要改正错误，索还一切。我们由相遇而相识，如今各奔东西，也许后会有期！然而在何处再会，在何时再见？哦，亲爱的，告诉我，我们将在哪里重逢，我怎样能找到你，怎样能认出你来？到那时你还认得我吗？你占据了我的整个心房。啊，为什么，究竟为什么如此对待我们？我们为什么要分离？请指点我，因为我不理解，我无法理解，百思不得其解；请你教我如何把生命撕成两半，如何把心从胸膛里挖出来，如何过没有心的日子？否则，叫我如何敢想起再也见不到你，永远见不到，永远！……

天哪，他们嚷得多凶啊！我现在真为你担忧，太可怕了！我刚遇见你的丈夫；我和你都没法跟他比，虽则我们在他面前是无罪的。他全知道；他把我们看得很清楚；他全明白，他以前就洞若观火。他英勇地站到你一边；他能拯救你；他能卫护你抵御那些流言蜚语和大叫大嚷；他爱你，并且无限地尊重你；他是你的救星，而我却要逃跑！……我去找了他，我想吻他的手！……他叫我立即动身。事情已经决定！据说，为了你，他跟那些人全闹翻了；那里大家都反对你！人们指责他姑息纵容、优柔寡断。我的上帝啊！那里的人还说你什么？他们不知道，他们**无法理解**，不可能懂得！原谅吧，可怜的人，你就原谅他们吧，正像我原谅他们一样；他们从我这里拿走的比从你那里拿走的更多！

我神思恍惚，不知道此刻在给你写些什么。昨天分手时我对你说了什么？我全忘了。当时我失魂落魄，而你在哭……宽恕我害得你流了这些眼泪！我太软弱、太懦怯了！

我还想对你说几句话……哦呵！但愿能再一次把眼泪洒在你的手掌上，就像此刻洒在这封信上一样！但愿能再一次伏在你的脚下！你的感情是多么美好，他们哪里知道呵！然而他们都是瞎子；他们骄矜、傲慢；他们看不到，而且永远不会看到这一点。他们没长这样的眼睛！即便按他们的法典来衡量你也是清白无罪的，但他们不会相信，哪怕全世界发誓向他们担保都不会相信。他们怎能理解呵！难道他们真的会谴责你？哪一个将首先发难？啊，他们决不会手软的，他们必将群起而攻！他们之所以敢这样做，因为他们懂得该怎样做。他们将同声谴责，并说他们自己毫无过错，结果却是造孽！咳，其实他们对自己的所作所为并不自觉！可惜不能把真情无保留地告诉他们，让他们看一看，听一听，明白过来，相信事实！应该说，他们并不那样恶毒……此刻我走投无路，也许把他们说得太坏了！也许我以自己的恐惧在吓唬你！别害怕，不要怕他们，亲爱的！会有人谅解你的；说到底，有一个人已经对你谅解，你可以放心，那就是你的丈夫！

别了，别了！**我不感谢你**！永别了！

C.O.

我惶惑之余，半天不明白自己发生了什么事情。我既震动，又惊慌。我已经过了三年轻松的空想生活，却在幻梦方酣之际跟现实撞了个满怀而措手不及。我惊恐地感觉到自己掌握着一大秘密，感觉到这个秘密牵制着我的整个存在……但怎么个牵制法呢？我自己还不了解。现在我不由自主地深深地卷入了迄今为止构成我周围整个世界的那些人的生活和关系，我为自己担心。作为一个与他们非亲非故的不速之客，我凭什么介入他们的生活？我将给他们带来什么？如此意外地把我同他人的秘密拴在一起的羁绊将如何解脱？谁知道？也许，我要扮演的这个新的角色对于我自己、对于他们都是痛苦的。可我又不能装聋作哑，不能拒演这个角色，不能把我知道了的事情永远埋在我的心底。我会发生什么情况？我将做些什么？说到底，我又知道了些什么呢？成千个还不清楚的、朦朦胧胧的疑团在我面前纷纷浮起，已经不耐烦地挤压着我的心。我茫然不知所措。

记得随后另有若干时刻我产生了一些新的、奇怪的、迄今从未体验过的印象。我觉得自己胸中好像发生了某种变化，原先的郁悒顿时从心上消释，开始取而代之的是一种新的感受，对之我还不知道该如何作出反应——不知应该伤心还是高兴。此时此刻我像一个人行将永远离开自己的家，离开迄今为止一直安稳、静谧的生活，准备登程前往未经探索的远方，临行向自己周遭作最后一次环顾，思想上告别自己的过去，心中却被怅惘的预感平添几分悲苦，未知前途休咎如何，也许难关重重、险象环生。终于，神经质的号哭从我胸中迸发出来，通过一阵歇斯底里的发作解除了我心头的重压。我需要见人，需要听到别人的声音，需要跟人拥抱，抱得紧些，再紧些。现在我已不能、也不愿一人独处；我跑去找亚历山德拉·米海洛夫娜，整个晚上都和她在一起。我请求她不要弹琴，自己也不愿唱歌，虽然她再三要求。我忽然觉得一切都不胜负担，注意力在任何事情上都集中不起来。我恐怕和她一起哭了。我只记得我把她吓得非同小可。她劝我定一定神，不要惊慌。她忧心忡忡地注视着我，一再说我病了，说我不知道保养身体。最后，我心力交瘁地离开了她；我的神志迷离恍惚，上床时只觉得热一阵冷一阵。

过了好几天，我才定下神来，对自己的处境有了比较清醒的认识。这时，我和亚历山德拉·米海洛夫娜过着无比孤寂的生活。彼得·亚历山德罗维奇不在彼得堡。他有事去莫斯科，在那里待了三个星期。虽然分别不久，亚历山德拉·米海洛夫娜却陷于可怕的忧伤。她间或显得较为平静，但一个人关在屋子里，可见我也是她的累赘。何况我自己也不愿见人。我的头脑以一种病态的紧张节奏工作着；我好像处在一团烟雾之中。有时我会长久陷入排遣不开的愁思；那时我仿佛梦见有人在暗中讥笑我，好像有什么东西潜入我的头脑，扰乱和毒化我的每一个想法。我摆脱不了无时无刻不在我眼前浮晃、使我不得安宁的痛苦幻象。在我想象中出现的是长时期无法解脱的痛楚、苦恼，是逆来顺受然而白白作出的牺牲。我觉得，这种牺牲所祭祀的对象在蔑视她、嘲弄她。我觉得，我看到了恶人宽恕好人罪孽的怪现象，这使我痛彻心肺！在这同时，我又竭力想打消自己的猜疑；我诅咒这种疑心，痛恨自己不该把并无确证而仅仅是一些猜想的预感当作定见，痛恨我自己向自己也不能证实我所得到的印象。

尔后，我在头脑中反复玩味信上的字句、这一声声诀别的绝叫。我想象着那个不相称的人；我力图猜透“不相称”这个词儿的全部辛酸意味。这惨别的哀号使我心痛如绞。“我自己觉得可笑，为你的抉择感到羞愧。”这是怎么回事？这是怎样两个人？他们为什么忧伤，为什么苦恼，他们失去了什么？我勉强抑制紧张的情绪重又读那封信，其中充满了揪心的绝望，字句的涵义对我说来是那么奇怪、那么费解。信一再从我手中跌落，我的心情愈来愈惶惑，愈来愈激动……归根到底，这一切总得有个结局，可是我看不到出路何在，或者不敢正视它！

我差不多要病倒了，就在这个当儿，某一天我们院子里响起了彼得·亚历山德罗维奇从莫斯科回来的马车声。亚历山德拉·米海洛夫娜欢呼着跑去迎接丈夫，我却站在原地动也不动。记得当时我自己也被自己的激动搅得心慌意乱。我忍不住跑到自己房间里去。我不明白为什么突然如此害怕，但我为这种害怕担忧。一刻钟以后我被叫去，要向我转交公爵的一封信。我在客厅里遇见与彼得·亚历山德罗维奇从莫斯科同来的一位陌生人，我从听到的只言片语得悉，他打算在我们这里住很久。他受公爵委托到彼得堡来料理公爵家族的一些要事（他家的事务很久以来一直是由彼得·亚历山德罗维奇经管的）。来客向我递交了公爵的信，并说公爵夫人也想给我写信，直到最后一分钟还声称信一定要写，但结果什么也没有交给他，只是请他转告，说她实在不知道给我写什么好，反正信上什么也写不清楚，说她浪费了五张信笺，后来统统撕成碎片，还说要互相通信非重新做朋友不可。公爵夫人托他转告，要我相信不久定将同她见面。那位陌生的先生回答了我焦急的提问，说即将会面的消息是真实的，公爵全家确乎不久就要启程来彼得堡。听到这个消息，我高兴得不知如何是好，急忙回到自己屋子里去，锁好房门，流着眼泪拆阅公爵的信。公爵向我许诺，不久我就可以见到他和卡嘉；他感情深厚地为我的音乐才华向我表示祝贺，最后祝福我前途光明，并答应妥善安排我的未来。我边读边哭，但在我欢欣的眼泪里掺和着难忍的哀愁，以致我记得当时为自己感到心惊胆战；我自己也不知道自己是怎么回事。

过了几天。我隔壁那间屋子过去是彼得·亚历山德罗维奇的文书室，如今新来的那位客人每天上午在那里工作，晚上也往往工作到半夜。他和彼得·亚历山德罗维奇经常在后者的书斋里锁上房门一起工作。一天午后，亚历山德拉·米海洛夫娜要我到她丈夫书斋去走一趟，问他要不要和我们一起喝茶。我在书斋里没找到彼得·亚历山德罗维奇，估计他很快就会进来，我就站在那里等候。墙上挂着他的画像。记得我看到这幅画像，突然打了个寒噤，并开始怀着我自己也莫名其妙的激动心情仔细加以端详。画像挂得相当高，屋子里又相当暗，我便搬过一把椅子来站在上面，以便看得清楚些。我想寻找什么，仿佛指望发现澄清我的疑问的关键。记得当时首先使我震惊的是画像的一双眼睛。我当即一愣，因为我几乎从未见过此人的双目：他一直把双目隐藏在眼镜后面。

我还在童年时代就不喜欢他的眼光，大概出于一种不可理解的、奇怪的偏见，但这种偏见现在似乎被证实了。我的想象犹如乐器定好了调。我忽然觉得：画像上的眼睛在我的逼视下尴尬地侧向一边，力图躲避我的目光；那双眼睛包藏着虚伪和欺骗。我觉得自己所料不差，一时竟闹不清这在我心中引起的是怎样一种隐秘的喜悦。一声轻轻的呼喊从我胸中迸发出来。这时我听到背后有窸窣之声。我回头一看：彼得·亚历山德罗维奇站在我的椅子跟前注视着我。我觉得他骤然红了脸。我窘得要命，赶紧从椅子上跳下来。

“您在此地做什么？”他厉声问道，“您到此地来有什么事？”

我不知如何作答。稍定了定神，我勉强向他转达了亚历山德拉·米海洛夫娜的邀请。我不记得他向我回答了什么话，也不记得自己是怎样走出书斋的，反正到了亚历山德拉·米海洛夫娜那边，我把她等着的回音忘得一干二净，就胡乱说了一声他会来的。

“你怎么啦，涅朵琦卡？”她问，“你瞧瞧自己：脸涨得通红。你怎么啦？”

“我不知道……我走得太快了……”

“彼得·亚历山德罗维奇究竟对你说了些什么？”她惶惑地打断我的话。

我不做声。这时响起了彼得·亚历山德罗维奇的脚步声，我立即走出屋子。我在极度的哀伤中足足等了两个小时。后来终于有人叫我去见亚历山德拉·米海洛夫娜。亚历山德拉·米海洛夫娜沉默不语，心事重重。我走进屋子，她很快地凝神瞧了我一眼，但随即低头垂目。我觉得她脸上现出一种窘迫的表情。不久我就发现她心境不佳，很少说话，对我看也不看；Б 关切地问她身体可好，她抱怨说头痛。彼得·亚历山德罗维奇却比往常健谈，但他只跟 Б 交谈。

亚历山德拉·米海洛夫娜心不在焉地走到钢琴旁边。

“给我们唱点儿什么吧，”Б 向我说。

“对，安涅塔，把你新练的一首咏叹调唱给我们听听吧，”亚历山德拉·米海洛夫娜附和道，她好像欢迎这个打破僵局的机会。

我朝她一看；她望着我，不安地期待着。

但我不善于克制自己。我没有走到钢琴边去唱点儿什么敷衍了事，只觉得心乱似麻，不知道如何推托过去；临了，我恼恨起来，干脆表示拒绝。

“你为什么不愿唱？”亚历山德拉·米海洛夫娜问，她意味深长地看了我一眼，同时又向丈夫投了一瞥。

这两道视线使我忍无可忍。我在极度的懊丧中从桌旁站起来，但已经不加掩饰，一边烦躁、恼火得发抖，一边气呼呼地重申我不想唱，不能唱，身体不好。我这样说着横眉面对着大家，但上帝可以作证，这时我恨不能回到自己房间里去躲开所有的人。

Б 感到诧异，亚历山德拉·米海洛夫娜则现出明显的不悦，一句话也不说。但是彼得·亚历山德罗维奇突然离座起身，说他忘了办一件事，看来还因错过了原定的时间很不高兴，所以匆匆走了出去，临行表示待会儿他也许再来，但还是握了一下 Б 的手作别。

“您究竟怎么啦？” Б 问，“看您的脸色确实像有病。”

“是的，我不大舒服，很不舒服。”我不耐烦地答道。

“的确，你脸色苍白，可刚才又是通红通红的，”亚历山德拉·米海洛夫娜说到这里突然顿住。

“够了！”说罢，我径向她走去，一边凝视着她的眼睛。可怜的亚历山德拉·米海洛夫娜顶不住我的目光，像犯了什么过错似的低下头来，苍白的两颊泛起一阵淡淡的红晕。我握住她的一只手吻了一下。亚历山德拉·米海洛夫娜望着我，立即现出并非做作的、天真的喜悦。“原谅我，今天我的行为十足是一个可恶的坏孩子，”我怀着深情对她说，“不过，我确实不舒服。请不要见怪，放我走吧……”

“我们大家都是孩子，”亚历山德拉·米海洛夫娜面露羞涩的微笑说，“我也是孩子，而且比你更坏，坏得多，”她向我俯耳添加了一句，“去吧，祝你健康。不过，看在上帝分上，不要生我的气。”

“为什么？”我问。如此天真的自供使我惊讶。

“为什么？”她惶恐地跟着我重复道，甚至像是为自己捏了一把汗，“为什么？你瞧，涅朵琦卡，我这个人也真是……我对你说什么来着？去吧！……你比我聪明……我还不如孩子。”

“别说了，”我深受感动，不知对她说什么好。我再一次吻了她以后，匆匆走出房间。

我的懊丧和郁悒简直难以形容。此外，我还恨我自己，感觉到我太不谨慎，太不善于处事。我羞愧得直想哭，结果在深沉的忧思中入睡。早晨醒来，我立即产生一个念头：昨晚发生的事纯属海市蜃楼，我们无非在彼此故弄玄虚，捡到一些鸡毛蒜皮就急急忙忙当作惊天动地的大事，这一切都起因于我们在接受外来印象方面缺乏经验，不习惯。我觉得一切都应归咎于那封信，它太叫我心烦了，害得我头昏脑涨，于是我拿定主意，往后最好还是什么也不想，我以如此不寻常的轻易方式斩断了我的全部忧思，确信我能够同样轻易地照自己拿定的主意去做，心中平静了些，到动身去上声乐课时情绪已大大好转。早晨的空气使我的头脑彻底恢复清醒。我非常喜欢早晨向老师就教之行。八点以后，市内又重新活跃起来，煞有介事地开始一天的生活，这时候在市内行走是一大乐事。我们通常总是走最热闹、最繁忙的街道，我十分欣赏我的艺术生涯在这样的环境中开始，十分欣赏这样的对比：一方面是这种无足轻重但活跃忙碌的日常生活，另一方面是近在咫尺的一幢大房子三楼上等待着我的艺术世界——不过，其他所有从上到下住满这幢楼房的人在我看来却又跟艺术毫不相干。我腋下夹着五线谱走在这些行色匆匆的路人之间；陪送我的老仆娜塔莉亚每次都在她自己不知道的情况下出一道题让我解答：她想得最多的是什么事情？还有，我那位一半意大利、一半法兰西血统的老师是个怪人，有时候热情很高，但绝大部分时间内古板得很，尤其啬刻异常，——这一切都挺有意思，能使我大笑，也能令我深思。此外，我虽则怯生生地但怀着强烈的希望热爱我的艺术，大造空中楼阁，为自己设计最美妙的未来，在回家的路上往往被自己如火如荼的幻想烤得热烘烘的。总之一句话，在这些时间内我几乎是幸福的。

这一回，我十点钟下课回家，也是处在这样的时刻。我记得当时兴冲冲地想一件什么事情出了神，把其余的一切都忘了。但我正要登上扶梯的时候，突然像有人烫了我似的吓得我直跳起来。从我的上方响起了彼得·亚历山德罗维奇的声音，这当儿他正好从扶梯上下来。一种强烈的不愉快的感觉攫住了我，昨天的事给我留下的回忆实在太可憎了，我竟怎么也无法掩饰自己的愤懑之情。我向他微微弯腰致意，但此刻我的面部表情想必直抒胸臆，致使他讶异地在我跟前停住脚步。我注意到他这一动作，自己顿时涨红了脸，急忙上楼。他目送着我嘀咕了几句，然后走他自己的路。

我懊丧得快要哭了，不明白自己心中究竟是怎么一回事。上午余下的时间我坐立不安，不知道该下什么决心尽快了结和摆脱这一切。我曾千百次发誓要理智从事，千百次为自身感到恐慌。我觉得自己憎恨亚历山德拉·米海洛夫娜的丈夫，同时又为自己感到绝望。这一次，由于情绪不断剧烈波动，我真的恹恹成病，再也无法控制自己。我开始恼恨所有的人，上午一直坐在自己屋子里，甚至没有去见亚历山德拉·米海洛夫娜。后来她自己来了。她对我一看，几乎失声惊呼。我的脸色难看至极，一照镜子连我自己也吓坏了。亚历山德拉·米海洛夫娜陪我坐了整整一小时，像照料小孩一样地照看我。

但是，她的关怀使我伤感，她的疼爱使我难堪，我实在不忍看她，最后只得请她让我安静一会。她走的时候对我很是放心不下。我的愤懑终于化为眼泪和一次晕厥。向晚，我稍感缓解……

我稍感缓解是因为我下了决心去找她。我决定去跪倒在她面前，把她遗失的那封信交还给她，向她承认一切，包括我忍受的全部苦痛和我心生的种种怀疑，本着在我身上燃烧的爱——对她、对受苦者的无限深情——和她拥抱，对她说，我是她的孩子、她的朋友，我的心为她敞开，她可以往那里瞧一瞧，看看里边对她怀有多少最炽烈、最坚贞的感情。我的天哪！我知道，我感觉到，我是她能够倾心相告的最后一个人了，正因为如此，我认为得救的希望就更大，我的话也更具威力……尽管只是模模糊糊、朦朦胧胧的猜测，但我能理解她的郁闷；一想到她可能在我面前红脸，可能害怕受到我的审判，愤怒便在我心里沸腾……可怜的亚历山德拉·米海洛夫娜，这件事的罪人难道是你吗？这就是我将伏在她脚下哭着要对她说的话。正义感在我身上如激浪翻滚，我气愤已极。我不知道自己会采取什么行动，但直到事后我才清醒过来，那是在发生了一个意想不到的情况之后，它几乎在我刚迈出第一步时就把我拉住，使我和她免遭毁灭。当时可把我吓坏了。要不然，她那颗饱受摧残的心难道能重新点燃起希望之火？我差点儿一下子把她置于死地！

事情的经过是这样的：我已经走到离亚历山德拉·米海洛夫娜的书房只有两间屋子的地方，这时彼得·亚历山德罗维奇从边门出来，走在我前头，但没有发现我。他也向亚历山德拉·米海洛夫娜的房间走去。我站住了一动不动；他是我此刻最不愿意碰见的人。我想走开，但好奇心突然把我像桩子一般钉在原地。

他在镜子前面站停片刻，整整头发，最使我惊愕不置的是：我忽然听到他在哼一支歌曲。霎时间我童年时代一桩阴暗遥远的回忆在我的脑海中重新浮现。为了便于理解我在此刻产生的那种奇怪的感觉，我得把这桩回忆讲一下。在我刚来到这户人家的第一年，一件事曾深深地震动我的心灵，不过直到现在才使我恍然大悟，因为直到现在，直到此时此刻我才意识到，我对这个人如何会产生莫名其妙的反感！我已经提到过，还在那个时期，只要他在场，我总是有一种沉重的感觉。我已经说过，他那种皱眉蹙额、心事重重的神态，那种经常笼罩着愁云惨雾的面部表情，一向给我留下郁闷的印象；每次我们在亚历山德拉·米海洛夫娜张罗下一起喝过茶以后，我照例心情压抑；

再者，我差不多曾经目击前面我谈起过的那两三次阴霾四布、疑云重重的冲突。当时同现在一样，我也是在这个地方、这个时刻遇见他，他也同现在一样到亚历山德拉·米海洛夫娜房间里去。我单独遇见他时总感到一种纯粹孩子气的羞怯，所以每次都像犯了什么过失似的躲在角落里，祈求命运别让他看见我。当时他也同现在一样站在镜子前面，一种非儿童的无名感觉促使我打了个寒战。我觉得他好像在化妆改容。至少我清楚地看到，他走近镜子之前脸上带笑；我看到了过去在他脸上从未看到过的笑容，因为（我记得这是最使我震惊的）他在亚历山德拉·米海洛夫娜面前从来不笑。突然，他刚朝镜子里一瞧，脸色顿时大变。笑容像接到禁令一般立刻消失，取代它的是无论作何等慷慨大度的努力还是情不自禁地从心中冒出来的苦恼，这种决非凡人所能掩饰的苦恼把他的嘴唇一撇，一阵神经质的痛感在他额上刻下一道道皱纹，把他的双眉挤在一起。目光深沉地藏到眼镜后面，——总之，才一眨眼的工夫，他像听到口令似的完全变成了另一个人。记得当时我一个小孩子由于害怕理解我所看见的现象而吓得直哆嗦，从此以后，一个非常不痛快的印象便留在我心里再也出不去。他照了约莫一分钟镜子，低下头来，拱起背脊，装出通常在亚历山德拉·米海洛夫娜面前显现的神态，蹑手蹑脚向她的书房走去。这就是使我震惊的一桩回忆。

当时同现在一样，他也以为没有旁人，他也是站在这面镜子前。同那时一样，我怀着不友好、不愉快的心情与他狭路相逢。但我听到了这歌声，实在感到太意外了（要知道任何类似的举动在他身上都是绝对不可思议的，更何况是唱歌），竟在原地站住了呆若木鸡；与此同时，相似的局面又使我想起我童年时代几乎一模一样的一刹那，——那时，我无法表达我的心给怎样一种辛辣的印象猛戳了一下。我周身的神经都为之震颤，这不祥的歌声竟引起我纵声大笑，而

镜子前

伊利亚·格拉祖诺夫 1972 年绘

И. С. Глазунов

倒楣的歌手也惊叫起来，从镜子前倒退两步，像一个被连赃拿获的罪犯面无人色地望着我，恐怖、惊愕、狂怒之状一览无余。他的目光激起了我病态的反应。我冲着他发出一阵神经质的、歇斯底里的狂笑，一路笑着从他旁边擦身而过，走进亚历山德拉·米海洛夫娜的书房后哈哈之声依旧不绝。我情知他站在帘幔后面，也许他在犹豫要不要进来，也许恼怒和胆怯把他在原地钉住了，——我抱着挑战性的焦躁情绪等待他作出决定；我敢打赌说他不会进来。果然给我猜中了，他过了半个小时才进来。亚历山德拉·米海洛夫娜在极度的诧异中对我看了半天，一再问我是怎么回事，可是毫无结果。我答不上来，一味笑得上气不接下气。最后，她明白我在发歇斯底里症，所以对我格外关注。我喘过一口气来以后，抓住她的双手连连吻着。这时我才改变主意，这时我才想到，要不是遇见她的丈夫，我简直会把她置于死地。现在她在我眼里等于是一个复活的人。

彼得·亚历山德罗维奇走了进来。

我向他瞥了一眼；他装出我们之间什么也没有发生的样子，照例是那样道貌岸然、阴沉冷漠。但是看他苍白的脸色和微微翕动的嘴唇，我猜到他在竭力掩饰内心的激动。他冷淡地招呼了亚历山德拉·米海洛夫娜，在老位子上默然坐下。当他拿起茶杯的时候，手在发颤。我预感到山雨欲来，一阵莫名的恐惧兜上心头。我本想离去，但不敢撇下望着丈夫自己脸上变色的亚历山德拉·米海洛夫娜。她也感觉到某种不祥的预兆。后来，我忧心忡忡地预测的情况终于发生了。

在一阵深沉的静默中，我举目一看，正好遇上彼得·亚历山德罗维奇的一副眼镜直盯着我瞧。我猝不及防，不禁打了个寒战，差点儿喊出声来，急忙垂下双目。亚历山德拉·米海洛夫娜注意到了我的举动。

“您怎么啦？您为什么脸红？”我听到彼得·亚历山德罗维奇在

问，他的声音刺耳，语气粗暴。

我不吭声；我的心跳得使我一句话也说不出来。

“她为什么要脸红？为什么她动不动就脸红？”他放肆地指着我向亚历山德拉·米海洛夫娜问道。

愤怒几乎使我气闭。我把恳求的目光投向亚历山德拉·米海洛夫娜。她会意了。她苍白的两颊顿时燃烧起来。

“安涅塔，”她用完全出乎我意料之外的坚定的声调对我说，“你到自己房间里去；我过一会去找你，晚上我们俩在一起过……”

“我在问您，您听见了我的话没有？”彼得·亚历山德罗维奇把嗓门拔得更高，根本不理会妻子在说话，“为什么您看到我就脸红？回答！”

“因为您迫使她脸红，同样也迫使我脸红，”亚历山德拉·米海洛夫娜激动得有些结结巴巴地答道。

我惊异地望着亚历山德拉·米海洛夫娜。她居然顶得这样厉害，一开始我完全不能理解。

“我迫使您脸红，我？”彼得·亚历山德罗维奇应道，看来他也大惑不解，在我字上特别加强语气，“您是为了我脸红？难道我会迫使您为我脸红？难道您以为，应该您为我脸红而不是我为您脸红？”

这句话对于我是如此明白无误，又是以如此狠心、刻毒的讥刺口吻说出来的，我吓得大叫一声扑向亚历山德拉·米海洛夫娜。她那死灰色的脸上反映出惊愕、痛苦、责备和恐怖。我望着彼得·亚历山德罗维奇，十指交叉做哀求状。看起来他自己也觉失了分寸，但促使他吐出这句话来的暴怒尚未过去。不过，他发现了我无声的哀求后，显得有些尴尬。我的手势说明他们之间迄今秘而不宣的事情有许多我已经了解，说明我清楚地懂得他话中的含义。

“安涅塔，您到自己房间里去，”亚历山德拉·米海洛夫娜从椅子上站起来，声音微弱但是口气坚决地又说了一遍，“我要和彼得·亚历山德罗维奇谈谈……”

表面上她相当镇定；但这种镇定比任何激动更叫我担心。我仿佛没有听见她的话，依旧待在原地一动也不动。我聚精会神地竭力想从她脸上看清此刻她内心的活动。我觉得，她既没有领会我的手势之所指，也没有明白我的叫喊的意思。

“这是您一手造成的，太太！”彼得·亚历山德罗维奇抓住我的手，指着妻子说。

我的上帝啊！我从未见过此时在这张全无人色的脸上看到的那种绝望。他拉住我的手把我带出房间。我向他们看了最后的一眼。亚历山德拉·米海洛夫娜用胳膊肘撑在壁炉架上，双手紧紧捧住脑袋。她整个身体的姿势显示着难以忍受的痛苦。我抓住彼得·亚历山德罗维奇的一只手拼命地握着。

“看在上帝分上！看在上帝分上！”我气急败坏地说，“可怜可怜吧！”

“不用担心，不用担心！”他说，一边异样地看着我，“这是旧病复发，不要紧的。您走吧，走吧。”

我走进自己的房间，倒在沙发上，双手捂住面孔。我在这种状态下足足度过三个小时，却等于走遍了整个地狱。后来，我终于沉不住气，便通过别人去问，我可不可以去见亚历山德拉·米海洛夫娜。回音是廖塔尔太太带来的。彼得·亚历山德罗维奇派她来说，一阵发作已过，目前没有危险，但是亚历山德拉·米海洛夫娜需要安静。我直到凌晨三点以前始终没有就寝，老是在想，一边在房间里来回走着。我的处境比任何时候更为耐人寻味，但我的心情却比较平静，也许因为我觉得自己的过失比谁都大。我躺下睡觉时巴不得明天早晨尽快来临。

可是到了第二天，使我悲哀而又诧异的是：我发现亚历山德拉·米海洛夫娜的态度难以解释地冷淡。起初我以为，昨天我在无意间目击了她跟丈夫之间发生的这场冲突之后，这个心地纯洁高尚的女人不好意思和我待在一起。我知道，这个天真的孩子会在我面前赧颜，也会请求我原谅，因为昨天那不幸的一幕或许伤了我的心。但我旋即注意到她另有挂虑和烦恼，那是以极不自然的方式表现出来的：她向我答话时而生硬、冷淡，时而可以从她的话里体味到特殊的涵义，时而她又忽然对我亲热起来，似乎为那种不可能发自她内心的疾言厉色表示懊悔，她的亲切、温和的话语听来像是责备。后来，我直截了当地问她觉得怎么样，有没有话要对我说？我这样单刀直入的提问使她略感窘迫，但她马上抬起一双娴静的大眼睛，现出温柔的笑容望着我，说：

"没什么，涅朵琦卡；不过我可以告诉你：你问得这样快，我有点儿心慌。这是因为你问得太快的缘故……请你相信。不过，你听着，我的孩子，我要你实话回答我：你有没有这样的心事，如果别人也这样猝不及防地向你问起这事，你同样会感到心慌？"

"没有，"我毫不含糊地正视着她答道。

"那很好！你恐怕想象不出，我的朋友，听到这样干脆的回答我是多么感激你。倒不是我怀疑你可能存什么歹念，——绝对不是！即使是一点点猜疑的影子，我也不会原谅自己的。不过，你听我说：我收养你的时候，你是个孩子；可现在你十七岁了。你自己也看到：我身体不好，我自己像个孩子，还需要别人照看。我不可能完全代替你的亲生母亲，虽然我心中对你的爱是绰绰有余的。如果说我为此而忧心忡忡，那当然不是你的过错，而是我的过错。原谅我刚才提的问题，原谅我也许出于无奈没能履行我从爸爸家里把你接来时向你和他许下的全部诺言。现在我为这件事心中非常不安，过去我也时常放心不下，我的朋友。”

我搂住她哭了起来。

“哦，感谢您，感谢您为我所做的一切！”我说着让眼泪洒在她的手上，“不要这样对我说话，不要撕碎我的心。您对我胜过母亲；你们二位——您和公爵——为我这个无依无靠的可怜的孤儿做了这么多，为了这一切，愿上帝赐福给你们！我可怜的、亲爱的亚历山德拉·米海洛夫娜！”

“好了，涅朵琦卡，好了！好好搂住我，对，就这样，搂紧些，更紧些！我想告诉你，天知道为什么缘故，我觉得你这是最后一次和我拥抱。”

“不，不，”我像个小孩子似的放声大哭道，“不，绝不是这样！您会得到幸福的！……来日方长，相信我，我们会幸福的。”

“谢谢你，谢谢你这样爱我。现在我身边已没有多少人；大家都离开我了！”

“究竟哪些人离开您了？他们都是谁？”

“以前我周围也有另一些人；你不知道，涅朵琦卡。后来他们都离开了我，全走了，仿佛过去都是幽灵。我曾经巴巴地等待他们，等了整整一辈子；算了，让上帝保佑他们吧！你瞧，涅朵琦卡，秋已深，很快就要下雪；到下第一场雪的时候，我也要死了，——是的；但我并不伤感。别了！”

她的脸苍白、憔悴；每一侧面颊上各有一块预兆不祥的血色红斑，她的嘴唇在哆嗦，而且给内热烤焦了。

她走到钢琴前弹了几个和弦；这时，有一根弦嘣的一声断了，在一个长长的颤音中凄楚地呻吟……

“听到没有，涅朵琦卡，听到没有？”她忽然若有所悟地指着钢琴说，“这根弦绷得太紧，它经不起锤击，所以死了。你听，这临死的声音多么凄苦！”

她费力地说着。脸上反映出她内心的隐痛，眼睛里挤满泪水。

“别谈这些吧，涅朵琦卡，我的朋友；够了；你去把孩子带来。”

我把他们带到她屋里。她瞧着两个孩子，似乎缓过一口气来；一小时后让他们离去。

“安涅塔，我死了以后，你不会撇下他们不管吧？是不是？”她说得很轻，好像怕有人偷听我们的话。

“别说了，您把我的肠子都快绞断了！”我说不出旁的话来回答她。

“我不过是说说笑话，”沉默片时后她微微一笑说，“你就相信了？有时候天知道我会胡说些什么。现在我跟小孩子一样；对我什么都不能计较。”

这时，她胆怯地望着我，好像有什么话不敢说出口。我等待着。

“你得注意别让他吓着，”她终于眼睛朝下、脸上微泛着红晕说，声音之轻我几乎听不清楚。

“谁？”我惊奇地问。

“我丈夫。你慢慢儿把一切都告诉他。”

“为什么，究竟为什么？”我愈来愈诧异地连声问道。

“也许，不告诉他也罢，反正这是将来的事！”她回答时尽可能调皮地看着我，不过，她的嘴唇上仍挂着憨直的微笑，脸上的红斑愈来愈扩大，“别谈这些了；我只是闹着玩儿的。”

我的心给愈攥愈紧，愈来愈疼。

“不过，我死了以后，你会爱他们的，——是吗？”她认真地、重又带着有些神秘的表情附加说，“就像爱自己的亲生孩子一样，——你说是不是？要记住：我一向把你当亲生女儿看待，同自己的孩子不加区别。”

“是的，是的，”我答道，实在不知道说什么好，眼泪和窘困憋得我顺不过气来。

我的手感到好像被什么烫了一下，还没来得及往回缩，就有一个火热的吻在上面燃烧起来。我惊讶得开不出口。

“她怎么啦？她在想什么？他们昨天发生了什么事？”一连串的疑问在我头脑里闪过。

过了一会，她开始抱怨精神疲乏。

“我早就有病，只不过不愿吓着你们俩，”她说，“我知道你们俩都爱我，——难道不是吗？……再见，涅朵琦卡；你去吧，不过晚上一定得来看我。你来不？”

我答应一定来；但这时急于离去。我再也无法忍受。

可怜哪，真是可怜！你将被怎样的猜疑送入坟墓？你的心又在遭受怎样一种新愁的伤害和蛀蚀，而你连一个字也不敢提及？我的上帝啊！这长时间的苦痛现在我已经了如指掌。这是怎样一种暗无天日的生活，这是怎样一种羞涩的、无所需求的爱！甚至到了现在，几乎在临终的病榻上，心即将给痛苦撕成两半，她仍像犯了什么罪恶似的不敢有半句怨言，——刚刚在想象中臆造出一种新的哀愁，她便已经向它认命，安之若素！……

傍晚，乘莫斯科来的奥弗罗夫不在，我走进暮霭沉沉的藏书室，打开柜子开始在书堆里翻寻，想挑一本书念给亚历山德拉·米海洛夫娜听。我想给她解解闷，所以准备挑一本内容轻松愉快的……我翻了很久，可是思想不太集中。暮色愈来愈浓；我的忧愁也愈来愈深。我手中又出现了司各脱的《圣罗南之泉》，我把它翻到可以清晰地看到信的痕迹的那一页上；那封信从此一直藏在我怀里，这个秘密标志着我的一生的转折和新的起始，它向我透出一阵阵寒气，还包含着那么多神秘莫测、凶多吉少而且从现在即已对我虎视眈眈的未知数……“我们将来会怎么样呢？”我在想，“我在那里一直感到温暖舒适的一隅将变成空屋子！守护着我的青春期的纯洁、光辉的天使即将离我而去。往后怎么办？”我出神地站着回味此刻显得如此可爱的往昔，力图看透那未知的、威胁着我的未来……现在我回忆起当时在藏书室里的心情，犹如此时此刻的感受，可见它在我的记忆中刻得有多深。

我手里拿着那封信和翻开的书，眼泪湿透了我的面庞。突然，我吓得打了个寒噤：我身旁响起了一个熟悉的声音。与此同时，我感觉到信已从我手中被夺走。我惊呼一声回过头来：在我面前站着彼得·亚历山德罗维奇。他紧紧抓住我的一只手不让我动弹；他用右手将信移至向光处，力图看清最初的几行……我叫喊起来；我宁死也不愿让信落到他的手里。从那得意洋洋的笑容我看得出，他已经弄清楚头几行字句的意思。我正在失去理智……

转瞬间，我几乎昏头昏脑地向他扑去，把信从他手中夺了过来。这一切发生得如此迅速，我简直连自己也还没弄清楚，信怎样又回到了我的手中。但我发现他又想第二次来夺，我急忙把信藏在怀里，倒退三步。

我们四目对视有半分钟之久。我惊魂未定，还在发抖；他面色灰白，颤动不已的嘴唇气得发青。

“够了！”他首先打破沉默，不过由于激动而声音微弱。“您想必不希望我使用武力吧；还是自愿把信交给我的好。”

我这才恢复思维的活动，屈辱、羞愧、对暴力的愤慨使我呼吸急促。热泪顺着我发烫的腮颊直淌。我激动得浑身发抖，半晌说不出一句话。

“您听见没有？”他说着向我逼近两步……

“不许碰我！”我叫喊着竭力躲开他。“您的行为是卑下的、不道德的。您忘了自己的身份！……放我走！……”

“怎么？这是什么意思？您干了这样的事……居然还敢如此放肆……拿出来，我命令您！”

他又向我跨近一步，但是朝我望了一下之后，看到我眼睛里充满了决心，不得不停下来考虑考虑。

“好！”最后他干巴巴地说，像是作出了决定，但还在勉强克制自己，“这件事慢慢再说，我先问您……”

说到这里，他向四周看了一下。

“是谁让您进藏书室来的？为什么这柜子开着？您哪来的钥匙？”

“我不回答您，”我说，“我不能告诉您。放我走。放我走！”

我向门口走去。

“且慢，”他一把拉住我的手说，“您不能这样一走了之！”

我默默地使劲抽出被他拉住的一只手，重又向门口走去。

“好哇。但是我决不允许您在我家里接受您的情人的书信……”

我惊骇地大叫一声，望着他茫无所措。

“因此……”

“住口！”我喝道，“您怎么可以？……您怎么能对我说这样的话？……我的上帝啊！我的上帝！”

“什么？什么？！您还想威胁我？”

我在绝望中面如土色地望着他。我们之间的这场冲突达到了我无法理解的最激烈的程度。我通过眼神恳求他不要再继续下去。我可以不计较对我的侮辱，只要他停止施加压力。他注视着我，看来思想有些动摇。

“不要把我逼急了。”我在惊恐中喃喃地说。

“不，这种状况必须结束！”他考虑过后终于说，“我不妨向您承认，您的眼神一度使我动摇，”他面露奇怪的笑容附加这几句，“但遗憾的是事情本身很说明问题。我已经读了信的开头。这是一封情书。您不可能说服我改变看法！不，您休想！如果说，我曾经产生短时间的怀疑，这只能证明，在您所有的美好品质中间，我必须添上一条出色的撒谎本领，因此我重申……”

他愈是往下说，便愈是因恼恨而变得面目全非。他的脸呈灰白色，嘴唇扭曲而且发颤，因此最后那几句话他说得很吃力。天在黑下来。我孤立无援地面对着一个不惜欺侮女子的人。何况一切迹象都对我不利；我羞愧难当，茫然若失，无法理解此人为何这样狠心。我没答理他，在极大的恐怖中失魂落魄地冲出藏书室，直至站在亚历山德拉·米海洛夫娜的书房门口才定下神来。紧接着，他的脚步声也从后面传来；我已经准备走进去，突然像遭到雷击似的止步不前。

“她会怎样呢？”这个念头在我脑中一闪，“这封信！……不，任何后果也比往她心中捅这最后一刀来得好些。”于是我又往回跑。但是来不及了：他已经站在我身旁。

“到哪儿去都可以，就是不要在此地，此地不行！”我抓住他的一只手低声说，“饶了她吧！我愿意再到藏书室或者……任何地方都可以！否则您会要了她的命！”

“您才会要她的命！”他答道，一边想把我推开。

我的一切希望都成了泡影。我感觉到他恰恰要把这一场冲突搬演到亚历山德拉·米海洛夫娜面前去。

“看在上帝分上！”我说着拼命拉住他。但就在这个当儿，门帘掀开了，亚历山德拉·米海洛夫娜已出现在我们面前。她愕然望着我们。她的脸色比平时更加苍白。她几乎站也站不住。看得出，她是听到我们的声音后费了极大的力气才走到门口来的。

“谁在这里？你们在这里谈什么？”她极度骇异地望着我们问。

冷场持续了若干秒钟，亚历山德拉·米海洛夫娜的面容惨白如纸。我扑过去紧紧抱住她，把她扶回到屋里去。彼得·亚历山德罗维奇跟在我后面走进来。我把自己的脸埋在亚历山德拉·米海洛夫娜胸前，愈来愈紧地搂住她，屏息待变。

“你怎么啦，你们是怎么回事？”亚历山德拉·米海洛夫娜再一次问。

“您去问她。昨天您还那样护着她。”彼得·亚历山德罗维奇说着在一把圈椅里颓然坐下。

我把亚历山德拉·米海洛夫娜愈来愈紧地搂在自己怀里。

“可是，我的老天爷，这究竟是怎么回事？”她惊骇异常地问，“您在发那么大的脾气；她又吓得眼泪汪汪。安涅塔，你告诉我：你们到底是怎么回事？”

“不，请让我先讲。”说着，彼得·亚历山德罗维奇走到我们跟前，抓住我的手把我从亚历山德拉·米海洛夫娜身边拉开。“您站在这里，”他指着房间中央说，“我要当着替代您母亲的人来审判您。”然后，他让亚历山德拉·米海洛夫娜在圈椅里坐好，向她说：“您先坐下来，不要激动。我痛心的是不得不让您参加这一番不愉快的质询；但质询是必要的。”

“我的天！你们到底要做什么？”亚历山德拉·米海洛夫娜一边说，一边无限郁闷地时而看看我，时而望望丈夫。我扭绞着双手，预感到致命的时刻迫在眉睫。我已经不指望他发善心。

“总之，”彼得·亚历山德罗维奇往下说，“我希望您和我一起来处理。您一向（我不明白原因何在，反正这是您的一个怪癖），您一向认为，例如昨天您还说过……我简直不知道该怎么讲；一想起那些凭空的猜测，我就感到脸红……总之，您护着她，您非难我，指责我过于严厉；您还暗示说我这种过分的严厉乃是另一种感情引起的；

您……我不明白，为什么一想起您的凭空臆测，我总是抑制不住汗颜、羞赧；我不明白，为什么我不能当着她的面把这些臆测公开讲出来……总而言之，您……”

“哦，您不能这样做！不，您不能讲出来！”亚历山德拉·米海洛夫娜叫了起来，她激动得胸部起伏不已，羞得无地自容，“您饶了她吧。这都是我胡思乱想的结果！现在我一点也不怀疑。原谅我的臆测，请原谅。我有病，对我必须原谅，可不要对她讲，不要讲……安涅塔，”她走过来对我说，“安涅塔，你不要待在这儿，走吧，快走！他是在开玩笑；都怪我不好；这是失了分寸的玩笑……”

“总而言之，您为我吃她的醋，”彼得·亚历山德罗维奇不顾她忧虑地阻之再三，竟狠心地抛出这句话来。亚历山德拉·米海洛夫娜大叫一声，面色煞白，好容易扶住一把圈椅才没有倒下。

“求上帝宽恕您！”过了半晌她才用微弱的声音说，“我代替他请你宽恕，涅朵琦卡，原谅我；一切都怪我。我有病，我……”

“但这是专横、无耻、卑劣的行为！”我狂怒地喊道，这下我全明白了，原来他要在妻子心目中败坏我的名誉是为了这个缘故，“这太可鄙了；您……”

“安涅塔！”亚历山德拉·米海洛夫娜嚷着满怀恐怖抓住我的双手。

“荒唐至极！纯粹是一出闹剧！”彼得·亚历山德罗维奇说，一边激动得难以形容地向我们走近，“我对您说，这纯粹是一出闹剧，”他面露狞笑注视着妻子，一面继续说，“在整个这出闹剧中受愚弄的只有您一个人。请相信，我们，”他气咻咻地指着我说，“并不害怕这样的对质；请相信，我们已不是那么天真无邪的嫩面皮，要是对我们谈起这等事来，我们已不会见怪，不会脸红，不会捂住耳朵。对不起，我是实话实说，也许流于粗俗，但不得不如此。太太，您可确信这位……小姐的品行是端方正派的？”

“上帝啊！您是怎么啦？您太放肆了！”亚历山德拉·米海洛夫娜吓得目瞪口呆，手脚冰冷。

“请不要用过头的字眼！”彼得·亚历山德罗维奇不屑地打断她的话，“我不爱这一套。目下这件事简单、明了、庸俗到了极点。我在问您关于她的品行的情况；您是否知道……”

但我不再让他说下去，我抓住他的双手，使劲把他拖到一边。只差短短一分钟的工夫，可能一切都完了。

“不要提起信的事！”我说得很快，声音很轻，“您会当场把她置于死地的。对我的责难同时也就是对她的责难。她不可能对我进行审判，因为我全知道……您懂吗，我一切都了解！”

他以无比好奇的目光注视着我，一时竟惶惑起来；只见血往他脸上直涌。

“我一切都了解，一切！”我再说一遍。

他还拿不定主意。一句问话已经到了他微微翕动的嘴边，可是我赶在他前头，没让他说出来。

“是这么回事，”我急忙向正用忧惧的目光愕然望着我们的亚历山德拉·米海洛夫娜说，“都是我不好。我已经瞒了您四年。我拿走了藏书室的钥匙，四年来一直在偷偷地读那里的书。彼得·亚历山德罗维奇正好撞见我在读一本书……这本书按说不可能、不应该落到我手中。他为我大起恐慌，便在您眼里故意夸大危险！……但我并不打算为自己辩护，”我注意到彼得·亚历山德罗维奇嘴角浮起一丝讥笑，赶紧说，“因为一切都是我的过失。我抵挡不住诱惑，一旦做了坏事，又不好意思承认错误……您问我们之间出了什么事情，这就是全部经过，其他几乎什么也没有了……”

“哦呵，好利索！”彼得·亚历山德罗维奇在我身旁低声说了一句。

亚历山德拉·米海洛夫娜十分注意地听我说完；但是她脸上明显地反映出不相信的态度。她看看我，又看看丈夫。三个人谁也不作声。我勉强喘过气来。她低头垂到胸前，一只手捂住眼睛作思考状，显然在玩味我说的每一句话。最后，她抬起头来凝视着我。

“涅朵琦卡，我的孩子，我知道你不会撒谎，”她说，“事情是否就是这些，确实就是这些？”

“就是这些。”我答道。

“真的就是这些？”她转而问丈夫。

“是的，就是这些，”他勉强回答说，“就是这些！”

我松了口气。

“你愿意向我保证吗，涅朵琦卡？”

“我保证。”我不假思索地回答。

但我忍不住朝彼得·亚历山德罗维奇瞥了一眼。他听我作出保证后笑了。我刷地红了脸，我的窘态没有躲过可怜的亚历山德拉·米海洛夫娜的眼睛。她脸上现出令人透不过气来的忧伤。

“好吧，”她无可奈何地说，“我相信你们。我不可能不相信你们。”

“我认为这番自供已经足够了。”彼得·亚历山德罗维奇说，“您听见没有？不知您有何感想？”

亚历山德拉·米海洛夫娜避而不答。眼前这局面愈来愈使人感到难堪。

“我明天就把所有的书都检查一遍。”彼得·亚历山德罗维奇继续说，“我不知道那里还有些什么；不过……”

“她读的是一本什么书？”亚历山德拉·米海洛夫娜问。

“什么书？您自己回答。”彼得·亚历山德罗维奇对我说，“您交代情况比我清楚，”他暗暗带着讥诮的口吻说。

我窘得一句话也说不出来。亚历山德拉·米海洛夫娜涨红了脸，目光下垂。冷场持续良久。彼得·亚历山德罗维奇悻悻然在屋子里踱来踱去。

“我不知道你们到底是怎么回事，”亚历山德拉·米海洛夫娜不好意思地咬着每一个字眼打破静默，“不过，假如事情果真就是这样，”她继续说，力图使自己的话具有一种特殊的涵义，但在丈夫定睛谛视下已经心慌意乱，虽然自己尽可能不去看他，“假如事情就是这样，那么，我认为我们没有理由大家都这样灰心丧气。我的过错比谁都大，都怨我，我为此十分内疚。我忽视了对她的教育，一切都应由我负责。我应当请她原谅，我不能、也不敢责难她。但是，我再说一遍，我们又何必懊丧呢？危险过去了。您瞧她，”她愈说愈上劲，一边把探究的目光投向丈夫，“您瞧她：难道她失于检点的行为留下了什么后果不成？难道我对她——我的孩子、我心爱的女儿——还不了解？难道我不了解，她的心地纯洁而且高尚．在这颗招人心疼的小脑袋里，”她把我贴在自己身边爱抚着继续说，“有着清楚的思路、明晰的智慧，而良心是不敢骗人的……够了，我亲爱的！这件事就到此为止吧！很可能，在我们的忧闷中间隐藏着别的什么因素；也许，芥蒂的阴影只是在短时间内落到我们身上。让我们用深情、和谐来驱散阴影，消除我们的误会。也许，我们之间还有许多话没有谈透，这首先要归咎于我。我最先把心事瞒着你们，我最先产生种种荒唐的猜疑，其实都是我的头脑出了毛病造成的。不过……不过，既然我们已经部分消除了误会，你们俩都应该原谅我，因为……因为，归根到底，我的猜疑也算不得太大的罪过……”

说完，她红着脸怯生生望着丈夫，怏怏然等他开口。在彼得·亚历山德罗维奇听妻子说话的过程中，他嘴唇上渐渐显露嘲弄的笑意。

他停止踱步，在妻子正对面站住，双手抄在背后。他似乎在端详、观察、欣赏妻子的窘态；亚历山德拉·米海洛夫娜感觉到丈夫凝神俯视着她，心里着了慌。彼得·亚历山德罗维奇静候片刻，好像在等她往下说。她越发慌了。最后，彼得·亚历山德罗维奇以一阵轻微、持续的冷笑打破难堪的局面：

“我觉得您实在可惜，可怜的女人！”他住了笑，终于痛心而严肃地说，“您扮演了一个不能胜任的角色。您想干什么？您想挑动我回答，想用新的猜疑来刺激我，其实应该说还是旧的猜疑，您刚才那番话甚至没有好好加以掩饰，难道不是吗？您那番话的意思是，不应该生她的气，她在读了不道德的书以后仍然是好的，我却认为那些书恐怕已经结出了恶果；说到底，您准备亲自替她作保；是不是这样？作了这番解释之后，您暗示说有别的什么因素；您认为我的怀疑和追逼出于另一种什么感情。您昨天甚至向我暗示——请不要阻止我，我喜欢实话实说——您昨天甚至暗示，说有些人（我记得，根据您的见解，这些人多半是庄重、严厉、直率、聪明、坚强的，反正您慷慨起来什么形容词都舍得用上！），说有些人的爱往往通过怀疑和追逼表现出来（天晓得您为什么要臆造这种怪论！），说他们的态度也恰恰是严峻、暴躁、生硬的。这是不是您昨天的原话，我已经记不太清楚……请不要打断我；我对您教养出来的这位小姐相当了解；什么话她都听得，我第一百次向您重申，对她什么都不用忌讳。您被愚弄了。但我不知道您为什么坚持认为我正是这样的人？天知道为什么您非要我穿上这丑角的戏装不可！我的年龄已不适宜同这位小姐谈情说爱；况且，归根到底，请相信我，太太，我知道自己的义务，不管您何等慷慨大度地原谅我，我仍要说过去说过的话：无论您把卑下的情操捧到多么崇高的程度，罪恶终究是罪恶，劣迹终究是可耻、卑鄙、不光彩的劣迹！够了！够了！但愿再也不要让我听到这些混账话！”

亚历山德拉·米海洛夫娜哭了。

“让我来受这份罪吧，我愿意承担！”她哽咽着抱住我说，“就算我的猜疑是不光彩的，应该遭到您如此无情的嘲弄！可是你，我可怜的孩子，为什么要被罚听这样的辱骂？我又无法保护你！我没有讲话的余地！天哪！我不能沉默，先生！我受不了……您的行为悖情逆理！……”

“算了吧，算了吧！”我轻声说，竭力使她激动的心情平静下来，唯恐彼得·亚历山德罗维奇老羞成怒。我还在战战兢兢地为她担忧。

“可是，盲目的女人！”他吼叫起来，“您不知道，您看不到……”

他顿了一下。

“离开她！”他冲我说，同时想把我被亚历山德拉·米海洛夫娜握住的一只手硬抽出来，“我不许您碰我的妻子；您会玷污她的；您待在此地对她是一种侮辱！其实……其实我何必保持沉默？我应当讲，必须讲！”他一跺脚咆哮道。“我要讲，我要把一切都讲出来。您说您了解一切，我不知道您指的是什么，小姐，我不知道，也不想知道您打算用什么来恫吓我。听着！”他转向亚历山德拉·米海洛夫娜继续说，“您听着。”

“住口！”我大叫着向前扑去。“住口，不许说一个字！”

“听着！……”

“住口，凭着……”

“凭着什么，小姐？”他向我看了迅速而尖利的一眼，把我的话头截住。“凭着什么？您听着，”他重又面向亚历山德拉·米海洛夫娜，“我从她手中夺下了情人写给她的一封信！瞧我们家里在发生什么事情！瞧您身边在发生什么事情！这才是您没有看到、没有发觉的事情！”

我险些昏倒在地。亚历山德拉·米海洛夫娜面如土色。

“这不可能。”她喃喃地说，声音几乎听不出来。

“我看见了那封信，太太；我还拿到过；我读了开头几行，果然不出所料：是情人写给她的。她从我手中把信抢了过去。现在信在她身边，——这是清清楚楚的，确实如此，毫无疑问；如果您还不信，不妨对她瞧瞧，然后再试试看还能不能存半点怀疑的希望。”

“涅朵琦卡！”亚历山德拉·米海洛夫娜叫道，身体向我扑过来。“不，你别说，别说！我不知道这回事，我不知道怎么会有这种事……我的上帝，我的上帝！”

她双手掩面号啕大哭。

“不！这不可能！”她又喊叫起来，“您弄错了。这……这意味着什么，我知道！”她说，同时目不转睛地望着丈夫，“你们……我……不能，你决不会骗我，你不可能欺骗我！把一切都告诉我，什么也不要隐瞒；他弄错了，是不是？他错了，难道不是吗？他看到的不是情书，他眼花了！是不是这样？是不是这样？喂，安涅塔，我的孩子，我的亲骨肉，为什么不把一切都告诉我？”

“回答呀，快回答！”这是站在我身旁的彼得·亚历山德罗维奇的声音。“您回答：我看见您手里拿着的是不是一封信？”

“是的！”我激动得气咻咻地答道。

“那是不是您的情人写的信？”

“是的！”我回答说。

“您跟他现在还保持往来？”

“是的，是的，是的！”我已经置一切于不顾，对任何问题都给予肯定的回答，唯求结束我们所受的折磨。

“她的回答您该听见了吧？那么，现在您还有什么话说？咳，您这颗善良而过于轻信的心哪，相信我吧，”他握住妻子的手说，“相信我吧，把您病态的想象产生的种种错觉统统抛开。现在您看到了，这位……小姐是怎样一个人。我只想证明您的猜疑是毫无根据的。我对此早就有所察觉，我高兴的是终于当着您撕下了她的面具。过去，看到她在您身边，在您的怀抱里，和我们坐在同一张桌旁，看到她待在我们家里，我一直不以为然。您的盲目性使我愤慨。正因为如此，也仅仅因为如此，我才注意她，对她留神；这引起了您的猜疑，您从这种荒谬绝伦的疑心出发，开始编织更加荒谬绝伦的臆想。但现在局面已经澄清，任何疑问都不再是疑问，所以明天，小姐，明天您就不在我家了！”末了几句他是冲我说的。

“且住！”亚历山德拉·米海洛夫娜说着从椅子上撑起来。“你们演的这出戏我完全不信。您不必这样恶狠狠瞪着我，也不必嘲笑我。我同样吁请您来参加对我的评审。安涅塔，我的孩子，到我这儿来，把你的手给我，对。我们都有罪过！”她用哭得发颤的声音说，眼睛温顺地望着丈夫。“试问，我们之中谁能甩掉谁的手？安涅塔，我心爱的孩子，把你的手给我；我不见得比你高明，不见得比你好；您待在此地不可能构成对我的侮辱，因为我也一样，也是罪人。”

“太太！”彼得·亚历山德罗维奇愕然叫道，“太太！您控制一下自己！不要忘其所以！……”

“我什么也不会忘记。请不要打断我，让我把话说完。您看到她手里拿着一封信；您甚至读了信上的字句；您说，而且她也……承认这信是她所爱的人写的。但这难道可以证明她有罪？难道凭这一点您就可以当着您的妻子的面如此对待她，如此欺负她？难道您对这件事已判断清楚？难道您了解事情的真相？”

“看来我还得落荒而逃，还得求她宽恕。您是不是要我这样做？”彼得·亚历山德罗维奇暴跳如雷。“听着您的话，我实在耐不住了！您好好想一想您在说些什么！您可知道您在说些什么？您可知道：您在卫护什么，您庇护的是什么人？我可是什么都看得透亮……”

“您连最起码的事情也看不到，因为愤怒和傲慢妨碍着您的视力。您看不到我在卫护什么和我要说什么。我并不包庇邪恶。您有没有断定，——一旦断定了，就会清楚地看到，——您有没有断定，也许她像婴儿一样纯洁无邪？是的，我并不包庇邪恶！我急于作保留性的声明，可能这是您十分乐于听的。是的；假如她是个有夫之妇，是有了孩子的母亲，却忘了自己的义务，哦，那我会同意您的看法……您瞧，我的话是有所保留的。请您注意这一点，不要责备我！但事实是，她在不知什么是邪恶的情况下收到了那封信：事实是，她陶醉于缺乏经验的感情，又没有人及时拉住她；事实是，我应当负最大的责任，因为我没有照看好她的心；事实是，这是第一封信；事实是，您粗暴地怀疑她，从而伤害了她散布着芳香的处女感情；事实是，您对那封信肆无忌惮地妄下断语，从而玷污了她的想象；事实是，您看不到闪耀在她脸上的那种白璧无瑕的、童贞的羞恶，我现在却能看到，刚才她走投无路，不知道说什么好，无可奈何地承认您狠毒地逼问的每一件事的时候，我也看到了；是的，是的！您刚才的质问太狠毒、太残忍了；我简直无法相信是您干的；这件事我决不原谅您，永远也不！”

“您就饶了我吧，可怜可怜我吧！”我紧紧抱着她大声说，“请您发发慈悲，相信吧，不要把我推开……”

我跪倒在她面前。

“归根结蒂，事实是，”她喘吁吁地说下去，“当时我不在她身旁，您用话吓昏了她，于是这可怜的孩子自己也相信她犯了过错，事实是您搅昏了她的良知，扰乱了她的灵魂，破坏了她内心的平静……

天哪！您竟要把她从这个家里撵走！您可知道，这是对待什么人的做法？您可知道，如果您把她撵走，那等于把我们俩一起撵走，就是把我也撵走。您听见没有，先生？”

她双目炯炯，胸部起伏不已，精神的亢奋已达到危机的最后阶段。

“我已经听够了，太太！”彼得·亚历山德罗维奇终于高声嚷道，“够了！我知道有柏拉图式的感情——不幸的是我对此深有体会，太太，您听见没有？但是，太太，我不能同镀金的邪恶和睦相处！我不懂这一套。必须把漂亮的伪装剥去！如果您自觉有错，如果您问心有愧（这无须我提醒您，太太），说到底，如果您愿意离开我的家……那么，我只须对您说，只须提醒您一点：您不应该忘记实现您的意图，那也是在这个季节，也是在这个时候，此事距今已有……如果您忘记了，我可以提醒您……”

我望着亚历山德拉·米海洛夫娜。她用痉挛的手靠在我身上，悲伤耗竭了她的精力，眼睛在无限的痛苦中半开半闭。她在顷刻之间就可能倒下来。

“哦，看在上帝分上，您就饶了她这一回吧！不要把话说绝了，”我喊叫着跪倒在彼得·亚历山德罗维奇面前，竟忘了这是违背我自己意愿的。但已经晚了。我的话音未落，只听得一声微弱的叫喊，可怜的亚历山德拉·米海洛夫娜倒在地板上人事不省。

“完了！是您害死了她！”我说，“快去叫人来救她！我在您的书斋里等候您。我有话对您说；我把一切都告诉您……”

“什么事？究竟什么事？”

“回头再说！”

晕厥和发病持续了两个小时。全宅上下惊慌非凡。大夫没有把握地频频摇头。两小时以后，我走进彼得·亚历山德罗维奇的书斋。他刚从妻子那里回来，在屋子里走来走去，把指甲咬得几乎出血，脸色苍白，心烦意乱。我从未见过他这样的神态。

“您有什么事要告诉我？”他生硬地厉声问，“您不是有话要说吗？”

“这就是您曾经从我手中夺走的那封信。您还认得出来吗？”

“是的。”

“您拿去吧。”

他接过信把它凑到灯光下。我留神注视着他。几分钟后，他很快地翻到第四页上[1]，读了信末的署名。我看得出，血一下子直往他头脑里涌上来。

“这是什么？”他问我，模样像是发了呆，可见惊讶到什么程度。

“三年前我在一本书里发现了这封信。我料想是别人遗忘在那里的，读了以后才知悉一切。从此，信一直由我保存着，因为我没法把它交给任何人。我不能把信交给她。至于您，您不可能不了解此信的内容，这一悲惨的故事全在其中……您为什么要这样装腔作势——我不知道。这对我来说暂时还是个谜。我还不能看透您黑暗的灵魂深处。您想保持凌驾于她之上的优势地位，您确实做到了。但为了什么呢？就为了压倒一个女病人紊乱的想象中的幻影，就为了向她证明：她迷失了方向，您比她来得正经！您达到了目的，因为她的猜疑无非是理智衰竭的头脑里的固定观念，也许是一颗破碎的心对人间判决不公发出的最后的怨诉，而您也参与作出了判决。‘您爱上我，这究竟坏了什么事？’这就是她要说的，这就是她要向您证明的道理。您的虚荣心、您的极端利己主义太残忍了。再见吧！您不必作任何解释！

① 前文提到此信只有一张纸，大概每一面分成左右两半，四页相当于报纸的四版。

但请您注意，我完全了解您，我把您看透了，这一点可不要忘记！”

我好像处在迷迷糊糊的状态走进自己的房间。彼得·亚历山德罗维奇的帮办奥弗罗夫在门口把我叫住。

“我想跟您谈谈。”他彬彬有礼地点了点头说。

我看着他，几乎不明白他对我说的是什么。

“以后再说吧，请原谅，我身体不大舒服。”最后我答道，并打他身旁走过去。

“那就明天吧。”他鞠躬退去，说时脸上现出微妙的笑意。

不过，这可能是我的错觉。这一切仿佛在我眼前浮掠过去。

小英雄

摘自默默无闻的回忆录

荣如德　译

当时我将近十一岁。七月份放了暑假，我到莫斯科郊外一座村庄的亲戚 T——夫家中小住。那时节，他家来了有五十位客人，也许还不止……反正记不清究竟有多少人，没数过。那里热闹而又快活。真像是一开始就不打算结束的狂欢节。似乎我们的主人发誓要把他的巨大家财尽快花完，前不久他终于不负众望，也就是说，已把全部家财挥霍得干净、彻底、精光，一个子儿也没剩下。那个时候真是宾至如归，络绎不绝。莫斯科近在咫尺，望也望得见，客人一批才走，一批又到，狂欢照常进行。娱乐花样翻新，点子层出不穷。时而成群结队骑马郊游，时而到松林或河滨散步；今天举行野餐，明天在宅第的大露台上吃夜宵。露台上三排奇花异葩向夜间清新的空气中散发芬芳，本来就几乎个个如花似玉的女客，在辉煌的灯火下显得益发娇美，白天的印象使她们脸上光彩焕发，眼睛奕奕有神，只听得一片莺啼燕语，还不时响起银铃般的笑声；有舞蹈，有音乐，有歌唱。如果天气阴晦，便在室内演出雕塑剧[①]，猜字谜，行谚语令，自己排演戏剧。宾客中有的是口齿伶俐、善讲故事和说俏皮话的人才。

有几个人是特别为大家瞩目的对象。当然，流言蜚语是无所不在的，否则世界便不成其为世界，千千万万的人会闲得发慌而像苍蝇一般大批大批死去。但由于我才十一岁，又给另外的事分了心，当时对那些人并不在意，即使注意到什么，也只是一鳞半爪，极不完全。有些事情是后来才回忆起来的。我那幼小的心目中只映入此情此景灿烂辉煌的一面，而这种普遍兴高采烈的情绪、豪华的气派、喧闹的场面——总之，我前所未见、前所未闻的这一切，一下子给我的印象是如此强烈，使我开头几天简直完全茫无所措，我的小脑袋瓜儿已开始旋转。

不过，我要再次声明自己才十一岁，当时，我是个小孩，仅仅是个小孩。那些娇艳的女人中好几位在跟我亲热的时候，还没有想到问问我的年龄。可是——说来也奇怪！——某种我自己也不理解的感觉已经控制了我；我的心过去完全不知道的一种陌生东西已经在那里萌动；但我的心却因此而往往会燃烧起来，像受了惊吓一般扑腾腾直跳，我的脸会骤然涨得通红。有时候，我对自己享有儿童的各种特权感到惭愧、委屈。又有的时候，我好像给惊讶所压倒，我就到人们看不见我的地方去，仿佛想缓过一口气来，追想一件我好像牢记至今、可是现在一下子忘了的事情，但如果想不起来，我哪儿也不能去，简直没法过。

更有甚者，有时我觉得自己好像有什么事情瞒着大家，但无论如何不把这层意思告诉任何人，因为我小小年纪也知道臊得想哭。置身于周围这个万花筒中，我却很快就产生一种孤独感。那里也有别的孩子，但他们不是比我小得多，就是比我大得多；其实我也顾不上他们。当然，我如果不是处在非常状态的话，本来可能什么也不会发生。在所有那些窈窕淑女眼里，我无非还是一个未成型的小家伙，她们有时喜欢跟我亲热一番，也可以把我当洋娃娃玩一通。尤其是其中一位迷人的金发女士，——后来我从未见过谁有这样蓬蓬松松的一头金发，大约今后也不会看到，——她仿佛发誓不让我得到安宁。她时时刻刻跟我恶作剧，引得周围的人哄然大笑，使我窘得要命，可是看来却能带给她极大的乐趣。在寄宿女校中，想必同学们都管她叫淘气鬼。她美得出奇，那是一种乍见之下就射入眼帘的丽质。当然，她不像那些羞羞答答、绒毛一般白皙、小白鼠或牧师女儿一般娇嫩的金发小娘们。她个儿不高，相当丰腴，但柳眉杏眼，纤柔可人。这面庞上

① 一种简单的小戏，一般没有台词、动作，主要通过造型和服装表现某种场景。

辉耀着闪电般夺目的艳光，她整个人就像一团火，活跃、敏捷、轻盈。从她那双明净的大眼睛里似乎有火花喷溅；它们像两颗钻石光芒四射，我决不肯用这样一双喷溅火花的蓝眼睛去换任何黑眼睛，即便比最富有魅力的安达卢西亚[①]女人乌眸流盼更诱人的黑眼睛也不换，何况我的金发女士比之一位有名而有才的诗人所歌咏的黑发美人也了无愧色，尽管那位诗人在出色的诗中还凭着整个卡斯蒂利亚[②]起誓，只要让他的指尖碰一下他那美人的披巾，哪怕粉身碎骨也心甘情愿。除此以外，我的美人还是全世界的美人中性格最快乐、笑声最放肆的一个，尽管出嫁已有五年，可还像小孩一样淘气。她不时纵声大笑的两瓣嘴唇，鲜艳如清晨的玫瑰，随着第一道阳光的出现刚刚绽开芬芳的红蕾，上面大颗大颗清泠泠的露珠还没有干呢。

我记得，在我到达的次日举行了一场由宾主自己编排的演出。大厅里挤得像通常说的那样水泄不通；一个空位子也没有；我不知由于什么原因去得晚了，只得站着看戏。但是有趣的演出愈来愈吸引我向前趋近，我不知不觉地挤到头几排座位旁边，后来就站在那儿，用胳膊肘支在一位女士所坐的圈椅靠背上。这位女士就是我说的金发美人；但我们彼此还不相识。我无意间对她的富有诱惑力的双肩看出了神，那一对肩膀出奇地圆润、丰满，白得像沸腾的牛奶，虽然，看美人的肩膀，或者看第一排一位老太太用来掩盖白发的系火红色带子的软帽，对我来说毫无差别。金发美人身旁坐着一位老处女；后来我觉察到，有些女人老是尽量挨近年轻漂亮而又不喜欢把青年男子轰走的女人，这位老处女即是其中之一。但问题不在于此；老处女发现我看得出神，便俯身到邻座的金发女士鬓边，吃吃地笑着跟她咬耳朵。金

① 西班牙南部山脉和地区名。

② 西班牙中部地区名，首都马德里即在该地区内。

发女士蓦地回过头来，我记得，她那一双喷火的眼睛在昏暗中冲着我刷地一闪，我在毫无准备的情况下打了个寒噤，像被烫着了似的。美人微微一笑。

“您觉得戏好看吗？”她问，一边带着调皮和嘲弄的表情注视我的眼睛。

“是的。”我答道，眼睛还望着她，而她显然挺喜欢看我那副惊异的傻相。

“您干吗站着？这样会站累的；难道您没有座位？”

“就是没有座位啊。”我回答说，这一次美人的关怀比喷溅火花的眼睛更有吸引力，我非常高兴，满以为总算发现了一个可以向她诉诉苦衷的好心人。“我找过了，所有的椅子都有人坐。”我添上一句，似乎在向她抱怨所有的椅子都给人占了。

“到这儿来，”她立即说；不管作什么决定，她都不假思索，同样，不管什么歪主意，只要在她那淘气的脑袋里一闪，就是现成的了，“到这儿来，坐在我膝盖上。”

“坐在膝盖上？……”我愣住了。

我已经说过，我对自己的特权开始感到莫大的委屈和惭愧。而这一位偏偏走得比谁都远，好像存心惹人笑我。再者，我本来就是个怕羞的孩子，那个时候正开始见了女人特别难为情，因此狼狈不堪。

“是啊，坐膝盖上！你为什么不愿坐在我膝盖上？”她坚持着，一边愈来愈响地笑起来，后来索性纵声大笑，究竟是因为她自己的主意妙，还是因为我如此狼狈，天知道她乐什么。反正她需要的正是这样。

我满脸通红，窘得四顾张望，想找个地方逃走；但她正是为了不让我逃跑，抢先抓住我的一只手，往自己身边拉过去，突然，使我惊讶万分的是，她竟用自己热乎乎的指头顽皮地把我的手狠命握紧，并开始扭绞我的指头，痛得我几乎咬碎牙根才忍住了没叫起来，不过当时的脸部表情是再可笑不过了。此外，我还感到极度的惊愕、困惑，甚至恐怖，因为这才知道竟有如此古怪而狠心的女人，她们跟男孩子说的是无关紧要的话，可同时拧得人家生疼，天知道为了什么，还当着大家的面。想必我的狼狈相充分反映了我心中的困惑，因为那淘气鬼冲着我狂笑，一边愈来愈凶地拧和扭我的可怜的手。她拿一个可怜的男孩开心，叫他难堪、上当，自己得意忘形。我简直处于绝境之中。首先，我羞得脸上发烧，因为周围的人几乎全都转过头来看我们，有的莫名其妙，有的立即明白又是那位美人在恶作剧，就笑了起来。此外，我实在想大声呼喊，因为她正是由于我不喊而特别使劲扭绞我的手；可是我拼出古希腊斯巴达人的毅力下定决心忍住疼痛，生怕一喊会引起混乱，在那时我委实不知道自己会发生什么事情。我把心一横，开始进行斗争，竭力把自己的一只手往回抽，但我的这位女魔王力气比我大得多。最后，我忍不住叫了一声，——而她正是等着这一声喊！她转瞬就把我撂下，若无其事地扭过头去，仿佛不是她，而是别人在恶作剧，十足像个顽皮的学生，老师刚一转身，就已经在对邻座的同学撒野：将一个瘦小孱弱的孩子拧一把，赏他一个栗暴，踢他一脚，撞一下他的胳膊肘，而霎时间又扭过头去摆好埋头做功课的姿势，让生着一条特别长的怪鼻子的老师火冒三丈，像一只鹞鹰扑向发出响声的地方。

不过，算我运气好，此刻大家的注意力都被主人出色的演技吸引住了，他在斯克里勃[①]的某一出喜剧中扮演主角。众人拍手叫好，我趁喝彩声嘈杂的当儿从一排座位中溜出来，跑到大厅另一端的角落

① 奥古斯坦·欧仁·斯克里勃（1791—1861），法国剧作家，作品大多是一些轻松的闹剧，还写过好多歌剧的脚本。

里，躲在一根柱子后面，惊恐地望着狠毒的美人坐的地方。她用手绢掩住嘴唇，还在呵呵地笑。她还久久地不住回头用目光搜索所有的角落找我，——大概对于我们之间这场荒唐的搏斗结束得这样快深表惋惜，并且又在想恶作剧的新点子。

我们就是这样认识的。从那天晚上起，她寸步不离地老盯着我，甚至不怕失去分寸，不怕内疚；她成了我的冤家克星。她对我玩的把戏妙就妙在她装出把我视作心肝宝贝的样子，当着众人的面使我哭笑不得。我如此怕羞，对于这一切自然受不了，气得要流眼泪，有好几次处在千钧一发的关头，差一点儿跟我那位狠毒的“崇拜者”打架。我天真的窘态和绝望的可怜相，似乎鼓舞着她非把我彻底整垮不可。她不知道什么叫怜悯，而我不知道如何躲开她。不时发自我们周围的笑声，只能刺激她要更新奇的鬼花样，而她有的是办法引得大家发笑。不过，她的玩笑终于被认为开得有些过火了。的确，现在回想起来，她对待像我这样一个小孩子做得委实过分了。

然而，这也是性格使然；她生就一副调皮捣蛋的脾气。后来我听说，惯她惯得最厉害的是她自己的丈夫——他又矮又胖，一张脸非常之红，他十分有钱而又非常之忙，至少看起来如此，因为他坐不安，立不定，老是东奔西走，在一个地方待不上两个钟头。他每天从我们那里坐车上莫斯科，有时一天要去两次，他本人声称都是去办事情的。很难找到比这张令人捧腹而又始终不失体面的尊容更有趣、更和气的了。他爱他的妻子近乎一种癖好，甚至到了可怜巴巴的程度；不，他简直像崇拜偶像一般崇拜自己的太太。

丈夫在任何方面对她都不加限制。她朋友很多，男的女的都有。首先，不喜欢她的人几乎绝无仅有；其次，这个轻佻的女人自己在择友上也不太审慎，虽然她的性格具有比你们据我刚才所述可能料想的严肃得多的基础。但她在所有的女友中最喜欢、最赏识 M 太太，这位年轻女士是她的远亲，当时她也和我们一起在那里做客。她们之间的情谊亲密而又高雅，这种情谊有时会在两种往往是截然相反的性格相遇时产生，其中甲比乙来得严谨、深刻和纯洁，而乙则有自知之明和从善如流的美德，感觉到甲高出自己许多，却能怀着一片深情接受甲的影响，把对方的友谊作为幸福珍藏在自己心中。两个性格不同的人之间的这种亲密而又高雅的关系便由是而始：一方是钟爱和彻底的俯就，另一方是爱慕和景仰，甚至近乎敬畏，唯恐被自己如此器重的人看轻，所以如饥似渴地希望在生活中一步一步愈来愈靠近对方的心。这对女友年龄相仿，但在其他方面却迥然不同。以两人的美来说就大不一样。M 太太也长得很美，但她的美别具一格，在俊俏的女人群中显得异常突出；她的容貌具有某种叫人不得不一见倾心的气质，或者不如这样说更好：谁遇见她都会产生一种崇高的好感。她确实有这样一种得天独厚的容貌。任何人在她身边，心里都会觉得比较安适、舒坦、温暖；然而，她那一双充满火和力的忧郁的大眼睛却流露出羞怯和不安，仿佛无时无刻不在担心凶险的祸祟。这点奇怪的羞怯往往使她那娴静、柔顺、跟意大利圣母像一般眉清目秀的面容蒙上一层愁云，你瞧着她，自己很快也会感到忧郁，就像你自己有什么哀愁似的。透过清秀端正、十全十美的线条轮廓，透过深邃含蓄、藏而不露的幽怨清愁，还经常现出儿时明净的本来面貌，可以看出不久以前轻信的年代的模样，也许还有天真的幸福的残痕。这苍白、清瘦的容颜，这恬静而又略带几分犹豫的微笑，无不难以解释地引起对这个女人的亲切感，一种甜滋滋、热乎乎的关注之情会在每一个人心中油然而生，你在老远就想为她大声疾呼，尚未深交即已同她休戚与共。但是，这位美人看来比较沉默，性格内向，尽管当某人需要同情的时候，肯定没有谁比她更体贴、更心慈的了。有些女人活像生活中的护士。对她们什么也不用隐瞒，至少心灵的创痛无须隐瞒。谁要是有什么苦楚，尽可以大胆地怀着希望去找她们，不必怕给她们添麻烦，因为我们很少有人了解，某些女人心中的慈悲、同情和宽恕确实无量无边，什么都能忍受。这些纯洁的心灵乃是一座座埋藏着体恤、安慰、希望的宝库，它们本身往往也受过伤害，因为慈悲的心慈多悲也多；但创伤给小心地掩盖了起来，以避开好奇的目光，因为深切的悲哀多半是沉默和不外露的。不管创痛多深，脓水多臭，她们都不怕。谁去找她们，谁就是值得同情的；再说，她们似乎生来就为了作出牺牲……M 太太身材相当高，腰肢婀娜，亭亭玉立，但稍微瘦了点儿。她的动作节奏好像不够平稳；时而慢慢腾腾，甚至有些矜持；时而又稚气十足地匆匆忙忙。另一方面，她的一举一动总是给人一种羞涩地顺从的印象，仿佛处在战战兢兢、毫无防卫的状态，但并不恳请或祈求任何人保护。

我已经说过，狠毒的金发女士所玩的种种不值得恭维的把戏，使我羞愧、难堪，深深刺痛了我的心。但另外还有一个秘密的原因，一个奇怪而荒谬的原因，我像卡歇伊[①]一样守口如瓶并为之发抖，甚至只要一想起此事，哪怕躲在任何狡猾的碧眼女人用不知怜悯的嘲弄目光都搜索不到的冷僻暗角，独自捧着倒垂的脑袋，这个念头也几乎要把我窘死、羞死、吓死。总而言之，我爱上了一个人。不，就算我说的是胡话，因为这是不可能的，可是周围这么许多面孔为什么唯独这一张脸总是吸引着我的注意力？为什么我只喜欢对她注目？其实，当时我压根儿顾不上去看女人，跟她们结交。这种情况多半发生在坏天气把大家都关在室内的傍晚，那时我独自躲到大厅一角，漫无目标地东张西望，绝对没有任何别的事情可做，因为除了那些捉弄我的女士

① 俄罗斯民间故事中一个瘦骨嶙峋的凶恶老头，传说他拥有无穷的宝藏，并掌握着长生的秘诀。

之外，难得有人跟我说话，而在这样的黄昏时分，我总是感到难以忍受的寂寞。那时我就端详周围人们的面孔，谛听他们的谈话，虽然内容往往一句也不懂。正是在这样的时刻，我那着了魔的注意力天知道为什么老是捕捉到 M 太太安详的目光、温顺的微笑和美丽的容颜（因为我正是爱上了她），我的这种奇怪的、模糊的，但又甜蜜得莫名其妙的印象便再也磨灭不了。我常常一连几个小时都不能把视线从她身上移开；我牢牢记住她的每一个姿势、每一个动作，倾听她那浑厚而又清脆、但压得较低的嗓音的每一次振荡。说也奇怪，我的全部观察结果，除了怯生生、甜津津的印象外，还产生一种无法理解的好奇心，光景有点儿像我在探究什么秘密……

对我来说，最痛苦的折磨莫过于当着 M 太太的面被人取笑。我认为这种嘲笑和恶作剧甚至是对我的侮辱。有时 M 太太无意中也跟着大伙一起拿我开心，逢到这种发出哄堂大笑的场合，我会伤心得不顾一切地挣脱女魔王们的罗网，跑到楼上去把自己关在屋子里，这天余下的时间再也不敢在大厅里露面。其实，我自己还不理解自己为什么这样害臊，这样激动，整个过程都是无意识地在我身上进行的。我跟 M 太太几乎还没谈过两句话，当然也不敢这样做。但一天傍晚，我在度过极其难挨的白天之后，散步时落在别人后面，只觉得疲乏不堪，正穿过花园回去。在一条幽静的小径旁边，我看见 M 太太独自一人坐在长椅上，似乎故意挑了这么一个冷落的地方。她正深深地陷入沉思，头垂向胸前，两手机械地挼着一条手绢，甚至没有听到我向她走近。

她发现了我，很快从长椅上站起来转过头去，我看到她用手绢匆匆拭一下眼睛。她在哭。擦干了眼泪，她向我微微一笑，和我一同回去。我记不得我们谈些什么来着，但她不时用各种借口把我支开：一忽儿要我给她折一朵花，一忽儿要我看看骑马走在旁边一条路上的人是谁。每次我从她身边走开，她立即重又把手帕按到眼睛上去抹掉不听话的泪水，偏偏泪水怎么也不愿离开她，接连不断地在心中积满以后从她可怜的眼眶里涌出来。我明白，她这样一再支开我，可见我来得非常不是时候，她自己也看出我全注意到了，只是忍不住眼泪，这就使我更加为她难过。这时我对自己简直恨得要命，我诅咒自己不知趣、不机灵，可是不知道怎样才能比较巧妙地离开她而又不显示自己觉察到她的悲哀，所以我和她并排走的时候心情郁悒而诧异，甚至是惶恐，只觉得无所措手足，想不出一句话来支撑我们之间本来就勉强得可怜的交谈。

这次相遇给我的震动很大，整个晚上我始终怀着贪婪的好奇心一眼不眨地暗暗注视 M 太太的神色。但有两次她正好在我进行观察的时候与我目光交接，使我猝不及防；她第二次发现我时笑了。这是她整个晚上唯一的一次露出笑容。忧愁尚未从她脸上消失，此时面色也十分苍白。她一直在跟一位脾气坏、爱唠叨的老太太低声交谈，这位老太太专门刺探秘密，搬弄是非，谁都讨厌她，但人人都怕她，所以不得不百般讨好她，也是无可奈何……

十点钟左右，M 太太的丈夫来了。在此以前，我一直在全神贯注地对她进行观察，眼睛盯着她忧郁的面庞；现在她丈夫突然进来，我发现她全身一震，本来就苍白的脸色一下子变得比手绢更白。这变化是那样明显，连别人也注意到了：我听见旁人在窃窃私议，从只言片语中我大略可以猜到可怜的 M 太太觉得不大舒服。据说，她丈夫醋心很重，倒不是因为爱她，而是爱面子。首先，她丈夫是个现代派的欧洲人，对新思想略知皮毛，便引以为荣。从外貌看，这是一位黑头发、高个儿而且特别结实的先生，蓄着欧洲式的连鬓胡子，一张红润的脸显得很自负，有一口白糖似的牙齿，一派绅士风度挑不出半点瑕疵。他被称为聪明人。在某些圈子里，这指的是靠别人养肥自己的一个特殊种类，这类人什么都不做，而且什么都不想做；由于饱食终日，无所事事，他们的心给一块脂肪代替了。从他们嘴里时刻可以听到，他们之所以没事情可做，是因为某些极其复杂、险恶的情况“累垮了他们的天才”，所以他们的模样“叫人看着心酸”。这是他们的不断之言，他们的托辞[①]——暗语和口号，那些脑满肠肥的胖先生随时随地滥用这句彻头彻尾伪善的空话，早已令人腻烦。不过，这些怎么也找不到事情做（其实从来就没找过）的快活人中有几位正是要大家这样想：他们的心不是一块脂肪，相反，是某种非常深刻的东西，但究竟是什么，恐怕首屈一指的外科权威也说不上来，当然是出于礼貌。这些先生之所以能在上流社会出人头地，就是因为他们的全副本领都用于耍贫嘴，发最浅薄的议论，漫无节制地自命不凡。由于他们除了去发现和叨咕别人的错误和弱点之外无事可做，由于他们所具有的善良感情绝不比牡蛎的禀赋更多，凭着这些护身法宝，他们不难与人周旋得相当谨慎。这一点是他们异常自负的。比方说，他们差不多把全世界都看作他们的租户，看作他们贮存的牡蛎，认为除了他们，别人都是笨蛋，都像橘子或海绵，需要汁水的时候就挤一下，认为他们是一切的主人，而整个这一套值得称道的天经地义之得以产生，正因为他们是这样聪明、这样有性格的人。他们自命不凡得完全失了分寸，根本不承认自己有任何缺点。生活中有一类天生的达尔丢夫[②]和福斯塔夫[③]，他们耍花招、使手段，到后来连自己也相信应该是那个样子，也就是不耍花招不能过日子；他们一个劲儿地向大家声称他们是老实人，临了连自己也相信他们确乎老实正派，他们玩弄手段也是正当的事情。他们绝没有闲工夫接受良心的审判，作高尚的自

① 原文为法语。

② 莫里哀喜剧中人物，这个名字已成为“伪君子”的同义语。

③ 见本书第223页注。

我解剖；某些观念很难穿透他们太厚的皮层。任何时候，在任何方面，他们总是把自己的千金贵体，把他们自己顶礼膜拜的财神爷，把他们那个出类拔萃的我置于首位。大自然、全世界对他们来说无非是一面美妙的镜子，上帝把它创造出来就是为了让他们不断地顾影自怜，他们在镜子里看不到自己后面还有人或物，由此不难理解，为什么世上的一切在他们眼里总是其丑无比。他们总是备有现成的话适应一切需要，而且是最时髦的话，这从他们的灵敏来说，堪称一绝。甚至正是他们助长了这股风气，因为他们只要一嗅到某种思想即将流行，便到处传播吹嘘。他们就是有嗅出这种时髦话的本领，能抢在别人前面把它学到手，以致人家还以为这话最早是他们说的呢。他们特地贮存着一些话，用以表示自己对人类最最深切的同情和关怀，用以论定什么是最正确、最合乎理性的博爱，还用以不停地讨伐浪漫主义——往往是讨伐一切真、善、美的东西，其中每一个原子都比他们这类软骨虫全部加在一起价值更大。但他们粗暴地不承认稍稍偏离常规的、处于过渡阶段的、未定型的真理，排斥火候未到、有待澄清、还在动荡的一切。这些肥头胖耳的大爷，一生都是带着几分醉意度过来的，什么都给他们现成准备着，自己什么也不做，根本不知道任何事情做起来都不那么容易，因而，谁要是稍一不慎，触犯了他们饱含脂肪的感情，可不得了，这是他们永远不会原谅的，他们随时都能记起来，并且必欲加以报复而后快。总括起来，我故事中的这位人物是一只硕大无朋，简直快要胀破的口袋，里边盛满了箴言、时髦话和各种各样的标签。

不过，M 先生也有特点，是位出类拔萃的人物：他好说俏皮话，饶舌，善讲故事，不论哪一座客厅里随时都有人环绕他围成一圈。那天晚上他特别出风头。他掌握着话题，志得意满，神采飞扬，兴致勃勃，使所有的人都对他注目。但是 M 太太却始终像有病的样子；她的神情如此忧伤，我时刻觉得刚才的眼泪立即会在她长长的睫毛上颤动起来。我已经说过，这一切使我十分震惊。我怀着一种莫名其妙的好奇心回房，整整一夜老是梦见 M 先生，而在这以前我是难得做噩梦的。

第二天大清早，我被叫去排演其中有我一个角色的雕塑剧。雕塑剧、话剧，还有舞会——全都是一个晚上的节目，准备就在五天以后给家庭节日——主人小女儿的生日——助兴。为了庆祝这个几乎是临时筹备起来的节日，从莫斯科和附近各别墅还邀请了百来位客人，故而忙得不亦乐乎。排练，其实就是试装，定在清晨这个很不方便的时间，因为我们的导演、著名画家 P 是主人的朋友和客人，他看在跟主人的交情份上，答应担任雕塑剧的设计和排演，包括对我们的训练，此刻要赶到城里去购置道具以及过生日还缺少的用品，所以不能耽误时间。我同 M 太太两人在同一出雕塑剧中担任角色，要表现的是中世纪生活的一个场面，名为：《城堡主母和她的僮儿》。

我在排演场上跟 M 太太相遇时，感到一阵无法解释的难为情。我总觉得她立即会从我的眼睛里看透从昨天起在我头脑里产生的种种思绪、疑惑和猜测。再者，我老是觉得自己好像对不起她，我想，昨天我撞见她在哭，妨碍了她独抒悲怀，她对我这样一个讨厌的目击者，一个不请自来地分享她的秘密的人，必将侧目而视。不过，谢天谢地，总算没有发生什么大的麻烦，因为我根本没有引起注意。她似乎完全顾不上我，也顾不上排演；她心不在焉，愁容满面，若有所思；看来有一桩重大的心事折磨着她。我排完自己的角色，便跑去换好衣服，十分钟后走上面向花园的露台。几乎在这同时，M 太太从另一扇门里出来，而她的那位自命不凡的丈夫正好迎着我们从花园里出来，他刚刚把一群女士送到那里交给一位闲着的殷勤的骑士[①]照

① 原文为法语。

料。夫妻在此相遇显然出乎意外。M 太太不知为什么一下子窘住了，从她不耐烦的动作中微微流露出一点懊丧。丈夫本来无忧无虑地用口哨吹着一首咏叹调，一路煞有介事地捻弄连鬓胡子，及至遇见了妻子，便沉下脸来把她打量一番，现在我回想起来，那十足是宗教法庭审判官打量犯人的目光。

“您到花园里去？”他问，因为看见妻子手中拿着一把小伞和一本书。

“不，到树林里去。”她微微红着脸回答。

“一个人去？”

“只带他……”M 太太指指我说，“早晨我总是一个人散步。”她用一种不平稳、不肯定的语调添上一句，完全是破题儿头一遭撒谎的语调。

“嗷……我刚刚把一大批人送到那里去。大家都聚集在花亭旁送 H。H 要走了，您大概也知道……他遭到不幸，敖德萨那边出了事……您的表妹（他指的是金发女士）又是笑，又差不多像哭，而且哭笑一齐来，谁也闹不清她是怎么回事。不过，她告诉我，您为什么事在生 H 的气，所以没去送他。这当然是无稽之谈，对吗？”

“她在开玩笑。”M 太太答道，一边走下露台的台阶。

“这就是每天陪伴您的殷勤的骑士？”M 先生问，同时把嘴一撇，举起长柄眼镜来瞧我。

“僮儿！”我喊道。他的长柄眼镜和嘲弄口吻使我非常恼火，所以我冲着他的脸哈哈大笑，一步跳下三磴台阶……

“一路平安！”M 先生咕哝一句后径自走了。

当然，M 太太刚向着丈夫指指我，我立即走到她身边，神态宛若她在一小时以前就邀我做伴，而我已经有一个月天天早晨陪她散步似的。但我怎么也不明白：她为什么这样慌张，这样尴尬；当她决定掉这个小小的枪花时，头脑里究竟在想些什么？她为何不直截了当地说一个人去？现在我简直不知道该如何看她，但在惊讶之余，我开始极其天真地逐渐向她脸上望去。然而，跟一个钟点以前在排练场上一样，她根本不理会我的一再偷看和无言的疑问。她的面色、步态和激动之状仍然反映出折磨着她的满腹心事，只是比刚才更明显、更深刻了。她急于到某处去，所以愈走愈快，但又不安地朝着每一条园径、每一条林间土道张望，频频回顾花园的方向。我也预料会出现什么情况。忽然，我们背后传来了一片马蹄声。这是一群骑马的男男女女去送突然要离开大家的 H。

女士中也有跟我作对的金发美人，刚才 M 先生曾提到她哭泣一事。但她照常像小孩子似的纵声大笑，跨着一匹枣红骏马，骑得飞快。及至 H 的马与我们相齐，他脱帽行一个礼，但没有停留，也没有跟 M 太太说一句话。不一会，整个马队都已去远。我向 M 太太看了一眼，差点儿失声惊呼：她站在那儿，面无人色，大颗大颗的泪珠从她眼睛里涌出来。我们的视线不期而遇，M 太太倏地红了脸，霎时间扭过头去，焦躁和不悦清楚地呈现在她的脸上。我成了碍事的人，比昨天更讨嫌，——这一点是再明白不过的了，可是叫我到哪里去呢？

突然，M 太太似乎想出了一个主意，便打开她手里拿着的一本书，涨红着脸，显然竭力避免正面看我，装出好像刚刚发觉的样子，说：

“啊！这本是下册，我拿错了；请你去把上册给我拿来。”

这意思是明摆着的。派给我演的角色已经没有戏了，还能用更直截了当的办法赶我走吗？

我带着她的书跑开后没有再回到那里去。上册在桌上安安稳稳地放了整整一个上午……

但我像是失魂落魄似的：我的心怦怦直跳，仿佛处在不间断的恐慌之中。我千方百计避免同 M 太太见面。然而我又怀着荒唐的好奇心注视 M 先生自以为是的神态，似乎现在他身上一定有什么特殊的地方。我怎么也不能理解，我这种可笑的好奇心究竟意味着什么；我只记得，这天早晨我所看到的一切，无不使我感到一种奇异的惊讶。但我的一天还刚刚开始，这一天对我来说充满了不寻常的事件。

这天的晚餐吃得特别早。傍晚预定让大伙到邻村去参加那边的一个乡村节庆盛会，因此需要时间作一些准备。我在三天前就盼着这次出游，期望获得无穷无尽的快乐。喝咖啡时几乎所有的人都聚集在露台上。我小心地从别人背后挤过去，躲在三排圈椅后面。好奇心驱使着我，同时我无论如何不愿让 M 太太看见。但是机缘却把我安排在离我的金发女魔王不远的地方。这一回她身上出现了奇迹，发生了难以想象的事情：她变得加倍俊美。我不知道这是什么缘故，但女人往往会体现这样的奇迹。那时我们之间隔着一位身材高大、面色苍白的年轻人，他是我们那位金发女士狂热的崇拜者，刚从莫斯科来，好像特地来取代离去的 H——传说他发疯似的热恋着我们的金发美人。至于才到的那一位，跟她早就保持着莎士比亚的《无事生非》中本尼狄克特对比亚特丽斯那种关系。简言之，我们的美人那天赢得的成功非比寻常。她的笑话和闲谈是那样隽永，那样天真，那样适度地放肆；她是那样潇洒自得地确信能为大家所激赏，以致确实一直特别受到崇拜。那些惊诧、出神的听众以她为中心紧紧围成一个冲不散的圈子，她还从来没有这样迷人。她说的每一句话都有吸引力，都是新奇的，人们注意聆听，相互传告；她开的每一个玩笑，耍的每一手花样都不会落空。看起来谁也没有料到她有这般情趣、才华和智慧。她的优秀品质平日都埋没在最任性的胡闹、最固执的淘气，甚至近乎丑角表演的行为之中；很少有人发现这些优秀品质，即使发现了也不相信，所以此刻她的非凡的成功引起了大家惊异而热烈的窃窃私议。

不过，促使她获得这次成功的还有一个特殊情况，一个相当微妙的原因，至少从 M 太太的丈夫当时扮演的角色来看是如此。调皮的金发美人鉴于许多在她心目中想必十分重要的理由，决定向 M 先生发动猛烈的攻击。必须附带说明一下：几乎所有的人，至少全体青年一致拥护这一举动。在一场唇枪舌剑的较量中，她向 M 先生抛出的无数俏皮、嘲弄、讽刺的妙语，都是无与伦比和耐人寻味的，刁钻、含蓄而又面面光滑，既击中要害，可又哪一方面都不让人抓住辫子进行反击，对方只会在徒劳的招架中耗竭精力，气得濒于疯狂，陷入极其可笑的绝境。

虽然我不能肯定，但看来这一手是预先考虑好的，不像即兴之作。还在晚餐桌上，这场恶斗便已开始。我说“恶斗”，是因为 M 先生没有很快放下武器。他鼓足勇气，调动他的全部辩才和少有的机智，以免全军覆没、颜面扫地。舌战是在全体旁观者和助战者连续不断和遏制不住的大笑声中进行的。至少，今天对他来说跟昨天不一样。看得出，M 太太几次试图阻止她那不够谨慎的朋友，可是金发女士却一定要让吃醋的丈夫穿上最滑稽可笑的服装，而且，从一切迹象看来，根据我记忆中留下的印象，还有根据我自己在这场鏖战中所演的角色，估计是要把他打扮成一个“蓝胡子”①。

我参战的经过十分可笑而又出人意料，当时我偏巧站在容易给人看到的地方，没有提防别人的恶意，甚至忘了自己刚才的谨慎。忽然，我被举出来作为 M 先生势不两立的仇敌和当然的对手，理由是我狂热地爱上了他的妻子，而且爱到极点，关于此事，金发女士当即起誓作证，并且说她有证据，例如就在今天，她在树林里看见……

---

① 法国民间故事中连续杀死六个妻子的人。

但她没来得及说完，我在最最不顾一切的时刻打断了她的话。对方选择这个时机可谓伤天害理，它被别有用心地安排在最后引向一个可乐的结尾，整个气氛是如此令人绝倒，终于由骤然爆发的一阵怎么也遏制不住的哄堂大笑代替礼炮为这一妙着喝彩。尽管我马上就领会到，最可悲的角色并不是派给我的，然而我又窘又恼又怕，憋不住盈眶的眼泪和冲天的怨气，羞得气急败坏地闯过两排圈椅抢步上前，用哽咽和愤怒的声音向着我的女魔王嚷道：

"您……当着这么多女士……说出这样缺德的……谎话，怎么不害臊的？！……您简直像个小女孩……不顾有这么多男人在场……他们会怎么说呢？……您已经是这样大的人……婚也结了！……"

但我没有说完，就响起了震耳欲聋的掌声。我的举动引起了真正的*轰动*[①]。我的天真的动作，我的眼泪，特别是我看起来好像挺身而出为 M 先生辩护的模样，这一切合在一起，触发了震撼地狱的狂笑，直到如今，只要一想起这件事，连我自己也觉得滑稽透顶……我吓慌了，几乎变傻了，一下子羞得无地自容，只得双手掩面，逃之夭夭，在门口撞翻了正走进来的一名仆人手里的盘子，急急忙忙上楼跑到自己房间里去。我拔去插在门外锁孔中的钥匙，把门从里边锁上。我做得有道理，因为我后面有人追来。没过一分钟，就有一大帮子最漂亮的女士来围住了我的房门。我听到她们清脆的笑声、急促的话语、圆润的嗓音；她们像一群燕子唧唧喳喳同时开腔。她们全体一致要求，甚至是恳求我开门，只要开一会儿工夫；她们赌咒说决不伤害我一根毫毛，仅仅想把我吻个够。然而……再也没有什么能比这新的危险更可怕的了！我躲在房内，把脸埋在枕头里，羞得面红耳赤，硬是不开门，甚至没有应声。她们还敲了很久的门，说好说歹地劝我，

① 原文为英语。

但我无动于中，装聋作哑，反正是个十一岁的孩子。

现在该怎么办呢？我藏得那么严、瞒得那么紧的一切全公开了，暴露了……我将蒙受永久的羞愧和耻辱！……说实话，我连自己也说不清如此为之担心和竭力想隐瞒的是怎么一回事；但我明明在为某一件事提心吊胆，唯恐这某一件事被察觉，为此一直像风中的树叶瑟瑟地发抖。在这以前，有一点是我不知道的：这件事究竟要得要不得？是光荣的，还是可耻的？是值得夸耀的，还是不值得夸耀的？现在，从痛苦和强加于我的烦恼中，我知道这是可笑和可耻的！在这同时，我凭本能感觉到，这样的判决既是错误的，又是不近人情的，而且是粗暴的；但我已被彻底打垮，碾得粉碎；想事的过程在我身上似乎停止了，发生了紊乱；我既不能驳斥这一判决，甚至不能好好加以思考。我的意识变模糊了，我只感到，我的心被刺伤了，多么狠毒、多么缺德啊！我自己无能为力，只会哭。我恼火得厉害，愤怒和憎恨在我心中燃烧，这是先前从未有过的，因为我还是生平第一次认真感到不幸、侮辱和委屈；事实的确如此，毫不夸大。我这样一个孩子心中第一次产生的、还没有经验、尚未形成的感情，却被粗暴地触痛了，第一阵散发着幽香的、童贞的羞怯，这样早就被暴露和践踏了，最初的、也许是非常重要的美感印象遭到了嘲笑。当然，笑我的人对于我的痛苦很多方面都不了解，也没有预感到。这一半要归因于我自己至今还没有理清楚的一个秘密情况，而且我也怕去理它。我怀着一腔怨愤继续躺在自己床上，脸埋在枕头里，只觉得周身一阵燥热，一阵恶寒。折磨着我的有两个问题：今天在树林里我和 M 太太之间有什么被可恶的金发女士看见了，她究竟可能看到什么？还有第二个问题：今后我有何面目正视 M 太太而不至于愧愤得当场倒毙？

院子里非常喧闹的声音终于把我从半昏迷状态中惊醒。我站起来走到窗前。整个院子挤满了马车、坐骑和忙忙碌碌的仆人。看来大伙准备出发了；有几位骑者已经坐在马上；另一些客人则分乘几辆马车……我这才想起要出游的事，一种焦急的情绪渐渐开始渗入我的心房；我留神看院子里有没有我的克莱泊马，可是看不见——那就是说，人家把我忘了。我沉不住气，急忙跑下楼去，既不考虑见面的难堪，也顾不上刚才蒙受的耻辱……

我意外地面对着一个新的情况。这一回我既没有马骑，也捞不到车上的座位，因为所有的坐骑和座位都被抢光、占满了，我只好让别人去。

增添了这一重烦恼的我，站在台阶上怅然望着长长一排各式各样的马车——其中竟没有一个小小的角落容纳我，望着盛装的女骑手——她们胯下的马正急于撒蹄飞奔。

一位骑者不知为何姗姗来迟。大伙只等他一到就要出发。他的马停在正门前，咬着嚼铁，用蹄刨土，不时因惊恐而颤抖，还把前蹄腾空竖立起来。两名马夫谨慎地抓住缰绳管着它，一直提心吊胆地跟它保持着相当的距离。

实际上，确乎发生了十分可恼的情况，使得我不能出游。除开新来的好多客人把所有的座位和所有的马都抢去以外，还有两匹坐骑病了，其中一匹就是我的克莱泊马。但这个情况不单单苦了我一个人，敢情一位新来的客人——就是前面我提到过的那个面容苍白的年轻人——也没有马骑。为了避免扫客人之兴，我们的主人不得不铤而走险，把自己一匹野性未驯的公马让出来，只是怕受良心责备才声明一下：这匹马根本没法骑，本来早就打算把它卖掉，不过未知是否找得到买主。但被告知的那位客人却宣称他的骑术可以，不管什么马都愿意骑，只要能去。当时主人没有再说什么，但如今想来，我觉得他嘴唇上浮动着一丝居心叵测的狡笑。在等候自夸马上功夫高明的骑手出来时，主人自己还站着，尚未上马，只是不耐烦地搓着手，频频向门那边瞧。甚至两名马夫也受到类似的影响，他们勒住公马，看到自己在全体宾客面前管着这样随时可能无缘无故叫人送命的一匹马，神气得不可一世。他们等得心焦的目光也投向勇敢的客人要从那里出来的门户，眼神跟他们东家的狡笑相仿。最后，连那匹马也好像跟主子、马夫默契似的摆出一副盛气凌人的架势，仿佛感觉到有数十双好奇的眼睛注视着它，仿佛在这么多人面前夸耀自己狼藉的名声，活像某些本性难改的恶棍夸耀自己有资格上绞架的勾当。它看来在向敢于侵犯它的独立性的勇者挑战。

这位勇者终于出现了。他为让大家久等表示了歉意，一边匆匆戴上手套只顾往前走，直到下了台阶，伸手想去抓等得烦躁的马的鬣毛时，才抬起头来，但忽然被马前蹄腾空竖立的暴怒状和在场旁观者一齐告诫他留神的惊呼声愣住了。年轻人倒退几步，困惑地看看撒野的马。那畜生浑身颤动不已，恶狠狠地打着响鼻，一双充血的眼珠转得怪吓人的，不时把后腿下蹲，把前腿提起，好像打算跃向空中并把两名马夫一起带走。年轻人手足无措地呆立片刻，然后因略感尴尬而微微红着脸举目四顾，望了望吓坏了的女士们。

"马倒是一匹很好的马！"他像在自言自语，"想必骑起来非常愉快，不过……不过，是这么回事：我本人还是不去了吧。"最后他向我们的主人表示，那开朗、憨直的笑容同他善良而聪明的面貌十分协调。

"可我仍然认为您是一位卓越的骑手，我可以向您起誓，"那匹难驯的悍马的主人高兴地答道，同时热烈地，甚至是感激地同客人握手，"正因为您一眼就看出了这畜生不好对付，"他庄重地补充说明，"信不信由您，尽管我当过二十三年骠骑兵，照样承它之情有三次领略到躺在地上的滋味，也就是说，我有多少回骑上这……白吃草料的畜生，就摔下过多少回。坦克雷德，我的朋友，这里没有中你意的人；看来，骑你的人想必得是个伊里亚·穆罗梅茨那样的大力士，现正闭门住在卡拉恰罗沃村，等着你掉牙呢。来，把它牵下去！别再让它在这儿吓唬人了！真不该把它牵出来。”他临了说，一边得意地搓搓手。

应当指出，坦克雷德没有给主人带来半点好处，只是白吃草料；这且不说，它还败坏了老骠骑兵采办军马富有经验的名声，因为他花去令人咋舌的代价，竟买来这样一只中看不中用的畜生……不管怎样，主人现在相当得意，因为他的坦克雷德没有丢脸，吓退了又一个骑手，从而博得新的悍名。

“怎么，您不去了？”金发女士叫了起来，这一次她非要她的殷勤的骑士随行不可，“难道您害怕了？”

“是的，的确是这样！”年轻人回答说。

“您不是开玩笑吧？”

“听我说，难道您要我摔断颈骨不成？”

“那么，您赶快把我的马拿去骑：不用怕，它老实得很。我们不会耽搁很久的；马鞍一下子就能换好！我来骑您的那一匹试试看；坦克雷德不可能老是这样不客气。”

说得到做得到！淘气的美人从马鞍上跳下来，她说最后那句话时，人已经站在我们面前。

“您以为坦克雷德会让您的蹩脚鞍座加到它身上？可见您对坦克雷德还不了解！再说，我也不容许您摔断颈骨；否则太遗憾了！”我们的主人拿着腔儿说，在这暗暗得意的时刻，他按照老习惯把本来就不自然的语气有意识地搞得更生硬，甚至粗暴，他认为这相反表明他心地善良、热诚老到，特别能赢得女士们的好感。这是他的奇想之一，也是我们大家都熟悉的拿手好戏。

“喂，爱哭鼻子的小家伙，你要不要试一试？你不是很想去吗？”勇敢的女骑手看到了我，便一扭头指指坦克雷德，用逗引的口吻说，其目的无非是为自己特地从马背上下来这一毫无结果的举动解嘲，同时也不放过机会刺我一下，谁叫我自己不知趣落到她的眼里。

“你一定不是像……那样的人，你是有名的英雄，想必不好意思打退堂鼓，特别是有人瞧着您的时候，俊俏的僮儿。”她添上这一句，并向 M 太太瞥了一眼——后者所坐的马车恰巧最靠近台阶。

当美丽的女骑手走到我们跟前打算跨上坦克雷德的时候，憎恨和报复的感觉充塞着我的胸膛……但在听到淘气美人这番突如其来的挑战时，我简直说不出心头是什么滋味。及至发现她向 M 太太投了一瞥，我只觉得眼前蓦地发黑。霎时间从我脑袋里冒出一个念头……不过，这仅仅是一瞬间，甚至不到一瞬间的工夫，犹如火药点着时的一闪，或者容器已经满到溢出来状态，反正我顿时怒火冒穿天灵盖，直想一下子把我的仇敌统统打死，在大庭广众间同他们把所有的账都彻底算清，让大家看看我是怎样一个人；或者有人在这一瞬间不知运用什么神通向我传授了过去我一窍不通的中古史，在我开始旋转的头脑里出现的尽是比武、骑士、英雄、美人、荣誉和胜利，我听到的尽是传令官的号角声、击剑的铿锵声、群众的呐喊和鼓掌声，而在这一片呐喊声中有一颗惊恐的心发出的羞答答的呼唤却比胜利和荣誉更甜蜜地抚慰着骄傲的灵魂，——我不知道当时我头脑里产生的究竟是不是这一整套胡思乱想，或者用比较周密的说法，是不是这些未来不可避免的胡思乱想的预感，我不知道，我只听到：是我行动的时候了。我的心往上一跃，猛地一震，我自己也不知道怎样纵身跳下台阶，到了坦克雷德旁边。

“您以为我会害怕？”我狂妄地高声说，强烈的冲动使我头晕目眩，气急脸红，眼泪烧灼着我的面颊，“那就瞧着吧！”说完，我抓住坦克雷德的鬣毛，旁人还来不及做任何拦阻的动作，我已把一只脚伸进马镫；但就在这一刹那，坦克雷德前蹄腾空竖立起来，脑袋一扬，以强劲的一蹿从目瞪口呆的马夫控制下挣脱出来，像一阵旋风飞驰而去，只听得在场的人一齐惊呼“哎哟”。

天知道我是怎样在马狂奔时把另一只脚伸进马镫的；我同样不明白自己怎么居然没有把缰绳丢掉。坦克雷德把我带出装有栅栏的大门，向右来一个急转弯，然后不择路径地沿着栅栏跑去。直到这一刹那，我才听见后面五十副嗓子的喊声，这一声喊在我好像停止了跳动的心中激起的感受是那样得意和自豪，使我永远不会忘记自己童年生活的这一疯狂的时刻。全身的血液一下子涌上脑袋，震聋了我的耳朵，也淹没和压倒了我的恐惧。我已经完全忘其所以。的确，今天回首当年，事情的经过看来果真有点儿骑侠小说的味道。

不过，我的全部骑士生涯从开始至结束甚至不到一眨眼的工夫，否则骑士非遭殃不可。我至今仍然不知道是怎样得救的。骑马我是会的，因为跟人学过。但我的克莱泊马与其说像一匹坐骑，不如说更像一头绵羊。坦克雷德如果有时间把我甩掉的话，我毫无疑问会从它背上摔下来；然而，它跑了五十步左右，突然见路旁有一块大石头，竟吓得向后退缩。它在飞驰中掉转方向，动作之骤急正如俗话所说不管三七二十一，而我到现在还不得其解的是：我居然没有像个皮球从鞍座下飞出两丈以外摔得脑浆迸裂，坦克雷德在这样一次急转弯中也居然没有折了腿。它往回跑向大门，脑袋拼命摇晃，耳朵左右摆动，似乎气得发了昏；马蹄胡踢乱蹦，每一次腾跃都想把我从马背上扔下来，活像有一只老虎跳到它身上，用牙齿和爪子刺进了它的肉。只差一会儿我就要从马背上飞出去，事实上我正在向下掉，但有好几位骑手已经赶来救我了。其中两人截断了通向野外的路；另外两人用马腹从两侧夹住坦克雷德，并且已经抓住它的缰绳，他们靠得那么近，几乎把我的腿也给夹断。几秒钟以后，我们已经到了台阶前。

我从马上被抱下来时面无人色，只剩得一口气。我跟坦克雷德一样浑身哆嗦，像风中的一根小草；它站在那里，挣扎着把整个身躯尽往后仰，四蹄像钉在地上一般牵扯不动，从热腾腾的红鼻孔里呼哧呼哧喷出火焰样的蒸气，全身颤颤巍巍，仿佛未能惩罚一个放肆的孩子这样的屈辱气得它不能动弹。人们在我周围纷纷发出惶惑、骇异、惊恐的喊叫。

这时，我的游魂似的目光和吓得面如土色的 M 太太的视线相遇，倏忽之间——我忘不了这一瞬间——我的脸由微红转为绯红，后来竟热辣辣地烧得通红；我不知道这是怎么搞的，反正自己的感觉使我又窘又怕，只好含羞低头望着地上。但我的目光已被发觉、逮住，因为也有人在偷偷地看我。所有的视线集中到 M 太太身上，她猝不及防地受到大家的注意，自己也像个小孩突然给某种情不自禁的天真感受染红了脸，不得不勉强用笑声把红晕压下去，尽管收效甚微……

这一切在旁观者眼里自然非常可笑；但此刻有人做出一件绝顶天真和出人意表的举动救了我，使我得免于众人的取笑，并赋予整个这一惊险插曲某种特殊的色彩。这一场虚惊的祸根、在此以前始终跟我作对的冤家、我的美丽的女魔王，忽然扑到我身边，搂住我亲吻。刚才我接受她的挑战、捡起她瞥了 M 太太一眼后扔给我的手套[①]时，她简直不相信自己的眼睛。我骑着坦克雷德飞驰的时候，她为我担忧，又受到良心的责备，差点儿没急死；现在，一切都已结束，尤其是她同别人一起察觉到我投向 M 太太的目光、我的窘态和我突然涨得通红的脸色以后，按照她轻率的头脑中罗曼谛克的倾向，给这一刹那添上了某种新的、秘密的、尽在不言中的意味，——总之，在经过了这一切之后，她对我的“骑士精神”佩服极了，所以跑过来把我搂在怀

① 向某人扔一只手套是故意寻衅，捡起手套表示同意决斗，转义泛指应战。

里，又是感动，又为我感到骄傲，高兴得什么似的。过了一会，她向围着我们俩的人群抬起头来，两颗细小晶莹的泪珠在一张极其天真、极其严肃的面庞上颤动、闪烁，她指着我，用从未有人从她口中听到过的认真、郑重的语调说：“不过，这是很严肃的，诸位，请不要笑！”[1]站在她面前的人们都像着了魔似的欣赏她那真诚的感佩之状，可是她并不理会。她这一突然而迅速的举动，她脸上严肃而天真的表情，打心底里涌上她那老是在笑的眼睛的泪花（迄今为止谁也没想到她会哭），——这一切在她身上真是咄咄怪事，以致大家都站在她面前发呆，仿佛她的眼神和利索、泼辣的言语动作把他们给电住了。看来谁也不能把视线从她热情洋溢的脸上移开，唯恐放过这一难得的时刻。甚至我们的主人脸也红得像一朵郁金香，有人声称曾听他事后“惭愧地”承认，他爱上了这位美丽的女客几乎有一分钟之久。不用说，发生这一切以后，我成了骑士，成了英雄。

“德洛尔日！托根堡！”[2]四周纷纷发出欢呼。

还响起了一阵掌声。

“这才是未来的一代！”主人添上一句。

“让他去，一定要让他跟我们一起去！”金发美人喊道，“我们能为他找到座位，必须找到。让他坐在我身边，坐在我膝盖上……哦，不，不！我说错了！……”她急忙纠正，并且呵呵地笑了起来；回想起我们初次见面的情景，她就忍不住发笑。但她笑的时候亲切地抚摩着我的手，竭力向我表示疼爱，怕我动气。

“一定！一定！”好几个人齐声应道，“一定让他去，他有资格得到一个座位。”

---

① 原文为法语。

② 德洛尔日是德国诗人席勒（1759—1805）所作的一首诗《一只手套》中的骑士；托根堡也是席勒另一首同名歌谣中的骑士。

问题顷刻间就解决了。介绍我认识金发女士的那位老小姐，立即被所有的年轻人要求留在家里，把座位让给我；她不得不同意照办，心里老大不乐意，表面上强装笑容，背地里气得咬牙切齿。她老是舍不得离开的被保护者，亦即我不久前的对头和刚刚赢得的朋友，已经骑上快马扬鞭奔驰，还像个小孩子似的纵声笑着向她叫喊，说自己羡慕她，很乐于跟她一起留在家里，因为天即将下雨，我们一个个都得淋成落汤鸡。

她的预言果然应验。一小时以后，下了一场瓢泼大雨，我们的赶节之游遂成泡影，只得在村舍里一连避了几个小时的雨，直到九点多钟，才在雨后的潮湿空气里开始返程。我开始有点小小的寒热。就在应该登车上马回去的当儿，M 太太走到我跟前，对于我只穿一件上衣并且敞着脖子表示吃惊。我回答说，动身的时候没有来得及带一件外套。她拿来一枚别针，给我把衬衫有褶裥的领子扣得高一些，又从自己脖子上解下一方大红的纱巾围在我的脖子上，以免我的喉咙着凉。她匆忙得厉害，我甚至来不及向她致谢。

回到主人家中，我在小客厅里找到了她，跟她在一起的有金发女士和今天没敢骑坦克雷德从而博得名骑师雅号的白面年轻人。我走过去道了谢，并奉还纱巾。然而，在经历了种种奇遇之后，我好像有些内疚，急于上楼去，定下神来独自思量。我头脑里的印象已满极而溢。我在归还纱巾的时候，脸照例一直红到耳根。

“我敢打赌，他想把纱巾留在自己身边，”年轻人笑了起来，“从眼神看得出来，他同您的纱巾实在难舍难分。”

“对，说得对！”金发女士附和道，“真有意思！啊！……”她露出不悦之色摇摇头说，但发现 M 太太严肃的目光后及时住口；M 太太不愿让玩笑开过头。

我赶紧走开。

“嗽，你呀！”淘气的美人在另一间屋子里追上了我，友好地拉住我的双手说，“既然你那么希望把纱巾留下，你干脆别还她，不就得了？就说把它落在什么地方了，不就完事了吗？你呀！连这也不会！真可笑！”

说着，她用一个指头在我下巴颏儿上轻轻一捺，见我脸红得像罂粟花似的，便笑着说：

“如今我是你的朋友了，可不是吗？我们的敌对状态已经结束，你说是不是？”

我也笑起来，默默地握了一下她的手。

“啊，这才对！……你现在为什么脸色这样难看，还打颤？你在发寒热？”

“是的，我不大舒服。”

“啊，可怜的孩子！你这是紧张过度造成的！我看，你最好还是去睡吧，别等吃夜宵了，明天就会好的。走。”

她带我上楼，看来对我的照料将没完没了。她让我先脱衣服，自己跑下去为我张罗茶水，并亲自送来，这时我已经躺到床上。她还给我拿来一条厚毯子。凡此种种对我的照顾和关怀，使我惊奇不已而又深受感动，或者是这一整天发生的事情、赶节之行和体温升高所致，反正在她走的时候，我把她当作最亲近、最贴心的朋友热烈地紧紧抱住，顿时所有的印象一齐涌上我疲乏的心头，我偎在她胸前差一点儿哭起来。她发现我如此善感，看来我的淘气美人自己也有些感动了……

“你是个心地极好的孩子，”她低声说，一双眼睛柔婉地望着我，“请你不要生我的气，好吗？不生气？”

总之，我们成了最亲昵、最忠实的朋友。

我醒来时还相当早，但太阳已经把明亮的光辉洒满整个房间。我一骨碌从床上爬起来，身体健康，精神振奋，好像昨晚根本没有发过寒热，现在只觉得心中充满无法解释的喜悦。我回想起昨天的事情，真想付出整整一份幸福的代价，只要此刻能像昨天一样和我的新朋友、我们的金发美人拥抱；但时间还早得很，人家都在睡觉。我匆匆穿好衣服，下楼步入花园，再从花园到树林里去。我看着哪儿绿意浓，树脂香，阳光好，就往哪儿走；阳光也为能在这里那里穿透暗沉沉、密麻麻的叶丛而欣悦。这是一个美丽的早晨。

我不知不觉地愈走愈远，最后走出了树林，来到莫斯科河边。河水就在前面二百步左右的山下流淌着。对岸正在刈草。我看得出了神，只见一排排锋利的大镰刀合着刈草人每一次挥臂的节拍同时浴入阳光，旋即又像一条条火蛇消失不见，不知躲到哪儿去了；刈倒的草蓬蓬松松地一小堆一小堆飞向一边，排成又直又长的草垅。我不记得这样凝望了多少时间才猛醒过来，因为在一条从大路通往主人宅第的林中土道上，大约离我二十步的地方，我听见有马儿打响鼻和马蹄不耐烦地刨土的声音。我不知道：是骑马人到这儿刚一停下，我立刻听见了呢，还是早就有响声传来，但仅仅逗得我的耳朵略有些痒痒，却没有能够打断我的遐想。我怀着好奇心重进树林，走了几步，听见有人在很快、但是很轻地说话的声音。我更走近些，小心拨开土道最边上几株灌木最边上的枝条，但当即惊讶地倒退了回来：一件熟悉的白色连衫裙在我眼中一闪，一个女人的低语像音乐在我心中激起回响。那是 M 太太。她站在骑马人旁边，后者从马上匆忙地对她说话。我诧异地认出他正是昨天清早刚离开我们的 H，也就是 M 先生耿耿于怀的那个年轻人。但当时听说他要到很远的南俄去，所以，我看到他这样早又回来跟 M 太太单独会面，感到十分诧异。

我还从未见过 M 太太如此兴奋，如此激动，她的两腮闪着泪光。年轻人握住她的一只手，从鞍座上俯下身来吻着。我撞见他们已经是在告别的时刻。看来他们都很匆忙。临了，他从兜里掏出一个缄了口的信封，把它交给 M 太太，然后同刚才一样并不下马，用一只手搂住她，紧紧地接了一个长吻。转眼间，他已扬鞭策马，像一支箭从我眼前飞了过去。M 太太目送他有好几秒钟，然后若有所思、无精打采地向宅院走去。但是，她沿着土道才走了几步，似乎猛醒过来，急忙分开灌木，开始穿越树林。

我跟在她后头，刚才所看到的一切使我惶惑，使我愕然。我的心怦怦直跳，像是受了惊吓。我昏昏然如堕五里雾中；我的思想给搅乱了，集中不起来；但我记得不知为什么感到万分惆怅。她的白色连衫裙隔着绿叶间或在我前面晃动。我下意识地尾随着她，不让她从我视野中消失，但又战战兢兢地生怕被人发觉。最后，她走上通向花园的一条小路。等过了半分钟左右，我也从树林里出来；但忽然发现红沙铺就的小路上有一个缄口的信封。我一眼就认出，这正是十分钟以前 H 交给 M 太太的那个信封；我这一惊真是非同小可。

我把它捡起来：两面都是空白的，没有任何字样。信封看起来并不大，但是凸得鼓鼓的，掂上去颇有分量，里边恐怕有三张信笺，也许还不止。

这封信是怎么回事？毫无疑问，它可以揭开全部秘密。也许，H 在短暂而仓促的会面时不指望说出来的话，都写在里边。当时他甚至没有下马……他是行色匆匆呢，还是怕分手的时刻不能自持，——天知道……

我收住脚步，没有踏上小路便把信封扔在路上最显眼的地方，目不转睛地注视着它，估量 M 太太发觉遗失了信，一定会折回来寻找。但是，等了约莫有四分钟，我忍不住了，重又捡起那封信揣在兜里，赶紧去追 M 太太。我进了花园，折入宽阔的林荫道才赶上她；她径直走回家去，步履仓猝，心事重重，眼睛望着地上。我不知如何是好。要不要走过去把信交给她？这等于说，我什么都知道了，什么都看见了。我一开口就会露出马脚。今后叫我怎样看她？她又会怎样看我？……我一直等着她能有所醒悟，发现东西丢了，循原路往回走。那时我便可以悄悄把信扔在路上让她找到。然而事与愿违！我们已经快到宅院门前，已经有人看见了她……

这天早晨偏偏几乎所有的人都起得特别早，因为昨天出游遇雨之后就已经计划好到别处去游玩，而我根本不知道。大家都准备出发，这时正在露台上进早餐。我等了十来分钟，免得被人看见我和M太太在一起，所以绕过花园，从另一方向走到宅子前面，和她前后相隔一段时间。她在露台上走来走去，容颜苍白，神色慌张，两手交叠在胸前，显然在强作镇静，竭力压制内心濒于绝望的痛苦，但这种心情却在她的眼神、步态和一举一动中早已流露无遗。她时而下台阶在花坛之间朝花园的方向走上几步；她的眼睛焦急地、巴巴地在铺沙子的园径上，在露台的地上寻找着什么，甚至置小心谨慎于不顾。毋庸置疑：她发觉丢了东西，看样子她以为那封信是在此地宅院附近什么地方失落的，——对，是这样，这一点她可以肯定！

先是有一个人注意到她面色苍白，神态慌张，后来别人也注意到了。于是大家纷纷表示关怀：这个问身体可好；那个埋怨她怎么搞的。她只得讪讪地敷衍，强笑着支吾，装出挺快活的样子。她偶尔向站在露台尽头跟两位女士谈话的丈夫瞥上一眼，可怜她每次都要打几个寒颤，感到手足无措，和M先生到此的第一天晚上一样。我一只手插在兜里牢牢捏着那个信封，远离大家独自站着，祈求命运之神让M太太看到我。我想给她鼓励，叫她宽心，哪怕只是通过眼神去做；我想找机会偷偷对她说句话。但是当她无意间向我看一眼时，我却打了个寒噤，只好低首垂目。

我看到她很痛苦，事实果然如我所料。我至今不知道这个秘密，除了自己所见和刚才叙述的以外一无所知。他们的关系也许并不像乍看起来可能料想的那样。刚才那个吻可能是从此分手的表示，可能是最后一点点薄酬，以答谢为了她的安宁和名节而作出的牺牲。H 走了，也许永远离开了她。还有，即便是我握着的那封信，——谁知道里边究竟写了些什么？谁有资格作出裁决？谁有权利派谁的不是？然而，有一点是不必怀疑的：这秘密万一被人发现，后果将不堪设想，等于在她生活中晴天起一个霹雳。我还记得当时她脸上的表情：不能想象有比这更大的痛苦了。她感觉到，知道并确信，像等待处决一般等待一刻钟、一分钟以后可能一切都告败露：信被人发觉、拾起来；信封上没有姓名，人家可能把它拆开，那时……那时会怎样呢？还有什么比等待着她的前景更可怕的酷刑？她在即将对她进行审判的法官们中间走来走去。再过一分钟，他们堆着谄笑的面容将变得森严无情。她会从这些脸上看到嘲弄、恶意和冰冷的蔑视，往后她的生活将是永远见不到光明的漫漫长夜……诚然，当时我对这一切的理解跟如今想这件事的时候不一样。我只能猜度、预感、同情她面临的危险，因为我自己甚至还没有充分意识到它。但是，不管她的秘密包含什么内容，我目睹她忍受煎熬并永远不会忘记的那几分钟，已赎偿了很多很多，如果有什么需要赎偿的话。

但这时传来了愉快的召唤，通知大家出发；人们高兴地乱成一团，急促的话语和笑声四起。两分钟后，露台空了。M 太太最后承认身体不舒服，放弃了出游。不过，谢天谢地，人人都急于出发，没有时间埋怨、盘问和劝说。留在家里的人不多。M 先生对妻子说了几句话；她回答说，今天就能恢复健康，叫他别惦念，并说她不想躺在床上，还是到花园里去走走，一个人……只带我……说到这里，她向我望了一眼。太走运了！我高兴得脸都红了；一分钟后，我们已经上路。

她循着刚才从树林里回来时经过的林荫道、小路和园径走着，本能地回忆自己先前走的路，目光盯住前面地上寻找，也不接我的话头，可能忘了我和她在一起。

但是，当我们即将走到小路尽头我捡到那封信的地方时，M 太太忽然止步，用微弱、凄楚的声音说她更不舒服了，打算回去。但是，到了花园栅栏前，她又停下来考虑片刻；她的嘴角泛起一丝绝望的苦笑，在心力交瘁的情况下，她横下心来，准备一切听天由命，然后默默地回到原路上，这次甚至忘了对我说一声……

我肝肠欲断，可又不知如何是好。

我们走着，或者不如说我把她带到了一小时以前我听见马蹄声和他们的谈话声的那个地方。那里，靠近一棵枝叶繁茂的榆树，有一张用整块巨石凿成的长椅，树上缠绕着常春藤，周围生长着茉莉花和野蔷薇。(这片小树林里别出心裁地布置了一些小桥、亭台、假山之类。) M 太太视而不见地看了看展现在我们眼前的奇景，在石椅上坐下。过了一会，她打开一本书，一动不动地瞧着它发呆，既不翻书页，也不读内容，几乎不知道自己在做什么。时间已是九点半。太阳升得高高的，在灿烂辉煌地漂浮在我们头上的湛湛青天之中，仿佛要被它自己的光焰融化似的。刈草人已经去远；从我们这边的岸上几乎看不见了。刈倒的草在他们后面紧随不舍地形成一道道没有尽头的长垄，微风间或向我们这边送来干草蒸发出来的清香。四野里那些“既不收割，也不播种”，却像被它们敏捷的翅翼划破的空气一样自由任性的虫鸟，正在举行连续不断的音乐会。此时此刻，似乎每一朵花、每一根草都在吐着氤氲的芳香，对造物主说：“父亲啊！我快乐，我逍遥！……”

我看看那个可怜的女人，在如此生意盎然的环境中，只有她死气沉沉：她的睫毛上滞留着由心底的痛楚分泌出来的两大颗泪珠。我能够使这颗忧伤、死寂的心复苏并转忧为喜，只是我不知道如何着手去做，不知道怎样跨出第一步。对此我深感苦恼。我曾有上百次试图向她走过去，但每次都被某种无法克服的感觉钉在老地方，我的脸每次都像火一样燃烧。

忽然，我想出一个绝妙的主意。办法找到了；我简直像重新获得了生命。

“要不要我去给您采一束花来？”我的语调是那样兴高采烈，致使 M 太太一下子抬起头来注视着我。

“好吧。”她总算淡淡地一笑，用微弱的声音说，旋即又低头让视线落在书本上。

“要不然，这儿大概也要来割草，就没有花了！”我嚷着跳跳蹦蹦出征去了。

我的花束很快就初步形成。但这束花太不起眼，有点可怜巴巴，拿到房间里去怪寒伧的；不过，在我采集和扎束的时候，我的心跳得可欢呢！野蔷薇和野茉莉我没走开时就采了一些。我知道附近有一块地里的裸麦快要熟了，我就跑到那里去采矢车菊。我还挑色泽最金黄、籽粒最饱满的长麦穗摘了一些，夹在矢车菊一起。就在那不远处，我发现一大丛毋忘我花，我的花束于是乎开始膨胀。再往前，在田间，则有蓝色的铃铛花和野石竹；而为了采黄澄澄的水栗花，我一直跑到河岸边上。最后返回原地时，我一度钻进树林里去，想摘几张绿油油的掌形槭树叶子包在花束外面，却意外地看见整整一簇蝴蝶花；根据近旁一缕紫罗兰的幽香，我幸运地搜索到隐藏在茂草中的一朵小花，上面还缀满亮闪闪的露珠。花束这才像个样子。我用细长的草搓成一条绳子把它扎好，把那封信小心地塞在里边，用花掩盖起来，但让它很容易被发现，只要我的花束能得到一点点垂青就行。

我捧着花束回到 M 太太那边去。

路上我觉得信放得太显眼了，便把它遮得好些。当走得更近时，我把信往花中又推进去一些，最后，几乎已经到了地方，我忽然把信往花束里塞得很深，从外面已经一点也看不出来。我的双颊燃烧着熊熊的火焰。我想用手捂住面孔转身就跑，但她见到我的花时的眼神，好像完全忘了我去采花这件事。她几乎连看也不看，只是机械地伸手接过我的奉献，随即把它搁在石椅上，重又低头看书，宛如处在昏迷状态，而我把花束送给她的目的仿佛就是为了让它搁在石椅上。我懊丧得快要哭了。“但只要我的花束在她身旁，”我思忖道，“只要她别忘了！”我去躺在附近的草上，右手枕在头下，闭上眼睛，装做昏昏欲睡的样子。其实，我始终注视着她，等待着……

过了十分钟左右，我觉得她的脸色愈来愈苍白……忽然，一件可喜的巧事帮了我的忙。

轻风作美，为我送来一只金色的大蜜蜂。它先是在我头上嗡嗡叫了一阵，然后飞到 M 太太身边。M 太太挥手赶了一两次，可是蜜蜂好像故意作弄她，反而缠得更紧。后来，M 太太抓起我的花束，用它在自己面前挥了一下。这时，那封信从花儿底下被抖出来，直接掉在打开的书上。我全身一震。M 太太惊讶得半晌说不出话来，时而看看信封，时而看看手里拿着的花，似乎不相信自己的眼睛……接着，她突然涨红了脸，朝我这边一看。但我抢在她的视线扫过来之前紧紧闭上眼睛，假装睡着了；这时我无论如何不会面对面看她。我的心简直停止了跳动，忽而又像一只落在乡下鬈发顽童手掌之中的小鸟那样没命地挣扎。我不记得如此闭目躺了多久，估计有两三分钟。最后，我鼓足勇气睁开眼睛。M 太太如饥似渴地读着信，从她绯红的两腮，从她闪着泪花的目光，从她清秀的脸上欣悦地颤动的每一根线条我猜想到，这封信中包含着幸福，她的忧伤顿时烟消云散。一种说不出是苦是甜的感受渗入我的心坎，我觉得很难继续假装……

我永远忘不了这一分钟！

忽然有几个人的声音在叫唤，听起来离我们还远：

“M太太！娜塔丽！娜塔丽！”

M太太没有应声，她很快地从石椅上站起来，走到我跟前，俯下身来。我感觉到她在注视着我。我的睫毛开始颤动，但我沉住气没有睁开眼睛。我竭力想让呼吸显得比较均匀、平稳，但是慌乱的心跳使我感到窒息。她呼出的热腾腾的气流嘘着我的腮帮子；她俯身向我的面孔凑得很近很近，仿佛在细细端详。最后，热吻和泪水落到我的手上，落到我放在胸口的那一只手上。她把那只手吻了两次。

“娜塔丽！娜塔丽！你在哪儿？”叫唤声又响了起来，这一回离我们已经很近。

“来了！”M太太应了一声，她的嗓音浑厚而又清脆，但压得较低，还因为噙着眼泪而发颤；所以这一声轻得只有我一个人能听见，“来了！”

但在这一刹那，我的心终于违背我的意志，简直把所有的血都打发到我脸上来。也就是在这一刹那，一个飞快的热吻把我的嘴唇烫了一下。我发出一声轻微的叫喊，眼睛刚一睁开，但立即被昨天我还给她的那方薄纱巾落下来盖住，——好像她怕阳光刺痛我的眼睛。转眼间，她已经不见了。我只听到窸窸窣窣匆匆去远的脚步声。那里就剩下了我一个人。

我把纱巾揭下来吻着，欣喜得忘其所以；有几分钟我像个十足的疯子！……我勉强缓过一口气，胳膊肘支在草地上，无意识地凝视前方，望着周围田畴斑斓的丘陵；望着莫斯科河曲曲弯弯绕过田野，蜿蜒于像一个个小点子掩映在阳光灿烂的远方的另一些山丘和村落之间，流向目力所及的范围以外；望着隐约可见的蓝色森林仿佛在炽热的天际冒烟。眼前这幅庄严、宁谧的图画造成一种甘美、恬静的气氛，使我翻腾的心潮渐渐平息下来。我觉得轻松了些，总算比较自由地吸一口气……但我的整个灵魂却沉浸在模糊而惬意的苦闷之中，像是有所觉悟，又像是预感到什么似的。我那颗受惊的、在期待中微微打颤的心怯生生、喜孜孜地明白了一个道理……忽然，我的胸膛开始波动，隐隐作痛，犹如被什么东西捅穿了；接着，眼泪，甜蜜的眼泪夺眶而出。我双手掩面，浑身像一根小草哆嗦起来，于是乎不加禁止地开始了心灵的第一次觉醒，第一次发现，第一次对自己本性的还相当模糊的认识……我的童年时代从这一刹那起也告结束……

两个钟头以后，我回到家里，已经找不到 M 太太，她和丈夫突然有什么事情一起到莫斯科去了。此后，我再也没有遇见她。

一八五七年

庄院风波

无名氏杂记抄

荣如德　译

第一部

一 引子

我的一位舅舅叶果尔·伊里奇·罗斯塔涅夫上校，退伍后迁往他所继承的一座田庄斯杰潘契科沃去当寓公，日子过得就像做了一辈子本乡地主，从未离开过自己的田庄似的。有一类人委实对什么都觉得满意，对什么都能够习惯；这位退伍上校便是其中之一。很难想象还有什么人比他更加温顺、更加随和。倘若有谁忽发奇想，要他把某人掮上两里[①]路，只消说得恳切一点，他也许真的会把人掮着送到。他的心地是那么善良，有时只要一句话，他就愿意倾囊相助；任何人有求于他，他几乎连最后一件衬衫也舍得脱给人家。他的长相像童话中的壮士：身材高大，体态匀整，两颊红润，一口皓齿赛过象牙，蓄着长长的茶褐色唇髭，嗓音洪亮，笑声爽朗，说话急促，像念绕口令。当时他的年龄大约四十岁，前半辈子，几乎从十六岁起，就一直在骠骑兵中服役。他结婚很早，神魂颠倒地爱他的妻子；可是妻子死了，留在他心上的是不可磨灭的、充满感激的回忆。后来，他继承了斯杰潘契科沃田庄，从而把他的财产增至六百农奴，便带着一双儿女告退回乡，这一点前面说过了。儿子伊柳沙才八岁（他的出生是他母亲用生命的代价换来的），女儿萨莘卡年长，已是个大约十五岁的姑娘，母亲死后在莫斯科一所寄宿中学受教育。但是，过不多久，我舅舅的家竟变得跟挪亚的方舟差不多[②]。事情的经过是这样的——

在他得到遗产后退伍的同时，他的亲娘、将军夫人克拉霍特金娜死了丈夫。她是大约十六年以前再醮嫁给将军的，当时我舅舅还是个骑兵少尉，不过自己也在打算娶媳妇了。妈妈一直不让儿子结婚，流了不少辛酸的眼泪，责怪他自私，忘恩，不孝；并说他的有二百五十个农奴的田庄本来只够勉强维持这个家（包括他的亲娘以及她养着的一大帮女食客、哈巴狗、丝毛狗、中国猫等等）。就在这一片责备、埋怨和哭叫声中，她完全出人意外地赶在儿子结婚之前自己先行再嫁，尽管年已四十有二。不过，即便如此，她也能找到借口指责我那可怜的舅舅，声称她嫁人的唯一目的是希望老来有个归宿，因为她那自私的不孝儿子连个栖身之所也不给她，却想自己成家，真是胆大妄为，无可原宥。

我始终没能弄清楚，到底是什么原因促使像已故的克拉霍特金将军这样一个显然很有头脑的人同一个四十二岁的寡妇结婚。恐怕他本以为她有钱。另一些人认为，他无非要个保姆侍候自己，因为他那时已经预感到一大堆疾病在晚年会把他缠住，后来果然如此。外人只知道，将军在跟她同居期间，一直不那么尊重这位太太，一有机会便挖苦她。将军是个怪人。他受的教育不多，却颇不愚笨，对无论什么人都瞧不起，行为没有任何准则，不管什么事和什么人，一律加以嘲笑；由于当年生活不检点，老来疾病缠身，就变得刻毒、易怒和忍心。他本来官运亨通，然而为了某一桩“不愉快的事情”却弄得被迫狼狈退隐，险些落入法网，而且把退职金也丢了。于是他的脾气就坏

① 本书中表示路程的“里”是俄里，1 俄里 = 1.06 公里。

② 据《旧约 · 创世记》，挪亚得上帝晓示，携带全家人畜乘方舟避洪水之难。此处说上校的家像挪亚的方舟，是指各色人等住了许许多多的意思。

罗斯塔涅夫

伊利亚·格拉祖诺夫 1982 年绘

И. С. Глазунов

得不可收拾。他几乎没有任何财产，只有百把个穷困不堪的农奴，于是索性什么也不干，在余下的整整十二年内，从来不问自己靠什么过日子，是谁在供养他；偏又要求舒适的生活享受，不顾开支浩大，照样自备马车。不久，他的腿不能行走了，最后十年一直坐在安乐椅里，有时候还要两名高大的听差轻轻摇动椅子，而他们除了花样不断翻新的詈骂，从来没听他说过一句别的话。马车、听差和安乐椅都是那个不孝的儿子花钱供给的，他把田庄一再典押，自己省吃俭用，背了一身按他当时的财产状况几乎无法偿还的债务，想方设法给母亲寄钱去，可是自私和忘恩的儿子这一恶名却不可分割地附在他身上。但我舅舅却有这样的度量：到后来连他也相信自己确实自私，就愈发加紧寄钱。将军夫人对她的丈夫敬若神明。其实，她最得意的事情莫过于丈夫是一位将军，自己是托他之福才忝为将军夫人的。

宅内有她自己的一部分房间，在将军处于半死不活状态的那几年，她却始终被寄食者、传播城中新闻的女客和心腹们簇拥着在那半边天的范围内得其所哉。她在这座小城里是个要人。说长道短，应邀充当教母或主婚人，玩玩赌注极小的普雷菲朗斯[①]，身为将军夫人而受到普遍的尊敬——这一切完全补偿了她在家里受的气。城里的长舌妇经常来向她汇报；无论何时何地，她总是位居首席，——一句话，凡是从将军夫人的身份中所能得到的一切她都得到了。将军并不过问这些事情；但在人前却肆无忌惮地嘲笑自己的妻子。比方说，他会向自己提这样的问题：他干吗要娶“这样一个烤圣饼的女人”？——也没有人敢持异议。渐渐地，所有的熟人都离开了他，偏偏他又不能没有人做伴，因为他喜欢聊聊天、抬抬杠，喜欢自己面前随时有人坐

① 法文 préférence 的音译，一种纸牌戏。

着听他发议论。他是个旧式的自由思想派和无神论者，故而也喜欢议论一些高深的题目。

可是 И 城的听众对高深的话题没有兴趣，上门的人愈来愈少。一度曾尝试由家里的人凑一局牌戏，但结果往往是将军大发肝阳，吓得将军夫人和她的食客们在圣像前点蜡烛，做祈祷，用豆子和纸牌占卦，到监狱里去布施面包，战战兢兢地等待饭后再开牌局，准备为每一个错误承受呵斥、尖叫、辱骂，有时几乎要挨打。将军若有什么不如意处，任谁的面子他都不给；他会像泼妇一样尖声叫嚷，像马车夫一样破口大骂，有时把纸牌撕成碎片扔满一地，把牌友们统统轰走，甚至气得痛哭，原因不过是某人没有出 9 而出了一张 J。最后，他因视力衰退而需要有个人念念书报。于是乎来了福马·福米奇·奥比斯金。

应当承认，我是有点郑重其事地在宣布这位新角的登场。他无疑是我这个故事里最主要的角色之一。他在多大程度上有资格博得读者垂青，在下先不作说明：这样的问题让读者自己来解决更为合适，解决的可能性也更大。

福马·福米奇来到克拉霍特金将军那里时的身份，不折不扣是一名食客。他的来历笼罩在一片莫测高深的黑暗之中。不过，我曾特意调查过，打听到有关这位出类拔萃的人物过去的一些情况。首先，据说他从前在某地担任过公职，在某地吃过苦头，当然是为了“捍卫真理”。还据说，他一度曾在莫斯科搞文学。这也不足为奇；福马·福米奇令人作呕的不学无术并不会妨碍他在文坛登龙。但确凿可信的情况是他只落得一事无成，临了不得不去给将军念念书报，忍受折磨。为了吃将军的这一口饭，他尝遍了种种屈辱的滋味。诚然，将军死后，福马自己完全意想不到地突然成了重要和非凡的人物，那时他曾不止一次地向我们大家表示：说他同意充当小丑侍从是为友情作慷慨的牺牲；说将军是他的恩人；说这是个伟大的人物，可惜不为人所理解，将军把珍藏在自己心灵最深处的秘密只向他福马一个人吐露；还说，当初他福马应将军的要求模仿各种动物，摆姿势演雕塑剧，唯一的目的是想给这位病魔缠身的朋友和受难者解解闷、开开心。但是，对福马·福米奇在这个问题上的声明和解释，人们颇有怀疑；其实，也就是这个福马·福米奇，还在充当小丑期间，在将军家的内宅却扮演着与此迥异的角色。他怎么能做到这一点——局外人是很难想象的。渐渐地，将军家的内宅整个儿都为他所控制，他的影响力之大有点像形形色色的伊万·雅可夫列维奇①以及诸如此类的哲人先知（他们在疯人院里自有一般爱好此道的太太们会去访问）。他朗读以拯救灵魂为己任的书籍，声泪俱下地宣讲基督徒的种种德行，述说自己的生平和功绩，参加教堂里上半天的礼拜，甚至清晨的祈祷也不缺席。他还在某种程度上预言未来，尤其擅长详梦，训起人来有独到之处。将军对于内宅中发生的事情有所觉察，就变本加厉地虐待这名食客。但福马所受的折磨却使他在将军夫人及其全体家人心目中赢得更多的敬仰。

后来，一切终于改观。将军去世了。他死得很有点儿与众不同。这位过去的自由思想派、无神论者竟胆怯到令人难以置信的地步。他痛哭流涕，深切追悔，高举神像，召请神甫。为他举行了祈祷和涂油的仪式。可怜的将军大叫他不愿意死，甚至含泪请求福马·福米奇宽恕。这一事实后来使福马·福米奇神气得不可一世。不过，就在将军的灵魂与将军的肉体分离之前，发生了这样一件事。将军夫人与前夫所生的女儿，也就是我的姨母普拉斯珂维雅·伊里尼奇娜是个老姑

---

① 伊万·雅可夫列维奇·柯雷沙（1780—1861），当时莫斯科一个装疯卖傻的“苦行者”，一些人相信他有未卜先知的本领。

娘，经常住在将军家中，是将军最喜欢加以虐待的对象之一。在他十年瘫痪期间，将军始终需要她不间歇地侍候，也只有她那傻乎乎的无条件服从态度能遂他的意。她淌着伤心的眼泪走到将军床前，想给受苦的病人把枕头拾掇一下；不料受苦的病人居然揪住她的头发扯了三下，那种狠毒之状只差没有口吐白沫。十分钟以后，他就死了；有人给上校去报了信，尽管将军夫人声称不愿见他，说宁死不让上校在这样的时刻来见她，但丧事还是办得气派很大——当然是夫人不愿见的那个不孝儿子掏的钱。

在分别属于好几个地主的穷村庄克尼亚椒夫卡，当时大约有一百个农奴是将军的。那里至今还有一座白色大理石的陵墓，墓碑上密密麻麻地刻着褒扬死者智慧、天才、高洁的心灵、勋章和将军职位的颂词。福马·福米奇为撰写这些题词出了不少力。将军夫人执意不肯宽恕忤逆的儿子，使局面久久不能打开。她围在一群女食客和哈巴狗中间呼天抢地，说她宁可吃面包干（当然是“用自己的眼泪送下咽喉”），宁可拄着要饭棒在人家窗外乞讨，也不愿俯就“逆子”请她搬到斯杰潘契科沃去住的建议，说她的脚永远永远不会跨进他的家门！一般说，用于这个意义的脚字，从某些太太口中吐出来具有非凡的效果。将军夫人吐这个字的技艺高超，颇见功力……总之，耗费了不知多少唇舌。必须指出，就在这哭闹叫嚷声中，已经在为迁往斯杰潘契科沃陆续收拾行装。上校几乎每天从斯杰潘契科沃赶四十里路进城，把他所有的马都累得要死，直至将军入土两个星期之后，方始获准见到心灵深受伤害的慈亲。福马·福米奇被派出来进行谈判。在这两个星期内，他不断地责备逆子，指出后者“违反人伦”的行为是多么可耻，把上校数落得流下由衷的眼泪，几乎濒于绝境。打从那个时候起，福马·福米奇便对我那可怜的舅舅拥有不可思议的、极端霸道的影响。福马摸透了上校是怎么个人，立即感觉到自己扮演丑角的时代已成为过去，“人才无觅处，福马充王公”[1]。他过去受了气，这下便要取得补偿了。

“试问，”福马说，“您自己的娘亲，所谓给了您身体发肤的人，倘若拿起要饭棒，用饿得干瘪的手颤巍巍地拄着它，当真开始求乞，您将作何感想？凭她将军夫人的身价（此其一），凭她这样的德行（此其二），岂不骇人听闻？万一她来到您的窗外——当然是走错了路，但这是可能发生的，——伸手乞求布施，那时您——她的亲生儿子——也许正睡在鸭绒被窝和……反正在豪华舒适的环境里，试问，您将作何感想？！太可怕了！但最可怕的是，——上校，请允许我向您坦率地指出这一点，——最可怕的是，此刻您竟像一根没有知觉的柱子竖在我面前，嘴张得老大，眼睛眨巴个不停，简直不成体统；按理说，只要设想一下这样的情景，您就应当连根拔起自己的头发，让眼泪像溪水一般流淌……不，我说得不对！应当流成江，流成湖，流成海，流成洋！……”

总而言之，福马由于激动过度有点忘其所以；其实，他每次慷慨陈辞的收尾总是这样。最后，不用说，将军夫人总算率领她的女食客、哈巴狗、丝毛狗、福马·福米奇以及她的得力亲信别列别里岑娜小姐驾临斯杰潘契科沃。将军夫人说，她只是权且住在儿子家里，先考验一下他是否孝顺。在上校的孝心经受考验期间，他的处境也就可以想象了！起初，作为一个新寡的未亡人，将军夫人认为自己有义务每星期两三次在想起永远失去了的将军时悲恸欲绝；而且，不知什么缘故，没有一次不是上校倒霉。有时，特别是逢到有客来访，将军夫人把小孙子伊柳沙和十五岁的孙女儿萨莘卡叫来，让他们坐在自己身

① 这原是俄语中一句成语，福马泛指得志的小人。也许作者据此给奥比斯金选了福马·福米奇这个名字和父名。

旁，用忧郁、哀怜的目光对他们看上好半天，似乎痛感两个孩子断送在这样一个父亲之手，一边发出深沉的叹息，最后淌着神秘的眼泪饮泣吞声至少要一个小时。要是上校不能理解这眼泪的涵义，那就苦了！偏偏这个可怜的人几乎从来不解其中的涵义，而且，冲着他那份天真，几乎每次都像故意似的出现在这种涕泪纵横的时刻，从而身不由己地进入试场。但他的孝心并不稍减，最后竟达到无以复加的极限。一言以蔽之，将军夫人和福马·福米奇两人都充分感觉到，克拉霍特金将军在世时震慑了他们这么多年的威胁，终于如风流云散，一去不返。将军夫人常常会无缘无故倒在沙发上昏厥过去。那时少不得要有一番奔忙和纷乱。上校像风中的树叶一般浑身发抖，恨不得地上有个洞可以钻下去。

"狠心的儿子！"将军夫人苏醒后总要大叫大嚷，"你撕碎了我的肝肠……我的肝肠，我的肝肠[①]！"

"好妈妈，我怎么撕碎了您的肝肠呢？"上校胆怯地表示不解。

"撕碎了！撕碎了！瞧，他还嘴硬！还敢顶撞。狠心的儿子！我不要活啦！……"

不言而喻，上校又落得狼狈不堪。

但是，不知怎么会这样的，将军夫人每次死去都能活过来。半小时以后，上校照例在向某人表白，一边抓住对方衣襟上的纽扣，一边说：

"老弟，有什么办法，她是一位贵妇人[②]，将军夫人嘛！老太太心地极好；不过，你也知道，她习惯于细腻雅致的那一套……跟我这个大老粗合不来！现在她正生我的气。当然是我的错。老弟，我还不知

① 原文为法语。
② 原文为法语。

将军夫人
伊利亚·格拉祖诺夫 1982年绘
И. С. Глазунов

道自己究竟错在哪里，不过肯定是我不对……”

别列别里岑娜小姐是个韶华已逝、跟全世界都过不去的女人，眉毛淡得几乎看不出来，头戴发套，长着一双食肉兽的小眼睛，嘴唇薄得只见一条线，手像是用渍黄瓜的盐水洗的；她认为自己有责任开导上校：

“这是因为您不孝顺。这是因为您自私，因为您伤了亲娘的心；她受不了。她是将军夫人，而您还只是个上校。”

“老弟，这位别列别里岑娜小姐是位绝顶出色的小姐，”上校常常向听他诉说的人声明，“对我的娘亲真是赤胆忠心！不可多得啊！你别以为她属于食客之类；老弟，她自己也是一位中校的女儿。一点儿也不假！”

当然，这算不了什么，怪事还在后头呢。那位擅长使性子、闹别扭的将军夫人自己在她过去的食客面前表现出来的却是一副诚惶诚恐的可怜相。福马·福米奇使她彻底着了魔。她把福马·福米奇当作稀世的珍宝，听要通过他的耳朵，看要通过他的眼睛。我有一个远房表兄，也是退伍骠骑兵，年纪尚轻，但荒唐到了不可思议的程度，有一个时期曾住在上校家里；他直截了当地向我表示，根据他的坚信不疑的看法，将军夫人与福马·福米奇之间存在着不正当的关系。自然，我当即愤怒地驳斥了这种过于粗鄙、过于简单的猜测。不，其中另有缘故，而要解释究竟是何缘故，非得先向读者解释一下福马·福米奇的性格不可，对他的性格我自己也是后来才弄清楚的。

请想象一个最鄙琐、最卑怯的小人，一个谁也不需要的社会渣滓，他是绝对地无用、绝对地可憎，但极端妄自尊大。倘若他有什么才能，那么他这种病态的自尊心多少还有些根据；偏偏此公根本不具备任何才能。在此我先声明一下：福马·福米奇所体现的是丝毫不着边际、可又与众不同的自尊心。具体说来就是：它同彻头彻尾的不学无术连在一起，通常在这种情况下总是由于从前遭遇颠沛蹇剥而受到过伤害和压抑，并且早已溃烂化脓；从此，一遇机会，只要看到别人走运，嫉妒和怨毒便从它那里分泌出来。所有这一切还得加入器量窄得荒乎其唐、疑心重得神经错乱等佐料，这就不在话下了。也许有人要问：这样的自尊心从何而来？它怎么会产生在这样不学无术、这样微不足道、按其社会地位应该有自知之明的人身上？该如何回答这个问题呢？也许有一些例外，我的主人公就属于这一类亦未可知。他确实是个不合常规的例外，这一点以后再作说明。然而请允许我提个问题：您能不能肯定，那些已经完全认了命、把充当您的小丑、食客、附骥视为光荣和幸福的人，——您能不能肯定，他们确已放弃了一切自尊心？在府上的阴暗角落里，或者就在您身边，就在您的餐桌旁，难道没有人心怀嫉妒、搬弄是非、谗言毁谤、暗中告密、窃窃私议？……在那些被命运欺负的飘零者、您的小丑侍从和傻瓜先知中间，自尊心也许非但没有被屈辱所湮灭，甚至可能恰恰因为备受屈辱、装疯卖傻、奉承拍马和被迫永远充当附庸、丧失个性，自尊心反而更加炽烈，亦未可知。也许，这种恶性发展的自尊心只是一种舛误的、最初被歪曲了的个人尊严感；它第一次受到伤害也许还在童年时代，沉重的压迫、贫困的生活、肮脏的环境都可能是原因；在未来的飘零者心目中，也许从他父母身上就感觉到自己是遭唾弃的，亦未可知。但我已经说过，福马·福米奇还是不合一般常规的例外。事实的确如此。他一度从事文学，结果很失望，得不到赏识；而文学——当然是得不到赏识的文学——能够断送的岂止是一个福马·福米奇。我并不知道，但可以推想，福马·福米奇还在从事文学之前就不得志；他在其他生涯中也许不唯得不到赏识，还碰了一鼻子灰，或者比这更糟。不过，这方面的情况我不了解，但我后来打听得清清楚楚：福马当初在莫斯科确实写过一部小说，同三十年代每年有几十部炮制出来的货色十分相似，就像《光复莫斯科》《狂飙首领》《爱情之子，或一一〇四年的俄罗斯人》等等，这些小说曾经为勃兰贝乌斯男爵[1]施展挖苦的特长提供绝妙的资料。这当然是很久以前的事情；但文学自尊心这条蛇有时能咬得很深，甚至从此不治，特别是对微不足道和头脑糊涂的人。福马·福米奇在文坛上刚迈出第一步便告碰壁，从此最终加入浩浩荡荡的失意者大军，尔后所有装疯卖傻的预言家、所有的飘零客、流浪者都从那里产生。我认为，这种畸形的大言不惭的毛病，这种渴望赢得褒扬、崇拜、惊叹的毛病，在他身上正是从那个时候发展起来的。他在充当小丑期间也纠集到一小撮对他五体投地的白痴。无论在什么地方，不管用什么手段，只要能身居首席，发表预言，摆摆架子，吹吹牛皮——这就是他的第一需要！别人不捧他，他会自己捧自己。我亲耳听到过福马在斯杰潘契科沃舅舅家里讲的话，其时他已经成为那里的绝对权威和预言家。“我不会在尔等中间久居，”他有时会用某种神秘的口气煞有介事地说，“我不会在此地久居！等我看一阵子，使尔等都各得其所，再指点一番，开导一下，然后同尔等分手，上莫斯科去办刊物！每月将有三万人来听我讲演。我的名字终将如雷贯耳，那时我的对头们可有苦头吃了！”这位旷世的奇才眼下还在作出名的准备，但他要求立刻得到酬报。预先取得报酬总是愉快的，而在这种情况下则尤其美妙。我知道，他曾一本正经地向我舅舅宣称，他福马将要干一番轰轰烈烈的事业，他就是为干这番事业才应召来到世上，说有一个长翅膀的人夜里出现在他眼前，敦促他去建树功勋，或者类似这样的话。具体说，就是要写一部博大精深

---

① 这里列举的都是些平庸的历史题材作品，其中《光复莫斯科》写的是十七世纪初俄国商人米宁与公爵波札尔斯基领兵打败波兰军队的故事。勃兰贝乌斯男爵是俄国作家兼记者森科夫斯基（1800—1858）的笔名，他经常为《读书丛刊》撰写评论文章。

的救世巨著，它将引起一场大地震，足以使整个俄国一旦崩裂。等到整个俄国崩裂的时候，他福马将抛开盛名隆誉，到修道院里去，日日夜夜在基辅的洞穴里为祖国祈福。这些话无疑使舅舅心驰神往。

一辈子受压迫、受欺凌，甚至可能真的挨过打的福马，骨子里好色而狂妄的福马，失意文人福马，为了吃饭而充当小丑的福马，尽管过去卑微无势而内心却是个恶霸的福马，大言不惭、得意时更是厚颜无耻的福马，在长期飘零之后来到上校家中，托庇于一个女白痴和一个被哄得晕头转向、反正一切照办的男主人，突然吃香起来，被捧上了天；试想，在这样的情况下，他会变成怎么个人？关于我舅舅的性格，我自然有义务作较详细的说明，否则就无法理解福马·福米奇怎么会走红。但暂时我先要提一下，福马这个人完全如俗话所说的：你让他坐下，他会把腿也搁到桌上。他为自己过去的遭际狠狠地索取了补偿！卑鄙的灵魂摆脱压迫后便要压迫别人。福马受过压迫，所以他立刻产生自己去压迫别人的欲望；别人对他拿过架子，于是他自己也对别人拿起架子来。他当过小丑，如今就感到需要搞一群自己的小丑。他大吹法螺，装腔作势，挖空心思要这要那，毫无节制地作威作福，以致善良的人们还没有目睹所有这些精彩的表演，只是道听途说，也都认为这是咄咄怪事，是妖魔作祟，纷纷画十字、啐唾沫祛除邪气。

刚才我提到了舅舅。我再重复一遍：对这一卓越的性格如果不加以说明，福马·福米奇怎么能在别人家里如此称王称霸也就无法理解，小丑怎么会变成伟人也就无法理解。舅舅的心地善良到了极点；不仅如此，他待人体贴入微（虽然外貌看起来比较粗），品德无比高尚，还有久经考验的大无畏精神。我认为完全可以用“大无畏”这几个字，因为他面对责任、面对义务决不退却，在这类事情上不惧怕任何障碍。他的心灵像婴儿一样纯洁。他的确是个四十岁的婴儿，胸怀充分敞开，总是快快活活，认为所有的人都是天使，把别人的缺点也归咎于自己，对别人的优点则极尽夸大之能事，甚至根本不是优点也认为是优点。他是一个极其高尚、毫无邪念的人，这种人甚至耻于推测别人会有歹心，总是急急忙忙用种种美德把人家装扮起来，为别人的成功兴高采烈，借此长期生活在理想世界，而遇到挫折总是首先责怪自己。为别人的利益牺牲自己是这种人的天职。也有人会说他胆小、软弱、缺乏意志力。当然，他的性格比较软弱，甚至可以说太软了，但并非因为缺乏坚定的意志，而是唯恐得罪人，唯恐伤了人家的心，是出于对别人以及对一切人的过分尊重。要说他缺乏意志和懦弱无能，那只有在事情涉及他毫不计较的个人利益的时候，为此一生饱受人家的嘲笑，甚至往往受到他为之牺牲这些利益的人的嘲笑。不过，他从不相信他有敌人；其实敌人还是有的，只是他看不见罢了。他最怕家里大吵大闹，总是马上向所有的人、所有的事让步、屈服。他的让步是出于一种羞怯的好心，一种难为情的体贴，"算了嘛，"他说得很快，把旁人指责他姑息、窝囊的意见统统挡开，"算了嘛……让大家都称心如意吧！"不用说，他乐意接受任何高尚的影响。更有甚者，一个手段高明的歹徒可以把他玩诸股掌之上，甚至可以引诱他干坏事，事先当然得把坏事伪装成好事。舅舅对别人非常轻信，在这方面上的当可太多了。在吃了许多苦头以后，他终于下决心使自己相信，那个欺骗了他的人心术不正；即便如此，他也首先责怪自己，而且往往只怪自己。现在，他那宁静的家中忽然闯进来一个任性、昏庸的女白痴，跟另一个白痴——她崇拜的偶像——形影不离；在这以前，她只怕自己的将军，如今已什么都不怕，甚至觉得有必要为过去的一切补报一下自己。单凭她是上校的母亲这一点，我舅舅便认为有责任对她奉命惟谨。一开始，他们就要我舅舅承认自己粗鲁、缺乏耐心、不学无术，特别要他承认极端自私。妙的是白痴老太婆自己也相信她所讲的道理。是的，我想福马·福米奇也一样，至少部分地相信。他们还说服我舅舅相信，福马是受上帝派遣下凡来拯救他的灵魂，抑制他放纵无度的嗜欲的，说他恃“财”傲物，盛气凌人，有可能利用管饭这一点叫福马·福米奇难堪。可怜的舅舅很久就痛感自己堕落之深，简直要扯自己的头发，祈求宽恕……

“老弟，只能怪我自己，”他会这样对某个熟人说，“一切都是我的过错！必须加倍体贴地对待你给他好处的人……不，不……我怎么可以这样说呢！哪里是我给他好处！……我又说漏了兜！根本谈不上受我的好处；相反，是他住在我家使我受惠，而不是我使他受惠！可是我却在管饭这一点上叫他难堪！……不，我完全不想叫他难堪，但看来是说话不留神出了纰漏，——我说话常常出纰漏……归根到底，人家吃过苦，作出过了不起的牺牲；十年来，不管受到什么样的侮辱，一直侍候一个生病的朋友——这一切应该得到补报！还有，人家有学问……是作家！一个满腹经纶的饱学之士！一个无上崇高的贤人——总之……”

怀才不遇、在任性而暴戾的将军那里沦为小丑的福马的形象，使我舅舅那颗高尚的心因怜悯和愤慨而为之破碎。福马的一切乖张举动、一切下流行径，舅舅一概归因于他过去所受的苦楚和屈辱，归因于他的一腔怨愤……并当即凭着一副侠骨柔肠认为，对创巨痛深者不能跟一般人同样要求；不仅应当谅解他，还应当用恭顺去医治他的创伤，使他重新站起来，同人类和解。舅舅给自己确定了这样一个目标以后，感奋达于极点，再也不可能看出他的新朋友是个淫邪、乖戾的禽兽，是个自私、懒惰的混蛋——此外什么也不是。对福马的博学和天才他绝对信任。我忘了交代，舅舅对“科学”或“文学”这样的字眼本着最天真、最无私的态度表示虔敬，尽管他本人从来没有学过任何一门学科。

这是他最主要、最纯真的怪癖之一。

“他在写文章！”有时他会对人说，一边蹑着脚步走路，尽管离福马·福米奇的书房还隔着两间屋子。“究竟写什么，我不知道，”他现出骄傲而神秘的姿态继续说，“不过，老弟，八成是稀里糊涂的一锅粥……我是从高深的意义讲的。有人能明白，可是对于你我，老弟，简直是擀面杖吹火……好像在写关于什么生产力之类的论文……他自己说的。这想必是政治上的玩意儿。是啊，他的名字一定会震天价响！那时连你我也可以通过他的关系扬扬名。老弟，这话是他自己对我讲的……”

我确切地知道，遵照福马的命令，舅舅不得不剃去他那漂亮的茶褐色络腮胡子。在福马看来，舅舅蓄着络腮胡子像个法国人，因而认为他缺乏爱国心。渐渐地，福马开始插手田庄的管理，出各种高明的主意。这些高明的主意委实令人咋舌。农民不久就明白是怎么回事，明白谁是真正的主人，无不抓耳挠腮。后来我亲耳听到福马·福米奇跟农民的一次谈话：我承认，这次谈话是我有意偷听的。福马过去曾经表示，他喜欢同有头脑的俄罗斯庄稼人聊聊。有一次，他来到打谷场上，跟庄稼人扯了一阵种地的事（尽管他自己连燕麦和小麦也分不清），津津乐道地吹了一通农民对主人的神圣义务，略略涉及电气和分工的问题（对此他当然一窍不通），向听众们讲了一番地球如何绕太阳转的道理，最后完全陶醉在自己的口才之中，竟议论起朝廷大臣来了。我明白了。普希金明明讲过这样的故事：有个做爸爸的力图使四岁的儿子懂得，他的爸爸是“那么勇敢，连沙皇爷也喜欢爸爸”……这位做爸爸的不是需要一个四岁的听众吗？而农民总是极力讨好地恭听福马·福米奇的高论。

“那么，老爷，你受沙皇的俸禄多不多呢？”忽然，庄稼人群中有一个外号叫矮脚阿尔希普的白发小老头儿问道，用意显然是想奉承他；但福马·福米奇认为这话问得没尊没卑；而他最不能容忍没尊没卑。

“干你什么事，愣头青？”他向这个可怜的庄稼人不屑地看了一眼答道，“你干吗把你的嘴脸冲着我伸过来？要我啐上一口还是怎么着？”

福马·福米奇总是用这样的口气跟“有头脑的俄罗斯庄稼人”交谈。

“我的爷……”另一个庄稼人接口道，“我们可是没知识的人哪。你兴许是位少校，或者上校，或者甚至是位爵爷大人——我们不知道该怎么称呼你啊。”

“愣头青！”福马·福米奇又骂了一遍，不过态度和缓了，“俸禄各有不同，懂吗，你这个乡巴佬！有的人尽管有将军的头衔，可是什么也得不到，因为他对皇上没有贡献，无功不受禄嘛。而我在内阁大臣那儿任职的时候，薪俸高达两万卢布，不过我也不拿，因为我尽的是忠心，我自己有财产。我把薪俸统统捐赠给国家教育事业和遭火灾的喀山居民。”

“嘬！这样说来，是你重建了喀山城喽？”那个惊讶不置的庄稼人继续问。

庄稼人一向对福马·福米奇表示惊讶。

“是啊，其中也有我出的一份力。”福马·福米奇似乎不大愿意地答道，仿佛他自己在生自己的气，居然屈尊跟这样的人作这样的谈话。

他跟我舅舅的谈话则另是一种味儿。

“过去您是怎么个人？”例如在一顿饱餐后福马会这样问，他舒舒坦坦地靠在安乐椅里，这时一个用人必须站在椅子后面用新折的椴树枝条为他赶苍蝇。“在我来之前，您像个什么人？如今我在您身上播下了一颗天国的火种，它正在您的心中燃烧。我有没有在您身上播下了天国的火种？您回答：我在您身上播下了火种没有？”

其实，福马·福米奇自己也不知道为什么要这样问。但是舅舅的沉默和困惑立刻把他惹恼了。过去忍气吞声的福马现今稍不如意就会像火药一样爆炸。他觉得舅舅的沉默太气人了，所以非要他回答不可。

“您回答：火种是不是在您心中燃烧。”

舅舅踌躇不定，犹豫不决，不知如何是好。

“我提请您注意：我等着。”福马用动了气的声调指出。

“你回答呀①，叶果鲁什卡②！”将军夫人耸耸肩膀在一旁帮腔。

“我问您：这颗火种是不是在您心中燃烧？”福马赏脸又重复一遍，并从桌上的盒里拿了一块糖。遵照将军夫人的吩咐，一只精美的糖果盒随时放在他面前。

“说真的，福马，我不知道，”舅舅终于回答，眼神中充满了绝望，“也许有某种与这类似的东西……说实在的，你最好还是别问，要不我会说走了嘴……”

“好！这么说，在您看来，我简直卑微得不配听您的回答，——您是不是想这样说？那就这样吧；算我放屁。”

“不，不，福马，上帝保佑你！我什么时候想说过这样的话来？”

“不，您正是想说这样的话。”

“我可以起誓，没有这个意思！”

“好！算我造谣！根据您的指控，算我是在故意寻找吵架的借

---

① 原文为法语。

② 叶果尔的小名。

口；那就在种种侮辱之外再加上这一条吧——反正我什么都得忍受……”

“可是，我的儿……[①]”将军夫人失声惊呼。

“福马·福米奇！妈妈！”舅舅在绝望中急叫，“凭良心讲我没有错！除非无意中走了嘴！……福马，你别在意，我这个人很蠢，我自己也觉得蠢；我说话自己听起来也是颠三倒四的……我知道，福马，我全知道！你不用提了！”他挥动着一只手继续说，“我活了四十年，在这以前，直到认识了你为止，我始终以为自己这个人……各方面还过得去。其实，在这以前我一直不觉得自己像山羊一般有罪[②]，不觉得自己是个头号自私鬼，以致作了那么多的孽，奇怪的是这地球怎么承受得起的！”

“对，您确实自私！”总算遂了心意的福马说。

“现在我自己也明白了我是自私的！不，再也不能这样下去！我一定改恶从善！”

“愿上帝保佑！”临了，福马·福米奇虔诚地叹道，一边从椅子里站起来，准备去睡个午觉。福马·福米奇午饭后照例要睡一觉。

在结束本章之前，请允许我谈谈我本人对舅舅的看法，并解释一下我怎样会同福马·福米奇短兵相接，怎样意想不到地突然卷进本来太太平平的斯杰潘契科沃庄上所发生的最重大事件的旋涡。我打算以此结束我的开场白，然后言归正传。

---

① 原文为法语。

② 《新约·马太福音》第二十五章第三十一——四十一节：“当人子……同着众天使降临的时候……万民都要聚集在他面前。他要把他们分别出来，好像牧羊的分别绵羊山羊一般。把绵羊安置在右边，山羊在左边。于是王要向那右边的说：‘你们这蒙我父赐福的，可来承受那创世以来为你们所预备的国。’……又要向那左边的说：‘你们这被咒诅的人，离开我，进入那为魔鬼和他的使者所预备的永火里去。’”

我自幼失去怙恃，只剩下孑然一身。那时舅舅代替了我的父亲，挑起抚养教育我的担子——一句话，他为我做的一切即使是父亲为儿子也未必个个都能做到。从他把我收养到自己家里去的那一天起，我打心底里对他产生了难舍难分的感情。当时我才十岁，我记得我们很快就相处得挺好，彼此完全了解。我们一起抽陀螺，从一位跟我们俩都沾亲的凶得要命的老太太那儿把她的帽子偷来。我当即把帽子系在纸鹞的尾巴上放入高空。好多年以后，我在彼得堡快要修完由他负担费用的学业时，曾同他短时间会面。这次我凭着年轻人的全部热情对他爱之弥深：他的性格中有一种崇高、柔顺、诚恳、快活和天真的气质使我惊异得无以复加，任何人都会被他吸引住。出了大学的校门，有一个时期我住在彼得堡，暂时还无所事事，但深信在不久的将来定能做出许许多多卓越的甚至伟大的事业来。不知天高地厚的青年人往往作如是想。我不愿离开彼得堡。我同舅舅通信的次数相当少，仅有的几次也是在我需要钱用的时候，而舅舅从不拒绝我的要求。彼时我已经从舅舅家一个有事来彼得堡的仆人那里听说，他们斯杰潘契科沃庄上有些希奇古怪的事儿。最初传来的这些风声引起了我的注意和诧异。我给舅舅的信写得比较勤了。他给我的回信总是闪烁其词，每一封信都极力只谈科学，对我在学术方面的前途抱有极大的希望，为我未来的成就感到骄傲。在相当长一段时间的沉默之后，我忽然接到他一封令人吃惊的信，它与舅舅过去所有的来信完全不一样。信中充满莫名其妙的暗示，语无伦次，矛盾百出，使我最初几乎完全摸不着头脑。不过看得出写信的人处于非同小可的慌乱之中。这封信上有一点是清楚的：舅舅认真、恳切地向我建议，几乎是央求我尽快同他过去抚养的一个外省穷公务员之女结婚，她姓叶若维金娜，由舅舅资助在莫斯科一所学校受过很好的教育，现在给舅舅的两个孩子当家庭教师。舅舅在信上写道，她的身世很可怜，而我可以带给她幸福——要是我答应的话，这简直是做一件大好事。他呼吁我表现出高尚的情操，并许诺要给她一笔嫁妆。不过，关于嫁妆的事他写得挺神秘，似乎提心吊胆，而且在信的末尾恳求我，这件事一定要严守秘密。这封信使我大为震惊，最后弄得我头都晕了。这样的建议，至少就其罗曼谛克的一面而言，有哪一个像我这般涉世不深的年轻人见了会不动心？何况我还听说，这位年轻的女家庭教师模样儿挺俊呢。可是我不知道该下什么决心，不过我立刻写信告诉舅舅，我不日动身去斯杰潘契科沃。舅舅随那一封信寄了盘缠给我。尽管如此，我举棋不定甚至忧心忡忡地在彼得堡耽搁了三个星期。忽然，我碰巧遇到舅舅过去的一位同僚，他从高加索返回莫斯科时顺路到斯杰潘契科沃去了一次。这是一个已经上了年纪和深明事理的人，一个坚定不移的独身者。他义愤填膺地向我谈起福马·福米奇其人，并且告诉我一件在这以前我一无所知的事情，那就是：福马·福米奇和将军夫人定下主意，要把我舅舅跟一个性情十分古怪、几乎有精神病的老姑娘配成夫妻；那老姑娘的来历很不寻常，陪嫁差不多有五十万；将军夫人已经使那女的确信她们是亲属，接着又把她弄到家里来；舅舅当然走投无路，不过看样子结果一定会娶那五十万陪嫁；还有，将军夫人和福马·福米奇一对聪明脑袋对舅舅两个孩子的家庭教师发动了骇人听闻的迫害，千方百计要把那个孤苦无依的女子排挤出门，想必是担心上校会爱上她，也可能因为上校已经爱上了她。最后那句话对我震动很大。我问之再三：舅舅是不是真的爱上了她？然而传消息的人不能或者不愿给我明确的回答；他谈的时候一般只是三言两语，比较勉强，看得出是在回避作详细的解释。我踌躇起来了；这消息同舅舅的来信和他的提议是那样奇怪地互相矛盾！……但事不宜迟。我决定前往斯杰潘契科沃，心中不仅想要劝慰舅舅，甚至想要尽可能搭救他，也就是撵走福马，取消同老姑娘的那门可恨的亲事，最后，——因为我断定舅舅的爱情纯粹是福马·福米奇无中生有的臆测，——我准备向那个不幸的、但无疑挺可爱的姑娘求婚，为她造福，等等，等等。渐渐地，我把自己的劲头鼓得足足的，由于年少气盛和闲得无聊，竟从逡巡不前跳到另一个极端：我开始急得像热锅上的蚂蚁，希望尽快去创造奇迹，建立功勋。我甚至觉得，为使一个无辜的好姑娘幸福而崇高地牺牲自己，我本人可以显示出非凡的磊落胸襟，——总之，我记得一路上对自己十分满意。时当七月，阳光灿烂，我周围伸展着广阔无垠的田野，庄稼行将成熟……我在彼得堡闷了那么久，仿佛这才真正见到了大千世界！

二　巴赫切耶夫先生

我快要到达此行的目的地了。在经过离斯杰潘契科沃只剩十里路的小市镇 Б 的时候，我不得不在紧靠关卡的一家打铁坊里暂歇，因为我坐的四轮马车前面一个轮箍炸了。好歹把它补一补将就十里路要不了多少工夫，因此我决定不走开，就在打铁坊里等铁匠干完这件活。我走出马车，看见一位胖胖的先生跟我一样也是为了修理马车被迫停留在这里。他在难忍的暑气中已经足足站了一个钟点，又是叫，又是骂，不住口地一个劲儿催促在他那辆漂亮马车旁边忙着的工匠。这位怒气冲冲的先生给我的第一个印象是非常嘴碎。他的年龄在四十五岁上下，身量不高不矮，但是很胖，脸上麻点斑斑。肥胖、喉结和他柔软松垂的两腮说明此人过着悠闲的地主生活。他的整个体型有一种女态，而且一下子就看得出来。他的衣着宽大、舒服、整洁，但绝对算不上时髦。

我不明白，为什么他也生我的气，何况他这是生平第一次见到我，还没有跟我说过一句话。我刚下马车，根据他异常生气的目光就看出了这一点。不过，我倒很想跟他认识一下。我从他的仆从的闲聊中猜到他刚从斯杰潘契科沃我舅舅那儿来，因而这是一个机会，可以打听好多事情。我把帽子略略抬起行了个礼，尝试着以尽可能讨人喜欢的姿态表示，有时在途中耽搁真不愉快；但那个胖子好像很不乐意似的用嫌弃的眼光把我从头到脚打量一番，嘟嘟囔囔不知说了句什么话，接着费力地扭转身躯把屁股对着我。此公贵体的这一面虽然颇堪观察，然而，要想同他愉快地交谈当然是不可能的了。

“格里什卡！不许嘟嘟囔囔！小心我揍你！……”他忽然向自己的一名听差叱喝起来，好像压根儿没有听见我所说的关于中途耽搁的话。

被称为“格里什卡”[①]的竟是一名白发苍苍的老仆，穿一件蓝色的长襟褂子，蓄着十分可观的花白络腮胡子。从某些迹象看来，他也在生很大的气，正绷着脸独自不知嘟囔些什么。主仆二人随即发生一场争吵。

“你揍吧！再大点儿声吼叫！”格里什卡好像只是在自言自语，但嘀咕的声音却谁都听得见；随后愤愤然转过身去拾掇车上的什么东西。

“什么？你说什么？‘再大点儿声吼叫’？……竟敢这样放肆！”胖子嚷道，脸涨得通红。

“您尽拿别人出气又是干什么？简直不让人开口！”

“什么拿别人出气？你们听见没有？他嘀嘀咕咕埋怨我，可我就不能管他！”

“我有什么可嘀咕的？”

“有什么可嘀咕的？……难道没有吗？我知道你为什么缘故发牢

① 格里什卡是格里果里的小名，一般不用小名称呼老年人。

骚：因为我没吃饭就走了，——就是为这个缘故。”

“跟我有什么相干？您[①]即使哪儿都不吃饭我也管不着。我又不是在埋怨您；我只不过对铁匠们说了句话。”

“对铁匠……对铁匠有什么牢骚？”

“不是对铁匠，是对马车。”

“对马车又有什么牢骚？”

“谁叫它好端端的发起病来！往后别再发神经病，免得散了骨头架子。”

“埋怨马车……不，你是在埋怨我，不是埋怨马车。明明自己不对，还骂人！”

“老爷，干吗您老钉住我不放？别纠缠了，我求求您！”

“那么你一路上愁眉苦脸的，一句话也不跟我讲，这是为什么，——啊？在别的时候你可不是这样的！”

“怕苍蝇飞进嘴里去，所以不开口，愁眉苦脸的。怎么着，难道要我给您讲故事不成？要是您爱听故事，那就带着善讲故事的玛拉尼娅出门。”

胖子本欲张口反驳，但显然找不到话说而沉默了。仆人则对于自己的辩才和当众显示主人也得买他的账感到满意，便加倍神气地对铁匠们指手画脚。

我想攀谈的意图还是没有希望成功，尤其像我这样拙嘴笨腮之辈；但一桩没有预见到的事情帮了我的忙。一辆没有轮子的车关着门停在打铁坊附近待修，如此天天在那里空等不知已有几许时日；忽

① 俄语单数第二人称有“你”“您”之分。用“您”可表示尊敬，也可表示疏远。反之，用“你”所表示的不客气可能是轻蔑，也可能是亲昵。本书中某一特定人物对另一特定人物的称呼往往也不固定用“你”还是“您”，一般视说话时情绪、语气变化而异。请读者注意。

然，从它的窗子里探出一张睡眼惺忪、久未梳洗的面孔来。随着这张面孔的出现，铁匠们一齐哄然大笑。原因是：从车窗里探头出来的那个人被紧锁在车身里边出不来。他在车内一觉醒来，醉意未消，现在想出来又枉费精力；最后只得求人去取他的工具。凡此种种大大地逗乐了在场的人。

有一等人看到某些相当奇怪的事情感到特别高兴，觉得特别可乐。一个乡巴佬的醉态，一个在街上失足滑倒的人，两个娘们的对骂以及诸如此类的情景，有时候会引得某些人兴高采烈，气恼全消，也不知什么道理。那位胖地主就属于这等人。他那气势汹汹地沉下脸来的表情开始变得满意、和善，终于豁然开朗。

“这不是瓦西里耶夫吗？”他关切地问，“他怎么会到那里去的？”

“是瓦西里耶夫，您老说得对，斯杰潘·阿列克塞伊奇，是瓦西里耶夫！”周围的人大声应道。

“他放荡啊，老爷，”一个铁匠补充说；这是个上了年纪的人，又高又瘦，脸上的表情一本正经，颇有一点儿想在同伴中当个领头人的味道，“放荡得厉害，老爷。他前天离开老板的作场，在我们这儿躲着，赶也赶不走！瞧，他要求给他一把凿子。嗨，你这个没头脑的，你现在要凿子做什么？准是想把最后一件吃饭家伙也抵押出去！”

“哎，亲爱的阿尔希普！钱好比鸽子：飞来了又会飞走！放我出去，看在老天爷分上。”瓦西里耶夫把脑袋伸出车窗求告，声音尖而不稳。

“你就坐在那儿吧，笨蛋，幸亏落在我们手里！”阿尔希普厉声回答，“前天才挨过一顿揍，今天一大早又被我们从街上拖来；你得感谢上帝——多亏我们把你藏了起来，我们对马特维·伊里奇说是病了，‘到了我们那儿发现另有些地方疼得厉害’。”

又是一片笑声。

“那么凿子哪儿去了？”

“在我们的一名学徒那儿！光知道惦记凿子！真是个醉鬼，您老看吧，斯杰潘·阿列克塞伊奇。”

“呵——呵——呵！啊，你这个骗子手！原来你在城里是这样干活的：把工具都抵押了！”胖子笑得气喘吁吁、声音沙嗄地说；他兴致高极了，一下子变得心情十分舒畅。

“还是个在莫斯科也不容易找到的细木工呢！他每次都这样自我介绍，这个混蛋，”他非常突然地面朝着我添上这么一句，“放他出来吧，阿尔希普，也许他要方便。”

老爷的话当即照办。钉住车门的一枚钉子给拔去了，本来也无非想等瓦西里耶夫醒来时拿他开开心；于是，蓬头垢面、衣衫褴褛的瓦西里耶夫见到了天日。他给阳光照得眼睛眨巴个不停，只见他打一个喷嚏，身子晃了一下；接着，举起一只手罩在眼睛上方，四顾张望。

“这么多的人，这么多的人！”他摇头晃脑地说，“想来都没有喝……醉，”他在一种忧伤的沉思中拖长声调说，仿佛在责备自己，“早上好，弟兄们，一天开始了。”

又是一阵哈哈大笑。

“一天开始了！你仔细瞧瞧，一天已经过去了多少时间，你这个放荡鬼！”

“只要不害羞，由你去胡诌！”

“还要贫嘴，快点儿吧！”

“呵——呵——呵！口才倒不错！”胖子喝起彩来，他再一次笑得前仰后合，并且挺和善地又向我看了一眼，“瓦西里耶夫，你怎么不害臊的？”

“老爷，是因为心中不平啊，斯杰潘·阿列克塞伊奇，太不平了。”瓦西里耶夫把手一甩，认真地答道；看得出他很乐于有机会再次吐一吐苦水。

“傻瓜，你有些什么不平啊？”

“这种不平事至今还从没见过：我们要被过户给福马·福米奇了。”

“把谁过户？什么时候？”胖子全身一震叫了起来。

我也跨前一步；原来事情跟我也不是没有关系的，这可完全出乎意料。

“卡比托诺夫卡所有的庄户都在内。我们的东家、上校——愿上帝保佑他身体健康——要把他的祖产，把我们卡比托诺夫卡全村白送给福马·福米奇；足足分给他七十五口人。他说：‘给你，福马！眼前你差不多一无所有；你算不上一个大地主；你的租赋收入总共只有两条在拉多加湖里游的胡瓜鱼——你那死去的父亲给你留下的仅仅是登记在册的农奴。因为你父亲，’”瓦西里耶夫带着一种刻薄的得意心情继续说，凡是提到福马·福米奇的地方总要撒些胡椒面，“‘因为你父亲是世袭的贵族，不知哪儿来的，也不知是何许人；他跟你一样在大户人家混日子，靠人家施舍吃些厨房里的残羹剩饭。如今我把卡比托诺夫卡过户到你名下，你也是个地主、世袭贵族了，你将有自己的农奴，可以安安稳稳躺在炕上享贵族的清福！’……”

可是斯杰潘·阿列克塞伊奇再也听不下去。瓦西里耶夫似醉非醉、说醒不醒的一番话对他产生的作用非同小可。胖子气得脸都红了；他的喉结开始发颤，一双小眼睛布满血丝。我以为他马上会中风。

“岂有此理！”他气急败坏地说，“王八蛋，一个吃白食的福马要做地主！呸，统统见鬼去吧！嗨，你们赶紧把车修好！快回家去！”

“请问，”我犹豫不决地走上前去说，“刚才您提到了福马·福米奇；如果我没有记错的话，他姓奥比斯金，是不是？是这么回事，我希望……总而言之，我有特殊的理由对此人感兴趣，从我这方面来说，很希望知道，刚才那个瓦西里耶夫说，他东家叶果尔·伊里奇·罗斯塔涅夫要把一个村子送给福马·福米奇，对这话可以相信到什么程度。我非常关心这件事，所以我……”

“我也要请问，”胖绅士打断了我的话，“您从哪方面对此人感兴趣？您说他是人，而依我看，这是一个十恶不赦的王八蛋——应该这样称他，而不是称他为人！这条癞皮狗哪有半点人味！真丢脸，丑死了！”

我解释道，关于他算不算人的问题目前我不了解，不过叶果尔·伊里奇·罗斯塔涅夫是我舅舅，我本人是某姓的谢尔盖·亚历山德罗维奇。

“您就是那位学问家？我的少爷，那边正巴巴地盼着您哪！”胖子欢呼道，他的高兴不是做作的，“我自己刚从他们那边来，从斯杰潘契科沃来；我是从餐桌旁站起身来赌气走的，连布丁也没尝一口，我实在没法跟福马·福米奇坐在一起！为了那个该死的福马，我跟那边所有的人都闹翻了……想不到会遇见您！我的少爷，请您原谅我。我是斯杰潘·阿列克塞伊奇·巴赫切耶夫，我记得当初您才这么点儿大……真想不到！……请允许我……”

说着，胖子便跟我行接吻礼。

在最初几分钟的激动之后，我旋即开始询问，因为这是一个极好的机会。

“那个福马究竟是什么人？”我问，“他怎么把那里的一家人都征服了？为什么不用皮鞭把他赶出去？我得承认……”

“把他赶出去？您糊涂了还是怎么的？要知道，叶果尔·伊里奇在他面前走路也踮着脚呢！有一回，福马吩咐把星期四算作星期三，于是他们那边从上到下人人都把星期四算作星期三。福马说：‘我不要星期四，我要星期三！’那一个星期里就有两天是星期三。您大概以为我胡诌了些什么吧？这里头半句也没有我胡诌的话！少爷，他简直成了个科克船长[①]一样的大人物！”

“这我听说过，但是，我得承认……”

“‘我得承认’，‘我得承认’！您哪，只会说这一句话！这有什么可承认的？不，您还是干干脆脆问我吧。要是原原本本说出来，您一定不会相信，也许会问：我又是打哪儿冒出来的？叶果尔·伊里奇·罗斯塔涅夫上校的母亲尽管是位很体面的太太，又是将军夫人；不过，据我看，她已经彻底老糊涂了，把个可恶透顶的福马当作宝贝。事情都由她而起：是她把福马弄到家里来的。福马迷住了她的心窍，使她变成一个毫无主见的女人，虽然身为将军夫人——当初她忽发奇想，嫁给了五十岁的克拉霍特金将军！关于叶果尔·伊里奇的妹妹——四十来岁还没嫁人的普拉斯珂维雅·伊里尼奇娜，我实在不愿说什么。老是唉声叹气，像只老母鸡咯咯地哼哼个没完，——我讨厌透了，甭提她啦！她除了是个女性这一点以外，怎么也找不出什么值得尊敬的地方来；要就是尊敬她是个女性！啐！我说得太不敬了，她到底是您的姨母。只有上校的女儿亚历山德拉·叶果罗夫娜[②]，虽然还是个小孩子——才十五六岁，可是依我看，比他们谁都有头脑：她瞧不起福马；那光景看着怪有趣的。真是位可爱的小姐，没说的！谁瞧得起那个家伙？福马是给已故的克拉霍特金将军当侍从小丑混饭

① 詹姆士·科克（1728—1779），英国航海家。曾作三次环球航行，发现了太平洋中的许多岛屿，并对澳洲东海岸进行了考察。

② 亚历山德拉即萨莘卡，前者是教名，后者是小名。叶果罗夫娜是父名，意即叶果尔之女。称教名连父名表示尊敬。

吃的！他为了让将军开心，什么猫呀、狗呀都扮演过！想不到真的应了这样的俗话：过去浇粪种菜，如今当上了大元帅。现在，您那位上校舅舅把当年的小丑当作亲爹孝敬，把这个混蛋供奉起来，向自己的一名食客顶礼膜拜，——呸！”

“不过，英雄不论出身低……而且……我得向您承认……请问：他是否漂亮、聪明？”

“福马？是个跟画上一样的美男子！”巴赫切耶夫回答时的声调有些异样，带着某种挖苦的颤音（我提出的问题似乎使他很恼火，他甚至已开始用怀疑的目光看我），“不折不扣的美男子！诸位，你们听着：他发现了一位美男子！我的大少爷，要是您愿意知道全部真相的话，我可以告诉您：他像所有的畜生！如果这个骗子头脑灵敏，会说几句俏皮话，倒也罢了，——我也许会勉强同意他有一点儿小聪明，可事实上他压根儿没有半点机智才情！他只不过给他们所有的人喝了一种什么药，八成是个江湖医生之类！啐！我已经费了太多唇舌。应该啐上一口，闭上嘴巴。少爷，您的话大大扫了我的兴！喂，你们到底干完了没有？”

“一匹黑马还得重新钉马掌。”格里果里绷着脸说。

“黑马。小心我揍得你脸儿开花！……是啊，先生，我可以给您讲许多事情，管保听得您张大了嘴，直到基督第二次降生也合不拢来。老实说，以前我自己也对他产生过敬意。您想不到吧？我后悔，公开表示后悔：我做了傻瓜！我也上过他的当。以为他是万宝全书！无所不知，无所不晓，肚子里装满了学问！他给我喝过一种药水；要知道，少爷，我有病，我是个虚胖的人。说起来您大概不相信，可我的确有病。他的药水差点儿没叫我摔了个倒栽葱。您只要自己不开口，留神听着；到了那儿有您好戏看的。他在那儿会把上校逼得眼睛里哭出血来；总有一天上校会为他眼睛里淌血，那时后悔已经晚了。为了那个天杀的福马，附近所有的人已跟令舅家断绝往来，因为无论什么人到那里去，都要受福马的窝囊气。我当然算不了什么，对身份很高的人也照样不放过！他要教训每一个人，这个骗子手好像发了道学狂。他的意思是说：‘我是圣人，我比谁都高明，你只要听我一个人的，我的学问大。’有学问又怎么啦？难道因为有了学问，就非得把没有学问的人吃掉不行？……他的那条大学问舌头只要一弹响，就哒——哒——哒，哒——哒——哒没个完！我对您说吧，那条喋喋不休的舌头实在应该割下来扔进狗屎堆，让它在那里吹呀，吹呀，直到给乌鸦啄去。他两眼朝天，气呼呼的，好像有天大的委屈似的！现在他又挖空心思要做一件明明做不到的事！您猜怎么着？他竟想教那里的用人讲法国话！信不信由您。说是这样对下人们有好处！呸！丑死了，简直叫人恶心！请问：用人会说法国话有什么用？即使我们这样的人会说法国话又有什么用？好让我们跳玛祖卡舞的时候向小姐们献殷勤，还是跟人家的有夫之妇吊膀子？所以说，这纯粹是伤风败俗！依我看，八成是他喝了一大瓶伏特加，用全世界的语言说起胡话来了。瞧，这就是我对你们的法国话的态度！也许，您也会讲一通这样的法国话：‘哒——哒——哒，哒——哒——哒，猫爸爸娶了猫妈妈！’”巴赫切耶夫又补上一句，一边轻蔑而愤慨地看着我，“少爷，您是位有学问的人，——是吗？您研究的是什么学科？”

“唔……我各方面多少有点儿兴趣……”

“莫非您也是万宝全书？”

“是的，噢，不是的……我得向您承认，目前我比较感兴趣的是观察。我一直待在彼得堡，现在急于去见舅舅……”

“谁把您往舅舅家里拖啦？既然您本来有安身的地方，就该待在那里别离开！不，少爷，我可以告诉您，在这里您的学问起不了多大作用，无论哪个舅舅也帮不了您的忙；您非落进圈套不可！我在他家待了一天一夜人就瘦了。您信不信我在他家瘦了？不，我看得出您不信。那好吧，让上帝保佑您，不信就不信。”

“不，请不要误会，我非常相信；只是我还不完全明白。”我回答说，自己愈来愈没有主意。

“您相信，我倒不相信你呢！你们做学问的人都爱跳跳蹦蹦。你们只想用一条腿跳啊，蹦啊，好显显身手！少爷，我可不喜欢学问家；我跟学问合不到一块儿！我接触过你们那些彼得堡人士，印象很坏！全都是虚无主义者；散播不信神的邪说；一小杯伏特加也不敢喝，生怕咬了他——啐！少爷，您把我一肚子的火气全吊了上来，我什么也不想告诉你了！我又不是拿了钱给你讲故事的，何况我已经费了太多唇舌。少爷，要骂遍所有的人是办不到的，再说，这也是作孽……不过，你的那位学问家差点儿没把您舅舅家的听差维多普里亚索夫给逼疯了！为了福马·福米奇，维多普里亚索夫得了精神病……”

“这个维多普里亚索夫，”在这以前一直端庄而严肃地看着我们谈话的格里果里插进来说，“我真想用树条把这个维多普里亚索夫抽得他无处躲藏。他要是撞在我手里，我非打掉他的日耳曼臭架子不可！我要整得他不知道两个一百是几百。”

“闭嘴！”主人喝道，“不准开口；不是跟你说话！”

“维多普里亚索夫，”我完全给搞糊涂了，简直不知说什么好，“维多普里亚索夫……这姓好奇怪啊，您说是不？”

“有什么奇怪？您也来这一套！咳，您哪，学问家，学问家！”

我耐不住了。

“对不起，”我说，“您究竟为什么生我的气？我到底有什么过错？我得向您承认，我听您说了已经有半个钟点，可我甚至没弄清楚是怎么回事……”

“少爷，您又何必见怪呢？”胖子回答说，“您不必要见怪嘛！我是好心好意才对你说的。您别看我这个人嗓门大，比方刚才我还对我的用人吆喝来着。我那个格里什卡虽然是个天字第一号的混账东西，可我就喜欢他这股子混账劲儿。我最大的毛病是心灵敏感——我可以坦白地说；而这全都是那个福马的过错！他非把我整死不可，我敢起誓，我一定会死在他手里！我在太阳下烤了两个小时，这也是托他的洪福。我本来打算趁这些笨蛋修马车的时候去拜访大司祭。本地的大司祭是位好人。可是福马气得我连大司祭也不愿去见了！让他们统统见鬼去吧！这里连家像样的小酒店也没有。我可以告诉您，所有的人都是坏蛋，没一个好的！要是他有什么了不起的头衔倒也罢了，”巴赫切耶夫继续说，思想又回到福马·福米奇身上，显然对这个人耿耿于怀，“至少可以看在头衔份上原谅他；可是连个起码的头衔也没有；这一点我确实知道。他说自己在一八四几年为了捍卫真理吃过苦头，所以就得对他一躬到地！好像从此就可以为所欲为！稍不如意，马上跳起来大闹：‘有人欺负我，欺负我穷，瞧不起我！’福马不到，就不准开饭，可他不肯出来，说：‘我被人欺负了；我是个苦命的流浪者，我宁愿啃黑面包。’人家刚坐下，他来了；这把刺耳的提琴又叽叽嘎嘎地拉起来：‘为什么我没到就坐下啦？这说明根本不把我放在眼里。’总之一句话，鬼也猜不透他的心思！少爷，我半晌没开口。他以为我也会像只小狗那样前腿腾空在他面前跳舞，等着他赏一根骨头。没门儿！你要拿架子，我上车就走！我跟叶果尔·伊里奇过去在一个团里。我还是个士官就退了役，他去年才回乡，退伍时头衔是上校。我对他说：‘咳，您会把自己坑了，别由着福马胡来！小心将来哭鼻子！’他说：‘他是个好得不能再好的人（他指的是福马！），他是我的朋友；他教我修身养性。’我心想，总不能反对修身养性吧！既然开始教起了修身养性之道，可见大势已去。您猜猜看，今天为什么又闹翻了？明天是先知伊里亚的纪念日（巴赫切耶夫先生画了个十字），也就是您舅舅的儿子伊柳沙的命名日[①]。我本来打算上他家玩一天，在那里吃饭，还特地从首都买来一件玩具：一个装有弹簧的德国人会吻未婚妻的手，那女人会用手绢擦眼泪——做得十分精巧！（现在我决定不送了，明天早晨！[②]东西在我车上，德国人的鼻子也掉下来了；我把它带回去。）叶杲尔·伊里奇自己也有意在这一天快活快活，庆祝一番，可是福马偏偏从中作梗，说道：'为什么关心起伊柳沙来了？怪不得现在没人关心我！'您瞧这小子有多霸道？一个八岁的孩子过命名日他也眼红！他说：'不成，我也要过命名日！'可明天是伊里亚节，又不是福马节！'不成，我也要在这一天过命名日！'我瞧着，勉强沉住气。您猜怎么着？他们现在正蹑手蹑脚地走来走去，悄悄地商量：该怎么办？要不要把伊里亚节当作他的命名日，要不要向他表示祝贺？不贺吧——他会生气；祝贺吧——也许以为这是在嘲笑他。我这是扯到哪儿去啦，呸！总之，我们坐下来准备吃饭……喂，少爷，你到底是不是在听啊？"

"哦，当然在听，甚至听得津津有味，因为从您这里我现在了解到……而且……我得承认……"

"哼，津津有味！我知道你的兴味……你提到你的兴味是不是故意刺我？"

"您别误会，我怎么会刺您呢？相反。何况您……您的用语非常别致，我甚至想把您的话记下来。"

"什么？少爷，还要记下来？"巴赫切耶夫先生带着几分惊恐问

---

① 俄历7月20日是圣伊里亚节，也是取名伊里亚的人的命名日。上校的儿子也名伊里亚，伊柳沙是小名。

② 原文为德语，下同。俄国人往往把这句话用作"休想！"的意思，可能是从讽刺性的"明日请早"转过去的。

道，一边用怀疑的眼光望着我。

“不过，我也许……不记下来……我只是随便说说。”

“你大概想用什么手段奉承我？”

“这话从何说起呢？”我诧异地问。

“从这里说起。你先把我奉承一番，我像个傻瓜似的把什么都告诉你，然后你在某一篇文章里描写我这个人。”

我急忙向巴赫切耶夫先生表示我不是这样的人，但他还是用怀疑的眼光望着我。

“说得倒轻巧，不是这样的人！谁知道你是什么人！说不定写作的本领更加高明。福马也曾扬言要把我写成文章寄去发表。”

“请问，”我打断他的话，部分是想转换题目，“我舅舅要结婚，这是不是真的？”

“就算他要结婚又怎么啦？这没有什么大不了。只要自己有这个意思，那就结呗。糟糕的不是这一点，而是另一点……”巴赫切耶夫先生若有所思地附带说，“唔！少爷，关于这个问题，我不能给您确切的回答。现在那里塞进了好多娘们，简直比蜜饯旁边的苍蝇还多，闹不清究竟哪一个想嫁人。少爷，我跟您说句知心话吧：我不喜欢娘们！女人徒有人的虚名，其实败事有余，而且妨碍灵魂得救。至于令舅像只西伯利亚雄猫似的产生了爱情，这是事实，我敢向您担保。少爷，有关这一点我暂时不发表意见，您自己去看吧；不过，糟糕的是事情老这样拖着。既然要结婚，那就结呗；可他不敢对福马讲，又不敢对老婆子讲，因为她也会大哭大叫，捶胸顿足，闹得整个田庄鸡飞狗跳。他处处为福马着想，说要是续弦太太进门，福马·福米奇一定非常伤心，因为那时他在宅内连两个钟点也待不住。的确，续弦太太非亲手把他撵出去不可，如果她不是个蠢货，还会用另一种手段把他踢出去，叫他以后在全县找不到一个安身之处！所以现在福马拼命作梗，跟老婆子一起策划塞给他一个……我说少爷，你打断我的话干什么？我正要告诉你最重要的一条消息，可你把我给打断了！我年纪比你大，打断长者的话可要不得……”

我致了歉意。

“你也不必道歉！少爷，我把您当作一位有学问的人，请您评断一下，他今天把我侮辱到什么程度。既然你是个好人，那就请你评评理。总之，我们坐下吃饭；我可以告诉你，席间他差点儿没把我一口吞下！从一开始我就看出，他坐在那里有一肚子气，简直五脏六腑都在咕咕地发胀。这条毒蛇恨不得用一勺水把我淹死！此人狂妄自大到了自己容纳不下自己的地步！于是他开始找我的碴儿，打算也对我上修养课。他问我为什么这样胖？为什么不是个瘦子而是个胖子？少爷，您倒说说，这算是什么问题？这话有什么幽默的地方？我很得体地回答他：‘福马·福米奇，这是上帝的安排，有的胖，有的瘦；凡人是不能违拗天命的。’您说，这不是很得体吗？可他说：‘不，你有五百个农奴，过着饭来张口、茶来伸手的日子，对祖国毫无贡献。应当尽匹夫之责，而你整天待在家里，拉拉手风琴。’的确，我心里烦闷的时候喜欢拉拉手风琴。我又很得体地回答：‘福马·福米奇，我该怎样去尽匹夫之责呢？叫我把什么样的制服绷上我的胖身材呢？要是我把制服硬绷在身上，万一打个喷嚏把所有的扣子都迸飞了，也许还当着高级官长之面，人家认为这是公然侮慢上司（老天保佑千万不要发生这样的事）——那还得了？’少爷，请您评一评，我这番话难道有什么可笑的地方？可是，他冲着我笑得前俯后仰，哈哈，呵呵，简直不亦乐乎……我告诉您，这家伙没有一点点道德心，他还用法国话骂我是猪[①]。我懂得猪的意思。我心想：‘你这个该杀的江湖

---

① 原文为法语，下同。

医生，你把我当做开心果不成？’我忍着，忍着，终于忍不住了，从桌旁站起来，当着所有人的面冲他说：‘福马·福米奇，大恩人，我干了件对不起你的事：原先我以为你是个有教养的人，不料你跟我们大家一样，也是一口猪。’说完，我离开餐桌，连布丁也没吃——那时正好给在座的人分送布丁。我心想：让你们连同布丁一起见鬼去吧！……”

“请原谅，”我听完巴赫切耶夫先生的叙述后说，“我当然愿意赞同您的全部看法。主要的是我还没有掌握任何确切的情况……但是，是这么回事，对这个问题我现在有了一些自己的想法。”

“少爷，那么你有了哪些想法呢？”巴赫切耶夫先生不大信任地问。

“是这么回事，”我有些语无伦次地开始说，“这也许不合时宜，不过，我还是愿意说出来。我是这样想的：会不会我们俩对福马·福米奇的看法都不正确；会不会所有这些奇怪的言行掩盖着一种特殊的甚至很有才华的性格呢？谁知道？也许，这是一种饱受苦难、伤透了心的性格，于是乎要向全世界复仇。我听说，他从前干过类似小丑那样的差事；会不会这使他深受侮辱、损害、创伤？……您不难理解：一个品性高尚的人……又不是没有知觉……居然不得不扮演小丑的角色！……于是，他变得对全人类都不相信。如果能使他同人类和解……也就是说，使他跟别人合得来，那么，也许，从他身上会焕发出一种特殊的……甚至可能是非常出色的性格来……因为，此人身上毕竟有着某种东西，可不是吗？所有的人都崇拜他，总不是没有原因的吧？”

总而言之，我自己也感觉到说得大大离了谱。看在年轻这一点上，还情有可原。但是巴赫切耶夫先生不原谅。他正色逼视着我的眼睛，临了忽然变得脸红脖子粗，活像一只火鸡。

“难道福马竟是这样一位特殊人物？”他气冲冲地问。

“您听我说：我自己对刚才所说的话几乎还完全不相信。我这样说无非是一种假想……”

“那么，少爷，我倒要请问：您学过哲学没有？”

“您是指哪种意义上的？”我困惑地问。

“不要管哪种意义，少爷，您直截了当地回答：您学过哲学，还是没有学过？”

“我得承认，我打算研究，但……”

“啊，果然如此！”巴赫切耶夫先生大声说，他终于让自己的愤怒完全发作，“少爷，您还没开口，我已经料到您学过哲学！休想把我蒙住！明天早晨！我在三里路以外就能嗅出哲学家的味儿来！您跟您的福马·福米奇拥抱去吧！居然发现了一位特殊人物！呸！让世上的一切都变酸、发霉吧！我本以为您是个正派人，可您……备车！”马车已经修好，他向正在爬上驭者座的车夫喝道，“回家！”

我好说歹说才勉强使他平静下来；最后，他的态度总算有所缓和，但久久不能完全息怒解颐。这时他由格里果里和阿尔希普（就是刚才向瓦西里耶夫说教的那一个）搀扶着坐进了马车。

“请问，”我走到马车跟前说，“您再也不到我舅舅家里去了吗？”

“您舅舅家里？您别理对您说过这话的那个人！您以为我是个首尾一贯的人，能坚持到底吗？我的致命伤就在于没志气、不中用！过不了一个星期，我又会上那儿去。为什么呢？说来真奇怪，我自己也不知道为什么，反正总会去的；我又会跟福马·福米奇干仗。少爷，这就是我的致命伤！所以上帝才派了这个福马来惩罚我作的孽。我生就一副娘们的性格，没有一点坚定不移的志气！少爷，我是个地地道道的懦夫……”

不过，我们分手时相当友好，他甚至邀请我上他家去吃饭。

“来吧，少爷，请到舍间来吃饭。我那儿有从基辅来的伏特加，我的厨子在巴黎待过。他做得一手呱呱叫的法国菜，他做的库列比亚卡[①]保你吃得把手指头也会舔干净，还要对这个狗东西佩服得五体投地。他还受过相当教育呢！不过，我有好久没用树条抽他，把他惯坏了……幸亏现在您提醒了我……来吧！我本来今天就想请您跟我一起去，可不知怎么的浑身都不是滋味，提不起精神来，只觉得筋疲力竭。要知道我是个虚胖的病人。您也许不相信……好了，再见吧，少爷！我的船也该开了。您的车也修好了。请转告福马，叫他别跟我碰上；否则我一定要为他举行一次扣人心弦的欢迎仪式，管叫他……”

但收尾的话已经听不见了。由四匹壮健的马配合着拉得很快的车消失在滚滚烟尘之中。我的车也准备好了；我坐进去以后，旋即出了市镇。“当然，这位先生有些言过其实，”我思量着，“他火气太大，意见难免偏激。但不管怎样，他所谈的关于舅舅的情况很值得注意。已经有两个人一致认为舅舅爱那位姑娘……嗯！那么我要不要结婚呢？”这一回我深深地陷入了沉思。

三　舅舅

我得承认，我甚至有些胆怯了。马车刚进入斯杰潘契科沃，我的罗曼谛克理想忽然在我心目中变得非常奇怪，简直像是愚蠢的。那时大约下午五点。路旁是庄主的花园。阔别这么多年以后，我重又见到这个大花园，我童年时代的一些幸福的日子曾在那里一闪而过，后来我在几所为教育我操过心的学校的寝室里也曾多次梦见它。我跳下马

---

① 一种椭圆形的饼，通常用卷心菜、鱼肉和麦糊作馅。

车，穿过花园，径向庄院宅第走去。我很想悄悄地进去，打听一下，问问情况，首先跟舅舅畅叙一番。事情果然如此。我走过一条夹在两行百年椴树中间的园径，踏上有玻璃门直通内室的露台。露台四周有花圃环抱，上面放着一盆盆珍异的植物。我在这里遇见一个老土地——老加甫里拉，当年他带过我，现今是舅舅身边颇有面子的侍从。老头儿戴着眼镜，手里拿一本簿子全神贯注地在那里读。两年前，他随同舅舅到彼得堡跟我见过面，所以现在一下子就认出了我。他带着喜悦的热泪扑过来吻我的手，把架在鼻梁上的眼镜也掉落在地上。老头儿的这种深情使我大为感动。但是，前不久同巴赫切耶夫先生谈过一席话以后还没有平静下来的我，首先注意到了加甫里拉手中那本可疑的簿子。

“加甫里拉，这是什么？难道叫你也得学法国话吗？”我问老仆。

“是呀，少爷，这叫做六十岁学吹打。”加甫里拉不胜伤感地回答。

“是福马自己教吗？”

“是的，少爷。他想必学问很大。”

“好哇，真聪明！他教你们会话？”

“照本子上念，少爷。”

“你手里拿的什么东西？啊！用俄文字母拼写的法国话——亏他想得出来！你们竟会给这样一个大草包牵着鼻子走，难道不害臊吗，加甫里拉？”我失声叫了起来，转眼间把自己对福马·福米奇的种种宽宏大量的假设忘得精光，没多久以前我还因此给巴赫切耶夫先生抹了一鼻子灰呢。

“不，少爷，”老头儿回答说，“他能这样摆布我们的东家，哪里会是个草包？”

“唔！也许你说得对，加甫里拉，”我喃喃地说，他这句话竟使我一时语塞，“你带我去见舅舅！”

“我的公子爷！我不能给他看见，我不敢。我连他也怕起来了。所以我坐在这里怨命，要是他在此地经过，我就一纵身躲到花圃后面去。”

“你为什么怕他？”

“因为我到现在还没把功课记住，福马·福米奇罚我下跪，我不肯。我老了，谢尔盖·亚历山德罗维奇少爷，受不了这样的糟蹋！老爷生气了，责问我为什么不服从福马·福米奇的训教，他说：‘你这个老蠢材，人家关心你，教育你，校正你的发音。’所以我在这儿拼命记生字。到晚上福马·福米奇还要考试。”

我觉得这里头有点不大明白。我认为，学法语一定跟某一件事情有关，而这件事老头儿却不能向我明说。

“加甫里拉，我问你一个问题：他人品怎样？是不是仪表堂堂，魁梧雄伟？”

“您是问福马·福米奇？不，少爷，他是个貌不出众的滥小人。”

“唔，你等着，加甫里拉；这种局面也许还能扭转过来；甚至一定可以扭转过来，我向你担保！不过……舅舅在什么地方？”

“在马厩后面接见庄稼人。一些老人从卡比托诺夫卡前来请安。他们听说要把他们过户给福马·福米奇，想求老爷打消这个念头。”

“那为什么要在马厩后面接见他们？”

“他怕啊，少爷……”

我果然在马厩后面找到了舅舅。他在那边一小块空地上站在一群农民面前，农民们向他频频鞠躬行礼，作恳求状。舅舅激动地向他们进行解释。我走过去叫了他一声。他回过头来，于是我们扑向对方互相拥抱。

他见到我高兴得不得了，可以说达到欣喜若狂的程度。他搂我，紧紧握我的手……好像一个解除了致命危险的亲生儿子又还给了他。好像我的来临也使他本人解脱某种致命的危险，驱除了他所有的烦恼，并给他和一切他所爱的人带来幸福和快乐。舅舅是不愿独享幸福的。在第一阵狂喜之后，他忽然慌乱起来，随后索性变得语无伦次，不知所云。他向我问长问短，想立刻带我去跟家里人见面。我们正要走，但舅舅又回来，表示愿意先介绍我跟卡比托诺夫卡的农民相识。接着，我记得，他不知为了什么缘故忽然谈起一位柯罗夫金先生，这是三天前他在某处大路上遇见的一个不寻常的人物，此刻舅舅正等他来做客，等得万分心焦。后来，他把关于柯罗夫金的话题也撇下，又谈起旁的事情来。我以欣赏的目光望着他。在回答他匆匆忙忙提出的各种问题的过程中，我表示不想立即谋职，希望继续研究科学。我一提到科学，舅舅倏忽间皱起眉头，脸上的表情变得十分严肃。当了解到最近我对矿物学感兴趣时，他昂起头来，骄傲地举目环顾，仿佛是他一个人不借助于任何外力开创并写出了全部矿物学。我已经说过，对于“科学”这两个字，他怀着最最无私的虔敬心情，唯其因为他自己一无所知，所以这种虔敬益发毫无私心。

“嗨，老弟，世上什么都知道的万宝全书还是有的啊！”有一次他双目闪着赞叹的光芒对我说，“坐在这些人中间，听他们交谈，尽管明明知道自己一窍不通，心里还是乐滋滋的。这是什么道理？道理就在于其中有益处，有智慧，有大家的幸福！这一点我明白。现在我在铁路上坐火车，我的伊柳沙将来也许能在天上飞……是啊，归根到底，像商业、工业——这些所谓潮流……我是想说，不管怎么样，反正有益处……反正有益处——难道不是吗？”

不过，现在还是先谈我们会见的情形。

“你等一下，我的朋友，等一下，”他搓着手很快地说，“我要让你见一个人！我可以告诉你，这是一个难得的人，有学问的人，一位学者；他将流芳百世。‘流芳百世’这句话说得好，可不是吗？这是福马给我解释的……待会儿我给你介绍。”

“舅舅，您说的是不是福马·福米奇？”

“不，不，我的朋友！我说的是柯罗夫金。不过，福马也是，他也……但现在我说的是柯罗夫金。”他补充了一句，而且莫名其妙地涨红了脸，似乎一提起福马就不知所措。

“他研究什么科学，舅舅？”

“科学，老弟，科学，反正是科学。不过我说不上究竟是什么科学，只知道是科学。他谈起铁路来可有意思呢！告诉你，”舅舅意味深长地眯起右眼、压低嗓门往下说，“稍微有那么一点儿自由派的思想。我注意到，特别在他谈起家庭幸福的时候……可惜我自己懂得太少（没有时间哪），否则我可以原原本本讲给你听。此外，他还是一个品德极其高尚的人！我已邀请他到这里来住几天。眼看着快要到了。”

其时，农民们张大了嘴，瞪出眼睛，像观看什么奇迹似的瞧着我。

“听我说，舅舅，”我打断了他的话，“我大概打扰了农民跟您的谈话。他们想必有事求您。他们说什么来着？我得承认，我有些怀疑，所以很乐于听听他们说些什么……”

舅舅忽然又手忙脚乱起来。

“啊，对了！我几乎忘了！你瞧……叫我拿他们有什么办法？他们凭空瞎想，——我倒愿意知道是谁最先产生这么一个念头，——他们以为我要把他们整个卡比托诺夫卡送人，——你还记得卡比托诺夫卡吗？卡嘉在世的时候，晚上我们常和她一起坐车到那里去玩。现在他们以为我要把整个卡比托诺夫卡连同六十八口人一起送给福马·福米奇！一个劲儿地说：‘我们不愿意离开你’，就这么档子事！”

“如此说来，没有这回事喽，舅舅？您不准备把卡比托诺夫卡送给他？”我几乎发出了欢呼。

“我连想也没有想过；压根儿没有这个念头！你是听谁说的？有一回我脱口漏出这么一句话，结果就传开了。可是，他们为什么那样不喜欢福马？谢尔盖，等一会我给你介绍，”他接着说，同时不好意思地瞅了我一眼，似乎已经预感到我也跟福马·福米奇过不去，“老弟，他是这样的一个人……”

“我们不要，除了你，我们谁也不要！”农民们忽然齐声嚷了起来，“东家好比父亲，我们是你们的孩子！”

“听我说，舅舅，”我应道，“福马·福米奇我还没有见过，但是……您应该明白……我已经有所风闻。我得向您承认，今天我遇见了巴赫切耶夫先生。不过，在这个问题上我暂时有我自己的想法。不管怎么样，舅舅，您先打发农民们回去，我要跟您单独谈谈，不让别人听见。我得承认，我正是为这个目的来的……”

“对，对，”舅舅连声附和，“一准如此！先打发农民回去，然后我们俩好好谈一谈，像老朋友那样，无话不谈！”随后他转向农民们继续像念绕口令似的说得很快：“喂，我的朋友们，现在你们走吧。往后有事再来找我，随便什么时候都可以直接来找我。”

“我们的老爷啊！东家好比父亲，我们是你们的孩子！可不能让福马·福米奇欺负我们哪！全体穷苦人求求你！”农民们再次喊道。

“真是一群傻瓜！不是已经对你们说了吗，我不把你们送人！”

“要不，他一定会教得我们半死不活，老爷！听说，这里的人在他的教导下个个叫苦连天。”

“难道他也教你们讲法国话不成？”我失声惊呼，差点儿没给吓昏。

“不，少爷，眼下上帝还可怜我们！”一个农民答道，他大概是个少有的碎嘴子，长着一头红发，脑勺上秃了一大块，说起话来一部稀稀落落的山羊长胡须整个儿不停地摆动，像是活的一般，“不，少爷，眼下上帝还可怜我们。”

“那么，他教你们干什么呢？”

“少爷，他的教导用我们的话来说就是：买一只金箱子，在里边放一个铜板。”

“怎么叫做放一个铜板？”

“谢辽查[①]！你受骗了；这是恶意中伤！”舅舅面红耳赤地大声叫道，显然窘得厉害，“这是因为那些蠢东西不理解他对他们说的话！他只不过……这跟铜板毫不相干！……你别在这里把什么都往外捅，乱嚷嚷，”舅舅带着责备的神情面向那个农民继续说，“傻瓜，人家是为你着想，可你就是不懂，还嚷嚷！”

“且慢，舅舅，那么法国话是怎么回事？”

“他这是为了练习发音，谢辽查，仅仅为练习发音。”舅舅用一种央求的语调说，“这是他自己说的，为了练习发音……而且，这里还发生过一件特别的事情——你不知道底细，所以没法判断。老弟，先得把经过弄清楚，然后再编派不是……随便派人家的不是自然很容易！”

“那你们又是干什么的呢？”我气冲冲地重新向着农民们叫喊，“你们应该直截了当对他说：福马·福米奇，不能这样。这不就完了吗？你们难道都是哑巴？”

“少爷，哪一只耗子敢给猫挂铃铛呵！他说：‘我要教你这个乡下笨蛋讲究整洁。为什么你的衬衫这样脏？’因为老是出汗，所以脏

---

① 谢辽查是谢尔盖的昵称。

呗！又不是天天换洗。再干净咽了气也不能复活，邋遢点儿日子还不是照样过。”

“前几天他来到打谷场上，”另一个农民开言道，他是个干瘦的高个儿，衣衫打满补丁，足蹬一双破烂不堪的树皮鞋，看来属于永远有所不满、随时准备好刻毒的挖苦话这样一类人。到目前为止他一直躲在其他庄稼人背后，保持阴郁的缄默听着，脸上始终挂着模棱两可的狡笑。“到了打谷场上，他说：‘你们可知道，到太阳有多少里地？’这谁知道？这不是我们的学问，是老爷们的学问。他说：‘嘿，你这个蠢东西、乡巴佬，真不中用；我是个天文学家！天上有多少星星我全知道。’”

“那么，他告诉你了没有：到太阳有多少里地？”舅舅忽然活跃起来插话，一边向我挤眉弄眼，意思是说：“你瞧着，这下可来了！”

“是的，他说了，有好多里地，”那庄稼人没料到会碰上这个问题，所以答话不大乐意。

“那么，他说到底有多少里呢？”

“这您比我们更清楚，我们是无知无识的人。”

“朋友，我是知道的，可是你记住没有？”

“他说有几百里，也许有几千里。反正有好多里地。多得三辆大车也装不了。”

“着哇，你得记住，朋友！你大概以为只有里把路，近得很吧？不，朋友，告诉你，地好像一个圆球——懂吗？……”舅舅继续说，并用手在空中画一个圆圈。

那农民作了个苦笑。

“是啊，就像个球！它自己会悬在空中，并且环绕太阳转动。而太阳是不动的；只是你看起来好像它在走动。就是这么回事！这都是航海家科克船长发现的……其实，鬼知道是谁发现的，”他侧身向我悄悄地来一段旁白，“老弟，我自己什么也不知道……你可知道到太阳有多少里地？”

“知道，舅舅，”我惊讶地看着整个这一幕情景答道，“不过我是这样想的：没有知识和衣冠不整都不体面；但从另一方面来看……教农民天文学……”

“对，对，这两者都不体面！”舅舅十分欣赏地接口说，他认为我用的字眼非常贴切，“精辟的见解！这两者都不体面！我一直是这样说的……不，我从来没有说过这话，但我有这样的感觉。你们听着！”他向农民们大声说，“没有知识也就是衣冠不整，就是邋遢！所以福马要对你们进行教导。他要教你们的是好事情——这没什么不好。老哥，这也是为大众服务，同做官一样。科学就是这么回事！好了，好了，我的朋友！你们好好回去吧，我很高兴，很高兴……你们放心，我不会撇下你们不管的。”

“保护我们吧，亲爹！”

“别让我们吃苦头啊，老爷！”

农民们纷纷跪下。

“这……这……这不像话！你们该向上帝和皇上下跪，而不是向我……去吧，好好做人过日子，反正亏待不了你们……放心吧……你瞧，”农民们刚走，他忽然得意洋洋地对我说，“庄稼人就爱听几句好话，送些东西也坏不了事。我送点儿什么给他们好不好？你看怎样？就算为你洗尘……要不要送？”

“舅舅，我看您哪，简直是个弗洛尔 · 西林①似的善人。”

---

① 弗洛尔 · 西林是俄国作家、历史学家尼古拉 · 卡拉姆辛（1766—1826）所著一部掩盖地主和农奴之间阶级矛盾的同名小说的主人公。

“嗳，不能这样说，老弟，不能：这算不了什么。我早就想送了，”他似乎感到抱歉，“我给庄稼人讲科学道理你觉得可笑，是不是？不，老弟，我这是因为看到你来心里高兴，谢辽查。无非想叫庄稼人也知道，到太阳有多少里地，好让他们目瞪口呆。老弟，看着乡下人张大嘴巴怪有趣的……可以拿他们开开心。不过，我的朋友，到了那边客厅里，可别说我在这里跟乡下人讲大道理。我故意在马厩后面接见他们，免得给人看见。老弟，在那里不能提这档子事；其中多有不便；他们也是悄悄来的。其实，我这样做更多地也是为了他们……”

“好吧，舅舅，现在我来了！”我转换话题，希望快些接触那件主要的事情，“我得向您承认，看了您的信我非常惊讶，我甚至于……”

“我的朋友，一个字也不要提这件事！”舅舅立即把我的话打断，他似乎怕得要命，连嗓门也压低了，“以后再谈，以后这一切都能解释清楚。我也许对不起你，甚至可能大大地对不起你，但是……”

“对不起我，舅舅？”

“以后再谈，以后再谈，我的朋友！这一切都能解释清楚。你出挑得可真体面哪！我的好孩子！我是多么盼你来啊！想诉诉衷肠，就像通常所说的那样……你有学问，我只有你一个人……你和柯罗夫金。必须向你指出：这里都在生你的气。你要注意，留点儿神，别出纰漏！”

“生我的气？”我愕然望着舅舅问道，不明白我怎么可能触怒当时我还完全不认识的人，“生我的气？”

“是的，老弟，生你的气。有什么办法呢！福马·福米奇有一点儿……还有妈妈也跟着他生气。反正你多加小心，要恭顺，不要违拗，最要紧的是恭顺……”

“要我对福马·福米奇恭顺，舅舅？”

“有什么办法呢，我的朋友！我不是为他辩护。的确，他这个人也许有缺点，甚至现在，就在此刻……啊，谢辽查老弟，这一切真叫我心神不宁！但愿这一切都能得到调停，但愿我们大家都能称心如意！……不过，谁能免得了缺点？我们又不是金子做的！”

“不，舅舅！您仔细看看他的所作所为……”

“嗳，老弟！这一切都是无谓的纠纷，没什么了不起！例如，我可以告诉你：现在他正生我的气，你猜为了什么？……不过，也可能是我自己的过错。我还是以后告诉你吧……”

“不过，舅舅，对这个问题我有自己的一套独特的见解。”我抢在他前头急于谈出我的看法。我们俩好像都急于抢先说话，“首先，他当过小丑；这使他感到痛苦，受到伤害，玷辱了他的理想；结果形成满怀怨恨的病态性格，可以说是要向全人类复仇的性格……但如果能使他同人类和解，如果能恢复他原来的天性……”

“着哇，着哇！”舅舅高兴得叫了起来，“正是这样！这是一个极其崇高的主意！我们要是责怪他，那简直是可耻的，不道德的！正是这样！……啊，我的朋友，你是了解我的；你给我带来了欢乐！但愿那边的事情能得到调停！老实告诉你，我现在上那边去也感到害怕。就拿你来了这件事说，一定又够我受的！”

“舅舅，既然如此……”听他说出这样的话，我感到很窘，正欲开口。

“不不不！那是断乎不可的！”他抓住我的双手急忙说，“你是我的客人，是我要你来的！”

这一切使我惊异非凡。

“舅舅，您现在就告诉我，”我执拗地说，“您叫我来为了什么事情？您指望我做些什么，最重要的是：您有什么对不起我的地方？”

“我的朋友，你别问了吧！以后再说，以后再说！这一切都能解释清楚！我也许有很多过错，但我是想作为一个正直的人行事，所以……所以……你就跟她结婚了吧！只要你身上有那么一丁点儿高尚的品德，你就会跟她结婚！”他又附加这么一句，一种突如其来的感情使他满面通红，并且异常兴奋地紧紧握住我的一只手。“但到此为止，不要再说一句话！不久你自己一切都会知道的。事情将由你来决定……重要的是现在你必须为那边所喜欢，必须使他们有个好印象。重要的是不能怕难为情。”

“可是，听我说，舅舅，您这里究竟有些什么人？说实在的，我很少跟人交际，恐怕……”

“恐怕有点儿怯场，是不是？”舅舅笑眯眯地截住我的话头。“嗳，没关系！都是自己人，胆子放大些！重要的是把胆子放大，别害怕。不过我还是为你担心。你问，我家有些什么人？还能有谁……首先是妈妈，”他急忙开始列举，“你还记不记得我妈妈[①]？一位心地极其善良、品德极其高尚的老太太；可以这么说——她不拿架子；稍微老派一些，这样更好。不过，有时候她会忽发奇想，说话有点那

① 至此，必须把书中以第一人称出现的主人公与上校、将军夫人的亲属关系交代一下。本书一开头就说罗斯塔涅夫上校是“我”的“舅舅”。其实，原文中“舅舅”一词同样可解释为“叔叔”“姑丈”“姨丈”，反正是长一辈的亲戚。由于“我”在第二章中向巴赫切耶夫作自我介绍时只说“某姓”，显然不与上校同姓，所以他俩不像叔侄关系。从“我”与将军夫人之间显得如此疏远来看，实在也不像外孙与外祖母的关系。本来可把“我”对上校的称谓译作“姑丈”或“姨丈”，然而书中有几处提到上校之妹与“我”的关系相当亲密，特别是第六章中提到将军夫人是“我”的“外祖母”（原文中此词当然亦可泛指长两辈的亲戚，但作者没有说明），好像作者有意强调将军夫人重福马、轻骨肉的乖谬性，所以译文还是把上校与“我”作为舅甥关系处理。从将军夫人与上校的年龄间隔来看，将军夫人第一次结婚是当续弦亦未可知。如此，则“我”与上校、将军夫人均非嫡亲。最重要的是：欧洲人的亲属观念与我国颇不一样。希读者注意。

个；现在她正生我的气，这怨我自己不好……我知道是自己的过错！说到底，她毕竟是所谓的贵妇人，将军夫人嘛……她的丈夫是个出类拔萃的人物：首先是位将军，极有教养，没留下什么财产，但浑身都有伤痕：总之，人们敬重他！还有别列别里岑娜小姐。这一位……我不知道……最近一个时期她好像有点儿那个……大概生来是这种性格……不过，总不能说所有的人都不好……让上帝保佑她吧……你别以为她是个食客之类。老弟，她自己也是一位中校的女儿。妈妈把她当作亲信，朋友！此外，老弟，还有我的妹妹普拉斯珂维雅·伊里尼奇娜。关于她没有什么可讲的：她单纯、善良，老是有那么一点儿忙乱，可心地挺好——你主要应该看她的心地，——是个老姑娘了，但是，我告诉你，那个古怪的巴赫切耶夫好像对她殷勤得很，有意娶她。不过，你可别说出去；嘘，这是秘密！那么，我们这里还有什么人呢？两个孩子我就不说了：你自己看吧。明天是伊柳沙的命名日……噢！我差点儿给忘了：告诉你，伊万·伊万诺维奇·米津奇可夫在这儿住了已经整整一个月，他和你好像还是同外曾祖的表兄弟；对，正是同外曾祖的表兄弟！他不久前从骠骑兵退役，是个中尉，年纪还轻。品德极好！不过，花钱的本领实在大，我简直不明白他哪儿能花掉这么多的钱。其实他几乎什么都没有；但还是乱花乱用，欠了一大笔债……眼下正在我这里做客。在这以前我根本不认识他；他是自己找上门来，自我介绍的。人挺好，善良、安分、恭顺。这儿简直谁也没有听他说过什么话。他老是不做声。福马取了个外号嘲笑他，称他‘沉默的怪客’——他也不生气。福马表示满意，说伊万没有多大作为。不过，伊万在任何事情上都不反对他，处处附和他。唔！这人怪可怜的……让上帝保佑他吧！回头你自己会看到。还有几位城里来的客人：巴威尔·谢苗诺维奇·奥布诺斯金和他的母亲；奥布诺斯金是个年轻人，但有极高的智慧；他有一种成熟的，怎么说呢，一种不可动摇的……可惜我不善于表达；另外，他的操守也很值得称道，有严谨的道德观念！最后，在我们这儿做客的还有一位塔姬扬娜·伊万诺夫娜，她也许还是你我的远亲——你不认识她，——还没有出嫁，年龄么，说实在的已经不小了，但是……也有可爱之处；老弟，她很有钱，两个斯杰潘契科沃也买得起；新近刚得到一笔遗产，在这以前却苦得很。谢辽查，你可得提防着点儿，老弟：她这个人不大正常……脾气怪得可怕。你的胸襟宽广，一定能够理解，这是因为她有过不幸的遭遇。对待遭遇过不幸的人必须加倍小心！不过，你不要有什么想法。当然，缺点还是有的：有时候她一着急，话说得快了，会说出不该说的话来，但你不要以为她在胡说……老弟，这都是所谓出于纯洁、高尚的心灵，也就是说，即使胡说了些什么，那也仅仅是所谓心胸过于宽广的缘故——懂吗？”

我感到舅舅窘得厉害。

“听我说，舅舅，”我说，“我是这样地爱您……请原谅我坦率地提一个问题：您是不是要跟这里的什么人结婚？”

“你是听谁说的？”他像个小孩子似的涨红了脸，“我的朋友，我把一切都告诉你：首先，我不打算结婚。妈妈，在一定程度上还有妹妹，而主要是妈妈所崇拜的福马·福米奇（这是有道理的，有道理的，因为他为妈妈做过很多事）——他们全都要我娶这位塔姬扬娜·伊万诺夫娜，这是从理智出发的，也就是为全家着想。当然，他们对我是一片好心——这我明白；但我说什么也不结婚——我已经立下这样的誓言。尽管如此，我却不知怎么的不善于作出回答：既没有说是，也没有说不。老弟，这是我的老毛病了。可是他们以为我已经同意，一定要我趁明天家庆的机会表明态度……所以明天必有一番周折，我简直不知如何是好！偏偏福马·福米奇不知为什么又在生我的气；妈妈也一样。老弟，我老实告诉你，我只盼着你和柯罗夫金……

只想像通常所说的诉诉衷肠……”

“柯罗夫金在这件事情上能帮什么忙呢，舅舅？”

“能帮忙，我的朋友，能帮忙，——老弟，这个人不一般；用一句话来说：是个学问家！我把他看作坚强的靠山：这个人无往而不胜利！他谈起家庭幸福来头头是道！说实在的，我对你也寄托着希望；我想，你能够开导他们明白过来。你来评议评议：假定我有过错，我确实有过错——这一切我都明白；我不是没有知觉的，将来总还是可以原谅我吧！那时我们的生活才美哩！……哎，老弟，我的萨莘卡已经是个大姑娘了，完全可以马上就做新娘！我的伊柳沙也长大了，明天是他的命名日。我担心的是萨莘卡——旁的倒不打紧！……”

“舅舅！我的手提箱在哪儿？我换了衣服马上就来，那时再……”

“在顶楼上，我的朋友，在顶楼上。我事先吩咐过，等你一到，就把你直接带到顶楼上去，不让任何人看见。你说得对，的确应该换换衣服！这样很好，好极了，好极了！我到那边去让大家先做些精神准备。让上帝保佑你吧！你瞧，老弟，不能不耍一点手腕。这样下去会不由自主地变成塔列兰[①]。没关系！这时他们正在那边喝茶。我们这里茶点的时间比较早。福马·福米奇喜欢午睡一醒过来就喝茶；这样更好……那么，我先去，你快些跟我来，别把我一个人撂下：老弟，我一个人尴尬得紧……噢！等一下！我还要求你一件事：你可不要像刚才在这儿那样对我大叫大嚷——啊？如果你有什么话要说，那就等以后没有旁人的时候到这里来说；在那时以前你好歹得沉住气稍等一会！要知道，我在那边已经闯下大祸。他们正在生气……”

① 塔列兰（1754—1838），著名的法国外交家。

“听我说，舅舅，根据我所听到和看到的一切，我觉得您……”

“是个窝囊废，对不对？你就直截了当地说吧！”他完全出人意料地截住我的话头，“老弟，有什么办法呢！这我自己也知道。好了，那么你可要来啊！请尽可能快些来！”

到了顶楼上，我急忙打开手提箱，记着舅舅嘱咐我尽快下楼去的话。我在穿衣的时候发现，自己想要了解的事情我差不多还一无所知，尽管跟舅舅谈了足足一个小时。这使我大吃一惊。我多少弄清楚的唯一情况就是：舅舅仍然坚持要我结婚，由此可见，与此相反的种种流言，说是舅舅自己爱上了那一位，恐怕站不住脚。我记得当时我处在极大的惶惑之中。另一方面，我忽然想起，自己来到此地并在舅舅面前保持沉默差不多等于表示同意，等于作了保证，把自己永远束缚住了。我思量着：“说一句话并不难，这句话以后将一辈子束缚手脚。而我连对方的面还没见过哩！”同时我又在考虑：为何全家人这样跟我过不去？究竟为什么他们全都怀着敌意（据舅舅所述）对待我的到来？舅舅本人在自己家中扮演的又是什么奇怪的角色？他的态度为何如此神秘？他又为何如此惊慌和痛苦？说实在的，这一切在我心目中突然变得毫无意义，我那些罗曼谛克和英雄主义的幻想刚一接触现实立即从头脑中飞了出去。直到现在，跟舅舅谈话之后，我才一下子意识到他的建议是多么别扭，多么乖张，我懂得，只有舅舅才能在这样的情形下面提出这样的建议。我还认识到，我自己刚接到他的召唤，在他的建议鼓舞下，冒冒失失赶到此地，很像一个傻瓜。我一边匆匆穿衣，一边被种种疑虑占据住心房，以致起初没有注意到有一个仆人在侍候着我。

“您的领带是系阿黛莱德色的还是这条带小方格的？”仆人忽然以一种异乎寻常的、恭敬得有点肉麻的口吻向我问道。

我朝他一看，发觉他也颇堪注意。这人年纪还轻，作为一名听差穿得相当体面，不输外省的某些公子哥儿。茶褐色的燕尾服、白色的裤子、麦黄色的背心、漆皮半筒靴和淡红色的领结显然都不是漫无目的信手拈来的。凡此种种肯定一下子就能引起人们注意这个讲究穿着的年轻人有不俗的审美力。一条表链露在外边一定具有同样的目的。他的面色苍白，甚至微微泛青；一条鹰钩鼻大而尖，异乎寻常地白，像是大理石雕就。浮在他薄薄的嘴唇上的微笑现出哀愁的表情，然而这是一种雅致的哀愁。一双凸出的、像是玻璃做的大眼珠目光非常迟钝，然而从中还是流露出高雅的情致。薄而软的小耳朵出于知趣塞着棉花。疏朗的亚麻色长发卷成一圈一圈，涂着油膏。他的一双手白而干净，几乎是用玫瑰花露浸洗的；末端爱俏地留着极长的肉红色指甲。这一切应该是一个娇生惯养的公子哥儿的特征。他说话时齿音发得不准，卷舌的p故意含糊过去——算是非常时髦的风度。他不时把眼珠翻上垂下，频频叹息，温柔得难以想象。从他身上散发出香水的味儿。他个子不高，看上去四肢疲软、没精打采，走起路来有一种特殊的微蹲动作，想必认为这是最雅致不过的款式。总而言之，他浑身上下无不雅致，无不精妙，充满不一般的自尊感。我对最后一点不知为什么一时感到不大喜欢。

“这条领带是阿黛莱德色的？”我正色望着这个年轻仆人问道。

“是阿黛莱德色的。”他以不动声色的雅致表情回答。

“阿格拉菲娜色的没有吗？”

“没有。不可能有这种颜色。”

“为什么？”

“阿格拉菲娜这名字不雅。”

“怎么不雅？为什么？”

“大家都知道：阿黛莱德至少是个外国名字，听起来高雅；而阿格拉菲娜这名字可以用来称呼任何一个最没人要的娘们。”

“你发疯了不成？”

“绝对没有，我的神经健全。当然，您无论用什么字眼骂我都可以；但有好几位将军，甚至首都的几位伯爵对我的谈吐都感到满意。”

“你叫什么名字？”

“维多普里亚索夫。”

“啊！原来你就是维多普里亚索夫？”

“正是。”

“等一等，朋友，我要跟你认识一下。”

我在下楼的时候心想：这地方委实有点儿像精神病院。

四 饮茶之间

茶室就是通刚才我在那里遇见加甫里拉的露台的那间屋子。舅舅关于我将受到何种接待的神秘警告使我阢陧不安。年轻人有时过于爱面子，而年轻人爱面子几乎总是怯懦的表现。因此，下面这件事使我非常不愉快：我刚一进门，见到所有的人都已围着茶桌坐定，我突然给地毯绊了一下，身子一晃，为了保持平衡，竟飞到房间中央。我窘得简直像一下子断送了自己的前程、荣誉和好名声，一动不动地站在那里，脸红得像煮熟的龙虾，望着在座的人直发怔。我之所以要提起这桩本身毫不足道的事情，纯粹因为它严重地影响我的情绪几乎有整整一天之久，并进而影响到我对本书若干人物的态度。我本想行一个礼，结果没有行成，脸红得更厉害了，便扑到舅舅跟前，抓住他的一只手。

“您好，舅舅。”我气急败坏地说，心想说一句与此完全不同的、俏皮得多的话，结果却大大出乎意料地只说了一句：“您好。”

“你好，你好，老弟，”舅舅答道，他在替我难过，“我们已经见过面了。千万别怕难为情，”他低声插了几句，“老弟，谁都会碰到这种事，人家还要窘得多！有时候恨不得地上有个洞可以钻下去！……现在，妈妈，让我给您介绍一下：这就是我们的年轻人；他有些怕难为情，不过您一定会喜欢他的。我的外甥谢尔盖·亚历山德罗维奇。”末了一句他是向全体说的。

但是，亲爱的读者，在我继续叙述之前，请允许我向您一一介绍我突然置身其间的那一群人。为了叙事方便起见，这甚至是必不可少的。

在座的有好几位女士，男的除了我和舅舅以外只有两位。我很想见一见的那位君临全宅的无上权威福马·福米奇（当时我已经感觉到了）并不在场：他以自己的缺席惹人注目，仿佛把屋子里的光明都带走了。所有的人都愁容满面，心事重重。这是不可能不一目了然的：尽管当时我本人又狼狈、又懊丧，我还是注意到，比如舅舅也几乎同我一样懊丧，虽然他尽全力以表面的自若掩盖心中的忧虑。他心上似乎压着一块沉重的石头。当时在室内的两个男子之一还很年轻，大约二十五岁，就是刚才舅舅提到他时盛赞其智慧和品德的奥布诺斯金。这位先生给我的印象非常不佳：他身上的一切流于一种充阔的恶俗气派；他的一身西服虽很阔气，可还是显得不整饬、不大方；他的面容似乎也不大精神。淡黄色的蟑螂细髭和没有蓄好的三绺疏须显然是想摆出一副吾行吾素的姿态，也许还想表示有自由派思想。他频频眯起眼睛，现出一种做作的奸笑，坐在椅子上拿腔作势，不时举起长柄单照把我打量；但当我朝着他转过脸去的时候，他立刻放下单照，似乎有些胆怯。另一位先生也还年轻，估计在二十七八岁上下，是我的同外曾祖表兄米津奇可夫。他的确异常沉默寡言。饮茶之间他始终一语不发，别人都笑的时候他不笑；但我丝毫看不出舅舅认为他有的“可怜相”；相反，他的一双浅褐色眼睛的目光坚定，显示他有鲜明的性格。米津奇可夫黑皮肤、黑头发，相当英俊，衣着很体面——后来我知道花的是舅舅的钱。女士中我最先注意到别列别里岑娜小姐，因为她的面容非常凶，又毫无血色。她坐在将军夫人一旁（关于将军夫人回头另表），但不是并排，而且略略靠后表示恭敬；她不时俯身在这位靠山耳畔说悄悄话。两三个上了年纪的女食客一声不吱地并排坐在窗边，睁大眼睛注视将军夫人，恭恭敬敬地等着喝茶。同样引起我注意的还有一位年龄在五十岁上下、胖得不成样子的太太，她的衣饰俗气而又刺目，好像还厚施脂粉，几乎没有牙，只露出零零碎碎几小块发黑的东西；然而这并不妨碍她尖声谈笑，挤眉弄眼，忸怩作态，甚至近乎乱送秋波。她身上挂着好几条链子，同奥布诺斯金先生一样不断举起长柄单照来打量我。他们是母子俩。我的姨母、温顺的普拉斯珂维雅·伊里尼奇娜在斟茶。看得出她想在这久别重逢的时刻和我拥抱，而且不用说还想当即哭它一场，但她不敢。这里的一切仿佛都处在某一项禁令之下。她旁边坐着一个十五岁左右、长得很好看的少女，一双黑眼睛带着稚气的好奇表情专注地望着我，——她是我的表妹萨莘卡。最后，恐怕比所有的人更显得突出的是一位十分奇怪的女士，服饰华丽，打扮得过于年轻，尽管她已绝非妙龄，少说也有三十五岁。她的面孔很瘦，苍白而枯萎，但是兴致极高。几乎随着她的每一个动作、每一次情感冲动，就有一阵红潮泛上她憔悴的两腮。她不间断地处在激动的状态中，在椅子上扭过来转过去，似乎一分钟也坐不安稳。她怀着一种贪婪的好奇心盯着我瞧，频频侧着脸儿向萨莘卡或另一位邻座耳语，接着就发出一阵天真烂漫、稚气十足的憨笑。但使我惊讶的是，对于她这种种乖张的举止似乎谁也不在意，犹同大家事先商量好的一般。我猜想这就是那位用舅舅的话来说脾气怪得可怕的塔姬扬娜·伊万诺夫娜，也就是人家硬要把她配给舅舅的那位，宅内几乎人人都讨好她，因为她有钱。不过，我倒是喜欢她的一双柔顺的碧眼，虽然眼眶周围已经现出皱纹，但目光是那样憨直、那样欢欣和善良，使人在目遇时感到分外愉快。关于本书真正“英雄”之一的这位塔姬扬娜·伊万诺夫娜，以后我还要详细交代；她的身世相当动人。在我来到茶室五分钟之后，从花园里跑进来一个挺好看的男孩子——我的表弟伊柳沙，明天是他的命名日，这时他的两只口袋都塞满了小孩玩的牛蹄骨，手里捧着一只陀螺。跟着他走进来一位身材苗条的年轻姑娘，面色略有些憔悴，好像疲倦了，但长得很美。她用好奇、怀疑甚至羞怯的眼神把在场的人扫视一周，看到我的时候注意力相当集中，然后在塔姬扬娜·伊万诺夫娜一旁坐下。回想起来，当时我心中不由自主地小鹿乱撞：我料想这就是那位家庭教师……我也记得，她一进来，舅舅忽然向我很快地瞥了一眼，一下子满面通红，然后俯下身去把伊柳沙抱起来递给我亲吻。我还注意到，奥布诺斯金娜太太先是谛视着舅舅，随即面带揶揄的笑意举起长柄单照把视线转向家庭女教师。舅舅窘得厉害，不知如何是好，本欲把萨莘卡叫过来给我介绍一下，但她只稍微抬起身子，庄重地向我默默欠身行礼。不过，我倒认为这样很好，因为她的姿态动人。正在这个当儿，好心的姨母普拉斯珂维雅·伊里尼奇娜忍不住了，终于放下斟茶的差使，正想跑过来吻我；但我刚开口跟她说话，立即听到别列别里岑娜小姐尖声说道：“看来普拉斯珂维雅·伊里尼奇娜把妈妈（即将军夫人）给忘了，您妈妈要茶，可您没在倒茶，她老人家等着哩。”于是普拉斯珂维雅·伊里尼奇娜撇下我赶紧去履行职责。在整个这一小圈子内最显要的人物、大家对之唯命是从的将军夫人，是个全身丧服、脾气很坏的干瘪老太婆，——其实，她的坏脾气多半可归因于年迈昏聩，把最后一点本来就不高明的智能也都丧失了。过去她好跟人争吵。将军夫人的身份使她变得更加愚蠢、更加傲慢。她发脾气的时候，整个宅第就像一座地狱。她发脾气有两种方式。一种是沉默式：老太婆可以一连几天紧闭嘴唇，死不开口，无论什么东西放到她面前都被她推开，有时甚至往地上扔。另一种则是完全相反的唠叨式。开始时姥姥——她到底是我的外祖母——照例陷入极大的沮丧，只盼着全世界包括他们的整个庄院统统崩溃，预感到前途将是穷困和种种苦难，她自己却从预感得到鼓舞，开始扳着指头历数未来的灾厄，甚至愈数愈得意，愈数愈亢奋。不消说，你会发现，这一切她早就料到了，她之所以保持沉默，是因为她“在这户人家”不得不缄口。“但要是对我孝顺，要是愿意早一点听我的话，那么……”等等，等等；这些话立刻会得到一帮女食客以及别列别里岑娜小姐的附和，最后由福马·福米奇庄严地加以确认。我被向她引见的那个时刻，她正在发很大的脾气，看来是第一种方式，即最可怕的沉默式。大家都提心吊胆地望着她。只有什么都可以得到原谅的塔姬扬娜·伊万诺夫娜一个人兴致极好。舅舅郑重其事地把我带到姥姥跟前；但她做出一副酸溜溜的怪相，把茶杯狠狠地从自己面前推开。

“这就是那个伏尔—梯—若尔[①]？”她面向别列别里岑娜，透过牙缝拿着腔儿问。

这句愚蠢的问话把我彻底弄糊涂了。我不懂，她为什么称我伏尔梯若尔？但这类问题在她还算不了一回事。别列别里岑娜凑到她耳边不知悄悄说了些什么；可是老太婆忿忿然把手一甩。我张口结舌站在那里，用疑问的目光望着舅舅。所有的人都面面相觑，而奥布诺斯金甚至还龇牙咧嘴，使我十分反感。

“老弟，她说话有时候颠三倒四，”舅舅低声对我说；他也有些

---

① 将军夫人要说的显然是“伏尔泰信徒”，以此挖苦主张思想自由的人。但所用的“伏尔梯若尔”一词却是“特技骑手”的意思。这也许是糊涂所致，也许是有意嘲弄。

茫然，“但这没什么关系，她这样说是出于好心。你主要得看心肠。”

“对，心肠！心肠！”冷不防响起了塔姬扬娜·伊万诺夫娜清脆的声音，她一直目不转睛地看着我，不知为什么总是坐不安稳；想必舅舅低声说出的“心肠”两个字给她听见了。

但她没有再说下去，虽然她明明想说些什么。是不好意思了呢，还是另有原因，反正她骤然住了口，脸红得厉害，很快地俯身在家庭女教师耳边悄悄说了些什么，接着用手绢掩口，身体往椅背上一靠，突然纵声大笑，像是歇斯底里发作起来。我极度困惑地环顾所有的人；但使我愕然的是：所有的人表情都很严肃，仿佛没有发生任何特别的情况。我自然也就明白了，塔姬扬娜·伊万诺夫娜原来是这么个人。后来，总算把茶递给了我，我这才稍稍定下神来。不知是何缘故，但我一下子感觉到自己有义务跟女士们殷勤攀谈。

“您说得对，舅舅，”我开言道，“刚才您警告过我临场可能发慌。我坦率地承认——何必隐瞒呢？”我继续说，同时脸带讨好的微笑转向奥布诺斯金娜太太，“在这以前我同女士们差不多完全没有交往，所以，刚才当我这样愣头愣脑走进来的时候，我觉得自己站在屋子中央的姿态一定十分可笑，有点儿窝囊废的味道，——可不是吗？您读过《窝囊废》[①]这本书没有？”临了我问，心中却愈来愈慌乱，脸上因为自己这种讨好的坦率而发烧，眼睛严厉地望着龇牙咧嘴、还在从头到脚把我打量的奥布诺斯金先生。

“对，对，对！”舅舅忽然劲头十足地高声说道，他由衷地为谈话好歹已开了个头和我渐渐定下神来而感到高兴，“老弟，刚才你说临场可能发慌——这还不要紧。即使发了慌，过后就没事了！可是，

---

① 指俄国作家皮谢姆斯基（1820—1881）的一部中篇小说。

老弟，我初次进入交际场的时候还撒了谎——你信不信？不，真的，安菲萨·彼得罗夫娜，我可以告诉您，这件事听起来很有趣。我刚成为一名士官，来到莫斯科，带着介绍信去见一位很神气的夫人——她是一位傲慢得了不得的女人，但本质当然极其善良，不管怎么说。我进去一看，那里正在接待宾客。客厅里挤得满满的，大都是达官贵人。我行过礼，坐下来。女主人第二句话便问我：'少爷，您有田庄没有？'其实，我连鸡也没有一只，叫我回答什么？我窘得无地自容。大家都望着我，等这个小士官开口。咳，为什么不回答说一无所有呢？这样本来很大方，因为说的是实话。然而我沉不住气。我说：'有，一共一百十七口人[①]。'干吗我还添上十七个零头啊？既然吹牛，那就吹它个整数不好吗？过不多久，人家从我带去的介绍信上知道，我是个十足的穷光蛋，偏偏还要吹牛！请问，该怎么办呢？我只好逃之夭夭，从此再也没跨进她家的门。当时我的确还什么也没有。一切都是现在才有的：伯父阿法纳西·马特维伊奇传给我三百口人，加上以前祖母阿古丽娜·潘菲洛夫娜留下的二百口人连同卡比托诺夫卡一个村庄，总共五百挂点儿零。这不是很好吗？不过我从那时候起发誓不再撒谎，直到现在也不撒谎。"

"换了我处在您的地位，才不发这个誓。除了上帝，谁也不知道会出现什么情况。"奥布诺斯金冷笑着说。

"是啊，确实如此，确实如此！除了上帝，谁也不知道会出现什么情况。"舅舅傻乎乎地连声应道。

奥布诺斯金靠到椅背上放声狂笑；他的妈妈微微一笑；别列别里岑娜小姐也吃吃地笑，那模样特别令人恶心；塔姬扬娜·伊万诺夫娜也哈哈大笑，尽管她不知道笑什么，甚至还拍起手来，——总之，我

---

① 根据农奴的人数大致可以看出田庄的规模。

清楚地看到，舅舅在自己家里别人完全不当他一回事。萨莘卡愤懑的双目瞪定奥布诺斯金。家庭女教师涨红了脸低下头去。舅舅感到奇怪。

“怎么啦？出了什么事？”他连声问道，同时莫名其妙地把我们每个人一一看遍。

在这段时间内，我的表兄米津奇可夫始终远远地默坐在另一边，当大家都发出笑声的时候，他却不露一丝笑意。他卖力地喝茶，以哲学家的姿态观察在座的芸芸众生，好像百无聊赖的样子，几次想吹起口哨来（大概是一种老习惯吧），但还是及时克制住了。奥布诺斯金逗着舅舅取乐，并且也想惹我，对米津奇可夫却好像连看也不敢看一眼：这一点我注意到了。我也注意到，我那位沉默寡言的表兄常常在瞧我，甚至怀着明显的好奇心，似乎想要作出确切的判断：我是怎么样一个人。

“我相信，”奥布诺斯金娜太太忽然用鸟语般的声音开始说，“我敢断定，谢尔日先生[①]——我没弄错吧？——您在彼得堡不会太崇拜女士们。我知道，现在那里有许多、非常多的年轻男子完全不跟女士们交往。不过，据我看，这都是一些自由思想派。我认为这是不可原谅的自由思想派作风，否则我不同意。我得向您承认，年轻人，这使我感到惊讶，太惊讶了！……”

“我完全不参加社交活动，”我异常兴奋地回答，“但这……至少我认为没什么关系……我的生活……噢，我一直都是租人家的房住……但这没什么关系，请您相信。我会熟悉的，过去我老是待在家里……”

“研究科学。”舅舅煞有介事地插话道。

---

① 原文为法语。“谢尔日”是“谢尔盖”这个名字的法语读法。

“啊，舅舅，您嘴上总是挂着科学！……请想象一下，”我做出非常随便的样子，笑容可掬地重新面向奥布诺斯金娜往下说，“我这位亲爱的舅舅对科学虔敬到这种程度，竟在不知何处的大路上发掘到一位神奇的实用哲学家柯罗夫金先生；我们分别这么多年，他第一句话就对我说，他正在等候那位了不起的仙师，而且等得那样心焦，简直可以说到了痉挛的程度……那当然是出于对科学的热爱……”

我吃吃地笑了起来，指望引起对我的谈吐诙谐表示赞赏的哄堂大笑。

“那是谁？他说什么人来着？”将军夫人向着别列别里岑娜厉声问。

“叶果尔·伊里奇请了好多客人，全是什么科学家；他在大路上往来，尽搜罗那些人。”这位老小姐幸灾乐祸地尖声回答。

舅舅这下可着了慌。

“噢，是啊！我简直忘了！”他叫喊起来，并向我投了表示埋怨的一瞥，“我正等柯罗夫金。这是个搞科学的人，他将流芳百世……”

他突然顿住，不做声了。将军夫人把手一甩，这一回甩得很巧，正好碰着一只茶杯，茶杯当即从桌上飞下去打得粉碎。大家都紧张起来。

“她常常这样，一发火就把东西往地上扔。”狼狈不堪的舅舅低声对我说，“但这只有在发火的时候。老弟，你别计较，装不在意，眼睛往旁边看……你干吗要提到柯罗夫金？……”

但即使他不说，我的眼睛也看着旁边：这时我和家庭女教师的目光互相碰上了。我觉得，在她向我投来的目光中包含着责备、甚至是鄙夷的神情；她那憔悴的两腮灿然升起愤懑的红晕。我明白她的眼神的意思，认识到我出舅舅的洋相是为了多少减轻一些自己可笑的程度，这种卑怯可鄙的做法不大会赢得这位小姐的好感。我无法形容自己当时有多么羞愧！

“我还是跟您来谈谈彼得堡，”等打碎茶杯引起的紧张气氛松弛下来后，安菲萨·彼得罗夫娜又说开了，“我想起当年我们在这个迷人的都城里的生活，真可以说回味无穷……当时我们同一个家庭相处得很熟——你还记得不，保罗[①]？就是波洛维岑将军家……啊，将军夫人真是迷人，迷—人—透—顶！呵，那才是贵族气派，上流社会[②]！……我敢说，你们必定见过面……说真的，我焦急地盼着您来：我希望从您那儿打听有关我们在彼得堡的朋友们的好多好多情况……”

“我很抱歉，我不能……请原谅……我已经说过，我极少参加社交活动，而且完全不认识波洛维岑将军；连听也没有听到过，”我迫不及待地回答，突然把殷勤的态度换上非常讨厌和烦躁的心绪。

“他的心思都用在矿物学上头！”本性难改的舅舅自豪地接口说。“老弟，矿物学是不是研究各种石块的？”

“对，舅舅，是石块……”

“嗯……科学的门类很多，全都有用！老弟，说实话，我连矿物学是怎么回事也不知道！我只是道听途说。在其他方面还马马虎虎过得去，在科学上我是个蠢材——我低头认罪！”

“低头认罪？”奥布诺斯金微笑着接过了这句话。

“爸爸！”萨莘卡喊了一声，以埋怨的目光看着父亲。

“怎么，宝贝？啊，我的天哪，我老是打断您的话，安菲萨·彼得罗夫娜，”舅舅自以为恍然大悟，其实没有弄懂萨莘卡为什么喊住

---

① 奥布诺斯金娜把儿子巴威尔的名字按法国方式念成保罗。

② 原文为法语。

他。“看在基督分上，请原谅！”

“哦，请宽心！”安菲萨·彼得罗夫娜现出一副酸溜溜的笑脸回答。“不过，我已经把所有的话都向令甥说了，最后只表示一点意见：谢尔日先生——我没弄错吧？——您必须彻底纠正原来的观念。我相信，科学、艺术……比方雕塑……总而言之，这一切崇高的思想都有其令—人—神—往的一面，但它们代替不了女士！……年轻人，女人能使你们成型，因此少不了她们，少不了！”

“少不了，少不了！”塔姬扬娜·伊万诺夫娜又开腔了，她的声音有些刺耳，“喂，”她像个孩子似的急忙说，脸自然涨得通红，“喂，我想问您……”

“有何见教？”我应道，一边注视着她。

“我想问您：您来准备长住还是就走？”

“说真的，我还不知道；看事情如何……”

“事情！他会有什么事情？……哦，真是个疯子！……”

塔姬扬娜·伊万诺夫娜的脸红得不能再红，她用扇子掩面凑到家庭女教师耳畔，马上开始悄悄地向她说些什么。随后忽然笑了起来，并开始鼓掌。

“等一下！等一下！”她撂下正在说体己话的对象，重又向我叫道，仿佛生怕我走开，“喂，您知道我要对您说什么？您非常非常像一个年轻人，一个可—爱—透—顶的年轻人！……萨莘卡，娜斯简卡，还记得吗？他非常像那个疯子——你应该记得，萨莘卡！我们出去兜风的时候遇见的……他骑着马，穿一件白背心……他还把长柄单照对准我瞧，真不害臊！你们可记得，我还用面纱遮住脸，但忍不住从车上探头出去向他喊了一声：‘真不害臊！’后来我把一束花扔在路上……还记得吗，娜斯简卡？”

这位被爱神迷住心窍的半疯癫小姐激动地用双手捂住面孔；后来

忽然从座位上跳起来，像一阵风飘到窗前，从花盆里摘下一朵玫瑰，把它扔在我旁边的地上，接着冲出屋子不知跑到哪里去了！这一回甚至出现某种尴尬的局面，虽然将军夫人同第一次一样不动声色。比如，安菲萨·彼得罗夫娜不以为怪，但似乎一下子显得心事重重，惆怅地望着儿子；小姐们脸红了，而保罗·奥布诺斯金带着彼时我还不理解的烦恼神色从桌旁站起来走到窗前。舅舅正要向我打手势，但这时又有一个人走进屋子里来，把大家的注意都吸引了过去。

“啊！叶甫格拉夫·拉里昂内奇！我们正谈到您哩！”舅舅欢呼道，他的高兴确非做作，“老兄，城里有什么新闻吗？”

“都是些怪人！他们好像是故意被召集到这里来的！”我暗自思忖，对于在我眼前发生的一切还不甚了了，殊不知我自己来到他们中间，又何尝不是给这群怪人增添一个品种。

五　叶若维金

走进屋子来的那个人——或者说挤进屋子更恰当（虽然门很宽）——还在门口就低头哈腰、鞠躬如仪、露齿堆笑，一边十分好奇地环顾所有在场的人。这是一个矮小的老头儿，麻脸，秃顶，一双狡黠的眼珠子骨溜溜转个不停，颇厚的嘴唇上浮着薄薄一层捉摸不定的笑意。他上身一件很旧的燕尾服，看样子是别人穿过的。有一颗扣子仅靠一线维系，两三颗则根本没有了。窟窿累累的靴子和沾满油污的制帽与他寒酸的衣裳倒也配称。他手里拿着一条擤满鼻涕的方格纱手帕，用它抹额上和两鬓的汗。我注意到家庭女教师的脸略有些发红，她很快地看了我一眼。我甚至觉得这道目光包含某种骄傲和挑战的意味。

“我刚从城里来，善人！刚打那里来，我的亲爹！我会一一告诉您的，不过请允许我先表一表敬意。”进来的小老头儿说罢，径向将军夫人那边走去，但在半道上停步，重又转身面对舅舅。

“善人，您知道我的主要特征：我是个混蛋，十足的混蛋！我一进门，总是立刻找这一家最显要的人物，首先走到那一位跟前去请安，这样可以从一开始就得到关照和保护。我是个混蛋，老爷，真是个混蛋，恩公！将军夫人，请允许我吻一下您的衣裳，要不，我的嘴唇会把您将军夫人的金手弄脏的。”

将军夫人相当情愿地向他伸出一只手，这使我感到惊讶。

“我也向您致敬，我们的美人儿，”他转向别列别里岑娜小姐继续说，“有什么办法，我的女士：我总是个混蛋！还在一八四一年我被开除公职的时候，就派定了我是混蛋，也正是在那个时候，瓦连京·伊格纳季奇·吉洪错夫当上了八等文官，成为老爷；他做官，我做混蛋。反正我生就一张厚脸皮，什么也承认。有什么办法！我曾尝试做个正派人，试过了，现在得尝试做另一种人。亚历山德拉·叶果罗夫娜，我们的多汁苹果，”他绕过桌子走向萨莘卡，一边继续说，“请允许我吻一下您的衣裳；小姐，从您身上散发出苹果和各种美味的芳香。向我们的命名日主角致敬；少爷，我把弓箭给您送来了，我自己做了整整一个上午；我的孩子们也帮我；这下咱们可以射了。等您长大后，当上军官，去砍土耳其人的脑袋。塔姬扬娜·伊万诺夫娜……啊，这位女善人不在！否则我也要吻一下她的衣裳。普拉斯珂维雅·伊里尼奇娜，我的亲娘，只是我没法挤到您跟前来，否则我非但要吻您的手，还要吻一下您的脚哩！安菲萨·彼得罗夫娜，我要向您竭诚致敬。今天我还为您向上帝作过祈祷，善人哪，含泪跪着向上帝祈祷，也求上帝赐给令公郎高官厚禄和奇才异能，特别是才能！顺便我也要向伊万·伊万诺维奇·米津奇可夫表示最恭顺的敬意。求上帝赐给您自己想要的一切。因为实在闹不清您究竟要什么，先生：

您老是默默无言……你好，娜斯简卡，我那一帮子小鬼问你好；他们天天提到你。现在我也要向主人深深鞠一个躬。大人，我刚从城里来，直接从城里来。这位想必就是在大学里深造的令甥吧？让我向您表示最恭顺的敬意，先生；请把您的手伸给我。”

屋子里笑声四起。不难理解，这老头儿是在自愿扮演一个丑角。他的到来把大家都逗乐了。很多人并不懂得他语含讽嘲，而他几乎向所有的人都尽到礼数。只有被他不知为什么用昵称直呼其名的家庭女教师红着脸，皱眉蹙额。我本想把手缩回来，可是小老头儿似乎料到会有这一着。

“我只是请求让我握一下您的手，少爷，如果您允许的话；我并不想吻手。可您以为我要吻手吗？不，亲爹，暂时还只是握手。善人哪，您想必把我当作老爷的小丑，是吗？”他以嘲弄的目光望着我说。

“不……不，请别误会，我……”

“对啊，少爷！如果我是小丑，那么这里还有别人也是！请您尊重我的人格：我还不是您所想象的那样一个混蛋。不过，也许确实是个小丑。我是奴隶，我妻子是奴隶，再加上拍拍马屁，说说好话，总能得些好处，让孩子们喝点儿牛奶也是好的。只要多加点儿糖，往哪儿都加点儿糖，反正对健康有利无弊。少爷，我告诉您，这是一个秘诀，您也许用得上。善人哪，时运不济，所以我只能是一个小丑。”

“嘻嘻！啊，这个小老头儿真调皮！老是逗人发笑！”安菲萨·彼得罗夫娜尖声说。

“我的亲娘，善人哪，其实，在世上当傻瓜日子比较好过！早知如此，我从小就报名当傻瓜，说不定现今是聪明人了。而我很早就想做聪明人，结果如今反而成了个老傻瓜。”

“请问，”奥布诺斯金插进来说（他大概不喜欢刚才关于才能的话），一边摆出特别随便的姿势靠在圈椅里，用单照端详着老头儿，好像在观察一只瓢虫似的，“请问……我老是把尊姓忘记……您叫什么来着？……”

“啊，少爷！敝姓大概是叶若维金，可是这又何必记住呢？我丢了差事已经有八年多，一直这样过日子，听其自然。至于孩子，我的孩子简直是一个霍尔姆斯基家族①！真像俗话所说的那样：‘富人添牛崽，穷汉多小孩’……”

“是啊……牛崽……不过，暂时不谈这个。听我说，我早就想问您：您每次进来，为什么总是立刻回头张望？这非常可笑。”

“为什么回头张望？少爷，我老觉得有人想从后面给我一巴掌，像拍苍蝇似的，所以我回头张望。我害上了偏执狂，少爷。”

在座的人又笑开了。家庭女教师想离座走开，可是又重新坐到圈椅里。她脸上有一种痛苦的表情，虽然两颊泛着红晕。

“老弟，你知道这是谁？”舅舅悄悄地对我说，“这是她的父亲！”

我睁大眼睛望着舅舅。叶若维金这个姓氏从我头脑中不知飞到何处去了。我自命为英雄，一路上尽想着拟议中的未婚妻，准备向她提出种种慷慨的设想，完全忘了她姓什么，或者毋宁说，从一开始就丝毫也没有注意过这一点。

“怎么是她父亲？”我也悄悄地说，“我还以为她是个孤儿，难道不是这样？”

“是她父亲，老弟，是她父亲。告诉你，这是一个最最诚实、最

① 当时一部小说拥有不少读者，全称为《霍尔姆斯基家族——俄国贵族习俗及生活方式（包括家庭生活和独身生活）的若干特征》，作者别吉切夫（1786—1855）。

最高尚的人，甚至酒也不喝，只是装做小丑的样子。穷啊，老弟，太可怕了，八个孩子！他们就靠娜斯简卡的薪水度日。他因为说话不小心，给开除了公职。每星期都上这儿来。有一股子傲气，——怎么也不肯接受济助。我济助过，济助过许多次——他就是不要。他气愤过了度！”

“老兄，怎么样，叶甫格拉夫·拉里昂内奇，您带来什么新闻没有？”舅舅问，并在他肩上着力拍了一下，因为注意到这个多疑的老头儿已经在偷听我们的谈话。

“您要听新闻吗，善人？瓦连京·伊格纳季奇昨天就特里申的案件作了说明。特里申货堆里的面粉短了斤两。噢，太太，就是那个看起人来像吹茶炉子似的特里申。您也许还记得吧？瓦连京·伊格纳季奇关于特里申是这样写的：‘既然一再提到的那个特里申连亲侄女的名节也不能保全，让她同一个军官在去年私奔了，——那么，他怎么能把公家的东西保存好？’他是白纸黑字这样写的——真的，我不撒谎。”

“啐！您说的尽是些无稽之谈！”安菲萨·彼得罗夫娜表示不信。

“是啊，是啊！叶甫格拉夫老兄，你说溜了嘴啦！”舅舅连声附和，“咳，这张嘴非坑了你不可！你为人正直、高尚、规矩——这我可以担保，可是你的嘴实在刻薄！我不明白，为什么你跟他们合不来？他们好像都是些善良、随和的人……”

“我的爷，善人哪！我可就是害怕随和的人！”老头儿特别兴奋地叫喊起来。

我喜欢这样的回答。我很快走到叶若维金跟前，同他紧紧握手。说实话，我想通过向老头儿公开表示同情，多少也算同普遍的见解唱一下对台戏。也许我想抬高自己在娜斯塔霞·叶甫格拉福夫娜[①]心目

---

① 这是家庭女教师的正式名字连父名，娜斯简卡是小名。

中的地位亦未可知。但是，我的举动没有取得任何有利的结果。

“请问，”我照例涨红了脸急急忙忙问道，“您听说过耶稣会没有？”

“不，我的亲爹，我没听到过；除非是什么……反正我们没有资格！怎么样？”

“没什么……我顺便想到谈一件事情……不过，以后有机会请提醒我。现在，请您相信，我理解您的心情……并认为这是很可贵的……”

我在极大的慌乱中再次抓住他的手。

“少爷，我一定提醒您，一定提醒！我要用金字刻下来。还要打上一个结，免得忘记。”

说着，他果真在那方肮脏的烟草色手帕上找到不太湿的一只角打了个结。

“叶甫格拉夫·拉里昂内奇，请来用茶。”普拉斯珂维雅·伊里尼奇娜说。

“就来，美丽的姑奶奶，就来，其实应该称您公主才对！谢谢您的茶。我在路上遇见了斯杰潘·阿列克塞伊奇·巴赫切耶夫，姑奶奶！他喜气洋洋，高兴得不得了！我心想：他是不是准备结婚了？拍拍马屁，奉承几句，”他端着茶杯打我身边经过时低声说，并向我使眼色、眯眼睛，“怎么看不见头号善人福马·福米奇？难道他老人家不来喝茶？”

舅舅像给螫了似的猛然一震，胆怯地看看将军夫人。

“说真的，我不知道他来不来，”舅舅带着一种奇怪的窘态回答，口气是犹豫的，“已经叫过他，可他……我确实不知道，也许他心境不好。我已经差维多普里亚索夫去过……要不要我自己去一趟？”

“我刚刚到他那儿去过。”叶若维金神秘地说。

“真的吗？”舅舅失声惊呼，“到底怎么啦？”

“我首先到他那里去请安。他老人家说要独自喝茶，后来又说，他光靠干面包皮也能吃饱。”

这几句话看来把舅舅吓得非同小可。

“你向他解释一下嘛，叶甫格拉夫 · 拉里昂内奇，你讲给他听嘛。”舅舅终于说，同时以懊恼和埋怨的目光望着老头儿。

“我说了，说了。”

“怎么样？”

“他半晌没有答理我。他坐在那里算一道数学题，要证明什么定理；那道题大概很伤脑筋。他当着我的面画了几条毕达哥拉斯的短裤[①]，——我亲眼看见的。我重复了三遍；到第四遍时他老人家才抬起头来，好像刚看到我。他说：‘我不去，如今那边来了个科学家，在这样的明星旁边哪有我们的地位。’他老人家正是这样说的：‘在明星旁边’。”

小老头儿带着嘲讽的表情向我斜瞅一眼。

“我料到会有这一着！”舅舅双手一拍嚷道，“果然不出所料！谢尔盖，他说的‘科学家’就是指你。这下该怎么办？”

“我直说了吧，舅舅，”我挺神气地耸耸肩膀回答，“据我看，这种人太可笑，根本不值得理睬，老实说，您的惶惑使我感到惊讶……”

“哦，老弟，你什么都不知道！”他说着使劲把手一甩。

“现在犯愁也没有用，”别列别里岑娜忽然插言道，“只怨您自己，因为祸根都在您身上，叶果尔 · 伊里奇。掉了脑袋何必心疼头

① 直角三角形斜边之平方等于其余两边平方之和，称为毕达哥拉斯定理。证明此定理时所作图形略似一条三角裤，故称。

发。早听妈妈的话，也不至于现在哭丧着脸犯愁。”

“安娜·尼洛夫娜，我到底有什么过错？可不能昧着良心说话！”舅舅用哀告的声调说，好像非要把事情讲讲清楚不可。

“我没有昧着良心说话，叶果尔·伊里奇；您自私，不孝顺娘亲——事情都由此而起。”别列别里岑娜小姐庄重地回答，“为什么您不从一开始就尊重她老人家的意志？她是您的母亲。我决不对您说假话。我自己也是中校的女儿，不是等闲之辈。”

我觉得，别列别里岑娜插话的唯一目的是要向我们大家声明，尤其要向我这个新来乍到的人声明：她自己也是中校的女儿，并非等闲之辈。

“因为他轻侮自己的母亲。”将军夫人也厉声说，她总算开了口。

“妈妈，发发善心吧！我哪里会轻侮您哪？”

“因为你是个黑心的利己主义者，叶果鲁什卡[①]。”将军夫人愈来愈上劲地往下说。

“妈妈，妈妈！究竟哪一点说明我是个黑心的利己主义者？”舅舅几乎发出绝望的哀叫，“五天来，整整五天您一直在生我的气，不愿跟我说话！为什么？究竟为什么？请大家来评评理，让全世界来论一论我的是非！让人们也听一听我的申辩。妈妈，我沉默了很久；您不愿听我的意见，那就让人们听我说。安菲萨·彼得罗夫娜！巴威尔·谢苗诺维奇，品德极其高贵的巴威尔·谢苗诺维奇！谢尔盖，我的朋友！你是外来人，所谓旁观者清，你可以不带成见作出判断……”

“镇静一下，叶果尔·伊里奇，镇静一下，”安菲萨·彼得罗夫

① 将军夫人在骂已到中年的儿子时却对他使用昵称，本身相当可笑。

娜大声说，“别把妈妈气死！”

“我不会气死她的，安菲萨·彼得罗夫娜；这是我的胸膛——请刺吧！”舅舅继续说，他的愤激达于顶点，这种情况有时会发生在性格软弱的人身上，如果他们被逼得忍无可忍的话；不过，他们的愤激犹如点着了火的麦秸，“我要说，安菲萨·彼得罗夫娜，我不欺侮任何人。我声明在先：福马·福米奇是个极其高尚、极其正直的人，而且具有至上的品质，然而……然而在这件事情上他对我是不公正的。”

“呣！”奥布诺斯金从鼻子里发出声音，似乎想把舅舅进一步惹急。

“巴威尔·谢苗诺维奇，品德极其高贵的巴威尔·谢苗诺维奇！难道您也真的以为我同所谓的泥塑木雕一样？我分明看到，我分明懂得，可以说心中含着热泪懂得，所有这些误会都起因于他过分爱我。然而，在这件事情上他确实对我不公正。我把话都说出来。安菲萨·彼得罗夫娜，我现在要把这事的经过明明白白、详详细细说出来，让您可以了解：问题从何而起；妈妈为我没有顺从福马·福米奇的意思而生我的气是否有道理。谢辽查，你也听一听，”他面向着我补充说；在接下来叙述经过的全部时间内，他始终面向着我，似乎害怕其余的听众，不敢指望得到他们的同情，“你也听一听，并作出判断：我对还是不对。整个这件事情是这样开始的：一星期以前，——是的，不会超过一个星期以前——我过去的上司、卢萨佩托夫将军带着夫人和一个小姨子路过本城，作短期逗留。我一听，这可不得了。急忙利用一个机会飞也似的前去拜会，并请他到家里来吃饭。他答应说，能来一定来。我告诉你，这是一个极其高尚的人；道德超群，加上官高爵显！他对小姨子恩德可不浅，把一个孤儿嫁给了一个绝妙的年轻人（现任马里诺沃的司法稽查官，年纪还很轻，但是可以说博学多才！）——总而言之，这是一位将中之将！我们这里少不得要张罗一下，有一番忙碌，请厨师啦，做浇汁肉丁啦；我还请了鼓手乐师。我自然喜气洋洋，像过命名日似的。福马·福米奇看到我喜气洋洋，像过命名日似的，他不乐意了！他坐在桌旁——我还记得那天席上有他爱吃的奶油果子羹，——先是半天不开口，后来突然跳起来说，'您亏待我，亏待我！'我说：'什么地方亏待你啦？'他说：'现在您不把我放在眼里；您现在只想巴结将军；您把将军看得比我更重！'当然，我现在只是对你简单讲一个大意；但要是你听到他还对我说了些什么……总而言之，他震撼了我的整个心灵！你有什么办法？我当然泄了气；这一切可以说使我目瞪口呆；我像只落汤鸡似的耷拉着脑袋。请客的日子到了。将军派人来通知，说他不能来，并表示歉意；反正不来了。我对福马说：'福马，放心吧！他不来了！'你猜怎么样？他就是不肯原谅！他说：'您亏待了我，就是这么回事。'我好说歹说。他硬是不听：'不，到您的将军那里去；您把将军看得比我更重；您扯断了友情的纽带。'我的朋友啊！我不是不理解他为什么生气。我不是泥塑木雕，不是畜生，不是什么寄生虫！他这样做是出于对我过分的爱，可说是出于妒忌——这是他自己说的，——他为我吃将军的醋，怕失去我的好感，考验考验我，想知道我愿为他作出什么样的牺牲。他说：'不，我对于您跟将军一样，我就是您的将军大人！等您表明了对我的尊敬，我就同您和解。'我说：'福马·福米奇，我该用什么表明对你的尊敬呢？'他说：'您得整天称呼我：将军大人；那就表明您是尊敬我的。'我从云端里掉了下来！你可以想象我吃惊的程度！他说：'让您得到一次教训，往后别再拜倒在将军面前，别人也许比你们所有的将军更了不起呢！'当时我实在忍不住了，现在我很后悔！我公开表示忏悔！当时我说：'福马·福米奇，这难道做得到吗？我敢这样做吗？难道我能够，难道我有权封你做将军？你想一想，将军是谁封的？我怎么能称呼你将军大人？要知道，这可以说是僭越天命！要知道，将军是国家的栋梁：将军南征北战，浴血沙场！我怎能称呼你将军大人？’他硬是不听！我说：‘福马，你要什么我哪一桩不依？你叫我把络腮胡子剃去，因为不能体现爱国主义精神，——我剃了，虽然皱了皱眉头，但还是剃了。不但如此，凡是你要什么我都照办，只要你放弃将军的头衔！’他说：‘不行，不叫我将军大人我决不妥协！’还说：‘这对于您修身养性有好处；这可以驯化您的野性！’到现在已经有一个星期，整整一个星期他不愿跟我说话；不管来了什么人，个个都使他生气。他听说你是个科学家，——这都怪我一时冲动说出了口！——他竟表示，要是你进门，他就永远离开这个宅院。他说：‘这么说，在您眼里如今我不是科学家喽！’这下柯罗夫金的事要是让他知道了，可不得了！你想想，你给评一评，这件事我到底有什么过错？难道真要我硬着头皮称呼他‘将军大人’？在这样的情况下怎么过日子？还有，今天他把巴赫切耶夫从餐桌旁赶走了，这是为什么？就算巴赫切耶夫没有编写过天文学；我不是也没有编写过天文学，你不是也没有编写过天文学吗？……那又为什么？为什么？”

“因为你眼红，叶果鲁什卡。”将军夫人又爱理不理地说了一句。

“妈妈！”完全陷于绝望的舅舅叫道，“您简直要把我逼疯了！……这不是您自己的话，妈妈，您是在重复别人的话！反正我成了柱子、铁桩、灯杆；而不是您的儿子！”

“我听说了，舅舅，”我打断他的话，这一番叙述使我的惊愕达到了顶点，“我听巴赫切耶夫说——不过我不知道是否符合事实，——福马·福米奇羡慕伊柳沙过命名日，愣说明天也是他的命名日。说真的，我听了这个很有典型性的事例惊讶得……”

“是生日，老弟，是生日，不是命名日，而是生日！”舅舅急忙把我的话打断，“只是他没有讲清楚，其实他的意思是说：明天是他的生日。当然，老弟，首先……”

“根本不是生日！”这时萨莘卡大声插话。

“怎么不是生日？”舅舅着了慌。

“压根儿不是生日，爸爸！您说的不是实话，无非想欺骗自己，讨好福马·福米奇。他的生日过了，在三月份，——还记得吗，在这以前我们坐车到修道院去做祈祷，他在马车上闹得谁也坐不安稳：老是叫嚷说靠垫把他的腰压疼了，还拧人；他出于狠心把姑姑拧了两回！后来，我们向他祝贺生日的时候，他大发脾气，问为什么我们送的一束鲜花里没有山茶花。他说：‘我喜欢茶花，因为我有上流社会的高雅趣味，而你们舍不得为我到花房里去摘。’于是一整天拉长了脸，不愿跟我们说话……”

我认为，即使一颗炸弹掉在房间中央，也不会像这一公开的造反举动更使大家震惊。尤其因为造反者是一个当着奶奶的面甚至不得高声说话的小姑娘。将军夫人由于惊愕和狂怒而说不出话，便离座起身，直挺挺地站在那里望着如此放肆的孙女儿，简直不相信自己的眼睛。舅舅吓得呆若木鸡。

“太无礼了！存心要把奶奶活活气死！”别列别里岑娜嚷道。

“萨莘卡，萨莘卡，别冲动！你怎么啦，萨莘卡？”舅舅急得直叫，一忽儿奔向将军夫人，一忽儿跑到萨莘卡跟前，想制止她。

“我不愿再沉默了，爸爸！”萨莘卡高喊着从椅子上霍地站起来，两脚跺地，双目炯炯，“我不愿再沉默了！为了福马·福米奇，为了您那个可恶的、讨厌的福马·福米奇，我们大家都受够了！福马·福米奇非把我们统统整死不可，因为别人经常捧他，说他聪明、慷慨、高尚、博学，反正是种种美德的混合体，简直是一份杂拌儿；

而福马·福米奇这傻瓜什么都相信了！多少好吃的菜端给他，换了别人心里一定会过意不去；可福马·福米奇把放到他面前的东西统统吃光，还要添。你们等着瞧，他会把我们全都吃下去，这都是爸爸不好！可恶的福马·福米奇，可恶极了，我要直截了当地说，我谁也不怕！他愚蠢、任性、肮脏、忘恩负义、心肠狠毒、专制暴虐、挑拨是非、撒谎吹牛……按我的心意，我一定马上把他撵出去，叫他立刻滚蛋，可是爸爸崇拜他，爸爸给他迷昏了头！……"

"啊！……"将军夫人叫一声，倒在沙发上，软瘫了。

"我亲爱的阿加菲雅·季莫菲耶夫娜[①]，我的天使！"安菲萨·彼得罗夫娜喊道，"把我的嗅瓶拿来！水，快拿水来！"

"水，水！"舅舅可急坏了。"妈妈，妈妈，您定一定神！我跪下求您定一定神！……"

"该把你们关在黑屋子里，只给面包和水……你们这些杀人犯！"气得发抖的别列别里岑娜冲着萨莘卡咬牙切齿地说。

"关起来就关起来，我什么也不怕！"萨莘卡高声说，现在她已经豁出去了，"我是在保护爸爸，因为他不会自己保护自己。你们那个福马·福米奇是什么东西？比起爸爸来，他算得了什么？他吃了爸爸的饭，还侮辱爸爸，没良心的！我恨不得把你们那个福马·福米奇撕成碎片！我恨不得跟他决斗，用两支手枪就在这里把他打死……"

"萨莘卡，萨莘卡！"舅舅在绝望中大叫，"你再不住口——我就完了，不可挽回地完了！"

"爸爸！"萨莘卡大叫一声，突然扑向父亲，脸上热泪纵横，两条胳膊把他紧紧搂住，"爸爸！您这样一个善良、乐观、聪明的好人，难道就甘心这样毁了自己？难道您甘心服从那个讨厌的滥小人，

---

① 这是将军夫人的教名连父名。

做他的玩具，让人家取笑？爸爸，我的黄金难买的爸爸！……”

她放声痛哭，双手掩面从屋子里跑出去。

一场可怕的忙乱开始了。将军夫人躺着人事不省。舅舅跪在她面前，吻她的手。别列别里岑娜小姐死缠在他们身旁，频频用恶狠狠的、但又是得意洋洋的目光瞪着我们。安菲萨·彼得罗夫娜用水湿润将军夫人的太阳穴，忙着给她嗅瓶子里的什么药。普拉斯珂维雅·伊里尼奇娜在一旁哆嗦、流泪；叶若维金想找一个角落躲一躲，而家庭女教师面色苍白，站在那里吓得茫然失措。只有米津奇可夫一个人照旧不动声色。他站起来走到窗前，凝神望着窗外，对于这一幕情景坚决不予理睬。

忽然，将军夫人从沙发上撑起来，挺直上身，用严厉的目光把我上下打量。

“滚！”她冲着我一跺脚大喝一声。

我得承认，这一着完全出乎我的意料之外。

“滚！滚出这所房子；滚！他来做什么？叫他立刻离开此地！滚！”

“妈妈！妈妈，您这是从何说起呢？这是谢辽查啊，”舅舅吓得浑身发抖，讷讷地说，“妈妈，他是到我们家做客来的。”

“什么谢辽查？胡说！我什么也不要听；滚！这是柯罗夫金。我肯定这是柯罗夫金。我的预感从不骗我。他是来排挤福马·福米奇的；是为了这个目的特地要他来的。我的心预感到了……滚，流氓！”

“舅舅，既然如此，”我由于义愤填膺而上气不接下气地说，“既然如此，那么我……请原谅……”说着，我抓起帽子。

“谢尔盖，谢尔盖，你要做什么？……真要命，偏偏现在这个……妈妈！这是谢辽查啊！……谢尔盖，你别见怪！”他喊着追上来要把我的帽子夺过去，“你是我的客人，我要你留下！她这是无心的，”他悄悄对我说，“她只是在发脾气的时候这样……你只要随便在什么地方暂时避一避……待一会儿——过后就没事了。她会原谅你的，——我敢担保！她心地挺好，就是说话有时会走火……是这么回事，她把你当成了柯罗夫金，过后会原谅的，我向你担保……你来干什么？”他冲着刚走进屋子吓得直哆嗦的加甫里拉大喝一声。

加甫里拉不是一个人进来；跟他一起来的还有一名大约十六岁的家丁，这少年长得非常俊美，后来我才知道是因为他漂亮被调到庄院里来的。他名叫法拉莱。他穿着一身比较特别的服装，红色的绸衬衫领子上滚着银丝饰边，束一条绣金腰带，下身是乌绒裤子，足登带红色翻口的山羊皮靴。这身服装是将军夫人亲自设计的。这少年十分伤心地嚎啕大哭，泪珠从他碧蓝的大眼睛里一颗接着一颗掉下来。

“这又是怎么啦？”舅舅喊道，“出了什么事？说呀，你这个强盗！”

“是福马·福米奇吩咐我到这儿来的；他自己随后就到，”加甫里拉惨然回答，“要我来考试，至于他……”

“他怎么？”

“他跳舞来着。”加甫里拉带着哭音回答。

“跳舞！”舅舅失声惊呼。

“跳——舞！”法拉莱抽抽搭搭地哭出声来。

“跳卡玛林舞？”

“卡——玛——林——舞！”

“给福马·福米奇撞见了？”

“撞见了！”

“这下可把我宰啦！”舅舅顿时叫起苦来，“我的脑袋掉啦！”他两手捧住自己的脑袋。

“福马·福米奇到！”维多普里亚索夫进来通报。

房门开处，福马·福米奇本人出现在莫名其妙的众人面前。

六　白公牛和卡玛林农民舞的故事

但是，在我有幸亲自向读者介绍走进来的福马·福米奇之前，我认为完全有必要先就法拉莱说上几句，解释一下他跳卡玛林舞这件赏心乐事给福马·福米奇撞见究竟可怕在什么地方。法拉莱是庄院里打杂的小厮，自幼失去怙恃，由我舅舅的亡妻充当教母。舅舅非常疼他。然而这就足以使福马·福米奇在迁居斯杰潘契科沃并征服了舅舅以后把他所宠爱的法拉莱恨得要命。但这孩子不知怎的特别博得将军夫人的欢心，尽管福马·福米奇大为恼怒，还是留在上房侍候主子，因为将军夫人自己坚持要这样，福马·福米奇让了步，但心里老是憋着这股子气（他动不动就有气），一有机会便在完全无辜的舅舅身上出气。法拉莱长得异常俊俏。他生就一张女孩子的脸，像个漂亮的乡下姑娘。将军夫人悉心侍弄他，疼他，把他当一件可爱的稀有玩物那样珍视，不知道在鬈毛小狗阿咪和法拉莱之间她究竟更喜欢哪一个。前文已提及法拉莱的服装是将军夫人设计的。小姐们给他口红，理发匠库兹马逢年过节得替他把头发弄卷。这少年也真是个怪东西。他说不上是个十足的白痴或呆子，但他是那么天真，那么老实，有时候的确可以把他当作一个傻瓜。他要是做了个梦，马上就去告诉主子。主子谈话他常常插嘴，并不考虑这样会打搅他们。他会向主子说决不应该告诉他们的话。逢到将军夫人晕厥过去或他的东家痛遭责骂的时候，他会由衷地伤心落泪。他同情一切不幸。有时他走到将军夫人跟前去吻她的手，请她息怒，——将军夫人会宽宏大度地原谅他这种冒昧的举动。他极端易动感情，像绵羊一般善良温顺，像快乐的婴儿一般兴高采烈。主子每每从餐桌上给他赏赐。

他经常站在将军夫人的座椅背后，而且嗜糖如命。要是赏一块白糖给他，他立即用结实和像牛奶一样洁白的牙齿把它嚼碎，一双亮晶晶的碧眼和整个俏脸庞会闪耀出无法形容的喜悦。

福马·福米奇窝了很久的火；但最后考虑到发火并不是办法，忽然拿定主意充当法拉莱的恩人。他先是把舅舅申斥一通，说他置仆役的教育于不顾，接着决意教这个可怜的少年讲道德、学规矩、说法语。“这太必要了！”福马·福米奇为自己这个荒唐的主意辩解道（笔者可以作证，想到这个主意的并不只是他一个人）：“这太必要了！他老是在上房将军夫人身边；万一夫人忘了他不懂法国话，比方冲着他讲一句拿一块手绢给我[1]。——他应当马上理会，马上做到！”可是，不但没法教法拉莱说法国话，甚至他的叔父、厨子安德隆一心一意想教他认俄文字母，也早已撒了手把识字课本搁置在架子上，因为法拉莱对于念书认字笨得实在够呛，什么也学不懂。这且不说，由此还惹出一场风波来。仆人们取笑法拉莱，管他叫法国人，而跟随舅舅多年的贴身侍从加甫里拉老头竟公然否定学法文的好处。福马·福米奇得悉后大发雷霆，便强迫反对者加甫里拉本人学法文作为惩罚。使巴赫切耶夫先生如此生气的法文事件就是这样引起的。在规矩问题上事情更糟，福马怎么也没法子按自己的意愿教育法拉莱：尽管禁之再三，法拉莱照样每天早晨来向他汇报自己做了什么梦，而福马·福米奇则认为这是极度有失体统、不分尊卑的行为。但法拉莱却依然故我。不用说，为了这一切，倒霉的首先是舅舅。

“您可知道他今天干了什么？您可知道？”福马为了取得更大的效果，往往选择大家都在场的时候大叫大嚷，“上校，您可知道，您

① 原文为法语。

长期娇纵的做法已导致什么结果？今天他把餐桌上赏给他的一块馅饼吃下去以后，您可知道他说些什么？你过来，过来，你这个荒唐小子，过来，你这个红腮帮子的白痴！……”

法拉莱走过去，一边哭，一边用两只手擦眼泪。

“你把馅饼吃下去以后说了什么话？你当着大伙的面再说一遍！”

法拉莱并不回答，只是伤心地哭着。

“既然这样，我来替你说。你拍了一下自己饱鼓鼓的臭肚皮，说：‘这馅饼让我吃了一个饱，就像马尔亭肚子里填满肥皂！’请问，上校，在有教养的人中间，尤其在上流社会里，难道有这样说话的吗？你是不是这样说的？快回答！”

“是——的！……”法拉莱抽噎着承认。

“好，那你现在告诉我：难道马尔亭吃肥皂的不成？你在哪儿见过这样一个吃肥皂的马尔亭？你说呀！让我对这位了不起的马尔亭也好有个概念！”

一片沉默。

“我在问你，”福马紧逼不舍，“这个马尔亭究竟是谁？我想见见他，跟他认识一下。你说，他到底是谁？是文官、天文家、波谢洪尼耶人[①]、诗人、军需官还是听差？总得有个人哪，你回答呀！”

“是——个——听——差。”法拉莱终于回答道，一边还在哭。

“谁家的听差？他的主子是谁？”

但是法拉莱说不出马尔亭是谁家的听差。可想而知，结果是福马一怒之下从屋子里跑出去大叫，说别人眼里没有他；将军夫人又晕厥

① 俄国讽刺作家萨尔蒂科夫-谢德林（1826—1889）在长篇小说《波谢洪尼耶遗风》中描绘了一群愚昧落后的庸人形象，从此“波谢洪尼耶人”便成了这类人物的同义语。

过去，而舅舅则诅咒自己出生的时辰，向所有的人赔礼道歉，这天余下的时间，他甚至在自己的房间里走路也踮着脚不敢出声。

偏偏在发生马尔亭吃肥皂事件的第二天，法拉莱早晨给福马·福米奇送茶去的时候，已把马尔亭的事和昨天吃的苦头忘得一干二净，竟告诉他自己梦见了一头白公牛。这还了得！福马·福米奇的愤慨简直无法形容，他当即把舅舅叫去大加申斥；因为他的法拉莱做的梦不成体统。这一次采取了严厉的措施：法拉莱被罚跪在角落里。他被禁止再做这种粗鄙的、乡下人的梦。“使我生气的是，”福马说，“他其实连想也不应该敢想来告诉我自己做了梦，尤其是梦见了白公牛；除此以外，上校，您自己也会承认，白公牛当然说明您那个不成器的法拉莱粗俗、无知而又鄙陋，否则又说明什么呢？日有所思，夜有所梦。难道我以前没有说过：他肯定成不了材，不该留他在上房主子身边？您不可能，永远也不可能把这个卑贱的糊涂脑瓜造就成任何高雅的好东西。难道你就不能，”他转向法拉莱继续说，“难道你就不能做几个文雅、优美、高尚的梦，不能梦见上等人在一起的场面，例如先生们在斗牌，或者女士们在幽静的花园中散步？”于是，法拉莱保证下一夜一定梦见先生们或女士们在幽静的花园中散步。

为此，法拉莱躺下睡觉时，含着眼泪祈求上帝，并想了好久，怎样才不致梦见可诅咒的白公牛。但是，人的希望是靠不住的。翌晨醒来，他惊恐地想起自己又整整一夜梦见可恶的白公牛，在幽静的花园里散步的女士却一个也没有梦见。这一回的后果不同寻常。福马·福米奇断然宣称他不信有这等事，不信梦会重复，一定是宅内有人——也许是上校本人——故意教唆法拉莱惹福马·福米奇生气。于是乎又引起许多喧嚷、责备和眼泪。向晚，将军夫人病倒了，全宅人等个个哭丧着脸。剩下一线微弱的希望在于法拉莱到下一夜——也就是第三天夜里——无论如何得梦见上等人在做什么事情。可是，接连整整一个星期，法拉莱偏偏夜夜梦见白公牛，而且只梦见白公牛，上等人连影子也没有出现；可以想见大家愤怒到何等程度！

但最有意思的是，法拉莱怎么也想不到撒一个谎，只消说梦见的不是白公牛，而是……比方说梦见一辆油壁香车里坐着几位女士和福马·福米奇；何况在这种不得已的情况下撒一次谎甚至算不得罪过。但是法拉莱太老实了，即使他想撒谎也全然撒不像。甚至没有人给他这样的暗示。大家知道，他一开口就会露出马脚，立即被福马·福米奇戳穿。怎么办？舅舅的日子愈来愈难过，因为法拉莱绝对不可救药。这可怜的孩子甚至苦闷得日见消瘦。管家妇玛拉尼娅断言他被惯坏了，便用炭蘸了水洒在他身上。连软心肠的音拉斯珂维雅·伊里尼奇娜也参与这一善举。然而甚至这个办法也不见效。任何办法一概无效！

“要命，真是活见鬼！”法拉莱诉说道，“没有一天夜里不做梦！我每次不等天黑就祝告：‘梦啊，别让我见到白公牛！梦啊，别让我见到白公牛！’可是这该死的畜生夜夜来站在我面前，又白又大，头上长着一对角，嘴唇又宽又厚，呜——呜！”

舅舅已经绝望了。幸好福马·福米奇好像突然忘了白公牛的事。当然，谁也不信福马·福米奇会忘掉这样重大的事情。大伙提心吊胆地揣度，他多半把白公牛这一招留作贮备，一有适当的机会准把它抛出来。事后表明，福马·福米奇当时顾不上白公牛，他要做别的事，要操别的心，他那多益善思的头脑里正在酝酿别的主意。因而他让法拉莱安心缓了一口气。大伙也跟法拉莱一起得以稍事休息。那少年渐渐地又高兴起来，甚至开始忘却所发生的那件事，连白公牛出现的次数也愈来愈少，不过偶尔还会使人想起它奇幻的存在。总之，本来可以太平无事，偏偏又冒出卡玛林舞的一段公案。

必须指出，法拉莱舞跳得非常出色；这是他的一大特长，甚至近乎天赋；他跳起舞来劲头十足，有无穷无尽的热情，尤其爱跳卡玛林农民舞。倒不是他特别欣赏舞蹈中那个浮躁农民的轻薄冒失和至少是莫名其妙的行为。不，他喜欢跳卡玛林舞，纯粹是由于听到了卡玛林舞曲就绝对不可能不随着乐声起舞。晚上，两三名听差、赶马车的、一个会拉小提琴的花儿匠，甚至还有仆役中的几位女士，偶尔在宅第最后面的一块空地上围成一个圈子，离福马·福米奇远远的；先是音乐和各种舞蹈，临了少不得要轮到卡玛林农民舞。两把三角琴、一支吉他、一把小提琴和一副铃鼓组成的乐队，由前导马的御者米久什卡指挥得十分出色。那时法拉莱的模样确乎值得一看：他手舞足蹈得忘其所以，在观者的喝彩和笑声鼓励下直跳到精疲力尽；他尖叫、狂喊、大笑、拍掌；好像有一股他所不能控制的外来的、不可知的力量拖着他跳舞，而他跺着鞋跟固执地拼命赶上愈来愈快的节奏。这是他真正获得享受的时刻；本来一切都挺好、挺快活，可是关于卡玛林舞的风声终于传到福马·福米奇耳朵里。

福马·福米奇先是目瞪口呆，旋即派人去把上校叫来。

“上校，我只想向您了解一件事，”福马开言道，“您是发了誓一定要把这个不幸的白痴毁掉，还是没有横下这条心？如果您已经横下一条心，那么我立即撒手不管；如果还没有，那么我……”

“怎么回事？究竟出了什么事？”舅舅惊恐地叫了起来。

“还问出了什么事？您可知道他在跳卡玛林舞？”

“那……那又怎么啦？”

“还问那又怎么啦？”福马尖声直喊，“您身为他们的东家，在某种程度上还是他们的父亲，居然说这样的话！我倒要问一问，您对于卡玛林舞曲有没有一个明确的概念？您可知道，这首边跳边唱的歌舞曲描写一个令人作呕的农民喝醉了酒企图做出最不道德的行为？您可知道，那个道德败坏的奴才起了什么邪念？他践踏最珍贵的人伦关系，可以说是用他那双惯于践踏小酒店地板的奴才靴子把伦常踩得稀烂！您可明白，您的回答伤害了我最崇高的情感？你明白不明白？”

“可是，福马……这不过是一首歌曲罢了，福马……”

“不过是一首歌曲罢了！您还好意思向我承认，您作为上流社会的成员，作为天真无邪的孩子的父亲，而且是一位上校，居然知道这首歌曲！不过是一首歌曲罢了！可我确信这首歌曲来自实际发生的事件！还说不过是一首歌曲罢了！哪一个正派人能脸也不红地承认他知道这首歌曲，哪怕只是听到过这首歌曲？您说，哪有这样的人？”

“福马，既然你这样问，你不是也知道的吗？”被逼急了的舅舅心直口快地回答。

“什么？我知道？我……我……您说我！……太欺负人了！”福马突然大喊大叫，一边从椅子上蹦起来，恼恨得几乎气闭。他万万没料到会逼出这样使他措手不及的回答。

我不打算描绘福马·福米奇的愤怒。上校由于自己的答话不成体统和不识时务，丢脸地被赶出这位卫道者的视野。但从此福马·福米奇发誓要把法拉莱在跳卡玛林舞的时候当场逮获。晚上，在别人都以为他干着什么事情的当儿，他偏偏溜到花园里，绕过树篱，钻进大麻丛，从那里老远就能看见下人们跳舞的那块空地。他像猎人捕鸟似的窥伺着可怜的法拉莱，津津有味地想象着，如果得手的话，他非闹得整个宅第鸡犬不宁不可，特别要上校出洋相。福马不辞劳累的苦心终于如愿以偿：他撞见了跳卡玛林舞的人！由此可以理解，当舅舅看见法拉莱在哭，听到维多普里亚索夫进来通报，而紧接着，在这乱纷纷的时刻福马·福米奇本人突然出现在我们面前时，舅舅为什么要急得直扯自己的头发。

七　福马·福米奇

我怀着紧张的好奇心打量这位先生。加甫里拉说他是个貌不出众的滥小人，果然没有贬低他。福马身材矮小，淡黄色的头发已杂有霜华，鼻尖弯成鹰钩状，整个脸盘布满细密的皱纹，下巴上长着一个很大的瘊子。他的年龄将近五十岁，进来的时候悄没声儿，不紧不慢，眼睛朝下。但是，最狂妄不过的自负神气流露在他的脸上和整个架子十足的体态之中。使我惊讶的是他身上竟穿着晨袍，尽管属于外国款式，但毕竟是件晨袍，而且趿着拖鞋。他不系领结的衬衫衣领按童衫式样[①]翻开，这使福马·福米奇的模样显得异常可笑。他走到一张空着的圈椅跟前，把它向桌旁挪近些，不向任何人说一句话便坐下。一分钟以前笼罩全室的混乱和激动顷刻间一扫而尽。一切声音均告戛然而止，简直连一只苍蝇飞过也听得见。将军夫人变得绵羊一般和顺。这个可怜的女白痴向福马·福米奇谄媚的那股劲儿这下充分显示了出来。她对这件宝贝怎么也看不厌，眼睛盯着福马不放。别列别里岑娜小姐龇牙咧嘴地搓着手，而可怜的普拉斯珂维雅·伊里尼奇娜显然吓得在发抖。舅舅立刻拍手道：

“倒茶，倒茶，妹妹！多加点儿糖，妹妹；福马·福米奇午睡后喜欢喝甜一些的茶。你不是喜欢甜一些的吗，福马？”

“现在我无心喝您的茶！”福马慢慢腾腾地说着，煞有介事地把手一甩，“您反正只要甜一些的，什么都行！”

福马这几句话以及他进来时那份郑重其事、实则可笑透顶的神气引起了我极大的兴趣。我很想知道，这位自命不凡的大人先生的厚脸

① 原文为法语。

皮最终会达到何种程度，会弄到如何忘却礼数的地步。

“福马！”舅舅叫了一声，“我来介绍一下：这是我的外甥谢尔盖·亚历山德罗维奇！刚到不久。”

福马·福米奇把他从头到脚打量了一番。

“我感到奇怪，上校，为什么您总是喜欢打断我的话头，”他在半晌意味深长的沉默之后说，连正眼也不给我一个，“别人在跟您谈正经事，可您……天知道在……东拉西扯些什么……您看见了法拉莱没有？”

“看见了，福马……”

“啊，看见了！既然看见了，我再让您看看他。您可以欣赏欣赏您的这件杰作……我是指道德意义上的杰作。——过来，你这个白痴！过来，你这白脸混蛋！来呀，来！别怕！”

法拉莱抽抽搭搭走过去，张着嘴把眼泪往肚子里咽。福马·福米奇洋洋得意地望着他。

“我故意把他叫做白脸混蛋，巴威尔·谢苗诺维奇，”他说着在圈椅里懒洋洋地张开四肢，脸稍稍转向坐在旁边的奥布诺斯金，“您也知道，我一向认为在任何情况下都没有必要把话说得婉转些。事实必须是事实。无论用什么去掩盖垃圾，它仍旧是垃圾。那又何苦说得婉转些呢？无非是自欺欺人！只有俗物的愚蠢脑瓜才认为必须讲究这种无谓的礼数。请您来评断一下：您是否能从这张嘴脸上找出美好的东西来？我指的是高尚、美好、端庄的气质，而不是什么漂亮的脸盘子。您说有没有？”

福马·福米奇说得很轻，不紧不慢，带着一种傲岸的冷淡口气。

“从他身上找出美好的东西来？”奥布诺斯金摆出一副可恶的随便姿态说道，“我觉得这不过是一块不坏的烤牛肉——如此而已……”

“今天本人走到镜子前面照了一下，”福马继续说，他庄重地不用“我”这个代词，“本人丝毫不以美男子自命，但也不由自主地得出一个结论：这灰眼睛里毕竟有一种气质使本人区别于法拉莱之辈的气质。包含在这眼睛里的乃是思想、生活、智慧。本人并非自吹自擂。本人是指我们这个阶层而言。那么，据您看，在这行尸走肉身上会不会有一小块灵魂，哪怕只是一小片？不，巴威尔·谢苗诺维奇，您仔细观察一下，这班下人完全没有思想，没有理想，只吃牛肉，可是他们的面色却总是滋润得可恶，庸俗而又愚蠢地滋润！您愿意了解一下他的思维发达程度吗？喂，你这个活宝！你走近些，让别人欣赏欣赏！你张大嘴巴做什么？想吞下一条鲸鱼还是怎么着？你好看？回答：你好看不？”

“好——看！”法拉莱强忍着号啕回答。

奥布诺斯金笑得前仰后合。我感到自己开始气得发抖。

“您听见没有？”福马得意地冲着奥布诺斯金继续说，“您还会听见更精彩的呢！我是来考考他的。现在您看到了，有人希望这个可怜的白痴走向堕落和毁灭。可能我的见解比较苛刻，难免有错，但我说这话是出于对人类的爱。他刚才在跳一只最不雅观的舞蹈。此地任何人都不管这件事。现在请您自己听吧。法拉莱，你回答：你刚才做什么来着？你回答，马上回答，听见没有？”

“跳——舞——来——着……”法拉莱说着，哭声愈来愈响。

“你究竟跳什么来着？什么舞？你说呀！”

“卡玛林舞……”

“卡玛林舞！卡玛林的什么人？卡玛林舞是什么舞？你叫我从这句回答怎么能懂？说，让我们有一个概念：你指的是卡玛林的什么人？”

“乡——下——人……”

“乡下人！仅仅是个乡下人？我感到奇怪！这么说，一定是个了不起的乡下人！想必这乡下人大名鼎鼎，否则怎么会把他的事谱成诗歌，编成舞蹈？嗯，回答呀！”

福马正是要这样折磨人。他像猫儿逗耗子似的捉弄落在他手中的少年；但法拉莱不说话，抽噎着，也不明白问题的意思。

“你回答呀！”福马苦苦相逼，“问你这乡下人是谁？说呀！……是给主子种地的，还是给公家种地的？人身是不是自由的？还是经济农民[①]？乡下人有各种各样……”

“经——济——农——民……”

“啊，是经济农民！听见了没有，巴威尔·谢苗诺维奇？闻所未闻的历史事实：卡玛林的乡下人是经济农民。嗬！……那么，这个经济农民又干了什么呢？他有什么了不起的功绩值得这样唱歌……跳舞颂扬他？”

问题是带有挑逗性的，由于问的是法拉莱，故而也很危险。

“哦……不过……您……”奥布诺斯金向他妈妈瞧了一眼，欲言又止；安菲萨·彼得罗夫娜则开始在沙发上怪模怪样地扭动身躯。有什么办法呢？福马·福米奇忽发奇想要怎么样，就被视为法律。

“我说，舅舅，您要是不制止这个混账东西，他不定会……您听见没有，他在把话头往哪儿引？我敢担保法拉莱一定会说漏了兜……”我向慌得不知所措的舅舅耳语。

“不过，福马，你……”他开口说，“我给你介绍一下，福马，这个年轻人是我的外甥，是研究矿物学的……”

“上校，我请您不要扯什么矿物学打断我的话，据我所知，您对

① 1764年前属俄国教会、修道院所有的农奴由于教会财产世俗化转归国有后称“经济农民”。

矿物学一窍不通，而另外有些人说不定也是这样。我不是小孩。他会回答我，那乡下人不好好劳动养家活口，喝得酩酊大醉，把皮袄也抵押给了小酒店，醉醺醺地在街上跑。大家知道，这便是那首颂扬酗酒的诗歌的全部内容。您不用担心，现在他知道该怎样回答了。好吧，你回答：这个乡下人做了什么？我不是向你提示，把话装在你嘴里了吗？我就是要从你的口中听到：他做了什么，怎样出了名，凭什么赢得了这样不朽的荣誉，以致游吟诗人都在歌颂他？说呀！”

可怜的法拉莱哭丧着脸举目四顾，由于不知说什么是好，嘴巴张开了又合拢，合拢了又张开，活像从水中被钓上沙地的一条鲫鱼。

“说出来怪害臊的！”他在绝望之余终于支支吾吾迸出这么一句。

“啊！说出来怪害臊的！”福马以胜利者的姿态接口道，“我所需要的正是这样的回答，上校！说出来害臊，可是做起来就不害臊吗？这就是您播下的道德种子，它已经发了芽，而您现今正在……浇灌。不过，多费唇舌也没有用！法拉莱，你到厨房里去。现在，我出于对众人的尊敬，什么也不对你说；但是今天，就在今天，你必将受到无情而痛苦的惩罚。如果不是这样，如果这一回再发生袒护你而不把我放在眼里的情况，那么，你留在此地用卡玛林舞取悦你的主子，我今天就从这座宅院里搬出去！够了！勿谓言之不预。去吧！”

“嗯，您好像太严厉了些……”奥布诺斯金含糊其词地说了一句。

“对啊，对啊，对啊！”舅舅正欲大声附和，但突然住口不语。福马阴沉地斜睐了他一眼。

“巴威尔·谢苗诺维奇，我真不明白，”他继续说，“面对这种状况，当代那些文学家、诗人、学者、思想家究竟在做些什么？俄罗斯人民在唱些什么歌，跳些什么舞，他们为何视而不见，充耳不闻？那些普希金、莱蒙托夫、鲍罗兹德纳[①]之流迄今为止究竟在干些什么？我实在不明白！人民在跳公然宣扬酗酒的卡玛林舞，而他们却在为什么毋忘我花大唱赞歌！他们为什么不写一些比较正派的歌词让人民去唱，为什么不扔掉他们的毋忘我花？这是一个社会问题！让他们描绘一个乡下人给我看看，但必须是品性良好的乡下人，不，应该是农民，而不是乡下人。他们可以把这样的乡村智者描绘得朴素自然，甚至穿树皮鞋我也不反对，但必须充满美德，而这些美德我敢说连那个名气太大的马其顿王亚历山大也要称羡不置。我了解俄国，俄国也了解我，所以我说这话。他们可以把这个乡下人描绘成有沉重的家室之累，鬓发斑白，住在窄闷的小屋里，即使挨饿也无妨，只要知足，不怨命，安贫若素，对富翁的黄金无动于中。让富翁自己在感动之余，终于把自己的黄金给他送去；甚至可以在这种情况下让乡下人的美德同他的东家（也许还是位显宦）的美德结合起来。一个农民，一位显宦，本来在社会阶梯上离得很远，可是美德却把他们连接起来了，——这才是崇高的思想！可是现在我们看到的是什么局面呢？一面是毋忘我花，一面却是醉汉从小酒店里跑出去在街上大发酒疯！请问，这还有什么诗意可言？有什么值得欣赏的？智慧何在？优美何在？道德何在？本人百思不得其解！”

“福马·福米奇，听君一席话，我等于欠下你一百卢布！”叶若维金带着赞赏的表情道。

“其实他从我这儿连个屁也捞不到，”他随后悄悄地对我说，“恭维几句，恭维几句！”

“嗯，是啊……您描绘得挺不错。”奥布若斯金哼儿哈儿地附

① 鲍罗兹德纳（1803—1888），一个不足道的无名诗人。福马把他的名字和普希金、莱蒙托夫相提并论，也就暴露了他自己有多大“学问”。

和着。

“说得对，说得对！”舅舅大声赞道，他一边洗耳恭听，一边得意地望着我。

“这个问题提得多好哇！”他搓着双手轻轻地说，“多么渊博的谈话，没说的！福马·福米奇，这是我的外甥，”他感情洋溢地接下去说，“他也搞过文学，——我向您介绍。”

福马·福米奇对于舅舅所作的介绍仍然不理不睬。

“看在上帝分上，再也不要为我作介绍了！我认真地请求您。”我以下了决心的姿态向舅舅耳语。

“伊万·伊万诺维奇！”福马忽然又开腔了，他的脸转向米津奇可夫，眼睛直盯着他瞧，“对于刚才我们所谈的，您的意见如何？”

“我？您问我吗？”米津奇可夫讶异地反问，他的神态似乎刚刚给人叫醒。

“对，您的意见如何？本人之所以问您，是因为本人尊重真正的智者的意见，至于那些成问题的所谓智者，他们有什么智慧？无非因为有人不断地介绍他们是智者、是学者罢了，有时还特意把他们召来，像要把戏似的让别人看。”

箭直接向我这边射来。毫无疑问，福马·福米奇尽管连正眼也不给我一个，然而他就文学发这一通议论，完全是针对我的，目的在于给彼得堡来的学者、智者一个下马威。至少我对此毫无疑问。

“如果您想知道我的意见，那么，我……跟您的意见一致。”米津奇可夫无精打采地勉强回答。

“您总是跟我的意见一致！简直叫人都听腻了，”福马说，“我坦率地告诉您，巴威尔·谢苗诺维奇，”他在沉默片刻后重又向奥布诺斯金说，“我敬重不朽的卡拉姆辛，不是因为他的史学著作，不是因为他的《太守夫人玛尔法》，也不是因为他的《俄罗斯古今谈》，恰恰是因为他写了《弗洛尔·西林》：这是一部伟大的史诗！这部具有纯粹民族性的作品将千古传诵！它是再伟大不过的史诗！”

“对极了，对极了，对极了！伟大的时势！弗洛尔·西林是位好人！我记得从前读过；他还给两个姑娘赎了身，然后望空流泪。意境崇高的一笔。”舅舅连声附和，他高兴得容光焕发。

可怜的舅舅！他怎么也忍不住不加入学术性谈话。福马阴冷地一笑，但没有作声。

“其实，如今的作品写得也挺吸引人，”安菲萨·彼得罗夫娜小心地插话，“例如《布鲁塞尔的秘密》。”

“我不这样认为，”福马似乎表示遗憾，“前不久我读过一首长诗……内容是什么呢？《毋忘我花》！如果要我说的话，当代作家中我最喜欢的是‘誊文公’[①]——他的文笔相当轻巧！”

“‘誊文公’！”安菲萨·彼得罗夫娜叫了起来，“就是常常写信给杂志发表的那个人吗？啊，真棒！他的文字游戏太妙了！”

“对，是文字游戏。他耍起笔杆子来真是得心应手，非常轻巧！”

“是的；但他是个迂夫子，”奥布诺斯金漫不经心地说了一句。

“说他迂夫子我并不反对；然而是一位讨人喜欢的迂夫子，优美雅致的迂夫子！当然，他的主张没有一项经得起严格的批评分析；可是你会被那种轻松的笔调所吸引！我同意他是个空话家，然而是讨人喜欢的空话家，优美雅致的空话家！比方说，他在一篇文学论文中向公众宣称他有自己的田庄，还记得吗？”

“田庄？”舅舅接口说，“这好哇！在哪一省？”

---

① 俄国作家、剧作家库柯尔尼克（1809—1868）给杂志撰稿使用的笔名。他的作品曾遭到别林斯基的严厉批判。

福马顿了一下，向舅舅注视有顷，然后用同样的语调继续说：

“我倒要请教一个常识问题：我作为一个读者，何必知道他有田庄？如果有——那我就向您表示祝贺！然而这一点被写得非常可爱，非常幽默！他的俏皮话在喷溅，在迸涌，在沸腾！简直是俏皮话的矿泉！是啊，写作就应该像这个样子！我觉得，我写作起来也正是这个样子，如果我同意为杂志撰稿的话……”

“也许写得更好。”叶若维金恭谨地说。

“文章读起来甚至有一种音乐感！”舅舅在一旁帮腔。

福马·福米奇终于发作了。

“上校，”他说，“请您——当然是尽可能委婉地请求您——不要妨碍我们，让我们安安静静结束我们的谈话，好不好？您在我们的谈话中不可能发表见解，您不可能！不要干扰我们愉快的文学谈话吧！您还是经营您的田庄，喝您的茶，但……不要去管文学。文学决不会因此而受到损失，我向您担保！”

这已经超越一切无礼行为的极限！我简直不知道该作何感想。

“福马，你不是自己说过有音乐感吗？”遭到抢白的舅舅可怜巴巴地说。

“不错。但我说的是内行话，我说得恰到好处；可您呢？”

“是啊，我们是凭智慧说话的，”叶若维金应道，一边围着福马·福米奇转，“我们的智慧实在不多，还得从别处挪用，只够对付两个部；要不然，三个部也管得了——我们的智慧就有那么多！”

“这么说，我又走了嘴！”舅舅给自己下了结论，并现出他那好好先生的笑容。

“至少您承认了。”福马道。

“没关系，没关系，福马，我不动气。我知道你是以朋友的身份，以亲人的身份，以兄长的身份制止我的。我自己曾允许你这样做，甚至要求你这样做。这是很中肯的，十分中肯！这是为我好！我表示感谢，并接受这份好处。”

我的耐性正在枯竭。在这以前凡是道听途说了解到的有关福马·福米奇的情况，我总觉得言过其实。现在，一切经我亲眼目睹之后，我的惊愕却无法限量。我不相信自己的耳目；我无法理解，为何一方如此蛮横无礼，如此厚颜无耻地称王称霸，而另一方却如此甘心屈从，如此轻信可欺。其实，连舅舅也给这样蛮横无礼的态度窘住了。这是看得出来的……我急煎煎地想跟福马发生接触，跟他较量较量，设法冲撞他，火药味不妨浓一些，——以后的事不去管它！这个念头鼓舞着我。我留神寻找机会，在等待中竟把我的帽边挼搓坏了。但机会没有捞到，因为福马坚决不理睬我。

“对，你说得对，福马，”舅舅接下去说，他竭力想定下神来，设法多少冲淡一下刚才那番话的不愉快气氛，“你的话千真万确，福马。谢谢你。应当先懂行，然后发表见解。我认错！我已不止一次处在这样的境地。谢尔盖，你想想，有一次我甚至去监考……你们在笑！不信，且听我道来！我真的当过监考，就这么档子事。人家请我到一所学校去监考，让我跟主考人坐在一起，算是给我面子，反正有一个空位。老实告诉你，我甚至吃了慌，吓得要命，心想：我对哪一门学科都一窍不通哇！怎么办？我以为马上就要把我叫到黑板前面去！可是后来，嗳，心不慌了；我甚至自己提了几个问题，例如：挪亚是什么人[①]？等等。总的说来，答得都挺好；后来吃了一顿便餐，还喝了香槟共祝繁荣昌盛。那是一所出色的学校！”

福马·福米奇和奥布诺斯金笑得前俯后仰。

---

① 关于挪亚见本书第 342 页注②。这是最起码的教义常识。此处强调上校的提问幼稚可笑。

“后来我自己也乐了好一阵子，”舅舅大声说，一边极其随和地笑着，看到大家都乐了，心里很高兴，“不，福马，算了吧！我保管把你们大家都逗得乐呵呵的，我来告诉你们有一回我出洋相的经过……你可以想象一下，谢尔盖，我们驻扎在克拉斯诺戈尔斯克……”

“请问上校：您的故事讲起来长不长？”福马打断了他的话头。

“啊，福马！这故事妙不可言；委实能把人笑死。你只要听一下：保管满意，真的。我把自己出洋相的经过说出来。”

“我随时乐于恭听您的故事，只要是这一类的。”奥布诺斯金说着打了个哈欠。

“没法子，只好听吧。”福马作无可奈何状说。

“真的，保管满意，福马。我想说一说有一次我是怎么出洋相的，安菲萨·彼得罗夫娜。你也听听，谢尔盖：这故事甚至有教育意义。当时我们在克拉斯诺戈尔斯克（舅舅得意洋洋地开始说，话快得像绕口令，心又急，偏偏带着无数插入句，每当他开始讲什么让人高兴的事情时总是这样）。我们刚到，当晚就去看戏。那时库罗巴特金娜是位出类拔萃的女演员；跟兹威尔科夫上尉私奔是后来的事，逃跑时，连戏也没演完，台上的幕就这样落了下来……我说，那个兹威尔科夫本领可大哩，喝酒、串戏，样样在行；他不光是个酒鬼，还愿意跟三朋四友一起打发时间。但只要他真正喝上了劲儿，就会把什么都忘记：住在什么地方，哪个国家，自己姓甚名谁——总之，把一切都忘得干干净净；但实质上是个出类拔萃的好人……言归正传，当时我坐在戏园子里。幕间休息时，我站起来，碰上了过去同营的一个朋友柯尔诺乌霍夫……我可以告诉你们，这真是独一无二的好人。不过，当时我们已经有六年左右没见面了。他上过战场，挂满勋章；我在不久前听说，现在他已经是个四品官——改任文职，升得很高啦……不用说，我们见了面都很高兴，互相道了契阔。在我们旁边的包厢里坐着三位女士；左边那一个长着一张世上少有的丑脸……事后我了解到，那是个出类拔萃的好女人，一位贤妻良母……可是我这个傻瓜，竟冲着柯尔诺乌霍夫脱口说道：‘老弟，你可知道打哪儿跑出来这么个丑八怪？’他说：‘哪一个？’我说：‘喏，就是那一个。’他说：‘那是我的堂姐姐。’见鬼，这有多糟糕啊！你们不妨设身处地为我想一想！我想补救一下，就说：‘不，我指的不是那个。你的眼力也太不济了！瞧，坐在那边的一个，她是谁？’他说：‘那是我妹妹。’真是倒霉透顶！偏偏他的妹妹长得像花儿似的一朵，好看极了！穿戴又整齐：胸针、手套、镯子——总而言之，可爱不下于天使；后来她嫁给一位出类拔萃的好人贝赫廷；他们是私奔的，自作主张结的婚；现在所有这些风波都已经平息下来了：他们生活得很富裕；双方的父亲也都满心喜欢！……当时我急得直叫：‘哎，不是！不是那个！’其实我恨不得地上有个洞让我钻下去。他说：‘你是指中间的那一个？’我说：‘对，正是中间那一个。’他说：‘哎呀，老兄，那是我内人。’……咱们在这里谈谈无妨，那位女士简直像糖粉捏成的仙子！谁都乐意一口把她吞下去……当时我只好说：‘你见过地地道道的傻瓜没有？你眼前就有一个，这颗傻脑瓜也在此地：砍吧，别手软！’他哈哈大笑。散戏时他介绍我跟那三位女士见了面，想必他把刚才的一番话告诉了她们，这调皮鬼。反正他们笑得特别乐和！说实在的，我从来没有度过这样快乐的时光。你瞧，福马老兄，有时候一个人会出多大的洋相！哈——哈——哈——哈！”

然而，可怜的舅舅白白笑了一场；他徒然用快乐、和蔼的目光环顾四周：对他那个可乐的故事作出的反应却是死一般的寂静。福马·福米奇坐着保持阴郁的沉默，其余的人也学他的样；只有奥布诺斯金面带淡淡的笑容，预料着舅舅即将遭到的叱责。舅舅窘得要命，涨红了脸。这正中福马之下怀。

“您完了没有？”他终于摆开阵势问尴尬的讲故事者。

“完了，福马。”

“您高兴了是不是？”

“你问这干什么，福马？”可怜的舅舅怅然作答。

“现在您痛快些了吧？朋友们在愉快地谈论文学，您煞风景地把人家的谈话打断，从而满足您自己好出风头的浅薄心理，现在您该满意了吧？”

“得了吧，福马！我是想让你们大家都开开心，可你……”

“开心？”福马勃然大怒，嗓门也提高了，“可是您只会使人心烦，而不是开心。开心！您那个故事几乎是不道德的，您可知道？当然，我不说它有伤风化……刚才您凭着罕见的鄙野情操宣称自己嘲笑了一位纯洁无辜的贵族妇女，原因仅仅在于她没有荣幸博得您的赏识。而您还想强迫我们发笑，也就是为您，为粗鄙的不体面行为喝彩，理由仅仅在于您是这座宅院的主人！随您的便，上校，您可以去物色一批食客、帮闲、牌友，甚至可以从远方把他们召来增强您的扈从阵容，而不惜损害直率和坦荡的襟怀；但是福马·奥比斯金永远不会谄媚，不会帮闲，不会充当您的食客！别的我不敢担保，这一点我敢向您担保！……”

“嗳，福马！你误会了我的意思，福马！”

“不，上校，我早就看透了您，我对您彻底了解！您好出风头的野心是无穷无限的；您妄想赢得不可企及的诙谐名声，可是您忘了俏皮碰上厚皮非磨钝不可。您……”

“得了吧，福马，看在上帝分上！当着这么些人，你也得留点儿面子！……”

"要知道，看到这一切真叫人痛心哪，上校；而看到了就不可能保持沉默。我穷，我的衣食仰给于令堂。别人还以为我保持沉默是拍您的马屁；而我不愿让某一个乳臭小儿把我当做您的食客！也许，我刚才来到这里的时候，甚至有意识地强调了我的正直和坦率，我不得不有意识地几乎走到不礼貌的边缘，因为正是您自己把我置于这样的境地。您对我太傲慢了，上校。旁人简直会把我当做您的奴仆，您的食客。您乐于当着生人的面羞辱我，事实上我跟您是平等的，您听见没有？在一切方面都是平等的。甚至可以说，我住在府上是我给您面子，而不是您加惠于我。我被人羞辱，所以我必须自夸自赞——这是天经地义的！我不能不说，我必须说，必须立即反对，故而我直截了当地向您宣布：您的妒忌心重得惊人！举例说：您看到别人在纯朴而友好的谈话中很自然地显示出知识广、读书多、趣味高；您就心里不痛快，浑身不自在，寻思着：'我也要显示一下我的学问和趣味！'可是，请问您懂得什么趣味呢？对于高雅的事物，您的理解力——恕我直言，上校——就跟一头公牛对牛肉的理解差不多！我承认这话说得比较粗率，不够婉转；但至少是坦白而公正的。这话您从拍您马屁的人那里是听不到的，上校。"

"嗳，福马！……"

"这句'嗳，福马！'在我意料之中。足见忠言逆耳，良药苦口。好吧，这事我们回头再谈，现在请允许我也来让在座诸位开开心。总不能老是您一个人唱主角。巴威尔·谢苗诺维奇！您看见过这人形的海怪没有？我已经对它观察了很久。您瞧瞧：它简直想把我吃掉，活生生地整个儿吞下去！"

他指的是加甫里拉。这名老仆站在门旁，眼看自己的东家遭到这般申斥，的确心痛难忍。

"我也要请您看一出好戏开开心，巴威尔·谢苗诺维奇。喂，你这老鸹，过来！劳您驾靠近一点，加甫里拉·伊格纳济奇！看到没有，巴威尔·谢苗诺维奇，这就是加甫里拉；由于村野粗鄙，作为一种惩罚，正叫他在学法国话。我要像俄耳甫斯[1]那样驯化这里的习性，只是并不靠歌曲，而是靠法国话。喂，法国人，什么东先生[2]，——他最讨厌人家称呼他什么东先生，——你的功课记熟了没有？”

“背下来了，”加甫里拉垂头丧气地答道。

“那么，您会讲法语？[3]”

“是的，先生，会一点儿……[4]”

我不知道，是由于加甫里拉咬着字眼说那句法国话时的姿态忧伤得可笑呢，还是大家猜到福马意欲引起哄堂大笑，反正加甫里拉刚一张口，所有的人立刻笑得不亦乐乎。甚至将军夫人也笑了起来。安菲萨·彼得罗夫娜仰靠在沙发背上，用扇子掩面尖声狂笑。最滑稽的是，加甫里拉看到考试变成了这么一回事，忍不住啐了一口唾沫，自怨自艾地说：“没料想活到这把年纪还丢这样的丑！”

福马·福米奇蓦地一震。

“什么？你说什么？你敢放肆撒野？”

“不，福马·福米奇，”加甫里拉不卑不亢地回答，“我的话谈不上放肆撒野，我做下人的也不应该在你这样的天生主子面前放肆撒野。但每一个人身上都带着上帝的形相。我今年六十三岁了。我的爹还记得普加乔夫那个恶魔，而我的爷爷是跟东家马特维·尼基季奇一

① 俄耳甫斯——希腊神话中用奇妙的歌声驯化野兽、感动树木岩石的英雄。

② monsieur 是法语“先生”，“什么东”是俄语中 шематон 一词的译音。шематон（吊儿郎当的人）来自法语动词 chômer（吊儿郎当）。这个称呼乍听起来有点像法国人，其实是福马挖苦加甫里拉，称他为“吊儿郎当先生”。

③ 原文为法语。

④ 原文为法语。

起给普加奇[1]吊死在同一棵白杨树上的——愿上帝保佑他们的在天之灵。因为这个缘故，我爹始终得到先太老爷阿法纳西·马特维伊奇的另眼相看：先是当贴身侍从，最后以管家的身份离开人世。福马·福米奇，至于我，虽然是个下人，有生以来却还没有丢过像刚才那样的丑！”

说完最后几句话，加甫里拉摊开双手，垂下头来。舅舅坐立不安地注视着他。

“算了吧，算了吧，加甫里拉！”他喊道，“别唠叨了；算了吧！”

“没关系，没关系，”福马说，他的脸色略略泛青，却强作微笑，“让他说嘛；反正这都是您造成的恶果……”

“我要把心里的话都说出来，”加甫里拉异常激奋地继续说，“什么也不隐瞒！手脚可以捆绑起来，舌头可扎束不住！福马·福米奇，我在你面前是最卑贱不过的小人，一句话，是个奴才，可照样不饶过我。我得永远侍候你，讨好你，因为我生下来就是奴才，要我做什么，我都得诚惶诚恐、战战兢兢地去做。你要是坐下来著书，我有责任不让闲人来打搅你，因为这才是我真正的差事。该效劳的事，我心甘情愿去做。可是不应该要我这大把年纪学洋狗叫，在这么多人面前丢丑！如今我连下房也不能进去，用人们都管我叫法国人。不，福马·福米奇，不光是我一个傻瓜这样说，不少好人也开始众口一词地说您现在变得很凶，而我们的东家在您面前连个三岁小孩都不如；说您出身虽然是将军之子，而且您自己也曾升到跟将军差不多的头衔，可是心肠这样凶狠，十足像个讨命的恶鬼。”

加甫里拉说完了。我高兴到了忘其所以的程度。福马·福米奇坐

① 加甫里拉只能按沙俄官方的说法把十八世纪俄国农民起义领袖普加乔夫称做“恶魔”或“普加奇”（一种名叫大角枭的猛禽的俄文音译）。

在那里，置身于发怔的众人之间，气得脸上青一阵、白一阵，仿佛遭到加甫里拉的当头棒喝之后还没有能够苏醒过来；仿佛此刻他还在考虑：应该发作到什么程度？爆炸终于接着发生。

“什么？！他竟敢骂我！这不是造反吗？！”福马尖声嚷着从椅子上跳起来。

将军夫人也跟着他跳起来，两手一拍。一台乱哄哄的群戏开演了。舅舅赶紧把惹祸的加甫里拉推出去。

“用镣铐把他钉起来，钉起来！”将军夫人嚷道，“叶果鲁什卡，马上把他送到城里去当兵！要不，你休想得到我的祝福。马上给他戴上足枷，把他送去当兵！”

“放肆！”福马嚷道，“一个奴才、混蛋、下贱东西，竟敢骂我！他，他还不配做我的擦鞋布！竟敢骂我恶鬼！”

我怀着不同寻常的决心走上前去。

“我得承认，在这个问题上我同加甫里拉的意见完全一致。”我说时直接逼视福马·福米奇的眼睛，一边激动得发抖。

这一着大大出乎他的意料之外，致使他最初似乎不相信自己的耳朵。

“这又是怎么回事？”最后他喊出声来，恶狠狠地向我责问，一双布满血丝的小眼睛死死地盯着我，“你是什么人？”

“福马·福米奇……”完全没了主意的舅舅刚欲开口，“这是我的外甥谢辽查……”

“大学者！”福马吼叫起来，“这么说，他就是那位大学者？自由——平等——博爱！《争鸣报》！[①]不，老弟，你在吹牛！你没到过萨克森！此地不是彼得堡，你蒙不了人！我才不理你的争鸣呢！在你

① 原文为法语的俄语拼音。

是争鸣，[1]在我们看来却是：‘不，老弟，你还差远呢！’学者！我忘掉的有你知道的八倍那么多！你算是哪档子学者？！”

若非人家拉住他，我觉得他会挥拳向我猛扑过来。

“他喝醉了。”我说着困惑地环顾周围的人。

“谁？我？”福马叫道，连声音都变了。

“是的，您！”

“喝醉了？”

“喝醉了。”

这是福马无法忍受的。他像被架到屠刀下面发出一声没命的尖叫，从屋子里冲了出去。将军夫人似乎想昏倒，但想了一想，还是跟着福马·福米奇跑出去为妙。在她之后别人也纷纷跑去，舅舅跟在最后。当我定下神来举目四顾时，见屋子里只有叶若维金一个人。他笑嘻嘻地搓着一双手。

“刚才您要我提醒您讲一个耶稣会会士的故事。”他用令人肉麻的语调说。

“什么？”我莫名其妙地问。

“刚才您曾要我提醒您讲一个耶稣会会士的故事……是一段笑话……”

我奔到露台上，再从那边跑进花园。我只感到天地在旋转……

八　诉衷情

我在花园里徘徊了约莫有一刻钟，又是气恼，又是对自己极度不

---

① 由于不学无术加上气得发昏，这段话是福马夹用俄语拼读出的法语所说的，内容语无伦次，牛头不对马嘴。

满，一边思忖着：现在我该怎么办？这时夕阳西下。忽然，在折向一条暗沉沉的园径的拐角处，我跟娜斯简卡打了个照面儿。她眼睛里噙着泪水，一方巾帕拿在手里，在用它擦眼泪。

“我在找您。”她说。

“我也在找您，”我向她回答，“请您告诉我：我是不是在疯人院里？”

“完全不是在疯人院里。”她定睛看了我一眼，气冲冲地说。

“既然如此，那么这究竟是怎么回事？看在基督分上，请给我出个主意吧！舅舅现在到哪儿去了？我可以去找他吗？遇到您，我很高兴：您也许能指点我一些门径。”

“不，您最好还是不要去。我自己刚从他那里来。”

“他在哪儿？”

“谁知道？也许又跑到菜园子里去了。”她忿忿然说。

“怎么到菜园子里去了？”

“福马·福米奇上星期曾叫嚷不愿留在宅内，突然往菜园子里跑，在窝棚里拿了一柄铁锹，开始刨菜畦的土。我们全都感到奇怪：莫非他发疯了不成？他说：‘为了不让人家以后指责我白吃饭，我要自己耕地，种出我在这里吃掉的粮食，用劳力换衣食，然后离开此地。是人家把我逼到这个地步的！’于是大家都哭，差点儿没向他下跪，并夺去他的铁锹；可是他一个劲儿地刨土，把种着的大头菜全刨了出来。那一回给他尝到了甜头，说不定现在还要演一次。他这人干得出来。”

“而您……您说这些话的时候居然这样沉得住气！”我怒不可遏地喊道。

她举起亮闪闪的眼睛看了我一下。

“对不起；我简直不知道自己在说什么！听我说：您是否知道我

到这里来的目的？”

“不……”她答道，脸上泛起了红晕，从她的俏面庞看得出心情似乎相当沉重。

“请您原谅，”我继续说，“现在我心里乱得很，我觉得自己不应该这样开始谈这件事……尤其是跟您……不过反正都一样！依我看，在这类问题上最好开门见山。我承认……不，我想说……您是否知道舅舅的意思？他命我向您求婚……”

“哦，这是胡扯到哪儿去了！请不要提这件事！”她急忙把我的话打断，脸唰地涨得通红。

我给弄得稀里糊涂。

“这怎么是胡扯？明明是他写信给我的。”

“他果真给您写了信？”她反应敏捷地问，“啊，这个人哪！他还答应过不写信的！真是胡扯淡！天哪，这是扯到哪儿去了！”

“对不起，”我支支吾吾地不知该说什么，“也许我的做法太冒失，太莽撞……然而，偏偏逢上那样的时刻！您想想：天知道我们处在什么环境之中……”

“哦，看在上帝分上，不要道什么歉！请相信我，我听这话已经够难受的了，其实您不妨思考一下：我自己也想跟您谈谈，以便了解一些情况……唉，真要命！他到底给您写了信！这是我最担心的一件事！我的天，这是怎么样一个人哪！而您竟信以为真，拼命赶奔到这里来？唉，怎么会搞成这样的局面！”

她并不掩饰懊恼的心情。我的处境恐怕任何人都不会羡慕。

“老实说，我没料到会出现这样的波折……”我怀着极度困惑的心情说，“相反，我心想……”

“啊，您已经想过了？”她以略带讥讽的口气说，牙齿轻轻咬了咬嘴唇，“这样吧，您把他写给您的那封信给我看看。”

“好的。”

“请您不要生我的气，别见怪；我心里够苦的了！”她用央求的语调说，而同时却有一丝嘲弄的微笑轻轻掠过她的樱唇。

“哦！请不要把我当傻瓜！”我急躁地大声说，“是不是您对我怀有成见？是不是有人对您说了我的坏话？是不是因为您看到了刚才我在那里出洋相，所以……我自己也明白，此刻我站在您面前显得多么愚蠢。请不要笑我！我说话一定语无伦次……这一切全怪我正好处在二十二岁这个该死的年龄！”

“哦，我的上帝！这又为什么？”

“您还问为什么？要知道，凡是二十二岁的人，等于在脑门子上有字写着，就像我这般，比如刚才我磕磕绊绊闯到屋子中央，或者此刻在您面前的样子，便是如此……这是可恶至极的年龄！”

“哦，不，不！”娜斯简卡答道，一边克制自己，险些笑出来，“我深信您既善良，又可亲，而且聪明，说真的，我这是由衷之言！只是……您的自尊心很强。这一点还可以纠正。”

“我觉得，我应该有这么点儿自尊心。”

“不。刚才您受了窘——到底为什么呢？因为您在进门的时候绊了一下！……您怎么能够让您那善良、慷慨、曾经给您那么多恩惠的舅舅遭人耻笑？明明是您自己的举止可笑，为什么您要把可笑的都推到他身上？这是不应该、不光彩的！这有损于您的令誉，老实告诉您，当时我对您非常反感，确实如此！”

“这是事实！我蠢极了！甚至可以说：我干得很卑鄙！您识破了这一点——我已经受到惩罚！您可以骂我，笑我，但请听我说：也许您最终会改变您的看法，”我在一股奇怪的感情带动下补充说，“您对我的了解还很不够，以后您有了较深的了解，那时……也许……”

“看在上帝分上，把这次谈话搁一搁吧！”娜斯简卡显然不耐烦地叫了起来。

“好，好，先搁一搁再说！可是……我在什么地方能再见到您呢？”

“您问这做什么？”

“您我之间总不可能已经把最后一句话也都说完了，娜斯塔霞·叶甫格拉福夫娜！看在上帝分上，请您约我会一次面，哪怕就在今天也行。不过，现在天色已经不早。这样吧，如果可能的话，就在明晨一早；我特地关照他们一早就把我叫醒。您知道，那里的池塘边上有一只亭子。我还记得；我知道怎么走。小时候我毕竟在这里住过。”

“约会！何必约会呢？此刻我们本来就在谈嘛。”

“但是此刻我还一无所知，娜斯塔霞·叶甫格拉福夫娜。我先得从舅舅那里了解全部情况。到头来他总应该向我和盘托出，那时我也许会告诉您一件非常重要的事情……”

“不，不！这要不得，要不得！”娜斯简卡急忙说，“我们这就把一切都彻底解决，今后再也别提了。您不要到那只亭子里去空候：我决计不会去的，请您完全抛弃这个荒唐的念头——我向您郑重提出请求……”

“这么说，舅舅像个疯子似的跟我开了个玩笑？”我在一阵难以忍受的恼恨刺激下嚷道，“那么，他把我召来做什么？……等一下，您听见没有，这是什么声音？”

我们离宅子没有多远。从洞开的窗户里传来刺耳的尖叫和一阵阵异乎寻常的呼喊。

“我的天！”她说着脸上顿时变色，“又闹开啦！果然被我预感到了！”

“您预感到了？娜斯塔霞·叶甫格拉福夫娜，我还有一个问题。

我当然丝毫没有权利这样做，但是，为了大家的利益，我斗胆向您提这最后一个问题。请坦率地告诉我——这话将永远埋藏在我心中：舅舅是不是爱上您了？”

“啊！请您从头脑中永远排除这种胡思乱想！”她气得满脸通红地高叫，“连您也说这样的话！他如果爱上我的话，就不打算把我嫁给您了。”她添上这么一句，脸上现出苦笑，“这是从何说起呢？难道您不明白正在进行的是什么事情？这一阵阵呼喊您听见没有？”

“可这是……福马 · 福米奇……”

“对，当然是福马 · 福米奇；但现在的事情却由我而起，因为他们也跟您一样瞎说胡扯；他们也猜疑他爱上了我。由于我贫贱不足道，往我脸上抹黑算不了什么，而他们一心要他娶另一个女人，故而叫他把我撵回父亲家里去以策安全。可是只要向他一提这件事，他马上暴跳如雷，甚至不惜把福马 · 福米奇撕成碎片。他们此刻正是为这件事大吵大闹；我预感到是为了这件事。”

“这一切果真是事实？这么说，他一定会跟那个塔姬扬娜结婚？”

“跟哪一个塔姬扬娜？”

“就是那个有神经病的女人。”

“她完全没有神经病。她很善良。您没有权利说这话！她有一颗高尚的心，许多人都不如她。她的不幸并不是她的过错。”

“请原谅。就算您在这一点上完全正确；但是，您在主要的一点上会不会弄错呢？我注意到，他们对待您的父亲不是挺好的吗？如果他们果真像您所说的那样迁怒于您，要撵您走，那就也会迁怒于您的父亲，拿脸子给他瞧。”

“难道您看不出家父为了我在做什么？他在福马 · 福米奇面前扮演丑角！他没被撵走正是因为他拍上了福马 · 福米奇的马屁。因为福马·福米奇自己充当过小丑，所以他乐于看到现在也有小丑围着他转。您以为家父这样做是为了谁？他是为了我才这样做的，完全为了我。他自己一无所求；他为自己决不向任何人低头哈腰。在别人眼里，他也许十分可笑，但他是个高尚的、极其高尚的人！他认为，天知道是因为什么，反正决不是因为我在此地的薪俸不薄，您可以相信我；他认为我最好待在此地，留在这户人家。但现在我已经完全说服他改变了看法。我给他写了一封措词坚决的信。他就是来把我带走的，万不得已的话，明天就走也行，因为事情几乎已经到了不可收拾的地步：他们恨不得把我吃掉，我可以肯定，现在他们大吵大闹又是为了我。为了我，他们势必要折磨他，坑害他！而他对我无异于父亲——甚至超过生我的父亲，您知道不！我不愿再等待。我比别人更了解。明天，明天就走！这样一来，说不定他们会把他和塔娅扬娜·伊万诺夫娜的婚事搁在一边，哪怕只是暂时搁一下……我已经把一切都告诉了您。您把这些话对他也说一说，因为现在我连话也没法跟他说：有人监视着他，特别是那个别列别里岑娜。您叫他不要为我担心，我宁可吃黑面包，住在父亲的小茅屋里，也不愿成为他在这里受折磨的原因。我贫穷，就应当过贫穷的生活。可是，我的上帝，闹得多凶啊！吵得多厉害！那边出了什么事？不，无论如何得马上到那边去！我要把这些话冲着他们大家统统说出来，我自己去说，不管后果如何！我必须这样做。再见！”

她跑了。我站在原地，充分意识到我现在所扮演的角色有多么滑稽，而且完全猜不透这一切将如何了结。我同情那个可怜的姑娘，我也为舅舅担心。忽然，加甫里拉出现在我身旁。他手里还拿着他的练习本。

“您的舅舅请您去！”他语调沮丧地说。

我如梦初醒。

“舅舅叫我？他在哪儿？他出了什么事？”

“在茶厅上。就是刚才喝茶的那间屋子。”

“谁跟他在一起？”

“只他一个人。他等着。”

“等谁？等我吗？”

“差人找福马·福米奇去了。咱们这宅院的好日子算是过完了！”他喟叹着找补这么一句。

“找福马·福米奇？嗬！其余的人呢？老太太在哪儿？”

“在自己屋里。她老人家晕倒了，这时正躺着，人事不省，光是哭。”

我们这样谈论着走到露台前。天色几乎已经完全黑了。舅舅果然只有一个人在我同福马·福米奇开了一仗的那间房里，正跨着大步满屋子直打转。几张桌上都点着蜡烛。一看见我，他就跑过来，紧紧握住我的手。他脸色苍白，喘气很费劲，两手哆嗦不已，时而有一阵神经质的颤栗透过他的全身。

九　将军大人

“我的朋友！一切都结束了，一切都解决了！”他以一种近乎耳语的悲怆音调说。

“舅舅，”我说，“我听到了叫喊声。”

“叫喊声、吵闹声，老弟，样样都有！妈妈晕了过去，反正一家子闹得鸡犬不宁。但我下定决心不让步。现在我谁也不怕了，谢辽查。我要让他们看看，我也有自己的性格，——一定要让他们看看！我特意把你叫来，是要你帮我向他们显示性格……我的心已经碎了，谢辽查……但我应当、我必须严格按既定方针行事。正义是不容情的！”

“究竟出了什么事，舅舅？”

“我要跟福马分手。”舅舅以坚定的口吻说。

“舅舅！”我顿时发出欢呼，“您这个主意再好也没有了！只要我多少能有助于实现您的决心，我愿意……永远听您调遣。”

“谢谢你，老弟，谢谢！但现在全都解决了。我在等候福马；我已经差人叫他去了。有他没我，有我没他！我跟他必须分手。要是明天福马不离开这个宅院，我起誓要抛开一切，重新去当骠骑兵！军队会要我的，会让我指挥一个骑兵营。把这一套统统甩掉！一切重新开始！你还拿着这法文练习本做什么？”他转向加甫里拉厉声怒喝，“把它扔掉！拿去撕，拿去踹，拿去烧！我是你的主人，我现在命令你不要学法国话。你不能不服从，谅你也不敢不服从，因为你的主人是我，不是福马·福米奇！”

“谢天谢地！”加甫里拉喃喃地自言自语。看来，这一回不像是闹着玩的。

“我的朋友！”舅舅情绪激昂地继续说，“他们向我提出的要求根本办不到！你来给我评评理；你就站在他和我中间，当一位不偏不倚的裁判。你不知道，你不知道他们要我做什么，后来还正式提出要求，把什么都说了出来！但这既违反仁爱精神，也不光明正大……回头我把一切都告诉你，不过先……”

“我已经全知道了，舅舅！”我抢在他头里大声说，“我猜得到……我刚才跟娜斯塔霞·叶甫格拉福夫娜谈过话……”

“我的朋友，现在不谈这个，不谈这个！”他急忙把我的话打断，似乎吃了一惊，“回头我把一切都告诉你，不过暂时……怎么？”他冲着走进来的维多普里亚索夫大声问，“福马·福米奇呢？”

维多普里亚索夫来回话，说福马·福米奇“不愿意来，并认为叫他去这个要求无礼到不能容忍的地步，所以福马·福米奇对此非常生气”。

“把他带来！把他拖来！把他带到这里来！用武力把他拖来！”舅舅跺着脚咆哮。

维多普里亚索夫从未见过东家如此暴跳如雷，吓得连忙退下去。我也在纳闷儿。

“一定要发生什么不得了的重大事情，”我心想，“否则像他这样性格的人不可能发那么大的火儿，下那么大的决心。”

舅舅默默地在屋里来回走动有好几分钟，仿佛自己在跟自己斗争。

“不过，你先别把本儿撕掉，”他终于对加甫里拉说，“暂且等一等，待在这儿别走开，也许有事差你。”他转而对我说：“我的朋友！刚才我好像把嗓门拔得太高了。做任何事情都得讲究个体面和胆量，但不应该吵吵嚷嚷、盛气凌人。正是这样。我说，谢辽查，如果你回避一下，是不是更好些？你反正不计较。回头我自己把一切都告诉你，——你意下如何？请你看在我的分上这样做。”

“您害怕啦，舅舅？您后悔啦？”我说时谛视着他。

“不，不，我的朋友，我不后悔！”他以加倍的激奋叫了起来，“现在我已经什么都不怕。我采取了坚决的措施，最最坚决的措施！你不知道，你无法想象他们要我做什么！难道我应该照办？不，我要表明自己的态度！我奋起反抗，我要表明自己的态度！我必须在某一个时候表明自己的态度！不过，我的朋友，我有些后悔把你叫来：要是你在这里做福马受辱的所谓见证人，他也许非常难受。是这么回事：我想客客气气地叫他离开这个宅子，不施加任何羞辱。不过，所谓不加羞辱，无非是我这样说说罢了。其实，老弟，事情弄得这般田地，无论用什么样的甜言蜜语，都没法叫人不见怪。我是个大老粗，没有教养；在头脑发昏的情况下说话不定会出什么纰漏，弄得将来后悔莫及。他毕竟为我花过许多精力……去吧，我的朋友……他已经给人带来了！谢辽查，我求求你，你出去吧！回头我把一切都告诉你。看在基督分上，你出去吧！”

就在福马走进屋子的一刹那，舅舅把我带到露台上。不过，很抱歉：我没有走开；我决定待在露台上。那里暗得很，也就是说，从屋子里很难看得见我。我决定偷听。

我不打算找任何理由为自己的行为辩护，但我斗胆说，在露台上站了这半个钟点居然沉得住气，我认为称得上在忍受煎熬方面建立了丰功伟绩。从我所站的地方不仅听得清楚，甚至看得分明，因为门是玻璃门。现在我请读者想象一下那个接到命令前来的福马·福米奇（命令扬言如若拒绝就要硬拉）。

“上校，难道是我的耳朵听到了这样的威胁吗？”福马一进门就吼叫，“难道要向我转达的是这话吗？”

“不错，你没有听错，福马，你定一定神，”舅舅勇敢地回答，“坐下；咱们哥儿俩认真、友好地来谈一谈。你先坐下，福马。”

福马·福米奇庄重地在一把圈椅里坐下。舅舅迈着迅速而不均匀的步子在屋里来回走着，显然感到难以启齿。

“正是像哥儿俩那样来谈一谈，”他重复了一遍，“你会明白我的意思，福马，你不是小孩；我也不是小孩——总而言之，咱俩都上了年纪……嗨！是这么回事，福马，咱们在某几点上看法不一样……对，正是在某几点上，因此，福马老兄，咱们是不是分手好一些？我相信你的品德高尚，你是要我好，所以……但这些不必多说！福马，我永远是你的兄弟，这一点我可以凭着日月星辰起誓！这里是一万五千卢布；老兄，这是我所有的一切，我把最后的一点面包屑，把家里人的钱财全搜括干净了。放胆拿去吧！我应该，我有责任保障你的生活！这笔钱里头差不多全是当铺的银票，只有很少一点儿现钞。放胆拿去吧！你什么也不欠我，因为我永远无法报答你为我所做的一切。对，对，正是这样，我有这样的感觉，尽管现在，在最主要的一点上，咱们就要分手。明天或者后天，或者随便你哪一天……咱们分道扬镳。福马，你可以到我们的县城里去，才十里地；那里的教堂前面有一所挺可爱的小房子，在第一条胡同里，百叶窗漆成绿颜色，女主人是神甫的遗孀；这房子就像是专门为你盖的一样。她一定肯卖的。我要为你把这房子买下来，这不在那笔钱之内。你就在那里定居，离我们也不远。你可以研究文学、科学，将来名扬天下……那里当官儿的个个品德高尚、热情诚恳、不谋私利；大司祭学问渊博。逢年过节你可以上我们这儿来做客——咱们一定可以过天堂一般的生活！你愿意不愿意？”

“原来是在这样的条件下撵走福马！”我心想，“舅舅把送钱的事瞒起了我。”

屋子里出现了持续很久的一片寂静。福马坐在圈椅里呆若木鸡，一动不动地望着舅舅；而舅舅面对这一阵沉默和这一双眼睛，似乎感到不好意思。

“钱！”福马终于说，声音做作地微弱，“那笔钱在什么地方？拿来，赶快拿到这里来！”

“在这里，福马：倾家荡产，正好一万五千银卢布[①]，全在这里。我把现款和当铺的银票统统凑进去了——你自己瞧吧！”

“加甫里拉！把这些钱拿去，”福马顺从地说，“老头儿，你也许用得着。不，慢着！”他蓦地大喝一声，嗓门异乎寻常地又高又尖，

① 一个银卢布（不一定是银币，而是一次币制改革时发行的新卢布）合三个半纸卢布（实即旧卢布）。

身体从圈椅里霍地站起来，“慢着！先把钱给我，加甫里拉！给我！把钱给我！把这百万家产给我，我要把它们踹在脚下，撕成碎片，啐上唾沫，撒向空中，拼命地诅咒，狠狠地辱骂！……居然给我送钱！想收买我，要我离开这个宅院！难道是我听到的吗？难道竟要我忍受这般奇耻大辱？哼，这是您的百万家产。瞧，我把它们这样，这样，这样，这样处置！上校，如果在这以前您还不知道的话，那么，现在您该知道了：福马·奥比斯金是这样处置金钱的！”

说着，福马把银票钞票满屋子扔开去。值得注意的是：他并没有像自己吹嘘的那样把它们撕成碎片或啐上唾沫，一张也没撕，也没啐；他只是把钱钞稍微揉皱了些，但也相当小心。加甫里拉急忙把它们从地板上拾起来，等福马走后仔仔细细交还给东家。

福马的表演端的使舅舅目瞪口呆。现在轮到他在福马面前呆立不动、张口结舌了。而福马此时重又在圈椅里坐下，似乎气愤得无法形容地大声呼哧着。

“你真是一个崇高的人，福马！”舅舅总算恢复知觉后激动地说，“你是一个最高尚不过的人！”

“这我知道。”福马回答的声音微弱，然而气魄之大简直难以描述。

“福马，原谅我吧！跟你相比，我是个卑劣的小人，福马！”

“是的，跟我相比确实如此。”福马表示同意。

“福马！使我惊讶的倒不是你的品德高尚，”舅舅兴奋地继续说，“而是：我怎么会粗鄙、昏聩、卑劣到这种程度，居然在这样的条件下送钱给你？不过，福马，有一点你说得不对：我完全不是收买你，不是为了要你离开这个宅子而付钱给你；我只不过想让你也有钱花，让你离开我以后不愁生活无着。这一点我可以向你起誓！我愿意跪下来，双膝跪下向你请求宽恕，福马；如果你需要，我马上跪倒在你面前……只要你需要……”

“我不需要看您下跪，上校！……”

“可是，我的老天爷！福马，你要明白：我这是一时冲动，昏头昏脑，鬼迷心窍……但你只要说出来，我该用什么来补过赎罪？只要你教我，只要你说出来……”

“什么也不用，上校，什么也没有用！请您放心，我明天就永远离开这座宅院，一去不返。”

福马开始从圈椅里站起来。舅舅惊恐地连忙跑过去重又按他坐下。

“不，福马，你不能走，我不让你走！”舅舅急得直叫，“不要提什么永远离开，什么一去不返，福马！你不能走，要不我就跟你到天涯海角，永远跟在你后面，直到你宽恕我为止……我起誓，福马，我一定这样做！”

“宽恕您？您对不起我？”福马说，“但是，您可明白自己对不起我到什么程度？现在，甚至您曾让我在此地有一块面包吃，单凭这一点就对不起我，您可明白？刚才，您只用一分钟时间，就把我在府上所吃的面包统统变成了毒药，您可明白？刚才，您凭借已经被我吃掉的每一块、每一口面包指责我；刚才，您指着我的鼻子说，我在府上无非是一个奴才，一名听差，一块给您擦漆皮靴子的破布！可是我本着纯洁的良心，一直以为是以朋友、兄弟的身份住在府上！难道不是您自己口蜜腹剑地千百次向我重申这份友谊、这种兄弟之情的吗？究竟为什么您在背地里织这张罗网，让我像个傻瓜似的掉进去呢？究竟为什么您在黑暗中挖这个陷阱，现在亲手把我推下去呢？为什么您不早些用这根棍子一下子结果了我呢？为什么您不一开始就扭断我的脖子，像宰一只公鸡那样，因为……比方说，就因为它不下蛋？对，正是这样！我欣赏这个比喻，上校，尽管它取材于外省生活，有点儿现代文学的庸俗味道；我欣赏这个比喻，因为从中可以看出您的指责是多么荒唐，因为我在您面前如果有过错的话，就像那只公鸡不下蛋无法博取没头脑的主人的欢心一样！您怎么不想一想，上校，难道对朋友或兄弟可以用钱来报答吗？再说，报答什么呢？主要的问题是：报答什么呢？'拿去，我亲爱的好兄弟，我受了你的恩惠：你甚至救过我的命。这几块犹大的银币[①]给你，不过你得立即滚蛋，别让我再看见你！'您对待我的做法多么幼稚！多么粗暴！您以为我垂涎您的金钱，事实上我却怀着唯天可表的一片真心为您造福。哦，您彻底伤了我的心！您玩弄我最崇高的情操，就像顽童做掷钉子游戏相仿！上校，我很早就已经预见到了这一切，——正因为如此，您的面包对我说来早已成为嗟来之食，鲠在我的喉咙里！正因为如此，您的绒毛被褥使我感到压痛，而不是舒服！正因为如此，您的白糖、您的糖果在我嘴里不觉得甜，只觉得其辣无比！不，上校！您一个人过日子，独自享福去吧，让福马背着口袋去走自己悲惨的道路。就这样吧，上校！"

"不，福马，不！不能这样，决不能这样！"被羞辱得无地自容的舅舅哀哀求告。

"一定这样，上校，非这样不可，因为只能这样。明天我就离开您。您尽可以把您的百万家私撒遍我的全部行程，尽可以用钞票铺路直到莫斯科——我一定昂首挺胸踩着您的钞票前进而不屑一顾；上校，我要用这只脚践踏、踹脏、踩烂那些钞票，福马·奥比斯金将单靠自己高尚的品德过活！我说过了，并且做到了！告别了，上校。告——别——了，上校！……"

① 据《新约·马太福音》第二十六章第十五节，耶稣的门徒犹大出卖乃师得了三十块银币。

说到这里，福马又开始从圈椅里站起来。

“宽恕我，福马，宽恕我！忘了吧！……”舅舅苦苦哀求。

“‘宽恕’！您要得到我的宽恕有什么用？好吧，就算我宽恕您：我是基督徒；我不能不宽恕；我几乎现在就已经宽恕了您。可是，您不妨自己判断一下：如今我要是在府上再待下去，哪怕只是多待一分钟，这难道还有一丁点儿合乎情理的地方，难道还谈得上人格吗？您不是要撵我走吗？！”

“合理，合理，福马！我向你担保合情合理！”

“合情合理？可是您我之间现在难道还有什么平等可言？我的高尚的品德可以说已经把您压垮，而您却以卑劣的行为自己把自己糟蹋了，难道您还不明白？您已被踩在地下，而我却高高升起。哪里有平等呢？而如果没有这种平等，难道能做朋友？我说这番话是发出痛心的哀叫，而不是居高临下炫耀自己对您取得的胜利，也许您却在作如是想。”

“可我自己也在发出痛心的哀叫哇，福马，请相信我……”

“而您正是那个人，”福马继续说，同时由声色俱厉变为自得其乐，“正是我为之熬过多少个不眠之夜的那个人！我不知有多少回夜里睡不着从床上起来，点了蜡烛自言自语：‘此刻他正在安睡，因为他信赖你。而你不应该睡，福马，你得代他醒着；说不定还能想出什么主意来为这个人造福。’福马在睡不着的夜里就是这样想的，上校！而这位上校竟如此报答他！不过，够了，够了！……”

“但我一定争取，福马，一定争取重新得到你的友情——我向你起誓！”

“争取？有什么可以担保？作为一个基督徒，我可以宽恕您，甚至可以爱您；但作为一个人，一个高尚的人，我将情不自禁地蔑视您。我应当，我必须蔑视您；我在道义上必须这样做，因为，我再说一遍，您使自己蒙受了耻辱，而我做了一件极其高尚的壮举。试问，你们那班人中间，谁能作出这样的举动？你们谁能拒绝这样一大笔数不清的钱？然而，人人都瞧不起的穷光蛋福马，出于对尊严的热爱，却拒绝了这笔钱财！不，上校，今后您得完成一系列壮举，才够得上跟我讲平等。可是您能作出什么壮举来呢？您甚至不会用'您'平等相称，老是像使唤用人似的称'你'。"

"福马，我是表示友好才对你称'你'的呀！"舅舅大声叫屈，"我不知道你不乐意……我的天哪！要是我早知道就好了……"

"您，"福马接着往下说，"您甚至不能，或者更确切地说是不愿满足一个最最简单、最最不足道的请求，当时我曾要求您像对一位将军那样对我称'将军大人'……"

"但是，福马，这可以说是大逆不道的行为啊，福马。"

"大逆不道！您不知从哪本书上捡来这么一句话，便鹦鹉学舌似的生搬硬套！然而，您可知道，您不肯称我'将军大人'，使我丢了面子，受了耻辱；由于您不理解我的意图，结果我简直成了一个忽发奇想的傻瓜，大可送进疯人院！其实，那些个头衔和俗世的尊荣如果没有美德加以净化，本身是微不足道的；而一向鄙视这些东西的我，一旦想要自称'大人'，难道我不懂这有多么可笑？给我一百万我也不愿接受没有美德的将军头衔！而你们竟把我当成疯子！我是为您好，才牺牲我的自尊心，才让您，让你们——您和您的学者们——有可能把我当成疯子！不为其他，纯粹是为了启您之蒙，发展您的德行，用新思想的光辉把您照亮，我才决意向您要将军的头衔。我正是要您今后不再以为将军们都是地球上至神至圣的伟人；我要向您证明，离开了慷慨大度，头衔是一文不值的，也没有必要为一位将军的来临兴高采烈，事实上，闪耀着美德之光辉的人也许正站在您身旁！但是，您经常在我面前炫耀上校的头衔，以致您已经难于对我称'将军大人’。原因就在于此！根子应该在这方面寻找，而不要扯到什么大逆不道上去！全部原因就在于您是一位上校，而我只不过是福马罢了……”

“不，福马，不！我向你担保不是这样。你是学者，而不光是福马……我心怀敬意……”

“敬意！好。既然您心怀敬意，那么请告诉我，照您看来：我是否当得起将军的头衔？马上干脆地回答：当得起当不起？我要看看您的智力发达程度。”

“凭诚实，凭无私，凭才智，凭极其高尚的品德——你当之无愧！”舅舅自豪地说。

“既然当之无愧，那您为什么不叫我‘将军大人’？”

“福马，我也许会叫的……”

“可我要您叫！我现在就要，上校，我非要您叫我不可！我看得出您感到为难，正因为如此，我才要您叫。您如能作这点牺牲，您将在万里长征的道路上迈出第一步，因为——这可不能忘记——您必须完成一系列壮举，才够得上跟我讲平等；您必须战胜自己，只有在那个时候，我才相信您的真诚……”

“我明天就叫你‘将军大人’，福马！”

“不，不是明天，上校，明天是自然而然的啰。我要您现在马上就对我称‘将军大人’。”

“好吧，福马，我愿意……不过，这怎么能马上就叫呢，福马？……”

“为什么不能马上就叫？是不是您觉得难为情？如果您难为情，我可要动气了。”

“嗯，那么，福马，我愿意……我甚至感到光荣……不过，福马，怎么能没头没脑地说‘您好，将军大人’？到底不像话……”

"不，不要加'您好'二字，加了听起来很不舒服；这像是开玩笑、演滑稽戏。我不容许别人跟我开这种玩笑。振作一下，立刻振作起来，上校！换一种语调！"

"你不是捉弄我吧，福马？"

"首先，不要对我称'你'，叶果尔·伊里奇，要称'您'——不要忘了这一点；而且，也不要叫福马，要叫福马·福米奇。"

"对，的确是这样，福马·福米奇，我乐意改正！我乐意尽最大的努力……可是我该说什么呢？"

"在'将军大人'这几个字之外该添些什么，您感到有困难——这是可以理解的。您为什么不早说呢？这甚至情有可原，何况您又不是——说得客气一些——又不是著作家。好吧，既然您不是著作家，那我来帮助您。您就跟着我说：'将军大人'。"

"好吧，'将军大人'。"

"不，不要说'好吧，将军大人'，单说：'将军大人'！我告诉您，上校，您得换一种语调！此外，还希望您不致感到屈辱，我建议您稍稍低下头来，同时把身体向前弯曲。跟将军说话身体都得前倾，以此表示尊敬和随时准备所谓飞速前去执行命令的决心。我本人曾与几位将军长期相处，对此完全了解……现在来吧：'将军大人'。"

"将军大人……"

"'我说不出有多么高兴，因为我终于有机会求您宽恕，恕我一开始有眼不识您大人的胸怀。我敢保证，今后我将为共同的利益竭尽绵薄……'好吧，您说上这些也就够了！"

可怜的舅舅！他必须逐字逐句重复这番痴人的梦话！我站在外面，脸涨得通红，好像是我的过错。愤怒使我感到窒息。

"现在您是否感觉到，"折磨者问，"心坎上一下子变得轻松了，就好像有一位天使飞到您灵魂中来？……您感觉到这位天使在那儿没有？回答我！”

“是的，福马，的确像是变得轻松了些。”舅舅答道。

“您战胜了自己以后，您的心仿佛像人们所说的浸在圣油里那样，是不是？”

“是的，福马，确实像涂了黄油那样滑溜。”

“像涂了黄油？呣……其实，我对您说的可不是黄油……不过，反正都一样！上校，这就意味着已经尽到了义务！战胜自己吧。您好胜心强，太好胜了！”

“的确好胜，福马，我也承认，我也承认。”舅舅叹息一声回答道。

“您自私心重，甚至是个极端的利己主义者……”

“说我自私确实不假，福马，我也承认；自从我了解你以后，我也知道了这一点。”

“现在我是以父亲和慈母的身份对您说这话……您总是拒人于千里之外，忘了‘柔顺的牛犊不愁没奶吃’这句老话。”

“这也不假，福马！”

“您不知趣。您常常粗暴地往人家心里乱挤，好出风头地愣要人家注意您，把正派人都吓得退避三舍！”

舅舅再次发出深沉的叹息。

“您对人应当和顺些、体贴些、温柔些；为别人着想，应当忘掉自己，那么人家也会想起您来。自己活，也让别人活——这就是我的座右铭！忍耐、刻苦、祈祷、希望——这些真理我但愿全人类永志不忘！您要学他们的样，那时我将首先向您表露我的心，我会伏在您怀里哭……如果必要的话……不能一天到晚光想着‘我怎么样，我怎么样’！这样您迟早要使人讨厌，请允许我这么说！”

“真是能说会道啊！”加甫里拉又是折服、又是害怕地自言自语。

“这话有道理，福马；这些我都感觉到了，”深受感动的舅舅连忙应道，“但也不能全怪我，福马：我受到的就是这样的教育；跟士兵们在一起混惯了。我向您起誓，福马，过去我也不是麻木不仁的。我跟骑兵团告别的时候，所有的骠骑兵，我那个营的全体官兵，竟哭了起来，都说像我这样的人难得！……当时我认为自己也许还不是一个彻底完蛋的人。”

“自私的本性又露出来了！您那好出风头的毛病又给我抓住了！您自吹自擂，捎带着用骠骑兵的眼泪责备我。为什么我不用任何人的眼泪来夸耀自己呢？我也不是没有什么可夸耀的；也许照样可以夸耀。”

“我这是不留神脱口而出的，福马，想起了旧日的好时光，忍不住又漏了兜。”

“好时光不会从天上掉下来，而是我们创造的；好时光在我们的心田里，叶果尔·伊里奇。正是由于这个道理，我始终很幸福，即使吃苦也甘心，不垂头丧气，不讨人嫌，只有对蠢才、滑头、学者，我才不留情面，也不愿留情。我不喜欢蠢才！那些个学者又是什么货色？‘科学家’！科学到了这号人手里就变成蒙人的把戏。他刚才说什么来着？把他叫来！把那些个学者统统叫来！我能把一切全部推翻；我能把他们的原理一条条彻底推翻！更不必说品德了……”

“当然，福马，当然。谁还能怀疑？”

“比方说，刚才我显示了智慧、才华、惊人的学问、对人类心灵和当代文献的了解；我作了示范，并且出色地加以发挥，使一支卡玛林舞曲一下子变成隽才的高尚话题。可是结果如何呢？那些人中间有谁对我作出公允的评价了吗？没有，他们扭过头去置之不理！事实上，我确信他已经对您说过我什么也不懂。其实，坐在他面前的也许是不下于马基雅弗利[①]或梅尔卡丹特[②]那样的天才，仅仅因为一贫如洗、默默无闻就让人瞧不起……不，这笔账一定要跟他们算！……我还听说有柯罗夫金其人。这又是个什么家伙？”

“福马，这人很聪明，是个科学家……我正在等他。这个人肯定很好，福马！”

“哼！我表示怀疑。八成是一头驮满书本的现代驴子。这些人没有灵魂，上校，他们没有心！而学问离开了美德有什么用呢？”

“不，福马，不！关于家庭幸福的一番话他说得非常精彩！叫人听了自然而然印在心坎里，福马！”

“唔！那就走着瞧吧，对柯罗夫金也得考一考。够了，”福马临了说，一边离座起身，“上校，我还不能完全宽恕您，因为我遭受的欺凌是骇人听闻的；但我要祈祷苍天，也许上帝能赐安宁给被侮辱的心灵。这件事我们明天再谈，现在请允许我告辞。我累了，身子觉得很虚软……”

“啊，福马！”舅舅顿时开始手忙脚乱，“你确实累了！你猜我有个什么主意？你要不要吃点儿什么提提精神？我这就吩咐下去。”

“吃点儿什么！哈——哈——哈！吃点儿什么！”福马发出一阵鄙夷的狂笑回答，“先用毒药灌你，然后又问要不要吃点儿什么？居然想用煮蘑菇或渍苹果治疗心灵的创伤！您真是个可怜的唯物主义者，上校！”

“唉，福马，我倒是真心真意……”

“好了，好了，不谈这些。我走了，您马上去见令堂：跪在她面前，放声痛哭，无论如何得求她宽恕，——这是您的义务，您的

① 马基雅弗利（1469—1527），意大利政治思想家和历史学家。他认为，为了达到政治目的，可以不择手段（所谓“马基雅弗利主义”）。

② 梅尔卡丹特（1795—1870），意大利作曲家。1840年起任那不勒斯音乐院院长。

责任！”

“啊，福马，我一直在考虑这件事；甚至刚才跟你谈话的时候也在考虑这件事。我准备跪在她面前，哪怕直跪到天明也不怕。可是，你想想，福马，她向我提出的是什么要求？这是不公平的，这太狠心了，福马！求你高抬贵手，赐福给我吧。求你想想办法，拿个主意，那时……那时……我起誓！……”

“不，叶果尔·伊里奇，不，这不关我的事，”福马答道，“您知道，我在整个这件事情上绝对没有插过手；不，您大概认定根子全在我身上，但我可以向您保证，从一开始我就置身此事之外。这全是令堂做的主，而她自然是为您好……去吧，赶快，飞到她跟前去，用孝顺来扭转局面。但愿太阳不会怀着对您的愤恨落下去！至于我……我将通宵为您祈祷。我已很久不知道什么是睡眠了，叶果尔·伊里奇。再见吧！对你我也宽恕了，老头儿，”他转向加甫里拉添上几句，“我知道你不是凭自己的头脑行事。你也不要记我的仇，如果我得罪了你的话……再见吧，再见吧，什么都不要记在心上，愿上帝保佑你们！……”

福马走了出去。我立刻往屋子里冲进去。

“你在偷听？”舅舅失声惊呼。

“是的，舅舅，我在偷听！您，您竟会称他‘将军大人’！……”

“有什么办法呢，老弟？我甚至感到光荣……和万里长征比起来，这算不了什么；然而，这个人是多么高尚、多么无私、多么伟大啊！谢尔盖，你也听见了……刚才我怎么能把这些钱塞给他，我简直不懂自己是怎么搞的！我的朋友！我太冲动了；我是在火头上；我对他不了解；我怀疑他，指责他……但是，他不可能跟我作对——这一点我现在明白了……你可记得，他拒绝那笔钱的时候，脸上的表情是多么高贵？”

“好吧，舅舅，您尽可以引以为荣，我可要走了：我再也没法忍耐下去！我最后一次问您：您要我做什么？您召我来为了什么，您又在等待什么？既然一切都已了结，您已用不着我，那我就走了。看到这种景象我受不了！我今天就走。”

“我的朋友……”舅舅照例又手忙脚乱起来，“你只要再等两分钟：老弟，我现在去见亲娘……我要在那里办完一桩……要紧的、重大的、惊天动地的事情！……你暂且回自己屋里去。加甫里拉会把你带到夏厢。夏厢你还记得不？就在花园里。我已经吩咐把你的手提箱搬到那边去了。我到亲娘那里去求饶，下决心办完一件事，——现在我已知道该怎么做，——回头马上去看你，那时我要把一切的一切原原本本都告诉你，把心里话向你和盘托出。将来……咱们也……总会有幸福的日子过的！你等两分钟，只消两分钟，谢尔盖！”

他握了一下我的手，匆匆走了出去。毫无办法，只得又跟加甫里拉一同前往。

十　米津奇可夫

加甫里拉带我前往的侧厢按老习惯称为“新侧厢”，其实是很久以前的旧庄主盖的。这是一座挺漂亮的小木屋，同老房子仅仅相隔几步，就坐落在花园里。它三面有高大的老椴树环抱，树枝可以触及屋顶。这座小木屋的四间房陈设不坏，是接待客人住的。我走进为我准备的一间屋子，见我的手提箱已经搬到那里，床前小桌上有一张信笺，纸上端端正正写着大小不同的字体，还画了好些花串、姓名缩写和花哨的签字式样。缩写字母和花串用好几种不同的颜色描就。这一切合在一起便构成一件挺可爱的书法艺术品。我读了开头的几句就明白，这是写给我的一封请求信，信上称我“有识的恩人”。题目则赫然是：《维多普里亚索夫的哀鸣》。无论我怎样集中注意想多少读懂一点信上的意思，我的努力全告白费。这是用高傲的听差语言写成的一篇装腔作势的奇文。我只能猜想到维多普里亚索夫目前的处境十分糟糕，他求助于我，把某种希望寄托在我身上，因为我是“有识之士”，临了请我为他向舅舅说情，运用我的“机器”向舅舅施加影响（信末果真是这样描绘的）。我还在读这封信，这时米津奇可夫开门进来。

“我想，您会允许我跟您认识一下，”他很不拘礼地说，却又非常客气地主动跟我握手，“刚才我没能跟您说上两句话，其实，从第一次见面时起，我就产生一种比较深入地认识您的愿望。”

我当即回答说，我也很高兴，并且寒暄了几句，虽然我的情绪正坏到极点。我们坐了下来。

“您这是什么东西？”他向我还拿在手里的那张纸看了一眼问道，“莫非是《维多普里亚索夫的哀鸣》？果不其然！我拿得准维多普里亚索夫对您也会发动攻势。他也递了跟这完全相同的一张纸给我，里边也是同样的哀鸣；对您他已等了很久，想必早有准备。您不必惊讶，此地奇怪的事多着哩，老实说，有些事情很值得一笑。”

“仅仅值得一笑？”

“是啊，难道该哭？您如果有兴趣，我可以给您讲一讲维多普里亚索夫的生平，我相信您听了一定会发笑。”

“说实在的，现在我顾不上维多普里亚索夫，”我回答说，语气显得颇为烦躁。

我看得很清楚，米津奇可夫先生的来访以及承他之情跟我攀谈这些现象，无不是他怀有某种目的采取的步骤，无非说明米津奇可夫先生有事找我。刚才他坐在茶厅里脸带愠色，不苟言笑；现在却兴致勃勃，满面春风，颇有意于讲很长的故事。一眼就可以看出，此人有高超的自持力，似乎还颇能识人。

“该死的福马！”我说着用拳头忿忿地捶了一下桌面，“我认定他是此地一切祸祟的总根子，没有一件事他不插手！该死的畜生！”

“看来，您对他发的脾气太大了。”米津奇可夫说。

“脾气太大？！”我大叫一声，顷刻间大动肝火，“当然，刚才我太激动了，以至于任何人都有权利来指责我。我沉不住气，结果在所有的问题上都栽了筋斗，对此我十分清楚，所以我认为没有必要再向我解释！……我也明白，在体面的场合不应该如此；然而，请问，当时怎么可能不激动？如果您要我直说，我认为这里简直是一座疯人院！而且……而且……反正……反正我要离开这个地方——这就是我要说的！”

“您抽烟不？”米津奇可夫若无其事地问。

“抽。”

“那么，想必也允许我抽。那里不让抽，简直把我憋死了。不错，”他点了一支烟往下说，“这一切确实像疯人院，不过请您放心，我决不会责备您，因为我要是处在您的地位，发作起来，也许我的火气会比您大三倍。”

“如果您真的也感到气愤，那您为什么不发作呢？相反，我记得您当时很沉得住气，说实话，我甚至感到奇怪，您竟不起来卫护我那可怜的舅舅，而他却乐于周济……所有的人！”

“您说得对：他周济过很多人；但我认为卫护他是完全无用的：首先，这对他自己也没有好处，甚至有损尊严；其次，我会因此明天就给撵走。而对您我可以坦率相告：我的境况使我不得不珍惜在此地受到的款待。”

“我丝毫无意强使您坦率谈出您的境况……我倒想动问，因为您在此地住了已经有一个月……”

“但问无妨，我愿意为您效劳。”米津奇可夫急忙应道，并将一把椅子挪近些。

“比如，方才福马·福米奇拒绝了已经到手的一万五千银卢布，——这是我亲眼看见的。能否请您解释一下，这是什么道理？”

“什么？难道真有此事？”米津奇可夫惊问，“请您把经过谈一谈！”

我把经过情况谈了，但略去了“将军大人”一节。米津奇可夫怀着强烈的好奇心听我述说，当我说到一万五千卢布时，他甚至变了脸色。

“真厉害！”他听完我的叙述以后说，“我甚至没料到福马能玩这么一手。”

“可是他拒绝了那笔钱！这该如何解释？难道真是出于高尚的品德？”

“他拒绝一万五，为的是以后拿三万。不过，您可知道？”他想了一想又说，“我不大相信福马真有什么打算。这个人不大讲究实惠；他在某种意义上也是个诗人。一万五……嗬！据我看，他本来是想收下的，可又克制不住非要装腔作势拿一番架子不可。我告诉您，这家伙的迂劲儿十足，酸气冲天，偏又死要面子！”

米津奇可夫甚至动了肝火。看来他心中十分懊恼，好像还挺妒忌。我好奇地注视着他。

“嗯！估计事态会急转直下，”他若有所思地补充道，“现在要叶果尔·伊里奇跪在福马面前祈祷他也愿意。说不定他在感动之余还可能结婚。”他咬着牙又添上一句。

“您的意思是：非跟那个疯疯癫癫的女傻子结成这门令人恶心而又悖情逆理的亲事不可？”

米津奇可夫用锐利的目光看了我一眼。

“这帮混蛋！”我怒冲冲地骂道。

“不过，他们这个主意理由相当充足：他们声称他应当为这个家做点儿什么。”

“他为这个家做的事还少吗？！”我发出愤懑的叫喊，“而您，您竟说：跟一个庸俗的女傻子结婚有相当充足的理由！”

“当然，我也同意您的说法：她是个傻子……呣！您这样爱您的舅舅，这很好；我本人表示同情……虽然有了她的钱可以把田庄大大扩充一番！不过，他们也有他们的想法：他们生怕叶果尔·伊里奇娶那个家庭教师……您记得吗，还有那么一位漂亮的姑娘？”

“难道……难道真有此事？”我激动地问，“我以为这是诽谤。看在上帝分上，请告诉我，我对这一点极其关心……”

“哦，他对那姑娘爱极了！只是瞒着人罢了，这是很自然的。”

“瞒着人？！您认为他是瞒着人在爱？那么另一方呢？她爱不爱我舅舅呢？”

“很可能，她也有意。要知道，她如果嫁给您舅舅，只会得到好处，因为她穷得很。”

“可是，您猜想他们互相爱慕有什么根据没有？”

“这总是看得出来的；再说，他们之间好像还有秘密约会。那些人甚至断言他们有不可告人的关系。不过，请您可不要说出去。我是作为一个秘密告诉您的。”

“这话能相信吗？”我喊道，“而您，您也承认自己相信这话？”

“当然，我并不完全相信，我又没在场。不过，这也是很有可能的。”

“怎么可能？！您别忘了舅舅的品德和名誉！”

“我同意；但也可能先是一时冲动，然后决心以合法婚姻作为结束。这样的情况并不少见。不过，我再说一遍，我完全无意认为这些传闻绝对可信，何况此地的人拼命往她脸上抹黑；甚至说她跟维多普里亚索夫有暧昧关系。”

“您瞧，多么荒唐！”我失声惊呼，“跟维多普里亚索夫！这怎么可能？这话岂不是听起来都叫人恶心？难道您连这也相信？”

“我不是对您说了吗，我并不完全相信这话，”米津奇可夫答道，语气仍是那么平稳，“不过，也可能有这事。世上什么都可能发生。我又没在场，而且我认为这不干我的事。然而，我看您对这些个事情深表关切，所以我认为有责任重申，有关她与维多普里亚索夫的这种关系确实可能不大。这都是安娜·尼洛夫娜——也就是那个别列别里岑娜——捣的鬼；是她出于妒忌在此地散播了这些流言蜚语，因为她自己以前一心想嫁给叶果尔·伊里奇——真的！——就凭她是一位中校的女儿。现在她的希望落了空，便恨得要命。其实，有关这些个事情我大概已经全都告诉您了，说实在的，我十分讨厌说短道长，何况我们只会浪费宝贵的时间。是这么回事，我来找您有一个小小的请求。”

“请求？不敢当。凡是我能做的……”

“我明白，我甚至打算稍稍激您一激，因为我瞧您很爱您的舅舅，十分关切他的婚事。但在这项请求之前，我对您还有另一个前提性的请求。”

“什么事？”

“是这么回事：也许您肯答应我那个主要的请求，也许不肯；但无论怎样，在提出来之前，我要极其恭顺地请您大大屈尊，以贵族和君子的身份、诚实和高尚的人格向我保证，您听了我所说的一切，将绝对严守秘密，不管发生什么情况，不管为什么人都不泄露这个秘密，也不为了自己而利用我现在认为有必要告诉您的那个主意。您能不能保证？”

这番开场白庄严隆重。我作了保证。

“请说吧……”我说。

“其实，事情十分简单，”米津奇可夫开始说，“是这样的：我想把塔姬扬娜·伊万诺夫娜带走，并且同她结婚；总之，那将是一出有点儿像格雷特纳格林[1]的活剧，——您明白不？”

我直眉瞪眼望着米津奇可夫先生，半晌说不出话来。

“我得向您承认，我一点儿也不明白，”我总算开了口，“除此以外，”我接着说，“由于我思想上以为是在跟一个头脑健全的人打交道，万万没有料到……”

“什么料到料不到的，”米津奇可夫把我的话打断，“翻译成大白话就是：我本人和我的打算愚蠢透顶，——对不对？”

“完全不是这个意思……可是……”

“哦，请不必在措词上有什么顾虑！放心吧；您如果直说的话，我甚至会感到十分高兴，因为这样更切近目标。其实，我也承认，这件事乍一看来甚至可能有点儿奇怪。但我敢肯定，我的打算非但不愚蠢，而且是再明智不过的；如果您肯赏脸，请听我把情况一一说明……”

“哦，这是哪儿的话！我洗耳恭听。”

“其实，事情几乎没什么可说的。是这么回事：眼下我背了一身债，口袋里空空如也。此外，我还有一个十九岁没出嫁的妹妹，可怜这个父母双亡的孤儿寄人篱下，身无分文。我在这方面也有一部分责任。我们曾得到一份包括四十个农奴的遗产。偏偏在那个时候我被提升为骑兵少尉。不用说，我先是把家产抵押，后来又胡花乱用。我过

① 格雷特纳格林是苏格兰登弗里斯郡的一个小村庄，在那里结婚可以免去各项手续，只要男女双方有一人在苏格兰境内居住满三星期即可。这个地名已成为“私奔”的同义语。

着放荡的生活，领头胡闹，一心学布尔卓夫[①]，赌钱、喝酒——用一句话来概括：放荡。甚至回想起来也要脸红。现在我已经悔悟，我要彻底改变生活方式。但为此我非得有十万纸卢布不可。由于我靠公职什么也张罗不起来，我自己又一无所能，几乎没有读过什么书，自然只剩下两种办法：要么盗窃，要么娶一个有钱的老婆。我来到此地几乎连靴子也没有，我是走来的，没坐车。我从莫斯科出发的时候，妹妹把自己仅有的三个卢布给了我。我在此地见到这位塔姬扬娜·伊万诺夫娜，我立刻产生这么一个念头。我当即下决心牺牲自己，同她结婚。您一定会同意，这一切是地地道道的明智之举。再说，我这样做多一半是为我妹妹……当然，也为我自己……”

“但是，请问，您是不是打算向塔姬扬娜·伊万诺夫娜正式求婚？”

“万万使不得！我会立刻从此地被撵走，况且她也不肯跟我走的；但要是向她建议私奔，她一定跟我走。问题就在于非得带有一点儿罗曼谛克的色彩和戏剧效果不行。当然，这一切马上就会以我们之间结成合法婚姻而告终。只要把她从这里诓出去就成了！”

“您凭什么这样确信她一定会跟您私奔？”

“哦，不用担心！这一点我完全有把握。这一设想的基础就在于：塔姬扬娜·伊万诺夫娜会跟任何人比翼双飞，不管张三李四，只要对方懂得投她所好。正因为如此，所以我事先要您以人格担保，以防这个主意也被您利用了去。您当然能够理解，我如果不利用这样的机会，那简直是作孽，尤其处在我的境地。”

“如此说来，她是个十足的疯子……啊！对不起，”我发觉自己

---

① 布尔卓夫是一个胡天胡帝、纵酒作乐的骑兵军官，游击诗人杰尼斯·达维多夫（1784—1839）曾在诗中加以讴歌。

失了言，便附加说，“既然现在您瞩目于她，那……”

“请不必顾虑，刚才我已经请您免了这一套。您问，她是不是一个十足的疯子？怎么对您说呢？当然，她不算疯子，因为还没有进疯人院；况且，老实说，我不认为这种追求风流韵事的狂热有什么特别的疯癫可言。尽管如此，她却是一位正直的姑娘。是这么回事：在去年以前，她一直处于可怕的贫困之中，她刚生下来就生活在女慈善家们的压迫下。她的心异常善感；没有一个人向她求过婚——您不难理解：理想、心愿、希望、不得不随时加以抑制的炽热的情感、长期从女慈善家们那里受到的折磨——这一切自然能导致一个性格敏感的人精神失常。而且突然间她得到一大笔财富：您自己也会同意，任何人都经不起这样的剧变。不用说，于今追求她、奉承她的大有人在，她所有的希望都复苏了。前不久她讲过一个穿白背心的花花公子的故事：这件事确实同她所说的完全一样。根据这一事实，您还可以对其余的方面作出判断。通过长吁短叹、便笺短简、情诗恋词，您可以立刻引她上钩；如果附带着再暗示一下绸带结成的软梯、西班牙小夜曲以及诸如此类的无稽之谈，您要她干什么都可以。我已经作过一次试验，立刻捞到一次幽会。不过，我暂时停留在这一阶段，以待时机。但过三四天一定带她逃走。昨天我开始用言语挑逗，发出深情的叹息；我的吉他弹得不坏，也能唱歌。夜里在亭子里约会，天明前车辆将准备停当；我把她引出来，坐上马车逃之夭夭。您谅必懂得，这并不冒任何风险：她已经成年，何况，一切都出于她自愿。只要她跟我一起逃跑，那自然意味着跟我结成有约束力的关系……我要把她带到一户高尚、但是清寒的人家——离此大约四十里地，——在举行婚礼以前那里有人看管她；而另一方面，我将抓紧时机在三天之内把婚事办妥——这是可能的。当然，首先需要的是钱；但我合计了一下，这一出幕间小戏只要花五百银卢布也就够了，我把这个希望寄托在叶果尔·伊里奇身上：他会给我的，至于派什么用场他当然不知道。现在您明白了吗？”

“明白了，”我说，这才彻底弄清楚是怎么回事，“那么，请问，我能为您提供什么帮助呢？”

“啊，您能帮的忙太多了！否则我也不会来向您求助。我已经告诉了您，我心目中有一户受尊敬的、但是贫穷的人家。您在此地和那边都可以帮我的忙，最后还要请您做证人。说实话，如果得不到您的帮助，我将同缺少两只手一样。”

“还有一个问题：为什么您偏偏选中我作您信赖的对象？事实上您几乎还不认识我，因为我来到此地才几个小时。”

“您这个问题，”米津奇可夫露出极其可亲的微笑答道，“坦率地说，您这个问题使我感到莫大的欣悦，因为它给我提供了一个机会向您表示不同寻常的敬意。”

“哦，实不敢当！”

“不，是这样的：刚才我对您作了一些研究。我们不妨说，您比较容易激动，而且……而且……年纪还轻。但有一点我是确信无疑的：一旦您向我作了不告诉任何人的保证，那就一定能履行诺言。您不同于奥布诺斯金——此其一。其次，您禀性正直，不会利用我的主意利己，当然，除非您愿意同我做一笔友好的交易。在这种情况下，我也许愿意把我的主意，也就是把塔姬扬娜·伊万诺夫娜情让给您，并愿意卖力气促使诱逃成功，但有一个条件：在你们婚后一个月必须给我五万纸卢布，当然，您得事先以无息借据的方式给我这样的保证。”

“什么？”我惊叫起来，“您还想把她向我推销？”

“这不值得大惊小怪。我可以情让；您如果仔细斟酌一番，您会要的。我当然吃亏，但……主意是我出的，而出了主意就该拿钱。最后，第三点，我之所以请您帮忙，实在也没有可供选择的人。而考虑到此地的局面，耽搁太久是不可能的。再说，圣母升天节[1]的斋期马上就要开始，那时教堂将不给举行婚礼。我相信，现在您完全明白我的意思了吧？”

“完全明白，我再次保证为您严守秘密；但在这件事上我不可能做您的伙伴，这一点我认为有义务立即向您声明。”

“为什么呢？”

“您还问为什么？”我厉声喝道，终于不再克制积聚在心中的感情，“难道您不懂得，这种行为简直是卑下的？姑且假定您的算盘打得十分精确，但算盘是打在那位姑娘的低能和不幸的狂热症上面的，光是这一点就应该使您悬崖勒马，如果您是一位高尚的人！刚才您自己说过，她尽管可笑，却是值得尊敬的。现在您忽然又要利用她的不幸，向她骗取十万卢布！您当然不会真正做她尽责的丈夫，您肯定要抛弃她……这太卑下了，我甚至——恕我直言——我甚至不明白，您怎么好意思要我充当您的同谋！”

“我的老天爷！十足的浪漫主义，去你的吧！”米津奇可夫叫了起来，一边并非做作地以惊讶的目光望着我，“其实，这甚至还不是什么浪漫主义，您大概压根儿没弄懂是怎么回事。您说这是卑下的，事实上得益的并不是我，而是她……您只要衡量一下！”

“当然，如果从您的角度来看，恐怕会得出这样的结论：您跟塔姬扬娜·伊万诺夫娜结婚，等于做一件最慷慨大度的好事。”我面带冷笑反唇相讥。

“难道不是这样吗？正是这样，确实是做一件最慷慨大度的好事！”米津奇可夫大声说，这下轮到他冒火了，“您只要衡量一下：

① 俄历8月15日。

第一，我牺牲自己，同意做她的丈夫，——这岂是不足道的？第二，尽管她拥有可靠的十万银卢布，尽管这样，我却只拿十万纸卢布，而且已经发誓这辈子不再向她多要一个戈比，虽然要也可以——这也不是不足道的吧！最后，您想想：她能够安安稳稳过日子吗？要让她过安稳日子，必须把她的钱拿走，把她送进疯人院；否则她随时都有可能碰上某一个无赖、滑头、骗子，留着尖尖的短须和两撇小胡子，弹弹吉他、唱唱小夜曲，如奥布诺斯金之流。难保没有坏人把她拐走，跟她结婚，把她的钱骗得精光，然后把她抛弃在大道上。即以此地为例，这是一户极其体面的人家，可是留她在这里无非想谋夺她的钱财。必须拯救她，使她摆脱这样的危险。您要明白，一旦她嫁给了我，所有这些危险就消除了。我担保一定不让她遭到任何不幸。首先，我立即把她安置在莫斯科一户高尚、但是清寒的人家，不是我刚才说的那户人家，是另一家；我的妹妹将经常待在她身边；对她将有人严加看管。钱可以给她留下二十五万至三十万纸卢布：这笔钱尽够花的了！她将得到一切享受：各种娱乐、化装的或不化装的舞会、音乐会。她甚至可以梦想谈情说爱。当然，在这方面我会保障自己的权益：梦想可以随心所欲，实际上则断乎不可！比方说，眼下每一个人都可以欺负她，将来可不行；她是我的妻子，她是米津奇可娃，我决不容许自己的姓氏被糟蹋！单单这一点就很了不起！自然，我不会跟她住在一起。她在莫斯科，我在彼得堡一带。这一点我承认，因为在您真人面前不说假话。至于我将跟她分居两地，这又有什么关系？您设想一下，您观察一下她的性格；她能尽到妇道，能跟丈夫一起过日子吗？跟她谈得上什么长久之计吗？要知道，这是天下最最没有头脑的一个人！她需要的是不断的变化；她会在第二天就忘记昨天已经嫁了人，成为合法的妻子。倘若我跟她在一起生活，要求她恪尽妇道，我将使她陷入不幸的深渊。当然，我将每年去看她一次，或者更多次，也不是去要钱——您可以放心。我已经说过，除了十万纸卢布，我不再多要她一个子儿，决不再要！在钱的问题上，我对她将是极度光明磊落的。我到她那儿去住上两三天，只会给她带去快乐，而不是带去愁闷；我会跟她一起哈哈大笑，给她讲笑话，带她去参加舞会，同她恩爱一番，送一些小小的礼物，唱唱浪漫曲，送一条小狗给她，在罗曼谛克的气氛中跟她告别，以后与她互通情书。有了这样一位罗曼谛克、一往情深和性格开朗的丈夫，管保她乐得手舞足蹈！依我看，这是合情合理的；凡是做丈夫的都应该这么办。只有丈夫不在身边的时候，他们才能为妻子所珍爱；按照我的理论，我定能以最最甜蜜的方式占据塔姬扬娜·伊万诺夫娜的心，使她终生受用。她还想要得到什么呢？您倒说说！要知道，这是天堂一般的日子！”

我听着默不作声，心中直纳闷儿。我懂得，跟米津奇可夫先生争论是不可能的。他狂热地虔信自己这一计谋正确而又伟大，一谈起来就劲头十足，洋溢着发明家的热情。但还存在一个最最难于启齿的问题，这一点又是非澄清不可的。

“您是否想到过这一点：她几乎已经是我舅舅的未婚妻？”我说，“您如果把她拐逃，岂不是大大地侮辱了我舅舅？你跟她私奔的时间差不多就在他们结婚的前夕，这且不说；您为了完成这一伟举，还要向他借钱！”

“我正等着您这几句话呢！”米津奇可夫兴奋地接口说，“您不用担心，我预见到您会提出这个问题。不过，第一点，也是最主要的一点是：令舅父还没有正式提亲；据此，我就可以不知道有人要给她说亲；何况，我提请您注意，早在三个星期以前我就打好了这项计划的腹稿，当时对此地各人的意图还一无所知；因而，我在道义上没有半点对不起令舅父的地方。严格地说来，甚至不是我要夺他的未婚妻，而是他要夺我的未婚妻，因为我跟这位未婚妻已经在亭子里有过夜间的秘密约会——这一点请注意。末了，试问：刚才您自己不是因为听说有人硬要令舅父与塔姬扬娜·伊万诺夫娜结婚而大发雷霆吗？而现在忽然又卫护起这头亲事来了，说什么亲属受侮辱、名誉受损害之类的话！恰恰相反，我将给您舅舅帮一个大忙：我是在救他——您应当懂得这个道理！他对这头亲事十分厌恶，况且还爱着另一位姑娘！塔姬扬娜·伊万诺夫娜对他会是怎样一个妻子呢？塔姬扬娜·伊万诺夫娜嫁了他也不会幸福，因为，不管怎样，那时将必须对她加以限制，不让她跟年轻人眉来眼去。如果我在夜里带她出奔，那时，将军夫人也罢，福马·福米奇也罢，都将徒唤奈何。把一个逃婚私奔的新娘要回来未免太丢丑了。这难道不是帮叶果尔·伊里奇的忙，不是施恩于他吗？”

坦白说，这末了一个论点对我产生了很大的影响。

“假如他明天求婚了呢？”我问，“那时岂不晚了一步，因为塔姬扬娜·伊万诺夫娜将正式成为他的未婚妻。”

“那时自然来不及了。所以现在得设法排除这种可能性。否则我何必来求您帮忙呢？我一个人做起来有困难，咱们俩一起定能把事情办妥，非防止叶果尔·伊里奇求婚不可。必须全力加以阻挠，万不得已时，也许得把福马·福米奇揍一顿，借以转移众人的注意力，使他们顾不得提亲办喜事。当然，只有在万不得已时才这么做；我是打一个比方。有关这一点，我把希望寄托在您身上。”

“还有最后一个问题：除了我，您没有对任何人透露过您的计划？”

米津奇可夫搔搔脑勺子，现出一副十分尴尬的怪相。

“老实对您说，”他答道，“这个问题对我说来比最苦的药丸更难下咽。糟糕的是我已经透露了我的主意……反正干了一桩天大地大的蠢事！而且，您猜是向谁透露的？向奥布诺斯金！因此我现在甚至自己也不相信自己。我不懂究竟是怎么搞的！他老是在这儿打转；我对他还不很了解，当那个灵感在我心中闪现的时候，不言而喻我兴奋得像得了热病似的；由于我在当时已经意识到需要一个帮手，便去跟奥布诺斯金商量……真是无可饶恕，无可饶恕！”

“那么，奥布诺斯金怎么说呢？”

“他当时热情地满口应承，可是第二天一清早就不知去向。三天以后，他带了妈妈又来了。他跟我一句话也不交接，甚至尽量回避，仿佛怕见我的面。我当即明白是怎么回事。他妈是一只什么都经历过的老狐狸。我过去就认识她。儿子当然把一切都告诉了她。我保持沉默，观察动静；他们暗中窥伺着我，以致形势略略有些紧张……因此我得赶紧采取行动。”

“您究竟担心他们会干出什么事来？”

“当然，他们不可能有多大作为，不过捣鬼是可以肯定的。他们将要我花钱换取他们的缄默和帮助：我正等着这一招……不过我没法给他们太多，也不愿给——我已拿定主意：至多不超过三千纸卢布。您不妨为我着想一下：这上头花三千，五百银卢布办婚事，因为这笔钱必须全部还给您的舅舅；还有旧债；还得多少给妹妹一点钱，多少得给一点儿。十万卢布能剩得几文？这不是要破产吗？！……不过，奥布诺斯金母子走了。”

“走了？”我好奇地问。

“喝完茶就走了；让他们见鬼去吧！您瞧着，明天他们又会来的。怎么样，您到底答应不？”

“说实在的，”我畏畏缩缩地回答，“我不知道该怎么说。事情相当扎手……当然，我一定保守秘密；我不是奥布诺斯金；但是……您恐怕不能对我寄托什么希望。”

“我看，”米津奇可夫说着离座起身，“福马·福米奇和令外祖母还没有使您受够，您虽然爱您那位心地善良、品德高尚的舅舅，但对于他忍受的折磨还没有足够的体会。您毕竟刚到此地……但是，不用着急！明天您留在这里观察一下，到晚上自会应承。否则您的舅舅可就完了——懂吗？他们一定要逼他结婚。别忘了，可能明天他会求婚。那时就晚了；必须今天作出决定！”

“说真的，我祝愿您一切顺利，至于要帮忙……我不知道该怎么……”

“您不知道我知道！那就等到明天吧，”米津奇可夫现出嘲弄的浅笑断然说，“过一宿能想出好主意[①]。再见。我一早就来找您，您考虑考虑……”

他转身走了出去，一边吹着口哨。

我几乎跟在他后面走出去换换空气。月亮尚未升起；黑夜沉沉，空气闷热。树上的叶片纹丝儿不动。我虽然极度疲劳，却想独自走走，松散松散，然后把思绪重新整理一下。可是，我还没走上十步路，忽然听见了舅舅的声音。他同另一个人正登上侧厢的台阶，一边异常激奋地说着话。我随即转回来叫了他一声。跟舅舅在一起的是维多普里亚索夫。

十一　莫名其妙

“舅舅！”我说，“我总算等到您了。”

“我的朋友，我自己也急着要上你这儿来。等我解决了维多普里亚索夫这一头的事，咱爷儿俩谈个畅快。我有很多话要对你说。”

“怎么？跟维多普里亚索夫还有事！舅舅，您甭理他！”

---

① 原文为法语。

"只要再过五分到十分钟，谢尔盖，我就完全是你的了。没法子：他有事。"

"他八成是胡扯淡。"我忿忿地说。

"他偏要找这个时候来歪缠，叫我有什么办法呢，我的朋友？我说，格里高里老弟，你真的不能另外找个时间来发你的牢骚吗？我能为你做什么呢？你就可怜可怜我吧，老弟。我实在可以说给你们折腾得够了，已经整个儿给你们活活吃掉！谢尔盖，我再也没有精力跟他们周旋！"

说到这里，舅舅出于无比深沉的苦闷把两只手一甩。

"究竟有什么大不了的事情连搁一搁都不成？可我倒是真的需要，舅舅……"

"咳，老弟，人家已经在骂我对用人的道德漠不关心！说不定明天还会去告我的状，说我没把话听完，那时可就……"

舅舅把一只手又甩了一下。

"那么，您快一点把他的事解决！或许我也能帮点儿忙。我们上楼去吧。他是怎么回事？他要什么？"我说，这时我们已经走进屋子。

"是这么回事，我的朋友。他不喜欢自己的姓氏，要求更改。不知你对这事有何感想？"

"改姓？！这搞的是什么名堂？……咳，舅舅，在我听他自己谈出来之前，请允许我说一句：只有在您这座宅院里才可能发生这样的怪事，"我说着愕然摊开双手。

"哎，老弟！像这样把手一摊我也会的，可是不顶事啊！"舅舅无可奈何地说，"你自己去跟他谈一谈，试试看。他老缠着我已经有两个月了……"

"这姓氏不够庄重！"维多普里亚索夫接口道。

“为什么不够庄重？”我惊异地问。

“就是不庄重。一看就联想起各种各样的丑态。”

“为什么一定是丑态？再说，姓氏又怎么能更改呢？有谁更换姓氏的？”

“可是，有谁用这种姓的？”

“你的姓的确比较古怪[①]，我同意，”我在极度困惑的状态中继续说，“可是现在又有什么办法呢？你父亲用的不也是这样的姓氏吗？”

“确实如此，由于我父亲的缘故，我于是乎永沉苦海，因为我的姓名注定了要给我招来许多嘲笑，注定了要生出许多苦恼。”维多普里亚索夫答道。

“我敢打赌，舅舅，这里头不可能没有福马·福米奇插手！”我愤懑地叫起来。

“不，不，老弟，不对；你错了。福马对他另眼相看，这是事实。福马叫他充当自己的秘书，这便是他的差事。当然喽，福马栽培了他，以高尚的品德教育他，所以他在某种程度上甚至开了窍……这样吧，我来把一切都告诉你……”

“这是事实，”维多普里亚索夫插言道，“福马·福米奇确实是我的恩人，对我另眼看待。他老人家启发我这个微不足道的小人懂得自己只是地上的一条蛆，多亏他老人家指点，我才第一次认清自己的命运。”

“这样吧，谢辽查，我来把事情原原本本告诉你，”舅舅按他的老习惯急急忙忙地往下说，“他起先住在莫斯科，几乎从小就给一位书法教员当差。你不妨瞧瞧他在这位教员那儿学来的一手书法：又

① “维多普里亚索夫”这个姓在俄文中可以勉强分析出“跳舞”“姿势”这些组成部分。其实，对任何姓氏都可以作这样那样的分析和解释，有的比较自然，有的完全是牵强附会。

是颜色，又是描金，镶边加圈，还能画上几个小爱神——总之一句，称得上是个艺术家！伊柳沙在跟他学；每上一课，我就给他一个半卢布。学费是福马亲自定的。他还到附近三户地主人家去教课，那里也付钱给他。你瞧，他穿得多讲究！他还写诗呢。”

“写诗？！我的老天爷！”

“对，写诗，老弟，你别以为我在打哈哈；那是真正的诗，讲究所谓格律，合辙押韵，样样都能用诗一下子描写出来。真是个天才！他写了长长一大篇文章祝贺我妈的命名日，听得我们张大了嘴忘记合拢：他的文章里有神话故事，有飞翔的缪斯，甚至看得出那个……那个……叫什么来着？……哦，甚至看得出圆润丰满的文体，——总而言之，完全是一篇韵文。是福马给修改的。我当然不反对，甚至感到高兴。他爱写，就让他写呗，只要不惹是生非。格里高里老弟，我是像父亲一样叮嘱你的。福马听说了这回事，看了诗，夸奖了一番，把他留在自己身边读读书报、抄抄写写，——总之，给他受教育。他说的不假，福马是他的恩人。就这样，他头脑里出现了高尚的浪漫主义和独立感，——这一切福马曾给我解释过，可是我已经忘了；不过，说实在的，即使福马不提，我也想放他做个自由人。否则好像怪不好意思的！……可是福马反对这样做；说是用得着他，喜欢他；还说，我自己的用人中间有会作诗的，我做东家的脸上也有光彩；说是过去旁的地方一些男爵家里也有作诗的用人，说这样气派大[1]。好吧，气派大就气派大！老弟，我已经不当他下人看待了——你明白不？……可是天知道他表现出来的是一副什么样子。最糟糕的是：他做了诗以后，在全体下人面前把鼻子翘得老高，连话也不跟他们说了。你别见怪，格里高里，我是像父亲一样在对你说话。上一个冬天

① 原文为法语。

他就说要娶媳妇：这里有个丫头叫玛特辽娜，姑娘长得挺不错，人老实，又勤快，性格爽朗。不料如今他说：‘我不要。’愣把那姑娘拒绝了。不知他是自以为了不起呢，还是打算先出人头地，以后再到旁的地方去求亲……”

“主要是听从福马·福米奇的劝告，”维多普里亚索夫插言道，“因为他老人家真心要我好……”

“我知道准是福马·福米奇插了手！”我情不自禁地发出一声慨叹。

“嗳，老弟，问题不在这里！”舅舅连忙打断我的话头，“是这么回事：眼下他简直不得安宁。那姑娘可不好惹，泼辣得很，她发动所有的人起来跟他作对：他们逗他，惹他，连小厮们也把他当小丑看待……”

“主要是玛特辽娜撺掇的，”维多普里亚索夫插言道，“因为玛特辽娜是个货真价实的傻瓜，正因为是个货真价实的傻瓜，又是个任性的女人，所以害得我苦不堪言。”

“咳，格里高里老弟，我早就跟你说过，”舅舅用责备的眼光对维多普里亚索夫看了一下，转而向我继续说，“你知道吗，谢尔盖，他们用他的姓编了几句乱七八糟的顺口溜。他就来向我诉苦，请求能不能把他的姓改一改，说是为了这姓不好听他已苦恼了很久……”

“这姓氏不雅。”维多普里亚索夫又插了一句。

“你给我闭嘴，格里高里！福马也赞成……他不是单单赞成，而且另有计较：万一他的诗要刊印成书（因为福马有此设想），这样的姓氏恐怕给人的印象不佳——你说对不对？”

“这么说，他想要刊印诗集，是吗，舅舅？”

“正是要刊印，老弟。这已经决定下来——由我出资，并在卷头页上注明：某某庄主的农奴。作者在序文中向福马致谢，感谢他的栽培之恩。诗集是题献给福马的。序文由福马亲自执笔。现在你可以想象，要是在卷头页上印着：《维多普里亚索夫诗作》……”

“《维多普里亚索夫的哀鸣》。”维多普里亚索夫作了纠正。

“你瞧，还是哀鸣呢！试问，维多普里亚索夫算个什么姓氏？对于高雅的情趣简直是一种侮辱；福马就是这样说的。据说，那些个批评家很难对付，爱挖苦人；例如布兰贝乌斯……他们反正什么都不顾忌！光只为一个姓氏，就能挨他们嘲骂，也许能叫人哭笑不得——你说对不对？所以我说：依我看，你在诗集上爱署什么姓名都可以，这好像叫做笔名，我记不清了，反正是个什么‘名’儿。可他说：‘不，您得给全体用人下命令，往后在这里要永远用新名儿叫我，因此我要一个高雅的姓氏，方始跟才华相称。’……”

“我敢打赌，舅舅，您又答应了。”

“谢辽查老弟，我但求不跟他们争论；随他的便！你知道不，当时我跟福马发生过这么一次误会。从那时起，我们就老是缠在这件事情上。他每一个星期要换一次姓，而且尽挑些娇滴滴的名目：一忽儿奥良德罗夫，一忽儿久尔潘诺夫[①]……格里高里，起先你要求别人管你叫‘威尔内’[②]——‘格里高里·威尔内’；后来你自己不喜欢了，因为有个愣小子用‘斯克威尔内’[③]跟它押韵。你来告状；愣小子受到惩罚。你花了两个星期想一个新的姓氏，你左挑右拣，总算想了出来，便来请求把你叫做‘乌兰诺夫’。其实，老弟，你倒说说看，还有什么能比‘乌兰诺夫’更愚蠢的？但我这一次也答应了，并且再次下令把你的姓改成乌兰诺夫。无非是为了别再纠缠个没完，老弟，”舅舅面向我附加这么一句，“你姓了三天‘乌兰诺夫’。你把亭

---

① “奥良德尔”是俄文“夹竹桃”的音译；“久尔潘”是俄文“郁金香”的音译。
② “威尔内”是俄文“忠实”的意思。
③ “斯克威尔内”是俄文“可恶”的意思。

子里所有的墙壁和窗台都涂满了签名，到处用铅笔写上：‘乌兰诺夫’。后来亭子只得重新油漆。你练习签名足足用去一刀荷兰纸，写的全是：‘乌兰诺夫试笔；乌兰诺夫试笔’。结果又失败了：人家给你押的韵是‘鲍尔万诺夫’[①]。你不要鲍尔万诺夫，于是重新换姓！你另外还用过一个什么姓来着？我已经忘了。”

“探策夫，”维多普里亚索夫答道，“既然我的姓氏注定要把我描绘成跳舞的模样，那就换上一个有点外国味儿的‘探策夫’比较高雅。”[②]

“对，正是探策夫；这回我也同意了，谢尔盖老弟。不过，这一回人们给他押的韵连说都不能说。今天他又来找我，他又想起了什么新玩意儿。有还是没有，格里高里？你直说吧！”

“我的确早就想把一个新的姓名呈请您恩准，那是个相当高雅的姓氏。”

“什么？”

“埃斯布凯托夫。”

“你怎么不害臊的，格里高里，你怎么不害臊的？把口红的商标拿来做姓氏！还算是个聪明人呢！想必动了不少脑筋才想出这么个玩意儿！这不是也写在香水瓶上的吗？”

“得了吧，舅舅，”我用近乎耳语的声音说，“这明明是个傻瓜，地地道道的傻瓜！”

“有什么办法呢，老弟？”舅舅也同样低声回答，“他们都说他天资聪明，说这全是他身上的高尚品性在起作用……”

“看在上帝分上，您把他打发走吧！”

---

①“鲍尔万”是俄文“蠢货”的意思。

②“探策夫”的词根“探茨”来自德语“舞蹈”一词。

“听着，格里高里！我实在没工夫，老弟，算了吧！”舅舅用一种类似恳求的语气开始说，好像他连维多普里亚索夫也不敢得罪，“你为我着想一下，你来诉苦叫我现在怎么处理？你说他们又叫你受气了，是不是？那好吧，我向你保证，明天一定把一切查问清楚，现在你走吧，让上帝保佑你……且慢！福马·福米奇怎样了？”

“他老人家已经安寝。他说，倘使有人问起他来，就回答说：他老人家今夜要站着做很长时间的祈祷。”

“嗯！好，你去吧，老弟，你去吧！你要知道，谢辽查，他是福马的心腹，所以我甚至有些怕他。用人们之所以不喜欢他，就因为他要把他们的一举一动统统搬去告诉福马。现在他走了，说不定明天会去告什么状！而我已经把那边的事都安排妥当了，老弟，现在心中甚至相当平静……我急着到你这里来。我总算又和你在一起了！”他握着我的手富有感情地说，“老弟，我还以为你一怒之下一定会不别而行哩。现在好啦，谢天谢地！刚才加甫里拉的事不是够呛吗？还有法拉莱，还有你——事情一桩接着一桩！谢天谢地，谢天谢地！我到底可以跟你畅谈了。我要向你诉一诉衷肠。谢辽查，你别走：我只有你一个知心人，你和柯罗夫金……”

“可是，请问，您在那边究竟安排好了什么事情？在发生了这一切以后，我再待在这里做什么？老实说，我的脑袋简直快要破裂了！”

“你以为我的就完好无损吗？老弟，我这颗脑袋半年来一直在那里跳华尔兹！不过，感谢上帝！现在一切都太平了。首先，我得到了宽恕，彻底的宽恕，当然是附带各种条件的；但我现在几乎什么都不怕了。萨舒尔卡也得到了宽恕。萨沙，萨沙[①]，刚才……这颗火热的心！她略有些冲动，但是有一颗黄金一般的心！我为自己有这么个女

① 萨舒尔卡、萨沙和萨莘卡一样都是亚历山德拉的昵称。

孩子感到骄傲，谢辽查！愿上帝随时赐福给她。你也得到了宽恕，而且你猜猜宽大到什么程度？你爱怎么做都可以，你可以在所有的房间里和花园里走动，甚至可以不回避客人——总之一句话，随你的便；但只有一个条件：明天当着妈妈的面，当着福马·福米奇的面，你自己不要开口，——这是非遵守不可的条件，硬是半句话也不准说，我已经替你作了保证，——你只要听长辈……我的意思是，你只要听别人说话。他们说你少不更事。谢尔盖，你别见怪；你确实还年轻……安娜·尼洛夫娜也这么说……”

当然，我是很年轻，并且立即用行动证明了这一点。这行动就是：听到如此气人的条件后火冒三丈。

“我说，舅舅，”我气呼呼地嚷道，“您只要告诉我一件事让我安下心来；我是否当真在疯人院里？”

“哎呀，老弟，你一下子就作出这样严厉的评价！你怎么也沉不住气，”舅舅沮丧地答道，“根本不是什么疯人院，只不过双方都有些感情冲动罢了。你也应该承认，老弟，你自己的表现又怎样呢？你可记得，刚才你对他——一个所谓到了值得尊敬的年岁的人——说了什么样的胡话？”

“舅舅，这种人度过的岁月没有什么值得尊敬的。”

“嗳，老弟，你的话说得太没遮拦了！这是目空一切的自由思想！老弟，我自己也不反对通情达理的自由思想，但是，老弟，你这话可失了分寸，使我感到惊讶，谢尔盖！”

“不要生气，舅舅，我认错，但只向您认错。至于您那个福马·福米奇……”

“你已经把他说成是我的了！咳，谢尔盖老弟，对他不要太苛刻：这人无非是愤世嫉俗，有些病态罢了！对他不能严格要求。然而，这是一个多么高尚的人哪！简直是人们中间最最高尚的！刚才你不是亲眼看到了吗？他头上简直像有光轮！至于有时候他会耍一些叫人哭笑不得的把戏，对此只能睁一眼闭一眼。谁能没一点儿怪脾气？”

“不，舅舅，恰恰相反，谁能有这样的怪脾气？”

“嗳，你尽唱这个调子！谢辽查，你身上缺少慈悲心；你不善于宽恕人！……”

“好吧，舅舅，好吧！暂且不谈这个。告诉我，您见到娜斯塔霞·叶甫格拉福夫娜没有？”

“咳，老弟，我正是要跟你谈她的事，谢辽查。第一，也是最重要的一点：我们大家决定，明天一定要向他祝贺生日，我是说向福马祝贺，因为明天确实是他的生日。萨舒尔卡是个心地善良的女孩子，但她刚才说得不对；反正我们全体一大帮子在做礼拜之前早一点一同前去。由伊柳沙向他朗诵一首贺诗，这样就好比在他心上抹一层油。啊，谢辽查，希望你也在那个时候跟我们一道向他祝寿！他也许会彻底原谅你的。要是你们俩能够和解，该有多好哇！老弟，把气恼忘了吧，谢辽查，你自己不是也让他受气了吗？……这是一个非常非常可敬的人！”

“舅舅！舅舅！”我大声说，并且正在失去最后一点忍耐力，“我有事要跟您谈，可您……您是否知道，我再说一遍，您是否知道娜斯塔霞·叶甫格拉福夫娜目前的情况？”

“你怎么啦，老弟？我当然知道。你嚷什么呀？刚才那一场风波正是由于她而掀起来的。不过，这场风波也不是刚才掀起，它早已经掀起来了。只是先前我不愿跟你谈这件事，免得你大惊小怪，因为他们愣是想把她撵出去，刚才就是要我打发她走。你可以想象我的处境……呵，谢天谢地！现在这一切都已圆满解决。是这么回事，我把一切都向你直说了吧。他们以为我自己爱上了她，想跟她结婚，总之，以为我在找死，因为如果真是那样的话，的确是自己找死——这是他们在那边解释给我听的……为了救我，他们本来决定把她撵出去。这都是妈妈的主意，特别是安娜·尼洛夫娜比谁都上劲。福马暂时保持沉默。但现在我已消除了他们所有人的误解，还可以告诉你，我已经宣布你是娜斯简卡的正式未婚夫，并且正是为这件事来的。这样一来，他们多少比较放心了，现在她就可以留下，尽管不是长期留下，还只是权且试用，但毕竟可以留下。我宣布你是来求婚的以后，连你在大家心目中的地位也升高了。至少妈妈好像放了心，只有安娜·尼洛夫娜还在嘀咕！我简直想不出办法讨她的好。说真的，这位安娜·尼洛夫娜究竟要怎样呢？”

“舅舅，您也太糊涂了，舅舅！您可知道，娜斯塔霞·叶甫格拉福夫娜明天就要离开此地？说不定此刻已经走了呢！您可知道，她父亲今天是特地来带她走的？这已经决定下来，这是她本人今天亲口向我宣布的，临了还要我向您致意，——这些您知道不知道？”

舅舅在我面前保持原先的姿势张口发了呆。我觉得他好像打了个寒战，接着从他胸中迸出一声痛苦的呻吟。

我抓紧时机，急忙把我同娜斯简卡的谈话、我向她提亲、她一口回绝、她恼恨舅舅竟会写信把我召来等等一一告诉了他；并且说明她希望以自己的离去来解救舅舅摆脱同塔姬扬娜·伊万诺夫娜的这门亲事，——总之，什么也没有隐瞒，甚至有意渲染了这些消息中不愉快的部分。我想给舅舅一次猛烈的震惊，促使他采取坚决的措施，——这个目的果然达到了。他大喊一声，捧住自己的脑袋。

“她在哪里，你知道不？现在她在什么地方？”他吓得面无人色，终于问道，“而我这个傻瓜上这儿来的时候心里还泰然得很，以为一切都已经解决了呢，”他绝望地说。

“现在在什么地方，我不知道；不过刚才吵吵嚷嚷的声音初起的时候，她找您去了；她要当着大家的面把这些话统统说出来。想必她给挡住了不让进去。”

“不挡住还得了？！她到那里不定会闯出什么祸来！啊，这个火爆性子，这个心高气傲的姑娘！她要到哪儿去？到哪儿去呢？还有你，你也算是个好样儿的！她为什么把你回绝了？荒唐！你必须中她的意。为什么你不中她的意？看在上帝分上，回答我，你干吗站着不回答？”

“别胡来，舅舅！难道能这样提问题吗？”

“可这也明明是不可能的！你必须跟她结婚，必须这样做。我郑重其事把你从彼得堡召来为了什么？你必须为她缔造幸福！这里现在正要把她撵走；如果她是你的妻子、我的外甥媳妇，就不能撵她。不然她将到什么地方去呢？她将会怎样呢？当家庭教师？说什么当家庭教师，这完全是无稽之谈！在她谋到一个位置之前，待在家里靠什么过日子？老头儿要负担一家九口的生活，自己也吃不饱。要是她被这些卑鄙的谣言逼走，我知道她决不肯拿我一个子儿；她和她父亲都一样。再说，这样把人家逼走成何体统？简直不堪设想！这里肯定会闹得鸡飞狗跳——我知道。她的薪水早已预支作家用了，要知道是她在养家活口。就算我可以介绍她到别处去当家庭教师，为她找到一户高尚的规矩人家……不过，这完全是空话！真正品德高尚的人到哪儿找去？就算有吧，甚至有许许多多——可不要渎犯了上帝！然而，我的朋友，那是有危险的：能信赖人家吗？何况穷人多疑，觉得吃人家的饭，受到好看待，作为代价总要受到屈辱！她的自尊心将受到伤害；她是很有骨气的，那时……那时怎么办？万一再碰上一个花言巧语的坏蛋，又会怎样呢？……她肯定不理不睬——我知道她一定不理不睬，——可是坏蛋终究会侮辱她！她终究可能蒙受耻辱，背上恶名，遭人怀疑，那时……我的脑袋都快炸裂了！我的上帝啊！”

“舅舅！恕我再提一个问题，”我郑重地说，“别生我的气，您要明白，对这个问题的回答可以解决好多问题；我甚至有部分权利要求您回答，舅舅！”

“什么，你说什么？什么问题？”

“请您像在上帝面前那样坦白而直率地说：您是否感觉到自己有些爱上娜斯塔霞·叶甫格拉福夫娜，并且意欲娶她？您想想：此地要撵她走不正是为了这个缘故吗？”

舅舅做了一个毅然决然的手势，表示了十分神经质的烦躁情绪。

“我？我爱上她？他们说的全是疯话，要不就是合伙跟我作对。我把你召来为了什么？还不是为了向他们全体证明他们说的全是疯话？我要撮合你跟她这门亲事又是为了什么？竟说我爱上她！他们全都疯了，一定是疯了！”

“既然如此，舅舅，就让我把一切都说出来。我向您郑重宣布，我绝对不认为这种猜测有什么要不得的地方。相反，您会使她得到幸福的，倘若您是那样爱她的话——但愿如此！愿上帝赐给您爱情和忠告！”

“你这是说到哪儿去了！”舅舅几乎满怀惊恐叫起来，“我不明白，你怎么能像没事人似的说这样的话……而且……老弟，你总是太性急，——我注意到你有这个特征！试想，你所说的情况岂不荒唐？我怎么会跟她结婚？我明明把她当作女儿看待，而不是当作其他。如果不这样看待她，我甚至感到可耻，简直是一种罪过！我是一个老头儿，她是一朵小花儿！连福马也正是用这样的话给我讲清了道理。我心中对她燃烧着慈父一般的爱，可你硬扯到夫妇关系上去！她出于感恩的心情也许不会拒绝，可是以后她将因为我利用了她的感激之情而鄙视我。我将断送她的幸福，失去她的好感！我倒是愿意把心交给她——我的好女儿！我像爱萨沙一样地爱她，甚至有过之而无不及，我可以向你承认。萨沙是我女儿，这是法定的权利；而那一个是我以自己的爱把她化成女儿的。我把她从贫困中接受下来加以抚养。当年卡嘉——我那死去的天使——就很爱她，临终前把她作为女儿托付给我。我让她受了教育：培养她说法国话、弹钢琴、读书，等等……她的笑脸多有意思！你注意到没有，谢辽查？看起来像在笑你，其实不是嘲笑，相反是爱……我原先设想，你来了以后向她求婚；他们就会相信我并不在打她的主意，也就会停止散播那些缺德的谣言。那时她也将和你我待在一块儿过清静、安稳的日子，那时我们该多幸福啊！你们俩都是我的小辈，几乎都是孤儿，都是由我抚养长大的……我将那样地疼你们，爱你们！我宁可付出生命的代价，也不愿和你们分开；我将到处跟随着你们！啊，我们本来可以过多么幸福的生活！为什么人们老是怀恨，老是生气，老是互相敌视？真想好好开导开导他们！真想把心底的话直截痛快地一齐向他们捅出来！我的上帝啊！”

“对，舅舅，你说得很对，只不过她把我拒绝了……”

“拒绝！嗯！……你知道不，我好像预感到她会拒绝你的，”他若有所思地说，“不！”他突然拔高嗓门，“我不信！这不可能！要是真的如此，岂不前功尽弃？！八成是你一开始就唐突了她，也许伤害了她的自尊心；没准儿还说了一车乱七八糟的恭维话……你把经过情形再向我说一遍，谢尔盖！”

我把全部经过原原本本复述了一遍。当说到娜斯简卡希望以自己的离去给舅舅解围，帮他摆脱塔姬扬娜·伊万诺夫娜时，他脸上现出苦笑。

“解围！”他说，“只能到明天上午为止！”

“您莫非想说，舅舅，您要跟塔姬扬娜·伊万诺夫娜结婚？”我发出惊呼。

“否则我怎么能换得他们明天不把娜斯佳[1]撵走呢？我明天就要求婚：我已经正式作了保证。”

“您就横下一条心，舅舅？”

“没有办法，老弟，没有办法呵！这件事撕扯着我的心，但我横下一条心。明天求婚；婚礼打算从简举行，不求热闹；老弟，还是从简的好。你大概要充任傧相。我已经提出这一点，因此在这以前他们决计不会把你赶走。有什么办法呢，老弟？他们说：‘得为孩子聚财！’当然啰，为了孩子还有什么不干的？即使拿大顶也干，况且这话实质上恐怕也有道理。我也该为一家子多少作一点贡献。总不能老是坐吃！”

“但是，舅舅，她明明是个疯子啊！”我失声嚷道，我的心感到一阵像被攥紧似的疼痛。

“你索性说她是疯子了！她完全不是疯子，而是经历了种种不幸……有什么办法呢，老弟，要是头脑正常的我自然乐意……不过，头脑正常的女人也有叫人够受的！而她心地却挺好，品德很高尚，这倒是应该让你知道的！”

“我的上帝啊！舅舅他已经认命啦！”我绝望地说。

“不认命又有什么办法呢？他们也都是为我着想，况且，说到底，我也预感到反正迟早逃不过这一关：他们会搞逼婚。与其为这件事再大吵大闹，干脆现在认命算了。谢辽查老弟，我一切都可以坦白告诉你：在某种意义上我甚至感到高兴。横下一条心也就完事了，大不了砍脑袋，——心中反而比较泰然。看来这是我命该如此！而得到的好处主要是：娜斯佳将留在我们身边。我正是以此为条件才答应了他们。可现在她自己要逃跑！决不能让这成为事实！”舅舅

① 娜斯佳和娜斯简卡一样都是娜斯塔霞的昵称。

一跺脚喊道，“听着，谢尔盖，”他以果断的姿态接下去说，“你在这里等着，不要走开；我转眼就回来。”

“您去哪儿，舅舅？”

“也许我能见到她，谢尔盖；一切总会解释清楚的，你可以相信，一切总会解释清楚的，你……你……仍将跟她结婚——我向你保证！”

舅舅快步走出房间，拐进花园，而不是朝正屋那边去。我从窗户里边目送着他。

十二　总崩溃

屋子里只有我一个人留下。我的处境是无法忍受的：我遭到了拒绝，可是舅舅几乎硬要我结婚。千头万绪在我心中乱成一团。米津奇可夫和他的建议一直萦回在我脑际。无论如何得给舅舅解围！我甚至想去找米津奇可夫，把一切都告诉他。可是，舅舅到哪里去了呢？他自己说是去找娜斯简卡，可又是拐向花园里去的。我头脑里一度闪现幽会的想法，一种极不愉快的感觉在我心上拧了一把。我回想起米津奇可夫所说关于私情的话……寻思片刻之后，我忿忿然把我的种种猜疑一齐抛开。舅舅不会骗人：这一点很清楚。我的焦虑每分钟都在加深。我不自觉地走到台阶上，循着舅舅消失之前所走的那条小径向花园深处走去。月亮刚开始升起来。这座花园我是走熟了的，不怕迷路。快到绿苔覆盖的腐水池塘岸边那座孤零零的老凉亭前时，我忽然站住了一动也不动，因为我听见亭子里有说话声。我无法形容是怎样一种奇怪的懊恼感控制了我！我确信这是舅舅和娜斯简卡，便继续接近亭子，一边给自己解心宽：我走的仍是原来的步子，没有蹑手蹑脚——以免将来受到良心责备。忽然清楚地响起接吻的声音，底下是一些热情奔放的话语，紧接在这后面的是一声女人的尖叫。就在这一瞬间，只见一个穿白色连衫裙的女人从亭子里跑出来，像只燕子似的打我身旁一闪而过。我甚至觉得她似乎用双手遮住面孔，以免被认出是谁：想必我已经给亭子里的人发现。然而，跟在惊跑的淑女之后走出来的君子竟是奥布诺斯金——就是那个据米津奇可夫说早已走了的奥布诺斯金！当我认出此人的时候，可以想象我的惊讶达到什么程度。而奥布诺斯金看见我以后，也狼狈不堪：他那满不在乎的神气已消失得无影无踪。

“对不起，我……我怎么也没有想到会跟您相遇。”他讪笑着结结巴巴地说。

“我也没有想到会跟您相遇，”我以讥刺的口气回答，“况且我听说您已经走了。”

“不……事情是这样的……我只不过送了家母一程。我能不能求您一件事？我把您看作世上最高尚的人……”

“足下何出此言？”

“在某些情况下——想必您也会同意这一点，——一个真正高尚的人不得不求助于另一个真正高尚的人，向他高洁的情操发出呼吁……我希望您能理解我的意思……”

“请不要抱这种希望：我实在什么也不理解。”

“您看见刚才跟我一起在亭子里的那位女士了吗？”

“看见了，但没有认出是谁。”

“啊，您没有认出来！……我不久就可以称这位女士为我的妻子。”

“恭喜您。可是我又能帮您什么忙呢？”

“只要做到一点：关于您看见我跟那位女士在一起的事请您严守秘密。”

“她究竟是谁？”我暗自思忖，“莫非是……”

“说实在的，我不知道是否做得到，”我向奥布诺斯金答道，“希望您能谅解，我不能向您保证……”

“不，请看在上帝分上，”奥布诺斯金央求道，“请您理解我的处境：这是秘密。您也可能成为未婚夫，那时我也……”

“嘘！有人来了！”

“在哪儿？”

真的，在离我们三十来步的地方，只见一个人走过的影子隐隐约约闪了一下。

“那……那准是福马·福米奇！”奥布诺斯金用耳语般的声音说，同时全身哆嗦不已，“从他走路的样子我认得出来。我的老天爷！还有脚步声，在另一个方向！听见没有？……再见！谢谢您……并且恳求您……”

奥布诺斯金一溜烟不见了。过了一会，舅舅像从地下长起来似的出现在我面前。

“是你啊？”他叫了我一声，“什么都完了，谢辽查！一切的一切都完了！”

我发现他也在全身哆嗦。

“什么完了，舅舅？”

“咱们走！”他气急败坏地说着，紧紧抓住我的一只手拖了就走。但在走到侧厢的路上他一句话也没说，也不让我说话。我猜想大概发生了什么不可思议的怪事，这估计基本上没错。当我们走进屋子的时候，舅舅感到一阵晕眩。我看他面无人色，急忙给他洒了一点水。“一定出了什么可怕的事情，”我心想，“否则，像他这样一个人怎会晕倒。”

“舅舅，您怎么啦？”我终于问他。

“全完了，谢辽查！福马在花园里撞见了我和娜斯简卡，正好在我吻她的当儿。”

“在花园里接吻！”我失声惊呼，一边愕然望着舅舅。

“在花园里，老弟。不知怎么阴错阳差！刚才我一定要去见到她。我想把一切都向她说清楚，劝她回心转意，我是指对你的态度。可她已经等了我整整一个小时，在那边池塘后面一张破长椅旁边……她有话要跟我谈的时候，常到那里去。”

“常去，舅舅？”

“常去，老弟！最近一个时期我们几乎每天夜里相会。不过，我们的行动准是给他们暗中钉梢发现了，——我知道准是有人钉梢，我知道这准是安娜·尼洛夫娜一手捣的鬼。我们只好暂时中断在那里相会；四天中间太平无事，可是今天又有必要见面了。你自己也看到了，事情是多么紧急；如果不见面，我怎能把这情况告诉她？我抱着也许能见到她的希望到那里去，她果然已经坐在那里足足等了我一个小时：她也有一些事情要通知我。”

“我的上帝啊，怎么能这样大意呢！您不是明明知道有人在监视你们吗？”

“事情实在太紧迫了，谢辽查；我们有许许多多话要互相诉说。白天我连朝她看一眼都不敢：她面向一个角落，我故意望着另一个角落，假做压根儿没注意到世上有她这么个人。反正夜里我们可以在一起，无话不谈……”

“你们见了面又怎样呢，舅舅？”

“我刚一开口，还没说上两句话，你知道不——我的心就扑腾扑腾直跳，眼泪夺眶而出；我向她劝说，希望她嫁给你；可是她说：‘您准是不爱我，您准是什么也看不出来。’并且突然扑到我胸前，两条胳膊搂住我的脖子哭了起来，放声大哭起来！她说：‘我只爱您一个人，我谁也不嫁。我早就爱您了，除了您我谁也不嫁，明天我就离开此地进修道院去。’”

“我的老天爷！难道她真的这样说吗？接下来又怎么样，舅舅？接下来又怎么样？”

“我一看，福马竟在我们面前！他是从什么地方冒出来的？莫非躲在矮树后面专等这罪过的一刹那？”

“这个坏蛋！”

“我愣住了。娜斯简卡掉头就跑，而福马·福米奇一声不吭地打我们面前走过，向我扬了扬一个指头，——你明白吗，谢尔盖，明天不闹个天翻地覆才怪呢！”

“这还用说！”

“你可明白，”他发出绝望的号叫，身体不时从椅子上跳起来，“你可明白，他们想要坑害她，羞辱她，中伤她；一直在寻找借口把不名誉的丑事栽到她身上，借故撵她走；这下终于找到了借口！他们本来就在说，她跟我有私情！这些下流东西还说，她跟维多普里亚索夫也有一手！这都是安娜·尼洛夫娜造的谣。这下怎么得了？明天会怎样呢？难道福马真的会讲出去？”

“一定会讲出去，舅舅。”

“要是他讲出去，只要他敢讲出去……”舅舅咬住嘴唇、紧握双拳说道，“不，不，我不信！他不会讲出去的，他能理解……这是个品德极其高尚的人！他一定能饶恕娜斯简卡……”

“饶恕也罢，不饶恕也罢，”我毅然决然接口说道，“反正您有义务明天就向娜斯塔霞·叶甫格拉福夫娜求婚。”

舅舅直勾勾地望着我。

“舅舅，倘若这件事张扬出去，您岂不是把姑娘的名节给败坏了？您必须尽快防止不可收拾的后果；您必须理直气壮地面对所有的人，公开向娜斯塔霞·叶甫格拉福夫娜求婚，对他们提出的种种论点一概嗤之以鼻；要是福马敢开口说半句有损她名誉的话，您就把这个混蛋搓成齑粉，——您明白吗？”

“我的朋友！”舅舅激昂地大声说，“我在到这儿来的路上把这件事想过了。”

“您拿定了主意没有？”

“决不更改！我在告诉你之前就已经拿定主意！”

“好极了，舅舅！”

我扑过去跟他拥抱。

我们谈了很久。我向他摆出种种论点，说明他跟娜斯简卡结婚有其无可辩驳的必要性，——其实，这一点他自己比我更清楚。但我兴奋得口若悬河起来。我为舅舅感到高兴。我花了不少工夫激发他，否则他的腰杆子永远不会挺起来。他一向把义务、责任看得极其神圣。不过，尽管如此，我对如何办妥这件事却毫无头绪。我知道，并且绝对相信：舅舅一旦把什么事情视为自己的义务，便决计不会后退。但我总有点儿不大相信他有足够的勇气奋起反抗家里那一帮子人。所以我尽量激发他，给他指点方向，打气加油；我凭着年轻人的一股子血气，干得十分卖力。

“更何况，”我说，“更何况现在木已成舟，您连最后一点怀疑都消失了！发生了您没有意料到的事情，虽然这一点实际上人人都看到了，大家都比您更早发现：娜斯塔霞·叶甫格拉福夫娜爱您！难道您能听任，”我慷慨激昂地说，“难道您能听任如此纯洁的爱情变成她的奇耻大辱？”

“决不！不过，我的朋友，难道最后我真能得到这样的幸福吗？”舅舅抱住我大声问道，“她怎么会爱我呢？爱我什么？爱我什么？我身上似乎没有一点儿值得爱的地方……跟她比起来，我是个老头儿，我万万想不到！我的天使，天使！……我说，谢辽查，刚才你问我是否爱上了她：你这话是不是有所指的？”

“我只看到，舅舅，您对她的爱到了无以复加的程度：您明明爱她，可是自己却不知道。您也真是的！您把我召来，想把她配给我，唯一的目的是要她做您的外甥媳妇，把她永远留在自己身边。”

“那么，你……你能原谅我吗，谢尔盖？”

“嗳，舅舅啊！……”

他再次跟我拥抱。

“您瞧，舅舅，他们全都跟您过不去。您必须把腰杆子挺起来，跟他们所有的人对着干，明天就干。”

“是的……是的，明天就干！”他稍带若有所思的样子应道，“这么办：咱们这回一定要拿出勇气来，拿出真正高尚的品德和坚强的性格……对，正是要拿出坚强的性格来！”

“不要胆怯，舅舅！”

“我决不胆怯，谢辽查！只是我不知道怎么开头，不知道怎么着手！”

“这不用考虑，舅舅。明天什么都解决了。今天先定下神来。想得愈多愈糟糕。如果福马胆敢提这件事——马上把他赶出宅院，研成粉末。”

“能否不把他赶出去？老弟，我想这么办：明天天一亮我就去找他，把一切都说出来，就像刚才跟你说话那样；他不可能不理解我的意思；他品格高尚，他是一个极其高尚的人！但我担心的是：要是今天妈妈先把明天要提亲的事通知了塔姬扬娜·伊万诺夫娜，那怎么办？这不就糟了吗！”

“不要为塔姬扬娜·伊万诺夫娜操心，舅舅。”

于是我把在亭子里撞见奥布诺斯金的一幕告诉舅舅。舅舅惊讶万分。我只字未提米津奇可夫。

“不可思议的怪人！真是不可思议的怪人！”他惊叹道，“可怜的姑娘！他们奉承她，想利用她的单纯率真！难道真是奥布诺斯金？他不是走了吗？……奇怪，太奇怪了！我非常震惊，谢辽查……这件事明天就得调查清楚，并且采取措施……你能不能肯定那是塔姬扬娜·伊万诺夫娜？”

我回答说，虽然我没看清她的面孔，但我有某些理由可以完全肯定那是塔姬扬娜·伊万诺夫娜。

“晦！会不会是跟某个女用人在那里鬼混，而你误以为是塔姬扬娜·伊万诺夫娜？会不会是达莎——花儿匠的女儿？那是个钻营本领很大的丫头！她被人看见过，所以我可以这样说。是安娜·尼洛夫娜钉梢发现的……不，这不可能！他不是说要结婚吗？奇怪！奇怪！”

最后我们分了手。我拥抱了舅舅，并向他祝福。“明天，明天一切都可以解决，”他重复道，“不等你起身就已经解决了。我要去找福马，以骑士风度对待他，像对亲兄长一样把我的心曲、衷肠无保留地向他倾诉。再见，谢辽查。睡吧，你累了；我肯定整夜不会合眼。”

他走了。我立即上床睡觉，这一天已把我累得精疲力尽。我的神经紊乱已极，在我入梦之前曾数次战栗惊醒。然而，不管我在昏昏睡去时的印象有多么奇怪，比诸第二天早晨醒来时那种情况的特异程度，还是小巫见大巫呢。

第二部

一　追踪

我睡得很熟，梦也不做。我忽然感到，我的两只脚被压上了十普特[①]重量。我大叫一声惊醒过来。时间已是白天；灿烂的阳光照进窗户。在我的床上，或者更确切地说是在我的脚上，坐着巴赫切耶夫先生。

不容怀疑，这确实是他。我勉强拔出两只脚，在床上坐起来，以一个刚醒来的人惯有的困惑表情迟钝地望着他。

“瞧这副愣样子！”那胖子高声说，“你瞪着我干什么？起来，公子爷，起来吧！我叫了你半个小时；该醒醒啦！”

“出了什么事？现在几点啦？”

“时间还早，公子爷，可是咱们的菲芙洛妮亚[②]不等天亮就跑啦。快起来，咱们追上去！”

“哪个菲芙洛妮亚？”

“还不是咱们那位傻小姐？！她跑啦！天不亮就跑啦！公子爷，我是来叫醒您的，只打算待一会儿，没想到在你身上泡两个钟头也不算多！快起来，公子爷，舅舅在等您呢。这下可有热闹瞧啦！”末了他添上一句，好像在以幸灾乐祸的口吻说着气话。

"您说的是什么人、什么事？"我焦躁地问，不过已开始猜到几分，"莫非是塔姬扬娜·伊万诺夫娜？"

"还能是谁？当然是她！我早就说过，像个预言家那样说过——可是他们听不进去！如今她送了这样一份节日的厚礼！她发的是花痴，爱情在她头脑里卡住了出不来！呸！而那个男的是什么货色？那个留胡子的？"

"难道是跟米津奇可夫？"

"你别瞎扯！公子爷，你擦擦眼睛，醒醒吧，今儿可是个盛大的圣徒节日啊！看来你昨天吃晚饭的时候喝多了，否则不至于此刻还在说胡话！你说跟哪个米津奇可夫？是跟奥布诺斯金，而不是跟米津奇可夫逃跑的。伊万·伊万诺维奇·米津奇可夫可是个正派人，此刻正准备跟我们一起去追呢。"

"您说什么？"我大吃一惊地问，甚至在床上蹦了起来，"难道是跟奥布诺斯金？"

"你这个人真够呛！"胖子答道，他的身体在椅子上坐不安稳，"我把你当作知书达理的君子来向你报信，你还将信将疑！公子爷，你要是愿意跟我们一起去，那就起来套上裤子，我可没兴致跟你扯淡：我已经为你浪费了宝贵的时间。"

说完，他怒气冲冲走了出去。

听到这个消息，我受到很大的震动，立刻下床，匆匆穿好衣服跑下楼去。我想到正屋里去找舅舅，那里似乎还都睡着，一点不知道所发生的事情。我小心地登上大门前的台阶，在过道里遇见了娜斯简

---

① 1 普特 = 16.3 公斤。

② 俄罗斯古代神话中住在森林中的一个少女。年轻的王子弗谢沃洛德把她带往小基杰日城准备和她结婚。俄罗斯作曲家里姆斯基-科萨科夫写过一部据此故事改编的歌剧。这里菲芙洛妮亚指塔姬扬娜·伊万诺夫娜。

卡。她也是匆匆忙忙穿的衣服，身上套着一件晨袍之类的罩衫。头发未经梳理，看来她也刚从床上跳下来，似乎在那里等什么人。

“请问，塔姬扬娜·伊万诺夫娜跟奥布诺斯金走了，这是真的吗？”她急切地问，声调断断续续，脸色苍白，神情慌张。

“据说是的。我去找舅舅；我们想追上去。”

“哦！带她回来，快带她回来！你们如果不能把她追回来，她会给毁掉的。”

“可是舅舅究竟在什么地方？”

“大概在马房那边；那边正在备车。我在这里等他。请您转告他，我今天一定要走；我的主意已定。父亲将把我带走；如果可能的话，我马上就走。现在反正一切都完了！一切都失去了！”

说这话的时候，她自己茫然若失地望着我，忽然放声大哭，似乎抑止不住一阵歇斯底里的发作。

“您先别着急！”我简直像央求似的竭力宽她的心，“这样反倒好些——回头您自会明白……您怎么啦，娜斯塔霞·叶甫格拉福夫娜？”

“我……我不知道自己是……是怎么搞的，”她说时呼吸急促，一边不自觉地紧握我的双手，“请您告诉他……”

正在这个当儿，从门后面靠右边的地方发出不知什么声响。

她急忙放下我的手，吓得没把话说完就沿着扶梯跑上楼去。

我在后院马房附近找到了他们一行，即舅舅、巴赫切耶夫和米津奇可夫。巴赫切耶夫的车已套好生力的马匹。出发前的一切都已准备停当，只等我一个人。

“他来了！”舅舅一见我就喊道，“你听说了没有，老弟？”他附加问这一句的时候，脸上有一种奇怪的表情。

他的目光、语调和动作流露着惊恐、困惑，同时仿佛还包含着希望。他意识到自己的命运发生了重大的转折。

他们立刻向我介绍了全部详情。巴赫切耶夫度过了心情最坏的一夜，拂晓前就从家里出发，坐车前往距离他的村庄约有五里地的修道院，准备赶到那边去作晨祷。在大路折向修道院的拐弯处，他忽然见一辆四轮长形马车在全速奔驰，车里是塔姬扬娜·伊万诺夫娜和奥布诺斯金。塔姬扬娜·伊万诺夫娜泪痕满面，好像十分惊慌，她大叫一声，向巴赫切耶夫伸出一双手，似乎在求他保护，——至少据巴赫切耶夫的叙述如此。“而那个留短胡子的混蛋，”巴赫切耶夫补充道，“坐在那里吓得半死不活，拼命想躲起来；没门儿，老弟，你躲不了！”斯杰潘·阿列克塞伊奇没有多加考虑，就重又折上大路，驱车赶到斯杰潘契科沃，先叫醒舅舅和米津奇可夫，最后把我叫醒。大伙决定立即出发追赶。

“奥布诺斯金，奥布诺斯金……”舅舅说时眼睛直盯着我瞧，仿佛还有别的话想对我说，“谁能料到？！”

“这个卑鄙小人随时都能干出种种下流的勾当！”米津奇可夫义愤填膺地大声说罢，当即扭过头去避开我的目光。

“怎么样，咱们到底要不要出发？还是站在这儿闲扯到天黑？”巴赫切耶夫先生中断了大伙的谈话，自己开始爬进马车。

“出发，出发！”舅舅应道。

“这样反倒有利，舅舅，”我低声对他说，“您瞧，现在事态的发展不是再好没有了吗？”

“得了，老弟，别作孽吧……咳，我的朋友！他们的打算落了空，就一定会把她撵走出气的——你可明白？我预感到前景一定非常可怕！”

“叶果尔·伊里奇，干吗交头接耳、唉声叹气的？”巴赫切耶夫先生再次嚷道，“干脆把套好的马卸去，吩咐把下酒菜送上来，咱们喝一杯伏特加——您意下如何？”

这话是带着怒气冲冲的讽刺口吻说的，看来非立刻使巴赫切耶夫先生满意不可。大伙当即坐上了车，马匹开始奔跑。

我们一行有一段时间谁也不开口。舅舅寓意深长地望着我，但不愿当着大家的面跟我说话。他不时陷入沉思，接着会蓦地一震，好像突然惊醒过来，激动地四顾张望。米津奇可夫看起来镇定自若，频频抽着雪茄，摆出一副受人亏待而不失自尊的姿态。可是巴赫切耶夫却代我们大家冒火。他独自嘟嘟囔囔，怒不可遏地看待所有的人和所有的事，面红耳赤，气呼呼地不断向一旁啐唾沫，怎么也平静不下来。

“斯杰潘·阿列克塞伊奇，您是否肯定他们是往米什诺去的？”舅舅忽然问道，“老弟，那地方离这儿有二十里地，”他转而向我补充说，“是个只有三十口人的小村庄；前不久由一个在省里做过官的人从原先的主人手中买了下来。那人是个天下少有的打官司大王！至少人们这样说他；可能事实并不如此。斯捷潘·阿列克塞伊奇认定奥布诺斯金正是往那里去的，那个当官儿的正在帮他的忙。”

“怎么不是？”巴赫切耶夫猛然牵动身子嚷道，“我说准是往米什诺去的。不过，现在他——我是说奥布诺斯金——也许已经不在米什诺了！要不是我催促，你们还会在院子里扯上三个钟头空话哩！”

“别着急，”米津契可夫说，“我们能追上。”

“能追上！看来他会恭候大驾。人家百宝箱已经到了手，不溜之大吉才怪呢！”

“放心，斯杰潘·阿列克塞伊奇，放心，咱们能追上，”舅舅说，“他们还来不及干什么，——你瞧着，一定如此。”

“来不及干！”巴赫切耶夫没好气地说，“别看她不声不响的，其实什么都干得出来！‘不声不响，不声不响！’”他改用尖细的嗓门插入道，好像在拿着腔儿模仿某人说过的话，“‘人家有过不幸的遭遇’。不幸的人儿这下一溜烟跑啦！害得咱们天麻麻亮就在大路上拼命地追她！在这圣徒的节日也不让人好好做祈祷。”

“她又不是未成年的小孩子，”我说，“不受他人监护。如果她本人不愿意，也不能硬把她拖回去。那时我们怎么办？”

“当然，”舅舅答道，“但她愿意回去的——我敢向你担保。现在她只要……只要一看见咱们，马上回头——我担保。老弟，不能撇下她不管，任凭命运摆布；不能，这可说是义不容辞的责任……”

“什么监护不监护！”巴赫切耶夫立刻把一股怒气出到我头上，“公子爷，她是个傻子，地地道道的傻子，而不是什么受不受监护的问题。昨天我不愿把她的事告诉你：前些日子我弄错了房间，无意中走到她屋子里，只见她独自一人对着镜子，双手叉腰在跳苏格兰舞！而且打扮得奇形怪状，简直跟时装杂志上一个样！我啐了一口，转身就走。当时我就料到会有今天这种事情！”

“何必责备过甚呢？”我说，但不是那么理直气壮，“尽人皆知，塔姬扬娜·伊万诺夫娜……身心不完全健康……或者，说得确切一些，她有这样一种怪癖……我觉得这不能怪她，都是奥布诺斯金不好。”

“身心不完全健康！你跟她差不了多少！”胖子立刻接口道，他气得满脸通红，“八成你发过誓要惹人家恼火！打昨天起就是这样。她是傻子，我的公子爷，我向你再说一遍，是个不折不扣的傻子，不是什么身心不完全健康；从小就给爱神迷了心窍！现今爱神把她带上了这样一条绝路。至于那个留短胡子的家伙连提也不值得一提！想必这时候他拐了钱在催马加鞭拼命地逃，一路上正得意地笑呢。”

“您真的以为他马上会把她抛弃？”

“要不还能怎样？难道他会把这样一件活宝拖在身边？奥布诺斯金要她的人做什么？还不是把她的钱骗光后，把她扔在路上矮树下，自己扬长而去，让她坐在树下嗅花儿的香味？”

“嗳，你说得也太离谱了，斯杰潘，我看不至于！”舅舅激动地大声说，“说真的，你生这么大的气干什么？我瞧着你直纳闷儿，斯杰潘，你何必气成这样？”

“我问你：我是不是人？这事太气人了；从旁人眼里也会冒出火来。我说这话也许是为她着想……嗳，让世上的一切都变酸发霉去吧！我又何必上这儿来呢？我何必要来绕这个弯子？这跟我有什么相干？关我什么事？”

巴赫切耶夫先生这样发着牢骚；但我已经不在听他说话，我在想此刻我们要追赶的那个女子——塔姬扬娜·伊万诺夫娜。下面是后来我从极其可靠的来源收集到的有关此女简历的材料，这对于弄清楚她的身世奇遇是必不可少的。塔姬扬娜·伊万诺夫娜从小是个可怜的孤儿，寄人篱下得不到好看待，后来成为一个穷姑娘，再后来又成为一个穷女子，终于成为一个穷苦的老处女。她在全部穷困生涯中吃的苦头可以说苦到无以复加，尝遍了失去怙恃、受欺挨骂、仰人衣食的辛酸。她天性乐观、善感而轻率，起初还勉强忍受辛酸的遭遇，有时甚至会嘻嘻哈哈、无忧无虑地笑上一通；但是，随着岁月的推移，命运终于占了上风。渐渐地，塔姬扬娜·伊万诺夫娜变得面黄肌瘦、烦躁易怒、神经过敏，一味耽于完全不着边际的幻想，还时常间以歇斯底里的眼泪和抽抽搭搭的哭泣。现实给她的实惠愈少，她就愈是在想象中恭维和安慰自己。她梦寐以求的希望愈是明明白白、无可挽回地遭到破灭，乃至连最后的一点希望也成为泡影，她那些永远不能实现的梦想就愈能使她宽心。闻所未闻的财富，青春常在的美貌，风流倜傥的富贵少年，为她保持着心灵的童贞并愿出于无限的爱死在她脚下的王孙公子，以及他——那个美的化身、种种优点应有尽有、多情多义的他，既是画家，又是诗人，加上是将军少爷——集于一身或轮番而来；这一切不仅开始出现在她的梦中，甚至差不多醒着也栩栩如生。她的理性已开始衰退，禁不起不断服用这种想入非非的精神鸦片……忽然，命运终于对她开了一次大玩笑。在被人鄙夷的最后阶段，在最凄凉、最伤心的现实环境中，她给世上嘴碎到极点的一个没牙老太太做女伴当，反正什么都是她的过错，吃一块面包、穿一件旧衣都得挨骂，有受任何人欺负的份儿而得不到一个人卫护，被苦命的日子折磨得神经错乱，私下沉醉于疯疯癫癫的狂想之中，——在这样的情况下，她忽然得到一个远房亲戚的死讯，那位死者生前性情古怪，蛰居在很远很远的穷乡僻壤，过着孤独、阴郁、无声无息的生活，研究颅相学[①]，放放高利贷。巨额财富像奇迹似的突然从天上掉下来，在塔姬扬娜·伊万诺夫娜脚下撒了一地黄金：她成了这位死去的亲戚的唯一合法继承人，一下子得到十万银卢布。命运的这种嘲弄彻底整垮了她。一个理智本来已经衰退的人眼看着自己的白日梦开始变成现实，怎能不把狂想信以为真呢？于是，这个可怜的老处女终于跟剩下的最后一星半点正常的神志告别。她怀着幸福得连大气也不敢喘一口的心情，无可挽回地飞向由荒诞的狂想和迷人的幻象组成的美妙世界。一切顾虑、一切怀疑、现实的一切障碍以及一切像二乘二等于四那样明明白白的必然规律——统统让路！三十五岁和幻想具有艳光照人的美貌，萧瑟秋风和情意缠绵的轻怜蜜爱，居然都能相安无事地在她身上共处。既然梦想已经一度成真，为什么不能让一切都变为现实？为什么不能让他现身？塔姬扬娜·伊万诺夫娜并不用脑思考，只是确信不疑。但在等待那个理想中的他现身的时候，形形色色的求婚者，有功名勋绶和没有功名勋绶的，军人和文官，属近卫骑兵和非近

---

① 根据头盖的形状推断人的智能和性情的一种迷信学说，十八世纪末为德国医生加尔（1758—1828）所创，十九世纪中叶曾流行于欧美。

卫的，显宦和诗人，到过巴黎和只到过莫斯科的，留胡子和不留胡子的，尖短的和虬状的，西班牙人和非西班牙人（但大都是西班牙人），无论白天黑夜纷纷来到她的面前，人数多得可怕，足以引起旁观者严重的忧虑；总之，只要再走一步就可进疯人院。这些华美的幻影形成辉煌壮丽的行列，一往情深地簇拥在她周围。即便不在做梦，实际生活中的情况也同样荒诞离奇：只要她向谁瞥那么一眼，谁就堕入情网；不论什么人在旁边走过，他便是西班牙人；如果死了一个人，必定因为爱她而死。偏偏这一切在她的心目中一再得到证实，原因是确实有一批人开始追求她，例如：奥布诺斯金、米津奇可夫以及几十个抱有同样目的的人。大家一下子都开始迁就她，疼爱她，恭维她。可怜的塔姬扬娜·伊万诺夫娜根本不愿怀疑这一切都是为了一个钱字。她确信，一定是哪位神祇的仙杖一挥，使所有的人忽然都改正过来，个个变得快乐、可亲、温和、善良。他还没有现身；虽然他无疑一定会出现，然而目前的生活已经挺不错，已经够诱人了，充满着吃喝玩乐，即使还要等待也无妨。塔姬扬娜·伊万诺夫娜吃吃糖果，摘摘花朵，看看小说。小说只会使她的想象更趋狂热，通常她读到第二页就扔下。她再也读不下去，因为开卷最初的几行，哪怕是一丁点儿关于爱情的暗示，有时仅仅是描写地点、房间、服饰的文字，都会把她带往幻想的虚无乡。新的衣裳、花边、帽子、发饰、缎带、样品、纸样、花纹、糖果、鲜花、小狗不断送来。三个姑娘整天在女佣室内缝纫，而小姐则从早到晚，乃至夜里也在对镜转动身躯试紧身衣和荷叶边。继承遗产以后，她甚至变得年轻、变得好看了。我至今不知道她跟已故的克拉霍特金将军沾什么亲。我一直认定这种亲戚关系是将军夫人臆造出来的，目的是想控制塔姬扬娜·伊万诺夫娜，并且千方百计要舅舅娶她的钱财。巴赫切耶夫先生说塔姬扬娜·伊万诺夫娜给爱神彻底迷了心窍，这话确有道理；而舅舅听到她跟奥布诺斯金私奔的消息后决定追上去，哪怕使用武力也在所不惜，这个主意是再合理不过的。可怜她根本没有独立生活的能力，必须有人监护；万一落在心术不正的人手里，她立刻就会被毁掉。

我们赶到米希诺时大约八点多钟。这是一个可怜巴巴的小村子，离大路有三里之遥，坐落在一个洼地里。六七座被炊烟污染、向一边倾斜的农舍顶上勉强盖着些发了黑的麦秆，仿佛皱眉蹙额望着路过的人。方圆四分之一里以内没有一株果树，不见一丛灌木。只有一棵古老的爆竹柳弯腰俯视一个被称做池塘的绿水潭，像在那里打盹。新居设在这样一个地方，想必不可能在塔姬扬娜·伊万诺夫娜心目中留下愉快的印象。庄主的宅院是一排开着六个窗户的狭长的新屋架，暂时只胡乱盖着麦秆。当官儿的地主刚着手经营不久，甚至院子也还没有围好墙垣，只有一边开始筑起新的篱笆，上面干枯的榛树叶尚未脱落。篱笆旁边停着奥布诺斯金的四轮长车。我们以雪崩压顶之势直扑肇事的一双。从开着的一扇窗子里传来叫喊声和啼哭声。

一个赤脚的男孩在过道里遇见了我们，转身就没命地逃跑。在第一间屋子里，塔姬扬娜·伊万诺夫娜哭得泪汪汪地坐在一张无靠背的土耳其式印花布长沙发上。她看到我们后，尖叫了一声用双手掩面。奥布诺斯金站在她身旁，心慌意乱，狼狈不堪。他茫然失措之余，竟跑过来跟我们握手，仿佛欢迎我们来到。从半开着的一扇通里屋的门后露出一件女人衣服：有人在偷听，并从我们看不见的缝隙中向外张望。主人没有露面，看来不在家，大概躲到什么地方去了。

“瞧，这就是那位女旅行家！还用手捂着脸呢！”巴赫切耶夫大声喊道，一边跟着我们闯进房间。

“您暂且不要过于兴奋，斯杰潘·阿列克塞伊奇！说到底，这毕竟有失体统。现在只有叶果尔·伊里奇有讲话的资格，而我们在此地完全是局外人。”米津奇可夫不客气地说。

舅舅向巴赫切耶夫先生投了严厉的一瞥，仿佛完全不理会跑过来跟他握手的奥布诺斯金，走到还用手捂住面孔的塔姬扬娜·伊万诺夫娜跟前，以最温和的语调，怀着最真挚的同情对她说：

“塔姬扬娜·伊万诺夫娜！我们大家都很爱您，尊敬您，所以特地来了解您的意愿。您愿意不愿意跟我们一起回斯杰潘契科沃？今天是伊柳沙的命名日。妈妈急切地盼着您，而萨舒尔卡和娜斯佳一定已经为您哭了整整一个早晨……”

塔姬扬娜·伊万诺夫娜怯生生地略略抬起头来，透过指缝对他瞧了一眼，忽然放声大哭扑到他胸前。

“啊，把我带走，快把我从这里带走！”她在号啕声中说，“快，愈快愈好！”

“野马跑折了腿，这下害怕了！”巴赫切耶夫轻轻推了我一下，气不忿地说。

“那就没事了，”舅舅毫无表情地对奥布诺斯金说，几乎连正眼也不给他一个，“塔姬扬娜·伊万诺夫娜，请允许我扶着您。走吧！”

门背后窸窸窣窣起了一阵响动，门呀的一声又推开了些。

“不过，假如从另一种角度来看，”奥布诺斯金说时，频频以不安的目光望着那扇半开的门，“您自己不妨想一想，叶果尔·伊里奇……您在我家里的行为……再说，我向您行礼，您甚至不愿向我答礼，叶果尔·伊里奇……”

“先生，您在我家里的行为是不端的行为，”舅舅以严厉的眼神瞪着奥布诺斯金答道，“而这里也不是您的家。您已经听到：塔姬扬娜·伊万诺夫娜一分钟也不愿在这里待下去。您还想怎么样？还是免开尊口吧，我求求您！我非常希望避免多费唇舌，这样对您也比较有利。”

但这时奥布诺斯金完全泄了气，竟说出一通最出人意料的没出息话来。

“请不要鄙视我，叶果尔·伊里奇，”他开始说，声音比耳语大不了多少，只差没羞愧得哭出来，眼睛不时望着里屋的门，似乎唯恐被门背后的人听见，“这不能怪我，全是妈的主意。我做这件事不是为谋私利，叶果尔·伊里奇；我这样做不图什么；当然，我是有所图的，叶果尔·伊里奇……但我做这件事抱着高尚的目的，叶果尔·伊里奇：我会充分利用这笔资本……我要接济穷人。我还想促进现代教育运动，甚至幻想在大学里设立一项奖学金……这就是我打算让我的财富发挥的作用，叶果尔·伊里奇，而不是搞什么别的，叶果尔·伊里奇……”

我们大家顿时都感到十分惭愧，连米津奇可夫也红了脸，转过身去，而舅舅竟窘得不知说什么是好。

“得了，得了！”他终于说道，“你定一定神，巴威尔·谢苗诺维奇。这是没有办法的！谁都难免有个……你要是愿意的话，老弟，可以来吃饭……我表示欢迎，欢迎……”

但巴赫切耶夫先生却作出不同的反应。

“设立奖学金！”他发出一声怒吼，“这号人能设奖学金？！你自己也巴不得能从旁人身上捞一把……自己穷得连条裤衩也不完整，还打算设立奖学金！啊，你这个收破烂的小气鬼！居然给你征服了美人心！啊，那位大小姐在什么地方？躲起来了吗？我敢打赌，准是藏在屏风后面，或者吓得钻到床底下去了……否则我就不姓巴赫切耶夫！”

“斯杰潘，斯杰潘！……”舅舅想喝住他。

奥布诺斯金涨红了脸，正欲反驳；但他还来不及开口，只见里屋门开，安菲萨·彼得罗夫娜怒冲冲闯进了房间，一双眼睛气得发红，凶光毕露。

“这是怎么回事？”她嚷道，“这里究竟出了什么事？叶果尔 · 伊里奇，您带着一帮子人闯进高尚的门第，威吓妇道人家，称王称霸！……这成何体统？叶果尔 · 伊里奇，我还没有年老昏聩，谢天谢地！而你这个笨蛋！”她继而对儿子咆哮起来，“你在他们面前怎么没一点儿男子气？！人家在你母亲家里欺侮你的母亲，你却在那里张口发呆。你还算什么有出息的青年人？你在丢青年人的脸，你是个窝囊废！”

昨天的软腔柔调、时髦姿态，此刻在安菲萨 · 彼得罗夫娜身上已无影无踪，连长柄眼镜也不用了。这是一个地地道道的泼妇，撕去了假面的泼妇。

舅舅一看见她，急忙挽起塔姬扬娜 · 伊万诺夫娜的胳膊，想要从房间里跑出去；但是安菲萨 · 彼得罗夫娜立即挡住他的去路。

“您休想就这样出去，叶果尔 · 伊里奇！”她的连珠炮又打响了，“您凭什么资格硬要把塔姬扬娜 · 伊万诺夫娜带走？您和您妈妈以及那个混蛋福马 · 福米奇阴谋用罗网把她缠住，现在她冲破了你们的罗网，您恼火了，是不是？您为了谋取卑鄙的私利，打算自己娶她。对不起，这里的人想法可比您高尚！塔姬扬娜 · 伊万诺夫娜看出你们在打她的主意，想坑害她，所以把自己托付给我的儿子。她自己向巴甫鲁沙[1]提出，请求把她从你们的罗网中解救出来；她不得不黄夜从府上逃走——瞧！这都是你们逼出来的！是不是这样，塔姬扬娜 · 伊万诺夫娜？既然如此，你们怎么竟敢成群结帮闯进高尚的贵族门第，不顾闺阁千金的哭喊，硬要把她带走？我不答应！决不答应！我还没有发疯！……塔姬扬娜 · 伊万诺夫娜不能走，因为她自己要留

[1] 巴威尔的昵称。

下！跟我来，塔姬扬娜·伊万诺夫娜，别理他们：他们是我们的敌人，不是朋友！别害怕，跟我来！我马上把他们轰出去！……”

“不，不！”塔姬扬娜·伊万诺夫娜骇然大叫起来，“我不愿意，我不愿意！他算什么丈夫？我不愿嫁给您的儿子！他怎么算是我丈夫？”

“不愿意？”安菲萨·彼得罗夫娜恼怒得上气不接下气地厉声尖叫，“不愿意？到了此地竟说不愿意？既然如此，您怎么竟敢欺骗我们？既然如此，您怎么竟敢向他许下诺言，夜里跟他逃走，自己搲上门来，害我们上当、破费钱财？为了您，我的儿子也许失去了攀一门高亲的机会！为了您，他也许损失了几万卢布嫁妆！不行！您得赔偿，必须立刻赔偿；我们有证据；您是夜里逃出来的……”

但我们没有听完这番宏论。我们簇拥在舅舅周围，冲着安菲萨·彼得罗夫娜向前挺进，一拥而出，到了台阶上。马车当即待发。

“只有不识羞耻的人，只有下流的混蛋才干得出这种事来！”安菲萨·彼得罗夫娜暴跳如雷地从台阶上破口大骂，“我要告状！您得赔偿损失……您去的是一户不识羞耻的人家，塔姬扬娜·伊万诺夫娜！您不能嫁给叶果尔·伊里奇；他就在您鼻子底下养着一个家庭女教师做姘头哩！……”

舅舅开始发抖，脸色变青；他咬住嘴唇，急忙安置塔姬扬娜·伊万诺夫娜上车。我绕到马车的另一侧去等待上车，这时奥布诺斯金忽然出现在我身旁，并且抓住我的一只手。

“至少请您不要抛弃我们的友谊！”他说时紧紧握我的手，脸上现出一种绝望的表情。

“我们有什么友谊？”我一边说，一只脚已经踩在马车的小梯磴上。

“是这样的！昨天我就看出您是一位极有教养的人。不要责我过甚……我都是受了妈的诱惑，跟我本人完全不相干。我的性格比较偏爱文学——这点您可以相信我；事情都是妈……”

“我相信，我相信，”我说，“再会！”

我们上了车，马匹开始奔跑。安菲萨·彼得罗夫娜的叫嚷和咒骂在我们后面很久还听得见；从那所房屋的每一扇窗里忽然间伸出一张张陌生的脸来，无比好奇地望着我们。

车上现在共有我们一行五人；但是米津奇可夫搬到御者座去了，把原先自己的座位让给巴赫切耶夫先生；这样一来，巴赫切耶夫先生就坐在塔姬扬娜·伊万诺夫娜的正对面。塔姬扬娜·伊万诺夫娜对于我们把她带走非常满意，但还是在哭。舅舅尽其所能安慰她，而自己却郁悒不乐，若有所思：可以看出，安菲萨·彼得罗夫娜提到娜斯简卡时信口狂吠的那几句话在他心中激起了难堪而痛苦的反响。不过，我们的返程本来可以平安告终，如果巴赫切耶夫先生不跟我们在一起的话。

他在塔姬扬娜·伊万诺夫娜对面坐下后，只觉得周身不自在；他没法保持淡漠的神态，身体在座位上摆不安稳，脸像煮熟的龙虾，眼珠子怪吓人地转个不停；尤其当舅舅开始劝慰塔姬扬娜·伊万诺夫娜的时候，胖子怎么也沉不住气，像一条好斗的叭喇狗给惹得呜噜噜直嘟囔。舅舅瞧着他心里直打鼓。后来，塔姬扬娜·伊万诺夫娜终于注意到坐在自己对面那一位的情绪有些异样，便定睛对他端详；继而又看看我们，粲然一笑，忽然拿起她的女式小阳伞[1]，挺雅致地在巴赫切耶夫先生肩上轻轻打了一下。

“疯子！”她以最迷人的姿态卖俏地说，旋即用扇子掩面。

这一举动成了溢杯的一滴水。

---

① 原文为法语。

“什——么？”胖子咆哮起来，“你要干什么，小姐？你竟找到我的头上来啦！”

“疯子！疯子！”塔姬扬娜·伊万诺夫娜反复说着，忽然哈哈大笑，拍起手来。

“停车！”巴赫切耶夫向车夫喊道，“停车！”

马车停了下来。巴赫切耶夫打开车门，匆匆爬出车厢。

“你怎么啦，斯杰潘·阿列克塞伊奇？你上哪儿去？”舅舅讶异地高声问。

“不，我可领教得够了！”胖子答道，一边气愤得直哆嗦，“让世上的一切都变酸发霉去吧！我老了，小姐，受不了打情骂俏这一套。我的姑奶奶，我宁可死在大路上！再会，小姐，您好吗！①”

他当真徒步走去，马车缓速跟在他后边。

“斯杰潘·阿列克塞伊奇！”舅舅喊道，他再也忍耐不住，“别使傻性子，得了，上来吧！该回家了！”

“去你们的！”斯杰潘·阿列克塞伊奇走得喘吁吁地说；由于肥胖的缘故，他简直完全不会徒步行路了。

“全速赶路！”米津奇可夫向车夫下令。

“你怎么啦，等一下！……”舅舅想要喝住他，但马车已加速奔驰。米津奇可夫所料不错：这一招立刻收到预期的效果。

“停下！停下！”后面传来没命的号叫，“停下，你这强盗！停下，你这坏蛋！……”

胖子总算赶了上来，他累得上气不接下气，额上尽是汗珠，领结解开，帽子摘去。他绷着脸，一声不响地爬进车厢，这一回我把自己的座位让给了他；至少他可以不坐在塔姬扬娜·伊万诺夫娜的正对

---

① 原文为法语。（巴赫切耶夫显然把问候语错当告别语用了。）

面。在以上这一场景演出的过程中，塔姬扬娜·伊万诺夫娜自始至终前俯后仰地拍手大笑，在余下的路上，她望着斯杰潘·阿列克塞伊奇，似乎落花有意。巴赫切耶夫则直到宅院门前始终一语不发，固执地凝视着马车的后轱辘转个不停。

我们回到斯杰潘契科沃时，已是中午。我径直走向侧厢自己房间里去，加甫里拉随即把茶送到那里。我急欲向老仆打听情况，但舅舅几乎跟在他后面走进来，并且立刻把他支开。

二 新闻

“老弟，我只待一会儿，”他急匆匆地开始说，“赶紧来告诉你……我已经什么都打听到了。今天他们甚至都没有去做晨祷，只有伊柳沙、萨莎和娜斯简卡去了。据说妈发过一阵子抽风。经过按摩才苏醒，费了好大的劲。原定现在这时候一起到福马那里去，他们正在叫我。可我不知道该不该向福马祝贺命名日——这是个关键！还有，他们对刚才那出戏会有什么反应？不堪设想，谢辽查，我已经有所预感……”

“相反，舅舅，”我也急忙对他说，“一切都在走向圆满解决。反正现在您绝不可能跟塔姬扬娜·伊万诺夫娜结婚，——单是这一点便值得大书特书！在路上我就想跟您讲这个道理。”

“对，对，我的朋友。但问题不在这里；这一切固然是天意安排，正像你所说的那样；但我指的不是这个……可怜的塔姬扬娜·伊万诺夫娜！真想不到她会发生这种事情！……下流东西，奥布诺斯金这个下流东西！其实，我怎么能骂别人‘下流东西’呢？要是我跟她结婚，我干的岂不是同样的勾当？……不过，这都不是我所要说的……刚才那个女流氓安菲萨乱咬娜斯佳的话你听见了吗？”

“听见了，舅舅。现在您可明白，必须赶紧行动？”

“一定，一定！”舅舅回答说，“庄严的时刻到了。不过，老弟，有一件事我跟你昨天没考虑到，后来我想了整整一宿：她愿意嫁给我吗？——问题就在这里！”

“你呀，舅舅！既然她自己说爱您……”

“我的朋友，要知道当时她立刻又添上一句：‘决不嫁给您’。”

“唉，舅舅！这不过是说说罢了；何况今天的局面已经不一样了。”

“你这样想吗？不，谢尔盖老弟，这件事不好办，怪不好意思的！嗨！……你可明白，我虽然愁肠百结，可是整整一宿却好像有一种幸福在嘬吮我的心！……好了，再见，我得赶紧去。他们在等我，我已经耽搁了不少时间。我跑来只是想跟你谈两句。啊，我的天哪！”他身子打着旋儿叫了起来，“我把主要的事儿给忘了！我告诉你：我写了封信给他，给福马！”

“什么时候？”

“昨天夜里；天一亮就差维多普里亚索夫送去。老弟，我写了两张纸，把什么都写上，什么都谈了，实事求是，开诚布公，——总之，告诉他：我应当，不，我必须——你明白吗？——我必须向娜斯简卡求婚。我恳求他不要把花园中约会的事张扬出去，并向他高尚的品德发出呼吁，吁请他在妈面前帮我的忙。老弟，我当然写得很蹩脚，但我写的都是发自肺腑的真心话，可以说还洒上我的热泪……”

“结果怎样呢？毫无回音？”

“暂时还没有；不过，刚才咱们出发去追人的时候，我在过道里碰见过他。他刚从床上下来，趿拉着鞋，戴着睡帽——他是戴睡帽睡觉的——不知出来干什么。他一句话也没说，连看也没看我一眼。我偷偷举目朝他脸上望了一下——一点表情也没有！”

“舅舅，不要指望他了：他不跟您捣乱才怪哩。”

“不，不，老弟，不能这样说！”舅舅双手乱摇道，“我相信他。再说，这已经是我最后的希望了。他能理解，他不会置之不理。他牢骚多、脾气怪——这是事实，但如果事关高尚的情操，他会像珍珠一样放射出耀眼的光华……对，正是像珍珠一样。谢尔盖，你这样说完全是由于你还没看到过他最高尚的一面……不过，我的天！万一他把昨天的秘密声张开去，那……那我就不知道后果会怎样，谢尔盖！那时世界上还有什么可相信的呢？不，他不可能这样下流。我做他的鞋掌都不配！别摇头，老弟，我的确不配！”

“叶果尔·伊里奇！老太太在查问您哪儿去了，”楼下传来别列别里岑娜小姐刺耳的声音，她大概已从开着的窗外偷听到我们的全部谈话，“人家把整个宅院都找遍了，就是找不到您。”

“我的天，我误了时间！糟糕！”舅舅大起恐慌，“我的朋友，看在基督分上，你换好衣服就上那边去！我跑到这儿来，就是为了跟你搭伴儿……来了，来了，安娜·尼洛夫娜，我就来！”

舅舅走后，我想起刚才遇见娜斯简卡的事幸亏没有告诉他，否则会给他增添烦恼。我预见到一场大雷雨正在迫近，无法想象舅舅将怎样处理自己的事情，怎样向娜斯简卡求婚。我再说一遍：尽管我相信他的品德高尚，却禁不住对他能否取得成功表示怀疑。

不过，得赶快行动。我认为自己有责任帮助他，所以立即开始更衣；然而，尽管我很匆忙，但为了想穿戴得齐整些，还是耽搁了一些时间。这时米津奇可夫走进来。

“我是来叫您的，”他说，“叶果尔·伊里奇请您马上就去。”

“走吧！”

我已经准备停当。我们一同前往。

“那边有什么新闻没有？”路上我问道。

“大家都聚集在福马那里，”米津奇可夫回答说，“福马并不使性子，像是有什么心事，很少开口，说话有气无力。他甚至吻了伊柳沙，叶果尔·伊里奇自然非常高兴。刚才福马还通过别列别里岑娜传话，叫大家不必向他祝贺命名日，他只是想考验一下……老太婆虽然在嗅阿莫尼亚水，但已经安静下来，因为福马态度安详。关于上午我们的那段经历谁也不提一个字，好像压根儿没这回事似的。大家都不做声，因为福马不做声。整个上午他不让任何人去见他，虽然老太婆在我们回来之前苦苦敦请福马上她那儿去商量商量，还曾亲自去撞他的门；但福马把自己锁在屋里，回答说，他正在为人类祈祷或作诸如此类的事。他准在想什么计策，这从他脸上看得出来。但由于叶果尔·伊里奇完全不会鉴貌辨色，看到福马·福米奇表面和顺，此刻正高兴非凡。真正是个小孩子！伊柳沙准备了一首贺诗，我是奉命来叫您的。”

“那么，塔娅扬娜·伊万诺夫娜呢？”

“塔娅扬娜·伊万诺夫娜怎样？”

“她是不是在那边？跟他们在一起？”

“不；她在自己屋里，”米津奇可夫毫无表情地回答，“在休息，在哭。也许还感到难为情。那个……家庭女教师好像正陪着她。那是什么？恐怕要有雷雨。您看天上！”

“好像要有雷雨。”我向天边一堆愈来愈黑的乌云看了一眼回答说。

这时我们正走上露台。

“您不妨谈谈对奥布诺斯金的看法，——怎么样？”我继而问，我忍不住要在这一点上试探一下米津奇可夫。

“不要跟我谈他的事！不要向我提起这个下流东西！”他蓦地止步，涨红了脸顿足骂道，“这个笨蛋！笨蛋！把这样美满的一桩好事、这样绝妙的一个主意给断送了！听我说：我当然蠢得可以，竟让他钻了空子，——这一点我郑重表示承认，也许您正是要我承认这一点。但是，我可以向您起誓，要是他能把这出戏做得干净利落，我也许会原谅他！这个笨蛋，笨蛋！怎么能容忍这号人在社会上混？！为什么不把他们送到西伯利亚去永久流放，去服苦役？！不过，我奉劝他们不要逞能！他们休想占我的便宜！现在我至少有了经验，我还要跟他们较量较量。我正在考虑一个新的主意……想必您也会同意：难道仅仅因为自己的主意给一个不相干的笨蛋剽窃了去，他又不善于把事情办妥，我就甘心自认晦气吗？这太不公平了！再说，那个塔姬扬娜反正一定得嫁人——这是她的本分。既然到目前为止还没有人把她送进疯人院，这正是因为还可以跟她结婚。我要把我的新主意告诉您……”

“以后再谈吧，”我打断了他的话，“我们已经到了。”

“好，好，以后再谈！”米津奇可夫答道，一丝神经质的笑意牵歪了他的嘴，“现在……嗳，您上哪儿去？我对您说了：直接去见福马·福米奇！跟我来；那边您还没有去过。您将看到另一出闹剧……因为事情已开始变成一连串的闹剧……”

三　伊柳沙过命名日

福马占用着两个又大又好的房间；这两间房甚至装修也比宅内别的房间好。这位伟人周围的布置陈设可谓极尽舒适之能事。新换上的漂亮的糊壁纸、花花绿绿的丝绸窗帘、地毯、穿衣镜、壁炉、柔软豪华的家具——无不说明主人对福马·福米奇体贴入微。窗台上以及窗前的大理石小圆桌上摆着好些盆花。书房中央一张用红呢铺面的大桌子上堆满书籍和手稿。一座精美的青铜墨水缸和一大把由维多普里亚索夫经管的蘸水笔，——这一切合在一起，应当表明福马·福米奇从事的是艰苦的脑力劳作。我顺便在此插上一句：福马在这里待了将近八年，并没有著作出什么名堂来。后来他到另一个更美好的世界去了，我们整理他留下的手稿时，发现全都是不可多得的垃圾。例如，我们找到了一部以七世纪的诺夫戈罗德[1]为背景的长篇历史小说的开头，还有一部耸人听闻的无韵长诗《坟场隐士》，还有论俄罗斯农民的作用和特点以及应该如何对待他们的一篇奇文，最后还有一部写上流社会生活的中篇小说《弗朗斯卡娅伯爵夫人》，也是未完成稿。其他什么都没有。而在这期间，福马·福米奇每年都要舅舅花费大笔钱财买书、订杂志。但其中很大一部分连纸边也没有裁开。我自己后来也曾不止一次撞见福马在看保尔·德科克[2]，他在人前总是把此公的大作藏起来。书房的后墙上有一扇玻璃门通向宅子的院落。

大家在等我们。福马·福米奇坐在一张舒适的圈椅里，身穿一件长得拖到脚跟的常礼服，但毕竟没打领结。他果然沉默寡言，若有所思。我们进去时，他略微扬起眉毛，以锐利的目光看了我一眼。我俯首行礼，他向我微微点头作答，算是相当客气的了。外祖母见福马·福米奇对我客客气气，也含笑向我点点头。这可怜的老婆子一大早绝没有料到，她的心肝宝贝得悉塔姬扬娜·伊万诺夫娜这件“奇闻”后会这样镇定自若，所以这时候她非常快活，虽然上午她确实发过几次抽风和惊厥。她的座椅后面照例站着别列别里岑娜，两瓣嘴唇撇成一条线，面带酸溜溜的奸笑，把自己的一双瘦骨嶙峋的手掌互相对搓。将军夫人旁边有两位经常不开口的年老女食客，都是好人家出身。还有上午在此路过的一位修女和邻近的一位女地主——也已经上了年

① 俄罗斯古城，旧名下诺夫戈罗德，是作家高尔基的故乡，今改名高尔基。
② 夏尔·保尔·德科克（1794—1871）——专写低级趣味小说的法国作家。

纪，不言不语，她是做完晨祷顺道来向将军夫人祝贺节日的。普拉斯珂维雅·伊里尼奇娜姨母缩在不显眼的角落里，提心吊胆地望着福马·福米奇和老太太。舅舅坐在圈椅里，眼睛闪耀着不寻常的喜悦的光芒。站在他前面的伊柳沙穿着节日的红衬衫，头发卷曲成一圈一圈，像小天使一般招人疼爱。萨莎和娜斯简卡瞒着大家偷偷地教他把不知什么诗背了下来，以学业上的成绩让父亲在这一天高兴高兴。舅舅几乎流下快乐的眼泪：福马·福米奇意外的温和态度、将军夫人的愉快心情、伊柳沙的命名日，还有诗——这一切使他兴高采烈，所以他郑重其事地请米津奇可夫去叫我，让我也速速前来共享皆大欢喜的气氛，听听诗歌朗诵。萨莎和娜斯简卡几乎紧跟在我们之后走进来站在伊柳沙旁边。萨莎不时笑出声来，此刻像个小孩子一样幸福。娜斯简卡望着她，自己也笑逐颜开，虽然刚才进来的时候还容颜苍白，神色沮丧。她一个人迎接了夜出归来的塔姬扬娜·伊万诺夫娜，并安慰她平静下来，到那时为止一直在楼上陪着她。活泼好动的伊柳沙望着两位指导老师，似乎也忍俊不禁。看来他们三人准备了一个滑稽透顶的节目，马上就要演出……哦，我把巴赫切耶夫给忘了。他坐在较远的一把椅子上，气犹未平，脸上还红，一语不发，不时呼大气、擤鼻子，反正在这家庭节庆中扮演着一个相当阴郁的角色。叶若维金在他身旁踏着小步走动频繁；其实，叶若维金到处都走小步，忽而吻将军夫人和来做客的女地主的手，忽而向别列别里岑娜咬耳朵，忽而给福马·福米奇做点儿什么——总之，处处都有他在。他也十分殷切地期待着伊柳沙的诗歌朗诵，我一进来他便向我俯首打躬，表示高度的敬意和忠诚。一点看不出他来到此地是要卫护自己的女儿并带她永远离开斯杰潘契科沃。

“他来了！”舅舅看见了我欢呼道，“老弟，伊柳沙准备了一个诗歌朗诵的节目——太精彩了，真是意想不到！老弟，我简直大吃一

福马·福米奇·奥比斯金
伊利亚·格拉祖诺夫 1982 年绘
И. С. Глазунов

惊，所以特地请人去叫你，诗也暂停朗诵，等你来……你坐在我旁边！咱们一起听。福马·福米奇，你直说了吧，老兄，这一定是你给他们出的主意，让我这老头儿高兴高兴，难道不是吗？我敢起誓，一定是这样！”

既然舅舅在福马房间里用这样的语调说话，看来似乎太平无事。但可悲的是舅舅完全不懂得鉴貌辨色——正如米津奇可夫所说的那样。我朝福马一看，不由得承认米津奇可夫言之有理，确实应当对可能发生的变故作好准备……

“不必为我费神，上校，”福马用微弱的声音答道，这是一种宽恕仇敌的人说话的声音，“我当然也认为这个节目值得夸奖，它表明您的孩子资质聪颖、品行端方。吟诗也有益处，甚至能纠正发音……但是今天上午我并没有考虑诗歌，叶果尔·伊里奇；我在祈祷……这您知道……不过，诗我也愿意听一下。”

我趁这个当儿向伊柳沙祝贺了命名日，并且吻了他。

“对，福马，请原谅！我忘了……虽然我对你的友谊深信不疑，福马！你再吻他一下，谢辽查！瞧这小家伙！来，开始吧，伊柳沙，那是什么内容？八成是一首庄严的颂歌，罗蒙诺索夫[1]的，对不对？”

舅舅说着摆出一副庄重的仪态。由于激动和得意，他在自己的位子上几乎坐不住。

“不，爸爸，不是罗蒙诺索夫的，”萨莘卡勉强忍住笑说，“因为您是个军人，跟敌人打过仗，所以伊柳沙背诵了一首战争诗……《潘拔之围》，爸爸。”

---

① 罗蒙诺索夫（1711—1765），俄国学者、诗人，俄国唯物主义哲学和自然科学的奠基者。

“《潘拔之围》？啊！我不记得了……潘拔是怎么回事，你知道吗，谢辽查？想必是很壮烈的。”

舅舅说着，再次摆出庄重的仪态。

“来吧，伊柳沙！”萨莘卡发令道。

佩德洛·戈梅茨统率大军……

伊柳沙用稚嫩的嗓音咬字清楚地开始背诵，声调平直，没有顿挫，小孩子背诗一般都这样听不出标点符号来，——

堂·佩德洛·戈梅茨统率大军
将潘拔城堡围困，
他始终只喝奶汁，
在城外度过了九个冬春。
九千名卡斯蒂里亚人，
也不吃次于面包的食品，
个个信守立下的誓言，
只靠奶汁解饥馑。

“怎么？什么玩意儿？这奶汁是怎么回事？”舅舅大惑不解地问，眼睛愕然望着我。

“往下背，伊柳沙。”萨莘卡大声说。

堂·佩德洛·戈梅茨满面泪痕，
整日价哀叹身子不带劲，
只好裹在大斗篷里，

迎接第十个年头来临。
刁恶的摩尔人声势大振，
可怜堂·佩德洛的一支大军，
总共只剩下了
十九个人……

“这完全是胡说八道！”舅舅不安地叫了起来，“这是不可能的事情！整个军队只剩下十九个人，它原先是多么浩浩荡荡的一支雄师！这究竟是怎么回事，老弟？”

但这时萨莎忍不住发出一阵十分爽朗和孩子气的笑声；尽管并没有什么可笑的事情，不过，任何人只要看着她的模样，也不可能不笑出声来。

“爸爸，这是一首打油诗，”她说道，对于自己这个稚气十足的主意感到得意非凡，“是著作家故意这样编造的，好让大家都觉得可笑，爸爸。”

“啊！打油诗！”舅舅顿时笑逐颜开，“原来是开开玩笑的滑稽诗。怪不得我听着莫名其妙……对了，正是打油诗！怪可笑的，非常可笑：就因为发下了什么誓，让一支军队光喝奶汁活活饿死！发这种誓明明跟自己过不去！亏他们想得出来——你说对不对，福马？妈，这是逗人发笑的滑稽诗，著作家有时也写这种打油诗——你说对不对，谢尔盖？非常可笑！好吧，好吧，伊柳沙，那么后来又怎样呢？”

十九个人！
堂·佩德洛·戈梅茨召集十九个人，
对他们把话训：

“兄弟们！扬起我们的军旗，
吹响我们的号角，
擂动我们的战鼓，
我们要从潘拔撤军！
虽然我们没能攻破城门，
但是对得起自己的良心，
我们敢对天起誓，
荣誉丝毫未曾受损。
我们立下誓言决不失信，
再饿也把牙关咬紧，
硬是单靠奶汁
度过九年光阴！”

“十足的大傻瓜！九年光喝奶汁，还自得其乐！……”舅舅再次打断伊柳沙的朗诵，“这算是什么德行？不如让他每餐吃一只整羊，也不叫人家挨饿！有意思，好得很！我明白了，现在我明白了，这是讽刺，或者……叫什么来着……啊，或者叫做影射，是不是？也许是影射外国某一位统帅，”舅舅面朝着我意味深长地挤眉弄眼附加说，“啊？你说呢？不过，这当然是没有恶意的讽刺，不得罪任何人！来，伊柳沙，往下背！嘿，你们这两个调皮丫头！”他满怀慈爱的感情看看萨莎捎带着说，同时偷偷地瞥了娜斯简卡一眼，只见她红着脸盈盈微笑。

十九个卡斯蒂里亚人，
听了这番话大为振奋，
他们有气无力地齐声欢呼，

尽管在马鞍上坐也坐不稳：
“圣亚哥·康坡斯泰洛！
光荣归于堂·佩德洛！
光荣归于卡斯蒂里亚的雄狮！”
可是他的卡普兰迪埃戈，
却在一旁暗自沉吟：
“倘若由我统率大军，
我一定发誓只吃肉，
还要用美酒把喉咙润！”

“可不是？！我不是说了吗？”舅舅高兴得不亦乐乎，“全军只一个人有头脑，但也是个卡普兰！卡普兰是什么人，谢尔盖？是不是他们管卡比坦[①]叫卡普兰？”

“舅舅，卡普兰是教士、神甫。”

“啊，对了，对了！卡普兰，就是卡沛兰[②]？我知道，我记得！在拉德克里芙[③]的小说中就读到过。他们那里不是有各种不同的修会吗？……有的好像叫做本笃会[④]……有没有这样一个本笃会？”

“有，舅舅。”

“嗯！……我猜想是这样。那么，伊柳沙，底下又怎样呢？有意思，好得很！”

---

① 俄文 капитан（大尉）的音译。

② 俄文 капеллан（随军教士）的音译。

③ 安娜·拉德克里芙（1764—1823），英国女作家，属哥特小说派。所谓哥特小说是十八、十九世纪之交在英国流行的一种文学体裁。多以中世纪城堡为背景，情节紧张恐怖，充满神秘气息。

④ 天主教最早的修会，六世纪初意大利人本笃（约 480—547）所创。

堂·佩德洛闻言先是大笑一阵，
然后吩咐麾下那些人：
“赏给他肥羊一只，
难为他逗人发笑的一番苦心！……”①

“到了这般光景亏他还笑得出来！真是个大傻瓜！想来他自己也觉得可笑了！赏肥羊一只！可见他们当时有羊。那他自己干吗不吃？喂，伊柳沙，背下去！有意思，好得很！一针见血！”

“已经背完啦，爸爸！”

“啊！背完啦！说真的，确实再也没有什么可做的了——可不是吗，谢尔盖？好极了，伊柳沙！刮刮叫，太好了！吻我一下，小宝贝！啊，我的好乖乖！究竟是谁教他的；萨莎，是你吗？”

“不，是娜斯简卡。前不久我们念到这首诗。她朗诵了一遍，说：‘多么滑稽的一首诗啊！伊柳沙快要过命名日了，叫他背下来讲给大家听，管保哄堂大笑！’”

“这么说，是娜斯简卡的主意？应当谢谢，谢谢，”舅舅喃喃地说，一下子脸涨得通红，像个小孩子似的，“再吻我一次，伊柳沙！你也吻我一下，你这调皮丫头！”他说着把萨莘卡搂住，慈爱地望着她的眼睛。

“等着吧，萨舒尔卡，也会轮到你过命名日的。”他似乎高兴得不知再说些什么是好。

我问娜斯简卡：那是谁的诗？

“对了，对了！那是谁的诗？”舅舅突然被提醒了，“想必是一位

---

① 以上诗句引自柯兹玛·普鲁特科夫的《潘拔之围》一诗，该诗发表在《现代人》杂志 1854 年 3 月号上。陀思妥耶夫斯基引此诗时作了删改。

博学的诗人写的，——你说是不是，福马？”

“呣！……”福马从鼻子里应道。

在伊柳沙朗诵诗歌的时候，福马的嘴角自始至终挂着一丝刻毒、嘲弄的冷笑。

“说实在的，我忘了。”娜斯简卡答道，一边不好意思地瞧了福马·福米奇一眼。

“爸爸，这是库兹玛·普鲁特科夫先生写的[1]，刊登在《现代人》杂志上。”萨莘卡跳出来插话。

“库兹玛·普鲁特科夫！我不知道，”舅舅说，“普希金我知道！……不过，看来那也是一位有才能的诗人，——你说对不对，谢尔盖？除此以外，还是一位品德极其高尚的人——这是一目了然的！甚至可能是一位军官……值得夸赞！《现代人》这本杂志很出色！既然有这样一些诗人在那里发表作品，非订一份不可……我喜欢诗人！那是些刮刮叫的人才！什么都能用诗来描写！你可记得，谢尔盖，我在彼得堡你那里见过一位文学家。他的鼻子好像挺特别……真的！……你说什么，福马？”

愈来愈按捺不住的福马·福米奇，嘿嘿地笑出声来，而且笑得很响。

“不，我没什么……只不过……”他说，似乎在勉强忍住笑，“说下去，叶果尔·伊里奇，说下去！回头我再发表我的意见……我看斯杰潘·阿列克塞伊奇也乐于听您讲如何结识彼得堡的文学家……”

一直远远地坐在那里沉思的斯杰潘·阿列克塞伊奇，骤然间抬起头来，面孔变红，身体在圈椅里猛地一转。

---

① 萨莘卡把该诗作者的名字记错了一个字母，而且，库兹玛·普鲁特科夫并非一人，而是数人合用的集体笔名。

“福马，你别来惹我，让我安静一会！”他说，一双充血的小眼睛愤怒地瞪着福马，“你的文学关我什么事？只要上帝保佑我身体健康，”他咕咕哝哝地自言自语，“随便什么人都不关我的事……包括那些著作家在内……无非是些伏尔泰信徒罢了！”

“著作家是伏尔泰信徒？”叶若维金说道，他立即出现在巴赫切耶夫身旁，“您的话千真万确，斯杰潘·阿列克塞伊奇。前不久，瓦连京·伊格纳季奇也发表过这样的见解。他把我骂做伏尔泰信徒——真的；可是大家知道，我写的东西总共也没有多少……反正哪怕某个婆娘的一壶牛奶变酸了——也都怪到伏尔泰先生的头上！咱们国家一向如此。”

“哦，不！”舅舅郑重其事地说，“这种看法是错误的！伏尔泰只是一位尖刻的作家，他嘲笑种种偏见，可从来不是什么伏尔泰信徒！这都是仇人散播谣言污蔑他。究竟为什么老是怪到这个可怜的人头上？……”

福马·福米奇又发出阴险的嘿嘿之声。舅舅担心地望着他，看得出神情相当尴尬。

“不，福马，我谈的是杂志，”他困惑地说，希望多少能扭转一下局面，“福马老兄，不久前你劝我订杂志很有道理。我也认为非订不可！……嗯……没说的，确实有启蒙教化的作用！这样的好东西不订，还有什么资格称做祖国的儿子？你说对不对，谢尔盖？嗯！……是的！……就订《现代人》也行……不过，谢辽查，学问最大依我看要推那本厚厚的杂志……它叫什么来着？是黄封面的……”

“那是《祖国纪事》，爸爸。”

“对，是叫《祖国纪事》，这名儿非常好，谢尔盖，可不是吗？就是说，让祖国全体人民坐下来抄记……无比崇高的宗旨！大有益处的杂志！而且是那么厚！办这样一本大型刊物可不容易啊！而且里边包含的学问几乎能使眼睛从脑门子里蹦出来……前些日子我来到这里，见放着一本书；我出于好奇心拿起来把它翻开，一下子就读了三页。老弟，简直使我瞠目结舌！里边什么都讲得头头是道，比方说：什么是扫帚、铁锹、勺子、炉叉！我本以为扫帚就是扫帚，炉叉就是炉叉呗！不，老弟，你听我说！炉叉从学术角度来看不是炉叉，而是一种纹章，或者是神话学之类，我已经记不清了，反正有什么名堂……你瞧！样样都研究到了！”

我不知道，在舅舅作了这番新的努力之后，福马究竟准备干什么；但这时加甫里拉出现了，他耷拉着脑袋在门口站住。

福马·福米奇用含有深意的目光向他看了一眼。

“准备好了没有，加甫里拉？”他问道，声音比较轻，但是口气相当坚决。

“准备好了。”加甫里拉忧郁地回答，然后叹一口气。

“我的小包裹搁上了大车没有？”

“搁上了。”

“那么，我也准备好了！”福马说着，慢慢地从圈椅里站起来。舅舅愕然望着他。将军夫人霍地离座起身，紧张地环顾四周。

“上校，”福马傲然开腔说，“现在，恕我冒昧，请您暂时把文学炉叉的精彩话题放一放；您可以等我走后再继续发挥。在这将要跟您永远分手的时刻，我有最后几句话想对您说……”

惊恐和骇异使所有在场的人都呆若木鸡。

“福马！福马！你这是怎么啦？你要到什么地方去？”舅舅终于喊叫起来。

“我要离开府上，上校，”福马用最平稳的语调说，“我决定去浪迹天涯，因此自己掏钱雇了一辆普通的农民大车。现在我的一个包裹已搁在车上；包裹不大：几本心爱的书、两三套换洗衬衣——别无其他！叶果尔·伊里奇，我人虽穷，但决计不接受您的金钱，您的钱昨天就被我拒绝了！……”

“可是，看在上帝分上，福马，这到底是什么意思啊？”舅舅面如土色地急叫。

将军夫人尖叫一声，绝望地看着福马·福米奇，向他伸出两只手。别列别里岑娜小姐赶紧把她扶住。女食客们在各自的座位上吓得不能动弹。巴赫切耶夫先生费力地从椅子上站起来。

“这下好戏开场了！”米津奇可夫挨到我身旁悄悄地说。

这时远处传来殷殷的雷声：一场暴雨眼看就要倾泻下来。

四 驱逐

“上校，您好像在问：‘这是什么意思？’”福马一本正经地说，仿佛在欣赏这一人人感到尴尬的场面，“这问题提得好不奇怪！请您先向我解释解释，您现在怎么还有脸见我？请把这最后一个心理学课题向我解释清楚，使我懂得什么叫做不识人间羞耻事，至少对于人类道德败坏的程度可以长些见识，那时我就走。”

但舅舅处在无法回答的状态：他目瞪口呆地望着福马，惊恐万状，狼狈不堪。

“上帝啊！真是孽障！”这是别列别里岑娜小姐在呻吟。

“上校，”福马继续说，“您应当二话不说立刻放我走，不必问长问短，懂吗？在府上，甚至我这样一个上了年纪、有思考能力的人，也已经开始对我的品德的纯洁性深感忧虑。我奉劝您相信，刨根究底除了使您出丑，绝不会得出其他结果来。”

“福马！福马！……”舅舅连声呼唤，他额上沁出了冷汗。

“因此，请允许我直截了当地对您说几句临别赠言，也是我在府上说的最后几句话，叶果尔·伊里奇。木已成舟，覆水难收！我想您明白我指的是什么事情。但我跪着恳求您：如果您心中还有哪怕是一星星道德留下，请您不要恣意放纵自己的欲念！如果腐蚀品性的毒焰尚未蔓延到整个精神的屋宇，那么，尽可能把这场火灾扑灭了吧！”

“福马！请你相信我，你误会了！”舅舅大声疾呼，他正渐渐地醒悟过来，并且满怀恐怖预感到结局之可怕。

“要遏制欲念，”福马继续用那种一本正经的口吻说，好像没有听见舅舅的呼吁，“要战胜自己。‘想要战胜全世界——先要战胜自己！’这是我的一贯准则。您是庄院的主人；您应当像金刚钻一样把自己的庄院照亮，然而您竟在这里给自己的小辈和下人作出如此卑劣的纵欲榜样！我整夜整夜地为您祈祷，战战兢兢寻找您的幸福。我没有找到，因为幸福包含在德行之中……”

“福马，你万万使不得啊！”舅舅再次打断他的话，“你误解了，这完全不是你说的那么一回事……”

“总之，请别忘记您是庄院的主人，”福马继续说，他仍然不理睬舅舅的声辩，“不要以为身为地主就理当贪图逸乐、纵情声色。这是戕害身心的想法！不应当贪图逸乐，必须尽心尽责，对上帝，对沙皇，对祖国尽心尽责！必须操劳，为地主者有义务操劳，像他手下最卑微的农民一样操劳！”

“照这样说，我得替农民耕地喽？”巴赫切耶夫咕噜道，“因为我是地主嘛……”

“现在我对你们讲几句话，家人们，”福马向加甫里拉和出现在门口的法拉莱继续说，“要爱你们的主人，唯唯诺诺、依头顺脑地执行主子的意志。这样，你们的主人也会喜欢你们。而您，上校，要公正和体恤地对待他们。他们也是人，所谓同样带着上帝的形相，自幼就由沙皇和祖国托付给您当作孩子看待。责任是重大的，但您的功绩也是伟大的！”

“福马·福米奇！亲爱的！你想做什么啊？”将军夫人没命地喊道，她吓得随时都可以失去知觉。

“怎么样，够了吧？”福马把以上的话告一段落，他甚至对将军夫人也置之不理，“下面交代一些细节；事情虽小，却不可不说。叶果尔·伊里奇！您在哈林荒地的草至今没有收割。别耽误了：去割下来，快割。这是我的忠告……”

“可是，福马……”

“您曾经想砍伐泽良诺夫林地的树木，这件事我知道；我劝您别砍——这是第二个忠告。要保护森林；因为森林有助于保持土地表面的水分……可惜您的春播作物下种太晚了；奇怪，您的春播作物怎会种得这么晚！”

“可是，福马……”

“好了，到此为止吧！反正所有的事情是交代不完的，再说也不到时候！我会给您寄书面嘱咐来，写在专用的本子上。别了，我向你们大家告别了。愿上帝与你们同在，愿上帝赐福给你们！我也为你祝福，我的孩子，”他转而面对伊柳沙继续说，“愿上帝保佑你免受你未来的欲念的荼毒！我也为你祝福，法拉莱；忘掉卡玛林舞！……我也为你们大家祝福……不要忘记福马……走吧，加甫里拉！老头儿，你扶我上车。”

说罢，福马便朝着门那边走。将军夫人尖叫一声，向他背后直扑过去。

“不，福马！我不能这样放你走！”舅舅喊着追上去抓住他的一只胳膊。

“这么说，您想使用武力？”福马傲慢地问。

“是的，福马……用武力也在所不惜！”舅舅答道，一边激动得发抖，“你的话里包含的意思太多了，应当讲讲清楚！你误解了我写给你的信，福马！……”

“您的信！”福马尖声大叫，一下子发作起来，仿佛正是在等候这一爆炸的时刻，“您的信！瞧，这就是您的信！在这里！我要撕掉这封信，我要向这封信啐唾沫！我要双脚践踏您的信，以此履行人类最神圣的义务！我就是要这样做，如果您用武力强迫我解释的话！您瞧着！瞧着！瞧着！”

碎纸片满屋子飞散开来。

“我再说一遍，福马，你误解了！”舅舅竭力声辩，他的脸色愈来愈苍白，“我准备正式求婚，福马，我在寻找自己的幸福……”

“求婚！您勾引了那个姑娘，现在来蒙我，说是准备向她求婚；因为我昨天看见了您夜里跟她在一起，在花园里的矮树丛下！”

将军夫人惊呼一声，瘫倒在圈椅里。接着出现的是一片可怕的混乱景象。可怜的娜斯简卡面无人色坐在那里。萨莘卡吓得抱住伊柳沙直打哆嗦，像在发寒热似的。

“福马！”舅舅拼命叫喊，“你要是把这个秘密传扬出去，你就是做一件世上最最卑鄙的坏事！”

“我把这个秘密传扬出去，乃是做一件最最高尚的好事！”福马扯开刺耳的尖嗓子嚷道，“上帝派遣我来，就是为了揭发全世界的阴私！我准备爬到农民的草屋顶上去，向附近所有的地主和过路人大声宣布您的丑恶行径！……大家听着，昨天夜里，我看见他和这个表面上纯洁无邪的姑娘一起在花园里的矮树丛下！……”

“啊，真丢人！”别列别里岑娜小姐像鸟叫一般吱吱地说。

“福马！小心别害了你自己！”舅舅紧握双拳、目光逼人地厉声喝道。

“……他因为被我看见而害了怕，”福马声嘶力竭地说，“竟敢用一封假惺惺的书信诱使我这样一个正直的老实人包庇他的犯罪行为——对，真是犯罪行为！……因为您把一个过去一直纯洁无邪的姑娘变成了……”

“只要再说一句侮辱她的话，我——我就打死你，福马，我敢向你起这个誓！……”

“我要把这句话说完，因为您把一个过去一直纯洁无邪的姑娘变成了淫荡下贱的女子！”

福马最后一句话刚一出口，舅舅立刻抓住他的肩膀，像捻一根稻草似的把他扭过去，冲着书房通宅子院落的玻璃门使劲一扔。这一扔用力极猛，原来半掩的门扉顿时洞开，只见福马一个跟头滚下七磴石级，伸开四肢躺在院子里。打破的玻璃豁啷啷溅落在台阶梯级上。

“加甫里拉，把他捡起来！”舅舅喊道，脸上一丝血色也没有，“把他弄上大车，叫他在两分钟内滚出斯杰潘契科沃！”

不管福马·福米奇策划的是什么计谋，这样的结局谅必非他始料所及。

我不打算缕述这一非常事件发生之后最初几分钟的情状。将军夫人发出一声撕心裂胆的号叫昏倒在圈椅里；别列别里岑娜小姐想不到迄今为止一贯柔顺的舅舅会干出这般举动，因而瞠目结舌；女食客们又是惊呼，又是叹息；娜斯简卡的父亲在惊恐过度而失去知觉的女儿身旁照顾她；萨莘卡吓得发了傻；舅舅激动得无法形容地在房间里大步打转，等老太太苏醒过来；除此以外，还有法拉莱在为主子们放声大哭——这一切组成了一幅难摹难绘的景象。我还要补充一点：正在这个时刻，一场来势凶猛的暴雨骤然大作；隆隆的雷声愈来愈频繁，豆大的雨点敲打着窗子。

“好一个喜庆节日！”巴赫切耶夫先生耷拉着脑袋、张开十个手指头喃喃自语。

“事情闹大了！”我向他附耳说，自己也激动得无以复加，“但至少把福米奇撵走了，再也追不回来。”

“妈！您醒过来了没有？您是不是好点儿啦？您这回能不能听我说一说？”舅舅站在老太太的圈椅前问。

老太太抬起头来，交叠双手，用恳求的目光望着儿子，她从未见过儿子发这么大的火。

“妈！”舅舅继续说，“我已经忍无可忍，您自己也看到了。本来我不打算这样干，可是时辰已到，再也拖不下去。您听见了他的诬蔑，您也听一听我的声辩。妈，我爱这个品德高尚、冰清玉洁的姑娘，我早就倾心于她，永不变心。她定能给我的两个孩子带来幸福，定能成为您最孝顺的儿媳妇，因此现在我当着您的面，当着我的亲属和朋友的面，郑重宣布向她求婚，恳求她给我无限的光荣——做我的妻子！”

娜斯简卡全身一震，然后脸涨得通红通红，从圈椅上直跳起来。将军夫人对儿子注视有顷，好像不明白儿子在跟她说些什么，随后突然发出一声尖利的号叫跪倒在儿子面前。

“叶果鲁什卡，我的好儿子，把福马·福米奇追回来！”她喊道，“立刻追回来！否则，我离开了他不到晚上就会死的！”

看到执拗而任性的老母亲跪在自己面前，舅舅愣住了一动也不动。他脸上反映出内心痛苦的感受；后来终于猛醒过来，急忙搀起母亲，重新扶她在圈椅里坐好。

“把福马·福米奇追回来，叶果鲁什卡！”老太太继续号啕大哭，“叫他回来！没有他这个亲人，我可活不成啊！”

“妈！”舅舅痛苦地叫道，“我刚才对您讲的话，您难道一句也没听进去？我不能叫福马回来——这一点您应当明白！我不能也没有权利这样做，因为他对这个贞洁贤良的天使进行了卑鄙无耻的诽谤！您听到了：我向这个姑娘求婚，并恳求您为我们的结合祝福。”

将军夫人再次从座位上霍地站起来，扑到娜斯简卡面前双膝跪下。

“好姑娘！我的姑奶奶！”老太太大声尖叫，“不要嫁给他！你不要嫁给他，你要劝他把福马·福米奇追回来，我的好姑奶奶，我亲爱的娜斯塔霞·叶甫格拉福夫娜！我什么都给你，什么都愿意为你牺牲，只要你不嫁给他。我老太婆的钱还没有花完，我还有死去的丈夫留下的一点积蓄。这些全是你的，好姑娘，我把这一切全送给你，叶果鲁什卡也会送一些给你，只求你不要把我活活装进棺材，只要你劝他把福马·福米奇追回来！”

老太太还可以这样呼天抢地、语无伦次地闹上好半天，但是别列别里岑娜和全体女食客咭咭呱呱、唉声叹气地抢上前去把她扶起来，对于她跪在一个花钱雇用的家庭教师面前大为不平。娜斯简卡吓得站也站不稳，而别列别里岑娜甚至恼恨得哭了。

“您这是要活活气死老太太！”她冲着舅舅厉声说，“至于您，娜斯塔霞·叶甫格拉福夫娜，您不该害得人家母子不和，这是天理所不容的……”

“安娜·尼洛夫娜，说话得留点儿神！”舅舅把她喝住，“我已经忍耐得够了！……”

“您也使我受够了。您为什么欺负我这孤苦伶仃人？欺负一个孤儿要什么能耐？我还不是奴才！我自己也是个中校的女儿！我再也不上您家的门，我走……今天就走！……”

但舅舅不去理她，径自走到娜斯简卡跟前，诚惶诚恐地拿起她的一只手。

“娜斯塔霞·叶甫格拉福夫娜！您听到我向您提出的请求了

吗？”他说时怅惘地、差不多绝望地看着她。

“不，叶果尔·伊里奇，不！还是别提了吧，”娜斯简卡答道，她也完全陷于沮丧之中，“这全是空的，”她接着说，一边握住他的手，脸上热泪纵横，“因为有了昨天的事，您才这样……但这是不可能的，您自己也明白。我们错了，叶果尔·伊里奇……不过，我将始终记住您是我的恩人，并且……并且永远、永远为您祈祷！……”

说到这里，她泣不成声。可怜的舅舅显然早已料到她会如此回答，所以甚至没有提出异议，也不强求……他俯身到她面前听着，一边仍握住她的手，默默无言，肠断心碎。泪花涌上了他的眼眶。

“我昨天就告诉过您，”娜斯佳继续说，“我不能做您的妻子。您瞧：府上容我不得……这一切我以前早就感觉到了；老太太不会给我们祝福……别人也一样。尽管您自己将来不致后悔，因为您是极其宽宏大量的，但像您这样的好性子……终究将为了我而忍受痛苦……”

“的确是好性子！的确太好说话了！说得对，娜斯简卡，说得对！”她父亲站在圈椅的另一边连声附和，“的确如此，这一点早该提醒了。”

“我不愿通过自己在您府上散播不和的种子，”娜斯简卡往下说，“您不必为我操心，叶果尔·伊里奇：谁也不会碰我一下，谁也不会欺负我的……我住到爸爸那里去……今天就去……我们还是分手吧，叶果尔·伊里奇……”

可怜的娜斯简卡说着又失声痛哭。

“娜斯塔霞·叶甫格拉福夫娜！难道这真是您的最后决定了吗？”舅舅无限凄怆地望着她问道，“只要您说一句话——我愿为您牺牲一切！……”

“是的，这是她最后的决定，叶果尔·伊里奇，”叶若维金又接口应道，“她把这些道理向您讲得十分透彻，说实话，我甚至感到意外。您是一位心地再好不过的好人，叶果尔·伊里奇，的确是位最好的好人，也非常看得起我们！非常看得起，非常看得起！……然而，我们跟您毕竟门不当户不对。叶果尔·伊里奇，您需要这样一个未婚妻，她既有钱，又尊贵；不但相貌俊美，还要声音甜脆；满身珠光宝气，头上插着鸵鸟羽毛，在府上的房间里走来走去……那时，福马·福米奇也许能高抬贵手……慨然恩准！您一定会把福马·福米奇请回来的！刚才您不该得罪他！他是出于一番好意，行善心切才说了那些话……回头您自己也会说他是出于一番好意，——管保没错！他是个最最值得尊敬的人。眼看今天要淋得精湿精湿了……还是马上去追他回来吧……因为迟早总是要他回来的……”

“去追！追他回来！”将军夫人嚷道，“我的亲人，他说得有理！……”

“是啊，”叶若维金接着说，“您瞧，令堂伤心极了——何苦呢！……去追他回来吧！我跟娜斯佳趁这个当儿也好上路……”

“等一下，叶甫格拉夫·拉里昂内奇！”舅舅大声说，“我求求您！还有一句话，叶甫格拉夫，只有一句……”

说罢，他走开去坐在角落里一把圈椅上，低下头来，双手捂住眼睛，似乎在考虑什么问题。

这时，石破天惊的一声霹雳几乎就在宅子顶上炸响，整座房屋为之震荡。将军夫人叫喊起来，别列别里岑娜亦然；女食客们吓昏了头，一个劲儿地画十字，巴赫切耶夫先生也跟着她们这样做。

“老天爷，先知伊里亚！”五六个人异口同声地念念有词。

霹雳之后下起了大暴雨，雨势之凶猛犹如整整一湖水从斯杰潘契科沃上空突然倾倒下来。

“福马·福米奇这时在旷野里怎么过呀？”别列别里岑娜拿着腔

儿说。

“叶果鲁什卡，快去追他回来！”将军夫人没命地叫喊，像个疯子向门外冲去。女食客们硬把她拉住，围着她一把眼泪、一把鼻涕、咭咭呱呱地苦苦相劝。总之，那局面乱到了极点！

“他身上只穿常礼服走的，连外套也没带！”别列别里岑娜继续说，“伞也没带。他会给闪电劈死的！……”

“一定给劈死！”巴赫切耶夫附和道，“然后再浇一身雨水。”

“您就免开尊口吧！”我悄悄地对他说。

“请问：他究竟是不是人？”巴赫切耶夫忿忿不平地冲我说，“他又不是一条狗。这时候你自己也不愿出门的。你不妨去洗个淋浴试试看。”

我预感到事情不妙，担心形势急转直下，便走到舅舅跟前；他坐在圈椅里一动也不动，仿佛僵化了一般。

“舅舅，”我向他附耳道，“难道您真的同意把福马·福米奇追回来？要知道，这将是极不体面的事情，至少不能当着娜斯塔霞·叶甫格拉福夫娜的面这样做。”

“我的朋友，”舅舅抬头毅然看着我的眼睛答道，“刚才我扪心自问，现在知道应该怎样做了！不用担心，决不让娜斯佳受委屈，我会安排好的……”

他从椅子上站起来，走到母亲面前。

“妈！”他说，“您放心，我去把福马·福米奇追回来，我能赶上他，他还不可能走远。但是，我起誓，他回来必须依我一条：他必须当着听到诽谤的全体证人的面公开认错，并且向这位贤德的小姐正式道歉。我非要他这样做不行！……否则他休想跨进这宅子的门坎！妈，我也要向您庄严起誓：只要他本人自愿同意这样做，我愿意扑倒在他脚下，把我拿得出的一切统统交给他，以不让我的子女吃苦为度！我本人，从今天起，将摆脱所有的羁绊。我的运星已开始转动！我要离开斯杰潘契科沃。愿你们大家在这里日子过得安定而幸福。我要回骑兵团去，我要到血雨腥风中去，到茫茫沙场上去迎接我未来的命运，把生死置于度外……够了！出发！”

这时门被打开，加甫里拉浑身湿透，没有一处不沾满泥巴，出现在慌乱的众人面前。

“你怎么啦？你从哪里来？福马呢？”舅舅喊叫着向加甫里拉那边直扑过去。

众人也跟着他跑过去，怀着急切的好奇心围住那个老仆，泥浆水端的像小河似的从他身上淌下来。加甫里拉每一句话出口，都有尖叫声，惊叹声、叱喝声给他伴唱。

“车停在桦树林附近，离这儿一里半地，”他带着哭音开始说，“马儿给闪电吓慌了冲到沟里。”

“嗯？……”舅舅性急地问。

“车翻了……”

“那么……福马呢？”

“掉进沟里去了。”

“掉进沟里又怎样呢？快说呀，别折磨人哪！”

“他摔疼了腰，哭了起来。我把大车卸了套，骑着马到这里来报告。”

“福马就留在那边？”

“他站起来，拄着一根拐杖又往前走，”加甫里拉说完后，叹一口气，垂下脑袋。

女眷们的眼泪和哭声非笔墨所能形容。

“备波尔康！”舅舅喊了一声便从屋子里奔出去。波尔康牵来了；舅舅纵身跃上这匹未加鞍的坐骑，一分钟后，马蹄声通知我们，追赶福马·福米奇的一幕已经开始。舅舅策马去远，连帽子也没戴。

女眷们纷纷涌向窗口。在一片惊叹和呻吟声中，也有人预先在出主意。有人主张立刻洗热水澡，用酒精给福马·福米奇擦身，熬止咳药茶，说福马·福米奇“打早晨起就没有一粒面包屑下过喉，现在正饿得慌”。别列别里岑娜小姐找到他遗忘的一副放在套子里的眼镜，这一发现起到了很不寻常的作用：将军夫人涕泗滂沱地号叫着扑向眼镜，然后紧握着那件宝贝重又贴着窗子向大路上眺望。紧张的等待终于升到最高一级……萨莘卡在房间的另一角安慰娜斯佳，接着两人抱头大哭。娜斯简卡握住伊柳沙的一只手，不时吻他，准备跟自己的学生告别。伊柳沙哭得气也顺不过来，尽管自己还不知道为什么哭。叶若维金和米津奇可夫在一旁谈论着什么。我觉得，巴赫切耶夫看着两个姑娘的伤心模样，好像自己也快要呜呜咽咽地哭起来。我走到他跟前。

“不，公子爷，”他对我说，“福马·福米奇也许会离开此地，可还不到那个时候，给他拉车的金角牛还没有弄到呢！别着急，公子爷，他能把这里的主人统统赶走，自己留下！”

雷雨过去了，巴赫切耶夫先生看来改变了自己的信念。

忽然间，只听得一片价“来了！来了！”的喊声，女眷们尖叫着纷纷向门口冲去。舅舅出发以后过了还不到十分钟，似乎不可能这么快就把福马·福米奇接回来。但这个谜后来一解开原来十分简单：福马·福米奇放加甫里拉骑马走后，自己果真“拄着一根拐杖往前走”；但他感到自己在狂风暴雨、雷声电光中孑然一身，孤独无依，竟丢脸地胆怯起来，便掉头转向斯杰潘契科沃，在后面奔跑追赶加甫里拉。他被舅舅截住时已经进入本庄地界。这时正好有一辆大车路过，农民们也纷纷跑来，让变得老实的福马·福米奇坐上拦下的大车，就这样把他直接送到将军夫人张开的怀抱里。老太太见他落到这

阴雨天

伊利亚·格拉祖诺夫 1982 年绘

И. С. Глазунов

般田地，几乎吓得魂灵出窍。他身上比加甫里拉更脏更湿。于是乎又大起忙头：有的要立刻带他上楼去换衣服；有的叫喊用接骨木茎枝熬汁以及其他暖肚的药方；有的毫无意义地东奔西闯；说话都是七嘴八舌，同时开腔……但福马好像对谁也不注意，什么也没看见。人家从左右两边搀扶他进来。他挨到自己的座位前，一屁股坐下来，闭上眼睛。有人大叫，说他快要死了，顿时掀起一片惊心动魄的号哭之声；但哭得最响的要数法拉莱，他力图从太太们的人丛中挤进去，赶快吻一下福马·福米奇的手……

五　福马·福米奇使人人皆大欢喜

“我这是给带到了什么地方？”福马总算开了口，他用的是一个为真理殉难的人临终遗言的声调。

“混账东西！”米津奇可夫在我旁边低声骂道，“还假装不知道自己给带到什么地方。他马上又要演戏了！”

“你在我们家，福马，你在自己人中间！”舅舅高声说，“你不要惊慌，定一定神！说真的，你还是先把衣服换一换，否则会生病的……你要不要点儿什么提提精神——啊？嗯，或者……喝一小杯那个叫什么来着……先暖一暖肚子……”

“有玛拉加酒[①]的话我现在倒想喝一点。”福马打着哼哼说，眼睛重又闭上。

“玛拉加酒？咱们家里恐怕没有吧！”舅舅说时不安地望着普拉斯珂维雅·伊里尼奇娜。

“怎么没有？！”普拉斯珂维雅·伊里尼奇娜应道，“还剩下整整

① 一种金黄色的葡萄酒，以西班牙玛拉加省所产为最有名。

四瓶。”说着，她把一串钥匙摇得铮铮响，急忙跑去取玛拉加酒，像苍蝇叮蜜饯似的围着福马的女眷们还纷纷嘱咐她要如何如何。但是，巴赫切耶夫先生的愤怒已达到饱和点。

“想喝玛拉加酒！”他独自嘀咕道，但声音能让人听见，“他要的还是一种没人喝的酒！除了他这样的混蛋，现在有谁喝玛拉加酒？呸，你们统统见鬼去吧！其实，我站在这儿做什么？我在这儿等什么？”

“福马！”舅舅结结巴巴、一字一顿地开言道，“现在……你休息过了，又跟我们在一起……不，我要说的是，福马，我明白，刚才你指责那个……那个可称为白璧无瑕的姑娘……”

“在哪里，我那白璧无瑕的以往？”福马接口道，他好像在发高烧、说胡话，“我那黄金般的昔日在哪里？你在哪里，我的金色的童年？当年白璧无瑕、活泼可爱的我在田野里追逐春天的蝴蝶，那个时代如今何在？把我白璧无瑕的以往追回来，还给我！……”

福马张开十个指头，依次面向所有的人，仿佛他的白璧无瑕的以往藏在我们中间某一个人的兜里。巴赫切耶夫把肺都快气炸了。

“愈来愈不像话！”他怒火中烧地嘟哝道，“竟要起他的白璧无瑕的以往来了！他想跟以往亲吻还是怎么着？也许，他从小就是这么个强盗，跟现在一样！我敢发誓是这样。”

“福马！……”舅舅又想开口。

“在哪里？当时我还怀着爱的信念，我还爱过人，那些日子如今何在？”福马大声呼唤着，“当时我曾经跟那个人拥抱，在他的怀里哭泣；而如今——如今我在哪里？我在哪里？”

“你在我们这里，福马，你定一定神！”舅舅叫道，“我有话要对你讲，福马……”

“您现在还是少开口为妙。”别列别里岑娜没好气地说，一双蛇眼睛恶狠狠地露出凶光。

“我在哪里？”福马继续说，“我周围都是些什么东西？这是水牛和黄牛把角对着我。生活啊，你究竟是什么呵？活着，活着，受欺侮、遭凌辱、被看轻、挨毒打，直要到你的坟墓被盖上黄沙，人们才恍然醒悟过来，用纪念碑压在你可怜的尸骨上！”

“诸位，他谈到了纪念碑！”叶若维金双手一拍低声自语。

“哦，不要为我树纪念碑！”福马喊道，“不要为我树碑！我不要纪念碑！你们就为我把纪念碑树在自己心里吧，其余的什么都不要，不要，不要！”

“福马！”舅舅打断他的独白，“得了！你安静一下！不要谈什么纪念碑。你只要听我把话说完……你瞧，福马，我懂得，刚才你责备我也许是所谓苦口婆心；但你越过了美德的界限，福马，请你相信我，你错了，福马……”

“您到底有完没完？”别列别里岑娜又发出尖细刺耳的声音，“因为一个不幸的人在您的掌握之中，您就想把他逼死不成？”

继别列别里岑娜之后，将军夫人也开始抖擞精神；接着，她的全体扈从也跟进；她们群起冲着舅舅连连摇手，要他住口。

“安娜·尼洛夫娜，您自己给我住口，我说的话是算数的！”舅舅坚定地回答，“这是神圣的事情！事情关系到荣誉和正义。福马！你是深明事理的，你必须立即向被你侮辱的贤德姑娘赔礼道歉。”

“哪个姑娘？我侮辱了哪个姑娘？”福马说着，眼睛莫名其妙地把在场的人一个个看过来，仿佛完全忘了刚才发生的一切，不明白是怎么回事。

“是的，福马，只要现在你本人自愿大大方方地认错，那么，我可以向你起誓，福马，我甘愿跪倒在你脚下，那时……”

“我究竟侮辱了谁？”福马大声呼叫，“哪个姑娘？她在什么地方？这个姑娘在什么地方？快把这个姑娘的事情提醒我一下！……”

这时，又窘又慌的娜斯简卡走到叶果尔·伊里奇旁边，扯了一下他的衣袖。

“不，叶果尔·伊里奇，随他去吧，不要赔礼道歉！这一切又有什么意思？”她用哀求的口吻说，“算了吧！……”

“啊！现在我记起来了！”福马高声说，“天哪！我记起来了！哦，帮我一下，帮我再回忆一下！”他看来极其激动地求助道，“请问：我是不是被当作一条最讨厌的癞皮狗从这里赶了出去？我是不是给闪电劈了？我是不是从这里被扔下了台阶？是不是这样？这是真的吗？”

女眷们的哭声和号叫向福马·福米奇作出了最说明问题的回答。

“对，对！”他确认道，“我记起来了……现在我记起来了，在电光一闪和我摔倒以后，我被雷声追赶着跑到此地来，准备履行我的义务，然后永远消失！请扶我起来！不管现在我是多么虚弱，我必须尽到我的责任。”

他立刻从圈椅里被扶起来。福马摆好演讲的架势，伸出他的一只手。

“上校！”他叫一声，“现在我已完全苏醒；响雷还没有使我丧失智力，尽管右耳朵仍旧听不见。可能，这与其说是响雷，毋宁说是从台阶上滚下去造成的……可是，谁要听这些？！福马的右耳朵关别人什么事？”

福马说到最后几句话时倾注了强烈的怨诉和讽刺，脸上还佐以凄惨的苦笑，使女眷们深受感动，重又发出同情的呻吟。她们以责备的目光，有的甚至眼睛里怒火直冒望着舅舅，使他在如此一致的舆论面前逐渐开始垮下来。米津奇可夫啐一口唾沫走到窗前。巴赫切耶夫愈来愈使劲地用胳膊肘搡我；他实在待不住了。

"现在请听我从头道来！"福马扯开嗓子喊着，用骄傲和坚毅的目光环视所有的人，"同时请决定不幸的奥比斯金的命运。叶果尔·伊里奇！我已观察了您很久，我几乎屏住心跳观察着，把什么都看在眼里，而您根本不怀疑我在对您进行观察。上校！也许我错了，但我知道您自私自利，死要面子，纵欲好色；我不由得对一个白璧无瑕的女子的名节深感忧虑；请问，谁能指责我做得不对？"

"福马，福马！……你不要大做文章吧，福马！"舅舅急忙说，一边不安地望着娜斯简卡脸上痛苦难忍的表情。

"使我焦虑的与其说是那女子的天真和轻信，毋宁说是她的缺乏经验。"福马径自往下说，好像没有听见舅舅的警告，"我看到，柔情之花像春天的玫瑰在她心中怒放，不禁想起彼特拉克[①]说过：'无瑕的白璧是那样经常处于千钧一发之中'。我叹息，我呻吟，虽然我愿意献出我的全部热血为这个珍珠一般清白的姑娘作保，可是谁能向我为您担保呢，叶果尔·伊里奇？我知道您的欲念像脱缰之马，知道您不惜任何牺牲以求片刻的满足，所以我一下子陷入恐惧和忧虑的深渊，担心一位最贤德的姑娘的命运……"

"福马！你想到哪里去了？"舅舅惊呼。

"我紧张得几乎气闭地注意你们的行动。如果您想知道我内心是多么痛苦，可以去问莎士比亚：他在《哈姆雷特》一剧中会把我的心情告诉您。我变得神经过敏，脾气很坏。不安和愤怒使我看什么都是黑的，这可不是一首有名的抒情歌曲里所唱的黑色的花朵，——您可以相信我！正因为如此，您当时看到我一心想使她离开这户人家：我想救她；正因为如此，您看到我最近一直动不动就生气，觉得全人

① 彼特拉克（1304—1374），意大利诗人，欧洲文艺复兴时期人文主义先驱之一。主要作品有用意大利文写的《抒情诗集》和用拉丁文写的《没有收信人的信》等。

类都跟我过不去。哦！如今谁能使我跟人类重归于好呢？我感觉到，我对您的客人也许过于求全责备，态度不够公正，比如对令外甥，对巴赫切耶夫先生——我不该要求他懂天文学；但如今谁为我当时的心情指责我呢？我再引用莎士比亚的话说一句：摆在我面前的未来像深不可测的黑水潭，潭底伏着一条鳄鱼。我感觉到自己有义务防患于未然，这是我的天职、我的使命，——可是结果怎样呢？您没有能够理解我的一番苦心，反而在这段时间内一直以怨报德，使我饱受嘲弄、凌辱……"

"福马！既然如此……当然，我感觉到……"舅舅插言道，他听得万分激动。

"如果你真的有所感觉，上校，那就请屈尊听完，不要打断我的话。我说下去：由此可见，我的过失完全在于过分忧虑这个孩子的命运，因为她跟您比起来还是个孩子。至高无上的博爱精神在这段时间内竟使我变成一个愤怒和多疑的恶魔。我准备向人们猛扑过去，把他们撕裂。您可知道，叶果尔·伊里奇，偏偏您的一举一动无时无刻不在为我的疑心提供佐证，使我确信我的怀疑都是事实。您可知道，昨天您在我面前堆满金钱，要打发我走的时候，我心想：'通过打发我，他是要把自己的良心打发走，以便放手犯罪'……"

"福马，福马！难道你昨天真有这样的想法？"舅舅惊恐地叫道，"上帝啊，我可一点也不知道！"

"是老天向我灌输了这些怀疑，"福马继续说，"请您自己判断：昨天晚上当我不知被什么鬼使神差来到花园里那张不幸的长椅跟前的时候，我能怎样想呢？我终于亲眼目睹我心中的疑窦忽然铁铮铮地全部得到证实，——哦，上帝啊！——那时我会怎样想呢？但我还存一线希望，——尽管非常微弱，然而仍不失为希望——可是结果呢？今天清晨您却把这个希望彻底摧毁！您派人给我送来一封信；您表示了结婚的意愿；恳求我不要声张……我心想：‘为什么他早不写，偏偏现在被我撞见以后写信给我？为什么他不是春风满面地跑来找我（如果真有爱情，脸上必然喜气洋洋）？为什么他当时不扑过来和我拥抱，不伏在我胸前让无限幸福的眼泪迸涌，不向我和盘托出？’难道我是一条鳄鱼，只会把您吃掉，不会向您提忠告？或者我是一只可恶的害虫，只会咬你的肉，不会促成您的幸福？‘我究竟是他的朋友，还是最讨人嫌的虫豸？’——这就是今天早晨我向自己提出的问题！‘归根到底，’我思量着，‘他特地把外甥从京城里召来，把那个姑娘配给他，还不是为了欺骗我们和糊涂的外甥，而在暗中继续干罪恶的勾当？’不，上校，如果说有人在我头脑中确立了你们彼此相爱是罪恶的私情这一想法，那么这个人正是您，不是别人！除此以外，您在那个姑娘面前也是罪人，因为由于您不好意思直说和自私地信不过别人，您使她清白端庄的品性横遭污蔑和蒙受重大的嫌疑！”

舅舅低头不语：福马的三寸不烂之舌看来压倒了舅舅所有不以为然的想法，他已准备承认自己是个十足的罪人。将军夫人和她那一帮子跟班诚惶诚恐地默默听着福马的独白，而别列别里岑娜则趾高气扬地望着可怜的娜斯简卡。

“我在震惊、恼怒、痛心之余，”福马继续说，“今天把自己反锁在屋子里，祈求上帝给我指引正确的方向！最后我决定对您公开进行最后一次考验。也许我过于冲动了，也许我气愤过了头，但我极端高尚的动机换来的竟是被您从窗子里扔出去！我从窗子里跌出去的时候，心想：‘世上好心得到的总是这样的酬报！’我摔倒在地上，以后发生的事我模糊得很！”

尖叫声和呻吟声中断了福马·福米奇这番悲惨的回忆。将军夫人从回到屋子里的普拉斯珂维雅·伊里尼奇娜手中夺过一瓶玛拉加酒向他直扑过去，但福马十分庄重地用一只手把玛拉加酒和将军夫人推开。

“且住！”他大喝一声，“让我把话说完。我摔倒以后发生了什么事情——我不知道。我只知道一点：现在，我浑身湿透，眼看快要发寒热，站在这里，为的是促成你们双方的幸福。上校！根据我现在不愿细述的许多迹象，我终于肯定您的爱情是纯洁的，甚至是崇高的，尽管您迹近犯罪地太不相信别人。虽然挨打受辱，虽然被怀疑有意侮辱一位我准备像中世纪的骑士那样流尽我最后一滴血卫护其名节的姑娘，——我仍决定在此让您看到福马·奥比斯金是怎样以德报怨的。把您的手伸给我，上校！”

“太好了，福马！”舅舅欢呼道，“既然刚才你为那个品行极其端庄的姑娘充分恢复了名誉，那么……我当然……要向你伸出我的手，福马，连带着表示我的忏悔……”

说着，舅舅兴冲冲地向他伸出一只手，还完全没有料到由此会引出什么下文来。

“您也把您的手伸给我，”福马分开挤在他周围的女眷们，向着娜斯简卡用微弱的声音继续说。

娜斯简卡窘得手足无措，怯生生地望着福马。

“过来，过来，我的好孩子！这对您的幸福是必不可少的。”福马亲昵地补充说，同时还继续握住舅舅的一只手。

“他这是在玩什么把戏？”米津奇可夫说。

娜斯佳战战兢兢地慢步走到福马跟前，羞羞答答地向他伸出一只小手。

福马接过这只小手，把它放在舅舅手中。

“我把你们结合在一起，并为你们祝福，”他用最庄严的声音宣布，“如果一个肠断心碎的苦命人的祝福对你们有好处的话，那就祝你们幸福。这就是福马·奥比斯金的报复手段！乌啦！”

全场出现无限惊愕的一刹那。这个结局是如此出人意表，以致大家都一下子不能动弹。将军夫人仍然同刚才一样张开嘴巴，手里拿着一瓶玛拉加酒。别列别里岑娜气得脸色发青，浑身发抖。女食客们双手一拍，在各自原先所在的位子上一齐发了呆。舅舅哆嗦着想说些什么，可是说不出来。娜斯佳面呈死灰色，腼腆地说："这样使不得。"……但是已经晚了。巴赫切耶夫第一个——应当为他说句公平话——跟着福马·福米奇欢呼"乌啦"，我也随之响应，萨莘卡继我之后尽着她的一条脆嗓子高喊，并立即跑过去和父亲拥抱；接下来是伊柳沙，尔后是叶若维金；最后一个是米津奇可夫。

"乌啦！"福马再次欢呼，"乌啦！快跪下，我心爱的孩子们，快在最慈爱的母亲面前跪下！求她祝福；如果必要的话，我自己也愿意跟你们一道向她跪下……"

慌乱中还没有互相看一眼的舅舅和娜斯佳，仿佛莫名其妙地跪倒在将军夫人面前；大家围着他俩；但老太太站着干瞪眼，完全不明白该怎么处。结果还是福马给解了围：他自己也在他的保护人面前跪下。这就把她的全部疑惑一下子消除干净。她泪流满面地终于表示了同意。舅舅跳起来和福马紧紧拥抱。

"福马，福马！……"他说，但是嗓子眼给卡住了，使他不能说下去。

"开香槟酒！"斯杰潘·阿列克塞伊奇直着嗓门大叫，"乌啦！"

"不，不要香槟酒，"别列别里岑娜应道，她已经从惊愕中恢复过来，把全部情况连同后果都考虑过了，"而是应当给上帝点一支蜡烛，向着神像祈祷，并用神像为他们祝福，这才是一切虔信上帝的人应该履行的仪式……"

于是大家赶紧按照这一明智的忠告去办，少不得又是一阵骇人的忙乱。必须点一支蜡烛。斯杰潘·阿列克塞伊奇爬上椅子去想把蜡烛点在神像前，但当即把椅子弄折了腿，砰的一声掉到地板上，不过总算没有摔倒。他一点也不生气，立刻恭敬地让位给别列别里岑娜。小巧玲珑的别列别里岑娜一下子就把蜡烛插好点亮。修女和女食客们开始画十字、磕头。救世主的像被请下来送到将军夫人面前。舅舅和娜斯佳重又跪下，仪式在别列别里岑娜恪守教规的指导声中举行，只听得她接连不断地说着："行礼，接触神像，吻母亲的手！"在新郎新娘之后，巴赫切耶夫先生也认为应当接触一下神像，而且也吻了将军夫人的手。他兴高采烈的情状简直难以描绘。

"乌啦！"他再一次欢呼道，"这下该喝香槟酒啦！"

其实，大家都兴高采烈。将军夫人在哭，不过现在流下的是欢乐的眼泪：既然福马赞成，这门亲事在她心目中立刻变得体面而又神圣，——更重要的是，她感觉到福马·福米奇实在了不起，今后将永远和他在一道。所有的女食客至少表面上跟大家一样高兴。舅舅一会儿跪在母亲面前吻她的双手，一会儿跑过来和我、巴赫切耶夫、米津奇可夫和叶若维金拥抱。他差点儿没把伊柳沙闷死在自己怀里。萨莎扑到娜斯简卡身边，跟她拥抱、亲吻；普拉斯珂维雅·伊里尼奇娜哭得像个泪人儿似的。巴赫切耶夫先生见此情景，走向前去吻她的手。小个子老头儿叶若维金抑制不住自己的感情，躲在角落里哭泣，还是用昨天的那条方格手帕擦眼泪。加甫里拉在另一个角落里抽抽搭搭，虔敬地望着福马·福米奇；法拉莱则放声大哭，他依次走到每一个人跟前，吻每一个人的手。在强烈的感情支配下，还没有一个人开始说话，没有一个人发表自己的看法，好像所有的话都已经说了；只听得欢呼和快乐的感叹。还没有一个人弄清楚，事情怎么这样快一下子都顺利解决了。只知道这一切都是福马·福米奇所为，反正这是明摆着不容置辩的事实。

但在皆大欢喜之后过了还不到五分钟，塔姬扬娜·伊万诺夫娜突然出现在我们中间。她待在楼上以什么方式、通过哪一种感官这么快得悉爱情和结婚的事？她容光焕发地像一只蝴蝶飞了进来，眼睛里闪耀着喜悦的泪花，打扮得雅致迷人（她已经在楼上换了装），高声喊着直接扑向娜斯简卡和她拥抱。

"娜斯简卡，娜斯简卡！你爱他，可我一点儿也不知道，"她嚷道，"天哪！他俩早已相爱，他们在暗中不声不响地忍受痛苦。他们被人迫害！多么罗曼谛克的一部小说啊！娜斯佳，我亲爱的，对我说你的心里话：难道你真的爱这个疯子吗？"

娜斯佳和她拥抱、亲吻，以此代替回答。

"天哪，多么迷人的爱情小说啊！"说着，塔姬扬娜·伊万诺夫娜高兴得拍起手来，"听我说，娜斯佳，听我说，我的安琪儿：所有这些男人，没有一个例外，个个都是负心的恶魔，不值得我们去爱。不过，他也许是男人中间最好的一个。到我这儿来，疯子！"她向舅舅喊道，并且抓起他的一只胳臂，"难道你有心上人？难道你会恋爱？瞧着我：我要看看你的眼睛；我想看一看，这双眼睛是不是在撒谎？不，不，这双眼睛没有撒谎：里边闪耀着爱情的光芒。哦，我太高兴了！娜斯简卡，我的朋友，听我说，你没有钱，我送三万给你。收下吧，看在上帝分上！我不需要，不需要；我还有很多呢。不，不，不，不！"她见娜斯佳想要谢绝，连连摇着双手喊道，"您也不许开口，叶果尔·伊里奇，这不关您的事。不，娜斯佳，我已经这样决定了——送给你，我早就想送给你，只等你的初恋来临……我要看着你们过得幸福美满。你要是不接受，就是瞧不起我；我要哭的，娜斯佳……不，不，不，不！"

塔姬扬娜·伊万诺夫娜的兴致是那样高，至少在这个时刻不可能、甚至令人不忍推却她的隆情美意。新郎新娘也不敢这样做，且等以后再说。于是塔姬扬娜·伊万诺夫娜跑去跟将军夫人、别列别里岑娜以及我们所有的人一一亲吻。巴赫切耶夫恭恭敬敬挤到她跟前，请求吻一吻她的手。

“我的姑奶奶！亲爱的小姐！请你原谅我这个傻瓜刚才的一切吧：我不了解你竟有这样一颗黄金般的好心！”

“疯子！我对你早就了解。”塔姬扬娜·伊万诺夫娜故意口齿不清地说，其实是在得意地卖俏。她用一只手套打了一下斯杰潘·阿列克塞伊奇的鼻子，旋即像一阵轻风飘然离开了他，华丽的衣裳从他身旁一擦而过。胖子恭敬地退到一旁。

“好一位贤德的小姐！”他感叹地说，“告诉您，那德国人的鼻子已经粘好了！”他高兴地望着我的眼睛，悄悄告诉我一个秘密。

“什么鼻子？哪一个德国人？”我诧异地问。

“就是订购的那个玩具，男的向女的行吻手礼，女的会用手绢去抹眼泪。昨天叶甫多基姆就给我修好了；刚才追那一对儿回来以后，我已派人骑马去取……很快就会取来。是件非常出色的玩意儿！”

“福马！”舅舅欣喜欲狂地叫道，“我们的幸福是你一手造成的！我能用什么来报答你呢？”

“什么也不用，上校，”福马带着酸溜溜的表情回答，“你们继续不要理我，把福马撇在一旁，自己快乐吧。”

他显然动了气，因为大家在表达欢天喜地的心情的过程中似乎把他给忘了。

“这都是太兴奋的缘故，福马！”舅舅急忙说，“老兄，我简直忘了自己在什么地方。我说，福马：我对不起你。我的全部生命和鲜血也不够补偿你受到的委屈，所以我不说话，甚至不道歉。但如果有朝一日你用得着我的脑袋、我的生命，如果需要代替你跳入万丈深渊，你只管下命令，那时你可以看到……别的我再也不说什么了，福马。”

舅舅把手一甩，以示充分认识到再也不可能添加什么更足以表达他的思想的话了。他只用一双充满感激之泪的眼睛望着福马。

“真是天使！”别列别里岑娜小姐也用尖细的声音为福马歌功颂德。

“是啊，是啊！”萨莘卡应声说，“福马·福米奇，过去我不知道您是这样一个好人，对您不大尊敬。请您原谅我，福马·福米奇，请您相信，我一定要全心全意地爱您。您要是知道我现在多么敬重您就好了。”

“对，福马！”巴赫切耶夫也接口说，“你也原谅我这个傻瓜吧！过去我不了解你，不了解！福马·福米奇，你不但有学问，而且——简直是英雄！我全家都愿为您效劳。老哥，你最好后天上我那儿去，将军夫人也去，还有新郎新娘，——干脆全家都上我那儿去！至于用什么招待你们，——我不想事先吹牛，只说一句：除了龙肝凤肉，我什么都为你们办到！我说话算数！”

在这些表白的间隙中，娜斯简卡也走到福马·福米奇跟前，没有多说什么就紧紧抱住他吻了一下。

“福马·福米奇！”她说，“您是我们的恩人；您为我们尽了那么许多心，出了那么许多力，我简直不知道用什么来报答您，只知道我要做您最体贴、最恭顺的妹妹……”

她没能把话说完：眼泪堵住了喉咙。福马在她头上吻了一下，自己的眼睛也湿润了。

“我的孩子们，我心爱的孩子们！”他说，“生活吧，像花儿一般开放吧，将来在你们幸福的时刻不要忘了一个可怜的放逐者！关于自己我不敢说：不幸也许是美德之母。这话好像是果戈理说的，这位作家思想并不深刻，但偶尔也有只言片语说得在理。遭放逐是不幸！今后我将带着我的藜杖浪迹天涯，说不定通过我的不幸我将变得更有德行！这个想法是我仅存的唯一安慰！”

“可是……你要到哪里去，福马？”舅舅大惊失色地问。

大家都吃了一惊，纷纷跑到福马跟前。

“上校，不久前您这样对待我以后，难道我还能在府上这户人家待下去？”福马问话的口吻显示了异常强烈的自尊心。

但是大家不让他说下去：众人的叫嚷淹没了他的话音。大家把他按在圈椅里，向他恳求、哭泣，不一而足。当然，他压根儿就没打算离开“这户人家”，刚才没打算这样做，昨天没打算这样做，那一次他在菜园里刨地的时候也没打算这样做。他知道，这一回此地的人会出于至诚阻止他，挽留他，特别在这个时候，因为他已造成皆大欢喜的局面，大家重又相信他，愿意把他抱起来并引以为光荣和幸福。但是，不多久以前他给雷雨吓破了胆狼狈归来一节，却在某种程度上刺激着他的傲气，怂恿着他再扮一回英雄；主要是眼前有绝好的机会拿拿架子，乐得大言不惭，把自己着意描绘、粉饰、吹嘘一番，在这样的诱惑面前无论如何抵挡不住。他也没有抵挡；他挣扎着要人家放他走，要求把藜杖还给他，恳求还他自由，任他天涯飘零，四海为家；说他在“这户人家”受够了凌辱和毒打，他这次回来是为了让大家得到幸福，他自己怎能再待在“这户恩将仇报的人家，吃这里的油水虽足、但佐料却是一顿打的菜汤”？最后，他总算不再挣扎。他重又被按在圈椅里坐下，但他的话依然滔滔不绝。

“难道我在这里不受人欺负？”他大声叫嚷，“难道我在这里不遭人白眼？难道您，上校，难道您本人没有像街上的无知顽童那样每小时都对我做轻蔑的下流手势？是的，上校！我打这样的比方，因为您即使形式上没有这样做，精神上还是做了；而精神上的蔑视在某些情况下比形诸手势的蔑视侮辱性更厉害。至于殴打就不必说了……”

“福马，福马！”舅舅急得直叫，“不要再提过去的事来折磨我了！我已经对你说过，我用全部鲜血也不够洗刷使你受到的委屈。希望你宽宏大量！忘掉一切，宽恕一切，留在这里欣赏我们的幸福！欣赏你种的果实，福马！……”

“……我想把我的爱加于人，”福马激昂地说，“可是不给我人，不让我爱，把人从我身边夺走！给我，把人给我，让我可以爱他！这个人在哪里？这个人躲到什么地方去了？我像打着灯笼的第奥根尼[①]那样一生都在找他，可始终没有找到；在我找到这个人之前，我无法爱任何人。那个使我跟人类过不去的人太缺德了！我大声疾呼：给我一个人，让我爱他；可是塞给我的却是法拉莱！我会爱法拉莱吗？我愿意爱法拉莱吗？说到底，纵使我愿意，我能爱法拉莱吗？不能；为什么不能？因为他是法拉莱。为什么我不爱人类？因为世上所有的人都是法拉莱，或者像法拉莱！我不要法拉莱，我恨法拉莱，我唾弃法拉莱，我要踩死法拉莱，如果有必要选择的话，我宁可爱魔王，也不愿爱法拉莱！过来，到这儿来，老是折磨我的小冤家，你过来呀！”他突然向法拉莱叫道，其时法拉莱正极其天真地踮着脚从围住福马·福米奇的人圈子外面朝里边张望，“到这儿来！上校，我要向您证明，”福马用一只手把吓得晕头转向的法拉莱往身边拉，一边喊道，“我要向您证明，我所说的关于老是遭到嘲弄和轻蔑的话确有道理！你说，法拉莱，你老实说：昨天夜里你梦见什么来着？您瞧瞧，上校，您瞧瞧您结出的果实！说吧，法拉莱，说呀！”

可怜的少年吓得浑身发抖，用绝望的眼光向周围寻找，指望有人能救他；但是，所有的人都栗栗自危、胆战心惊地等着听他如何回答。

---

① 锡诺帕的第奥根尼（约公元前404—约公元前323），古希腊犬儒学派哲学家。传说有一次他白天打着灯笼来到雅典街头，人家问他在找什么，他回答说：“我在找人。”

“说呀，法拉莱，我等着！”

法拉莱没有回答，只是把脸皱拢来，把嘴拉长，像一头小牛似的哭了起来。

“上校！您看到这股犟劲了没有？这难道是天生的吗？我最后一次问你，法拉莱，快说：昨夜你梦见了什么？’

“梦见……”

“你就说梦见了我。”巴赫切耶夫在一旁提示。

“说梦见了您做的好事！”叶若维金附在他另一只耳朵旁边提示。

法拉莱只是四顾张望。

“梦见……梦见您做的好……梦见了一条白公牛！”他终于迸出牛叫似的哀叹，接着就哗哗地淌下伤心的眼泪。

在场的人一致惊呼“啊！”的一声。但福马·福米奇正处在不寻常地宽宏大度的劲头上。

“我至少认为你是心口一致的，法拉莱，”他说，“而在别人身上却看不到这种心口一致。让上帝保佑你吧！如果你在别人教唆下故意用这个梦来刺激我，那么，上帝自会让你和教唆你的人得到报应。如果不是这样，那么，我器重你的真诚，因为从你这样一个微贱小人身上我也习惯于辨认上帝的形相……我宽恕你，法拉莱！我的孩子们，拥抱我吧，我不走了！……”

“不走了！”在场的人齐声欢呼。

“我不走了，并且不咎既往。上校，赏块糖给法拉莱：叫他不要在这皆大欢喜的日子里哭哭啼啼。”

不言而喻，这样的宽宏大度一致认为是了不起的。这样体恤他人，在这样的时刻，而且——对象是谁？法拉莱！舅舅连忙去执行赏糖的命令。几乎在这同时，也不知从哪儿来的 普拉斯珂维雅·伊里尼奇娜手中出现了一只银质的糖缸。舅舅用颤巍巍的手从缸子里取了两块，接着再加一块，后来又掉了，最后，他眼看自己激动得什么也做不成了，便大声说：

“嗳！看在今天这样的好日子分上！给你，法拉莱！”说着，把一缸糖全部倒在他怀里。

“这是因为你心口一致给你的赏赐。”舅舅临了添上一句作为训示。

“柯罗夫金先生到。”蓦地出现在门口的维多普里亚索夫前来通报。

这个消息引起了一阵小小的慌乱。柯罗夫金来得显然不是时候。大家用疑问的目光望着舅舅。

“柯罗夫金！”舅舅开始有些手忙脚乱地大声说，“哦，当然，我欢迎……”他胆怯地看看福马的脸色补充道，“不过，说真的，现在，在这个时候，请他进来我不知道是不是合适。你看怎样，福马？”

“没什么，没什么！”福马以谅解的口吻说，“请柯罗夫金也来分享一下大家的幸福。”

总之，福马·福米奇此时跟天使一般好说话。

“我斗胆禀报，”维多普里亚索夫说，“柯罗夫金的状态不太正常。”

“不太正常？怎么回事？你胡说些什么？”舅舅叫道。

“确实如此：神志不大清醒……”

但舅舅还来不及开口，来不及红脸，来不及吓慌，来不及窘得无地自容，谜底已经揭晓。柯罗夫金本人已经出现在门口，他一手推开维多普里亚索夫，来到惊讶不置的众人面前。这是一位身材并不高大、但矮壮结实的先生，四十来岁，略有几分花白的黑发剪成一个平头，一张通红的圆脸上两只小眼睛布满血丝，一个毡料的高领结用别针从后面扣住，一件燕尾服破烂不堪，粘着许多绒毛和干草，腋下裂着老大的口子，下身穿一条不可思议的裤子[①]，一顶沾满油污的制服帽拿在他伸得远远的手里。这位先生完全喝醉了。他走到房间中央止步，身子晃晃悠悠，鼻子往前一拱一撞，似在作醉后的沉思；然后慢慢地咧嘴绽开笑容。

“对不起，诸位，”他说，“我……来了点儿……（他用指头在领子上弹了一下）这玩意儿！”

将军夫人立刻摆出自尊心受到伤害的架势。福马坐在圈椅里用嘲弄的目光打量这位怪客。巴赫切耶夫困惑地望着他，不过困惑中流露出一些同情。舅舅则窘得难以想象；他整个心灵都为柯罗夫金感到难过。

“柯罗夫金！”他正欲开口，“听我说！”

“等一下[②]，”柯罗夫金把他的话打断，“请允许自我介绍：敝人是自然之子……可是，我看到了什么？这里有女士们……混蛋，你为什么不告诉我，你这里有女士们？”他面带狡猾的笑容望着舅舅插入这一段话，“没关系？别难为情！……我跟女士们也来见一见面……可爱的女士们！”他勉强转动舌头开始说，而舌头几乎在每一个字上打结，“在你们面前的是一个不幸的人，这个人……如此等等……底下的说不全了……乐师们！来一支波尔卡！”

“您要不要睡一觉？”米津奇可夫若无其事地走到柯罗夫金跟前问道。

“睡一觉？您这话有没有侮辱的意思？”

---

① 原文为法语。
② 原文为法语。

"一点也没有。要知道，赶路以后睡一觉有好处……"

"胡说！"柯罗夫金怒冲冲答道，"你以为我醉了吗？——半点也没醉……不过，你们这儿在什么地方睡觉？"

"走，我这就带您去。"

"去哪儿？草棚？不，老弟，你蒙不了我！我曾经在那边过夜……不过，你带路吧……跟好人一起为什么不去？……枕头不要；军人不需要枕头……老弟，你给我去弄……弄一张榻……对了，听我说，"他停下来又说，"你，我看你是个热心人；你给我去弄……那个……你明白吗？给我弄一点儿罗米欧，只要压死一只苍蝇[1]……单单为了压死一只苍蝇，也就是说，来一小杯。"

"好，好！"米津奇可夫答道。

"好……你稍等一下，得告别一下……再见吧！太太们和小姐们！[2]……你们，可以说，刺透了……反正无所谓！以后再解释吧……不过，但等……一开始，或者甚至在开始前五分钟……就叫醒我……我不来不要开始！听见没有？不要开始！……"

于是，这位快乐的先生跟随米津奇可夫走了。

大家都不作声。困惑的状态还在继续中。最后，福马开始先是无声地暗笑，渐渐地声音愈来愈响，竟变成哈哈大笑。将军夫人见状也乐了，虽然她脸上仍保留着自尊心受到伤害的表情。不由自主的笑声开始从四面扬起。舅舅站着发了呆，脸红得几乎要掉眼泪，半晌说不出一句话来。

"上帝啊！"他终于说，"谁料得到呢？不过……任何人都可能发生这种情况。福马，你可以相信我，这是一位极其诚实、极其高尚、

---

① 柯罗夫金要的是"朗姆酒"（或译"罗姆酒"），结果错说成"罗米欧"。"压死一只苍蝇"在俄语中是"喝酒"的代用俚语。

② 原文为夹有俄语的法语。

甚至非常博学的人。福马……你一定能看出来！……”

“我看得出来，看得出来，”福马笑得上气不接下气地答道，“非常博学，确实博学！”

“他谈起铁路来可精彩哩！”叶若维金压低嗓门说道。

“福马！……”舅舅才叫了一声，可是哄堂大笑淹没了他的话。福马·福米奇笑得不亦乐乎。见此情景，舅舅也笑了。

“还有什么可说的！”他兴致勃勃地说，“你真宽宏大量，福马，你的心胸实在伟大：你促成了我的幸福……你又原谅了柯罗夫金。”

只有娜斯简卡一人不笑。她用一双充满爱情的眼睛望着自己的未婚夫，似乎想说：

“你真是太可爱、太善良、太高尚了，我是多么爱你啊！”

六 结尾

福马这一回大获全胜，而且是不可动摇的了。的确，要是没有他，什么问题也得不到妥善解决，这一既成事实排除了一切怀疑和异议。受惠者感激不尽。我曾试图就福马怎样会同意他们结婚的前后过程略略作一些暗示，可是舅舅和娜斯简卡连连摇手，听也不要听。萨莘卡大叫：“福马·福米奇就是好，就是好；我要给他把枕头添上绒绣！”甚至还羞我，说我心肠硬。新近改变信仰的斯杰潘·阿列克塞伊奇恐怕会把我掐死，如果我敢当他的面说什么对福马·福米奇不恭敬的话。他现在像一条狗那样追随着福马，诚惶诚恐地望着福马，福马每说一句话，他总要作这样的补充：“你是个最高尚的人，福马！你是个有学问的人，福马！”至于叶若维金，更是喜不自胜。老头儿很早以前就看出娜斯简卡把叶果尔·伊里奇迷昏了头，从那时起不论醒着还是梦中都一心想把女儿嫁给他。后来出现了波折，他仍抱着希望，不肯死心，直到不能不死心的时候才放弃这个希望。现在福马扭转了乾坤。不言而喻，老头儿虽然欢喜，他对福马·福米奇还是看透的；总之，很清楚，福马·福米奇已永远入主这户人家，他的专横跋扈今后将永无止境。大家知道，即使是脾气最坏、最任性的人，在他们的愿望得到满足以后，至少暂时会有所收敛。福马·福米奇恰恰相反，他在得逞的时候似乎变得更加荒乎其唐，更加趾高气扬。将进晚餐之前，他更衣换装已毕，在圈椅里坐下，把舅舅叫来，当着全家人对他进行又一次说教。

"上校！"他开言道，"您即将正式结婚。您可懂得做丈夫的义务……"

如此等等，如此等等；您可以把这番说教想象成同《争鸣报》开本差不多的十页满纸荒唐话的最低级的报纸，其中根本不谈义务和责任，只有对他——福马·福米奇——自己最无耻的吹嘘，吹嘘他如何智慧超群、逆来顺受、宽宏大度、胆略过人和正直无私。大家都饿了；大家都想吃晚饭；但是，尽管如此，谁也不敢违拗，人人都诚惶诚恐地把这番胡说八道恭听到底；连巴赫切耶夫也正襟危坐不敢动弹，尽管他的食欲在忍受痛苦的煎熬。最后，福马·福米奇对自己汪洋恣肆的口才算是满意了，这才变得兴致勃勃，甚至在席间喝得相当不少，举杯发表了好多与众不同的祝酒辞。他开始说俏皮话，开玩笑，不用说是拿新郎新娘开心。在座的人都哈哈大笑，拍手喝彩。但有若干笑话猥亵、露骨到了连巴赫切耶夫也难为情的程度。后来，娜斯简卡终于从餐桌旁离座逃跑。这使福马·福米奇乐不可支；但他随即有所觉察，便用简短而有力的几句话把娜斯简卡的美德描述了一番，并提议为不在场的新娘的健康干杯。一分钟前还窘得痛苦非凡的舅舅，现在直想跟福马·福米奇拥抱。新郎新娘互相之间以及面对自己的幸福都有点不好意思；我注意到，自从接受祝福以来，他们还没有交谈过一句话，甚至像在竭力避免去看对方。席散以后，舅舅忽然不知溜到什么地方去了。我踱步到露台上去找他。屋内，福马坐在圈椅里一边喝咖啡，一边借着酒意大吹法螺。他身旁只有叶若维金、巴赫切耶夫和米津奇可夫。我站在外面听了一会。

“为什么，”福马嚷道，“为什么我随时准备为捍卫我的信仰从容走上火堆？为什么你们没有一个人敢走上火堆？为什么，为什么？”

“福马·福米奇，因为不必要上火堆嘛！”叶若维金装蒜答道，“这又何苦呢？第一，怪疼的；第二，烧掉以后还有什么剩下？”

“还有什么剩下？高尚的灰会剩下来。不过，你哪能理解，哪能认识我的价值呵！对于你们来说，除了恺撒、马其顿王亚历山大之流，就没有伟人了！可是你的恺撒做了什么呢？给谁带来了幸福？被你捧上了天的马其顿王亚历山大又做了什么呢？征服了整个地球？你只要给我同样布成方阵的一支军队，我也能征服，你也能征服，他也能征服……但他却杀死了贤良的克立图斯[1]，我可没有杀死过贤良的克立图斯……乳臭小儿！王八羔子！应该用树条抽他，而不应该在世界史上颂扬他……对恺撒也是一样！”

“您就饶了恺撒吧，福马·福米奇。”

“我不饶恕笨蛋！”福马喊道。

“对，就是不饶！”斯杰潘·阿列克塞伊奇劲头十足地附和着，他也醉了，“就是不能饶恕他们；他们全是些跳梁小丑，只想用一条腿打转！这班香肠贩子！前不久有一个家伙想设立什么奖学金。奖学金是啥玩意儿？鬼知道是什么意思！我敢打赌，准是一个新的坏主意！而那个家伙，我是说另一个家伙，刚才在上等人中间醉得两腿尽

---

① 克立图斯（？—约公元前328），马其顿一将军，亚历山大之友，曾救过亚历山大的命。后来在一次宴会上两人发生争吵，克立图斯被亚历山大杀死。

画花押，还要喝朗姆酒！依我说，干吗不喝？你只管喝，喝，只要间隔一会儿，然后再喝……就是不能饶恕他们！全是骗子手！只是你有学问，福马！”

巴赫切耶夫一旦信服某一个人，那就全身心、无保留、不加任何批判地信服他。

我在花园里池塘边最幽静的一个地方找到了舅舅。他跟娜斯简卡在一起。娜斯简卡看见了我，刺棱一下躲进灌木丛中，好像犯了什么过错似的。舅舅春风满面地迎着我走过来；他眼睛里闪耀着狂喜的泪花。他把我两只手都抓住了握得很紧很紧。

“我的朋友！”他说，“我直到现在还不大敢相信我的幸福……娜斯佳也是一样。我们只觉得诧异，只能赞美上帝。刚才她哭了。你相信不：我到现在好像还没有清醒过来，总有些迷迷糊糊，又信，又不信！我凭什么得到这样的幸福？凭什么？我做了什么？我有什么德行？”

“要说德行的话，舅舅，您是当之无愧的，”我热情洋溢地说，“我还没有见过像您这样正直、这样可爱、这样善良的人……”

“不，谢辽查，不，这太过分了，”他好像感到惋惜地说，“糟就糟在这里：我们心情舒畅的时候是善良的（我只是指我个人），心境恶劣的时候还是少惹为妙！我刚才还跟娜斯佳谈论这一点来着。福马在我面前不知闪耀过多少次光辉，可是，说也奇怪，我大概直到今天以前对他始终不完全信服，尽管我自己一再要你相信他是个完人；甚至昨天他拒绝了那笔馈赠，我还是没有信服！我说起来也感到惭愧！回想起不久前发生的事情，我的心就会颤动！但当时我实在没法控制自己……前不久他说到娜斯佳的时候，我的心好像被什么东西咬了一口。当时我不理解，所以像一只猛虎似的跳了起来……”

“这没什么，舅舅，甚至可以说是很自然的。”

舅舅双手乱摇。

“不，不，老弟，不能这样说！道理很简单，这一切完全是我本性顽劣造成的，原因在于我是个自私透顶的淫棍，在于我毫无节制地放纵我的欲念。福马也这样讲。（这还有什么话可说？）你不知道，谢辽查，”他深有体会地说，“我曾有不知多少次表现得浮躁、无情、蛮横、傲慢，也不光是对待福马！现在这一切忽然都想起来了，我不知怎的感到很惭愧，因为我至今还没有做出一点点当得起这份幸福的好事。刚才娜斯佳也说，虽然我实在不知道她身上有什么罪过，因为她不是凡人，是天使！刚才她对我说，我们欠下了上帝一笔大得吓人的债，今后必须尽量做好人，干好事……可惜你没有听到，这番话她说得多么热情、多么感人啊！我的上帝，多好的姑娘！”

他激动得顿住了。过了一会，又继续说：

“老弟，我们决定要特别关心福马、妈妈和塔姬扬娜·伊万诺夫娜。啊，塔姬扬娜·伊万诺夫娜！多么高尚的人哪！哦，我对不起所有的人！我也对不起你……往后要是有人胆敢欺侮塔姬扬娜·伊万诺夫娜，哦！那时……这就不必说了！……还应当为米津奇可夫做点儿什么。”

“是的，舅舅，我现在改变了我对塔姬扬娜·伊万诺夫娜的看法。对她不能不表示尊敬和同情。”

“说得对，说得对！”舅舅怀着炽热的感情应道，“不能不尊敬！就拿柯罗夫金来说吧，你一定会笑他，”他不好意思地看了看我的脸色说，“刚才我们大家都笑他。其实，这也许是极不应该的……要知道，他也许是一个极其出色、极其善良的人，可是遭遇……遭遇却非常不幸……你不会相信的，可情况也许正是这样。”

“不，舅舅；为什么不相信呢？”

于是，我也怀着炽热的感情开始说，哪怕是最堕落的人身上也可能还保留着最高尚的人性；我说，人的心灵是深不可测的；我说，不能对堕落者袖手鄙视，相反，应当发掘和恢复他们身上好的品质；我说，一般通用的善恶尺度和道德标准往往靠不住，等等，等等，——总之，我的激情到了白热化的程度，甚至谈到自然派[①]；临了我念了一首诗：

从谬误的蒙昧中……[②]

舅舅高兴得不得了。

“我的朋友，我的朋友！”他深受感动地说，“你对我太了解啦，你把我自己想表达的意思比我表达得更好。对，正是这样！我的天！人为什么要狠心哪？做善良的人心情是这样快乐、舒泰，我为什么常常要狠心呢？刚才娜斯佳也是这样说的……你瞧，这地方多可爱！”他说着向四周环顾，“风景多好！画面多美！瞧这树！有一人合抱那么粗！瞧这汁水，这叶片！瞧这落日！雷雨过后一下子什么都显得精神饱满，冲洗得干干净净！……不由得令人产生这样的想法：树也有悟性，也有感觉，也能享受生的乐趣……难道不是吗？你说呢？”

“很可能是这样，舅舅。当然是通过特殊的方式……”

“对，当然是通过特殊的方式……神奇的造物主，太神奇了！……你对这个花园应当记得很清楚，谢辽查：你小时候不是常在这儿奔跑、玩耍的吗！我还记得你小时候的模样，”他望着我说，那种眷恋和幸福的表情是难以表述的，“只有池塘边不许你一个人来。还记得吗，一天傍晚，我那死去的卡嘉把你叫到身边来亲你……

---

① 十九世纪四十年代俄国文学中现实主义潮流的最初名称。它的奠基者和最重要的代表是果戈理。

② 俄国诗人涅克拉索夫（1821—1878）所作一首诗的开头一行。

在这以前，你一直在花园里奔跑，脸热得红喷喷；当时你的头发卷曲成金黄色的一圈一圈……她抚弄着你的鬈发，说：‘你让这孤儿住到我们家来做得很好。’你记得不记得？”

“有点儿记得，舅舅。”

“那还是傍晚时分，夕阳照在你们俩身上，我坐在角落里吸烟斗，一边望着你们……谢辽查，我每个月都要进城去看看她的坟墓，”他压低了嗓门添上这一句，从发抖的声音可以感到他强忍着眼泪，“刚才我跟娜斯佳谈了这件事；她说，以后我们俩一起去……”

舅舅竭力克制激动的心情沉默下来。

这时，维多普里亚索夫走到我们这边来。

“维多普里亚索夫！”舅舅吃了一惊喊道，“是福马·福米奇差你来的吗？”

“不，我主要是为自己的事。”

“啊，那好极了！可以了解一下柯罗夫金的情况。刚才我就想问……谢辽查，我吩咐他在那边看守柯罗夫金。怎么回事，维多普里亚索夫？”

“小的斗胆禀报，”维多普里亚索夫说，“您昨天提到了我的请求，答应由您老人家开恩，保护我免得天天受委屈。”

“难道你又是为了改姓的事？”舅舅吓得失声叫了起来。

“有什么办法呢？我无时无刻不受委屈……”

“唉，维多普里亚索夫，维多普里亚索夫！叫我把你怎么处呵？”舅舅沮丧地说，“你又受到什么委屈啦？照这样下去，你非发疯不可，会在疯人院里结束你的一生！”

“看来，我凭我的智慧……”维多普里亚索夫正欲开口。

“得了，得了，”舅舅打断了他的话，“老弟，我说这话不是惹你动气，是为你好。你到底受什么委屈啦？我敢打赌，准是鸡毛蒜皮的小事！”

“老缠着我不放。”

“谁？”

“所有的人，主要是玛特辽娜。她害得我没有安宁日子过。众所周知，好多出类拔萃的人，凡是从小见过我的，都说我十分像外国人，主要是五官长得像。这有什么不好呢，老爷？可是为了这一点，现在我简直寸步难行。我只要在哪儿经过，人人都在我后面骂各种难听的话；连小孩子也骂，首先得用树条抽他们……刚才我上这儿来的时候，也有人骂……实在受不了。老爷，您开开恩保护我吧！”

“唉，维多普里亚索夫！……那么，他们究竟骂些什么呢？八成是压根儿不值得理会的蠢话。”

“说出来有伤大雅。”

“到底是什么呢？”

“说出来太污耳。”

“你就说吧！”

“假荷兰鬼子真不知寒伧，装腔作势像吃了酸橙。”

“去你的！我还以为不知多么要不得哩！你别理他们，啐一口唾沫打旁边经过，不就完了？！”

“我啐了唾沫，可是骂得更凶。”

“听我说，舅舅，”我说，“他不是抱怨在这个宅院里日子没法过吗？你不妨打发他到莫斯科那个书法家那里去待一个时期。据您说，以前他在一个什么书法家那里待过。”

“你不知道，老弟，那个人的下场也很惨！”

“怎么？”

“很不幸，”维多普里亚索夫回答说，“他把别人的财产据为己有，为此，尽管他有这样的天才，还是被关进监牢，结果死在那里。”

“好吧，好吧，维多普里亚索夫，你先别着急，我调查清楚再妥善解决，”舅舅说，“我答应你一定妥善解决！柯罗夫金怎么样？睡着了？”

“完全不是这样，他刚才已经坐车走了。我正是来向您报告这件事。”

“走了？你说什么？你怎么能放他走呢？”舅舅急得直叫。

“因为我的心肠软；看着他我心里老大不忍。他醒来以后，回想起前前后后的经过情形，立刻猛击自己的脑袋，没命地叫喊……”

“没命地叫喊！……”

“用比较文雅的说法是：发出各种各样的哀号。他喊道：往后怎么有脸去见女士们？接着又说：‘我不配列入人类！’还说了好多这样动人心弦、结构新颖的话。”

“他是个极其知趣的人！我对你说过，谢尔盖……可是，维多普里亚索夫，我吩咐你看守他，你怎么能放他走呢？啊，我的天哪，我的天！”

“主要是于心不忍。他要我别说。他的车夫把马喂饱后套上了车。他要我转告，对于三天前您借给他的那笔款子，他谨表谢忱，并说等最近某一班邮车来一定把款子寄还。”

“什么款子，舅舅？”

“他说二十五个银卢布。”维多普里亚索夫说。

“老弟，这是有一次在驿站上我借给他的：他一时手头短缺。毫无疑问，他一定交第一班邮车捎来……啊，我的上帝，太遗憾了！你看要不要派人追上去，谢辽查？”

“不，舅舅，还是不要追的好。”

“我自己也这样想。谢辽查，我当然不是哲学家，但我认为，每个人身上善良的本性总比表面上看来要多些。柯罗夫金也是这样：他毕竟羞愧难当……好了，现在到福马那里去吧！我们耽搁很久了；他也许会动气，怪我们忘恩负义，不关心他……走吧！唉，柯罗夫金，柯罗夫金！”

小说到此结束。有情人终成眷属，守护天使通过福马·福米奇这个化身无疑已在宅院中取得主宰地位。本来还可以铺陈许许多多情节；但这些情节实质上现在已完全是多余的了。至少愚见如此。为了取代情节的赘述，我只用三言两语表一表这个故事中各位人物此后的命运；否则，众所周知，任何一部小说都结束不了，这甚至有明文规定。

“得福者”的婚礼在我所描写的事件发生了六个星期以后举行。仪式简单朴素，不事铺张，也不请过多的宾客，主要是家庭成员参加。我充当娜斯简卡的傧相，米津奇可夫则是舅舅的傧相[①]。不过，宾客也有一些。但第一号最主要的人物自然是福马·福米奇。大家都奉承他，捧他。但不知怎么搞的，有一次敬香槟酒时竟把他漏了。随即掀起一场轩然大波，反正免不了呵责和哭闹。福马跑到自己房间里去把门锁上，叫嚷说人家瞧不起他，说现在家里来了“新人”，因此他没人理睬，变成了非扔掉不可的烂木块。舅舅急得像热锅上的蚂蚁；娜斯简卡只会哭；将军夫人照例发生惊厥……婚礼宴变得像葬礼宴。我那可怜的舅舅和可怜的娜斯简卡命中注定得跟他们的恩人福马·福米奇这样共处整整七年。福马·福米奇直到死去为止（他是去年死的）老是无病呻吟，装腔作势，不是生气，便是骂人，但“得福者”对他的敬畏非但没有稍减，反而同他的任性胡闹成正比与日俱

① 傧相要在举行婚礼时把花冠举持在新郎新娘头上，通常由两名未婚男子充任。

增。叶果尔·伊里奇和娜斯简卡相处得如此幸福，甚至为此提心吊胆，认为上帝给他们的赏赐太多了，他们不配享受这样的恩典，认为将来他们可能不得不背十字架和忍受磨难为自己的幸福付出代价。不消说，福马·福米奇在这户百依百顺的人家可以为所欲为。这七年里头他闹了多少花样呵！甚至无法想象，在饱食终日、无所事事之余，他在别出心裁地作威作福方面有时竟达到何等刁钻促狭的程度。舅舅续弦之后过了三年，老太太去世。失去亲人的福马悲痛欲绝。直到现在，舅舅家里的人谈起福马当时的情况还心有余悸。在给墓穴盖土的时候，福马挣扎着拼命往坟里跳，嚷着要求把他也埋在里边。足足有一个月，人们不敢给他刀叉；有一回，四个人好不容易才把他的口扳开，取出他想吞下的一枚别针。目击这次生死搏斗的一个旁观者说，福马·福米奇在这段时间内尽可把这枚别针吞下一千次，然而他没有吞下。但听了这种说法，人人都感到极大的愤慨，立即痛斥说这话的人没有心肝，不识进退。只有娜斯简卡保持缄默，微微一笑，而舅舅则略带不安地向她瞧了一眼。应当指出，一般说来，福马在舅舅家中虽然照旧胡闹，照旧任性，但像过去那样专横跋扈地教训舅舅的现象已经没有了。福马还是经常抱怨、哭泣、指责、奚落，但已经不像从前那样骂人，没有再演“将军大人”那样的把戏，——看来这是娜斯简卡使然。她几乎在不知不觉中迫使福马作出某些让步，服从某些安排。她不愿眼看丈夫受辱，并坚持实现自己的愿望。福马清楚地看到，娜斯简卡几乎了解他是怎么个人。我说几乎，因为娜斯简卡也奉承福马，甚至每次都支持丈夫热烈赞扬那位大贤人。她要别人尊敬她丈夫身上所有的品质，所以也公开为他崇拜福马·福米奇这一点辩护。但我确信，娜斯简卡的一颗黄金般的心忘却了一切旧怨；自从福马把她和舅舅结合在一起，她就宽恕了福马的所作所为，不仅如此，她好像还认真地、无保留地接受舅舅的主张，即：对这位“受尽苦难”的昔日的小丑不能过于苛求，相反，必须医治他心灵的创伤。可怜的娜斯佳自己也是受欺凌者，自己也经历过苦难，并且没有忘怀。一个月以后，福马比前安静了，甚至变得和善温顺，但另一种意想不到的毛病却发作起来：他开始陷入一种催眠状态，把所有的人都吓得魂不附体。比如，这位受难者会突然说一句什么话，甚至会出声发笑，而在刹那间愣住不动，保持的姿势正好是他毛病发作前一刹那的情状；如果他当时在笑，那么便在嘴的轮廓上保持着笑容；如果他当时拿着什么东西，比方说一把餐叉，那么餐叉便留在他悬空举起的手中。当然，手后来会放下，但福马·福米奇已毫无知觉，不记得是怎样放下的。他坐着，瞧着，甚至眏眏眼睛，但什么也不说，什么也听不见，什么也不明白。这样往往会持续整整一个小时。不用说，宅内上下无不吓得半死，连大气也不敢喘，走路踮着脚，偷偷掉眼泪。福马终于醒来时，只觉得力乏得可怕，并说在这段时间内他什么也没听见，什么也没看到。一个人居然会拿腔作势、装神弄鬼到这种程度，甘愿忍受整整几个小时的痛苦——唯一的目的是为了在事后说这么一句：“你们瞧我，我的知觉也比你们高雅！”最后，福马·福米奇痛斥舅舅“无时无刻不侮慢他”，干脆搬到巴赫切耶夫先生家去住了。斯杰潘·阿列克塞伊奇在舅舅婚后又跟福马·福米奇吵过好几次，但每次都以他向福马请求宽恕而告终，这一回他以少有的狂热劲头干了起来：他热烈欢迎福马光临，像养肥了准备宰杀那样拼命款待他，并当即决定跟舅舅彻底闹翻，甚至要告他一状。他们在某处有一小块有争议的土地，其实从来没有发生过争执，因为舅舅无须经过争执完全愿意把它让给斯杰潘·阿列克塞伊奇。巴赫切耶夫先生一句话也不说，就吩咐套车赶奔进城，在那里写好一张诉状递了上去，请求法庭把土地正式断给他，还要赔偿费用和损失，以此惩戒横暴和侵吞行为。不料福马在巴赫切耶夫先生家里第二天就待腻了，他宽恕了特来请罪的舅舅，又回到斯杰潘契科沃。巴赫切耶夫先生从城里回来，发现福马不在，气得七窍生烟；但过了三天，他又到斯杰潘契科沃哭哭啼啼向舅舅负荆请罪，并把诉状销毁。舅舅当天让他跟福马·福米奇言归于好，于是斯杰潘·阿列克塞伊奇又像一条狗那样追随着福马，照旧对他的每一句话都要添一条尾巴："你是个有智慧的人，福马！你是个有学问的人，福马！"

福马·福米奇如今已长眠在将军夫人坟旁；在他的坟上立着一块很值钱的大理石碑，上面镌刻着许多哀悼的诗句和赞颂的题辞。有时，叶果尔·伊里奇和娜斯简卡怀着虔敬的心情，散步来到教堂墓地里，向福马鞠躬致意。他们直到现在谈起福马仍不免带有一种特殊的感情；常常追忆他的每一句话，回想他过去吃什么，喜欢什么。他的遗物被当作珍宝保存起来。舅舅和娜斯佳感到失去了亲人，更加相亲相爱。上帝没有赐给他们子女；他们为此非常愁闷，但不敢口出怨言。萨莘卡早已嫁给一位出众的年轻人。伊柳沙在莫斯科上学。因此，舅舅和娜斯佳只有两个人在一起生活，所以更是形影不离。他们的互相体贴到了某种病态的程度。娜斯佳不断祈祷。万一他们某一个先死，我估计另一个连一个星期也活不到。不过，愿上帝赐他们长寿吧！他们满怀热忱接待所有的人，愿意把他们所有的一切分给任何不幸的人。娜斯佳爱读《使徒行传》，并且痛心地说，寻常的好事做得还太少，应当把一切都分给一无所有的人，即使贫穷也是幸福的。要不是为伊柳沙和萨莘卡着想，舅舅早就这样做了，因为他在一切问题上都和妻子意见一致。普拉斯珂维雅·伊里尼奇娜和他们住在一起，心甘情愿地处处使他们遂心如愿；她还在给他们管家。巴赫切耶夫先生在舅舅婚后不久就曾经向她求婚，但被她斩钉截铁地回绝了。人们由此得出她要进修道院的结论；但这也没有成为事实。普拉斯珂维雅·伊里尼奇娜的天性中有一个突出的优点：在她所爱的人面前一点也不显眼，使人几乎觉察不到她的存在，自己则望着他们的眼睛，顺从他们种种希奇古怪的意愿，跟随在他们后面，为他们效劳。如今，在将军夫人——她自己的母亲——死后，她认为有义务跟哥哥相依为命，处处让娜斯简卡称心。叶若维金老头还活着，最近去探望女儿走得愈来愈勤。起先他几乎绝足不上斯杰潘契科沃，也不让他那一窝子小东西（这是他对自己的孩子们的称呼）登门，弄得舅舅十分尴尬。舅舅再三召请对他毫无作用：他这个人与其说是傲慢，毋宁说过于知趣和多疑。他那多疑的自尊心有时达到反常的地步。想到富贵人家接待他这个穷亲戚是一种恩惠，想到自己可能讨人之嫌，他就感到万分难堪；有几次他甚至拒绝娜斯简卡的接济，只接受绝对少不了的一部分。从舅舅那里他坚决不愿接受任何馈赠。那次在花园里，娜斯简卡向我谈起她父亲的时候，说父亲扮演小丑的角色是为了她；我认为这话大错而特错。诚然，当时他极想把娜斯简卡嫁出去；但他把自己装扮成小丑纯粹出于内心宣泄积愤的需要。冷嘲热讽、尖嘴薄舌简直是他的天性，改也难。例如，他把自己扮做一个最卑躬屈膝的谄媚小人，在这同时又公然声明这是做做样子的；他的马屁拍得愈肉麻，包含其中的讽刺就愈辛辣、愈露骨。这是他的一贯作风。他所有的孩子都被送进莫斯科和彼得堡最好的学校，这也是在娜斯简卡拿出明白无误的证据之后，使他确信费用完全由娜斯简卡本人负担，即从塔姬扬娜·伊万诺夫娜赠送给她的三万卢布中开支。事实上，谁也没有从塔姬扬娜·伊万诺夫娜那里接受这三万卢布；只是免得她伤心动气，答应一旦家中有不时之需便向她告贷，才使她回心转意。实际上正是这样做的：为了做做样子，先后向她借过两笔数额相当可观的款子。但是塔姬扬娜·伊万诺夫娜三年前去世了，娜斯佳还是得到了那三万卢布。可怜的塔姬扬娜·伊万诺夫娜死得非常突然。当时全家准备到邻近一位地主家里去参加舞会，她刚穿好跳舞服装，把一顶迷人的白玫瑰花冠戴到头上，忽然感到一阵晕眩，坐到圈椅里便死了。她就戴着这顶花冠被埋入坟墓。娜斯简卡哀恸欲绝。塔姬扬娜·伊万诺夫娜在舅舅家里像小孩子一样受到无微不至的关怀。她立的遗嘱十分明智，人人叹服：除了娜斯简卡的三万以外，其余将近三十万纸卢布全部指定充作穷孤女的教育费用以及毕业后的奖金。在她亡故的那一年，别列别里岑娜小姐也嫁了人。将军夫人死后，别列别里岑娜留在舅舅家里，指望抱住塔姬扬娜·伊万诺夫娜的粗腿。彼时有个过去做官的地主死了老婆，他的庄院叫米希诺，就是我们曾在那里同奥布诺斯金母子争夺塔姬扬娜·伊万诺夫娜的小村庄。这位地主是个打官司的大王，跟前妻生了六个孩子。他估量别列别里岑娜有钱，派人来提亲，她立刻表示同意。其实别列别里岑娜一贫如洗：她总共只有三百银卢布，还是娜斯简卡送给她的陪嫁。如今这对夫妇从早到晚拌嘴吵架。妻子揪住丈夫孩子的头发凿栗暴，用指甲抓丈夫的面孔（至少人们这样说），时时刻刻以自己中校小姐的出身责骂对方。米津奇可夫也找到了安身立命的地方。他明智地放弃了寄托于塔姬扬娜·伊万诺夫娜的一切希望，开始逐步学习经营农业。舅舅把他介绍给一位富有的伯爵——这位地主在离斯杰潘契科沃八十里外拥有三千农奴的田庄，本人难得到自己庄上去。伯爵见米津奇可夫是个人才，再考虑到有人介绍，便建议他担任田庄的总管，把原先的日耳曼人总管赶走，因为此人几乎要把伯爵的财产洗劫一空，尽管日耳曼人享有诚实的美誉。五年以后，田庄的面貌已认不出来：农民富裕起来了；开辟了好多项过去不可能想象的财源；收入几乎翻了一番——总之，这位新来的总管成绩卓著，他的经营才能名震全省。可是，恰恰在五年以后，不管伯爵再三挽留，不管给他加多少薪水，米津奇可夫坚决辞去职务退休了；那时伯爵是多么惊讶和懊丧啊！伯爵以为附近的地主出高价把他挖走了，甚至被重金聘往他省。然而，辞职两个月以后，伊万·伊万诺维奇·米津奇可夫突然自己有了百来口人的一座非常出色的田庄，与伯爵的田庄相去四十里地，是米津奇可夫从他过去的朋友、一个把家产花光的骠骑兵那里买下来的；那时大家都惊呆了！他把这一百个农奴立刻抵押出去，过了一年，他在附近又添了六十个农奴。现在他本人成了地主，产业管理得井井有条，无与伦比。大家都纳闷儿：他一下子哪儿弄来的钱呢？但是，伊万·伊万诺维奇完全心安理得。他写信把妹妹从莫斯科召来——就是在他出发前往斯杰潘契科沃之时把最后三个卢布给他买了双靴子的那个妹妹，一位十分可爱的姑娘，已经过了妙龄，性情和顺、温柔，颇有教养，可是过于胆小。她曾长期飘零在莫斯科一个什么女善士身边做伴当；现在她把哥哥敬若神明，为他管理家务，把他的意志当成法律，自己十分知足。哥哥对她并不怎样体贴，可以说相当刻薄，但她并不在乎。斯杰潘契科沃的人极其喜欢她，据说，巴赫切耶夫先生对她颇有意思。他本想求婚，可是怕遭拒绝。不过，关于巴赫切耶夫先生的事，我们希望下次有机会在另一部小说里比较详细地加以叙述。

似乎所有的人物都交代了……啊！我忘了：加甫里拉老了许多，法国话已完全忘掉。法拉莱成长为一个挺不错的车夫，而可怜的维多普里亚索夫早就进了疯人院，好像已死在那里……日内我就要去斯杰潘契科沃，一定要向舅舅打听一下他的消息。

地下室手记

刘晨 译

第一部　地下室[①]

一

我是个病人……我是个恶毒的人。我这个人一无是处。我觉得我的肝在痛。不过，我对我的疾病一无所知，甚至我连我到底是哪里在痛也不敢确定。尽管我尊重医学，也尊敬医生，但是我不打算治病，也从来没治过病。我是个极度迷信的人，饶是如此，我依然尊重医学。（我受过良好的教育，本不该迷信的，但是我就是个迷信的人。）不，我是因为愤恨才不去治病。对此，您大概无法理解。但是我有我的看法。当然，我没法和您解释，在这种情况下，我的这种愤恨伤害了谁；我非常清楚，我不去医生那里看病，这无论如何都"恶心"不到他们；我非常清楚，不去看病只会损害我自己的健康，除此之外与任何人都无关。但是不管怎样，我完全是出于愤恨，才不去看病。肝脏痛了，那就让它痛得更厉害好了！

我已经这样活了很久——得有二十年了。现在我四十岁。以前我还担任职务，现在已经退职了。我是个恶毒的小官儿。我为人粗鲁，并以此为乐。虽然我没收过贿赂，但是我觉得其实我本应该收下，以此作为对自己的犒劳。（这是句糟糕的玩笑，但是我决定不把这句删掉。我写了这句话，当时觉得会引起尖锐的讽刺效果；而现在，我自己看完这句话，只看到我想无耻地故作姿态——我故意不删去！）当有人往我所坐的办公桌走过来的时候，通常他们都是来开证明的——我总是咬牙切齿地招呼他们，而且当我成功地让某人感到很不痛快的时候，我会感觉这是一种其乐无穷的享受。我几乎总是能让人不痛快。这些人中大部分都唯唯诺诺的：显而易见——他们有求于人呀。但是在那些自命不凡的人中，有一个军官最让我无法忍受。他无论如何不肯对我低头服软，还可恶地把马刀搞得叮当响。我和他之间因这把马刀而起的争斗持续了一年半。我最终还是让他服软了，他不再把马刀弄得叮当响了。不过这事已经是我年轻时候的事儿了。那么各位先生，你们知道最让我愤恨的一点是什么？这一点完全是个笑话，说起来窝囊至极，我最愤恨的就是：我一刻不停地，甚至在最恼羞成怒的时候，我心里都羞愧地意识到，我不仅仅不是个恶毒的人，甚至连个看起来恶狠狠的人都算不上，我只会无所事事地吓麻雀，并以此自娱自乐。当我唾沫横飞的时候，要是你们给我拿个娃娃过来，或者倒上一杯加了茶糖的茶，我啊，大概也就消停了。甚至在心里默默感动，为了你们的善意而对自己恨得咬牙切齿，由于羞愧而成宿睡不着觉。我就是这副脾气。

刚才我还自欺欺人，说我是个恶毒的人。这是我出于愤恨而撒谎。我不过是找点乐子，不论是对那些来开证明的人，还是对那个军官，事实上，我无论如何也成不了恶毒的人。我在心里一刻不停地意识到，在我身上有许多完全矛盾的因素。我能感觉到这些完全矛盾的因素

---

① 这份笔记的作者和“笔记”本身自然都是虚构的。然而考虑到那些影响我们社会形成的各种情况，这些虚构的人物，比如这本笔记的作者，不仅仅可能存在，甚至应该说必然存在于我们的社会中。我希望将这个普通人更清晰地展现在公众面前，他是距我们不远的时代中的典型人物。他是至今仍活在世界上的这一代人的代表。在这个名为《地下室》的章节里，这个人物以自己的视角将自己介绍给读者，以此来弄清楚一些原因，正是这些原因使他出现、也必然出现在我们周围。在随后的章节里面，才是这位仁兄真正的“笔记”，里面讲述了他生活中的一些事迹。——费奥多尔·陀思妥耶夫斯基

在不断地涌入我的身体。我知道，它们在我体内蠢蠢欲动，并且想要从我体内挣脱出来，想显露于外，但是我不让、不让、坚决不让它们显露于外。它们使我在良心上感到羞愧，它们搞得我抽搐惊厥——我终于受够了，彻底受够了！先生们，你们已经在这样以为了吧？现在我是在你们面前忏悔，我是在请求你们的原谅……我相信你们就是这样以为的……不过请你们相信我，就算你们真是这样以为的，我也无所谓……

我不仅成不了恶毒的人，甚至也没法成为任何样的人：不管是恶毒的，还是善良的；不管是下流坯，还是诚实君子；不管是英雄好汉，还是可怜虫，我都不是。现在我蜗居在我自己的角落里，不需要用招惹别人来找乐子，聪明的人不可能真的成为什么样的人，只有傻瓜才会成为某种人。没错，十九世纪的聪明人应当，而且在道德上也有义务成为几乎毫无性格的造物；那些有性格的人，那些大忙人——大多是鼠目寸光的物种。这是我四十年的信念。我现在四十岁，所以四十年——就是我的全部生命，这已经够老了。活着超过四十年就有点不体面了，甚至是不道德的！谁会活四十多年？——请您真诚地回答我。我来告诉您，谁会活那么久：只有傻瓜和恶棍。我要当面对所有老人、所有可敬的老人、所有白发苍苍的老人、所有香喷喷的老人这样说！我要告诉全世界！我有权利这么做，因为我一定要活到六十岁。活到七十岁！活到八十岁！……请稍等！让我先喘口气……

大概，先生们，你们觉得我想跟您逗乐子？那就大错特错了。我完全不是这种喜欢搞笑的人，不是你们想象的那种或者可能想象得到的那种人，不过要是您觉得这些废话让您感到有趣（而我觉得您已经感到有趣了），您大概会突然问我：我到底是谁呢？——我来回答您：我是个八品文官。我过去担任职务，好能混到口饭吃（不过仅仅为了混口饭吃），去年的时候，当我的一位远亲在遗嘱上给我留下了六千卢布之后，我立刻就辞了职，蜗居进了我的角落里。我过去也在

城市边缘

伊利亚·格拉祖诺夫 1982 年绘

И. С. Глазунов

这里住过，不过现在我在这个角落里长久地住下了。我的房子差极了，满是恶心的味道，位置在城市边缘。我的女用人是一个农村的老妇，上了年纪，又蠢又凶，不仅如此，她身上还总是散发着恶心的味道。有人跟我说，彼得堡的气候对我有害，还有人说，生活在彼得堡对我这点财产来说太奢侈了。这些我都知道，比那些经验丰富的、聪明的出谋划策者和摇头晃脑的人[①]更清楚。但是我留在了彼得堡，我绝不离开彼得堡！我所以不会离开……唉！是因为我离开也好，不离开也好——全都无所谓。

总之：一个正派的人最喜欢聊什么呢？

回答：聊自己。

那么我就来说说我自己吧。

二

各位先生，不管你们想听还是不想听，我现在都想要跟你们说说，我为什么连可怜虫都当不了。我得郑重地告诉各位，我曾不止一次想成为一个可怜虫。但是，我甚至连这也做不到。各位先生，我发誓，意识太多是一种病，一种非常有害的病。对人的日常生活来说，普通的人意识就完全足够了，也就是说，和那些我们这个不幸的十九世纪的，尤其是不幸地生活在彼得堡这座地球上最抽象的、最蓄谋已久的城市（城市也常常分为蓄谋已久和不蓄谋已久）里的上等人比起来，普通人只需要上等人的一半、四分之一，甚至更少的意识也就足

---

① 原文中的词显然是陀思妥耶夫斯基根据俗语词“点头客”（киватель）杜撰而来，这个词指那些通过点头来给某人使眼色或者打暗号的人。（参见 В.И.达利编《俄语详解词典》）——俄文版编者注（后文若无特别说明，即为译者注释）

够了。比如，那些所谓的天真汉和大忙人赖以为生的意识，对普通人来说就完全足够了。我敢打赌说，你们觉得我这么写是出于傲慢，为了讽刺打击这些大忙人，是在像我上面提到的那位军官那样用马刀搞一些烦人的动静出来。但是，先生们，谁会因为自己的病而洋洋得意，还以此自傲呢？

言归正传，我到底怎么了？生病也好，自傲也好，这是人人都免不了的，而我，这么说吧，我比所有人都严重。我不打算和你们争论，我用来反驳的论据可谓荒谬。但是无论如何，我都坚信，不只是太多的意识，甚至是任何意识都是病。我对此坚信不疑。这一点我们稍后再说。你们问我：为什么总发生这样的事，好像故意似的，正是在，是的，正是在我本可以领悟我们常说的“所有美好与崇高”[①]的全部奥秘的时候，偏巧这时我没去领悟，而是去做那些丑事，那些……好吧，总而言之，就是那些人人都会做的事，可是轮到我不得不做这些事了，简直像故意似的，偏偏是我清楚地意识到这些事完全不应该做的时候。我越是理解善、理解所有这些“美好与崇高”的东西，我就越深地陷入我的泥沼之中，也越有可能被这泥沼完全淹没。而最重要的特点在于，这一切发生在我身上似乎不是偶然的，而是本该如此。就好像这样对我来说才是的正常状态，而绝不是生病，也绝不是中邪，于是到了最后，我连抵抗中邪的意愿都消耗殆尽了。结果就是，我几乎相信（很有可能实际上我已经相信了）这可能就是我的正常状态。要是从头开始、从最开始算起，我在这场斗争中受了多少折磨啊！我不相信还有别人身上也会发生这样的事，因此我将其当做

① “美好与崇高”——出自18世纪的美学论著（如伯克的《关于我们崇高与美观念之根源的哲学讨论》、康德的《论优美感和崇高感》《判断力批判》）中的“美好与崇高”概念。在19世纪40到60年代俄罗斯批评界重新评价了美学中的“纯”艺术之后，这个概念开始具有讽刺意味。——俄文版编者注

秘密埋藏在心底。我曾感到羞愧（甚至现在可能也还觉得羞愧），我常常到了这样的地步：通常是在某个可恶至极的、彼得堡的夜里，我回到了自己的角落，并强烈地意识到今天又干了下流的勾当，还是那种无论如何也无法弥补的下流勾当，这时我往往就会感受某种隐秘的、不正常的、下流的小得意，为此又背地里偷偷地啃咬，用牙齿啃咬自己，反复责骂、羞辱自己，直到痛苦终于变成了某种可耻的、该死的甜蜜，最终——变成了显而易见的、正儿八经的愉悦。是的，成了愉悦、成了愉悦！我对此坚信不疑。因此我才说：我想知道还有别的人身上也有这种愉悦吗？我要给你们解释一下：这愉悦正是来自对自己所受屈辱的太过鲜明的意识，因此自己已经感觉到走入了绝境；因此尽管很厌恶这样，可也别无他法；因此已经毫无出路，因为早已成不了另一种人了；因此即使身上还有时间和信念来变成另一个人，大概自己也不想去改变了，而是情愿什么也不做，因为真的去改变了，实际上，最后大概也只能变成什么都不是。最后，也是重中之重，这一切的出现都符合被强化的意识的正常且基本的规律，也符合由这些规律直接导致的习惯，因此不仅你不会改头换面，而且对此你简直毫无办法。这就导致，比如说，由于这种被强化的意识：没错，一个下三滥，假如他自己已经感觉到自己确确实实是个下三滥，对下三滥而言这却成了一种慰藉。不过，够了……唉，一派胡言，这解释了什么？什么东西又能来解释这种愉悦呢？但是我自己明白！我绝不善罢甘休！我就是为此才拿起笔来……

比如，我极度自爱。我像驼子或者侏儒一样多疑且易怒，但是，实际上，我却经常有这样的光景，我被抽了耳光，而我，大概还要为此高兴。我很严肃地跟您讲：大概，我能找到某种愉悦，而且这种愉悦，大概是一种绝望的愉悦，但是在绝望中经常会有最强烈的愉悦，尤其是当你已经非常清楚地意识到自己走投无路之时。而这时再来一记耳光——是的，这时简直就是戳到了一种意识，意识到别人已经把你榨成了某种油膏。最重要的是，不管我怎么给自己找借口，最后的结果总是如此，我总是在所有方面都成了罪魁祸首，而且让我尤其委屈的是，这是一种无罪之罪，或者，这么说吧，我的罪是根据自然规律被赋予的。我有罪首先是因为我比我周围的人都聪明。（我总是觉得我比我周围的人都聪明，难以置信吧，我时不时还会因此而感到不好意思。起码来说，我一辈子都无法直视人们的眼睛，而总是看向别处。）我有罪最后还因为，假使我身上有宽宏大量这种品质，那么对我来说我的宽宏大量徒劳无益，这种意识则比一切都更让我备受折磨。我这高风亮节实在是毫无用处：无法宽恕，欺辱我的人打我，可能是受自然规律的役使，自然规律是无法宽恕的；无法遗忘，因为就算是自然规律，总也使人感到受了屈辱。结果，即使我希望当一个完全不宽宏大量的人，而且相反，我要向欺辱我的人报复，可是我却无法为任何事向任何人进行报复，因为我即使可以报复，我也无法下定决心做点什么。因为什么才无法下定决心呢？对此我要再着重讲几句。

三

在那些能够为自己报仇雪恨、能为自己挺身而出的人身上，比如说，会发生什么呢？毕竟他们被控制住了，假定是被报仇的情绪控制住了，以至于在这个时候除了这种情绪之外，他们所有的一切都不存在了。这位先生就这么直奔主题，像已经把角向下抵着的、发了疯的公牛，除非撞到墙上，否则绝不会停下来。（顺带说一句：真到了墙边的时候，这些先生，也就是这些天真汉和大忙人，就会真心实意地服输了。对他们来说，墙——不是边界，不像，比如说，不像对我们这些会思考的，但也因此一事无成的人来说的那样；也不是走回头路的借口，一般来说我们的仁兄们自己都不相信这些借口，但总是为有这些借口而感到高兴。不，他们是诚心实意地服输了。墙对他们来说，是某种能安神的、道德意义上具有许可作用的、具有终极意义的东西，甚至是某种神秘主义的东西……不过关于墙稍后再接着说。）嗯，这些天真汉，我认为他们才是真正的、正常的人，这样的人才是我们温柔的母亲——大自然亲切地把他降生到大地上之后想看到的。我极度地艳羡他们。他愚蠢，关于这一点我不跟您争论，大概正常人本来就是愚蠢的，您又怎么能知道呢？或许，这甚至是很美好的。而我更相信一种不好的，这么说吧，不好的猜想，比如说，一个正常人的对立面，也就是说，一个意识非常强的、优秀的人，当然他并非成长于大自然的怀抱，而是从试管中长大（这似乎已经是神秘主义了，先生们，但是这是我的猜想），当这个试管人有的时候向自己的对立面屈服，那么他就会用自己那强烈的意识认真地把自己看成一只老鼠，而不是看做一个人。就算这是一只具有极强意识的老鼠，但总归是老鼠，而这个人因此就……如此等等。但最重要的，他自己，自己认为自己是一只老鼠，没有任何人要他这么做，这一点是最重要的。现在我们来看看这只老鼠的行为。举例来说，假如老鼠也被欺辱了（而老鼠几乎一直被欺辱），并且也想复仇。在它身上积累的这种愤恨甚至比在一个秉持自然和真理的人[①]身上要更多。把这种愤恨报复给欺负自己的人这一可恶的、卑劣的愿望，在它心里要比在一个秉持自然和真理的人的心里撕扯得更加强烈，因为一个秉持自然和真理的人出于自己与生俱来的蠢笨，认为这种复仇无非是要讨回公道，而

---

① 原文为法语。下同。陀思妥耶夫斯基在这里引用了对卢梭个人品质的概括性描述，陀思妥耶夫斯基曾在《冬天记的夏天印象》中使用，大概是模仿海涅对于表述和卢梭的关系时所举的例子。——俄文版编者注

老鼠，由于自己强烈的意识，却极力否认这种公道。等到了事情的终了，到了要复仇的时候，不幸的老鼠除了用那最初的卑劣之外，又用许多问题和怀疑组成的许多卑劣包围了自己，许多无法解决的问题都被它归结到一个问题上，那就是它的周围不受控制地聚集了某种致命的流言蜚语、某种恶臭的污秽，这污秽充斥着它的怀疑和激动，还有那些大忙人喷向它的唾沫，这些大忙人庄严地站在它面前，俨然是法官、是独裁者，冲它声嘶力竭地哈哈大笑。结果，它不得不倒换着自己的爪子，并且带着装出来的、自己都不相信的轻蔑微笑，可耻地溜回自己的地缝里去了。在自己那糟糕的、臭烘烘的地下室里，我们这只受了委屈的、被人敲打和嘲笑的老鼠立刻就陷入了冰冷的、有害的，最重要的是永恒的愤恨之中。四十年接连不断地回忆着自己的屈辱，连最屈辱的细节都不放过，不仅如此，每一次回忆它还给自己添上些更屈辱的细节，用自己的想象力恶狠狠地嘲弄、刺激自己。它为自己的想象力而羞愧，不过总归是把所有的东西都记住了，并且一遍遍地回想，幻想着自己瞎编的故事，并且用这是可能发生的来当做借口，所以什么都不原谅。好吧，复仇就要开始了，但是断断续续、零零散散、偷偷摸摸、畏畏缩缩，不相信自己有权利复仇，也不相信自己能复仇成功，而且预先就知道，自己所有的复仇尝试都会让自己比那个复仇对象痛苦百倍，而这种复仇对那个复仇对象来说，连挠痒痒都算不上。即使到了弥留之际，依然会再次记起这一切，甚至变本加厉……但正是在这种冰冷的、恶心的半绝望半希望里；在因痛苦而有意识地将自己活活埋葬于地下室四十年的行为里；在这坚定地杜撰出的又多多少少引人怀疑的、毫无出路的境地里；在刻在骨子里的却未能实现的愿望的毒药里；在这刚刚下了永世不变的决定却在下一分钟又幡然后悔的犹豫不决的狂热病里——蕴含着我之前说过的那种奇怪的愉悦的精华。这种愉悦极为敏感，甚至不受意识的控制，头脑简单的人，甚至是神经坚强的人都对这愉悦毫无了解。“大概，他们不理解，”您偷笑着补充道，“是因为还没被打过耳光。”您这么说就是在礼貌地暗示我，我这一生或许也挨过耳光，所以我才讲得像个行家一样。我猜您一定是这么想的。省省吧，先生们，我并没挨过耳光，随你们想好了，我不在乎。我或许还有点遗憾这辈子没怎么打过别人耳光。不过到此为止，对于这个你们极为感兴趣的题目，我一个字也不再讲了。

我要继续讲那些神经坚强，但是无法理解那种极其敏感的愉悦的人们。例如，这些先生们在一些意外情况下，尽管他们像公牛一样放开喉咙怒吼，而且大概这样还能给他们带来极大的荣誉感，但是正如我之前已经说过的，他们一旦遇到不可能的情况，就立时屈服了。不可能——就是石墙吗？什么样的石墙？当然是大自然的法则、自然科学的结论、数学。如果有人向你证明，比如说，人是猴子变的[①]，那就没什么好皱眉的，该怎么接受就怎么接受好了。如果有人向你证明，事实上对你来说你身上的一丁点儿油脂要比十万个你这样的人都重要，这样一来所有被称为美德和义务的东西也就都不攻自破了，它们无非都是妄想和偏见，你也就全盘接受好了，没什么可做的，二二得四——这就是数学。请你们来试试反驳吧。

“得了吧，”你们嚷道，“二二得四：这是毋庸置疑的。大自然用不着请示您，它的法则与您无关，更不会管您喜欢还是不喜欢它的法则。无论它是什么您都必须承认，所以它的所有结论您也得接受。墙

---

① 作家对人类进化问题的兴趣开始于 1864 年，这与彼得堡翻译出版了达尔文进化理论方面的著作，托马斯·亨利·赫胥黎的《人类在自然界的位置》有关。不排除这种可能性：主人公的这句话是回应 B. A. 扎伊采夫的论战性文章，在这些文章中他支持卡尔·福格特关于不同人种由不同种类的猴子进化而来。——俄文版编者注

就是意味着那里有一面墙……等等，等等。”上帝啊，要是我因为某些原因不喜欢这些法则，也不喜欢二二得四，这些自然和算数的法则跟我又有什么关系？当然，如果实际上我力有不逮，我是不会用额头撞这样的墙的，但是我也不会因为在我面前有一堵墙，而我的力量不足就听之任之。

似乎，这样的石墙确实是一种慰藉，确实能让自己听进某些让人平和的话，这仅仅是因为这堵墙是二乘二等于四。唉，荒谬之至！要么把整件事搞清楚，认清这一切，这一切的不可能和石墙；如果您厌恶忍气吞声，那就绝不要忍受任何一种不可能或者任何一面石墙，否则通过一种最绕不过去的逻辑组合就会得到一个关于永恒的主题中最让人厌恶的结论：即便在石墙这件事上，也是你自己有罪，哪怕你显而易见是完全无罪的，因此，你沉默无力地咬牙切齿，出于惰性，生理上什么也不做了，想象着就算是想发脾气，也不知道该向谁发，发脾气的对象不存在，可能永远也找不到，想象着这不过是偷换概念，颠倒是非，招摇撞骗，想象着这不过是迷魂汤一样的东西——不知道是什么，也不知道是谁，但即便不管这些无法搞懂的事和这些偷换概念的把戏，您依然会痛，您越无知，就越痛！

四

“哈——哈——哈！于是在此之后您就在牙痛中寻找愉悦！”你们笑着吼道。

“那怎么了？在牙痛中就是有愉悦存在，”我回答道，“我的牙齿痛了一整个月了，我知道，其中有愉悦。当然了，人们不是默默地发狠，而是在呻吟，但是这些所谓呻吟不是直截了当的，而是带着阴险讽刺的呻吟，关键就在于这种阴险讽刺。在这种呻吟中，受虐的愉悦就展现出来了；要是没感受到呻吟中的愉悦——他就不会呻吟了。先生们，这有个很好的例子，我把它再拓展一下。首先，在这些呻吟中表达出来的，是你们的痛苦完全没有意义，这对我们的意识来说是具有侮辱性的；是大自然完完全全的合法性，你们对这合法性当然不屑一顾，但总是受其折磨，而大自然对此不为所动。表达出来的还有，您意识到找不到敌人，但是却意识到了疼痛存在；意识到就算有各种各样的瓦根海姆[①]陪着您，您还是完全被您的牙齿支配着；意识到某个人乐意，就能让您的牙齿不再痛，而他不乐意，您的牙齿就得再痛上三个月；最终还会意识到，如果您还不屈服，还要反抗，您就只能自己咬紧牙关或者使劲用拳头捶墙令手更痛来纾解牙痛，除此之外别无他法。是的，就是从这些血淋淋的屈辱中，从这些不知是谁发出的嘲讽中，最终将开始出现愉悦，甚至有时这愉悦将变为终极的快感。我请求你们，先生们，仔细听听一个有教养的十九世纪的人因为牙痛而发出的呻吟声，在生病的第二天或者第三天。这时的呻吟声已经完全不是第一天他发出的那种呻吟了，也就是说不仅仅是因为牙痛而呻吟；不是像蠢笨的农夫那样，而是像一个被进步的欧洲文明污染了的人，像一个现在常说的‘脱离故土和人民根基’[②]的人那样呻吟。他的呻吟声变得下流、龌龊且恶毒，而且从早到晚持续不断。他自己全明白，呻吟对自己毫无益处；比谁都更加明白，这么做徒劳无益，而只是骚扰和激怒别人；他明白，那些听众，他就是在这些人面前努力

---

① 这里说的是姓瓦根海姆的牙医，根据《圣彼得堡常住地址名录》，在 1860 年代，在彼得堡有八位牙医姓瓦根海姆，他们诊所的招牌遍布整个城市。——俄文版编者注

② 单引号中的内容是《时代》和《时世》两本杂志中的典型表述。例如，参见：《时代》杂志 1861 年、1862 年、1863 年的出版声明，或陀思妥耶夫斯基的文章《关于新的文学组织和新的理论》（1863）。——俄文版编者注

表演，还有他全家人都已经带着极度的厌恶仔细听完了他的呻吟，但是他们对他没有丝毫信任，而是在自己心里盘算着：他本可以不这样的，可以就简简单单地呻吟，没有颤音也不做作，而他呢，纯粹是带着阴险和愤恨在耍赖。也就是在这样的意识和耻辱中，包含着某些快感。‘听我说，我烦到你们了，让你们揪心，让全家人无法睡觉。那就别睡了吧，你们来感受一下这种每时每刻的牙痛吧。对你们来说我不再是那个我曾经想要扮演的英雄了，现在我不过是个烦人精、是个混蛋[1]。那就这样吧！我很高兴你们终于认清我了。你们因为我恶心的呻吟而不舒服了吧？那就不舒服吧；我还要做出更恶心的腔调让你们不舒服……’还不明白吗，先生们？不，显而易见，你们要想理解这种快感的奥妙之处，还需要长久地成长和深思熟虑！你们在发笑？太好了。我的笑话，先生们，当然是怪腔怪调、磕磕绊绊、前后矛盾，并带着自我怀疑。不过这毕竟是因为我自己也不尊重自己。难道，有意识的人也能尊重自己吗？”

五

那么难道说、难道说，一个人刻意在自己的屈辱感中寻找愉悦，这个人还能尊重自己吗？我可不是出于某种谄媚的忏悔才像现在这么说的。况且我现在总归不能说这样的话：“原谅我吧，神父，今后我不会再这样了。”——不是因为我没有能力这么说，正相反，或许正是因为我以前太会这么说了，到底有多会说呢？就好像故意把自己搞进这种情绪里，而通常在这时我其实一丁点儿过错都没有。这已经比任何事都下作了。就这样，我又一次内心大受触动、后悔不已、眼泪

① 原文为法语的俄语拼音。——俄文版编者注

直流，最后自己鼓励自己，更有甚者，我这一切完全不是装的。好像心灵多少被玷污了……这样就连自然法则都怪不着了，哪怕我这辈子总是受自然法则的欺辱。这一切光是想想就已经够卑鄙了，更别说这么干的时候有多卑鄙了。然后过了也就一分钟，我就已经开始带着恨意领悟到这一切，也就是说这一切悔悟、这一切感动、这一切重新做人的誓言都是谎言，都是谎言，都是令人作呕的、假惺惺的谎言。您大概要问了，我为什么要这样作践、折磨自己呢？回答：因为已经游手好闲、无聊够了，于是就开始装腔作势。没错，就是这样。好好想想吧，先生们，这样你们就明白了，就是这么回事。自己给自己想出一些传奇经历，给自己虚构一种生活，好像这么生活过。我身上就发生了多少啊！——举例来说吧，我感觉受了委屈，但是无缘无故，是我假装的，其实我自己心里知道，没什么好委屈的，是我自找的，但是就这么搞到最后，就真的觉得自己受委屈了。一生中我总是陷入这样的把戏里面，最后连我自己也无法控制自己了。我试着逼自己去爱一次，甚至爱两次。真是活受罪，先生们，请你们相信我。别人内心深处不相信我是在受罪，甚至还时不时露出讥笑，可我毕竟是在受罪，受的还是一种真真正正、确凿无疑的罪；我吃醋，控制不住自己……这一切都是由于无聊，先生们，一切都是由于无聊；受制于惰性。毕竟意识的直接、合法、不加修饰的果实——那就是惰性，或者说自觉地摊着手坐着什么也不干。刚才我在前面已经提到过了。我再重复一遍，再着重强调一遍：所有的天真汉和大忙人，所以如此积极，是因为他们愚钝而且目光短浅。这怎么解释呢？是这样的：他们因为自己的目光短浅，把一些短期的、次要的动机当成原初的动机，这样他们更容易，也更快就确信给自己的事业找到了坚实不移的根基，因此就安心了；毕竟这是最重要的。毕竟要开始行动就必须先要彻底安心，确认所有的疑惑都消除了。那么我又是如何，比如说，如何使自己安心的呢？让我死心塌地的原初动机是什么，我的根基又是什么呢？我又是从哪里找到它们的呢？我在思维中反复模拟，结果，对我来说每个原初的动机都会立刻把我拉向其他的更原初的动机，这样就没完没了了。这正是所有的意识和思维的实质。那么，这已经又是自然法则了。所以最终结果如何呢？不过就是那么回事。请回忆一下：我刚刚讲到过复仇。（你们，大概没有往深了想。）据说：人复仇，是因为要在其中寻求正义。这就是说，他找到的原初的动机、找到的根基正是正义。那么，他从方方面面就都安心了，于是复仇将平静、顺利地进行，他也将坚信，他做的是纯洁而公正之事。而我则完全看不到其中的正义，也找不出任何美德，所以，我要是开始复仇的话，纯粹是出于愤恨。愤恨，当然可以胜过我所有的疑惑，也许正因它不是动机，它完全可以充当原初的动机。但如果我没有愤恨，又该如何（我之前就是从这里开始讲的）。我的恨意又一次由于这些可恶的意识的法则而陷入了化学分解中。你看——对象消失了，依据溜走了，罪人也找不到了，欺辱不再是欺辱而是命运，是某种类似牙痛的东西，这里面谁也没错，所以又一次只剩下一种办法——捶墙捶得更痛一些。因为找不到原初的动机，就随它去吧。试试看盲目地专注于自己的感觉，不下结论、不考虑原初的动机，与此同时赶走意识，不论去恨或者去爱，只要不是摊着手坐着什么也不干就行。后天，这已经是最迟的期限了，你就开始因为自欺欺人而蔑视自己。结果就是：肥皂泡和惰性。啊，先生们，我认为我是个聪明的人，可能正是因为我一辈子什么事也没开始做，也没做完过什么事。就算、就算我是个话痨吧，人畜无害的、惹人烦的话痨，就和我们所有人一样。不过，如果所有聪明人真正的、唯一的用途就是说废话，也就是故意地说些颠来倒去的空话，那还能怎么办呢？

六

唉，如果我仅仅是因为懒惰才什么事都没做过，先生们，那样我还是尊重自己的。我尊重自己，正是因为至少我能说自己懒惰；因为至少有了一种特点在我的身上，而且兴许还是种积极的特点，我可以以此树立自信。问题：这是个什么样的人？回答：懒惰的人；要是能听到别人这么评价自己，也会让我高兴啊。也就是说，这是一种实实在在的定性，也就是说，关于我还有话可说。“懒人！”——这毕竟是种名号和称谓，这是种功名啊。你们别笑，就是这么回事。到那时我就能顺理成章地成为头等俱乐部的成员并且一门心思只研究怎么不停地尊重自己。我认识一位先生，他一辈子都以会品拉菲酒为傲。他认为这是自己的过人之处，而且从不怀疑自己。他死的时候不仅仅很安详，而是带着极为得意的心情，他完全有权这样。现在我也给自己选好了前途：我是懒蛋和馋鬼，但是不是普普通通的那种，而是，例如，认为自己美好且崇高的那种。你们对此意下如何？对此我已经遐想很久了。在我四十岁的时候，这个“美好与崇高”重重地压在我的脑子里，但是那是我四十岁的时候，而现在——啊，现在已经完全不同了！我现在已经找到了合适自己的事业——正是：为所有美好与崇高的人的健康喝上一杯。不论什么时候我都吹毛求疵，好能率先往自己的酒杯里洒下眼泪，然后再为了所有美好与崇高将它一饮而尽。我把世上的一切都当做美好与崇高的；在最下流的、不容争辩的败类中寻找美好与崇高。我成了随时准备淌眼泪的人，像一块被浸湿的海绵一样。例如，一个画家画了盖伊[①]的画。

① Н. Н. 盖伊（1831—1894），俄国画家，素描大师，极擅长表现历史题材和宗教人物。

这时我就为这位画了盖伊的画的画家的健康干杯，因为我爱所有“美好与崇高的”东西。一个作家写了《随谁的便》[①]，那就为“那个给人行方便的人”的健康干杯，因为我爱所有“美好与崇高的”东西。就为这我也必须尊重自己，我要跟那些不尊重我的人没完。生而平静，死而庄重——这多么美妙，美妙极了！于是我塞大了自己的肚皮，下巴堆成了三层，鼻子搞成了酒糟鼻，每一个迎面走来的人都看着我：“不得了！这才是真正的体面人！”不管你们怎么想，先生们，这样的评价在我们这个恶劣的时代里听起来才让人感到舒服。

七

不过这全是金色的幻想罢了。请问，是谁第一个解释、第一个宣告说：人是因为不清楚自己真正的利益才会光干坏事，而如果给他以启蒙，让他了解到他真正的、正常的利益之后，这个人立刻就不再作恶了，立刻就成为了善良的、高尚的人，因为有智识并了解自己真正利益的人恰恰能在善中看到自己的私利，而众所周知，没有人会明知故犯地去损害自己的私利，或者这么说吧，这个人就不得不去做好事了？真是好家伙！好一个纯真无邪的小宝宝！首先我要问，这千百年来，什么时候常见人仅仅从自己的某一种私利出发而行事了？人预先完全了解自己真正的利益，但是却把它置于次要地位，而是选择投身

① 这里是论战性地攻击萨尔蒂科夫-谢德林，他对盖伊的画作《最后的晚餐》表达了同情意见（参见《现代人》1863 年第 11 期，《我们的公共生活》）。这幅画于 1863 年首次在美术学院的秋季展览中展出，进而引发了一系列大相径庭的观点。随后，陀思妥耶夫斯基批评盖伊混淆了“历史的和当今的”事物，因此，根据陀思妥耶夫斯基的观点：“（盖伊的作品）表达了虚伪和偏见，所有的虚伪都含有谎言而完全不是现实主义”（《作家日记》1873 年，《从展览说起》）。《随谁的便》：1863 年，谢德林发表在《现代人》杂志第 7 期上的文章。——俄文版编者注

于另一条道路，去冒险，去撞大运，没有任何人、任何事强迫他这样做，而是仅仅好像不愿选既定的道路，而是固执己见、一意孤行地选一条不同的、困难的、荒谬的，几乎是在漆黑一片中摸索的道路，对此有成千上万的事实依据和证据。那么这就意味着对他们来说，比起利益他们更喜欢固执和任性……利益！什么是所谓的利益？你们能负责任地完全准确地断言人的利益是什么吗？有时候，人的利益便在于，在那种情况下不是可以期望，甚至是应该期望自己陷于不利地位而非处于有利地位，这样一来又该如何呢？要是这样的话，哪怕仅仅是有可能出现这种情况，那不是所有的规矩都灰飞烟灭了吗？你们自己想想，没有过这样的情况吗？你们在笑，笑吧，先生们，但是请回答我：你们完全准确地数清楚人的利益了吗？就没有那些不仅不属于，也没法归入任何等级的利益吗？毕竟你们这些先生们，就我所知，在你们关于人的利益统计表中不过是写上了由统计数字和经济学公式计算而来的平均数。你们的利益无非是——生活美满、富足、自由、安宁，等等，无非如此，有一个人，比方说这个人公开地、明知故犯去反对这张统计表中的一切，在你们看来，当然我也这么看，他都是一个蒙昧主义者或者一个不折不扣的疯子，是这样吗？然而令人惊讶的是：为什么所有这些计算人的利益的统计学家们、智者们和热爱人类的人们总是漏掉人的利益中的一种呢？甚至这种利益都没有被以应有的形式列入计算中，而这种利益却是对计算结果起着决定性作用的。要是把它哪怕随便列进表单里面，那也不会酿成大错。但是坏就坏在这种令人头痛的利益放在哪个等级里都不行，也没有哪个表单能放得进它。举例来说吧，我有个熟人……哎，先生们！他也是你们的熟人啊；应该说没有谁不是他的熟人！只要准备做什么事情了，这位先生就会立刻对你们阐述起来，滔滔不绝又清楚明了，说他行事应当如何依照理性和真理的法则。不仅如此：他还会情绪激动而充满激情地跟你们讲真正的、正常的人的利益；讥笑着责备短视的蠢汉不懂自己的利益，不明白善事的真正意义，然后——差不多过了一刻钟，没有任何突然的、不相干的原因，而正是由于某种内在的原因，强过了他所有的利益——他搞起了完全不同的名堂，也就是说明确地反对他说过的东西：既反对理性法则，也反对个人利益，一言以蔽之，反对一切……我先声明，我的这位熟人——是一个集合形象，所以很难把责任怪在他一个人头上。那么，先生们，在现实中存不存在这样的事物：几乎对所有人来说它都比个人的最重要的利益更珍贵，或者（为了不破坏逻辑）有一种最有利的利益（正是我们刚刚说过的那种被遗漏的利益）比所有其他的利益更重要也更有利，并且对于个人来说，如果需要的话，他准备反对所有的法则，也就是说，反对理性、诚信、平和、幸福生活，——总之就是所有一切美好而有益的事物统统反对，只为了获得这个最原始的、最有利的、对他而言比一切都珍贵的利益。

"可是，说到底还是利益呀。"你们要打断我了。请允许我再解释一下，问题不在于抠字眼，而是在于这种利益正是无与伦比的那种，它将打破我们所有的等级并摧毁所有的热爱人类的人为了人类幸福而建立的系统。一句话来概括，它阻碍了一切。不过在我给这种利益命名之前，我先要抛弃我的名誉，然后放肆地宣布，所有这些美好的系统，所有这些旨在向人类说明真正的、正常的利益必须竭尽所能去获取并且一旦这样做人就立刻变得善良和高尚的理论，在我看来，是一种数理逻辑。是的，数理逻辑！毕竟要通过人类的利益系统确立人类升华的理论，在我看来，这难道，几乎……举例来说吧，追随巴克尔[①]的

① 亨利·托马斯·巴克尔（1821—1862），英国历史学家和社会学家，在他的两卷本的著作《英国文明史》中宣称一种思想，即人类文明的发展可以减少人民之间的战争。（参见：巴克尔，《英国文明史》，圣彼得堡，1863 年版，第一卷，第 141—146 页）——俄文版编者注

理论，就断定人由于文明而变得柔和，理所应当地就变得没那么血腥和好战了。从逻辑的角度，他大概是能得出这样的结论的。但是一个人酷爱系统和抽象的结论就导致宁愿不再寻求真理，宁愿视而不见、听而不闻，而就是要证明自己的逻辑。之所以举这个例子，就是因为这是再清楚不过的例子了。我们来看看周围吧：到处血流成河，而且以极其欢畅的形式，几乎像香槟喷涌而出一样。你们看看我们整个十九世纪，巴克尔正是生活在这个时代。你们看看拿破仑——不管是成为伟大的那个，还是现在的那个[①]。你们看看北美[②]——永恒的联邦。你们看看可笑的石勒苏益格-荷尔斯坦因[③]……我们的文明变柔和之后就成了这样的东西？文明在人身上只会引起多维度的感觉以及……绝不会有什么别的了。经历了这种多维的发展之后，人，请注意，人甚至会到在血中寻找刺激的地步。要知道，这种事已经发生过了。你们是否记得，那些最狠毒的嗜血者，几乎全是最文明的先生们，有时候各种阿提拉[④]和斯捷潘·拉辛[⑤]都远远比不上这些先生，要说这些先生远不如阿提拉和斯捷潘·拉辛那样惹眼，那恰恰是因为他们太常见了，经常遇到早就为人见怪不怪了。至少，如果文明没有使人更加血腥的话，那么与之前相比，大概人也会在血腥起来的时候更卑鄙下流。之前他在屠杀中看到的是正义，并且心安理得地消灭那

---

① 拿破仑是法国皇帝的姓氏，这里分别指拿破仑一世（1769—1821）和拿破仑三世（1808—1873），他们统治时期都以率领法国发动多次战争而著称。——俄文版编者注

② 1861—1865 年间，在北美洲，坚决反对取消奴隶制的南方爆发了暴动，为了镇压暴动而发生了战争。——俄文版编者注

③ 石勒苏益格-荷尔斯坦因日耳曼公国从 1773 年事实上成为了丹麦的省。1864 年爆发普鲁士—丹麦战争，最终以该地区并入普鲁士告终。——俄文版编者注

④ 阿提拉（406—453），匈奴部落首领，主导了在罗马帝国、伊朗和高卢地区的毁灭性军事行动。——俄文版编者注

⑤ 斯捷潘·季莫费耶维奇·拉辛（约 1630—1671），顿河哥萨克，发动了 1667—1671 年的农民起义。——俄文版编者注

些该被消灭的人；现在我们都认为屠杀是恶劣的行径，可是我们干起这恶劣的行径却比以前更多了。孰优孰劣？——你们自己决定。据说，克娄巴特拉[①]（我为从罗马历史中找了个例子而道歉）喜爱将金针插入自己的女奴隶胸中，从她们的尖叫和抽搐中找乐子。你们说这是在相对野蛮时代的事；你们说现在也是野蛮的时代，因为（还是相对而言）现在针还是会扎人；你们说现在人们比起野蛮时代虽然已经能够在有些时候把事情看得更清楚了，但是毕竟行为上要符合理性和科学的要求，人们还远无法习惯。但是你们依然完全相信他必然会习惯的，只要这些个旧的恶习消失了，只要健康的思想和科学完全让他焕然一新并将他的人性引向正途。你们相信，此时人就不再自发地犯错了，也就是说，人就不得不将自己的意志与自己正常的利益结合起来了。此外：这时你们会说是科学本身教人明白（尽管在我看来这不过是奢望而已）实际上他不仅没有自由，也不存在任性，甚至从来不曾出现过这些东西；教人明白他不过是像钢琴琴键[②]或者管风琴的音栓之类的东西；教人明白世界上还有自然法则凌驾于一切之上，所以一切事情都不是人做成的，这些事不受人的意愿左右，而是根据自然法则进行。所以，只要发现了这些自然法则，那么人就不用为自己的行为负责了，生活就变得无比轻松。所有人的行为将按照这些法则以数学的方式分配好，就像是一直到十万零八千的对数表那样，然后把各种行为写进日历，或者更甚者，直接出现一些出于好意的出版物，

---

① 克娄巴特拉（前69—前30），埃及托勒密王朝末代法老，她的名字在1861年经常出现在俄国的出版物中。（参见陀思妥耶夫斯基的文章《回答〈现代人〉杂志》，1861）——俄文版编者注

② 指的是法国唯物主义哲学家狄德罗（1713—1784）在他的著作《达朗贝尔和狄德罗的谈话》（1769）中的结论："我们是天生具有感知和记忆能力的乐器。我们的感觉即是琴键，我们周围的自然环境会按动琴键，很多时候琴键本身也会按动自己。"——俄文版编者注

比如现行的百科词典之类的，在其中准确地把一切都计算出来并标注清楚，于是世界上再也没有什么行为和历险可言了。

“这时，”这一切是你们说的，“新的经济关系到来了，各种关系完全齐备，并且以数学的精确性计算得出，一瞬之间所有可能出现的问题都将消失，因为他们都得到了各种可能出现的答案。那时水晶宫[①]建成了。那时……总之，这时可汗鸟[②]将飞过。”当然不能肯定地说（现在已经是我在说了）那个时候不会，比如说，不会极度无聊（因为要做的事都已经在表格上算好了），不过所有事都无比明智。当然了，出于无聊还有什么想不出来呢！毕竟金针还是会因为无聊而戳人，但是这已经无所谓了。糟糕的是（这又是我在说）那时恐怕人们已经以金针为乐了。毕竟人是愚昧的，无比愚昧。就算人一点也不愚昧，但是已经是不知感恩的了，其他类型的人是完全找不到的。要知道，我是完全不会因为这样的事儿感到丝毫惊讶的，比如说，如果突然无缘无故地从普遍的未来理性中跳出来某位绅士，他带着一副不体面的，或者说是落后反动的讥笑嘴脸，两手叉腰对我们所有人说：怎么着，先生们，这一次我们把理智一脚踢开，就为了让这些对数见鬼去吧，让我们再次由着自己这愚蠢的天性活着吧！这倒也没什么大不了的，不过让人沮丧的是他总归能找到追随者：这就是人呀。这一切都是源于一个最空洞的原因，这个原因甚至不值一提：不管什么时候、什么地方，无论是谁，人就是喜欢随心所欲，而不是受他的理智和利益支配；就想能够违背自己的利益，而且有时候甚至是

① 参见车尔尼雪夫斯基的小说《怎么办？》中的《维拉·帕甫洛夫娜的第四个梦》。书中描写了“铁-水晶”的宫殿建筑，社会主义社会的群众生活在这座类似傅立叶所描绘的（参见傅立叶的《宇宙统一论》，1822）宫殿里。这座宫殿的外观上的细节参考了伦敦的水晶宫。——俄文版编者注

② 根据民间传说，这种神话中的鸟将为人带来幸福。——俄文版编者注

就应该如此（这已经是我的想法了）。自己私人的、自主的、自由的欲望；自己私人的哪怕是荒谬的任性；自己的、有时被刺激到发了疯的想象力——这一切就是那个被遗漏的最有利的利益，这利益不属于任何等级，也是这利益让所有的系统理论灰飞烟灭。这些智者们是从何得出的结论说，人必须有某种正常的、某种高尚的欲望呢？他们又是从何断定人必须理智地服从有利的欲望呢？人仅仅需要一种自主的欲望，不论这个自主的欲望的代价是什么或者将使他们陷入怎样的境地。毕竟鬼才知道什么是欲望……

八

“哈——哈——哈！毕竟欲望这东西，实际上，也可以说就是不存在的！”您大笑着打断我，“现如今科学甚至已经可以仔细地将人完全解剖了，所以我们也已经弄清楚了，所谓欲望和自由意志不过是类似……”

“先生们，你们先停一下，我自己也本打算这么开场来着。我承认，我曾被唬住了。我刚刚就想大喊说鬼知道欲望是怎么来的，又是个什么东西，但是，谢天谢地，我也想到了科学……就忍住了。然后你们就讲起来了。那么事实上，要是真的有那么个时候，找到了我们所有的欲望和任性的计算公式，换句话说就是弄清了欲望取决于什么；弄清了欲望究竟遵循什么样的规则；弄清了欲望到底如何扩散；弄清了欲望在这样那样的情况下趋向何处，如此等等，也就是说，找到了一个真正的数学公式——到了这时，人啊，立刻就不再有什么欲望了，应该说也必然不再有欲望了。何苦按照表格来产生欲望呢？更何况：这时起人就从一个人变成了管风琴上的音栓，或者这样说，因为这个人没有愿望、没有意志、没有欲望，不是管风琴上的音栓又是什么呢？您觉得呢？我们思考一下概率——这是可能还是不可能发生的情况？”

“唔……”你们解释说，“我们的欲望中一大部分是错的，这通常是由于关于自身利益的错误看法。我们之所以有时候就想要纯粹的胡扯，是我们被愚蠢蛊惑，因而在这些胡扯中看到了一条最轻松的途径，以为可以获得某种实现假定利益。但是，当这一切都在纸上被注明、被算清的时候（这是非常有可能的，因为先入为主地认为人永远也没法认识某些自然的法则，这么干既让人讨厌而且也显得荒谬），这时当然就不会有那些被称为愿望的东西了。如果欲望完全同理智串联起来，到了那时我们就会理性思考，而不是自己在那产生欲望了，因为毕竟不能这样子，比如说，不能一边保持理智，一边期望荒谬的东西并以这样的方式来明知故犯地违背理智并祝愿自己受到损害……正是因为所有的欲望和理性思考都能真真切切地算清楚了，因为某个时刻我们所谓的自由意志的法则被发现了，于是就会这样，这可不是玩笑话，就会建立某种像表格一样的东西，而我们也真的会按照这个表格产生欲望了。比如，要是有朝一日有人给我算出并证明，我朝着某人比划了一个下流的手势[1]，只是因为我不得不这样做，手指必须朝他这样比划，那我身上还剩下什么自由可言？特别是如果我还是个学者，已经在某地毕业了。这时我就可以把我未来三十年所有的生活算个清清楚楚了，总之，如果这个表格似的东西建好了，那么我们就什么也做不了了，反正总归要接受。而且我们将不知疲惫地重复告诉自己，在这样的时候、这样的情况下，大自然绝不会向我们请示什么，告诉自己我们要按大自然本来的样子去接受它，而不能凭我们的想象，如果我们真的追求表格和日程表，嗯，那……哪怕是追求蒸馏

① 姿势为握住拳头将拇指从食指和中指间露出来，表示轻蔑和鄙视。

瓶，那也没有别的办法，就应该信奉蒸馏瓶！否则蒸馏瓶就抛开你自行其是了……”

“是的，对我来说难也就难在这里！先生们，请你们原谅我，我刚刚有点夸夸其谈了，毕竟在地下室里过了四十年！请你们设身处地地想象一下。你们看到理性了吗，先生们，理性是好东西，这毫无争议，但是理性只是理性而已，它只符合人的理智思考的能力，而欲望是一生都有的现象，也就是说人的一生，理智思考的时候也好，各种心痒难耐的时候也好，都有欲望。尽管我们的生活中总是因欲望搞出各种麻烦事端，但是这毕竟是生活，而不是什么平方根算法。就拿我来说吧，我完完全全、理所应当地希望活着是为了让我的所有能力得到满足，而不是为了只满足理性的能力，也即不是只为了满足我生活能力中的二十分之一。理性会干什么呢？理性只掌握已经成功地被认知的东西（有的东西永远无法被认知，这固然不是什么让人愉快的事，但是为什么不能明说呢？），而人的天性则是以一个整体来运作的，不管有什么都是一个整体，哪怕是有意识或者无意识地扯谎，但也是在活着。我猜，先生们，你们都怜悯地看我，你们向我重复道，一个有学识的、进步的，总之，一个未来的人是不会那样的，不会明知故犯地期望给自己带来不利，这是数学。我完全同意，这绝对是数学。但是我要向你们重复第一百次，还有一种情况，在此情况下，人故意地、有意识地期望自己受损害、期望自己犯傻，哪怕傻到极致，而这正是为了有权利期望自己犯傻哪怕犯到极致，而不是在义务的约束下只能期望自己做一种明智的事。这当然是愚蠢之极的，这完全是由着自己的性子胡来，而实际上，先生们，这却可能是在世界上所有存在的东西里对我们这位仁兄最有利的，尤其是在某些特定的情况下。具体来说，在这种情况下，即甚至会给我们带来明显的损害，并且完全违背我们关于利益的理性思考得出来的最合理的结论。这仍可能是比所有利益都更有利的，因为在任何情况下我们都必须保留自己最主要的和最珍贵的东西，也就是说保留我们的人格和个性。某些人对此表示肯定，对人来说，这确实是最珍贵的，当然如果你愿意的话，欲望是可以和理智相一致，尤其是不滥用欲望而是适当地使用它，这是有益的，甚至有时候是值得称道的。但是欲望通常，甚至绝大多数时候是与理智完全直接冲突的，那么……那么……那么你们还知道这是有益的，甚至有时候是值得称道的吗？先生们，我们假定人是不愚蠢的。（实际上无论如何都不能说人愚蠢，尽管只有一个原因：如果说人是愚蠢的，那么还有什么是聪明的呢？）但是就算人不愚蠢，也毕竟是极度忘恩负义的！忘恩负义到无与伦比。我甚至在想，关于人最好的定义——就是这样：忘恩负义的两脚造物。但这还不是全部，甚至不是人主要的缺点，人最主要的缺点是一贯品行不端，从大洪水[①]开始到人类命运中的施勒斯维希·霍尔施坦因时期一贯品行不端。品行不端，然后就是蛮不讲理，众所周知，蛮不讲理必然是从品行不端中诞生的。请大家看一看人类的历史，你们看到了什么？壮观？行吧，就算是壮观吧，就比如罗得岛上的太阳神巨像[②]吧，多么壮观！阿纳耶夫斯基[③]先生不会无缘无故去求证关于它的传言：有人说它是人类劳动的杰作，也有人断定是大自然的力量塑造了它。多姿多彩？好吧，就算是多姿多彩，光是厘清各个时代各个民族

---

① 出自《圣经·旧约·创世记》中洪水灭世的典故。

② 罗得岛上的太阳神巨像——太阳神赫利俄斯的青铜雕像，高达 32 米，雕塑于公元前 280 年，被称为世界七大奇迹之一，竖立在古希腊城市罗得斯城的港口上。——俄文版编者注

③ A. E. 阿纳耶夫斯基（1788—1866），小品文作者，这些小品文在 19 世纪 40 年代至 60 年代经常成为书报业嘲笑的对象。在一本被他起名为《好学不倦的安提利翁》的小册子里（圣彼得堡，1854）中写道："罗得岛的太阳神像之建立，有些作家坚信这是世界七大奇迹之一，而另一些则断言，它绝非出于人类之手，而是大自然建立的。"——俄文版编者注

的军礼服和便服——这就足够多姿多彩了，光是研究文官制服[①]就能把人的腿累断，没有哪个历史学家能受得了。单调？说单调确实也单调：除了东征西讨，还是东征西讨，现在打仗，过去打仗，将来还是要打仗——你们也会赞同说，这确实是太单调了。总之，一切都能用来形容世界的历史，一切出现在脑子里的混乱瞎想都行得通。只唯独有一种想法不行——不能说世界的历史是明智的。说的第一个字就把你们噎住了。甚至还总能遇到这样的事：毕竟在生活中有一群高尚、理智的人，一群智者和热爱人类的人，他们给自己定的人生目标正是尽可能地高尚和理智，换句话说就是去照亮周围的人们，为的就是向周围的人证明，人确实可以一辈子高尚而理智地活在世界上。结果如何？众所周知，这些热爱人类的人中的大多数都早早晚晚在生命的末尾背弃了自己，闹出了一些丑闻，有时甚至是最下流的丑闻。这时你们要问：对人这种生来就有各种古怪品质的造物，还有什么好期待的呢？就算你们给予他尘世的全部福祉；把他从头到脚完全塞进幸福里面，塞得只有些气泡就像从水里涌出一样从幸福的表面冒出来；给予他经济上的富足，这样他就什么也不做了，除了睡觉、吃甜饼、为了没完没了的世界的历史而忙活——即使这样，他依然是那种出于忘恩负义、出于诽谤的目的会对你们干下流勾当的人。他甚至拿来甜饼冒险，故意想说最有害的胡诌、想干最不合算的荒诞行径，仅仅就是为了往这完整的正确的明智思想中掺入自己那有害的幻想成分。指望用自己那低级的傻里傻气保持住的正是自己的这些离奇幻想，这仅仅是为说服自己（说服自己恰恰非常必要），人总归是人，而不是钢琴琴键，哪怕这些琴键是自然法则亲手在弹奏，但是也有弹到使人除了日历别的什么也不再想要的危险。更何况，就算是他已经真的成了钢琴

① 专指俄国时期的文官制服，可以根据制服的制式判断该官员的级别。

琴键，就算这一点是由正宗的科学和数学证明的，即便如此，他仍不肯醒悟，仍然故意做些相反的事，尤其是固执己见，这完全是出于忘恩负义。在这样的境地下，他找不到出路——就想到了毁灭和混乱，想到了各种痛苦，靠这些来固执己见！满世界地骂人，因为一个人能做的只有骂人了（这已经是他的特权了，是他区别于其他生物的主要形式），毕竟只有骂人他才能让自己，让自己真正相信，他是个人而不是钢琴琴键。如果你们说，这一切，混乱也好，黑暗也好，骂人也好，都能按照表格算清楚，如果都预先计算清楚了，就有可能让这一切停下来，让理智发挥作用——可是在这种情况下人故意发疯就是为了不要理性而固执己见！我坚信是这样，我也对此负责，因为几乎所有人类的事业，无非是在一刻不停地向自己证明，我是个人，而不是一个音栓！哪怕是螳臂当车，也算是证明过，哪怕回到原始人，也算是证明过。这样一来，怎能不胡作非为，怎能不夸夸其谈、说这还没完，鬼才知道这欲望是怎么来的……”

你们冲我吼（如果现在你们还乐意把吼声赏给我的话），说没有人剥夺我的意志，他们所张罗的，是为了通过他们自己的意志，让我的意志同我自己的正常利益、自然法则和数学法则相符合。

“唉，先生们，到了表格里，到了数学算法中，哪还有什么自己的意志，那时候有的只有二乘二等于四了。二乘二不要我的意志也等于四。这样就算自由意志吗！”

九

先生们，我当然是在开玩笑的，而且我自己也知道，这个玩笑开得不成功，不过毕竟不能把所有的内容都当成玩笑。我可能是咬牙切齿地在开玩笑呢。先生们，有些问题一直折磨着我，请你们帮我解答一下。就比如你们吧，你们想让人克服旧的习惯，改正他们的欲望使之符合科学和健康的思想。但是你们如何知道，人不仅可以，而且是需要这样的改正呢？你们从何断定人类的欲望必须被改正呢？总而言之，你们如何知道改正就一定给人带来好处呢？你们如何能这么肯定地确信，不违反由理智和算数得出的真正的、正常的利益就会真的永远对人有利；这就是对全人类适用的法则呢？这毕竟还只不过是你们的一个假设。我们假定这个法则合乎逻辑，但是可能却完全不符合人性。先生们，你们大概觉得我是个疯子吧？请让我预先说明。我同意：人是一种动物，主要是一种不得不有意识地渴求某种目标并钻研工程技术的造物，也就是说永远坚持不懈为自己开拓一条道路，无论通往什么地方。但是他有时候也想往别处拐个弯，大概正是因为他是不得不开拓这条道路的，因为不管这位直来直去的大忙人多蠢，他总会想到，所谓路嘛，几乎永远都是在通往什么地方，关键不在于路通往哪里，而在于有路可走，有教养但轻视工程技术的小孩不会沉浸在致命的游手好闲中，众所周知，游手好闲是所有恶习之母。人喜欢创造和开拓道路，这毋庸置疑。但是为什么他也极度地喜欢毁灭和混乱呢？请你们回答我！不过对此我本人倒是想要特别申明两句。人如此喜欢毁灭和混乱（人有时候非常喜欢，这也是毋庸置疑的，事实如此），是不是因为他本能地害怕实现目标并且建成大厦呢？你们如何能知道，他可能只在远处喜欢大厦，而绝不靠近；他可能就喜欢建造它，而不是在其中生活，而是之后把它让给家畜[1]，让给蚂蚁啊、绵羊啊，等等，等等。蚂蚁完全就是另一回事了。蚂蚁们有一栋与此类似的、惊人的、永远牢不可摧的大厦——蚁穴。

极其可敬的蚂蚁们都是从蚁穴中诞生，大概也是在蚁穴中死去，

① 原文为法语。

这一点使它们的坚持不懈和积极正直声名远播。而人是种轻浮而不体面的生物，可能就像象棋选手那样，喜欢的仅仅是实现目标的过程，而不是目标本身。谁又知道（打包票是不行的），有可能世界上人所追求的一切目标，不过在于这种实现目标过程的连续性，或者说就在于生活本身，而不在于目的本身，大概，这种目的应该就是像类似二二得四之类的东西，也就是说是一个公式，而二二得四已经不是生活了，先生们，那是死亡的开始。至少人永远在某种程度上惧怕这种二二得四，我连现在也在害怕。假定一个人除了寻找这种二二得四别的什么也不做，他漂洋过海，把生活全献给了这种找寻，但是要寻得了，真的要找到了——上帝保佑他，他得多么害怕呀。他总归有这种感觉，一旦找到了，那就再没什么可以寻找的了。工人，干完了活，至少可以拿到工钱，去小酒馆，然后随便干点什么——一周就这么过去了。但是这个人能去哪？至少每一次在达成某种目标的时候他都会显得不太自然。实现目标这种行为他是喜欢的，但是真的达成目标就完全不是那么回事了，这当然可笑极了。总之，人生来是可笑的，这显然是一语双关。但是二二得四——总归是令人极其难受的东西。二二得四——在我看来，就是厚颜无耻。二二得四得意地看着，双手叉腰横在你们的路上，还啐着唾沫。我承认，二二得四是极好的东西，但是如果已经赞美一切了，那二二得五，有时候也是乖巧的小玩意儿呢。

还有，为什么你们如此坚定、如此郑重地确信，只有一种正常的、积极的——换句话说只有一种幸福生活对人有利呢？理智就不会弄错利益吗？毕竟也可能人就喜欢不要过幸福生活呢？也可能他偏偏就喜欢痛苦呢？也可能偏偏就是痛苦和幸福生活对他一样有利呢？而人有时候疯狂地喜欢痛苦，极度喜欢，这是事实。这一点用不着查世界历史，自己问问自己，只要你们也是人，多少也活过的话。而且就我自己的个人观点来说，只喜欢某一种幸福生活，甚至有些不体面。好也罢，不好也罢，但是有时候毁掉什么东西确实非常让人开心。实话实说，我既不是在捍卫痛苦，也不是捍卫幸福。我是在……捍卫我的任性，捍卫那种在我需要的时候能为我提供保障的东西。比如说痛苦，轻喜剧里是容不下痛苦的，这我知道。在水晶宫里痛苦是没法想象的：痛苦是怀疑、是否定，而水晶宫是什么？在水晶宫里难道能产生怀疑？由此，我相信人对于真正的痛苦，也就是说对于毁灭和混乱，有的时候是不排斥的。痛苦——这可是意识唯一的原因。我虽然在一开始的时候言之凿凿，意识在我看来对人而言是最大的不幸，但是我知道，人喜爱意识，无论用什么享受都无法替代意识。比如说，意识无限地高于二乘二。在二乘二之后，大概什么也没有了，不仅什么也做不了，甚至什么都没法认识了。到时候能做的只有堵住自己的五感，然后陷入冥想。而有了意识，虽然结果仍是如此，也就是说仍是什么也做不了，但是至少还能自己敲打自己，而这多少能让人振奋一下。就算是反动，也总比什么都没有强。

十

你们相信永远牢不可摧的水晶建筑，也就是说相信这种不许偷偷冲它吐舌头，也不能在兜里冲它比划下流手势的东西。而我，大概正因为它是水晶制成而且牢不可摧，甚至不让人偷偷冲它吐舌头而惧怕这个建筑。

请你们试想一下：如果用鸡窝代替了宫殿，那么下雨的时候，我或许会爬进鸡窝以免被淋湿，毕竟不会因为感激它为我挡雨就把鸡窝当成宫殿。你们在笑，你们甚至会说在这种情形下，鸡窝还是豪宅——都是一回事。是的，我回答说，如果活着仅仅是为了不淋湿的话。

如果我固执己见地说，人们活着不是单单为了这件事，而且要活就活在豪宅里，又当如何？这是我的欲望，是我的愿望。只有当你们改变了我的愿望的时候，才能把它从我身上刮掉。好吧，用其他东西来改变我、吸引我吧，给我一种别的思想。现在我已经不会把鸡窝当成宫殿了。姑且就当水晶建筑是一团浮云；就当按照大自然的法则它本不应存在；就当我是由于自己的愚蠢，由于我们这代人的一些陈旧的、不合理的习惯而想象出来的。不过它该不该存在同我有何关系。这不都是一回事吗？如果它存在于我的愿望里，或者更确切地说，只要我的愿望存在它就存在。大概你们又在笑了吧？尽管笑吧，所有的嘲笑我都接受，我仍然不会在想吃东西的时候说我饱了；我仍然知道，我不会满足于妥协，我也不会就因为一个无限循环的零按照大自然的法则并且真真切切地存在，就满足于这个零。一座巨厦，里面的房间按千年之久的租约租给贫穷的租客，还在招牌上列出了牙医瓦根海姆以备不时之需，我不接受这种巨厦做我愿望中的王冠。消灭我的愿望吧，碾碎我的思想吧，给我看看更好的东西，这样我就听你们的。你们，大概会说跟我打交道都不值当，那么我也要用同样的话回敬你们。我们是在严肃地交流，如果你们不想给我以关注，那我也不会鞠躬请求的。我有地下室。

只要我还活着并且在期望，假如令我为我的巨厦添上哪怕一块小小的砖块[①]，那就是让我的手烂掉好了！你们别看我刚刚自己还在批判水晶建筑，但那仅仅是因为不能向它吐舌头。我这样说，完全不是

① 对法国空想社会主义者傅立叶和孔西得朗（1808—1893）所著的书中“为未来社会的大楼带来自己的石块”一句论战性的影射。关于这句话的同空想社会主义的争论在作者的长篇小说《罪与罚》中被拉祖米欣（第3部第5章）和拉斯柯尔尼科夫（第3部第6章）再次提起。——俄文版编者注

因为我喜欢向人展示我的舌头。我大概只是气愤，因为你们所有的建筑里也找不到一个能让人不冲它吐舌头的。相反，如果能建成那栋让我自己不想冲它吐舌头的建筑，光是出于感激，我也会把自己的舌头割掉的。至于说这种建筑就不可能建出来，有个住的地方就应该满足，这跟我有什么关系？为什么我生来就有这样的愿望呢？难道就是为了确定某种结论，证明我的整个生命构成就是一场虚空？难道这就是全部的目的？我不信。

此外，你们是否知道：我确信，我这位地下室的仁兄需要被约束。他虽然能默默地在地下室里干坐四十年，但是一旦真的让他冲到光天化日之下，他就会说啊，说啊，说啊……

十一

最后的最后，先生们：最好还是什么都不做！故意为之的惰性再好不过了！总之，地下室万岁！我还要说，我极度地妒忌正常人，但是就算如此，当我看到他的时候我也不想成为他（尽管我仍然无法停下对他的妒忌。不，不，在所有情况下地下室都是更有利的！）。在那里至少可以……唉！我连这也是在说谎！说谎，因为我自己就像知道二乘二一样知道，最好的根本不是地下室，而是我渴望但是却永远找不到的别的、完全不一样的东西！见鬼的地下室！

要是我能相信我现在写的这一切里面的随便什么东西——那也要好得多了。我向你们发誓，先生们，我现在匆忙写就的这些东西里，我一个、一个字都不信！或者说我也相信，但是与此同时我又感到怀疑，怀疑我在信口胡说。

“那你写这些东西干什么呢？”你们问我。

“要是我让你们四十年都无所事事，然后过了四十年再去地下室里看看你们，那时你们会成什么样子呢？难道一个人可以整整四十年什么事也不做吗？”

“这太无耻了，也太惊人了！”你们大概会一边轻蔑地摇着头一边这样对我说，“您渴望生活，但是却用逻辑上的混乱来解决生活中的问题。您还如此纠缠不休，您的行为如此粗鲁无礼，与此同时您居然还这样害怕！您说了一堆废话还对此非常满意；您说了一堆无礼的话，又不停地害怕它们并求人原谅。您信誓旦旦说您什么也不怕，但是同时又迎合我们的思想。您一面让我们相信您在咬牙切齿，一面又在说俏皮话逗我们发笑。您知道您的俏皮话毫无意义，但是，显然您非常满意它们字面上的作用。您可能是真的受过苦，但是您一点也不尊重自己的痛苦。您也掌握了真理，可您却没有赤子之心；您就为了些许的虚荣心，就把真理到处炫耀，让真理受人唾弃，把真理拿到市场上叫卖……您确实想说点什么，但是由于恐惧您就把后面要说的话给咽回去了，因为您没有把它们说出来的决心，有的只是怯懦的厚颜无耻。您对意识夸夸其谈，但是您只是在摇摆不定，因为哪怕您的智力在发挥作用，但是您的心完全沉溺在荒唐之中，而没有纯粹的心灵——完整的、正确的意识是不会存在的。您如此地纠缠不休，您又如此强词夺理、装腔作势！谎言、谎言，全是谎言！”

当然，你们要说的这些话，我现在自己也能想到。这也是从地下室听来的。我在地下室里从缝隙中仔细地听这些话，一连听了四十年，从未断过。我自己也能想出来这些话，但也只能想出这些话了。把它们背得滚瓜烂熟并且用上了文绉绉的形式，这也就不难理解了……

但是，难道、难道你们就真的如此肤浅，真的以为我会将这一切刊印出来，甚至还要拿给你们阅读？这对我来说还有个谜：到底是为什么我称你们为“先生们”，为什么我像在读者面前一样对待你们？那些我故意陈述出来的自白是不会印出来，也不会给别人读的。至少，我身上没有这样的坚定信念，我也不认为需要有。但是你们可知道：我的脑海里有这样一个幻想，我无论如何也要实现它。关键就在于此。

在所有人的记忆里都会有这样的东西，这些东西他不会对所有人开诚布公，而只是让朋友知道。也有些东西就连朋友也不让知道，只能向自己吐露，而且也要偷偷摸摸地吐露。但是，最后，还有些东西就连向自己吐露也会使人害怕，这样的东西在每一个正派人身上都能找得到。或者应该这样说：这个人越正直，他身上就越会有这种东西。至少，我自己不久前刚刚下决心把我以前的一些经历记下来，直到现在我还是尽力回避它们呢，甚至因为它们，我一直有点内心不安。而现在，我不仅回忆它们，甚至决定把它们记下来，现在我想试试：哪怕就对自己，能不能完全地开诚布公，并且不对这所有的事实感到害怕。顺道说起来：海涅确信一本可信的自传几乎是不可能的，因为人说到自己大概就会胡扯起来。按他的观点，比如卢梭吧，他一直在自己的《忏悔录》中诋毁自己[①]，甚至是出于虚荣而故意诋毁。我认为海涅是对的，我非常了解，一个人仅仅为了一种虚荣就用所有的罪行来诋毁自己，而我甚至非常清楚这种虚荣是什么。不过海涅批评那些在公众面前忏悔的人。我只为了我一个人而写，我一直这样解释，我写的方式好像是对着读者在写，这仅仅是一种表演，因为这样

① 在法国出版的《论德国》一书的第二卷中，海涅（1797—1856）在《自白》（1853—1854）中写道：“描绘自己的性格特征不仅是一项难为情的工作，而且这根本就不可能……尽管他全心全意想要做个真诚的人，但是没有一个人能说出关于自己的真相来。”因此海涅认定，卢梭在他的作品《忏悔录》中“做出了虚假的自白，以便把真实的行为藏在谎言之下”，或许是出于虚荣。——俄文版编者注

我能写得更轻松些。这是种形式，是种无意义的形式，读者对我来说是永远不会有的。对此我已经解释过了……

我完全不想在我这些笔记的措辞方面受到约束。完全不会制定顺序和体系。突然想起什么，我就写什么。

就比如：你们可能会对字眼吹毛求疵，然后问我说，如果您真的没有考虑过读者，那么您在这儿跟自己做什么约定呢，也就是说定好了完全不会制定顺序和体系，定好了突然想起什么就写什么，如此等等，更别说还写在纸上？您在向谁解释？又在向谁道歉呢？

“实在是拿你们没办法。”我回答道。

这首先完全是一种心理。可能我就是个胆小鬼呢。也可能我就故意想象公众就在我面前，好让自己在写笔记的时候表现得更正派些。原因可以有一千个。

你们可能还要问：我想写下来是为什么呢，有什么特别的原因吗？如果我不想公之于众，大可以把一切都记在心里，而不是写在纸上。

这么说吧，毕竟写在纸上显得更庄重些。这样也更加可靠些，可以更多地自我评价，还能增添文采。除此之外：有可能我能从记录中获得放松。或者是另外的情况，比如我被一种老早以前的记忆压得厉害。它一直在我脑子里清晰地重现着，到现在还像某种烦人的曲调一样揪住人不放，还留在我脑子里。而我这时就应该要摆脱它。这样的记忆我有一百种，但是偶尔这一百种中的一种会突出出来压迫着我。我不知怎么就相信，只要我把它写下来了，我就能摆脱它了。为什么不试试呢？

最后：我很无聊，我经常什么也做不了。记笔记真的就好像一种工作一样。据说，人通过工作会变得善良和纯洁。至少这是个机会。

现在下着雪，几乎是湿漉漉的、黄乎乎的、污浊的雪。昨天也下了，几天前也下过。我猜，是湿雪[①]的缘故，让我想起了一个笑话，这个笑话现在还不打算放过我。所以就当这是一个由于湿雪而来的中篇吧。

---

① 文学批评家和回忆录作者 П. В. 安年科夫在文章《俄国文学笔记》中写道：“蒙蒙细雨和湿雪”是“自然派”作家和他们的模仿者所写中篇中对彼得堡环境描写必不可少的元素。——俄文版编者注

由于地面温度高于0℃，雪花在下落过程中融化，被称为湿雪，这一现象在彼得堡尤为常见。

第二部 湿雪的缘故

当我用热情的规劝
从迷误的黑暗中
救出一个堕落的灵魂，
你满怀这深沉的痛苦，
痛心疾首地咒骂
那控制了你的秽行；
当你用回忆来惩戒
自己那健忘的良心，
你把遇到我以前的
一切事都讲给我听；
突然，你双手掩面，
满是羞愧和惊骇
激动着也愤恨着，
原来你已泪流满面……
等等，等等，等等。

——摘自尼·阿·涅克拉索夫的诗[①]

一

那个时候我才不过二十四岁。我的生活在那时就已经是阴森压抑、乱成一团，同时一个人孤零零到了退化成野人一般的程度。我不和任何人交朋友，甚至逃避同人讲话，越来越深地钻到我的角落里去。上班的时候，在办公室里，我甚至努力不去看任何人，我也非常清楚地注意到，我的同事们不仅把我视为一个怪人，而且——所有人都对我这样——好像带着某种极度的厌恶看我。我脑子里出现了一个念头：为什么除了我以外，没有人感觉别人带着极度厌恶的眼光看自己呢？我们办公室里有个人长了张极为招人讨厌、全是麻子的脸，简直就像个强盗似的。我觉得，一个人长着这么张不体面的脸，是不敢看任何人的。还有个人，文官服已经破到一靠近他就能闻到怪味儿。然而这两位先生——不管是因为衣服，还是因为长相，就连心理上也完全没有一丁点儿觉得不好意思。不管是前一位还是后一位都不会想象，有人带着极度的厌恶看向他们，就算有时候会想到，他们也无所谓，只要不是上级这么看过来就行。现在我完全明白了，是我自己，因为我自己那漫无边际的虚荣和由这虚荣导致的对自己的过分苛刻，看待自己的时候几乎总是带着极度的不满，不满到了极度厌恶的程度，而正因如此，我刻意地把我自己的看法强加给每一个人。比如，我讨厌自己的脸，我发现它长得丑恶，甚至怀疑在脸上有某种下流的神情，因此，每一次我出现在岗位上的时候，为了不让别人怀疑我干

① 本诗翻译参考了魏荒弩译本，略有修改。本诗中的“你”所接的动词皆为阴性，说明“你”代指对象为女人。该诗表达了诗人对当时社会底层的代表——妓女的同情。

思想家
伊利亚·格拉祖诺夫 1982 年绘
И. С. Глазунов

下了什么下作勾当，我就尽可能地让自己表现得更道貌岸然一些，脸上也尽可能地做出更高尚的样子。“就算我的脸不好看，”我想，“那么就让它显得高尚、生动，最主要的是要让它显得非常睿智。”不过，我大概也痛苦地知道，我从来没用脸表达出来过这些东西。然而比这一切都糟糕的是，我发现我的脸完全是一副蠢相。可我本来是对我的智力非常满意的。甚至可以这样说，我可以允许脸上的神态看起来很下流，只要与此同时能让别人认为我的脸显得聪明极了就行。

我们办公室里的所有同事，我全都恨，这不用说，有一个算一个，我也鄙视他们所有人，可和他们在一块的时候我又好像在害怕一样。有时候我甚至会突然把他们凌驾于自己之上。我有时候就是会突然不由自主地这样做：一边鄙视他们，一边把他们凌驾于自己之上。要不是有着对自己无限严格的要求，一个有教养的正派人是不会虚荣的，也不会有时候鄙视自己鄙视到了憎恶的程度。但是，鄙视也好，把别人凌驾于自己之上也好，我几乎在遇到的每一个人面前都会低眉顺眼。我甚至做过实验：看我能不能受住别人看向我的目光，结果我总是先垂下眼睛。这把我折磨得发狂。我怕显得可笑也怕到了病态的程度，因此在所有涉及外在的事情上我都像奴隶一样酷爱墨守成规；心甘情愿地循规蹈矩，而且打心底里害怕在自己身上有什么怪异行径。可是我哪里能坚持得住？我变得病态地有教养，就像我们这个时代的有教养的人应该表现的那样。可是他们全都很蠢，而且就像羊群里的羊一样彼此相像。也许，我的所有同事中只有我一个人时不时地觉得我是个懦夫和奴才，正因如此，我也觉得我是个有教养的人。事实上不只是我觉得如此，而且是真的如此：我就是个懦夫和奴才。我这么说没有任何不好意思。我们这个时代每个正派的人都是也应当是懦夫和奴才。这是这个时代正常的状态。对此我深信不疑。正派人就是这样形成的，也因此才叫正派。而且不只是在现在的这个时代，从某些特殊的境况来考虑，在所有的时代里正派人都应该是懦夫和奴才。这是世界上所有正派人天性的法则。如果他们中有谁恰好突然逞强起来干了什么，这也不能让他们以此自慰和陶醉：不过是在别人眼前发狂罢了。这是唯一的也是永远的结果。只有驴和驴的杂种才总是逞强，但是连他们也会遇到那堵众所周知的墙。对他们是不值得关注的，因为他们毕竟什么也代表不了。

而现在还有一种境况在折磨着我：那就是任何人跟我都不相像，我也不像任何人。“我是独个儿，而他们是所有人。”我想道，并且冥思苦想起来。

由此可见，我还完全是个毛头小子。

也有过完全相反的情况。可是哪怕去办公室也已经成了一件厌恶的事：甚至到了我好几次下班回来就病了的程度。但是突然无缘无故地一阵儿怀疑主义和麻木不仁的情绪就开始了（什么东西到了我这里都是一阵一阵的），就连我自己都嘲笑我的偏执和吹毛求疵，自己指责自己的胡思乱想。有时候不想和任何人说话，而有时候又突然不仅想和人交谈，甚至突然想和人像好朋友一样聚聚。突然所有的吹毛求疵就莫名其妙地消失不见了。谁知道呢，或许我从不吹毛求疵，而只是照着书本里装成这样的呢？到现在为止，我还是没解决这个问题。有一次我甚至和同事们交起了朋友，去他们家里拜访，一起打普列菲斯牌、喝伏特加、谈论单位……不过说到这儿，请允许我稍微说点离题的话。

在我们俄罗斯人身上，总体来说，永远都不会像愚蠢的德意志人那样，更不会像法式浪漫主义者那样，哪怕他们脚下天崩地裂了，哪怕整个法兰西要被葬送于壁垒之上了——他们仍不为所动，甚至因为要顾全体面而不肯做一丁点改变，照旧唱着他们超凡脱俗的歌曲，就这么说吧，他们至死也不改，因为他们都是蠢货。而在我们的，在俄罗斯的大地上，显而易见，不存在傻瓜，这是我们和德意志的本质区别。显然，超凡脱俗的品格不会完完全全纯粹地出现在我们身上。所有我们过去那些“有作为的”政论家们和批评家们，他们曾搜寻康斯坦若格罗们还有彼得·伊万诺维奇叔叔们①，并且糊里糊涂地就把他们当做我们的理想，他们在我们的浪漫主义者身上不停地臆想，认为这些浪漫主义者就是像在德国或者法国那样的超凡脱俗的人。相反，我们的浪漫主义者的特质，完完全全直接与欧洲式的超凡脱俗相违背，而且没有哪个欧式的小面具能戴到我们的脸上（还请允许我使用这个词：“浪漫主义者”——古老的、可敬的、应当为人熟知的小词儿）。我们的浪漫主义者的特性——什么都懂、什么都能看透，并且经常看待事物比我们最睿智的智者还清楚得多；跟任何人任何事都不妥协，不过这没什么好值得厌恶的；避开所有东西、让着所有人、跟所有人都有策略地行事；从不会丧失有益的、具体的目标（这里指的是公共住房、国家津贴和奖章），通过各种热情来关注这个目标，与此同时再用一卷卷抒情诗集将“美好与崇高”至死不渝地珍藏在自己心里，当然自己也顺带着被像珍藏某些宝贝那样保护得无微不至了，饶是如此，比如说，这还是为了“美好与崇高”的利益。我们的浪漫主义者是慷慨之人，却也是骗子里面一等一的骗子，这一点我向你们保证……甚至可以从经验的角度就能判断。当然了，这一切，取决于浪漫主义者是否聪明。可是我在胡说什么啊！浪漫主义者当然永远都聪明，我只是想指出，也常有蠢货浪漫主义者，但是先不考虑这个，浪漫主义者在壮年时就会彻底变成德意志人，好更方便保护自己的宝贝，还要在那里定居下来，大部分是住在魏玛或者黑森林，就从这一

① “模范东家”地主康斯坦若格罗是果戈理的小说《死农奴》第二部中的人物。彼得·伊万诺维奇·阿杜耶夫出自冈察洛夫的小说《平凡的故事》（1847），他堪称健全思想和实干精神的代表。——俄文版编者注

点来看他们就是骗子。比如说我吧，我发自肺腑地鄙视我的职务工作，只是由于不得不如此才忍住没唾弃它，毕竟我还坐在这个位子上赚这份钱。但是请你们注意结果，结果是我没有唾弃它。我们的浪漫主义者宁愿发疯（不过，这非常少见），但是他们从不唾弃，如果他们没有别的事业可以指望，那他就会赖在原地——就算他真的疯得很厉害，无非是把他们当做“西班牙国王”[①]给送到疯人院里去。毕竟只有那些窝囊废和没出息的才会发疯。数不胜数的浪漫主义者后来都功成名就了。多不寻常的八面玲珑呀！又是多么了不起的前倨后恭的本事啊！我立刻就被这些想法抚慰了，现在依然以此自慰。不知怎么我们有如此多的“胸怀宽广”之人，以至于在最堕落的境地下他们也不放弃理想，可为了所谓的理想却连动动手指都不肯，哪怕最坏的强盗和小偷，也总是眼泪汪汪地尊重着自己最初的梦想和内心里非比寻常的纯粹。可不是吗，只有我们中的最坏的坏蛋才能完完全全，甚至高尚地保持内心的纯粹，同时又彻头彻尾地当着混蛋。我再说一遍，在我们这些浪漫主义者里总是能出现一些有用的大骗子（“大骗子”这个词我是带着爱意来用的），这种鉴别实用性的嗅觉和对好处的了解是突然表现出来的，因此大吃一惊的上司和公众只能目瞪口呆地冲他们咂着舌头。

八面玲珑着实令人惊讶，它会变成什么东西又会在接下来的状况里被培养成什么样子，以及它对我们的未来又会带来什么影响？只有上帝知道。它可真是个好玩意！我可以这么说，这可不是从什么人的可笑或者庸俗的爱国主义里诞生出来的东西。不过，我想你们又在觉得我是在开玩笑吧。谁知道呢，也可能正相反，也就是说你们认定，

---

① 果戈理的中篇小说《狂人日记》中的主人公波普里欣在发疯后以为自己是西班牙国王。——俄文版编者注

我实际上就是这么想的。先生们，无论如何，你们的两种想法我都深以为荣并且荣幸之至。请原谅，我又扯远了。

我大概无法保持和我的同事们之间的友谊，并且很快就和他们分道扬镳了，而且因为那时的年少无知，甚至都没给他们鞠躬就立刻彻底决裂了。不过这种情况一共也就会出现一次。毕竟我永远都是独一个儿。

我在家的时候，首先总是读书。希冀能用外部的感觉减轻不停向我身体内部越积越多的东西。而在我身上可能产生外部感觉的只有阅读。阅读，当然非常有效——使我激动、令我愉悦也会让我痛苦。但是时不时也会让我非常厌烦。毕竟难免会想活动活动，于是我就坠入了黑暗的、堕落的、下流的境地——不是好色而已，而是淫荡。因为我时常病态地易怒，我身上的情欲也就强烈而炽热。流着眼泪、抽搐着发癔症是常有的事。除了读书，我哪也不去——就是说，在我周围没什么可让我尊重的，也没什么吸引我的。再者，忧愁不停地翻滚；发癔症似的开始渴望自相矛盾和对立，就这么着我就开始荒淫无度起来。我可完全不是为了给自己开脱现在才讲这么多话……不过，不！我在撒谎！我就是想给自己开脱。先生们，这句是我写给自己的注解。我不想说谎。我保证过。

我总是独自一人在夜里去寻花问柳，隐秘地、胆怯地、肮脏地去干，心怀羞愧，这种羞愧在最淫秽的时候也不曾离开，这种羞愧甚至在那时候成了一种诅咒。早在那时我就把地下室带到我的灵魂里去了。万一别人不知怎么看到了我，跟我迎头遇上，认出了我，都让我感到无比害怕。所以我是在各种完全漆黑的地方走。

有一次，我在夜里路过了一个小酒馆，我看向了亮着的窗户，里面的先生们在台球桌旁正用球杆打架，他们中的一个刚好被从窗户里扔了出来。别的时候我会感到厌恶；但是在那一刻，我突然嫉妒起这位被扔出来的先生，甚至嫉妒到了走进了小酒馆，走到了台球桌跟前，心想："也许，大概，我也能打一架，他们也会把我从窗户里扔出去。"

我没喝醉，但是你们说我还能干什么呀——忧愁能把人折磨到这样发癔症！但是什么也没发生。最后，我没能跳过那个窗户，也没打架就走了。

我刚迈了一步一个军官就拉住我了。

我站在台球桌旁边，并且由于没注意挡住了军官本来要走的路；他抓着我的肩膀不说话——既没打招呼也没做出解释——就把我从我站在了刚站的位置上挪到了另一个位置，然后走了过去，好像没看到我一样。我能原谅被殴打，但是我无论如何不能原谅他给我换了位置却无动于衷。

见鬼的是，当时我本想朝他骂几句义正辞严的话，骂得体体面面，或者说骂得文雅！人们对待我就像对待苍蝇。这个军官身高足有十俄寸[①]，而我是个矮小瘦弱的人。不过这场争斗尽在我的掌握：只要我稍稍还嘴，然后当然就会被从窗户里扔了出去。不过我改变了主意，我深思熟虑之后，宁愿……愤恨地偷偷溜走。

我从小酒馆里走出来，又焦虑又窘迫，直接就回家了，第二天，我继续着我的放荡淫行，但是比之前更小心翼翼、更胆战心惊，也更满心忧愁，愁得好像眼眶中含着眼泪——可还是持续干着。不过，你们可别觉得我是由于胆怯才惧怕这个军官：我内心里从来不会胆怯，尽管我的身体总是表现出胆怯，不过——你们请先别笑，对此我可以解释，对这一切我都可以解释，请相信我。

---

① 根据 19 世纪的传统，说到身高时一般默认高于 2 俄尺，只说俄寸数，所以这名军官大概高 186 厘米。——俄文版编者注
后文中提到身高 10 俄寸均默认省略了 2 俄尺。

唉，要是这个军官是那种会同意决斗的人就好了！不过不是的，他恰好是那种先生（哎！这种先生早就消失了），他们宁愿继续打台球或者像果戈理笔下的彼罗戈夫中尉——去向长官告状[①]。决斗他是绝不会参与的，他认为不管是和部队里的弟兄还是和“绣花枕头”[②]，决斗在任何情况下都有失体面——当然他也觉得决斗是没脑子、是自由主义、是法兰西主义，可他自己又乐于欺负别人，尤其是他的身高有十俄寸的时候。

我退缩并不是因为胆怯，而是由于漫无边际的虚荣。十俄寸的身高，或者被人痛打一顿然后从窗户里扔出去都吓不到我；肉体上的勇气，说真的，我是不缺的，但是我缺少道德上的勇气。我是怕所有在场的人，从无耻的台球记分员到最后面的浑身发臭、满脸粉刺的小官僚，对，就是奴颜婢膝、领子上全是油污的那个——当我将要抗议并开始跟他们讲富有文采的话时，他们不能理解并且嘲笑我。因为关于荣誉的关键之处，也就是说不是关于荣誉本身，而是关于荣誉的关键之处（point d'honneur[③]），除了用文雅的语言，迄今为止我还无法用别的语言来讲述。用普通的语言根本无法提出“荣誉的关键之处”。我完全相信（总要现实一点，尽管我是个彻头彻尾的浪漫主义者！）他们所有人都会笑破肚皮，而那个军官不会简单地，也就是说不会不痛不痒地打我一顿，而一定是用膝盖狠狠地撞我，用这样的方式撞得我在台球桌旁连滚带爬，然后再大发慈悲把我从窗户里扔出去。大

① 彼罗戈夫中尉是果戈理的中篇小说《涅瓦大街》（1835）中的人物，他因调戏妇女而被受辱的丈夫——一个德意志工匠打了一顿。遭此大辱后，他因社会地位高于对方不愿决斗，而是一心想向将军告状，同时打算“向师部提出书面申请”。——俄文版编者注

② 德语单词 stafieren 的俄语拼音，原词意为装饰，指衣服里子或者裙子、衬衫的衬里，在这里是对那些低级文职人员的蔑称。——俄文版编者注

③ 法语：荣誉的关键之处。

概，这个微不足道的事件对我来说是不会就此善罢甘休的。后来我经常在马路上遇到这名军官，并且牢牢地记住了他。只是我不知道他认出我来没有。根据种种原因推定，他应该是没有认出我。不过，我啊，我就这样带着恶意和厌恶看着他，就这么持续了……好几年了！我的憎恨甚至在经年地累积和增长。一开始，我试着偷偷打听那位军官。但是对我来说这太困难了，因为我谁也不认识。不过偶然有一天，我在街上听到有人喊了他的姓，那时候我正远远地在他后面走着，确切地说是尾随着他，就这么着我知道了他的姓氏。还有一次，我跟着他一直到他住的公寓，然后花了十戈比从门卫那里知道了他住在几层、是独居还是和什么人一起住等等——总之，我搞到了能从门卫那里搞到的所有信息。有一天清晨，尽管我从来都不进行文学创作，但是我突然有个念头，打算用切露[1]、讽刺漫画和小说的形式来描绘一下这个军官。这部小说我写得无比畅快。我在告密，甚至是带有污蔑；一开始我杜撰了一个能立刻让人认出来的姓氏，不过后来，经过严密的逻辑考量，我换了个姓氏并且把小说寄给了《祖国纪事》[2]。不过那时已经不流行告密信了，而且我的小说也没有被刊登。对此我感到特别的遗憾。有时候我的憎恨几乎要使我窒息了。最后我决定向我的仇人提出决斗请求。我给他写了一封言辞优美的、极富感染力的信，恳求他在我面前道歉；同时相当强硬地暗示如果拒绝道歉我将请求决斗。信就这么写好了，如果这个军官稍稍懂一点“美好与崇高”，那么他就应该立刻跑到我这来紧紧搂住我的脖子，献上自己的友谊。如果这样的话岂不是万事大吉！我们就可以重新各自生

① 这里作者故意写错了“揭露”这个单词的首字母，是为了使其具有讽刺意味。——俄文版编者注

② 当时俄国最大的综合性刊物之一，刊登内容常对现实持批判态度。陀思妥耶夫斯基年轻时也在这一刊物中发表作品。

活！各自生活！他将威风凛凛地保护我；我则用自己的修养和……和思想来教化他，还有许许多多可能出现的好处！请你们想想看，这时离我被欺辱已经过去两年了，我的挑战书已经是最不成体统的旧时代遗毒，何况我这封信里还用各种油滑来解释和掩盖这个遗毒。不过，谢天谢地（至今我仍满含热泪地谢天谢地），我没有寄出这封信。当我明白要是我把信寄出去会发生什么，我简直汗毛倒竖。突然……突然我想到了最简单的、最聪明绝顶的复仇方式。我突然被一个神来之笔的念头给攫住了。过节的时候，我会在四点钟的时候拐到涅瓦大街上，朝着太阳的方向闲逛。其实我完全不是在闲逛，而是在感受无尽的折磨、屈辱和怒气翻涌，不过这样却是我需要的，真的。我像条泥鳅一样，丑态百出地在行人中东窜西窜，不停地给那些将军们、那些禁卫军和骠骑兵军官、那些小姐太太们让路；在那几分钟里，当我露出我的破衣烂衫和七扭八歪、寒酸可怜的身形，我就能感到心里阵阵抽搐地痛、感到背上在灼烧。这是种殉难式的痛苦，是一种没完没了的、让人无法忍受的屈辱，这种屈辱是源于一种想法，它让我不停地直接感受到我在这些光辉人物面前就是下流龌龊的苍蝇，这只苍蝇比所有人都聪明、比所有人都有教养、比所有人都高贵——这早就不言而喻了——但是却要给所有人让路、被所有人欺压、被所有人羞辱。为什么我要在自己身上累积这种痛苦，为什么我要走在涅瓦大街上？——我不知道，但是只要有可能我就会被引到那儿去。

这时我已经开始感受到我在前一部分里提到过的那些愉悦带来的快感了。在发生了和那名军官的事件之后，我就被更强烈地吸引到那里去：在涅瓦大街上我最常遇见他，同时也能观赏他。他也经常来这里过节。他也要给那些将军和达官显贵们让路，也像泥鳅一样在他们中间左摇右摆，但是遇到像我们这般的弟兄，甚至是比我们这般的弟兄更纯粹的人，他就直接挤过去；在我们之间走过去的时候，在他面前就好像空洞无物一样，不管什么情况他也不会让路。我看着他的时候就沉醉于我的仇恨中，而且……每一次都怒气冲冲地给他让路。甚至到了街上，不管怎样我还是不能和他平起平坐，这让我备受折磨。“为什么你每次都先给他让路呢？”有时候半夜三点多我突然惊醒，疯了似的发癔症，不停地这样问自己：“为什么偏偏是你，而不是他？这又不是什么法律，毕竟哪也没写明要这样啊？哪怕是各让一半呢，就像平常常见的那样，两个客气的人相遇了：他让开一半路，而你也让开一半路，你们才好彼此尊重地各自走过去。”但是从来不是这样，永远都是我闪开，而他甚至都没注意到，我是在给他让路。突然一个无比奇怪的想法把我攫住了。“要是，”我想到，“要是我和他迎面相遇，而且……我不让路，故意不让路，哪怕直冲冲地跟他撞个满怀：这又会是什么结果呢？”这个大胆的想法渐渐地控制了我，让我不得安宁。我不停地、一发不可收地想象这件事，而且为了能想清楚我怎么样、什么时候做这件事，我就更频繁地去涅瓦大街了。我欣喜若狂。我越来越觉得这个意图是会发生的，也是可能成功的。“当然，并不是完全撞在一起，”我想，居然已经由于高兴而提前发起善心了，“就这么办，仅仅就是不给他让路，稍微碰他一下，不会撞得很痛，就是肩膀蹭了下肩膀，怎么样能体体面面的，就怎么办；也就是说他怎么撞我的，我就怎么撞他。”最终我就这样完全下定决心了。不过准备工作还是花了很长时间。首先，完成此事时我必须穿得更加得体，也要考虑到衣着打扮。“以防万一，比如说，如果发展成了公共事件（而所谓的公众是指那些高洁雅士[①]：伯爵夫人、Д 公爵、文人骚客，万一他们路过），必须穿得体面，在上流社会看来，

① 此处为法语单词 superflu 的俄文拼写，该词原意为：多余的、无用的，这里引申为附庸风雅，果戈理的《死农奴》中诺兹特列夫也曾将这个词用作这样的意思。——俄文版编者注

这就有所暗示，也在某种程度上直接把我和他放在平起平坐的地位上。”为此我预支了薪水，然后在丘尔金商店买了一副黑手套和一顶极为体面的帽子。比起我最初想买的柠檬色手套，黑色手套使我显得更加庄重也更有品位[1]。“颜色太显眼了，就像是故意要出风头的人似的。”所以我没买柠檬色的手套。衬衫非常讲究，配有白色的骨制盘扣，我老早就准备好了，不过被大衣外套耽搁了好久。我得说我的大衣外套质量很不错，也很暖和，不过它是用棉花做的，领子是浣熊皮的，这样配在一起就像是高级侍从。怎么也该把领子换成海狸绒的，就像军官们的大衣上带的那种。为此我在中央商场[2]里找了又找，几经挑选之后，我相中了一块廉价的德国海狸绒。尽管这种德国海狸绒很快就会破，而且品相撑不了多久，不过刚换上去的时候看起来还是挺不错的。我问了价格：还是太贵了。深思熟虑之后我决定把我的浣熊皮领子卖掉。

相差的钱数对我来说是一个非常庞大的数字，我打定主意向安东·安东内奇·谢托奇金告贷，他是我的领导，为人温顺，但是一丝不苟、体面正派，所以从不会把钱借给任何人，不过，在我在他手下任职的时候，那位帮我安排工作的要人曾经专门向他引荐过我。我被折磨得够呛。向安东·安东内奇借钱让我感到荒唐可耻。我甚至两三天都没睡觉，尽管我那段时间在生热病，本来睡得就少；我的心脏好像在朦朦胧胧中就不跳了，或者突然开始猛地打颤，打颤，打颤！……安东·安东内奇一开始很惊诧，然后皱起了眉头，接着沉思了一会，在拿到我写明两周之后他有权从薪俸中获得我所借的相应钱款的借据后，他终于还是把钱借给我了。这样一切终于就绪了，漂亮

---

① 原文为法语词组 bon ton 的俄文拼写，并变为了比较级形式，该词意为：有风度、有气派。——俄文版编者注

② 彼得堡一个历史悠久的大市场。

海狸绒换掉了不入流的浣熊皮，我也开始有条不紊地行动。不能一上来无缘无故地就实施计划，这件事要做得巧妙，要循序渐进。但是老实说，经过了各种各样的尝试之后，我甚至开始绝望了：我怎么也没法和他撞个满怀——就是办不成！我已经精心准备了也好，没做打算也好——每次眼看着我就要和他撞在一起了，我看了一眼——然后又把路让开了，而他也就顺势走过，看也没看我一眼。我甚至在走近他的时候默默祈祷上帝帮我坚定信念。有一次我完完全全下定了决心，可是结果呢，是我扑倒在他脚边，因为在最后一瞬间，在最后两俄寸远的地方，我泄气了。他满不在乎地从我身边路过，而我，像个小孩似的扑倒在旁边。那天晚上，我又开始生热病和说胡话。可是突然这一切都无比圆满地解决了。在我决定不再尝试我这个害人不浅的企图、对这一切撒手不管的前一天夜里，我带着一个目的再一次走上涅瓦大街，只是为了看看，我该怎么对这一切放手呢？突然，在离我的敌人三步远的地方，我毫无征兆地下了决心，眯起了眼睛——我和他肩碰肩结结实实地撞在了一起！我毫不避让并且以完完全全对等的姿态走了过去！他甚至没有张望一下，而是故作姿态，假装没当回事，不过我坚信，他这是故作姿态。我至今对此仍深信不疑！当然，我吃的亏多些，他比我强壮些，不过这不重要。关键在于我达到了目的，我捍卫了尊严，没有向他退让一步，公开地把自己跟他放在了同样的社会地位上。我回到家，感觉一切仇恨都报复完了。于是我陷入狂喜之中。我自鸣得意地唱起了意大利小调。自然，三天之后发生在我身上的事，我是不会向你们描述的，如果你们读了我写的第一部《地下室》，那么自己也可以猜到了。这个军官之后就去了别的地方，到现在我有十四年没见过他了。我的这位老兄，现在过得如何呢？他又在欺压谁呢？

二

不过，买春的光景一结束，我就变得无比愁闷。悔恨纷至沓来，我又把悔恨撵走：悔恨太让人恶心反胃了。我一点一点地，不管怎么说，对此习惯了。我对一切都习以为常，或者也不是什么习以为常，而是我心满意足地愿意逆来顺受。不过我还有一条能使一切都和和睦睦的出路，那就是——遁入“所有美好与崇高”之中，当然了，是在幻想中遁入。我癫狂地幻想，我被钉在自己的小角落里一连三个月不停地幻想，请你们相信，在这些幻想的时刻，我与那位在慌慌张张、心惊胆战中给自己的外套大衣缝上海狸绒领子的先生判若两人了。我突然把自己当成英雄了。我的那位身高十俄寸的上尉来上门拜访，我甚至都不让他进门。这时我甚至已经记不清他了。我的幻想到底是什么，为什么我对它如此心满意足——对此现在我很难马上说清楚，但是我那时候就是对此心满意足。其实，哪怕是现在我或多或少还是对这种幻想心满意足。幻想在买春之后来得尤为甜蜜和强烈，伴随而来的还有悔恨和泪水、咒骂和狂喜。常常出现如此真真正正的陶醉、如此幸福的时刻，在我内心里甚至连一丁点儿嘲讽都感受不到，上帝保佑。有信、有望、有爱。[①]也就是说，那时我盲目地认为，有某种奇迹、某种外在的环境把这一切都拉长了、拓宽了；突然我要干的事业前景变得有益而美好，最主要的是*完全现成的*（怎会如此——我不知道，但是重要的是完全现成的），就像是我突然降临人世，几乎是骑着白马、戴着桂冠。我甚至不能理解会有二流角色，正因如此在现实生活中我安然地干着最卑劣的事。要么是英雄好汉，要么烂泥一堆，

① 出自《圣经·新约·哥林多前书》第13章第13节。

中间地带是不存在的。这个想法把我给毁了，因为我总是身处烂泥之中却泰然自若，想着总有一天我将成为英雄，而英雄则会掩盖身上的烂泥：据说，平凡人会耻于沾染泥垢，而英雄高大到无法被泥垢完全污染，所以，沾染些许泥垢也无妨。绝妙的是，这些“所有美好与崇高的”高潮正是在我买春之时出现在我脑子里的，正是在那些我已经落到最底层时以零星闪光的方式出现，好像是在凸显自己，而非是要用自己的出现来消灭买春勾当，正相反，它们的出现像是用反差来使之有滋有味，而且出现得恰到好处，就像调制美味的酱汁时投入刚好的佐料。这所谓的酱汁是由矛盾和苦难、由痛苦的心理分析制成的，而所有这些痛苦和受苦的人都给我的买春勾当增加了些许魅力，甚至是增添了思想，总之，它们起到了美味的调味汁该起的所有作用。所有这一切甚至可以说不无深意。再者说，若非如此，我难道能同意干下这种普通的、庸俗的、不入流的、小卒庸吏之流才干的伤风败俗之事并且把这一切烂泥背在自己身上！当时到底是其中的什么东西蒙蔽了我，把我在夜里骗到大街上的？不，我自有高尚的妙计从一切中脱身……

不过，有多少爱啊，我的上帝，我感受到了多少的爱呀，在我那些幻想里，在那些“遁入所有美好与崇高”的幻想中经常如此：哪怕是幻想出来的爱，哪怕这种爱不会施与任何一个人，但是当时这种爱是如此的充沛，甚至已经感受不到有任何将它付诸实践的需求——这种爱甚至已经成为过分的奢侈品了。不过，这一切总归最终会圆满地以散漫而迷人的方式变成艺术而告终，也就是说变为完美的存在形式，这种形式是完全现成的，是硬从诗人和浪漫主义者那里剽窃来的，是适用于各种各样的公共事业和各种需求的。比如说我吧，我将战胜所有人，那时所有人理所当然都会心悦诚服地承认我的所有优点，而我也就宽恕了所有人。我成了著名诗人和高级宫廷侍从，同时坠入了爱河，我收获不可估量的财富，而那时我将把它们献给全人类[①]，同时在全体人民面前忏悔我的罪过，我得说这些已经不是简单的罪过了，而是包括了非常多的某种曼弗雷德式[②]的“美好与崇高”。所有人都在哭泣并亲吻我（要不怎么会叫他们蠢货呢），而我赤足而行、饿着肚子宣扬新的思想并且在奥斯特利茨粉碎了保守势力。[③]然后队列游行、宣布大赦、教皇同意从罗马迁往巴西[④]，再然后给全部意大利人在科莫湖畔的博尔盖塞别墅开一场舞会[⑤]，这样科莫湖就会为此而特意被搬到罗马，接着在灌木丛里搭上舞台，等等，等等——你们难道不熟悉吗？你们会说，在我亲口承认了那么多的享受和眼泪之后，再把这些东西拿到市场上兜售既下流又卑鄙。有什么卑鄙的？难不成你们认为，我会为了这一切而羞愧，难不成你们认为这一切比你们这些先生们的生活中的随便什么东西更愚蠢？除此之外请你们相信，我还想出来了一些蛮不赖的东西……毕竟又不是所有的

---

① “地下室”主人的这种幻想后来发展为小说《少年》（1875）中的“罗斯柴尔德”思想，这种思想同样是希望在积攒了大量的财富和享受了巨大权力之后，把自己的财富分给人们。（参见《少年》第1卷第5章第3节）——俄文版编者注

② 这里指的是高傲的、崇高的意思。曼弗雷德是拜伦同名的戏剧体长诗的主人公，在这首诗中可以找到“世界之痛”的哲学反思。——俄文版编者注

③ 这里和后面的内容里，主人公扮演了拿破仑一世的角色。这里指的是1805年12月2日（俄历11月20日）拿破仑一世大破俄-奥联军。研究者发现，主人公的幻想与法国哲学家卡贝的空想社会主义小说《伊加利亚旅行记》（1840）的一些情节相似。在卡贝笔下的乌托邦中，慈善家-改革家也在奥斯特利茨战役中击溃保皇派-保守派联盟。（参见卡马洛维奇《陀思妥耶夫斯基的青年时代》）——俄文版编者注

④ 拿破仑一世与教皇庇护七世发生冲突，结果1809年拿破仑一世被革除教籍，而庇护七世则实际上在长达五年的时间内被囚禁在法兰西帝国，直到拿破仑退位才被释放。——俄文版编者注

⑤ 显然这里是指1806年法兰西帝国建立的庆典，该庆典定于8月15日——拿破仑一世的生日这一天。博尔盖塞别墅位于罗马，建成于17世纪上半叶，当时属于卡米洛·博尔盖塞，装饰有精美的建筑构件、喷泉和雕塑，而拿破仑一世的妹妹波丽娜嫁给了卡米洛·博尔盖塞。科莫湖坐落于意大利境内的阿尔卑斯山脚下。——俄文版编者注

事都发生在科莫湖上。不过你们说的对，这确实下流又卑鄙。而比这一切都更下流的是，我现在还开始在你们面前辩驳。再下流一些的是，我现在把这种观点发表出来了。不过，够了，不然你们永远没个完：总会有一个接一个的更下流的……

三个月之后，我无论如何都没法继续那种连续的幻想，而是开始无法抑制地渴望冲进社会。冲进社会对我来说意味着到我的上司——安东·安东内奇·谢托奇金家做客。在我的一生中他是唯一跟我保持交往的熟人了，而现在我自己对这样的情况也感到惊讶。但就算是去找他，我也只在这般光景的时候才去：只有当我幻想到了极度幸福，必须要立刻跟人拥抱、跟全人类拥抱的时候，为了跟人拥抱，就需要一个就在面前的、真实存在的人。去找安东·安东内奇首先需要在星期二（他定的日子），所以与全人类拥抱的需求就必须总是在星期二才能得到满足。这个安东·安东内奇住在五角[①]的四楼，有四间房，房间低矮，一间比一间小，全是最实惠、最寒酸的样子。他有两个女儿，还有一个女儿们的阿姨负责斟茶倒水。两个女儿一个十三岁，另一个十四岁，全长着小巧的翘鼻子，我在她们面前总是窘迫得不行，因为她俩总是窃窃私语还咯咯地笑个不停。一家之主通常待在办公室里，和一位头发灰白的客人一起坐在桌子前的沙发上，通常客人都是我们办公室的职员，有时候甚至也有其他部门的职员。我从没看到他家里招待超过两三位的客人，而且来来回回也就是那几个人。他们滔滔不绝地谈论消费税[②]、枢密院里的内幕交易、薪资、仕途、上司阁下、讨好上司的办法，诸如此类。我耐心地陪这些傻瓜枯坐将近四个小时，自己不敢，也不会插嘴去聊他们说的任何事。在好几次满头大

① 彼得堡的一处地方，城郊大街、车尔尼雪夫巷（现在的莱蒙诺索夫路）、分界路和特罗茨卡路（后改称鲁宾斯坦路）交会于此。——俄文版编者注

② 国家施加在大宗需求商品上的税，这里显然指的是酒的税。——俄文版编者注

汗之后，我麻木了，就像是瘫痪了一样，不过这挺好的，也有好处。回家的时候，我没花多少时间就丢开拥抱全人类的愿望了。

我想我应该还有一个所谓的熟人——西蒙诺夫，我的中学同学。在彼得堡，嗐，我有许多同学，但是我跟他们从没来往过，甚至在马路上碰见了也不打招呼。大概我转去别的部门就是为了能不跟他们待在一起，我要坚决地斩断所有和我可恶的童年有关的东西。我要诅咒这所高中，诅咒那段可怕的、奴隶般的岁月！总之，我和这些同学们彻底分道扬镳了，对我来说这就像重获自由一样。不过还有两三个人，我跟他们偶然碰到还是会点头致意的。其中之一就是西蒙诺夫，上学的时候他稳重而安静，在我们中间并不出众，但是我却在他身上发现他性格里有某种独立自主，甚至可以说诚实正直。我甚至认为他是个不可限量的人。我和他一块度过了一段明媚的时光，但是好景不长，突然不知怎么就蒙上了一层浓雾。他显然深受这些回忆之苦，也害怕我又旧事重提。我怀疑他非常厌恶我，但还是不时去找他，大概是我不十分确信自己的想法。

有那么一天，是星期四，孤独感让我无法承受了，也知道周四的时候安东·安东内奇家的大门是关着的，于是我想到了西蒙诺夫。在走到四楼的时候，我突然想到，这位老兄厌恶我，我去了也是白去。不过这样的想法就像故意似的，总是把我置于更加进退两难的境地，所以我还是去找他了。从我上次见到西蒙诺夫算起，已经差不多一年了。

三

我去的时候刚好碰到另外两个中学同学也在。他们正侃侃而谈，看样子是在谈一件重要的事。他们所有人对我的到来都几乎没有表示出任何在意，这太奇怪了，因为我都已经好几年没跟他们见过面了。显然，我被当成像是寻常可见的苍蝇了。我甚至在上学的时候也没被这样蔑视过，尽管这些人都讨厌我。当然，我理解，他们现在应该蔑视我，因为我的仕途不顺利，因为我太落魄了，穿着破旧的大衣，等等，我也理解，在他们眼里我无能和微不足道。不过我怎么也没想到会是这种程度的蔑视。甚至连西蒙诺夫也对我的到来表示惊讶。好像他以前一直都对我的到来表示惊讶。这一切都让我很窘迫，我多少有些郁闷地坐下来开始听他们在谈论什么。

话题严肃而激烈，是关于饯行宴的，这些先生打算明天一块儿组织一个饭局为他们即将远赴外省的同事——现役军官兹韦尔科夫饯行。上学的时候，兹韦尔科夫先生自始至终都是我的同学。从高年级开始我就特别厌恶他。在低年级的时候，他不过是个俊俏而好动的小男孩，人见人爱。大概在低年级的时候我厌恶他，原因也恰恰是因为他是个俊俏而好动的小男孩。他成绩一直很差，从无长进，而且年级越高，成绩就越差，不过他还是成功地从中学毕业了，因为他有后台。在我们读书的最后一年，他获得了一笔遗产——两百个农奴，由于我们几乎全都是穷光蛋，所以他就开始在我们面前炫耀起来。他实在是个粗俗不堪的小人，不过还算善良可爱，哪怕在他炫耀的时候也是如此。尽管我们有着表现得肤浅、不切实际、言过其实的尊严和高傲，但是所有人，除了极个别的人之外，在兹韦尔科夫面前总是阿谀奉承，因此他就更加洋洋得意了。我们奉承他并不是为了获得什么好处，这样只是因为他是个得到上天垂青的人。而且不知为何我们都把兹韦尔科夫当成投机取巧和附庸风雅的行家里手。后面这种想法简直让我气急败坏。我厌恶他嗓子里发出的那种尖细且不容怀疑的声音；厌恶他自鸣得意的俏皮话，尽管他向来伶牙俐齿，但是这些俏皮话却显得他无比愚蠢；我厌恶他那漂亮但是蠢兮兮的脸（不过我倒是愿意用我这张聪明的脸跟他换）和那种四十年代的放肆的官派作风。我厌恶他总是滔滔不绝讲自己将来如何对女人手到擒来（在没有获得军官肩章的时候，他都不敢同女人开始一段关系，所以他迫不及待地渴望得到它），还说他会不停地参加决斗[1]。我记得，我虽然一向沉默寡言，但是有一次和兹韦尔科夫杠上了，那时他在课余时间和同学们胡扯自己未来的风流韵事，说着说着，到最后竟像是晒着太阳的狗崽子一样宣称，他对自己村里的每一个乡下姑娘都要染指一番，并说这叫*初夜权*[2]，如果农夫们胆敢反抗，那就把他们好好抽一顿，还要让这些大胡子的混账东西加倍地交地租。我们同学里的一帮下流坯纷纷鼓掌叫好，我立时跟他吵了起来，并不是为了同情这些姑娘和她们的父亲们，而仅仅是因为这些人居然为了这么个下三滥而鼓掌。我当时占尽上风，而兹韦尔科夫自然是傻兮兮的，却也一副高高兴兴、厚颜无耻的样子，所以对此一笑了之，结果就是，实际上，我并没占什么上风：笑声是站在了他那边的。后来他又好几次让我败下阵来，但是没什么恶意，不过是开个玩笑，顺带嘲笑我一下。我没有理他，但是恶狠狠地鄙视着他。在毕业的时候他给了我一个台阶，对此我并不十分抗拒，因为这令我十分受用，但是我们很快还是彻底分道扬镳了。后来我听说他在服役期间颇为得意，到处纵酒作乐。接着又听到别的传言——他在仕途上很是顺风顺水。在路上他碰到我已经不会点头致意了，我猜他是怕向我这样一个一文不名的小人物鞠躬致意有损自己的身份。我也有一次在剧院的三层包厢看到了他，他已经挂上军官的穗带了。他在一个老将军的女儿面前百般奉承、点头哈腰。三年里他变

① 此处暗指兹韦尔科夫所勾引的女性是有夫之妇。在当时的俄国，被戴了绿帽的丈夫通常会向妻子的情夫提出决斗的请求。

② 原文为法语，指中世纪的封建陋习。初夜权即指每个女农奴的第一次交欢之夜必须是和自己的农奴主老爷进行。——俄文版编者注

得不修边幅了，尽管还是挺漂亮、挺得体的，不过他开始发胖了，有些浮肿，显而易见的是等他到三十岁的时候就会完全发福了。我的同学们就是为这么个即将调走的兹韦尔科夫打算准备饯行宴。他们三年来一直同他有来往，尽管在心底里这些人从来没觉得自己能跟他平起平坐，这一点我深信不疑。

西蒙诺夫的两位客人中有一个是费尔菲奇金，是个德裔俄罗斯人，他身材矮小，尖嘴猴腮，是个嘲笑所有人的糊涂虫，从低年级开始就是我的死对头，他既卑鄙下流，又粗鲁无礼，总是吹牛并且做出一副无比自尊自爱的样子，尽管他内心里大概只是个软蛋。他是兹韦尔科夫的跟班之一，这些人总是装模作样地恭维兹韦尔科夫，并从他那里借钱。西蒙诺夫的另一客人是特鲁多柳勃夫，他是个名不见经传的小人物，一个在军队服役的家伙，高个子，冷冰冰的面孔，挺诚实的，但是对任何一种成功都趋之若鹜，而且永远张嘴闭嘴就是仕途。他是兹韦尔科夫关系很远的远房亲戚，说来可笑，就是这一点在我们几个人之中竟使他有了某种特殊的身份。他总是觉得我可有可无，对我也从来说不上礼貌，不过总体上也过得去。

“那么我们每人出七卢布，”特鲁多柳勃夫说，“我们一共三个人，一共二十一卢布，能吃顿好的了。当然，兹韦尔科夫用不着出钱。”

“就这么定了，我们请他。”西蒙诺夫拍板了。

“难不成你们真觉得，”费尔菲奇金得意洋洋、热情洋溢地接过话来，活像个吹嘘自家将军老爷勋章的狗腿子奴才，“难道你们觉得兹韦尔科夫会让别人请客？他总是客气客气随便吃点，可是却掏出半打好酒作为回礼。”

“我们四个人，哪喝得了半打酒。”特鲁多柳勃夫说，他光注意到了半打好酒了。

“就这样，我们仨，算兹韦尔科夫四个人，二十一卢布，明天五点在巴黎饭店[①]。”西蒙诺夫作为饯行宴的主持人做了个总结。

“怎么会是二十一卢布？”我有些激动地说道，看上去我受到了侮辱，“如果算上我，就不是二十一卢布，而是二十八卢布。”

我以为这样突然毫无预兆地自告奋勇可以说是干得漂亮极了，会让他们所有人心头一惊，会肃然起敬地看着我。

“难道您也来？”西蒙诺夫带着不满地问道，同时尽量不去看我。他对我的底细可以说是一清二楚。

他对我一清二楚这件事让我很恼火。

“这是什么话？我毕竟也是老同学呀，你们故意撇下我，我觉得这算是在侮辱我了。”我又愤愤不平起来了。

“可是我们到哪儿找您呢？”费尔菲奇金无礼地插话进来。

“您可从来都算不上兹韦尔科夫的亲友。”特鲁多柳勃夫皱着眉头补充道。而我揪住话柄不放了。

“我认为，关于这一点谁都无权置喙，”我用颤抖的嗓音回着话，上帝知道到底怎么回事，“或许正是因为我之前和他不够亲近，现在才想去给他饯行。”

“好吧，谁也搞不懂您……您的这些个高尚情怀……”特鲁多柳勃夫冷嘲热讽了一句。

“算您一个，”西蒙诺夫朝我说道，“明天五点在巴黎饭店，别出什么岔子。”

“要给钱的！”费尔菲奇金一边向西蒙诺夫对我指指点点，一边小声嘟哝，不过立刻就停下了，因为就连西蒙诺夫也感到尴尬了。

“够了，”特鲁多柳勃夫站起来说，“他这么想来就让他来吧。”

---

① 原文为法语。下同。

“毕竟我们这是好朋友间的小圈子，”费尔菲奇金发火了，也拿起了帽子，“这可不是正式会议。我们或许本不希望您来的……”

他们离开了，费尔菲奇金走的时候都没跟我点头致意，特鲁多柳勃夫看都没看我，勉强点了下头。就剩下我和西蒙诺夫面对面地留在屋子里，他面带懊恼和困惑，一脸惊奇地看着我。他自己一直站着，也没请我坐下。

“唔……那么……就明天见吧。您现在把钱给我吗？我就是想确认一下。”他窘迫地低声说道。

我腾地气得满脸通红，不过，刚一红脸，我就想起来老早以前我就该还给西蒙诺夫十五卢布，这笔钱我一直没忘记，但是却一直没还给他。

“您也知道，西蒙诺夫，我来这里的时候还不知道……真不好意思我忘了带……”

“好了，好了，没什么大不了的。明天吃饭的时候您记得付就行。我不过是想确认……您请自便……”

他突然闭口不语，然后站了起来开始在房间里有些懊恼地踱起步来。走着走着，他开始用鞋跟先着地，于是脚步声就更响了。

“我没打扰到您吧？”沉默了两分钟之后我问道。

“啊，没有！”他突然身躯一震，“其实，实话实说吧，打扰了。您知道吧，我要出去一下……去个不远的地方。”他用有些抱歉却又像是指责的语气补充了一句。

“哎呀！我的上帝！您怎么不早——说呀！”我抓起帽子回道，做出了一副惊讶但是却放肆的模样，天知道我怎么会做出这副模样。

“去个不远的地方嘛……走两步就到了……”西蒙诺夫又说了一遍，匆忙地装模作样要送我到前门似的，但是他动也没动一下，“那么就说定了，明天五点！”他在楼梯上冲我喊道，我走了，他可算是如愿以偿了。我简直气得发疯。

“居然就这么鬼迷心窍地、鬼迷心窍地强出头！”我一边走到街上，一边气得牙齿打颤，“还是为这么个卑鄙下流的猪崽子——兹韦尔科夫饯行！当然，不值当去；当然，呸：跟我有什么关系？明天我就通过市内邮政通知西蒙诺夫……”

但是我气得发疯正是因为我偏偏知道，我是会去的，而且去得越是没分寸、越是不体面，我就越是非去不可。

甚至还有让我去不成的客观障碍：我没钱。我手头满打满算也就只有九卢布。而且明天我还得把其中的七卢布作为月钱给我的仆人阿波罗，他住在我家，这七卢布是他的伙食费。

按照阿波罗的性格，这钱不给他是不可能的。关于这个骗子、这个祸害我的家伙，一会我再说他。

总之，我就是知道，我终究不会把钱给他，而且也必须要去赴约。

那天晚上我做了个荒唐透顶的梦。毫不奇怪：关于我中学时期像苦刑犯一般过了几年的回忆整个晚上都压在我心头，我怎么也没法摆脱这些回忆。我被几位远亲塞进了这所中学，我靠他们接济生活，但是从被安排进学校就对他们再没什么印象了，他们把我这个孤苦伶仃、已经被他们的数落折磨得够呛、已经糊里糊涂、总是沉默寡言而且怪里怪气地打量一切的男孩塞进了中学。同学们遇见我总是对我恶毒且毫无同情地嘲笑，因为我跟他们完全不同。但是我受不了这些嘲笑，他们之间臭味相投，可我没法轻轻松松地跟他们打成一片。我从那时起就憎恨他们，用胆怯的、受尽侮辱的、极度的自尊把自己和所有人隔绝开来。他们的愚蠢令我愤怒。他们无耻地嘲笑我的长相、嘲笑我肥胖的身材，可是他们自己全长着一张愚蠢透顶的脸！在我们中学里，人的表情不知怎么就会完全变样，变得傻里傻气。有许多漂亮的孩子到我们中学上学。过了几年再看看，他们已经变得面目全非了。早在十六岁的时候，我就愁眉苦脸地对他们感到惊讶了，他们想法中的鸡毛蒜皮，他们干的事、玩的游戏、说的话显示出的愚蠢，在那时就已经让我震惊了。他们不能理解那些必要的事物，对那些发人深省、至关重要的东西也不感兴趣，所以我不得不开始认为他们要低我一等。我可不是出于受了侮辱的虚荣心才这么说，上帝保佑，你们可别用那些已经令人作呕的官样文章作为反驳来丢人现眼，说什么："都是在想入非非，他们那时候就能理解真正的生活。"他们什么也不懂，不懂什么是真正的生活，我发誓这一点是他们身上最令我恼火的。相反，最显而易见的、最醒目的现实他们却以糊里糊涂的异想天开来对待，在那时他们就已经习惯于只向成功顶礼膜拜了。所有那些虽说是天经地义，但是却令人感到屈辱、备受折磨的事，全都被他们冷酷无情、卑鄙地嘲笑。官衔被视为智慧，十六岁就已经张嘴闭嘴讲着肥差了。当然了，许多人是因为愚蠢，因童年、少年时代一直都被身边的坏榜样影响了才会这样。他们的放荡好色到了一种扭曲的状态。当然了，这种情况多数是表面现象，是装出来的下流无耻；当然了，即便是放荡好色，他们身上还时隐时现着青春和某种蓬勃朝气，但就算是蓬勃朝气，在他们身上看来也是乏善可陈的，而且是表现在胡作非为之中的。我对他们深恶痛绝，尽管我比他们更差劲。他们对我以牙还牙，也丝毫不掩饰对我的厌恶。不过，我完全不指望得到他们的喜爱了，相反我一直渴望他们来欺辱我。为了摆脱他们的嘲笑，我有意开始尽我所能努力学习，竭力保持名列前茅。这一点触动了他们。于是他们开始慢慢地理解了，我读的那些书，是他们读不了的，我理解的那些事物（这些可不包括在我们专业课里面），他们听都没听过。对此他们报以古怪和嘲讽的目光，但是精神上已经被折服了，更何况老师为此更加关注我了。嘲笑消失了，却变成了敌视，慢慢变成了彼此间的冷漠和生硬的关系。最后我自己先受不了了：对人群和朋友的需求年复一年地在增长。我试着同其他人拉近关系，但是每次这种亲近关系都显得很不自然，然后自然而然就结束了。我也曾有一次交过一个朋友。但是我的心里存在着一种专制，我希望无限度地掌控他的心灵；我希望让他蔑视他周围的环境；我要求他高傲地、决绝地同这种环境彻底决裂。我用自己的这种狂热的友谊恐吓他，把他吓哭了，吓得浑身抽搐，他有一颗天真、恭顺的心。不过当他完全顺从我的时候，我立刻就开始憎恨他，也疏远了他——似乎我需要他仅仅是为了折服他，只是为了获得他的服从。不过我战胜不了所有人，我的这位朋友和周围的人也完全不同，他不过是一个极为罕见的个例。我在中学毕业后做的第一件事就是离开安排给我的专业职务，这样才能一刀两断，咒骂过去，让过去灰飞烟灭……鬼知道我怎么就磨磨蹭蹭地跑到这个西蒙诺夫这儿来了！……

早上我早早地掀开被子，激动地一跃而起，仿佛所有的事现在就开始发生了似的。不过我坚信，我的生活会发生、今天一定会发生某种根本性的变化。不知是因为不习惯还是怎么，我这辈子只要有什么风吹草动，哪怕是最细枝末节的小事，总会让我觉得，现在我的生活就要发生根本性的变化了。我仍旧像平常一样去上班了，但是提前两个小时偷偷溜回了家里，打算提前准备准备。我想，我不能第一个到场是很重要的，否则他们就会认为我非常乐于来赴约了。不过类似这样重要的事有千百件，它们全都使我焦虑不安到了浑身无力的地步。我再次亲自把靴子擦干净，阿波罗无论如何也不肯一天里擦两次靴子，他认定这么干不合规矩。我偷偷把刷子从前厅偷出来擦靴子，这样阿波罗就不会注意到了，也省得他事后看不起我。然后我又仔细地检查了一下我的大衣，发现大衣已经又旧又破，完全穿坏了。我真是太邋遢了。当然文官制服还是完好的，但是不能穿着文官制服去赴宴呀。更要命的是，裤子膝关节的地方有一块很大的黄黄的污渍。我预感到，光是这块污渍就足以抹杀掉我十分之九的自尊了。我也知道，我这么想实在是太下作了。“不过现在顾不上想法了，现实就摆在眼前。”想到这我心灰意冷了。我自己也清楚地知道，这会儿，我在荒唐地夸大事实，但是我能怎么办：我控制不住我自己，像得了热病似的哆嗦起来。我绝望地想象出兹韦尔科夫这个“下流坯”是如何高傲、冷漠地跟我打招呼；蠢货特鲁多柳勃夫是用怎样的麻木而犀利的目光来看我；费尔菲奇金这个跳梁小丑为了讨好西蒙诺夫又会怎样卑劣粗鲁地哂笑我的处境；西蒙诺夫肯定对这一切了然于胸，他又会如何鄙视我的这种虚荣、懦弱的卑鄙行为，还有最关键的，这一切都如此渺小，完全不文雅，太稀松平常了。当然了，最好是别去赴宴。不过不去也是最最不可能的：一旦有什么东西攫住我，我就一定会全身心地投入进去。我这辈子一直事后刺激自己：“怎么着，害怕了，害怕现实？就是害怕了！”但是正相反，我一直无比希望能向所有这些“混账”证明，证明我完全不是我所想象中的那种懦夫。更何况：在怯懦的热病发作得最严重的时候，我还幻想着能占上风、能战胜他们、能感化他们、让他们喜欢我——哪怕是“为了显示高风亮节或者说句无关痛痒的俏皮话”呢。他们抛弃了兹韦尔科夫，而兹韦尔科夫则坐在一边，沉默不语、羞愧难当，我则让他一败涂地。然后，我还要跟他们和好，把酒言欢，以“你”相称[1]，不过对我来说最难受、最憋屈的就是，我立刻就知道，完完全全知道，我想的这些，事实上我完全不需要，事实上我根本不指望击垮他们、不指望折服他们或者感化他们，而即便我做到了这一切，我自己首先就会觉得这一切一文不值。哎，祈祷上帝让今天快点过去吧！在难以启齿的愁闷中，我走

---

① 在俄语中，以你相称表示亲近。

到了窗户旁，打开了一扇窗户，注视着污浊的雾气中密密麻麻飘落的湿雪……

最终，我那个挂在墙上的破挂钟叮叮当当地敲了五下。我抓起帽子，竭力不看阿波罗——他从早上开始就向我表达着不满，但是出于骄傲一直不想先开口——就从他身边匆匆溜出了门，我用最后半卢布雇了辆讲究的马车，像个阔老爷似的乘马车去了巴黎饭店。

四

昨天晚上我就知道，我准会第一个到。不过，这已经不是谁第一个到的事了。

即便他们还都没来，不过我还是勉强找到了我们的包间。包间的桌子连桌布都没铺上。这是什么意思啊？在多方打听之后，我才从服务员那里得知，聚餐定的是六点左右而不是五点左右。前台也确认了这一点。我已经不好意思再细问了。那会儿离六点还有二十五分钟。如果他们改了时间，无论如何也该通知我一下，哪怕用市内邮政发个信给我，而不是这样让我在自己面前……而且也在服务员面前“丢人现眼”。我正坐着，服务员开始铺桌摆盘了，看着他收拾我就更难受了。快到六点的时候，除了点着的灯泡，包间里又点上了蜡烛。尽管在我刚到的时候，服务员压根儿没想到把这些蜡烛点上。旁边的包间里已经开始吃饭了，两个闷闷不乐的客人分坐不同的桌子，看上去有点气哼哼的，一句话也不讲。远处的一个房间里面很喧闹，甚至有点像在大喊大叫，听起来像一大群人在笑，传出了某种下流的、法式的欢呼声：是和女士一起吃饭。总之可以说是让人恶心极了。我很少有这么难受的时候，于是当他们正正好好六点钟一起出现的时候，我第一时间就把他们当成了某种救星，几乎忘了我应该愤懑地看着他们。

兹韦尔科夫一马当先走了进来，看起来像是首席贵族似的。他和他们正有说有笑，不过一看到我，兹韦尔科夫就装腔作势地慢悠悠向我走过来，像是在卖弄风情似的略微俯了下身子，同时向我伸出了手，这一举动做得亲切但又不算非常亲切，带着谨慎的、几乎是将军般的礼貌，好像他伸出手的同时又在提防着什么。这跟我原本预想的完全相反，我本以为他一进来就会用自己过去那种尖细的、带着叫喊的笑声放声大笑，一开口就是他那些平淡的笑话和俏皮话。我从昨天就开始准备对付他，但是无论如何我没料到他会如此高傲，摆出这样屈尊俯就的姿态。大概他已经认为，在方方面面上他都彻底高出我一大截了吧？如果他只是为了欺辱我才摆出将军的谱来，那我想也没什么，我啐他一口就是了。不过，万一他真的没有打算欺辱我，只有一个想法真真切切地钻进他那颗公羊脑袋里，那就是他觉得已经彻底高出我一大截了，除了以爱护照拂的姿态来看待我之外，就别无他法了呢？想到这，我竟气得无法呼吸了。

“我得知您要参加我们聚会的意愿时大吃一惊。”他开口说道，故意抑扬顿挫、拿腔拿调，还拖长声音地说出以前他不常用的词，“我们和您太久没见了。您躲着我们。这可不应该。我们不像您想的那么可怕。嗯，和您恢——复——关——系总归令人高兴……”

他漫不经心地转身将帽子放在窗户前面。

“久等了吧？”特鲁多柳勃夫问道。

“我五点整就到了，完全遵照昨天对我的叮嘱。”我带着快要爆发的怒气大声地回道。

“难不成您没通知他说改时间了？”特鲁多柳勃夫问西蒙诺夫。

“没通知。忘了。”西蒙诺夫回答，没有任何歉意，甚至都没跟我道歉就去安排冷菜了。

“这么说您在这待了一个小时了，哎哟，太可怜了！”兹韦尔科夫嘲笑地喊了一句，因为照他看来，这件事实在是太好笑了。接着马屁精费尔菲奇金大笑不止，发出了响亮而下流的笑声，活像狗崽子叫唤。就连他都觉得我的境地十分可笑、令人发窘。

“这一点都不好笑！”我冲费尔菲奇金喊道，我越来越生气了，“这是别人的错，不是我的错。你们不屑于通知我。这、这、这……简直荒唐。”

“这不仅是荒唐，而且是，”特鲁多柳勃夫埋怨道，他天真地给我帮腔，“您说得太委婉了。简直是无礼。当然了，是无心之失。这个西蒙诺夫……哎！”

“要是别人这么对我，”费尔菲奇金说，“我非得……”

“您一定会让他们给您端点东西上来，”兹韦尔科夫打断了他，“或者等也不等自己先开席。”

“您得承认，我本可以这么干的，不用任何人许可，”我接过话头，“如果我等着，那么……”

“先生们，请坐吧，”刚走进来的西蒙诺夫说，“一切都安排好了，我已经吩咐过了，香槟冰得很好……可我不知道您的住所在哪，我到哪找您呢？”他突然朝我说了一句，不过又是看也不看我。显然他在反抗什么东西。看来，昨晚的事之后他才拿定的主意。

大家都坐了下来，我也入座了。桌子是个圆桌。我左手边坐的是特鲁多柳勃夫，而右边是西蒙诺夫。兹韦尔科夫坐我对面，在他和特鲁多柳勃夫中间是费尔菲奇金。

“请——问，您……是在厅里工作吧？”兹韦尔科夫接着刚才的话问我。他看到我正在发窘，便认真地觉得我需要同情，或者说需要鼓励一下。“他这是干吗？难道想让我拿酒瓶子砸他吗？”我愤怒地想。因为受不了他的故作姿态，我莫名地冒起火来。

“在某某办公室。”我盯着盘子，磕磕绊绊地回答说。

“那……您——得了什么好——处吗？请——问有什么事迫——使您离开之前的岗位吗？”

“就是想离开之前的岗位本身——迫——使——我离开的。”我比他还多拖长了两倍的音，我快要控制不住自己了。费尔菲奇金哧哧地笑了。西蒙诺夫讽刺地看着我；特鲁多柳勃夫也不吃了，而是好奇地打量着我。

兹韦尔科夫抽搐了一下，不过他不想被人看出来。

“嗯——嗯——嗯，那您收入如何？”

“什么收入？”

“就是月——薪？”

“您这是在审问我！”

不过我还是一五一十地说了我的薪水有多少。我的脸红得要命。

“不算富裕。”兹韦尔科夫骄傲地指出。

“可不是，都不够去喝咖啡、下馆子！”费尔菲奇金无耻地补了一句。

“在我看来，这简直是穷困潦倒。”特鲁多柳勃夫认真地说。

“您看您瘦的，完全变样了……自从……”兹韦尔科夫一边打量着我和我的衣服一边接着说，这时他已经不无恶意地，带着某种令人讨厌的怜悯。

“可别再让他丢人了。”费尔菲奇金笑着幸灾乐祸道。

“阁下，请您记住，我不丢人，”我最终发作起来，“您听着！我在这儿吃饭，‘喝咖啡、下馆子’，花的是自己的钱，自己的，可没花别人的钱，请您记住，费尔菲奇金先生[①]。”

“什——什么！谁不是花自己的钱在这里吃饭？您好像……”费

① 原文为法语。

尔菲奇金对此揪住不放，像只虾一样涨红了脸，暴怒地盯着我的眼睛。

“那——那么，”我感觉我有点过分了，便回答说，“我想我们说话的时候还是该放聪明点。”

“我猜您是有意显摆您的聪慧了？”

“别担心，在这儿完全没必要这么干。”

“那您这是在干什么，人模狗样地嗷嗷叫唤？啊，您怕不是早就在您的‘营’[①]里发疯了吧？”

“够了，先生们，够了！”兹韦尔科夫一锤定音地喊道。

“真是冒傻气！”西蒙诺夫不满地咕哝道。

“确实是冒傻气，我们和和气气地聚到一起是为了给一位好朋友饯行，也把您算进来了，”特鲁多柳勃夫粗鲁地冲着我一个人说道，“您昨天晚上自己死乞白赖要参加聚会，那就别在这破坏和谐的气氛……”

“好了，好了，”兹韦尔科夫喊道，“都别说了，先生们，不谈这个了。现在我想跟你们聊聊我前天差点没结婚的事……”

就这么大家开始听这位先生前天差点没结婚的荒唐事。不过关于结婚半个字也没提，讲的全是一个又一个将军、上校，甚至还有士官生——宫廷侍从，而这些人几乎都唯兹韦尔科夫马首是瞻。大家发出了赞许的笑声，费尔菲奇金甚至尖叫起来。

所有人都不理我，我灰心丧气地坐在那里。

“天啊，我就是跟这种人为伍！”我想，“我在他们面前居然像个傻瓜似的！不过话说回来，我是太纵容费尔菲奇金了。这些蠢货还以为，让我跟他们共坐一桌是给我面子，他们永远不明白，这是我给他

① 费尔菲奇金故意说错了“厅”一词来羞辱对方。

们面子，不是他们给我！‘看您瘦的！制服！’这条该死的裤子！兹韦尔科夫刚刚还盯着膝盖上那块黄黄的污渍看了下……这算什么！现在，我就立刻站起来，拿起帽子，一句话不说径直走出去……以示藐视！哪怕明天就跟他们决斗。跳梁小丑。我可不是舍不得这七卢布。你们想想……真见鬼！七卢布不值得我可惜！我立刻就走！……”

当然了，我留了下来。

我痛苦地一杯接一杯地喝着拉菲酒和核列斯酒。由于不常喝酒我很快就醉了，同醉意一同增长的还有我的懊恼。我突然想用最野蛮的方式侮辱他们所有人，然后扬长而去。抓住时机，证明给自己看——让他们说好了：哪怕显得搞笑，但是确很聪明……还有……还有……总之，让他们见鬼去吧！

我醉眼惺忪地打量了他们许久。不过他们好像已经完全把我忘了。他们又吵又叫，很是开心。兹韦尔科夫一直在讲个没完。我开始仔细听他说什么。兹韦尔科夫讲的是某个丰腴的太太，他诱使她最终向他表白了（当然了，他这是在撒谎，像个畜生似的），在这桩风流事上他的一位密友，有着三千农奴的某小公爵、骠骑兵柯利亚帮了大忙。

“可是，为什么这个有三千农奴的柯利亚没到这来，没来和我们一起给您饯行呢？”我突然在他们的交谈中插了一句。当时所有人都闭口不言了。

“喝到现在，您一定是醉了。”特鲁多柳勃夫鄙夷地瞥了我一眼，他终于肯注意到我了。兹韦尔科夫像只小甲虫似的默默地盯着我上下打量。西蒙诺夫赶紧开始给大家倒香槟。

特鲁多柳勃夫举起了杯子向除我之外的所有人敬酒。

“祝您身体健康，旅途顺利！”他冲兹韦尔科夫叫道，“为了过去的时光，先生们，也为我们的未来，干杯！”

所有人一饮而尽，然后凑过去亲吻兹韦尔科夫。我却无动于衷，满满一杯酒在我面前纹丝未动。

“您不打算喝吗？”特鲁多柳勃夫严肃地冲我嚷道，显然已经忍无可忍了。

“我想以自己的名义说几句祝酒词，单独敬……到时候再干杯，特鲁多柳勃夫先生。”

“专唱反调的讨厌鬼！”西蒙诺夫低声抱怨着。

我直挺挺地站在桌子前，像生了热病似的拿起酒杯，准备说些不同凡响的话，当时我自己也不知道我正打算说什么。

“安静[①]！”费尔菲奇金嚷道，“聪明人要敬酒了！”

兹韦尔科夫一脸严肃地等着我开口，显然已经知道我要说什么。

“兹韦尔科夫中尉先生，”我开腔了，“您知道，我讨厌装腔作势，讨厌油腔滑调的人，讨厌偷奸耍滑的人……这是第一点，接着还有第二点。”

所有人都坐立不安起来。

“第二点：我讨厌风流艳史和好色之徒。尤其是好色之徒！

“第三点：我爱真理、诚实和正直，”我几乎是机械地继续说着，因为我当时已经吓得呆若木鸡了，不知道我为什么会这么说……“我爱思想，兹韦尔科夫先生，我爱真正的友谊，建立在平等之上的友谊，而不是……嗯……我爱……不过，说这些干什么？让我为您的健康干一杯，兹韦尔科夫先生。您去勾引切尔克斯[②]美女吧，去射杀祖国的敌人，还有……还有……祝您健康，兹韦尔科夫先生！”

---

① 原文为法语。

② 又名契尔克斯，北高加索的一个民族，在19世纪常用于指称北高加索信仰伊斯兰教的原住民。18世纪末北高加索被俄国吞并，但是原住民激烈反抗俄国统治，但最终被沙皇镇压。因兹韦尔科夫将去高加索任职而有此说。

兹韦尔科夫从座位上站了起来，朝我鞠了一躬并说道：“非常感谢。”

他受了极大的侮辱，甚至已经气得脸色惨白了。

“见你的鬼。”特鲁多柳勃夫用手拍了一下桌子，大吼了一句。

“这可不行，说这种话可得挨嘴巴！”费尔菲奇金尖叫了起来。

“应该把他赶出去！”西蒙诺夫低声咕哝着。

“别说了，先生们，也别动手！”兹韦尔科夫制止了其他人的激愤，自己激动地大叫，“感谢你们每一位，不过我会亲自证明我有多重视他的话。”

“费尔菲奇金先生，明天您得为您现在说的话给我个满意的答复！”我傲慢地朝费尔菲奇金说。

“要决斗咯？奉陪。”他回答道，不过，大概我提出决斗时太滑稽了，也太不像样了，以至于所有人，甚至包括费尔菲奇金都笑得前仰后合。

“行了，没什么好说的，别搭理他！他已经醉得一塌糊涂了！”特鲁多柳勃夫鄙夷地抢白了一句。

“我怎么把他也叫来了，我真是不能原谅自己。”西蒙诺夫又一次低声咕哝起来。

“这会儿最好是拿酒瓶子砸向他们所有人。”我一边想，一边拿起了酒瓶子，然后……给自己满了一杯酒。

“……不，最好还是耗到底！”我接着又想，“我一走你们可就高兴了，先生们。没门。我偏要坐在这里，痛饮到底，以此来告诉你们，我一丁点儿都不在乎你们。我偏要坐在这喝酒，因为这里是酒馆，而我是付了钱才进来的。我偏要坐在这喝酒，因为你们在我眼里全是无名小卒，形同虚设的无名小卒。我偏要坐在这喝酒……要是我乐意，我还要唱，对，要唱，因为我有这个权利……有权唱歌……嗯。”

不过我没唱歌。我只是努力不看他们任何一个，装出一副满不在乎的样子，不耐烦地等着他们率先开口来找我说话。不过，唉，他们没和我说话。反而好像是、好像是我在等着和他们讲和的机会似的！钟敲了八下，最后又敲了九下。他们下桌坐到了沙发上。兹韦尔科夫舒舒服服地躺在沙发的卧榻上，把一条腿搭在了小圆桌上。酒也搬到那边去了。他真的自己拿来了三瓶酒给大家喝。而我，显然没被邀请过去。其他人都围着他坐到沙发那边去了。他们几乎是带着崇敬在听他讲话。很显然，他们都爱他。“为什么？为什么啊？”我自顾自地想着。他们时不时表现出醉酒时的狂欢，然后彼此互吻。他们在聊高加索；聊什么是真正的激情；聊加里比卡[1]；聊任职时能捞到好处的地方；聊骠骑兵波特哈尔热斯基有多少收入，并为了他有那么多收入而开心，这位骠骑兵和他们全都素昧平生；聊 Д 公爵夫人是那么国色天香、婀娜多姿，这位公爵夫人他们也素未谋面，最后他们一直聊到莎士比亚永远不朽。

我鄙夷地笑着，并且正对着沙发的包间另一边，沿着墙在桌子和炉子中间走来走去。我竭尽全力地表明，他们对我完全可有可无，同时我又故意踩着靴子跟走路，弄得靴子咚咚响。但是这一切都无济于事。他们谁也没管我。我耐得住性子，就在他们面前这么走，从八点走到十一点，从桌子到炉子，再从炉子折回来，就这么一段路。“我就想这样走，谁也不能不让我这样走。”服务员走进包间的时候，停下来看了我好几次，因为不停地转身，我的头都晕了，有时候我都觉得我开始说胡话了。三个小时里，我三次满身大汗又三次消了汗。有时，一种想法带着痛彻心肺、撕心裂肺的痛苦刺进了我的心里：就算

① 一种扑克牌赌博。——俄文版编者注

过了十年、二十年、四十年，而我，哪怕过了四十年，仍旧无比厌恶、备受屈辱地回忆着我这一生里面最肮脏、最可笑、最骇人的几分钟。不可能再去昧着良心、自甘下作地自轻自贱了，而我完全、完全明白这一点，我就这么不停从桌子到炉子，再从炉子到桌子地走着。“唉，要是你们知道我多么情感丰富、多么思想卓越，又是多么高尚就好了！”我不时这样想着，同时在想象里，我已经对着沙发说出了这番话，而我的敌人们就坐在沙发上。然而对我的敌人们来说，好像我根本就没在房间里一样。有一次，仅仅有那么一次，正当兹韦尔科夫讲到莎士比亚的时候，他们扭头看了我一眼，而我突然鄙夷地哈哈大笑起来。我做作又讨厌地发出了哧哧的笑声，于是他们突然停止交谈，并且默默地观察了两分钟，非常严肃，没有发笑，看着我沿着墙从桌子走到炉子，看着我对他们丝毫不加注意。然而什么也发生：他们没向我开口，过了两分钟又不管我了。十一点的钟声敲响了。

“先生们，”兹韦尔科夫从沙发上站起来开口说道，“现在，我们都去那儿吧。”

“当然，当然！”其他人应和着。

我突然转向兹韦尔科夫。我早已痛苦不堪，彻底精疲力尽了，哪怕抹脖子自尽也要结束这一切！我像得了热病似的颤抖着，黏糊糊的头发粘在了额头和鬓角上。

“兹韦尔科夫！我请求您原谅我，”我突然决绝地说到，“费尔菲奇金，也请您原谅，请所有人、所有人原谅，是我得罪了大家！”

“啊哈！决斗可不讲情面！”费尔菲奇金恶毒地压着嗓子说。

我的心被刺痛了。

“不，我可不怕决斗，费尔菲奇金！我明天仍要跟您一决生死，不过要在我们已经握手言和之后。我坚持要这样，您不能拒绝我。我要向您证明我不怕决斗。到时候您先开枪，而我则将朝天上开一枪。”

“自己哄自己呢。”西蒙诺夫说。

“就是害怕了！”特鲁多柳勃夫接了一句。

“只求您让我们过去，您把路挡住了！……您到底要干什么啊？”兹韦尔科夫鄙视地说。他全身上下都红通通的，他的眼睛也闪烁着：显然是喝太多了。

“我想要您的友谊，兹韦尔科夫，我让您受到了侮辱，不过……”

“侮辱？您、您！让我、我！您听好了，阁下，您无论如何都不可能侮辱我！”

“真受够您了，滚开！”特鲁多柳勃夫紧跟着说，“我们走。”

“奥林匹娅是我的，先生们，讲定了！”兹韦尔科夫大叫。

“我们不跟您抢！不跟您抢！”其他人哄笑着回答。

我倍受侮辱地杵在那里。一帮人闹哄哄地走出了房间，特鲁多柳勃夫唱着支傻兮兮的歌。为了给服务员小费，西蒙诺夫在包间里稍微留了一会。我立刻凑到他跟前。

“西蒙诺夫！给我六卢布！”我斩钉截铁而又绝望地说。

他用已经恍惚的眼睛无比吃惊地看着我。他也喝醉了。

“难道您要跟我们一起去那儿？”

“对！”

“我没有钱！”他坚决地说，鄙夷地笑着走出了包间。

我抓住了他的大衣。这简直像噩梦一般。

“西蒙诺夫！我看见您有钱了，您为什么拒绝我？难道我是蠢货？您最好别轻易拒绝我：您可知道、您可知道，我为什么跟您借钱！这关系到一切，我未来的一切，我的全部计划。”

西蒙诺夫拿出了钱，几乎是扔在我身上。

“如果您这么没良心的话，那就拿去吧！”他残酷地说了这么一句，然后就跑着去追其他人了。

我呆了一分钟。彻底乱套了，残羹剩饭，地板上的碎杯子，洒出来的葡萄酒，抽剩下的烟头，脑子里的醉意和胡话，心里无比折磨人的忧伤，最后，还有那个亲眼看见也亲耳听到了这一切、正用好奇的眼睛盯着我看的狗腿子。

“去那儿！”我大喊一声，“要么他们全都跪下抱住我的脚，向我祈求友谊，要么……要么我就抽兹韦尔科夫一记耳光！”

五

“这么说这事儿，这么说这事儿还是跟现实相冲突了，”我一边拼命从楼梯上跑下去，一边低声咕哝着，“要知道，这可不是离开罗马跑到巴西去的教皇；要知道，这也不是科莫湖上的舞会！”

“你这个混蛋！”我脑海中突然响起了声音，“居然还在嘲笑这件事。”

“随你骂吧！”我自问自答地喊道，“反正现在一切都毁了！”

已经找不到他们的踪迹了，不过也无所谓：我知道他们去哪了。

门廊外杵着孤零零的夜班万卡[1]，他穿着粗呢布的衣服，全身都覆着这会儿还在下个没完的湿漉漉的、又好像热乎乎的雪。外面又潮又闷，让人窒息。他那匹鬃毛分叉的小花斑马也全身盖满了雪并且嘶鸣不止；这一切我记忆犹新。我跑向了破雪橇，不过我正迈开腿打算坐进去的时候，就想起了西蒙诺夫刚刚扔给我六卢布的事，这让我顿时垂头丧气，然后我就像个破麻袋似的扑倒在雪橇上了。

① 旧俄称驾驶驽马拉的简陋马车的车夫为“万卡”。

“不行！得再加把劲才能把这一切找补回来！”我嚷嚷起来，“要么让我找补回来，要么就让我今晚当场暴毙。我们走！”

我们上路了。我的脑袋里完全搅成了一团。

“跪下来向我祈求友谊——他们才不会这么干。这是痴心妄想，下作的痴心妄想，令人恶心的浪漫主义幻想，就像是科莫湖上的舞会。所以我就应该抽兹韦尔科夫一个耳光！我责无旁贷。就这样，说一不二，我现在就飞奔过去抽他一耳光。”

“赶车！”

万卡不断扯动着缰绳。

“一走进去就抽他。要不要讲几句作为开场白？不！干脆走进去直接抽。他们应该全都坐在大厅里，而他则和奥林匹娅坐在沙发上。该死的奥林匹娅！有一次，她嘲笑我的脸还拒绝我。

“我要薅奥林匹娅的头发，揪兹韦尔科夫的两只耳朵！不，最好还是揪一只，扯着他的一只耳朵绕着屋子走。其他几个人大概会揍我一顿再把我扔出去。这是铁板钉钉的事。随他们好了！反正我已经先抽了他一记耳光了：我先发制人，而根据荣誉规则——这就赢了；他已经给烙上了耻辱的印记，不管怎么打我，也洗刷不掉这记耳光了，除非决斗。他必须同我决斗。所以就让他们打我好了。打吧，这群粗鄙小人！打的最重的肯定是特鲁多柳勃夫：毕竟他那么壮；费尔菲奇金则准是一直在旁边扯我的头发。不过让他们打吧，悉听尊便！我豁出去了。他们这些山羊脑袋到最后才被迫在这一切之中觉察到悲剧的元素！当他们把我拉出门的时候，我就朝他们大喊，告诉他们，事实上，他们连我一根小指头都不如。”

“赶车，车把式，赶车呀！”我冲着万卡嚷嚷。

他都有点吓哆嗦了，挥了几下鞭子。我已经是发狂似的大喊了。

“黎明时候决斗，就这么决定了。厅里的差事是彻底完蛋了。费尔菲奇金不久前还把厅说成了‘营’呢。不过到哪搞得到手枪呢？真是废话！我预支了薪水买就是了。那火药呢？子弹呢？这是决斗见证人的事了。天亮之前怎么才能把这一切都安排好呢？我到哪找见证人呀？我连个熟人都没有……”

“真是废话！”我大喊了一声，头晕目眩得更厉害了，“真是废话！”

“我在街上遇到的第一个人必须当我这方的决斗见证人，就像他必须见义勇为把溺水者从水里拉上来一样。最糟糕的情况也是有可能的。大不了我亲自去请厅长来当我的见证人，他就是出于骑士精神也会答应我并保守秘密的！安东·安东内奇……”

问题是，那一瞬间我比世界上的任何人都更清楚明白，我那些想象全是最卑鄙无耻的扯淡，而且全是在说反话，不过……

“赶车，车夫，赶车，滑头，赶车呀！”

“好嘞，老爷！”车夫应了声。

我突然感到一阵恶寒。

“我要是……我要是……现在直接回家岂不更好？我的上帝！为什么，为什么昨天我非要自告奋勇来吃这顿饭！不行，绝不可以！从桌子到炉子来回走了三个小时就这么算了？不，非得由他们，由他们，而不是别人为我这三个小时的走来走去付出代价！他们必须洗刷这份耻辱！”

“赶车！”

“要是他们把我送进警察局怎么办？他们不敢！害怕闹丑闻。那要是兹韦尔科夫瞧不起我，拒绝决斗怎么办？这太有可能了，不过到时候我要证明给他们看……等他明天准备出发的时候我就冲到驿站去，在他上马车的时候揪住他的脚，扯下他的大衣。我要用牙死命咬住他的手，我要咬他……‘所有人都看看吧，一个绝望的人能干出什么事来！’随他怎么打我的脑袋，随他们怎么从我背后对付我。我要向所有人大喊：‘看吧，这个准备去勾引切尔克斯娘们的狗崽子被我啐了一脸！’

“干完这事，大概一切就都结束了！什么厅不厅的对我来说也不复存在了。随后，我会给抓起来，会被审判，会被开除职务，会给关进牢里，会被流放到西伯利亚去。无所谓！十五年之后，我从牢里出来了，我穿着破衣烂衫，像个乞丐似的蹒跚地找他们去。我会在省城里的某个地方找到他。他结婚了，过得很幸福。他还有个成年的女儿……我会说：‘看看吧，恶棍，看看我这张凹陷的脸，看看我穿的这些破衣烂衫！我什么都没有了——仕途、幸福、修养、学问、心爱的女人，这全都拜你所赐。看这把手枪。我来这开一枪，还有……还有我原谅你。’这时我就朝天开一枪，然后从此就销声匿迹……”

我甚至哭了出来，尽管我一瞬间就完全明白了，这一切都是从西尔维奥身上、从莱蒙托夫的《假面舞会》里想出来的[①]。我突然感到羞愧得无地自容，羞愧得让我勒住了马，然后爬出了雪橇，当街站在了雪中。万卡喘着粗气，吃惊地看着我。

“如何是好？去是不能去的——没什么好说的；就此打住也不行，因为事已至此了……上帝啊！怎么能就此打住！还是受了这般屈辱之后！”

“不！”我大喊一声，跑回了雪橇上，“这是命中注定了，这就是我的命！赶车，赶车，去那儿！”

我激动难忍，一拳打在了车夫的脸上。

“你干啥呀！打人干吗？”这个土包子嚷了一句，不过同时还是

---

① 西尔维奥，普希金的中篇小说《射击》（1830）中的主要人物，他的一生都花费在复仇的想法上。在小说的结尾，他战胜了自己的仇人。在《假面舞会》中也有被称为无名氏的类似角色。——俄文版编者注

抽着拉车的驽马，于是这匹马开始蹬着后蹄尥蹶子。

湿雪像棉絮一样漫天飞舞；我的身体露在外面，我已经完全顾不上这些了。别的事我全给忘了，因为抽耳光的事总算有个结论了，我惊恐地感到，这件事现在已经是板上钉钉了，眼见着就要发生，任何力量也阻止不了了。冷冷清清的灯笼在大雪笼罩的浓雾中阴森森地闪着，好像葬礼上的火把。雪飘进了我的大衣，飘进了便服里，飘到了领带下面，然后融化了；我没把衣服合上：反正我也一无所有了，合不合衣服有什么关系！我们总算到了。我几乎是无意识地冲了出去，跑上台阶，开始手脚并用地砸门。我突然感到膝盖那里软得厉害，尤其是两只脚。很快就有个人来开门，就好像知道我要来似的。（确实如此，西蒙诺夫预先就告知说，可能还有一个人，而这个地方必须要预先说好，好提前做好安排。这是那时的“摩登商店”里的一家，现如今它们已经被警察取缔了。白天这里确实就是个商店；到了晚上有邀请函的人就能作为客人来这里玩玩了。）我三步并做两步地穿过了黑黢黢的门廊来到了我熟悉的大厅，这个大厅里只点了一根蜡烛，然后我就陷入了困惑之中：这里一个人都没有。

“他们人呢？”我随口问道。

他们应该是已经快活完了，各自回去了……

我前面出现了一个人，傻兮兮地笑着，是老板娘，某种意义上来说，她是认识我的。过了一分钟，门开了，另一个人走了进来。

我不管不顾地在房间里踱步，看着像是在自言自语。我像是死里逃生似的，并且我全身心地预感到这事会皆大欢喜：毕竟我本来要抽耳光的，我本来一定得抽、非抽不可！不过现在他们不在了……全都消失了，全都天翻地覆！……我打量着四周。我还没缓过神来。我不自觉地看向了走进来的姑娘：在我面前的是一张小巧而鲜活的、年轻的、有点苍白的脸，脸上有两道黑黑的直眉毛以及庄重而带着些许惊讶的目光。我立时就喜欢她了；她要是在微笑的话，我可能就会憎恶她了。我站在那全神贯注地看她，好像举着放大镜似的：思绪还没法集中起来。这张脸上有某种朴素和善良的，但是不知怎么又庄重到了让人奇怪的东西。我确信，因为这个特点她在这混得不好，这些傻瓜没一个会注意到她的。不过，她说不上漂亮，尽管她个子高挑，健康有力，身材很好。穿的嘛，朴素极了。一种下流的东西攫住我了，我径直走向了她……

我碰巧映在了镜子里。我那张惊恐不安的脸显得实在太让人厌恶了：苍白、凶狠、丑陋，还长着乱糟糟的头发。"随它去吧，我就高兴这样，"我想，"正是因为我让她感到厌恶我才高兴，我就喜欢这样……"

六

……在隔墙外面，像是受到了某种非常沉重的压力似的，又好像是被什么人给勒住了——钟发出了吱吱嘎嘎的声音。在长得不自然的吱嘎声之后，响起了尖细的、下流的又好像有点突然的钟声——仿佛是有人提前冲了出来似的。钟响了两下。我醒了，几乎没睡着，只是意识模糊地躺着。

房间里拥挤、逼仄而且低矮，摆满了体积很大的衣柜，扔了一地的硬纸盒、破衣烂衫和各种各样的破烂杂物——屋里几乎完全黑了。房间边缘的桌子上点着蜡烛头，几乎完全灭了，时不时地稍稍爆发出一点光来。过不了几分钟房间里就会完全黑下来了。

我刚刚清醒了没一会儿，立刻没费什么劲儿就把一切都想起来了，就好像这些记忆就是为了再次扑到我身上来而一直守着我似的。就算是在迷迷糊糊之中，我的记忆里总是不停地出现某些细微的小东西，这些东西让人想忘也忘不掉，我睡梦中的幻想也是围绕这些小东西而展开。然而怪异的是：在这个半睡半醒的时刻，我觉得，我今天白天经历过的这一切已经过去很久很久了，好像我在很久很久之前就已经经受过这番折腾了。

脑袋里一片混沌。仿佛有什么东西一直在我面前，刺激着我、挑衅着我，让我不得安宁。忧伤和怒火又一次郁积起来并且在寻求发泄。突然我在身旁看到了两只睁着的眼睛，正在好奇而坚定地端详着我。这目光冷漠极了，阴森森的，好像完全不是人类的，让人很不舒服。

我的脑海里滋生出一种阴郁的念头，这种念头像某种非常难受的感觉一样传遍全身，那种感觉就像是走进地下室一样，潮湿、发霉的地下室。不大自然的是，正是此刻这两只眼睛才突然想起要仔细打量我一番。我也想起来了，在过去的两个小时里面，我一句话也没跟这个造物讲，也完全没觉得有这种必要，甚至就在刚才不知为什么我还很喜欢这样。这时我突然清晰地想象出了一种荒唐的、像蜘蛛一样令人恶心的淫秽思想，这种淫秽之中没有爱，而且野蛮、无耻地从那种真正相爱的人结婚才会做的事开始干起。我们就这么互相对视了很久，不过她没有在我面前垂下眼睛，目光也一直没有改变，所以到了最后不知怎么我感到有点害怕。

“你叫什么？”我犹犹豫豫地问了一句，好快点结束眼下这种状态。

“丽莎。”她几乎耳语似的回答说，但是不知怎么回答得十分冷淡，而且移开了视线。

我沉默了一会。

“今天的天气……下着雪……真讨厌！”我把手愁闷地搭在头上，盯着天花板，几乎是喃喃自语。她没回话。当时一切都尴尬极了。

“你是本地人？”几分钟之后我稍稍向她的脑袋转了一点，几乎是在发火地问。

“不是。”

“那从哪来？”

“从里加[1]。”她勉勉强强地说道。

“德意志人？”

“俄罗斯人。”

“在这很久了？”

“在哪？”

“这栋房子里。”

“两周。”她说话越来越断断续续。蜡烛彻底熄灭了；我已经无法看清她的脸了。

“父母还健在？”

“是……不……还在。”

“他们在哪？”

“就在那里……在里加。”

“他们是什么人？”

“就那种人……”

“就哪种人？什么人，哪个阶层？”

“小市民。”

“你一直和他们一起过？”

“是的。”

“你多大年纪？”

---

① 现为拉脱维亚首都，当时居住着大量波罗的海的德意志人。

“二十岁。”

“你为什么要离开他们？”

“没什么。”

没什么就是说：别问了，烦死了。我们俩都不说话了。

上帝才知道我为什么没走。我自己也变得越来越烦闷和忧伤。昨天一整天发生的种种状况不知怎么开始不由自主、不受我控制地胡乱在我的记忆里涌现。我突然想起了昨天早上在街上看到的一幕场景，当时我正忧心忡忡地挪着步子去上班。

“今天搬棺材的时候差点没把棺材摔了。”我突然大声地说了一句，完全没指望对方会接话，而是几乎不由自主地说了一句而已。

“棺材？”

“是啊，在干草广场[①]；从地窖里搬出来的。”

“从地窖里？”

“不是地窖，而是从地面底下的那层……哼……你知道的，从下面……就是从那种很差的破房子……周围全是脏东西……果皮蛋壳、各种垃圾……闻起来……让人想吐。”

一阵沉默。

“今天不适合下葬！”为了不再沉默着，我又开腔了。

“怎么不合适？”

“下雪，搞得潮乎乎的……”（我打了个哈欠。）

“反正都一回事。”沉默了一会之后她突然说。

“不，糟透了……（我又打了个哈欠。）掘墓人准会因为土被雪水泡湿了而破口大骂。墓地里面也准会积水。”

---

① 彼得堡地名，此地因长期进行干草交易而得名，四周是贫民窟和各类罪犯的聚集地。陀思妥耶夫斯基也曾因故被关在干草广场的禁闭室内。《罪与罚》的主人公所住的斗室也位于此地。

“墓地里为啥会积水？”她带着某种好奇问我，不过说起话来比之前更粗鲁、更迟疑了。突然有什么东西把我给惹恼了。

“有什么为啥的，墓地底层都是水，得有六俄寸那么厚。不止一块墓地这样，在沃尔科沃[1]，就挖不出干的墓地。”

“为啥？”

“什么为啥？那里就是这么个到处是水的地形。哪哪都是沼泽。只能往水里埋。我亲眼见过……好几次……”

（我一次也没见过，甚至都没去过沃尔科沃，只是道听途说而已。）

“难道死对你来说也无所谓？”

“我为什么会死？”她自我保护似的回答道。

“总有一天你也会死的，就像不久前死的那个死者一样的死法。她也……是个姑娘……死于肺痨病。”

“妓女最好死在医院里……”（她早知道这件事，我想，所以她说：妓女，而不是姑娘。）

“她欠老鸨的钱，”我接着说，越来越故意地挑起争吵，“一直到最后还在给老鸨赚钱，哪怕都得了肺痨病。周边的车夫找当兵的聊天，他们讨论了这件事。或许这些人是她过去的客人。有说有笑的。还准备去小酒馆纪念她一下。”（我添油加醋地编了不少故事进去。）

沉默，彻底的沉默。她甚至完全无动于衷。

“可能死在医院里，多少会好些？”

“反正不是全一个样？……再说为什么我要死？”她气愤地补充道。

“不是现在，以后呢？”

---

① 彼得堡地名，沃尔科夫公墓就位于此地。

“以后再说以后……”

“话不能这么说！你现在还年轻、健康、有活力——这些才是你值钱的地方。再过一年你就不是这样了，就会衰老了。”

“再过一年？”

“不管怎么样吧，再过一年你总归会掉价的，”我幸灾乐祸地滔滔不绝起来，“你会从这儿搬到其他更低矮的房子里去。再过一年——再搬去第三栋房子，房子越来越低矮，等过了七年，就搬到干草广场的地下室去了。这还是好的。除此之外，万一你要是得上了病，那才可怜呢，唔，比如胸闷……或者就是感冒，再或者别的什么病。过这种生活，总是接二连三生病。得上了，等着吧，再不会好的。然后你就会死了。”

“那就死呗。”她已经完全是恶狠狠地回话了，并且迅速地轻轻动了一下。

“总归太可怜了。”

“可怜谁？”

“可怜生命。”

沉默。

“你有过未婚夫没有？啊？”

“您问这个干什么？”

“我不是在审问你。我不干什么。你生什么气呢？你当然也可能有自己的烦心事。与我何干？就是可怜罢了。”

“可怜谁？”

“可怜你。”

“没这个必要……”她用刚刚能听到的声音低声说，然后又轻轻动了动。

我当时就发火了。这是干吗！我对她好言好语，而她……

“你想什么呢？你走的是什么正道吗？啊？”

“我什么也没想。”

“什么也不想才可恨。清醒清醒吧，趁着还不晚。总还来得及。你还年轻，也很健康；可以去爱，可以嫁人，会幸福的……”

“不是所有已婚的女人都幸福。”她用刚才那种粗鲁的、连珠炮似的方式截住了话头。

“当然不是所有人，但是怎么也比在这里强得多。好得太多了。而且只要有爱情，过得不幸也能活下去。而且苦难之中的生活也是好的，好就好在不管过的是什么日子，总归活得光明磊落。而这里，除了……只有臭气熏天。呸！”

我鄙夷地翻了个身；我已经不是在冷漠地说教了。我自己也开始对我说的内容感同身受并大为触动。我已经迫不及待地讲述那些从我的小角落里繁衍出来的珍贵思想了。突然有什么东西让我激动起来，有某种目标“出现了”。

“你别看我也在这里，你别跟我学。我可能比你更差劲。但我是喝醉了才来的这儿。”我连忙为自己开脱，“更何况，女人从来就不应该跟男人比。这不是一码事；哪怕我自轻自贱，就算如此我也不会是谁的奴隶；我来了，又走了，我就不在这里了。改掉了恶习，就能重新做人。而说到你，你从一开始就是个奴隶。是的，奴隶！你献出了一切、用尽了力气。以后再想扯断这些锁链，已经没辙了：你只会被束缚得越来越紧。这个该死的锁链。我了解它。关于别的我就不说了，你也没法明白，不过请你告诉我：大概你也准是欠了老鸨的钱吧？哼，你看吧！”我抢白道，尽管她没有回答我，而是一言不发，全神贯注地听着。“这就是你的锁链！永远都没法挣脱了。他们准会这么干的。早晚把你的灵魂送给魔鬼……

“……而说到我……可能我也是同样不幸，你可知道，我故意钻进这些肮脏事里，也是因为忧伤啊。喝酒是因为痛苦：唉，我到这里来也是因为痛苦。请告诉我，这到底有什么好处：我和你……相遇了……刚才，整个过程我们一直谁也不跟对方讲话，等以后你再看到我时，就会像陌生人一样；我对你也不外如此。难道人们就是这么相爱的？难道人与人就应该这样结合在一起？这只能是道德败坏，就是如此！”

“没错！”她急忙尖声附和我。我甚至因这声“没错”如此匆忙而感到惊讶。这就是说，不久前，她打量我的时候，可能也产生了同样的想法？也就是说，她已经产生某种想法了？……“真见鬼，这倒是很有意思，算是‘同病相怜’了。”我一边想着，一边差点兴奋地搓手，“搞定这么一个年轻的灵魂还不是手到擒来？……”

最让我着迷的就是这种逢场作戏。

她把头挪了挪，离我更近了，在黑暗之中我觉得到，她用一只手撑住了头。可能是在端详我。可惜的是，我看不清她的眼睛。我听到了她在深呼吸。

“你怎么会到这里来呢？”再开始讲话，我已经带着某种权威的语气了。

“没什么……”

“在父亲的家里生活多好啊！又温暖又宽敞；还有自己的窝。”

“如果那里更糟糕呢？”

“得投其所好，”我闪过一个想法，“她不是太吃多愁善感这一套。”

不过只是一闪而过。可以肯定的是，我对她实在是很感兴趣。更何况那时候我正身体虚弱而情感充沛。于是骗人的时候就轻而易举地带着感情了。

“谁说的！”我连忙回答，“什么事都有可能。我就坚信，是有个什么人欺负了你，是他对不起你，而不是你对不起他。我虽然完全不了解你的事，但是，像你这样的姑娘，是不会自愿到这种地方来的……”

“我这样的姑娘是什么样的？”她用勉强可闻的声音温顺地说，不过我没仔细听。

“真见鬼，我这是在勾引她。这太下作了。但也可能挺好的……”她沉默着。

“听着，丽莎，我跟你说说自己！我小时候也有个家，我也不像我现在这样。关于它我常常思考。无论家里多么不好，总归父母不是敌人，也不是外人。哪怕他们一年才向你表达一次爱意。毕竟你还能知道，你属于你自己。我就是那种脱离家庭长大的，大概也因为这样，我成了这样的……麻木不仁的人。”

我又等了等她的回应。

“看来她理解不了，”我心想，“我在这道貌岸然，实在是好笑。”

“如果我是个父亲，而我有个女儿的话，比起儿子，我似乎更喜欢女儿，真的。”我开始旁敲侧击，装作好像不是为了逗她开心似的。意识到了这一点，我脸红了。

“这是为什么呀？”她问。

啊，所以说，她听着呢！

“就是这样，我也不知道怎么回事，丽莎。你看：我认识一个当爹的，他是个非常严厉、生硬的人，可是在女儿面前，他就双膝跪地，亲她的手和脚，怎么看也看不够，真的。女儿在晚会上跳舞，而她的父亲就在同一个地方站着一连看了五个小时，目不转睛地盯着女儿。爱女儿爱得发狂了；对此我能理解。到了晚上，女儿累了，睡着了，而他却会醒着，到睡着的女儿那里去吻她、给她画十字。当爹的自己穿着脏兮兮的便服，对所有人都抠门，而给女儿呢，什么都买最新款的，还要送昂贵的礼物给她，只要礼物她喜欢，当爹的就高兴。父亲永远比母亲要更爱女儿。有个姑娘住在家里，是多么开心的事啊！我大概都不会让我的女儿出嫁。”

“这怎么行？”她微微一笑，问我。

“大概是嫉妒，我发誓。唔，她怎么能亲吻别人呢？怎么能爱别人胜过爱父亲？这太难以想象了。当然了，这都是废话；当然了，到最后不管什么样的父亲都会想通的。不过，在把女儿嫁出去之前，我大概已经被这么件操心事折磨过了：所有的未婚夫都要精挑细选一遍。不过最后总归是要把她嫁给她自己爱的那个。虽然女儿自己爱的那个，在父亲看来总是不如其他人。事情总是如此。许多家庭的不睦也常因此而起。”

“有的人巴不得把女儿卖掉，却不是光明正大地送出去。”她突然说了一句。

啊！原来如此！

“这个嘛，丽莎，在那些被诅咒的家庭里，既没有上帝，也没有爱，”我热烈地接过话来，“而没有爱的地方，也就不可能有理性。这样的家庭是有的，确实有，我说的不是这样的家庭。看起来，你在自己的家庭中看不到善，所以你才这么说。你真是太不幸了。唉……这一切常有发生，多半是因为贫穷。”

“难道那些老爷们家里就好些了，是吗？正直的人就是受穷也能好好活着。”

“唉……也对。也许吧。丽莎，我还是要说：人总是只喜欢计较自己的痛苦，而不在意自己的幸福。如果把该算的都算上了，那就会发现，生活包含了辛酸苦辣。唔，如果家庭和睦，上帝保佑，嫁个好丈夫，他爱你、宠你，不离开你！这种家庭多美好啊！就算是偶尔苦乐参半也美好，谁能完全没有痛苦呢？等你嫁人了，大概，你自己就明白了。就拿初嫁人时来说吧，嫁给了你爱的人：总是感觉到幸福、幸福！几乎幸福时刻相伴。在新婚时就算是和丈夫吵架也会和和睦睦地结束。正是那些爱丈夫越深的女人，才越容易跟丈夫吵架。真的，我知道一个这样的女人：‘就是这样，我爱你，’她说，‘非常爱，也是因为爱你才折磨你，你也感觉到了吧。’你知道吗？人们恰恰是因为爱才会折磨别人。大部分女人，都会暗自想：‘反正我以后会爱他的，爱得过头，所以现在折磨折磨他也没什么大不了的。’在家里，所有人都为你们感到开心，为你们和和美美、开开心心、安安宁宁、坦坦荡荡……也会常有人会吃醋。我认识一个女人，她丈夫出门了，而她就受不了，当天晚上就跑出门，一声不吭地偷看：他在这吗？他在家吗？他没和别的女人在一起吧？这就不好了。她自己也知道这不好，她心里也不好受，备受折磨，毕竟她爱他呀，这都是因爱而起。而争吵之后两人又和好如初，她当面向丈夫认错或者请求原谅，这多好啊！这对双方都好，两个人突然好得好像重新相遇、重新举行婚礼、重新开始相爱。谁也、谁也没必要搞清楚，丈夫和妻子之间发生了什么，只要他们相爱就行了。还有不管他们吵成什么样，也不应该把自己的亲妈喊来评理，不应该一个劲儿地指责对方。他们自己会做出判断的。爱情是上帝的秘密，不管夫妻之间发生了什么，对其他人来说都该非礼勿视。这样爱情就会更加神圣，更加美好，夫妻也就越彼此尊重，而尊重是很多事情的基础。如果本就有爱情，而且因为爱才举行婚礼，那么爱情怎么会消失啊！难道爱情是不能维系的吗？不能维系的情况是很少见的。唔，丈夫是个善良、诚实的人，爱情却正因如此才消失，怎么会这样呢？最初的夫妻间的爱消失了，确实如此，却会再产生一种更美好的爱。到时候夫妻俩灵魂交融，所有的事情相互商量，不会再有什么秘密。等有了孩子，那么即便在最艰难的时候也会觉得幸福，只要相爱，就会勇敢。这样的话工作也会变得令人开心，这样哪怕偶尔把面包省下来给孩子也令人开心。毕竟孩子们在未来会因此而爱你，也就是说，你是在养儿防老。孩子们在成长，你感觉到，他们把你当做榜样、当做支柱，哪怕有一天你死了，他们一辈子都会珍藏着你给他们的感觉和思想，于是他们就继承了你的形象，和你越来越像了。也就是说，这是伟大的责任。父亲和母亲怎么能不结合得更加紧密呢？有人说，养孩子不会太累吗？谁这么说的？这是天赐的幸福！丽莎，你喜欢小孩子吗？我爱他们爱得发狂。你想想看，一个粉粉嫩嫩的小男孩，吮吸着你的胸脯，当丈夫看着妻子抱着孩子坐在面前的时候，他是多么全神贯注在妻子身上啊！粉嫩嫩的、圆滚滚的孩子，张开手脚，舒舒服服地躺着，胖乎乎的小手小脚；干干净净的、只有一丁点儿大的小指甲；好像在说他什么都懂的眼睛，小巧到让人一看就想笑。小手揪着你的乳房，比划着——这是在吸奶水呢。爸爸走过来，孩子就吐出乳头，扭过身子往前够，看着爸爸咯咯地笑——仿佛只有上帝才知道怎么会好笑——然后又一口一口地吮吸起奶水来。如果乳牙已经快长出来了，那他一碰到妈妈的乳房就会咬住乳头，用余光瞄着妈妈：‘看，我咬住了！’丈夫、妻子、孩子，三个人待在一块，难道这不就是幸福吗？为了这些时光，许多事就都可以原谅了。不，丽莎，先要自己学会如何生活，然后才能去怪罪别人。”

“如临其境，你必须说得如临其境才行！”我暗自思忖，尽管我是发自肺腑地说了上面的话，我还是突然脸红了，“不过要是她突然哈哈大笑起来，我该怎么圆场呀？”这个想法让我又愤怒起来。话说到最后我确实心情激动起来，而这会儿我觉得自尊心受到了伤害。沉默持续着。我甚至想推她一下。

“您有点……”她刚开口就突然停住了。

不过我全明白了：在她的脑海中已经有和别的东西在跳动了，这种东西不像之前那样，它不强烈、不粗鲁，但也不会屈服，它是某种柔软而羞怯的东西，这种羞怯甚至让我突然觉得，在她面前我无地自容、罪孽深重。

“什么？”我带着温顺的好奇问她。

“就是您……”

“什么？”

“就是您……好像照着书在背呢。”她说，在她的声音中突然又出现了某种嘲笑。

这句话让我痛苦万分。完全出乎我的预料。

我竟不明白，她是故意装作在嘲笑我，这是那些心灵羞怯、纯洁的人常用的最后一招，对他们来说，袒露心声太傻也太难缠了，而且他们因为骄傲，直到最后一刻也不肯表达自己的感受。她开始用嘲笑的方式一点一点克服羞怯，直到最后才会决定说出心里话，我本该猜到的。不过我没有猜到，而是被一种不好的感觉攫住了。

“走着瞧。”我想。

七

“唉，得了，丽莎，什么书不书的，我就算是从旁观者的角度都觉得恶心。何况我也不是旁观者。这一切现在才在我心里苏醒过来……难道，难道你在这不会觉得恶心吗？显然是不会，习惯成自然嘛！鬼知道人能养成什么习惯。你难道就真的觉得，你永远不会变老，你会永远这么漂亮，在这的好日子也能永远保持下去？我可不是在说这儿是下流勾当……你要知道，我是在跟你说这么件事，在说你现在过的生活：没错，你现在年轻、漂亮、健康、激情洋溢、感情充沛，但是，你知道不知道，我刚才刚一睡醒，就立刻觉得跟你在一起真是恶心！这是只有喝醉了才会来的地方。要是你能在其他地方像清白人家一样过日子，那样的话，我可就不是这样勾搭你了，而是直接爱上你，被你看一眼就乐不可支，更别说跟你说句话会多开心了，我会只敢站在大门外偷偷看你，在你面前双膝跪地，把你当做自己的未婚妻来看待，也会充满真心地尊重你。甚至想都不敢想你会跟什么不三不四的事有关系。而在这儿，我总归清楚，我不过是个嫖客，而你，不管你乐不乐意都得跟我走，在这儿，可就不是我来询问你的心意，而是你要看我的意愿了。最下流的乡巴佬去当雇工都不会把自己全卖了，这就是说，对他来说还有个契约时限。可你的契约时限在哪儿呢？哪怕想想：你在这付出的是什么？被奴役的又是什么？是灵魂、灵魂，是你无权处置的灵魂，和你的肉体一起被奴役了！而你的爱也全给各种酒鬼糟蹋了！爱！——它是世上的一切、是钻石、是少女的珍宝，这是爱啊！要知道，为了赢得这份爱，有的人准备献出灵魂、情愿赴死。而你的爱现在价值几何？可以花钱买到你，买到你的整个人，如果没有爱就可以为所欲为了，就没什么必要去追求爱了。对一个姑娘来说，没有比这更大的侮辱了，你明白吗？我听说，你们这些傻女人被这么哄着——允许你们在这里找情郎。这不过是对你们的一种纵容、一种欺骗、一种嘲笑，而你们却信以为真。那么他，所谓的情郎，到底是真的爱你吗？我不信。如果他知道，你马上就会被别人召走，他怎么可能爱你呢？你一被召走他就又是个登徒浪子了！他哪怕有一丁点儿尊重你吗？你和他有任何的共同之处吗？他嘲笑你，甚至从你这巧取豪夺——这就是他全部的爱了！不打你，就算好的。打你，也不是不可能。如果你也有个情郎的话，你问过他会不会娶你吗？要是他没直接啐你一脸或者抽你一顿，也准是盯着你哈哈大笑——而他自己，可能最多也就值两个破铜板。你到底为什么想把你的一生都葬送在这里？又为什么别人给你喝咖啡还把你喂得饱饱的？

到底为什么给你吃饭呢？换个纯洁的姑娘，她一口都咽不下去，因为她知道为什么给她吃饭。你在这儿欠了钱，那就会一直欠下去，一直欠到最后，直到你的客人开始嫌弃你为止。这种事，说快也快，别指望能一直年轻。毕竟时光飞逝[①]啊。他们会把你赶出去。不是直接把你赶出去，而是早早地开始对你吹毛求疵，开始数落你的不是，开始对你破口大骂——就好像不是你把健康都献给了老鸨，不是你把青春年华和灵魂都白白送给她挥霍，倒好像是你让她破了产、四处乞讨，好像是你偷了她的钱。别指望别人能伸出援手：你的其他女伴也会落井下石，这是为了讨好老鸨，因为所有人在这都是奴隶，良心和怜悯早就被抛弃了。她们早就堕落透了，世上没有比她们骂的脏话更下流、更卑鄙、更让人受辱的了。在这儿你得把一切都毫无怨言地留在这——健康、青春、美貌、希望，二十二岁看着就像三十岁一样，如果没得病就是万幸了，为此向上帝祈祷吧。大概你现在在想，你反正连工作也没有，那就纵酒狂欢吧！世界上从来就没有更沉重、更苦的工作了。整颗心都已经哭得精疲力尽了。等你被从这里给赶出去的时候，你一句话、一个字都不敢说，而是像是个罪人一样从这里离开。你先是换到了一个别的地方，接着换到第三个地方，然后又换去另外的地方，最终还是会到干草广场去。到了那，挨揍就像家常便饭一样；这就是那里待人接物的方式；那里的客人不打你一顿就没法跟你温存。你不相信那里会这么让人讨厌吧？等真有那么一天你到了那里，四处瞧瞧，或许你就能亲眼看到这一切了。有一次新年的时候，我在门口遇到了一个姑娘。她被自己的同伴们哄笑着推了出来，她快冻僵了，而且已经在嚎啕大哭，可她身后的门却关了起来。到了早上九点的时候，她已经完全醉了，衣衫不整，半裸着身体，全身被打得

① 原文直译为："骑着驿马飞跑"，出自普希金的诗作《致普欣》。

遍体鳞伤。她脸上惨白、眼眶乌黑、口鼻流血，刚刚被某个马车夫揍了一顿。她坐在石头台阶上，手里捏着一条腌咸鱼，她嚎啕大哭，哭诉着自己的“命苦”，不停用鱼敲打着台阶。而在门廊上，马车夫和醉醺醺的士兵们都聚在一块调戏她。你不相信你也会变成这样吧？我本来也不愿相信，可是大概八九年前，这个拿着腌咸鱼的姑娘也是不知从哪来到了这里，像个小天使一样光鲜、天真、纯洁，对坏事一无所知，每说一句话都会脸红，这些你又如何得知呢？大概，她那时候就像你这样，高傲、自怨自艾，完全和其他人不同，把自己视作公主，而且自以为能遇上一个既爱她而她也爱的人，指望这个人给她一生的幸福。你看，结果如何呢？要是这个衣衫不整、醉醺醺的姑娘在用那条鱼敲着脏兮兮的台阶的那个瞬间，想起自己的过去的一切，想起她在父亲家里过的清清白白的日子，那会儿她还在上学，邻居家的儿子会在放学路上偷偷看她，向她发誓会一辈子爱她；发誓要把自己的命运交给她；发誓他们会永远彼此相爱；发誓只要一长大就马上结婚，想到这些她会作何感想呢！不，丽莎，如果是在那种地方，在街上的角落里、在地下室里，就像前不久那个姑娘一样，得了肺痨病，快点死才是幸福，才是你的福气。你刚才说去医院来着？行吧——会送你去的，如果你对老鸨来说还有用的话。肺痨这种病，不会发作得太快。得了这种病，到最后一分钟，人还是指望着、念叨着：我还健康。自我欺骗罢了。而对老鸨来说正好有利可图。别激动，事实就是这样；也就是说，灵魂已经出卖掉了，而且还欠着钱，所以，连哼都不敢哼一声了。而你快死的时候，所有人都会抛弃你，所有人都会跟你断绝来往——因为还能从你这得到什么呢？还要羞辱你，说你怎么不快点去死，还要白占地方。你央求给点水喝，他们会骂骂咧咧地给你拿水过来：‘听说你这种下三滥死的时候，会呻吟，会影响别人睡觉，客人们都烦了。’这是真的；我亲耳听过这样的话。等你到弥留之际了，就随便给你塞到地下室里最臭烘烘的角落里，又黑暗，又潮湿；等你一个人孤零零地卧着的时候，你会想些什么呢？你瞪着眼睛——很快就会有一只别人的手一边抱怨着，一边很是不耐烦地过来给你合上眼睛，谁也不会为你祷告，也不会有人为你伤心，只会快点摆脱你这个麻烦。买了块木板，给你抬出去，就像今天被抬出去的那个可怜的姑娘一样，然后就去小酒馆里念叨。坟墓里泥泞、有垃圾，还有湿雪——对你还有什么礼数可讲的？‘把她放下去吧，万纽哈[1]，你瞅瞅可真个是“命苦”，脚朝上倒挂着呢，这样子太不像话了。紧一紧绳子啊，懒鬼。’‘算了，就这样吧。’‘什么就这样吧？你瞅瞅，咋能侧躺着呢。之前也是个活人不是？好吧，算了，埋了吧。’他们都不想因为你多拌几句嘴。赶快用混着雪的湿乎乎的泥土埋好了，然后就上酒馆去了……这就是你来世上一遭最后的一点记忆，别人有孩子、有父亲、有丈夫来参加葬礼，而你——没有眼泪、没有叹息声、没有回忆，连一个人、一个人也没有，整个世界上都不会有任何人来给你祭扫，你的名字就直接从世上消失了——就好像你从来不存在，从来没诞生过一样！在污秽遍地的沼泽里，等到死人都起来的时候[2]，你还是只能在夜里自顾自地拍着棺材板：‘善人们，放我回世上活一遭吧！我曾活着——却没体验过生活，我的一生过得就像一块抹布，都在干草广场的小酒馆里喝没了，求你们，善人们，再放我回世上活一遭吧！……’”

我陷入了亢奋之中，以至于我自己的喉咙已经快要痉挛了，然后……我突然停了下来，在惊恐之中微微欠了下身子，战战兢兢地低下了头，心脏怦怦直跳，开始凝神谛听。出于某种缘故我感到窘

① 万纽哈是万卡的谑称。此处用来泛指干粗活的人。

② 指使死人复活，详见《圣经·新约·约翰福音》第5章第21节。

迫了。

我早就预感到，我已经搅乱了她的神志、摧垮了她的心灵，我越是确信这一点，我就越是希望能迅速而有力地达成目标。逢场作戏、逢场作戏让我着迷了，但是，这不仅仅是比赛而已……

我知道，我讲得生硬、做作，甚至像是照本宣科，总之，除了“好像照着书背似的”，我不会其他的方式。但是这没让我觉得丢人，我总归明白，我毕竟早就预料到，这样能帮到我，正是这种官样文章让事情更加水到渠成。但是现在，已经取得效果了，我却突然退缩了。不，从来没有、我从来没有亲眼看过这样的失望！她面朝下趴着，把脸死死埋在枕头里，同时双手抱住了枕头。她的胸膛剧烈地起伏着。她的整个年轻的身躯都在颤抖，像是痉挛了似的。强行憋在胸口的痛哭把她压垮了、撕碎了，突然哭嚎和喊叫爆发了出来。她更用力地趴向枕头：她不想有人在这儿，不想有哪怕一个活物知道她的痛苦和眼泪。她咬枕头，咬自己的胳膊，都咬出血了（这是我后来才看到的），要不就屏住了呼吸，咬紧了牙关，用手指紧紧揪住自己散开的发辫，用蛮力让自己停下来。我本打算说点什么来让她平静下来，但是又感觉我没这个勇气，突然我自己也开始浑身发冷，几乎是吓坏了，我慌乱地摸索着，像是想快点出去似的。屋里一片漆黑：不管我怎么努力，始终也找不到路。突然我摸到了火柴盒，还有一个烛台，烛台上有一根完整的没烧过的蜡烛。蜡烛刚刚把房间照亮，丽莎就突然跳了起来，带着有点扭曲的脸和半是疯癫的微笑坐了下来，几乎是毫无意识地看着我。我坐到了她的旁边，抓起了她的手；她回过神来，扑向了我，本想抱住我，但是却没敢，最后只是默默地在我面前垂下了头。

“丽莎，我的朋友，我不该……你原谅我吧。”我开口说道。不过她仍是用手指用力地捏着我的手，我猜不应该说这些，于是就不再说下去了。

“这是我的地址，丽莎，来找我吧。”

“会去的……”她坚定地小声说道，不过始终没有抬起头来。

“那我现在就先走了，别了……再见。”

我站了起来，她也站了起来，突然她整个人都涨红了、哆嗦起来，抓起了桌子上的头巾，围在自己肩上，一直到包住下巴。做好这些事，她又痛苦地笑了笑，涨红了脸，奇怪地看着我。我感到一阵心痛，赶忙走了出去，悄悄地溜走了。

“您等一下。”她用手拉住了我的大衣突然说道，当时我已经在前厅的门口了，她急匆匆地放好蜡烛然后跑出去——显然，她是想起了什么或者想把什么东西拿给我看。她跑的时候，满脸通红，眼睛闪烁着，嘴上挂着微笑——这是要干吗呢？我不得不等她；过了几分钟她回来了，眼神中好像在为什么事而请求原谅似的。总之，不管是脸庞还是眼神都已经不是之前那样了——阴森、犹疑、生硬，那是妓女才有的。现在她的眼神柔软，带着些许请求，同时还透露出信任、温顺和胆怯。小孩子们就是用这种眼神看着那些他们深爱并且对其有所求的人的。她的眼睛是亮深棕色的，非常漂亮，生动，能反映出自己的爱意和阴沉的恨意。

什么也没对我解释——就好像我是什么更高级的造物，应该不用解释就知道一切——她递给我一张纸片。在那一刻，她的整张脸焕发着非常幼稚的、几乎是孩子气的喜悦。我打开了纸片。这是某个医学院大学生或者类似这类人给她写的信，信写得极为浮夸、辞藻华丽，但是极度恭顺地表白了爱情。具体内容我现在记不住了，但是我很清楚地记得，透过附庸风雅的文体表达出的真挚情感不是装出来的。当我读完这封信的时候，看到她正用炽热、好奇和孩子般焦急的眼神看着我。她目不转睛地盯着我的脸，急切地等着——我会说些什么呢？

她迅速地，但是也有点开心又有点骄傲地用三言两语跟我解释了一下，她在某个地方参加了一个舞会，在私人地方．一群“非常、非常好的人，成了家的人，而且在那儿他们还什么都不知道，完全不知道”，因为她在这是初来乍到，刚来没多久……完全还没决定是留下来还是把债还上就马上离开……“嗯，这个大学生也在那里，整个晚上都跟她跳舞，陪她聊天，好像早在里加的时候，早在两人都是小孩子的时候他们就认识了，还一块游玩来着，只不过是很久以前的事了——甚至他的父母也知道她，不过关于这里的事，他丝毫、丝毫、丝毫不知情，也根本想不到！就在舞会后的第二天（三天前），他通过跟丽莎一起去参加舞会的女性熟人送来了一封信……然后……再就没什么了。”

当她说完这一切，她有点羞怯地眨了眨眼睛。

不幸的姑娘，她把这封大学生写给她的信像珍宝一样珍藏着，然后跑过去拿来自己唯一的珍宝给我看，就是不希望我离开的时候不知道有人真诚而坦率地爱着她，不知道也有人对她恭顺地讲话。大概这封信最后还是会被毫无结果地塞进小匣子中。不过那又怎样；我相信她一辈子都会把它当珍宝一样保存起来，把它作为自己的骄傲和证明，也正是在现在这样的时候，她自己想起来、自己拿来了这封信，好在我面前能天真地有所骄傲，好让我刮目相看，想让我看看这一切，也想让我夸她几句。我不置一词，握了握她的手就走了。我太想离开了……我全程都是步行的，完全不顾湿雪仍在纷飞。我当时疲惫不堪、精神涣散，感到莫名其妙。不过真相已经在莫名其妙之中炯炯发光。下流的真相！

八

然而，我一下子还不能接受我意识到了这个真相。第二天一早，在做了几个小时沉重而且压抑的梦之后，我醒了过来并从头到尾回想了一遍昨天的事，甚至昨天对丽莎的多愁善感以及这些“昨天经历的恐惧和怜悯”全都让我很是吃惊。“居然陷进这种娘儿们的精神失常里面去了，呸！”我下了结论，“我怎么还把地址给她了？她万一来了怎么办？不过让她来好了，没什么大不了的……”不过，毋庸置疑，现在最要紧、最重要的不是这事：而应该着急的是，要尽快挽回我在兹韦尔科夫和西蒙诺夫面前的声誉。这才是要紧的事。而至于丽莎，等我早上忙起来了，甚至就把她完全给忘了。

首先，我要赶快把昨天欠西蒙诺夫的钱还上。我决定死马当活马医：问安东·安东诺维奇[1]借十五卢布。无巧不成书，他今天早上心情非常好，我刚开口求他，他立刻就给我开了借据。这让我开心极了，所以签字的时候也签得龙飞凤舞，不经意地跟他说，昨天晚上“在巴黎饭店和一帮熟人吃了顿饭，给一个朋友，或者可以说是发小送行，您也知道，他无酒不欢，骄纵惯了，唔，当然了他出身很好、地位显赫、前程似锦、能说会道、风采迷人，而且很会勾搭女人，您想想看：我们喝了不止‘半打’，还……”，总之没什么大不了的；我把这一切都说得轻而易举、肆无忌惮，并且自鸣得意。

回到家里，我赶忙给西蒙诺夫写信。

回忆起我的信里那种纯粹的绅士气度、温厚善良、开诚布公的腔调，直到现在我仍对自己赞赏不已。信写得机敏且高尚，而主要的是完全没有废话，我把一切都归咎于自己。我为自己辩解，“如果还有可能让我为自己辩解的话”，我完全是因为不习惯喝酒，所以喝第一杯时就醉了，而第一杯酒（似乎好像）是在他们还没到的时候就一饮而尽了，也就是五点到六点之间，我在巴黎饭店等他们的时候。我着重请求了西蒙诺夫的原谅；也请他把我的解释转达给其他所有人，尤

① 即上文中的安东·安东内奇。

其是兹韦尔科夫，我好像侮辱了他，“我朦胧地记得这么回事，但是又跟做梦似的”。我胡诌说我本想亲自去找他们，但是偏偏头痛犯了，而更主要的是——我羞愧难当。我始终保持着这种“轻描淡写”，甚至几乎是漫不经心（不过完全合乎礼仪），这一点让我十分满意，这种漫不经心反映出了我的文笔，而且比任何能想到的借口都好，这能让他们明白，我对“昨天晚上所有的丑事”是完全独立看待的；我完全没有、绝对不是像你们几位先生可能会想的那样，被狠狠击倒了，而是相反，我心平气和地看待这件事，就像一个自尊自爱的绅士该做的那样。俗话说，既往不咎嘛。

“这都已经是某种侯爵式的幽默风度了吧？”我一边重读手记，一边孤芳自赏，“能做到这一切，是因为我是个既有修养也有学问的人！要是别人处在我的位置上，就不知道该怎么摆脱这种情况了，我不仅全身而退而且还让自己大饱口福，这全是因为我是个‘我们这个时代里的既有修养也有学问的人’。”更何况昨天的错委实要全怪在酒上。嗯……不过不是的，不怪酒。在五点到六点之间，我在等他们的时候其实没喝什么伏特加。我骗了西蒙诺夫；昧着良心撒了谎；这会儿仍旧不知羞耻……

不过嘛，管它呢！只要能摆脱这件事就行了。

我往信里夹了六卢布，把信封好，然后请阿波罗帮我送去给西蒙诺夫。知道信里夹着钱之后，阿波罗变得恭敬了一些，也同意了去跑一趟。傍晚的时候，我出门散了会步。我的头还在痛而且因为昨天的事昏昏沉沉的。但是夜晚越是临近、黄昏变得越是浓厚，我的各种印象就改变得越多、越是混乱，随后想法也跟着印象开始改变，也开始混乱。在我的内心深处和良知之中有什么东西一直沉寂不下去，它不愿消逝，并且表达出一种令人痛苦的忧伤。我大部分时间都在人最多、最繁华的街上随着人流挤来挤去，沿着尤苏波夫花园附近的小市民街、花园街闲逛。我一直都特别喜欢在黄昏时在这些街上散步，也是在这时候各种各样的路人、工人、手工匠人汇集起的人群越来越庞大，他们拉着一张操心忙碌而显得有些凶相毕露的脸，带着各自一天赚到的薪水四散回到家中。我正是喜欢这种一文不值的忙碌、喜欢这种粗俗的日常生活。这次，整个街上的你推我搡让我更加心绪不宁。我用尽办法，还是无法自持，也理不出头绪。有什么让人刺痛的东西不停地在我心里翻腾、翻腾着，怎么也不肯消停下来。我回家的时候已经伤透了心。就像是在我的心头压上了什么罪孽似的。

丽莎会来找我，这个想法一刻不停地折磨着我。在昨天的所有回忆之中，关于她的回忆不知怎么尤其使我难受，而且也不知怎么跟其他的回忆完全区分开来地使我难受，这可真叫我纳闷。关于其他所有的事，到了晚上我已经完全成功地抛在脑后了，甩手不管了，而且所有的事都在我给西蒙诺夫的信里圆满解决了。可是这桩事我还是有点不满意。就好像是我虐待了丽莎似的。“她要是来了怎么办？”我不停地想，“能怎么办，没什么大不了的，来就来吧。唔。唯一糟糕的是，她会看到，比如说看到我过的是什么日子。昨天我在她面前显得……像个英雄好汉……而现在，唉！我如此潦倒，这太糟了。简直是家徒四壁。我昨天还决定穿这么件大衣去赴宴！还有我的漆布沙发，里面的填充物都露出来了！我的便服，扣子没法扣上！都是些碎布头……而她会把这一切看在眼里，还会看到阿波罗。这个畜生，准会欺负她。他会对她吹毛求疵，来让我难堪。而我呢，不用说了，像往常一样，吓坏了，开始在她面前急得跺脚、用便服裹住自己，开始赔笑，开始撒谎。哼，下流坯！最下流之处尚不在此！还有某种更关键、更恶劣、更卑鄙的东西！是的，更卑鄙！再一次、再一次带上这副可耻的、谎话连篇的面具！……”

想到这里，我终于勃然大怒：

“为什么可耻？怎么可耻了？我昨天说的是真心话。我意识到我也是有真正的感情的人。我正是想启发她的高尚情感……如果她哭了，那真是好极了，这说明起了积极作用……”

不过，不管怎么我仍旧无法平静下来。

那天整个晚上，哪怕我已经回到家里了，哪怕已经过了九点了，这个点儿无论如何她已经来不及过来了，她还是不停地在我眼前浮现，不停地让我想起昨天那种状态下的一切。昨天有那么一个瞬间让我特别记忆犹新：那就是当我划着火柴照亮了房间，然后看到了她那苍白、扭曲的脸和脸上那殉难式的目光。还有在那个瞬间，她的微笑是多么可怜、多么反常、多么扭曲啊！然而我当时还并不知道，哪怕过了十五年，我依然会想到丽莎，而想象中的她恰好还是挂着在那个瞬间也曾出现在她脸上的那个可怜的、扭曲的、多余的微笑。

第二天我已经再一次准备把这一切都当成胡言乱语、当成精神分裂，而最主要的是把这一切当成是我在夸大其词。我一直都知道这是我的软肋，而且有时候我很怕它：“事情坏就坏在我把一切都夸大了。”我时时刻刻都在对自己重复这句话。不过，其实，“其实，丽莎总归还是会来的。”——我那时做出的所有推论都以此告终。我不安极了，甚至有时候会陷入暴怒。“她会来的！一定会来的！”我一边绕着屋子跑一边激动地说道：“今天不来，明天也会来，总能找到的！所有从这些纯洁的心灵生出的浪漫主义都这么该死！卑鄙下流啊、愚昧无知啊、鼠目寸光啊，说的就是这些个‘让人恶心又多愁善感的灵魂’！哼，我怎么会不明白它们，难道我真的不明白？……”但是想到这，我自己就停了下来，甚至陷入了极大的惊慌失措中。

“寥寥数语、寥寥数语，”我顺势想道，“只要寥寥数语，只要几句田园诗歌（甚至这田园诗还是矫揉造作、佶屈聱牙、胡编乱造的），就能立刻按照自己的想法扭转一个人的整个灵魂。这、这才是少女的纯洁！这、这才是土壤的活力！”

有时候我会想自己去找她，“对她坦白一切”并且恳求她不要来找我。不过，随着这个想法，在我心中一股恨意在我心中涌起，恨到她要是突然出现在我跟前，似乎我一定要捻死这个“该死的”丽莎，一定要羞辱她，要朝她啐口水，要把她撵走，要揍她一顿！

但是到了第二天、第三天，她并没来，而我也开始平静下来。我在晚上九点之后尤其欢欣鼓舞，甚至有时候我会美滋滋地想：“比方说，我是在拯救丽莎，正是通过她来找我，而我对她说……我开导她、教育她。最终我发现，她爱我，爱得发狂。我假装不知（经过不知道为什么要假装；大概是为了面子）。到了最后，她，非常害羞、满脸通红、颤栗着、哭着扑倒在我脚下，并对我说，我是她的救星，而且她爱我超过爱世上的一切。我大吃一惊，不过……‘丽莎，’我对她说，‘难道你认为我没注意到你的爱吗？我什么都看到了，我都猜到了，但是我不敢一开始就干涉你的内心，因为我对你影响巨大，我怕你是因为感激而故意逼自己答应我的求爱，自己强行说自己有这份感情，但是可能它并不存在，不，我不想要这样，因为这……这是专横……这不体面（唔，总之，我用某种欧洲式的、乔治·桑[1]式的、热烈而高尚的微妙语调说了一番不知所云的话……）。不过现在，现在你是我的了，你是我的造物，你纯洁而美好，你——是我美丽的妻子。’

“于是你大胆而自由地进入我的家门

如堂堂正正的主妇那样！[2]

① 乔治·桑（1804—1876），法国女作家。

② 涅克拉索夫诗作《当黑暗中的放纵……》（1845）中的名句。——俄文版编者注

然后我们就开始一起过日子，一起出国，等等。”总之，越说越恶心，最后我说了几句逗自己玩的话。

“终究没把她放出来，‘贱人’！”我想，“看来他们不放她出来闲逛，尤其是晚上（我不知为什么不停地觉得她应该晚上来，而且要七点整来）。不过她曾说过，她还没有完全卖给那个地方，多少还有点特权；也就是说，嗐！真见鬼，会来的，一定会来的！”

庆幸的是，这时候阿波罗的胡作非为让我分神了。他真是叫我忍无可忍！他简直是专门来祸害我的，是我命中注定的劫数。我和他一直相互挖苦讽刺，都好几年了，而且我讨厌他。我的上帝啊，我真是太讨厌他了！我这辈子，好像还从来没有人能像他那样让我如此深恶痛绝，尤其是在某些时刻。他已经上了年纪，为人傲慢，以前算是做过裁缝。但是不知道为什么，他鄙视我，甚至鄙视到无以复加，看我的时候傲慢到让人无法忍受。不过他看所有人都挺傲慢的。只要看一眼那淡黄色的、梳得顺滑平整的脑袋；看一眼他抹了素油、散在前额上的刘海；看一眼那厚实的、永远保持三角形的嘴巴——那你们就会感觉到，在自己眼前的是一个从来不会怀疑自己的家伙。这是个吹毛求疵到无以复加的人，我在世上遇到的人之中，他也是最会吹毛求疵的，除此之外他还有一种只有马其顿的亚历山大大帝才配得上的自尊心。他痴迷自己的每一颗纽扣、每一个指甲——肯定痴迷上了，从他的眼神就能知道！他对我的态度总是很蛮横，几乎很少和我说话，如果他偶尔看了我一眼，那就会用强硬、极度自信并且总是带有嘲笑的眼神看着我，那眼神有时候会让我暴跳如雷。他完成自己分内的事也摆出一副姿态，好像给我做这些事就是天大的恩赐。可是，他几乎从来不帮我做事情，甚至不会觉得自己有义务做点什么事。毫无疑问的是，他觉得我是世界上最后一个傻瓜，如果他“把我留在自己身边”，那也只是因为能从我这儿拿到每个月的薪水。他答应“什么也不做”，每个月从我这里赚走七卢布。他让我遭了不少罪。有时候我对他的厌恶到了如此程度：仅仅因为他走路的姿势就差点让我痉挛。不过我最烦的是他平翘舌不分①。他的舌头比一般人的长一些，或者因为其他类似的原因，他说话总是分不清平翘舌、弄不懂前后鼻音，而且好像他对此深以为荣，还以为这样说话能让他备受尊重。他说话声音低哑、慢条斯理，同时背着手、眼睛盯着地面。尤其让我怒发冲冠的是他经常在我隔壁读赞美诗。因为他读赞美诗这件事我跟他吵了许多次。他极其喜欢晚上的时候用喑哑、四平八稳的嗓音拖长声调读赞美诗，听起来就像念给死者听的一样。说来也有意思，他读出了水平：他现在被雇去给逝者读赞美诗，同时他也逮老鼠和擦皮鞋。但是目前我不能把他赶走，他好像已经像化学物一样和我融为一体了。更别说他压根不同意什么也不付给他就让他离开我。我不能住带家具的公寓②：我的公寓是我的私人地方、是我的小天地、是我的保护罩，我藏进去就能躲开所有人，而阿波罗，鬼知道为什么，他给我的感觉好像他就是这个公寓的一部分，我花了整整七年也没法把他赶走。

比如，拖着他的工资，哪怕两天、三天也不行。他准会把这事闹到不可收拾，我连藏都不知道往哪藏。不过那几天里我对所有人都气哼哼的，所以我决定了，出于某种原因也好，为了某种目的也好，我要治治阿波罗，至少再拖两周就不给他发薪水。我很早之前，两年之前就打算这么干了，就是为了证明给他看，他不能在我面前如此放肆，而我，只要我想，就能不给他发薪水。我打算不跟他提薪水的事，甚至故意保持沉默，以此来挫挫他的傲气，让他自己亲自先跟我提薪水的事。到时候我会从钱箱里拿出来七卢布，让他知道，这些钱

① 原文指说话时说不清俄语中发音相近的清浊辅音。

② 原文为法语的俄语拼音。

我有，而且是故意存起来了，但是我“不想、不想，就是不想付他薪水，不想付，是因为我就想这样”；就是因为这就是“我作为老爷的权力”所在；就是因为他对我无礼；就是因为他胡乱撒野，不过要是他恭恭敬敬地给我道歉，那我，姑且会心肠一软，把钱给他，然而两周过去了，三周过去了，整整一个月过去了……

但是不管我怎么发狠，最后还是他赢了。我连四天都没坚持下来。他开始故技重施，就像他在这种情况下经常干的那样，因为这种情况已经不止一次了（而且我发现，我对这一切早就知晓，他这种下流的招数我已经烂熟于心），具体就是这样的：他开始时不时用极其犀利的目光盯着我，一连目不转睛地盯好几分钟，尤其是跟我迎面遇上或者送我出门的时候。如果，假使我强忍着扛过去而且故作姿态假装没注意到这些目光，他仍旧沉默着，准备进一步折磨我。有时候，无缘无故地，他突然静悄悄地、慢慢悠悠地走进我的房间，当时我正在思考或者读书，他就站在门口，一只手背在身后，伸出脚，然后盯着我看，这时他用的已经不是犀利的，而是鄙夷的目光了。如果我突然问他：有什么事吗？他就什么也不回答，继续凝视着我几秒钟，然后抿着嘴，做出别有深意的表情，慢慢地原地转过身，慢慢地到他自己的房间离去。过了两个小时，他又突然走了进来，又以同样的方式出现在我面前。如果正巧我心绪不佳、正在生气，我就不再问他：有什么事吗？而是直接猛地、颐指气使地抬起头，也开始凝视着他。我们经常就这么对视两分钟左右，最后他会傲慢地慢慢转回去，然后过两个小时再过来。

如果我对这一切仍不开窍，仍然固执抵抗，他就会突然一边盯着我一边突然叹气，又深又长地叹气，就好像是在用这些叹气来测量我道德沦丧的程度，而最终结果应该是他大获全胜：我歇斯底里、大喊大叫，但是那件引起这一切的事，最后还是不得不无可奈何地了结掉。

这一次，“犀利的目光”这种我习以为常的把戏仅仅刚刚开始，我立刻就勃然大怒，癫狂似的冲向他。就算没有这种把戏我都已经够怒火中烧的了。

“站住！”当他一只手背在身后，沉默着慢慢地转身打算回自己房间的时候，我在暴怒之中喊住了他，“站住！回来，给我回来，我在跟你说话！”大概是我如此不正常地咆哮才让他转了回来，甚至带有些许惊讶地打量着我。然而他还是一句话也不说，这让我更加暴跳如雷。

“你怎么敢不经招呼就进我的房间，还那样子看着我？回答我！”

不过他平静地看了我半分钟之后，就又一次打算转身回去了。

“站住！”我大喊着跑向他，“待在那别动！就这样。立刻回答我，你进来看什么？”

“如果眼巴前儿您有什么要吩咐我的，那我的事就是干完它。”他回答，然后又沉默了，安静而从容地呵呵笑着，挑起了眉毛而且从容地把脑袋从一个肩膀歪到另一个肩膀——做这所有一切时都带着一种令人害怕的从容不迫。

“我问的不是这个，不是这个，刽子手！”我怒吼着，恨得直哆嗦，“我亲自告诉你，你进来干吗，刽子手：你发现我没给你发薪水，而且又出于骄傲不想向我鞠躬——也就是向我请求，为此你就跑进来用那种蠢眼神惩罚我、折磨我，你料、料、料想不出，刽子手，这有多蠢、有多蠢、有多蠢、有多蠢、有多蠢！”

他还是不出声，然后又开始转身，不过我抓住了他。

“听着，”我向他喊，“钱在这，你看，就是这些！（我从小钱盒里拿出来的）一共七卢布，不过你别想拿走它们，别想拿、拿走，除非你恭恭敬敬地走进来，向我低头认罪，请求我的原谅。听到了吧。”

“这是不可能办到的！”他带着某种非比寻常的自信回答说。

“办得到！”我大喊，“我向你保证，办得到！”

“还有我没什么好请你原谅的，”他继续说，就像是没听到我的咆哮似的，“因为您骂我是‘刽子手’，为此我随时可以去警察局告您侮辱我。”

“去吧！请！”我咆哮起来，“立刻就去，此分、此秒，赶紧去！而你还是个刽子手！刽子手！刽子手！”不过他只是看了我一眼，然后转身走了，甚至不去听我的呼喊声，稳稳当当地走回自己的地方，头也没回。

“如果没有丽莎，也就不会有这一切了！”我自己默默地得出结论。于是，我骄傲、郑重地站了一分钟，不过同时心在缓慢而有力地怦怦跳着，然后我找了个幌子亲自去了他那里。

“阿波罗！”我有点气喘吁吁，但是慢慢地抑扬顿挫地对他说，“现在就赶紧去找警察局长，一刻也别耽误呀！”

他这会儿已经坐在自己的桌子前，戴着眼镜在缝补什么东西了。不过听到了我的命令，突然扑哧一声笑了。

“现在，就在这一分钟，快去吧！去吧、去吧，不然你想象不出会发生什么事的！”

“您可真是疯了，”他说，甚至头也没抬一下，就这么慢慢地口齿不清地说着，手上也不停地穿针引线，“您在哪见过，一个人去把长官找来跟自己过不去呢？而说到恐惧，您不过是瞎嚷嚷、白费劲，因为——什么也不会发生的。”

“快去！”我抓着他的肩膀尖叫道。我觉得，我现在快要打他了。

不过就在这会儿门廊里的门突然悄无声息地慢慢打开了，而我却没听到，一个身影走了进来，她停下来困惑地四处张望。我看了一眼，马上因为羞愧而呆住了，然后冲进了自己的房间里。在房间里，我双手抓着自己的头发，头靠在墙上，保持这个姿势呆住了。

过了两分钟，响起了阿波罗慢腾腾的步子声。

“那边有个女的找您。”他说，同时特别严厉地看着我，然后他闪开了身体让进来一个人——丽莎。他并不想离开，而且还嘲笑地打量着我们。

“出去！出去！”我失态地命令着他。这时我的挂钟铆足了劲儿，吱吱嘎嘎地敲了七下。

九

于是你大胆而自由地进入我的家门
如堂堂正正的主妇那样！
——引自同一首诗

站在她面前，我备受打击，像是被判了刑似的，难为情极了，而且我似乎还微笑着，用尽力气尝试用我那松松垮垮的棉长袍裹住自己，跟不久之前我在内心深处想的分毫不差。阿波罗在我们面前站了两分钟就走了，不过我并没感到轻松些。最糟糕的是，她也突然害羞起来了，对此我甚至也没想到。应该是因为在看我呢。

“请坐吧。”我机械地说，把她拉向了桌子旁的椅子，而自己坐到了沙发上。她立刻听话地坐下了，全神贯注地看着我，显然，她这会儿在等我说点什么。这种期待的天真让我大为光火，不过我克制住了。

这时候本该努力什么也别注意，就好像一切都跟平常一样，而她……我慌乱地感觉到，我会让她为这一切付出巨大的代价。

“刚好被你碰见我陷入窘境，丽莎。”我结结巴巴地开口说，同时我也知道，恰恰不应该起这种话头。

“不，不，你什么也别瞎想！”见她突然脸红了，我大喊起来，“我不为自己的贫穷而羞愧，我穷，但却高尚……是有可能又穷又高尚的。”我咕哝着：“总之……想喝茶吗？”

“不……”她开口了。

“稍等！”

我一跃而起跑向阿波罗。应该到什么地方躲一躲。

“阿波罗，”我把一直攥在拳头里的七卢布扔到他面前，悄声地对他说，语速极快像得了热病似的，“这是你的薪水，你瞧，我给你了，不过你也应该救救我：快点去餐厅拿一壶茶和十块面包干。如果你不想去，那就是你造就了一个不幸的人！你不知道，她是个多好的女人……就这样！你，可能是在想什么东西……不过你不知道啊，她是个多好的女人啊……”

阿波罗已经又戴好了眼镜在坐着工作了，一开始他没把针放下，就是默默斜眼瞧了一眼钱，之后他理也没理我，也没回答我的话，继续忙着把已经穿好的线缝上去。我像拿破仑[1]一样双手抱着肩膀在他面前站着，等了三分钟。过了一会，我的额角都被汗水弄湿了，我脸色惨白，我能感受到这一点。不过，谢天谢地，大概是觉得我可怜了，他看了我一眼。缝完了线，他慢慢地原地站起，慢慢地推开椅子，慢慢地摘下眼镜，慢慢地数了遍钱，最后回过头问我：要拿一整份吗？接着慢慢地走出了屋子。当我回去找丽莎的时候，我在路上突

① 原文为法语。

发奇想：不然就这么穿着长袍溜之乎也吧，随便跑到个什么地方，在那听天由命。

我又一次坐了下来。她不安地看着我。

我们沉默了几分钟。

“我打死他！”我突然大喊，重重地用拳头捶在桌子上，结果墨水从墨水瓶里溅了出来。

“哎哟，您这是干吗啊！”她战栗着大喊。

“我打死他，打死他！”我捶着桌子尖叫起来，完全处于发狂的状态，而且我也完全知道，这时候发狂实在是蠢透了。

“你不知道啊，丽莎，这个刽子手对我来说是个什么玩意。他就是处决我的刽子手……他现在是去买面包干了，他……”

然后我突然泪如雨下。这是发癔症了。在抽泣时我觉得羞愧极了，不过我控制不住。她吓坏了。

“您怎么了！您怎么了啊！”她一边大喊，一边在我周围急得团团转。

“水，给我水，就在那！”我用虚弱的嗓音喃喃地说，我已经恢复了知觉，完全可以不用水，也不需要用虚弱的嗓音咕哝。不过我，可以说是故弄玄虚了一番，好能挽回颜面，尽管我确实是发癔症了。

她给我拿来了水，茫然失措地看着我。这时候阿波罗把茶端来了。我突然意识到，在发生了刚才的一切之后，这种日常的普通茶水，大失体面，而且过于寡淡，于是我脸红了。丽莎甚至在看阿波罗的时候还是惊恐万分。他看都没看我们一眼就走了进来。

“丽莎，你很看不起我吧？”我直勾勾地盯着她问，同时我由于急切地想知道她在想什么而颤抖着。

她面露尴尬，什么也不敢回答。

“你喝茶呀！”我恶狠狠地说。我对自己气急败坏了，不过，大概我应当把火发在她身上。在我心里对她极度的愤恨在沸腾，我甚至恨不得杀了她。为了报复她，我心里暗暗发誓一辈子不跟她说一个字。“她是这一切的罪魁祸首。”我心想。

我们的沉默已经持续了快五分钟了。茶放在桌子上，我俩谁也没碰它：我这么干，是故意不想先喝，好以此让她更加难堪；她则是不好意思自己先喝。她好几次用困惑的眼神看向我。我仍旧默不作声。我本人，自然是最遭罪的人，因为我完全明白我这种又蠢又坏的下贱行为是令人作呕的，与此同时我控制不住自己。

“我想……从那里……彻底脱身。”她开口了，不管怎么样想结束这种沉默，不过，真可怜！恰恰不应该在这种本来就傻兮兮的时候开始跟我这种本来就傻兮兮的人说这话。甚至我的心里都因为可怜她的蹩脚且毫无必要的直爽而感到隐隐作痛了。不过，某种不好的东西立刻盖过了我所有的悲悯；甚至把我刺得更痛了：让世上的一切都见鬼去吧！又过去了五分钟。

“我没妨碍您吧？”她站了起来，胆怯地说，声音几不可闻。

不过我一看到她刚刚表露出一丝自尊心受到侮辱的样子，我马上就气得直抖，立刻发作起来。

“要干吗你来找我啊，你告诉我，请你？”我一边开口说道，一边气得上气不接下气，甚至都没注意到说话时用词的逻辑顺序。我恨不能一股脑儿地把千头万绪都说出来，甚至连从哪开始说也顾不上了。

“你为什么要来？回答我！回答我！”我几乎失去理智地大喊，“我告诉你，臭婆娘，你来干什么。你过来是因为那时候我跟你说了几句扎心的话[①]。对此你颇为受用，而且你又想听这些‘扎心的话’

---

① 扎心的话（Жалкие слова）是冈察洛夫的《奥勃洛莫夫》中的说法。书中老仆人扎哈尔把那些地主老爷对他说的训斥称为扎心的话。（参见《奥勃洛莫夫》第 1 部第 8 章和第 2 部第 7 章）——俄文版编者注

了。你要知道，要知道，我那时候是在嘲笑你。现在也在嘲笑你。你哆嗦什么？是的，嘲笑！在我嘲笑你之前，有些人在饭局上侮辱了我，就是那些先于我到那去的人。我去找他们，打算狠狠揍他们中的一个人，一个军官，不过没能实现，总需要把自己屈辱报复在什么人身上，好巧不巧，你送上门来了，我就把怨气撒在你头上，再嘲笑一番。我被人羞辱了，所以我也想羞辱别人；别人像对窝囊废那样挤对我，所以我就想显示一下我的权威……就是这么回事，而你居然认为，我那会儿是故意去救你的，对吧？你这么想吧？你是这么想的吧？”

我知道，她当时可能完全摸不着头脑而且对详情也不甚了了，但是我也知道，她已经清楚地了解了实情。于是事情变成了这样。她的脸变得惨白，像块头巾似的，想说点什么，她的嘴唇病态地扭曲了起来，不过她却像被斧子劈了一般，倒在了桌子上。此后的全部时间里，她一直在听我说，同时一直张着嘴，瞪着眼睛，由于极度惊恐在不停地战栗。恬不知耻，我言辞中的恬不知耻把她击垮了……

“拯救！”我从椅子上跳了起来，在她面前不停地绕着房间前后跑，同时我继续说了下去：“拯救什么啊！我呀，可能我自己比你更坏。当我跟你长篇大论教训你时，你并没有打我的脸，没对我说：‘而你，又为什么亲自跑到我们这儿来了？是来宣扬道德还是干吗？’权力，我那时需要的是权力，需要的是逢场作戏，需要的是让你流下眼泪、让你受辱、让你歇斯底里——这些才是我那时候需要的！就连我自己当时也受不了了，因为我是个窝囊废，我被吓坏了，鬼知道我为什么会糊里糊涂地把地址给了你。就这么着，我还没回到家的时候，就已经开始因为给了你地址而对你破口大骂。我恨透了你，因为那时候我对你撒了谎。因为我只能玩玩文字游戏，在脑子里胡乱幻想一下，而我所需要的东西，你知道是什么：是你们全给我玩完，这就是我需要的！我需要的是安宁。是的，只要能让我不再担惊受怕，我能立刻出卖全世界。是让这个世界完蛋呢，还是让我喝不成茶呢？要我说，让世界完蛋去吧，这样我才好永远喝茶。你懂了吗，还是不懂？唔，我很清楚，我是个坏蛋、恶棍、自私鬼、懒虫。我这三天来一直都因为你会来而吓得瑟瑟发抖。你可知道，这三天来最让我担惊受怕的是什么？正是这样，当时我在你面前显得像个英雄好汉，而这时你却突然看到我穿着破长袍，穷困潦倒、邋里邋遢。不久之前我跟你说过，我并不因为自己穷而自惭形秽；现在你该明白，我会因此羞愧，而且比别的任何事都让我羞愧，这是最让我害怕的事，哪怕我去偷东西的时候，都没有这么心惊胆战，因为我已经虚荣到了这样的程度，就好比我已经被剥了皮，随便冲我吹口气我都会疼痛难忍。难不成你现在还不明白，我穿着这么件长袍像恶狗一样扑向阿波罗被你给撞见了，那我就永远也不会原谅你了。救世主也好，从前那个英雄好汉也罢，像个长了疥疮的长毛癞皮狗一样扑向嘲笑自己的仆人！还有刚才我在你面前流下的眼泪，就跟个无地自容的老太婆一样，怎么收也收不住，我永远不会原谅你的！还有我现在向你承认了这些，也让我永远不会原谅你！是的，就是你，这一切都应该由你一人承担，谁让你碰巧看到了，因为我就是个坏蛋，因为我是世界上所有蛆虫里最下流、最可笑、最小气、最愚蠢、最善妒的，这些蛆虫一丁点儿都不比我好，不过，鬼知道为什么，他们却从不羞愧，而我这一生却还要在各种各样虱子卵那里受到折辱——这就是我的性格！你对这些事理解不了，这与我何干！而至于你会不会死在那里，跟我有、有什么、有什么关系呀？跟你说完这些之后，我现在只会因为你在这儿听了这些而憎恨你，你还不明白吗？毕竟一个人一辈子只能这么敞开心胸一次，还得是在发癔症的时候！……你还有什么事？说完这些，你还有什么事，还在我面前站着、折磨着我，还不肯走吗？”

然而这时候突然出现了一种奇怪的状况。

我已经完全习惯了按照书本上写的来思考和想象一切，也习惯了按照我以前梦里梦到的来想象世界上发生的事，结果当时我一下子都没能意识到这种奇怪的状况。当时的情况是这样的：丽莎，在被我羞辱和践踏之后，理解了远比我所表达的多得多的事情。从这一切之中她明白了，如果一个女人真心去爱，她就会比所有人都先明白的东西，那正是：我自己是不幸的。

她之前脸上展露出的惊恐和屈辱的感觉被痛苦的惊愕所代替。当我开始把自己成为混蛋和恶棍并且开始泪流满面时（上面那一大段话我都是流着泪说的），她的整张脸都抽搐着痉挛起来。她本想站起来阻止我来着，可当我把一切都说完了的时候，她没有在意我对她喊着："你为什么还在这儿！你为什么还不走！"——而是想到，在把一切都说出来之后，我自己应该也很难受。她竟然如此逆来顺受，可怜的姑娘，她认为自己跟我比起来无比低贱；她能到哪去发火诉苦啊？她突然怒不可遏地从椅子上跳了起来，整个人准备朝我冲过来，不过最后还是胆怯了，没敢挪动地方，只是朝我伸出了双手……我的心也百感交集起来。这时她突然朝我走了过来，双手绕过了我的脖子抱着我哭了起来。我也再忍不住了，嚎啕大哭起来，我还从来没哭成这样过……

"他们不让我……我没办法当……好人！"我哽咽着说，然后走到了沙发旁，脸朝下扑倒在了沙发上，然后真的发起癔症嚎啕大哭了一刻钟。她紧紧地贴在我身边抱住了我，好像完全沉浸在这个拥抱中似的。

然而可笑之处就在于，癔症总会发作完的。于是（我毕竟写的是让人厌恶的真相），我脸朝下趴在沙发上，死死地把脸贴在我那劣质的沙发皮垫子上，同时我开始慢慢地、扭扭捏捏地、不由自主地，但也无法克制地感到，我现在委实不好意思抬起头直视丽莎的眼睛。我在羞愧什么？我并不知道，但是我感到羞愧。在我混乱的脑海中出现一个念头，现在我们的角色彻彻底底掉了个个儿，她现在才是英雄，而我成了同样受尽屈辱、几近崩溃的人，正如四天前的那个晚上我面对的那个她那样……我脸朝下趴在沙发上的同时我就想到这一点了！

我的天啊！难道我那时候就在嫉妒她了？

我不知道，到现在我还是没法下结论，当然了当时肯定比现在能想通的东西还要少。没有对某个人为所欲为的权力，我简直没法活下去……不过……不过这样的推论并不能解释什么，所以，用不着做这个推论。

但是，我还是逼着自己微微抬起了头，不管怎么说总要抬头的……于是，直到现在我仍坚信，正是因为我当时惭愧地看向了她，我的心里才突然冒出并爆发了另一种感觉……一种占有和控制的欲望。我的眼神中闪烁着情欲，而我紧紧抓住了她的手。在那一刻，我是多么恨她，又是多么被她吸引啊！一种情感加强了另一种情感。几乎像是复仇一样！……在她的脸上一开始呈现出像是困惑甚至像是惊恐的神情，不过转瞬而逝。她欣喜若狂、热烈地拥抱了我。

十

过了一刻钟之后，我像发了疯一样，焦虑地在房间里前后乱跑，不停地跑到隔板旁，透过缝隙看看丽莎。她坐在地板上，头靠着窗，大概是在哭。不过她并没有离开，这让我很抓狂。这次她可什么都知道了。我彻彻底底地凌辱了她，不过……没什么好说的了。她猜到了，我的情欲迸发正是一种复仇，是一种新的对她的侮辱，而我的原来故作姿态、漫无目的的憎恨现在又添上了对她个人的、嫉妒的恨意……总之，我不能确定她对这一切是否真的完全搞明白了，但是她已经充分弄懂了一件事，那就是我是个卑鄙小人，而且最主要的是我不能爱上她。

我知道，人们都对我说，这太难以想象了——难以想象怎么会有像我这么坏、这么蠢的人；还会再补充说，难以想象怎么能不去爱她，或者完完全全不珍视这份爱情。这有什么难以想象？首先，我就是不能去爱，这是因为，我再说一次，爱对我来说就是虐待以及精神上的盛气凌人。我这一辈子甚至都没法想象另外一种爱，甚至我现在有时候会想，爱的本质就在于被爱的对象自愿地献出虐待自己的权力。在我那些于地下室里做的梦中，我也不会把爱情想成别的样子，只是想成像斗争一样，爱永远始于恨，而终于精神上的征服，但对被征服的对象能做什么，我就再也想不出了。这没什么无法想象的，当我已经让自己道德上如此堕落，让自己不再习惯“活的生活”[①]，不久之前我忽然想责骂她、让她难堪，说她来找我是为了听些“扎心的话”，而我自己根本猜不到，她来找我不是为了听扎心的话，而只是为了来爱我，因为对一个女人来说，所有的复活、所有的从各种各样毁灭中的救赎和所有的重生，都包含在爱情中，而这些在爱情以外的事物中绝不会显现。总之，在我绕着房间跑来跑去并从隔板的缝隙往里瞧的时候，我已经没有那么憎恨她了。她在这里这件事实在让我感

① “活的生活”（Живая жизнь）这一表述在19世纪被广泛应用于文学和出版物中。А. С. 霍米亚科夫、Ю. С. 萨马林和 И. В. 基列耶夫等斯拉夫派以及屠格涅夫和赫尔岑都曾使用这一说法。根据陀思妥耶夫斯基长篇小说《少年》中的人物威尔希洛夫所说的话，或多或少可以推断出，陀思妥耶夫斯基在这个表述中也倾注了某种思想。威尔希洛夫说：“……活的生活，也就是说，不是理念中的、不是想象中的生活……它应该是某种再普通不过的东西，是日常生活抬眼可见的东西，每天、每分钟都会看到……”——俄文本编者注

到无法忍受的煎熬。我真希望她消失了才好。我渴望“宁静”，让我一个人躺在地下室里吧。“活的生活”让我难以习惯，让我感到压抑，甚至压得我连呼吸都变得困难了。

但是又过了几分钟，她仍旧没站起来，就好像是陷入昏迷了一样。我无耻地轻声敲了敲隔板，好把她叫醒。她突然一阵战栗，原地站了起来，然后冲过去拿起自己的头巾、帽子、皮大衣，就好像要从我这逃到什么地方似的……过了两分钟，她慢慢地从隔板里走了出来，然后痛苦地看了我一眼。我恶狠狠地笑了笑，大概是逼着自己笑的，为了不失分寸，然后避开了她的目光。

“别了。”她说着便往门口走去。

我突然跑向她，抓过她的手，把她的手打开，放进去……然后又把她的手合了起来。然后立刻转身，迅速跳到房间的另一个角落里，好尽可能不去看她……

我本想马上撒个谎——本想这么写：我这么做完全是个意外，一时糊涂丢了魂，不知道自己在干吗。不过我不想撒谎了，所以我就直说吧，我打开她的手，并放进去……是带着恶意的。当我在房间里前前后后乱跑而她还坐在隔板里的时候我就想到了要这么干了。我大概可以这样说：我干了这件残忍的事，虽然是故意的，但是不是出自真心，而是因为我那颗坏掉的脑袋。这件残忍的事如此矫揉造作，如此假模假样、故作高深、不切实际，以至于我连一分钟也忍不了，一开始我跳到了角落里，好不去看她，然后我就带着羞愧和绝望去追丽莎了。我打开了门，在过道里凝神细听。

“丽莎！丽莎！”我冲着楼梯喊道，但是却是胆小而低声地喊……

没有回应，我好像听到了她迈步下楼梯的声音。

“丽莎！”我喊得大声了一些。

丽莎离去
伊利亚·格拉祖诺夫 1982 年绘
И. С. Глазунов

没有回应。不过就在这时，我听到从下面传来了通往街上、紧绷难开的玻璃外门吱嘎一下缓缓打开的声音，然后砰的一声又关上了。声响顺着楼梯传了上来。

她走了。我返回房间里陷入了沉思。我感觉难受极了。

我站在桌子旁，靠着她曾经坐过的那把椅子，失神地望着前面。过了一分钟，我突然整个人哆嗦了一下：就在我面前，在桌子上，我看到……总之，我看到了揉皱了的五卢布的蓝色钞票，这张钞票正是我一分钟之前塞进她手里的。这就是那张钞票，不可能是另外一张，整个家里也没有另外一张钞票。大概是，她在我跳到另一个角落里的时候，把这张钞票从手里扔到了桌子上。

怎么回事？我早有预料她会这么做的。早有预料吗？并不是。我是个利己主义者，所以我实际上完全不尊重别人，也根本想不到她会这么做。这让我无法忍受。我瞬间像个疯子似的冲过去穿衣服，急匆匆地给自己将将披上衣服，就发疯跑出去追她。当我跑到街上的时候，她才走了不到两百步。

街上很安静，下着雪，雪几乎是直直地落在地上，给人行道和寂寥无人的街道都铺上了一层雪垫。一个路人也没有，什么声音也听不见。灯笼落寞、徒劳地闪烁着。我跑了两百步左右跑到了十字路口，然后停了下来。

“她往哪走了？还有我为什么要追她？为什么呀？在她面前扑倒在地、后悔地痛哭流涕、亲吻她的脚趾、请求她的原谅！我就想要这样；我的整个胸膛像是被撕成了碎片，我永远、永远都不会冷漠地回想起这一刻。但是，到底为什么？”我不由得想，“难道明天我不恨她了，有可能就是因为我今天亲吻了她的脚？难道我会给她带来幸福？难道哪怕经过了上百次，我今天还是又搞不清自己几斤几两了？难道不是我在折磨她！”

我站在大雪之中，一边看着灰蒙蒙的雾气，一边想着这一切。

“这样岂不是，这样岂不是更好。”我已经在家里幻想了，之后，幻想盖过了心头不断滋生的剧痛，“如果她带着屈辱永远消失了，这岂不是更好吗？屈辱不过是一种净化，这是种最腐败、最病态的感觉！明天，我可能会玷污她的灵魂，让她心力交瘁。而现在，屈辱永远都不会消失了，无论她将遇到的腌臜多么龌龊，屈辱都让她成长了，把她净化了……用仇恨……唔……也可能是用原谅……不管怎样，这样真的能让她更轻松地摆脱这一切吗？”

事实上，我现在仍在问自己这个空洞的问题：哪样更好——低贱的幸福还是崇高的痛苦？唉，哪样更好？

那天晚上当我坐在自己家里，被心灵上的痛苦搞得奄奄一息时，我就是这样胡思乱想的。我还从来没有承受过这样的痛苦和懊悔，不过难道还能有一丝怀疑，觉得当我从寓所中跑出来的时候，我会不半途而废就回家吗？从那之后，我再也没见过丽莎，也没听到过她的消息。不过我得补充一下，我一直对那些关于屈辱和仇恨会带来好处的句子非常满意，尽管那会儿我自己也差点忧伤得病倒了。

即便现在，过去了那么多年了之后，再回想起这一切，我还是会感到非常不舒服。现在有许多事回想起来都会让我觉得不舒服，不过……这个《地下室手记》要不要就此结束呢？我觉得开始写它就是个错误。至少在我写这部中篇的时候，我一直都觉得羞愧：它已经完全不是文学了，而是成了感化性质的惩罚。比如说吧，毕竟讲述这么一个冗长的中篇小说，小说里讲的都是我怎么在地下室里花了一辈子时间去忽视那些边边角角里的道德沦丧、不富足的生活环境、无法适应活物以及因虚荣而起的愤恨——上帝保佑，这无趣透顶；小说里需要有英雄，而我的中篇里却故意集齐了所有反英雄的特点，而最主要的是，整个小说只会带来极不愉快的印象，因为我们全都远离生活，我们全都不完美，或多或少都有各种问题。我们甚至已经与生活疏远到了如此地步，有时候突然感觉对真正“活的生活”只感到某种厌恶，而因此当有人跟我们讲起“活的生活”时，我们就无法忍受。须知我们已经到了如此地步，我们几乎把真正“活的生活”视为一种辛劳，几乎是一种任务，而且我们都暗自认同这一点，还是按着书本说的做更好些。那为什么我们有时候会胡乱折腾、为什么会任性妄为、为什么会期期汲汲呢？我们自己也不知道为什么。如果我们恣意妄为的请求得到了满足，我们可能会感觉更糟。唔，不妨试试看，唔，给我们，比如说，更多的自主性，放开我们任意一个人的双手，扩大我们的活动圈，放宽我们的监管，那么我们……我向你们保证：我们立时立刻就请求再把我们监管起来。我知道，你们可能会为此对我大发雷霆、气得跺脚、冲我大吼：“您说的只是关于您自己一个人，只是关于您那些地下室里的少数情况，您没权利说‘我们全都’。”先生们，少安毋躁，我可不是用这个全都来为自己开脱。我正是在说我自己，毕竟我只能把我的生活推向极端，而你们连推到一半都不敢，还把自己的胆怯当做是理智，并自欺欺人，以此自慰。这么说来，我，还比你们要更“活”一些。请更聚精会神地看看吧！毕竟我们都还不知道，所谓的活生生现在生活在哪里，它又是什么，该怎么称呼？你们不给我们书，也不管我们，那我们立刻就会乱作一团、失魂落魄——我们将不知道要往哪走；不知道守什么规矩；不知道该爱什么又该恨什么；不知道该尊重什么又该蔑视什么。我们甚至会认为做人——做一个真正的、有自己的血肉的人都是一种负担，我们会因此而羞愧，把这视为耻辱，并且一心想成为某种从来不曾有过的所谓的普通人。我们都是死胎，甚至早就不是诞生自活的父亲了，这让我们越来越喜欢。我们正渐入佳境。很快我们就会臆想出，我们是通过某种办法从思想中诞生出来的了。不过，够了。我不想再写《地下室手记》了……

——

不过，这位不知所云的仁兄的《手记》并未到此而止。他没忍住又接着写了下去。不过，我们可以认为，该告一段落了。

Ф. М. Достоевский

Записки из подполья

图书在版编目（CIP）数据

地下室手记 / （俄罗斯）陀思妥耶夫斯基著；荣如德，刘晨译. -- 上海：上海译文出版社，2025. 8.
ISBN 978-7-5327-9941-1

Ⅰ. I512. 44

中国国家版本馆 CIP 数据核字第 2025BD5992 号

地下室手记
［俄］陀思妥耶夫斯基 著 荣如德 刘 晨 译
责任编辑/刘 晨 装帧设计/张志全

上海译文出版社有限公司出版、发行
网址：www.yiwen.com.cn
201101 上海市闵行区号景路 159 弄 B 座
苏州越洋印刷有限公司印制

开本 890×1240 1/32 印张 23.25 插页 2 字数 480,000
2025 年 8 月第 1 版 2025 年 8 月第 1 次印刷
印数：0,001—8,000 册

ISBN 978 - 7 - 5327 - 9941 - 1
定价：88.00 元